BASTEI
LÜBBE
TASCHENBUCH

Weitere Titel der Autorin:

Einmal und doch wieder

Erma Bombeck

Nur der Pudding hört mein Seufzen
Wenn meine Welt voll Kirschen ist, was tu ich mit den Kernen?
Ich hab' mein Herz im Wäschekorb verloren

Aus dem Amerikanischen
von Isabella Nadolny
Mit Illustrationen von Dodo Köster

BASTEI
LÜBBE
TASCHENBUCH

BASTEI LÜBBE TASCHENBUCH
Band 10 887

1.–9. Auflage: 1987–1998
10. Auflage: April 2002
11. Auflage: November 2004
12. Auflage: Februar 2007
13. Auflage: Januar 2011

Vollständige Taschenbuchausgabe

Bastei Lübbe Taschenbuch
in der Bastei Lübbe GmbH & Co. KG

Einbandgestaltung: Roland Winkler
Gesamtherstellung: CPI – Ebner & Spiegel, Ulm
Printed in Germany
ISBN 978-3-404-10887-9

Sie finden uns im Internet unter
www.luebbe.de
Bitte beachten Sie auch: www.lesejury.de

Der Preis dieses Bandes versteht sich einschließlich
der gesetzlichen Mehrwertsteuer.

Nur der Pudding hört mein Seufzen

Inhalt

Dies ist kein Buch.

Es ist eine Lektion in Gruppentherapie –

und basiert auf sechs voraussagbaren Depressions-Zyklen, die eine Frau im Zwölf-Monats-Rhythmus heimsuchen.

Diese Kapitel werden Ihnen nicht helfen, sie zu überwinden

– Sie nicht einmal lehren, wie Sie mit ihnen umgehen sollen.

Das Ziel ist erreicht, wenn Sie sich ab und an die Seele freilachen.

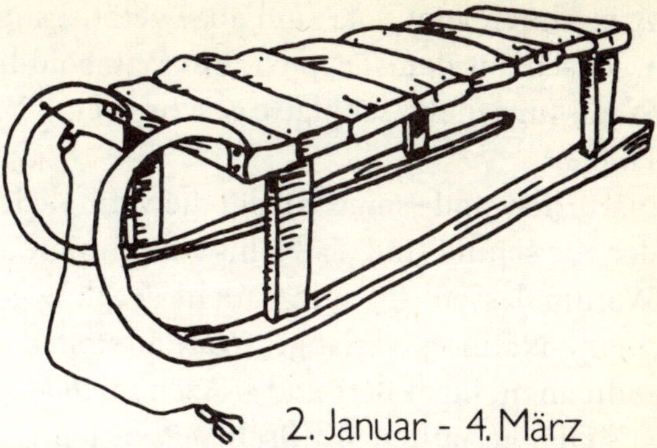

2. Januar - 4. März

Womit hab ich das verdient

An einem trüben, verregneten Montagmorgen erwischt es mich manchmal. Ganz plötzlich.

Ich wache auf, und mir wird klar: Es ist keine einzige nette Einladung fürs Wochenende in Sicht. Es ist kein Brot im Haus, und ich habe drei neue Falten im Gesicht. Und dann spreche ich es laut aus: »Warum ist ein so nettes Mädchen wie ich eigentlich dazu verdammt, in diesem Affenstall zu leben?«

Die Vorhänge sind schmutzig und lösen sich auf, wenn man sie in die Waschmaschine steckt, die

Armlehnen vom Sofa sind abgewetzt. Lamettafäden wachsen aus dem Teppich. Ein Witzbold hat in den Staub auf der Eßtischplatte geschrieben: »Yankee Go Home.«

Natürlich sind es mal wieder die vermaledeiten Kinder, die schuld sind, daß ich so deprimiert aufwache. Warum lassen sie mich nicht wach werden, wie meine Natur es verlangt? Warum stehen sie aufgereiht an meinem Bett und glotzen mich an wie einen ans Ufer gespülten Walfisch? »Psst! Ich glaub', jetzt hört sie uns. Ihre Augendeckel flattern.«

»Wartet, bis sie sich rumdreht, dann alle zugleich husten!«

»Ach was, wir knuffen sie einfach und fragen sie, was wir wissen wollen.«

Raus mit euch! Alle miteinander raus!

»Mööönsch, jetzt zieht sie sich die Decke über die Ohren. Jetzt los: Eins – zwei – drei – husten!«

Es dauert nicht mehr lange, dann kommt einer von diesen Quälgeistern darauf, daß er meinen Puls zählen muß, um festzustellen, ob ich wirklich schlafe oder nur so tue. Als die Kinder noch kleiner waren, war es noch schlimmer. Da steckten sie mir nasse Finger in jede Gesichtsöffnung und tuschelten: »Mamiii? Schläfst du noch?« Oder aber der liebe gute Papi hielt mir einfach ein Flanellbündel hin und sprach die klassischen Worte: »Hier hast du deinen Sohn.« (Jede auch nur einigermaßen intelligente Mutter weiß: Wenn aus Papis Jungen plötzlich Mamis Sohn wird, ist er so vollgepinkelt, daß er praktisch Wasser tritt.)

Kinder haben Einfälle, die von Edgar Allan Poe sein könnten. Einmal setzten sie mir einen Goldhamster auf die Brust, und als ich sprachlos in die Höhe fuhr (ich brachte keinen Ton heraus, weil meine Stimmbänder vor Entsetzen wie gelähmt waren), fragten sie: »Mami, hast du 'n bißchen Alkohol im Haus? Wir brauchen welchen für unseren Chemiekasten.«

Dabei ist das alles immer noch besser, als wenn sie gegen die Wand trampeln, bis ihr Vater zu sich kommt, nur um ihn dann zu fragen: »Papi, können wir die Pappeinlagen haben, die die Wäscherei immer in die Hemden reintut?«

Der Schrecklichste aller Schrecken ist nicht der Mensch in seinem Wahn, sondern der Papi, wenn er geweckt wird. Das geht so vor sich. Er stellt morgens den Wecker immer wieder neu und bringt ihn, wenn er losrasselt, durch Draufschlagen zum Schweigen und brüllt dabei: »Jaja, ich weiß, ich weiß.«

Mir persönlich könnte es ja egal sein, was für Spielchen mein Mann mit seinem Wecker treibt. Aber wenn ich jeden Morgen, den Gott werden läßt, um 5 Uhr 30, um 6 Uhr 15 und 6 Uhr 30 geweckt werde, reagiere ich allmählich wie ein Boxer auf den Gong.

Ich bin selber schuld: Warum habe ich auch eine Nachteule geheiratet. In all den Jahren, die ich nun schon mit ihm lebe, ist er nur ein einziges Mal freiwillig vor halb zehn Uhr morgens aufgestanden. Allerdings nur, weil seine Matratze brannte.

Bei Tage ist er ein armes Hascherl, das sich kaum selbst die Schuhe zuschnüren kann.
Tagesgeräuschen scheint er seelisch nicht gewachsen zu sein. Etwa dem heiseren Surren einer erkälteten Fliege, dem Aufklatschen der Sahne auf dem Schokoladepudding, dem ohrenbetäubenden Rauschen der Milch, wenn sie über Cornflakes gegossen wird. Das ist sein größtes Problem: Er ist nicht für eine Gesellschaftsordnung geschaffen, in der von acht bis fünf gearbeitet wird. Einmal ist er sogar aus seinem Aktenschrank gefallen, in dem er gerade ein Nickerchen machte. Aber abends, so gegen elf Uhr, da vollzieht sich bei ihm die große Wandlung. Da reckt er sich, gähnt, reißt ruckartig die Augen weit auf, tritt mich vors Schienbein und fragt: »Wie ist es dir denn heute ergangen?«
»Willst du damit andeuten, daß immer noch heute ist?« frage ich gähnend.
»Du willst doch nicht etwa schon schlafen gehen?«
»O doch.«
»Stört es dich, wenn ich noch Gitarre spiele?«
»Ja.«
»Na schön, dann lese ich eben noch ein bißchen bis zum Einschlafen.«
»Von mir aus. Aber blätter nicht so laut um.«
Kein Zweifel: Wenn ich morgens auf angenehme Weise geweckt würde, wäre ich allem gewachsen.
Da! Eben fängt es an zu schneien.
Habt Dank, ihr himmlischen Mächte.

Ehe wir in den Vorort herauszogen, war ich immer der Meinung, ›höhere Gewalt‹ oder, wie man bei uns sagt, ›ein Akt Gottes‹ sei ein Blitz auf den Gipfel des Berges Sinai oder vierzig Tage und vierzig Nächte Regen.

Hier draußen aber gilt schon Schneefall als ›höhere Gewalt‹, und die Schule fällt aus.

Als das zum ersten Mal geschah, wurde mir warm um die Mutterbrust bei dem beruhigenden Gedanken, in einer Gemeinde zu leben, die das Wohl der Kinder höher stellt als unfreundliche Wetterbedingungen.

Beim zweiten Mal in der gleichen Woche wurde es mir um die obengenannte Brust nur noch lauwarm, und ich erwog, ob es nicht besser wäre, den Gören Tennisschläger unter die Schuhsohlen und ein Leitseil um den Bauch zu binden. Als dann binnen zwei Wochen der Unterricht zum dritten Mal ausfiel, organisierte ich einen Schlittenhund-Dienst.

Wir brachten es in jenem Jahr im ganzen auf fünfzehn Fälle von ›höherer Gewalt‹, und den Frauen unserer Gegend wurde nur zu klar, daß ›irgend jemand dort oben‹ uns aufs Korn genommen hatte.

Es entstand ein Winter-Morgen-Ritual. Wir saßen ums Radio wie eine Untergrundbewegung, die noch drahtlos Kontakt zur freien Welt hält. Wenn der Sprecher die Namen der Schulen verlas, die heute geschlossen blieben, erhob sich ein stürmischer Jubel, und meine Kinder liefen nach allen Richtungen auseinander. Ich pflegte dann kurz ins Geschirrhandtuch zu weinen und verdrossen zu brummen: »Gut und schön, aber die Schulkleider werden *nicht* durchgeschwitzt. Ich wiederhole: Die Schulkleider werden *nicht* durchgeschwitzt. Zieht sie gefälligst aus, und hängt sie ordentlich auf den Bügel. Vielleicht habt ihr morgen wieder Unterricht. Und laßt die Pausenbrote in Ruhe: Es ist erst halb neun.« Ich predigte tauben Ohren. Binnen Minuten war die ganze Bande ausgerüstet wie Polarforscher und tobte ab in Richtung Schule, um just dort auf einem Abhang zu schliddern.

Ein paar Details dieser nicht eingeplanten Ferien fingen dann doch an, mich zu beunruhigen. Etwa wenn wir am Schulhaus vorüberfuhren und mein Zweitkläßler darauf zeigte und fragte: »Was is'n das für 'n Gebäude, Papi?« Außerdem war bereits März, und die Kinder hatten noch nicht einmal ihre Weihnachtszeugnisse. Unserem Zehnjährigen mußte man beim Alphabet einhelfen.

»Ich komme mir vor, als lebten wir in Fort Apache«, sagte eine der anderen Mütter zu mir. »Wenn der Schnee nicht bald wegtaut, wächst mein Junge noch aus seiner Schulbank heraus.«

Wir waren uns einig, es mußte etwas geschehen.

Es geschah auch, und auf ganz besondere Weise. Plötzlich hieß es in der Zeitung, Schneefall sei nicht mehr ›höhere Gewalt‹. Die Schulbehörde lege vielmehr größten Wert darauf, daß die Kinder ein Minimum an Wochenstunden bekämen. Die Schulbusse

würden fahren, auch wenn es Pflastersteine hagelte. Schnee! Es ist doch etwas Schönes, wenn er so graziös auf die Erde herunterschwebt. Und wie wundervoll dekorativ wirken im frischen Schnee die schönen Muster der Reifenspuren von Schulbussen. Schneefall hält man jetzt bei uns wieder für eine Gnade der Natur. Nicht umsonst heißt es ›Mutter Natur‹. Sie begreift eben, wie uns Müttern ums Herz ist.
»Los, los! Beeilung Leute! Alles in die Stiefel!«

»Was heißt, du hast eine Rolle bei der Schulaufführung und brauchst ein Kostüm? Bitte sei vorsichtig auf dem Speicher, hörst du. Wenn du durch die Decke fällst und dir dabei den Hals brichst, kommst du zu spät zum Unterricht.«
Ich bin der Lakai der ganzen Familie. Es wird ihnen noch leid tun, wenn ich nicht mehr da bin, um sie vorn und hinten zu bedienen.
»Du hast den Plastikdinosaurier aus der Cornflake-Packung verschluckt? Na und? Erwartest du, daß ich den Tierarzt rufe?«
Ach du meine Güte, jetzt muß ich die Schulbrote einpacken. Sie kabbeln sich zwar dauernd darum, aber im Grunde ist es ihnen völlig schnurz, was ich ihnen mitgebe. Sie wollen sowieso nur tauschen. Die würden ihre eigene Großmutter gegen Hustenbonbons und Glanzbilder verscherbeln.
Natürlich würde mich das alles nicht so nerven, wenn ich einen verständigeren Ehemann hätte. Mut-

ter hat vollkommen recht gehabt: Ich hätte den kleinen Philologiestudenten heiraten sollen, der immer Hautausschlag bekam, wenn er küßte.
Aber nein, ich mußte mich auf diesen Verrückten kaprizieren, der eben jetzt draußen vorm Haus aus vollem Halse brüllt: »Ich bin 39 Jahre alt, verdiene 15 000 Dollar jährlich und lehne es ab, mit einer Donald-Duck-Thermosflasche ins Büro zu gehen!«
Wetten, daß er mich nicht so anschreien würde, wenn ich noch die gleiche Figur hätte wie früher.
Seine Sorgen möchte ich haben. Der braucht sich schließlich nicht über die Waschmaschine zu werfen, wenn sie auf »Schleudern« steht und anfängt, durch die Waschküche zu tanzen. Der riskiert keinen Leistenbruch, wenn er die Etagenbetten der Kinder frisch bezieht. Der braucht nicht wie ein Rasender im Konversationslexikon zu blättern, während draußen schon der Schulbus hupt, um festzustellen, welcher Präsident der Vereinigten Staaten den Klappstuhl erfunden hat!
Na, heute bin ich ja wieder in einer entzückenden Stimmung! Das muß am Wetter liegen!
»Jetzt schaut, daß ihr rauskommt, alle.«
Wie sie die Auffahrt hinunterkrabbeln. Wie neugeborene, blinde Feldmäuse. Gewiß, es liegt am Wetter. Kein Blatt am Baum. Nichts blüht. Nirgends ein grüner Grashalm. Ein riesiges Aussichtsfenster – und keine Aussicht dahinter.
Halt! Das muß ich zurücknehmen. Dort kommt sie,

die Aussicht. Soeben zieht im Nachbarhaus eine Flitterwöchnerin ein. Nein, ich bin nicht in der Stimmung, um zuzusehen, wie sie neben ihrem frisch angetrauten Göttergatten steht und er ihren wundervollen neuen Namen auf die wundervolle neue Mülltonne malt. Ab morgen bohnert sie die Garageneinfahrt, darauf möchte ich wetten. Warte, warte nur ein Weilchen. Dann wirst du wie wir. Dann schüttest du den Kaffeesatz in ein Sieb und durchwühlst ihn nach Babys verlorengegangenem Schnuller. Was heißt hier Schnuller: Nach ein paar Jährchen hier im Vorort verlegt sie sogar das Baby. Man verlegt ja hier alles. Was war das noch, was ich heute früh suchen wollte? Na, vielleicht fällt es mir noch ein.

Überhaupt wüßte ich gern, wieviel Zeit ich täglich damit verschwende, nach verlorengegangenen Dingen zu suchen. Gestern zum Beispiel suchte ich zwei Stunden lang nach Bananen und ein paar Stecknadeln, um mir einen Saum hochzustecken. Zum Glück kamen die Kinder auf den guten Gedanken, ich müsse barfuß durchs Zimmer gehen. Ohne diesen Geistesblitz würde ich die dämlichen Stecknadeln immer noch suchen.

Den Bananen wäre ich auch eher auf die Spur gekommen, wenn ich mich von all meinen Kindern hätte anhauchen lassen. Vertrauen ist etwas so Schönes. Sie hatten doch hoch und heilig beteuert, sie wüßten nicht, wo die Bananen seien.

Vorgestern suchte ich die Autoschlüssel. Selbstverständlich war es nicht meine Schuld, daß ich sie nicht fand. Irgendein Witzbold hat sie im Wagen steckengelassen. Nie im Leben kommt man darauf, sie dort zu suchen.

Angenommen, ich verbringe täglich zwei Stunden mit Suchen. Das wären 730 Stunden im Jahr. Und dabei sind zwei volle Monate noch nicht mitgezählt, und zwar November und Dezember. Da suche ich nämlich die Weihnachtskarten, die ich im letzten Januar zu stark herabgesetztem Preis gekauft habe.

Meine Tochter wäre beinahe auf der Pennsylvania-Autobahn aufgewachsen, hätten sie nicht ein paar Leute, die am Straßenrand Picknick machten, zwischen den Abfalleimern eines Rastplatzes entdeckt und sich gefragt, was sie dort treibe. Ich frage mich, ob andere Frauen auch so viel Zeit damit verschwenden, nach Nagelfeilen und Klebeband zu fahnden.

Ich habe einmal eine Frau gekannt, die dauernd »Heilige Ordnung, segensreiche Himmelstochter« zitierte. Ich habe sie dafür gehaßt. Was die wohl sagen würde, wenn sie sähe, wie ich mich jeden Morgen aus dem Bett rollen lasse und auf Knien in die Küche robbe in der Hoffnung, dabei ein verlorenes Geldstück, einen einzelnen Socken, ein überfälliges Leihbuch oder einen Überschuh zu finden, der mich dann an alles übrige erinnert.

Jetzt weiß ich wieder, was ich suchen wollte: meine Brille! Für den Fall, daß ich mir heute etwas von nahem besehen muß.

Aber was brauche ich heute zu sehen, was nicht bis morgen Zeit hätte. Eines der Kinder hat zwar gemeint, ich hätte eine ganz ulkige Überraschung im Backofen. Aber vermutlich steht dort nur ein Blech mit den Hors d'Œuvres von der Sylvesterparty.
Also morgen suche ich die Brille bestimmt.
Inzwischen könnte ich ja mal Betty anrufen und ihr erzählen, daß eine Flitterwöchnerin in unserer Nachbarschaft eingezogen ist. Ach nein, lieber doch nicht. Es könnte ihr und mir die gute Laune verderben, die wir nicht haben.
Ich würde mich übrigens nicht wundern, wenn es mit mir das gleiche Ende nähme wie mit Tante Lydia. Komisch, jahrelang habe ich überhaupt nicht an sie gedacht. Großmama hat immer behauptet, sie sei mit einem Staubsaugervertreter durchgegangen. Ich möchte wetten, daß sie unmittelbar nach den Weihnachtsfeiertagen auf und davon ist. Vermutlich hatten die Kinder alle Weihnachtsplätzchen im Schlafzimmerschrank versteckt, und die Ameisen waren in geschlossenen Kolonnen darüber hergefallen. Ihre Tochter suchte gerade den Schmutzwäschekorb durch, weil sie dringend ihr »Lieblingshöschen« in die Schule anziehen wollte. Und Lydia hatte eben bemerkt, daß ihr neunjähriger Hund genauso undicht war wie das neue Hündchen, das unterm Weihnachtsbaum gelegen hatte, und rannte mit einer Zeitung hinter ihm her. Der Hund warf einen Blick auf die Witzseite, lachte lauthals und pinkelte auf den Teppich.

Es ist anzunehmen, daß Onkel Willy sie zum Abschied wie eine anlehnungsbedürftige Kobra auf die Wange gestubst und gesagt hat, über die fälligen Rechnungen für Weihnachten würden sie sich dann später unterhalten. Außerdem kam sie an einem Spiegel vorbei und mußte feststellen, daß ihr Gesicht eine Dauerfalte bekommen hatte. Und daß ihr Rock spannte. Und daß es nichts mehr brachte, den Bauch einzuziehen und die Luft anzuhalten. In diesem Moment rief ihre beste Freundin an und erzählte ihr, das Paillettenkleid, das sie sich für die Sylvesterparty gekauft habe, läge jetzt im Schaufenster – zum halben Preis.

Wenn Lydia sich ihre Zukunft vorstellte, sah sie ein Horrorkabinett vor sich: eingesperrt in ein Haus mit vier plärrenden Transistorradios, einer spastischen Waschmaschine und als einzige Unterhaltung ein Goldfisch im Glas.

Ich könnte schwören, Tante Lydia hat den Staubsaugervertreter gar nicht persönlich gekannt. Als er an der Tür klingelte und freundlich lächelnd sagte: »Guten Morgen, gnädige Frau, ich bereise gerade Ihre Gegend auf dem Weg zu den sonnigen Stränden Alaskas«, griff Tante Lydia nach ihrer Handtasche, ihrem Vogelbauer und ihrer Flasche Beruhigungspillen, zog leise die Tür hinter sich ins Schloß und sagte ganz ruhig: »Sie kommen mir wie gerufen.«

Jede Frau bemüht sich, gegen ihre depressiven Zustände anzukämpfen, die eine so, die andere so.

Nachstehende Anregungen aus dem illustrierten Handbuch »Sei dein eigener Psychiater« sind nicht gerade einzigartig, können aber vielleicht doch jemand davon zurückhalten, sich in embryonaler Haltung mit den Händen über den Ohren in eine Ecke zu verkriechen. Es kämen in Frage:

1. Stricken

Das Stricken zu lernen, war ein Klacks. Es aufzugeben, brachte mich fast um den Verstand. Alle Familienmitglieder waren sich einig, daß ich etwas Verkniffenes bekommen hatte und unbedingt entspannen müsse. Also belegte ich einen Abendkurs für Stricken.

In der ersten Woche lieferte ich 36 Topflappen und 7 Schals ab. Und an der gestrickten Wolldecke war ich mit solchem Eifer zugange, daß man meinen konnte, ich konkurrierte mit chinesischen Fließbandarbeitern.

Ich konnte einfach nicht wieder aufhören. Gegen Ende des ersten verstrickten Monats war ich vor lauter Entspannung ganz krank. Um meine Augen lagen tiefe, dunkle Ringe. Meine Oberlippe zuckte unkontrolliert. An beiden Daumen und Zeigefingern hatte ich Schwielen. In meiner Erschöpfung weinte ich oft. Und doch ließ mich ein irrwitziger Drang bis zum Ende der Woche fünfzehn Klopapierhüllen in Form von Zylinderhüten stricken. Morgens konnte ich es kaum erwarten, bis die Kinder aus dem Haus waren,

um meinen Beutel Strickgarn hervorzuzerren und die Nadeln in Bewegung zu setzen. »Los, los, weiter«, schrie ich, »fix, bißchen dalli. Wer als letzter das Haus verläßt, kriegt nichts zu Weihnachten außer neuem Unterzeug.«
»Aber es ist doch erst halb sieben«, gähnten sie verschlafen.
»Dann seid ihr heute eben mal ein bißchen früher dran«, versetzte ich ungeduldig.
»Aber es ist doch Sonntag«, riefen sie im Chor.
Mein Mann deutete als erster an, ich müsse wohl den Rat eines Facharztes einholen.
»Bei dir hat das Stricken seine gesellige Funktion verloren. Wir müssen uns damit abfinden, daß es zu einer Psychose geworden ist. Ganz allmählich mußt du dich wieder entwöhnen. Von heute ab: keine Strickwolle mehr.« Ich versprach es, wußte aber, daß ich mein Wort nicht würde halten können.
Meine Sucht verführte mich zu Lug und Trug, und ich verkaufte alle erdenklichen Gegenstände, um weiterhin der Stricksucht frönen zu können. Aber sie kamen mir auf die Schliche. Meine Familie entdeckte einen Strang Mohairwolle in einer leeren Waschpulverpackung, angefangene Wollsocken in einem Lampenschirm versteckt. Und eines schönen Nachmittags erwischte man mich dabei, wie ich fieberhaft eine Pudelmütze aufribbelte, nur um sie neu stricken zu können.
Als eines Nachts mein Mann vom Klicken meiner

Stricknadeln geweckt wurde, setzte er sich ruckartig im Bett auf, knipste das Licht an und meinte ruhig: »Morgen melde ich dich bei den ›Anonymen Strickerinnen‹ an. Merkst du denn nicht, was du uns antust, mir und den Kindern? Allein kommst du nicht davon los.«

Er hatte völlig recht. Die ›Anonymen Strickerinnen‹ führten mir vor Augen, wie töricht der Zwang war, dauernd stricken zu müssen, entwöhnten mich allmählich vom Garn und weckten mein Interesse für ein anderes Hobby: Malerei.

Ob Sie es glauben oder nicht: Ich malte in der ersten Woche 18 Aquarelle, warf in der zweiten Woche fünfzehn Kohleskizzen aufs Papier und werde Ende des Monats ganze 23 Ölbilder fertig haben, alle auf gespannter Leinwand und mit Rahmen.

2. Trinken

Niemand bestreitet, daß heutzutage 68% aller Frauen trinken. Ich möchte aber bestreiten, daß sie alle in Vororten wohnen. Als diese Nachricht veröffentlicht wurde, riefen wir sofort den ›Verein zur Unterdrückung rufschädigender Gerüchte über Grüne Witwen‹ zu einer Sondersitzung zusammen und beschlossen, dieses Stigma umgehend aus der Welt zu schaffen. für Montag früh 8 Uhr setzten wir einen Nüchternheitstest für Ehefrauen an. Versammlungsort war das Rathaus.

Nur drei der Anwesenden rochen nach Sherry, eine

war cognacverdächtig, und das unkontrollierbare Zittern einer weiteren Testperson war nach ihrer Aussage keine Folge des Alkohols. So zittere sie immer, gestand sie, wenn sie morgens endlich ihre Kinder in den Schulbus verfrachtet hätte.
Einige der Frauen gaben zu, gelegentlich ein Schlückchen Likör aus dem Besenschrank zu naschen, andere, sich an Fleckenwasser *high* zu schnüffeln, doch die meisten erklärten, auch beim besten Willen könne man in einem Vorort überhaupt nicht zur Trinkerin werden, und zwar aus folgenden Gründen:

a: Man ist nie allein
»Wenn eine Mutter mal im Bad verschwinden will, um einen zu heben, haben sich garantiert sieben Kinder in der Badewanne niedergelassen und projizieren einen Märchenfilm auf die Tür des Medizinschränkchens.«

b: Mangelnde Diskretion
»Für Kinder ist Trinken immer gleichbedeutend mit einem festlichen Anlaß. Liefert man ihnen keinen einsehbaren Grund, verbreiten sie in der Nachbarschaft, Mami tränke auf einen weiteren babyfreien Monat.«

c: Schuldgefühle
»Alle meine Freundinnen sind frustriert, neurotisch, unbefriedigt und enttäuscht. Wie komme ich dazu,

aus der Reihe zu tanzen, indem ich für mein Wohlgefühl sorge?«

Eine der Testpersonen gestand, ihr System, sich bei besonderen Gelegenheiten mit einem Gläschen zu belohnen, sei ein wenig ausgeufert. Anfangs habe sie sich belohnt, wenn sie alle Kachelwände in der Küche gescheuert oder den ganzen Kühlschrank zum Abtauen ausgeräumt hätte. Jetzt belohne sie sich schon, wenn sie die Milchflaschen von der Haustür hereingeholt und eine Büchse Spargel richtig herum geöffnet habe.

Allerdings läßt sich nicht leugnen, daß hier bei uns eine Menge sogenannter Feinschmeckerclubs aus dem Boden geschossen sind. Dort gibt es nach einem Cocktail diese harmlosen kleinen Lunches, zu deren Zubereitung Cognac, Wein und sonstiger Alkohol verwendet wird, um das Interesse der Damen an feiner Küche zu wecken.

Einige dieser Lunches werden zu besonderen Anlässen, etwa zum Geburtstag oder Hochzeitstag eines Mitgliedes abgehalten. Unsere Gruppe feiert aber auch Präsident Carters erfolgreiches Angelwochenende, den Sommerschlußverkauf, die Einführung der Sojabohne in Lateinamerika und die Ein- und Auslaufdaten der *Queen Mary*. Jeden Monat wird das ausgefallenste Gericht preisgekrönt. Voriges Mal bekam meine Nachbarin den Preis für ein herrliches Dessert: ein Pfirsichkern, in einem großen Schwenker Cognac schwimmend . . .

Alles in allem finde ich, daß man den »Grünen Witwen« der Vorortsiedlungen für einen so entwürdigenden Verdacht eine Ehrenrettung schuldig ist. Möchte vielleicht jemand mit mir darauf trinken?

3. Lesen

Es gehört zu den Berufsleiden einer Hausfrau und Mutter, daß sie nie mehr Zeit findet, sich hinzusetzen und ein Buch von der ersten bis zur letzten Seite durchzulesen.

Eine Spontan-Umfrage unter den Belesensten meiner Bekannten ergab, daß auch sie nur Bücher über Erste Hilfe oder Reiseprospekte und Gebrauchsanweisungen für ihr Dampfbügeleisen gelesen hatten. So etwas ist traurig. Diese Frauen sind schließlich Mütter künftiger Wissenschaftler und Fachleute, der Gelehrten von morgen. Aber ich habe schon immer gesagt: Was hülfe es dem Weibe, ein reiches Haus zu führen, wenn sie die Anthropologin Margaret Mead für eine Fußpflegerin hält! (Ich hatte sie dreien meiner Freundinnen empfohlen.) Lesen bildet. Doch zunächst ist es gar nicht so einfach, an die richtigen Bücher heranzukommen. Wohnt man in einer Kleinstadt, muß man beim Ausleihen der Bücher sehr vorsichtig sein. Weder möchte ich dort als »ganz ausgekochte Nummer« gelten, noch meine kostbare Zeit auf Bücher wie »Nesthäkchen als Großmutter« verschwenden.

»Miss Hathcock, Sie kennen mich doch einigermaßen«, sagte ich zu unserer Bibliothekarin. »Welches Buch würden Sie mir empfehlen?«

»›Sex im reiferen Alter‹. Die schlüpfrigen Stellen sind im Anhang kursiv gedruckt«, antwortete sie wie aus der Pistole geschossen.

»Aber, aber, Miss Hathcock. Wir wollen doch die Scherze beiseite lassen. Bedenken Sie, ich habe sehr wenig Zeit zum Lesen und möchte lieber ein Buch, über das ich auch in Herrengesellschaft sprechen kann.«

»An Ihrer Stelle«, sagte sie zögernd, »würde ich den ›Schnellesekurs‹ von Fletcher nehmen. Binnen drei Tagen können Sie damit Ihre Lesegeschwindigkeit garantiert steigern. Sie wären dann imstande, den Inhalt einer ganzen Zeitung in nur 19 Minuten aufzunehmen, Romane in dreißig, Anthologien in einer Stunde.«

Kaum war ich mit dem Buch zu Hause, machte ich den ersten Test. Ich brauchte 45 Minuten für einen einzigen Absatz.

Möglicherweise hatte ich meine alte Konzentrationsfähigkeit verloren.

Kapitel 1 lieferte eine präzise Diagnose meines Falles. Meine Augen glitten ruckartig vorwärts und hielten bei jedem Wort inne. Ich lese Wörter, nicht Sätze oder ganze Passagen. Also würde ich noch viel Arbeit investieren müssen.

Wann immer ich Gelegenheit fand, nahm ich mir den ›Schnellesekursus‹ vor die Nase und verbrachte damit hingegeben ein, zwei Stunden.

Gestern sprach mich Miss Hathcock am Rückgabeschalter an.

»Na, wie geht's mit dem Schnellesen?« erkundigte sie sich freundlich lächelnd. »Sind Sie schon bereit für ›Krieg und Frieden‹? Oder für die achtzehnbändige ›Kulturgeschichte der Neuzeit‹?«

»Ehrlich gesagt, ich bin über dem zweiten Kapitel ein bißchen eingenickt.« Ich kicherte. »Es ist das über mangelnde Aufmerksamkeit. Wenn ich das erst mal intus habe, jage ich den Rest schnell durch. Würden Sie mir das Buch bitte um drei Wochen verlängern?«

»Und wie wäre es mit ›Sex in reiferen Jahren‹?« seufzte sie resigniert. »Ich wickle es Ihnen in neutrales Packpapier.«

4. Telefonieren

Ein bekannter Herzspezialist hat sich kürzlich gegen das übermäßige Telefonieren bei Frauen geäußert. Er machte geltend, dieses bequeme Mittel sich abzureagieren führe

a) zur Verbreiterung der Hüftpartie,

b) zur Erschlaffung des Kreislaufs,

c) zum Verlust des weiblichen Vorsprungs an Lebenserwartung.

Mein lieber Herr Doktor, entweder sind Sie sehr naiv, oder Sie geben sich hinsichtlich der Zu- und Umstände, unter denen wir Frauen telefonieren, ganz falschen Vorstellungen hin! Schon das erste Schrillen des Apparates löst einen vorprogrammierten Reflex bei allen Kindern aus, die aus allen Ecken angerannt kommen und nach dem Hörer grapschen. Einer Frau, die einigermaßen auf Draht ist und Schuhe mit flachen Absätzen trägt, gelingt es trotzdem in den meisten Fällen, die erste am Hörer zu sein.

Hat die Mami sich erst einmal bequem im Telefoniersessel niedergelassen, veranstalten die Kinder ein Getöse wie eine kriegsstarke Armee, die donnernd ins Manöver marschiert. Die Tür des Kühlschrankes knallt, Schubladen werden aufgerissen und zugeschmettert, Springseile oder Gegenstände, die sich als solche verwenden lassen, und die dazugehörigen Kinder wirbeln durch die Luft, Rasierklingen blitzen, fremde Gören steigen durch Türen und Fenster, Gerüche von Nagellack und Benzin schwängern die Luft. Eines der Kinder benutzt den allgemeinen Tumult, um auf den Fernseher zu klettern und sich dort oben auszuziehen.

Für den erschlafften Kreislauf gibt es kein besseres Mittel, lieber Herr Doktor!

Einige Mütter haben es zur Weltmeisterschaft im Fingerschnalzen gebracht. Ohne ihr Telefonat zu unterbrechen, schnalzen sie mit den Fingern und deuten; hauen auf den Tisch und deuten; Pfeifen auf zwei Fingern und deuten; oder ergreifen das nächste stockähnliche Instrument und deuten damit. So viel über isometrische Übungen. Andere Mütter nehmen ihre Zuflucht zu gedämpften Aufschreien (wobei sie die Sprechmuschel zuhalten). Drohungen genügen hier nicht. Man darf nicht nur so tun als ob. Man muß den Klaps wirklich verpassen, den verstreuten Zukker wirklich zusammenkehren, den Ballon wieder aufblasen, den Zimmerbrand löschen, das Wasser aufwischen – und zwar *sofort.* So viel zum Thema Gymnastik!

Manche Mütter bringen es am Telefon zu Meisterinnen der Pantomime. Ich war wie hypnotisiert von einer Bekannten, die völlig lautlos den Satz vermittelte: »Ihr kriegt jetzt alle gleich eins hinten drauf!«, was sich binnen kürzester Zeit zu »Ihr kriegt jetzt alle gleich zwei hinten drauf« steigerte. Sie allein kannte die magische Zahl, bei der sie aufhörte und zur Tat schritt.

Ein paar Mütter haben den Versuch gemacht, eine Spielzeugkiste in der Nähe des Telefons aufzustellen. Normale Kinder sind natürlich viel zu schlau, um auf so einen Trick hereinzufallen. Mary Poppins in eigener Person könnte an ihrem Schirm vom Himmel hängen und »Supercalifragilistischexpiallegorisch« singen, es würde diese Gören nicht davon abhalten, Zwiebeln über den Boden zu kicken und mit dem Spülmittel zu gurgeln. Ich glaube auch nicht, Herr Doktor, daß Frauen länger leben als Männer! Es kommt ihnen nur länger vor!

Reiß dich zusammen, bevor du auseinandergehst!

Seufzt man gerade unter der Last einer winterlichen Depression, bringt nichts einen derart auf die Palme wie die Modepäpste, die in einer Zeitschrift allen Ernstes fragen: PASST IHRE FIGUR IN DEN BIKINI DES NÄCHSTEN SOMMERS?
Mein lieber Schwan, eins kann ich Ihnen verraten: letzten Sommer paßte meine Figur NICHT für den sommerlichen Bikini. Um es ganz offen zu sagen, es gab da ungefähr zehn kleine Fehlerlein.
Daß wir uns recht verstehen: Ich erstrebe seit Jahren eine Figur, mit der sich die Volksweisheit illustrieren läßt: »Dicke sind freundlich und vergnügt.« Und so habe ich mich denn allmählich durchgegessen, von sympathisch, lustig, sonnig, über fröhlich, launig, witzig, munter bis temperamentvoll, zufrieden spritzig und war bereits auf bestem Weg zu »hysterisch«. Jetzt sagen plötzlich die Fachleute, das mit der Fröhlichkeit sei frei erfunden. »Dicke sind überhaupt nicht vergnügt, nur frustriert – und dick.« So was muß einem doch gesagt werden, solange man noch bei ›sympathisch‹ ist.
Es gab eine Zeit, da hatte ich einen Taillenumfang von 58 cm. Damals war ich zehn. Erinnere ich mich recht, so lauteten meine Maße einst 58 – 58 – 58. Da ich nicht blöd bin, wußte ich schon als Zehnjährige, daß man bei solchen Maßen gar nicht vergnügt werden kann, und fing deshalb an, tüchtig zu essen.

In der Schulzeit gewöhnte ich mir an, mich mit kleinen Leckereien zu belohnen, wenn ich
a) nicht auf eine Ritze im Trottoir getreten war,
b) Ohio rückwärts buchstabieren konnte,
c) mir die Nummer meines Garderobenschranks gemerkt hatte.

Nach meiner Hochzeit nahm ich binnen neun Monaten 30 Pfund zu, woraus man schloß, ich sei entweder schwanger oder versessen auf fette Saucen. Ersteres war zweifellos der Fall. Jedenfalls bin ich in die medizinische Literatur eingegangen als die einzige Frau, die auch *während der Entbindung* zunahm. Mein Mann versuchte mich beim Ehrgefühl zu pakken. Er klebte ein Foto von Twiggy an die Kühlschranktür mit der lapidaren Anweisung: »Zähl die Kalorien!«

Er selbst hat damit aufgehört, seit wir voriges Frühjahr zusammen im Supermarkt waren. An diesem Tag hatte Mister Universum sein persönliches Erscheinen zugesagt. »Ich dachte, wir wollten uns Bettvorleger anschauen«, meinte mein Mann verstimmt. »Diese Muskelprotzen sehen doch alle gleich aus.«

»Ich bin jetzt achtzehn Jahre verheiratet und habe noch keinen einzigen Muskel gesehen«, sagte ich und stellte mich auf die Zehenspitzen. »Laß mich mal schauen, wie so was aussieht.«

Der Mister Universum arbeitete in enganliegendem T-Shirt und Shorts. Mit dumpfem Plumps sprang er auf die Plattform, und mir fiel der Unterkiefer herunter.

»Mach um Gottes willen den Mund zu«, raunte mein Mann. »Du siehst aus, als hätte dir gerade jemand einen Sack Zement auf den Fuß fallen lassen.«

»Hast du je im Leben so viel Muskeln gesehen?« stieß ich hervor. »Das T-Shirt wird nicht mehr lange durchhalten! Und hast du gehört, was er sagt: Für so ein Bodybuilding braucht man nur wenige Minuten täglich! Da! Jetzt berührt er mit dem Ohr das Knie. Kannst *du* dein Ohr ans Knie legen?«

»Wozu um Gottes willen soll das gut sein?« fragte er seufzend. »Dort ist ja nichts zu hören. Außerdem wäre es mir peinlich, so auszusehen. Meine Anzüge säßen nicht mehr, und ich fände es unerträglich, wenn mich so viele Leute anglotzen würden.«

»Ach, wäre dir das wirklich so peinlich?«

»Aber ja doch«, meinte er nachdrücklich. »Ich bin nun einmal kein Badehosentyp.«

»Nein, das bist du wirklich nicht. Weißt du noch, wie vorigen Sommer im Freibad der fremde Junge deinen Schwimmreifen leihen wollte, und du hattest gar keinen um?«

»Sehen wir uns jetzt Bettvorleger an oder nicht?« knurrte er.

»Nicht, ehc du zugibst, daß du einen Fußball keine 20 Meter weit kicken und daß du nicht über einen Pfeil springen kannst, den du in beiden Händen hältst.«

»Meinetwegen, ich bin *nicht* Mister Universum. Na und?«

»Nimmst du das Twiggy-Foto von der Kühlschranktür?«

»Meinetwegen. Weißt du, seinerzeit hatte ich ein paar recht ordentliche Armmuskeln. Hier, sieh mal, jetzt lasse ich meinen Bizeps spielen. Schnell, schau! Sind das etwa keine Muskeln?«

Im Ernst: in meiner Käsesauce hatte ich manchmal schon dickere Klümpchen gesehen, aber wer eine Schlacht gewonnen hat, soll sich nicht mehr mit kleinen Nachhutgefechten aufhalten.

Bei den meisten Frauen, die Diät halten wollen, liegt das Hauptproblem darin, daß sie nicht vom Montag zum Dienstag kommen, ohne völlig frustriert zu werden. Ich zum Beispiel bin der typische Montags-Faster. Ein kleines Ereignis am Sonntag (»Schau mal, die Mami ist aus ihrem Sicherheitsgurt rausgewachsen. Müssen wir sie jetzt am Sitz festklammern?«) veranlaßt mich, Montag früh ernsthaft mit der Diät anzufangen.

8 Uhr 00 Auf in den Kampf, Torero. »Operation 20 Pfund Speck müssen weg« läuft.
Edith angerufen, ihr erzählt, was ich gefrühstückt habe. Sie mahnt mich, vorher den Bericht in ›Mothers Digest‹ nachzulesen, wonach eine Mrs. M. aus N. täglich 25 ungarische Kohlrouladen aß und sich die schlanke Linie errülpste.

12 Uhr 00 Zwang mich zu einer Tasse Fleischbrühe. Edith angerufen und ihr erzählt, daß ich mich bereits ganz anders fühle. Nicht mehr so prall um die Taille. Und viel energischer. Kleider sitzen besser. Versprach ihr mein graues Kostüm. Es wird höchstwahrscheinlich schon nächste Woche wie ein Sack an mir herunterhängen.

16 Uhr 00 Ein Artikel in der Zeitschrift ›Die Kalorie‹ (für solche, die alles verschlingen müssen, was sie sehen) bringt eine Reihe köstlicher Menüvorschläge für Figurbewußte. Wie ich Edith vor ein paar Minuten schon am Telefon sagte: Wir Mütter haben unseren Familien gegenüber die Pflicht, nahrhafte, schlankmachende Mahlzeiten zu kochen. Heute abend gibt es bei uns mageres Fleisch, frische Erbsen, ganz dünn geschnittenes Toastbrot und rohes Obst.

16 Uhr 00 Mein Mann hat angerufen, er käme später zum Abendessen. Die frischen Erbsen machten sich ein bißchen gar zu dürftig, ich habe ein paar geschmorte Pilze und einen Klecks Sahne daraufgegeben. Schließlich sollen ja die Kinder nicht

darunter leiden müssen, daß sie eine so willensstarke Mutter haben. (Sie könnten krank werden.)

16 Uhr 45 Ich habe das dünn geschnittene Toastbrot bis auf die letzte Krume aufgegessen. (Es schmeckte nach gar nichts. Dabei fällt mir ein: wo ist eigentlich seitdem der Brotkorb geblieben?) Zum Glück hatte ich einen fertigen Blätterteig im Tiefkühlfach, aus dem habe ich gefüllte Pasteten gemacht. In der Zeitschrift hieß es ausdrücklich, wenn man anfängt, die Politur von den Möbeln zu lecken, wird es Zeit, die Diät zu unterbrechen und einen kleinen Zwischenimbiß zu nehmen.

17 Uhr 00 Diese armseligen Reste Obst hätten vielleicht Robinson Crusoe begeistert, aber für uns habe ich sie doch lieber in einen Kuchenteig eingebacken, wie es sich gehört. Noch fünfzig Minuten, dann mache ich mir einen schönen Milchshake mit viel süßer Sahne. Was denkt sich mein Mann eigentlich? Sieht er etwa wie ein Filmstar aus?

17 Uhr 30 Eben fragen die Kinder, was ich da ma-

che. Ich setze ein paar Kartoffeln auf, um damit die Sauce aufzutunken, das ist alles. So sind Kinder heutzutage. Die halbe Welt muß hungrig schlafen gehen, und ich soll eine prima Bratensauce in den Ausguß kippen. Kinder können manchmal gräßlich sein. Wirklich!

18 Uhr 00 Mein Blutdruck ist abgesunken. Der Magen beginnt sich aufzublähen. Mein Sehvermögen ist beeinträchtigt. Ich habe das Menü für heute abend um zwei weitere Gänge und eine große Pizza erweitert, eine, auf der so ziemlich alles vorkommt. Edith hatte die Unverfrorenheit, telefonisch anzufragen, ob sie auch die Bluse zu dem grauen Kostüm kriegen könnte. Edith ist ja ein patenter Kerl, aber sie kann einem schon auf die Nerven gehen mit ihrer ewigen Telefoniererei. Ich habe die Kinder gebeten, ihr beim nächsten Anruf auszurichten, ich könne nicht an den Apparat kommen, ich mache gerade Gymnastik nach Schallplatten.

18 Uhr 00 Eben kommt mein Mann. Ich habe ihn gleich an der Haustür abgefangen und ihm ein paar erfrischende Wahrheiten gesagt. Daß ich nämlich, wenn er nicht

derart blödsinnige Bürostunden hätte, noch immer das gertenschlanke Mädel wäre, das er einmal geheiratet hat. Er besaß wahrhaft die Frechheit, so zu tun, als wüßte er nicht, wovon ich rede.

Nein, ich fürchte, ich habe auch dieses Jahr wieder nicht die richtige Figur für den Bikini. Gott weiß, wie sehr ich mich bemühe, dem Diktat der Mode zu gehorchen, aber ich habe chronisches Pech. Als ich mir endlich einen eigenen wohlgerundeten Po zugelegt hatte, waren Formen nicht mehr ›in‹. Als meine Hüften den Umfang von Satteltaschen angenommen hatten, kam ausgerechnet die Bleistiftlinie auf. Als sich bei mir so etwas wie eine Taille abzeichnete, wurde der lange, gerade Rock modern. Ich genoß ein paar erhebende Augenblicke, als es hieß, Frauen mit flachem Busen hätten einen besonders hohen Intelligenzquotienten, aber dann entdeckte jemand eine alles andere als flachbusige Filmdiva mit 135 – – (ich meine natürlich den I. Q., nicht den Brustumfang) – und damit war diese Theorie gestorben.
Hier ist meine Grundausstattung – falls einer der Modepäpste sie als Vorbild nehmen möchte. Ich habe allerdings in diesem Punkt keinerlei Hoffnungen.

Schultern: Davon habe ich zweierlei. Dummerweise passen sie nicht zusammen. Die eine hängt tiefer als die andere. Dem

Vernehmen nach eine häufige Erscheinung bei Hausfrauen, die lauffaule Kleinkinder, schwere Einkaufstaschen und Schneeketten schleppen müssen.

Bauch: Falls es mir nicht gelingt, meine Bauchmuskeln bis zum Beginn der Badesaison genügend zu trainieren, kann ich auf mcinem Bauch immer noch eine Platte belegter Brötchen abstellen.

Augen: Manche Kurzsichtigen sehen sexy aus. Ich sehe kurzsichtig aus. Erzählen Sie mir nicht, ich solle meine Augenbrauen betonen. Dann sehe ich aus wie Graf Dracula, wenn er Kopfweh hat.

Taille: Doch, doch, die muß irgendwo sein.

Hüften: Hier! Hüften kriegt man nicht über Nacht hin, Freunde, erwartet daher bitte keine Wunder. So wie sie jetzt sind, pfiffe ihnen nicht einmal eine Fabriksirene hinterher.

Knie: Ich möchte mal so sagen: Ein Dichter hat sie auf einer Cocktailparty als »Wünschelruten, mit denen man auch in der Sahara Wasser fände« bezeichnet.

Beine: Nicht jeder kann dic von Marlene Dietrich haben.

Rückgrat: So gut wie keins.

Wissen Sie was? Wenn ich nicht spätestens im Juni ›die richtige Figur‹ habe, gehen Sie einfach ohne mich an den Strand. Und auf dem Heimweg schauen Sie dann kurz bei mir herein, dann kriegen Sie ein Stück selbstgebackene Erdbeertorte mit viel Zucker und einem gehörigen Klecks Schlagsahne drauf.

5. März - 6. Mai

Denn Schönheit ist vergänglich

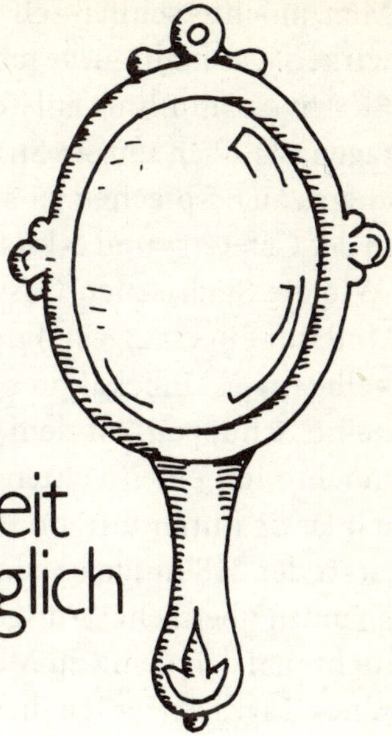

Irgendein besonderes Talent zu haben, ist herrlich. Aber manchmal scheint es, als hätte man bei der Verteilung der Begabungen nicht schnell genug »Hier!« gerufen.

Warum kommt man sich so blöd vor? So hinterwälderisch. So bar jeden Selbstvertrauens?

Wenn ich in den Spiegel schaue und sehe, wie mir die Lockenwickler vom Kopf stehen und die Nase von Schnupfensalbe glänzt, pflege ich vor mich hin zu sagen: »Ein hübsches Lärvchen allein tut es nicht.«

Man möchte schließlich auf dieser Welt etwas bewirken. Deshalb würde ich auch so gern einmal in der Elternversammlung aufstehen und laut sagen: »Vertagen wir doch unsere Sitzungen, bis etwas Dringlicheres zu besprechen ist als die Zahl der Automaten in der Cafeteria und etwas Amüsanteres als den Film ›Wie die Städtischen Gaswerke arbeiten‹.«
Und nur ein einziges Mal soll mich ein großer, dunkelhaariger Unbekannter so ansehen, als hätte ich keine Schuppen auf dem Kragen! Ein einziges Mal möchte ich einen echten Pelzmantel besitzen, den ich lässig hinter mir am Boden nachschleppen kann (statt der 218 müden Hamster, die ich zu den Clubabenden überziehe). Ausgerechnet ich. Ich schaffe ja nicht mal den Gang zu Mister Duponts Frisiersalon. Eines Tages betrat ich diesen Palast der Eleganz mit Bauernkopftuch, Wickelrock, sommerlichen Tennisschuhen und – mein Gott, nicht auch das noch, doch, tatsächlich – in Pfadfindersocken.
»Guten Tag, gnädige Frau. Sind Sie fest?«
»Nein. Wo?« fragte ich.
»Ich meine, sind Sie bei uns feste Kundin?«
Ich schüttelte den Kopf.
»Hören Sie«, sagte der Herr am Empfang mißtrauisch, »haben Sie sich etwa daheim die Ponies mit der Zickzackschere abgeschnitten oder so was? Oder Ihr Haar mit zweierlei Bleichmitteln versehentlich orange gefärbt? Oder sind Sie unter der Heimdauerwelle eingeschlafen?«

»Nein, nein, gewiß nicht«, sagte ich. »Ich möchte mich nur mal anständig frisieren lassen, weil ich seit der Geburt unserer Kleinen ein bißchen an Depressionen leide.«

»Ach so«, sagte er freundlich. »Wie alt ist denn Ihre Kleine?«

»Vierundzwanzig«, antwortete ich.

Da ich in diesem Salon nicht Stammkundin war, bekam ich Miss Lelia, die erst vor drei Tagen ihren Schönheitspflegekurs beendet hatte. (Sie wird ihn vielleicht wiederholen müssen, denn schon hat sie einen Prozeß mit einer pampigen Frau am Halse, die eine Glatze bekam.) Bei Miss Lelia fühlte ich mich so entspannt wie eine Katze in einem Zimmer mit lauter Schaukelstühlen. Dabei sagte sie eigentlich nichts. Sie fuhr mir nur prüfend durch die Haare, als wäre ich ein verwelkter Salatkopf. Schließlich rief sie Mister Dupont persönlich herbei, um ihm zu zeigen, was da auf sie zukam. Die beiden stimmten überein, daß ich gespaltene Spitzen hätte und einen ruinierten Haarboden und – o Graus – nicht mehr genügend eigenes Haaröl produzierte.

»Ist es denn so trocken?« fragte ich ungläubig.

»Vor rücksichtslosen Rauchern würde ich mich an Ihrer Stelle in acht nehmen«, erwiderte Miss Lelia, ohne zu lächeln.

Miss Lelia massierte, kämmte, verbesserte, baute auf, wickelte, bürstete, toupierte und sprühte runde zwei Stunden. Dann ließ sie meinen Sessel kreiseln und mich in den Spiegel sehen.

»Es ist nicht zu leugnen«, sagte ich zu meinem Spiegelbild und zwickte mich selber in die Wange, »du bist der Inbegriff von sexy.«

Miss Lelia schloß die Augen, als bitte sie um Beistand von oben.

Als ich über den dicken Plüschteppich dem Ausgang zuschritt, fühlte ich mich wie ein ganz neuer Mensch. Ich nahm die Schultern zurück und trug den Kopf hoch. Alle Augen im Raum waren auf mich gerichtet, ich spürte es deutlich.

»Entschuldigung«, sagte Miss Lelia. »Aber Sie ziehen zwei Meter Kleenex am Absatz mit. Darf ich es wegnehmen?«

Fast wäre ich eine feste Kundin geworden, aber eben nur fast. Ich habe es vertan und verscherzt. So ist das immer bei mir.

Selbst meine Kinder wissen es: Ich bin völlig talentlos. Es hat eine Zeit gegeben, da konnte ich ihnen erzählen, was ich wollte, und sie haben es geglaubt. Ich wußte einfach alles. »Mami, was macht eigentlich die Zahnfee, die immer die ausgefallenen Milchzähne abholt, mit den vielen Zähnen?«

Ich lächelte überlegen und antwortete: »Sie macht Ketten daraus und verkauft sie bei Tiffany für ein rundes Sümmchen.«

»Wieviel ist ein rundes Sümmchen, Mami?«

»Bitte, Liebling«, sagte ich dann und tat, als wäre mir schwindlig, »du weißt doch: viel Wissen macht alt.«

So ging es mir auf allen Gebieten. Ich war ihre Autorität beim Sonnensystem, bei der Bibel, in Geschichte, Mathematik, Sprachen und schönen Künsten, dem St. Lorenz-Strom, der Luftdruckbremse und dem Turbo-Jet. Sie glaubten mir sogar, daß die Verkehrsampel umsprang, wenn ich stark pustete und befahl: »Los, bitte Grün!« (Ja, ich weiß, meine Kinder waren schon immer ein bißchen zurückgeblieben.)

Vor ein paar Tagen fragte mich meine Tochter: »Wie heißt die Hauptstadt von Mozambique?«

»Weiß ich im Moment auch nicht«, sagte ich zerstreut, »aber summ mal ein paar Takte, dann komm ich drauf.«

Darauf sagte sie es mir auf den Kopf zu: »Mutter, du weißt überhaupt nichts!«

Damit hat es angefangen. Tag für Tag kratzten sie an dem Lack, der meine Unwissenheit verbirgt. Ich wußte nicht, wie man auf französisch sagt: »Verzeihung, mein Herr, Sie stehen auf der Pfote meines Alligators.« Ich wußte nicht, wie man eine Exponentialdarstellung einer Zahl macht (ja nicht einmal, daß man sie darstellen muß und wenn ja, warum). Ich wußte nicht, welches Fabrikat ein auf der Straße parkender Sportwagen war oder gegen wen Cosmos 2:0 gesiegt hatte. Ich hatte nicht einmal »Pippi Langstrumpf‹ gelesen und keine Ahnung, welche Schlager die ›Bee Gees‹ singen.

In meiner Verzweiflung schrieb ich ans Bennington College in Vermont folgenden Brief:

Sehr geehrte Herren!
Mit größtem Interesse lese ich, daß Sie einen neuen Kurs ›Keine Langeweile im Hausfrauenberuf‹ in den Lehrplan aufnehmen. Ich bin überzeugt, daß mehrere Millionen Hausfrauen auf Lastwagen, Tanks, Autos, Flugzeugen, Stelzen, Rikshas, Fahrrädern und Skateboards zu Ihnen fluten werden, und möchte mich daher schnellstens für diesen Kurs anmelden. Durch meine häuslichen Verhältnisse bin ich wie geschaffen für obengenannten Kurs. Ich habe drei Kinder, die mir feindlich gesinnt und geistig überlegen sind, einen Ehemann, der seinen Beruf liebt und Gitarre spielt, und ein Haus, das mich zutiefst deprimiert. Ich weine oft und viel.
Ich weiß mit meiner Zeit nichts anzufangen. Den größten Teil davon vertrödele ich. Wenn ich vor der Schule im Wagen auf die Kinder warte, pflege ich den Kilometerstand aufzuschreiben, ihn mit meinem Alter zu multiplizieren, die Anzahl auf dem Rücksitz liegengebliebener Fäustlinge abzuziehen und das Ergebnis durch die Zahl meiner Fahrgäste zu dividieren. Die Endzahl ist dann die Zahl der Plätzchen, die ich mir abends vor dem Essen gönnen darf. Meine Hausarbeit gibt mir keine Anregungen, wie vielen meiner Bekannten. Die machen immer hübsche Sächelchen aus alten Nylonstrümpfen und Eierkartons. Vorigen Monat habe ich einen vierzölligen Nagel in die Wand überm Spülbecken eingeschlagen und alle

unbezahlten Rechnungen darauf gespießt. Als ich diesen Einfall meinen Freundinnen weitergab, sagten sie, ich müsse mal aus dem Alltagstrott heraus und brauche Abwechslung. Manchmal glaube ich, der Winter dauert fünfzehn Monate.

In Ihrer Anzeige heißt es, das Programm in Bennington sei als Hilfe für die Hausfrauen gedacht, ›*deren grundlegende intellektuelle Fähigkeiten durch die endlosen Stunden als Kombination aus Krankenschwester, Haushälterin, Polizistin und Küchenhilfe unterminiert werden.*‹ Dieser Satz hat mir sehr gefallen.

Es steht zwar nicht in der Anzeige, aber ich hoffe, daß der Kurs sich auch mit »Lügen und anderen Schutzbehauptungen« beschäftigen wird, die man bei Dinnerparties, Picknicks und Klassentreffen anwenden kann. Außerdem möchte ich gern noch den Kurs belegen ›Hobbys, über die man spricht‹. Den Kurs ›Mechaniker-Fachchinesisch‹ habe ich leider nicht rechtzeitig belegt, weil ich glaubte, dafür führe ich noch nicht lange genug Auto.

Mit vorzüglicher Hochachtung

Eine Verzweifelte in D.

Ich brauche wohl nicht zu erwähnen, daß der Kurs bereits ausgebucht war. Ich fühle mich daher weiterhin unfähig und unsicher. Warum? Ich merke es ja schon am Verhalten meines Mannes mir gegenüber. Neulich abends hat er mich zum Essen ausgeführt.

Wir amüsierten uns gerade bestens, da sagte er plötzlich: »Weißt du, daß man eine Ehefrau und eine Geliebte immer ganz leicht auseinanderhalten kann?«
Ich hörte auf, mir die Butter von den Fingern zu lekken, obwohl sie mir bereits bis zum Ellbogen rann, und fragte: »Was heißt das denn? Ist das ein neuer Witz?«
»Schau dich mal um«, sagte er. »Siehst du die niedliche Kleine da drüben, die ihrem jungen Mann so tief in die Augen schaut? Die ist noch ledig. Und jetzt guck zum Nachbartisch hinüber. Die Frau, die dort sitzt, hat sechs Scheiben Brot gestrichen und sie im Uhrzeigersinn herumgereicht. Bald wird sie anfangen, für sechs Tische in der Runde das Fleisch zu schneiden und die Stäbchen aus den Cocktailkirschen für die Kinder einzusammeln. Eindeutig eine Ehefrau. So was merkt man. Verheiratete tanzen auch selten. Sie sitzen einfach nur da und stopfen sich voller Hors d'Œuvres, als gäbe es kein Hauptgericht mehr. Ledige gehen aus, um zu dinieren, Ehefrauen wollen nur essen.«
Während ich auf dem Heimweg den Plastikbeutel mit dem gemischten Salat aus dem Seitenfester hielt, um mir nicht den Mantel zu bekleckern, dachte ich über seine Worte nach. Er hatte recht.
Irgendwie waren wir Frauen auf ein totes Gleis geraten. Bei allen Parties zogen die Ehefrauen sich miteinander ins Wohnzimmer zurück, unterhielten sich über ihre Entbindungen und tauschten Rezepte für

›Spaghetti, mit Thunfisch überbacken‹. Die Männer aber blieben in der Küche und sprachen über die *großen* Sachen: über Streiks, Rassenunruhen und Kriege.
»Wieso redet ihr eigentlich nie mit *uns* über solche Themen?« fragte ich.
»Über was für Themen?«
»Über Politik und die Wirtschaftslage und die Vereinten Nationen.«
Er zog eine Grimasse.
»Erinnerst du dich, wie ich auf der letzten Party erwähnte Brzezinski könne nicht Außenminister werden?« Ich nickte. »Und du hast gesagt, ein Russe hätte uns gerade noch gefehlt!« Ich nickte wieder.
»Siehst du« sagte er. »Deswegen.«
»Du bist ungerecht«, rief ich aus. »Du weißt genau, daß ich auf Parties nicht glänze. Bei kleinen Plaudereien komme ich eben nicht groß heraus.«
»Habe ich gemerkt«, erwiderte er. »Du saust zum ersten Sessel, den du erblickst, als hättest du einen Magneten in den Strumpfbändern, läßt dich hineinfallen und stehst nie wieder auf. Sitzt einfach nur da und beobachtest, wie deine Füße anschwellen.«
»So etwas Albernes«, fauchte ich. »Neulich abends bei dieser stinklangweiligen Einladung ist einer von deinen Freunden – der mit den vielen Zähnen, der aussieht wie ein Haifisch – auf mich losgestürzt und hat gesagt: ›Ich suche Sie schon den ganzen Abend. Was haben Sie denn kürzlich gelesen?‹«

»Das ist doch völlig in Ordnung.«
»Durchaus. Aber er hat mich dabei nicht angesehen. Sein Kopf kreiselte wie das Rotlicht eines Polizeiboots, und als ich antwortete, ich hätte ›Ursachen des Wundliegens bei Säuglingen‹ gelesen, hat er schnell gesagt: ›Na toll, die Kritiker haben sich ja vor Begeisterung überschlagen‹, hat mich umarmt und ist weg.«
»Und was ist mit Larry Glagley? Den habe ich doch auch mit dir reden sehen.«
»Du meinst diesen ›Herrn Überdeutlich‹?«
»Du sollst meinen Freunden nicht immer so idiotische Spitznamen geben.«
»Das war so. Ich schlürfe gerade mit Genuß meinen Cocktail, da tritt er zu mir und sagt: ›Stört Sie eigentlich die Wasserverschmutzung nicht?‹ Ich verschlucke mich fast vor Schreck. ›Ja, trinke ich denn welches?‹ frage ich. Und da sagt er: ›Ich könnte Ihnen in meinem Labor Proben von dem zeigen, was Sie trinken, stinkendes, schleimiges Abwasser, voller Unrat, klebrig, faserig, die pure Sch . . . Und so was gelangt dann in Ihr und mein Trinkwasser. Wenn Sie es gesehen hätten, stünden Ihnen die Haare zu Berge!‹ Und da sage ich zu ihm: ›Das Hören genügt mir, jetzt krieg' ich ein Stück Leberpastete nicht mehr runter, das mir im Hals steckt.‹«
»Das Schlimme bei dir ist, daß du manchmal so unterbelichtet bist«, sagte mein Mann. »Neulich zum Beispiel. Nicht zu fassen, so was. Kommst zu mir,

packst mich beim Ärmel und verlangst, daß wir diesen ›todlangweiligen‹ Kreis verlassen.«
»Ich hatte einfach vergessen, daß wir die Gastgeber waren. So was kann schon mal passieren.«
»Du solltest häufiger aus dem Haus gehen. Tu doch was Lohnendes, damit dein Tag ausgefüllt ist und du abends darüber reden kannst.«
Das war nicht unbedingt falsch.
Was tat ich denn den ganzen Tag? Was passierte mir schon Wichtiges? Neulich hatte ich mich in der Sprühdose vergriffen und bekam daraufhin 24 Stunden lang keine verstopfte Nase in der Achselhöhle. Kein Wunder, daß mein Mann sich nie mit mir unterhalten wollte. In die Verteidigung gedrängt, sagte ich laut: »Wir Frauen hätten mehr Selbstbewußtsein, gäbe es mehr Männer wie Viktor Syomin.« Jetzt spitzte er doch die Ohren.
»Wer ist Viktor Syomin?« fragte er.
»Viktor«, erklärte ich ihm, »ist ein wenig bekannter Russe, dessen Frau die Moskauer Universität besuchte, bis ihr der Professor eines Tages sagte: ›Sie haben innerhalb von vier Jahren und sechzehn Lehrgängen gänzlich versagt und wissen so gut wie nichts.‹ Ein normaler Ehemann hätte seine Frau angeblickt und geäußert:
›Schluck's, Mausilein, du bist halt ein bißl blöd.‹
Nicht so Viktor. Er stürmte ins Büro des Professors und verlangte: ›Entweder meine Frau besteht ihr Examen oder Ihnen passiert was!‹ Der Professor erwi-

derte ›Tschipucha‹, was etwa so viel bedeutet wie ›Ihre Frau hat das Hirn einer Amöbe‹, worauf Viktor sprach: ›Sie haben die Intelligenz meiner Frau beleidigt‹, und dem Professor das Nasenbein einschlug. Es kommt nicht darauf an, daß Viktors Fall von Körperverletzung in drei Monaten verhandelt wird«, schloß ich erregt, »sondern darauf, daß er in seiner Frau mehr sieht als ein hübsches Lärvchen. Er betrachtet sie als geistig ebenbürtig. Hast du gehört? Als geistig ebenbürtig. So. Willst du jetzt die irrsinnig komische Geschichte hören, wie ich mir Schnupfenspray unter die Achseln ge-pffft habe, oder nicht?« Er schwieg ganz kurz. Dann grinste er. »Quasseln kannst du ja!«

Viel Begabung ist das zwar nicht, aber es ist doch immerhin ein Anfang.

Der steinige Weg der Fortbildung

Jede Frau macht irgendwann im Leben den Versuch, sich fortzubilden.

Das kann bedeuten, daß sie sich ein paar Gymnastikplatten kauft und danach turnt oder aber einen Kurzlehrgang belegt ›1000 Worte Alltagshebräisch‹, ›Kontaktbridge‹, ›Die Ikebana bei den Mau-Mau‹. Möglicherweise tritt sie auch die Rückreise durch ihr Leben an und landet in ihrer guten, alten, efeuberankten Uni in einem Abendkurs.

Ein solcher Kurs hält, was sie sich von ihm verspricht, denn er zieht die Frau aus ihren ewig-gleichen vier Wänden und verschafft ihr ein Ziel, einen Traum, dem sie nachjagen kann. Außerdem rückt er sie zur Abwechslung einmal ein bißchen in den Mittelpunkt des Geschehens. Sie ist nun in der Lage, ihr Scherflein zur Unterhaltung am Abendbrottisch beizusteuern. (»Stellt euch vor, Kinder, eure Mami wäre heute beinahe in den Brennofen gefallen und ein Aschenbecher geworden!«) Mit einem Wort, der Kurs entreißt sie dem sattsam bekannten grauen Alltag.
Meine Nachbarin Marty zum Beispiel ist das, was man allgemein als »reines Muttertier« bezeichnet. Als ihr der Kinderarzt riet, mit ihren Sprößlingen Kindersprache zu reden, um sich besser mit ihnen zu verständigen, war sie die erste, die auf allen vieren kroch, hemmungslos sabberte und »Giggi-diddi-daa« gurgelte. Wir staunten, aber Marty meinte, das sei eine neue Methode, und sie sei ihren Kindern wenigstens einen Versuch damit schuldig.
Das war vor zehn Jahren. Heute sprechen Martys Kinder wie die Harvard-Absolventen. Dafür kann Marty sich das Gekindsche nicht mehr abgewöhnen. Erst neulich abends sagte sie zu ihrem Mann: »Ich hab dir deine Heidi-Deidi frisch bezogen, und wenn du deine Muhmilli getrunken hast, kannssu Mami ein Bussibussi geben und hoppaheia gehn.«
Ihr Mann sah sie gelassen an und meinte ganz ruhig: »Ich habe es mir überlegt, Marty, du solltest doch

Sprachunterricht nehmen. Mir scheint, deine Entwicklung ist rückläufig. Wie wär's mit einem Kurs, in dem du deinen Wortschatz erweiterst?«
Marty war ebenso erschrocken wie verletzt. Sie hatte nicht gemerkt, daß ihre Ausdrucksweise den Anforderungen nicht genügte. Es war die Geburtsstunde von Martys Selbstlehrmethode ›Täglich ein Wort‹. Das ging ganz einfach: Morgens holte sich Marty einen Band des Konversationslexikons aus dem Bücherregal und schlug ihn auf. Mit geschlossenen Augen ließ sie dann den kreisenden Finger auf einem Wort anhalten und machte es zum ›Wort des Tages‹. Die Übung bestand nun darin, es mindestens fünfmal anzuwenden, ehe die Sonne sank. Unser ganzes Mitgefühl wandte sich der armen Marty zu. Doch, doch, ich meine es ernst. Es war ihr manchmal fast unmöglich, ihr ›Wort des Tages‹ in der Unterhaltung unterzubringen. Bei einem Damentee zum Beispiel mußte sie ›Tse-Tse-Fliege‹ erwähnen. »Ach«, fragte sie, »ist das eine Tse-Tse-Fliege?« »Nein«, antwortete die Gastgeberin kalt, »das ist eine Rosine, und ich wäre Ihnen dankbar, wenn Sie etwas leiser sprächen, solange ich den Kuchen herumreiche.«
Bei einer Cocktailparty sagte sie zum Chef ihres Mannes: »Ich habe den ganzen Vormittag lethargisch dagelegen, bis der Postbote kam.« Auf sein leichtes Befremden setzte sie hastig hinzu: »Das ist kein unanständiges Wort, es heißt einfach ›lässig auf dem Rücken‹.« An der Häufigkeit, mit der sie es ge-

brauchte, war ihr ›Wort des Tages‹ meist zu erkennen. Wir nahmen folgenden Satz zu Protokoll: »Meine Probleme sind in letzter Zeit minimal, aber ich sage mir jeden Morgen, Marty, du bist zu jung, um dich von minimalen Dingen beeinflussen zu lassen. Sonst kriegst du vor lauter Sorgen noch eine minimale Grippe.« (Schon dreimal, bleiben zwei.) Bald merkten wir, daß die arme Marty unter dem zunehmenden Streß von Heim und Familie schließlich kaum mehr Zeit fand, die Bedeutung ihrer Wörter nachzuschlagen. Wir hörten sie klagen: »Mein Leben lang wollte ich auf der Zymbeline spielen« oder »Bei Monotonie gewinne ich nie, die Kinder kaufen die Eisenbahnen und Industrieobjektive, und ich kann zusehen, wo ich bleibe.«
Ihr Weg zur Selbstverwirklichung endete schlagartig, als sie eines Abends ihren Mann fragte: »Hat Fred denn jetzt eigentlich bei seinem Examen reminisziert, oder hat ihn seine Prüfungshypnose fluoresziert?«
Wie Marty uns später erzählte, sagte ihr Mann da sehr lieb zu ihr: »Komm, Martylein, wir wollen lieber doch zu Happa-Happa, Gacki-Gacki und Wauwaus zurückkehren. Du hast mir viel besser gefallen, als ich noch kein Wort von dem verstand, was du sagtest.«
So etwas gehört zu den Risiken der Fortbildung. Dabei übertreiben manche, und ehe sie sich's versehen, nehmen sie sich selber ernst. Nicht, daß nicht auch

ich ein paarmal versucht hätte, mich weiterzuentwickeln. Vor ein paar Jahren war ich an dem Punkt, wo ich den Schildkröten in ihrer Kiste nicht nur zuredete, sondern sogar mit ihnen diskutierte und stritt. Es mußte etwas geschehen.

Oft und oft haben wir darüber gesprochen, denn so ist es der armen Myrtle Flub ergangen. Myrtle war eine echte Golf-Enthusiastin. Wir lernten sie in einem Haus des Christlichen Vereins Junger Frauen kennen, bei einem sechswöchigen Golfkurs. Für uns war Golf etwas, das man mit beiden Händen tat, während man sich unterhielt. (Es sei denn, man raucht gerade, dann brauchte man das Clubhaus nicht erst zu verlassen.)

Bei Myrtle war das anders. Hatten wir eine Vierergruppe beisammen, war es immer Myrtle, die den Spielstand mit Tinte notierte. Nie waren ihre Schläger rostig oder klebrig von Kaugummi. (Als ich aus meinem Golfsack ein nasses Windelhöschen zog, war sie ganz entsetzt.)

Sie spielte genau nach den Regeln des Lehrbuchs. Das war recht lästig. Wir versuchten die Sache immer eher ein bißchen aufzugecken. Vergaß man beispielsweise beim Abschlag zu sagen: »Darf ich, Mami?« bekam man einen Strafschlag aufgebrummt. Streifte man beim Schlag über den Teich den Kopf der Ente und sie quakte, brauchte man das 16. Loch nicht mehr zu spielen. Hatte man mehr als 15 Schläge an einem Loch zu tun, brauchte man gar nicht mehr abzuschlagen. So etwas machte Myrtle wahnsinnig. Sie begriff nie, warum wir uns bei einem einzigen Spiel fünf »Ich habe Sie nicht schlagen sehen« zugestanden. Eines Tages kam sie freudestrahlend auf den Golfplatz. »Ich weiß jetzt, wie ich mein Score verbessern kann«, sagte sie. (Na, dachten wir, jetzt wird sie endlich genauso schwindeln wie wir.) »Ich habe einen Artikel gelesen, von einem britischen Gynäkologen. Darin heißt es, schwangere Frauen spielen besser Golf als nichtschwangere. Er hat eine Riesenumfrage durchgeführt und festgestellt, daß die Scores sich so um zehn, fünfzehn Schläge verbessern lassen!«

Wir hielten den Atem an. »Um Gottes willen«, japsten wir unisono, »du denkst doch wohl nicht im Ernst daran ...«

»Wenn der Weg zur Mutterschaft wirklich mit *birdies, eagles* und *pars* gepflastert ist, könnt ihr anfangen, Strampelhöschen für mich zu stricken«, entgegnete sie. In ihren ersten Schwangerschaftsmonaten spielte unsere Myrtle nicht gerade sensationell. Meistens war ihr übel. Ihr sonst so pieksauberer Golfsack war voll von zerkrümelten Salzkeks, und als ich ihr einmal ein Stück kalte Pizza anbot, hörte sie auf zu spielen. Beim fünften Loch. Hörte einfach auf.

Im Frühherbst war dann ihr Befinden leicht beeinträchtigt durch geschwollene Knöchel, und sie mußte salzhaltige Nahrung und Golfspiel tunlichst einschränken.

»Wartet nur«, sagte sie, »im Frühling spricht dann der ganze Golfclub nur noch von mir.«
Wie recht sie hatte. Wenn Myrtle versuchte, abzuschlagen, war es, als wolle jemand ohne Radar auf einem Flugzeugträger landen. Sie sah nicht einmal ihre Füße, geschweige denn ihren Ball. Um es rundheraus zu sagen: Sie war viel zu schwanger, um zu putten.
Vorige Woche haben wir auf dem Weg zum Golfplatz bei Myrtle hereingeschaut. (Sie wird das Spiel wiederaufnehmen, wenn das Kleine aus dem Gröbsten heraus ist.) Wir sprachen auch von der bewußten Umfrage. »Wer ist der Mann eigentlich?« fragte eine der Damen. »Ein bekannter Arzt«, beteuerte Myrtle noch einmal, »der eine wissenschaftliche Studie unter weiblichen Golfern durchgeführt hat. Hier: der Zeitungsausschnitt mit Bild.«
Wir trauten unseren Augen kaum. Ohne jeden Zweifel war dies der Mann, der an jenem Tag hinter uns gespielt hatte, als wir uns um den Rasensprenger herumgedrückt und zur neuen Regel erhoben hatten, wer dabei naß würde, müsse den Golfkarren rückwärts ins Clubhaus fahren. Junge, sind die Männer Spielverderber!

Zu der Dame, die an der Volkshochschule die Abendkurse leitete, sagte ich: »Ich möchte mir gern ein paar zusätzliche Fertigkeiten aneignen, um mein Selbstvertrauen zu stärken. Ich kann doch diese Welt nicht verlassen, ohne etwas Wesentliches geleistet und mir dadurch ein Denkmal gesetzt zu haben. Ist der Kurs ›500 verschiedene Arten, Fleischbuletten zuzubereiten‹ schon ausgebucht?« Leider war er.

Die Kursleiterin schlug mir einen Malkurs vor. Ich erklärte ihr, darin sei ich Anfänger. Sie versicherte mir, der Malkurs sei speziell für Dilettanten, die noch nie einen Pinsel in der Hand gehabt hätten. (Sie hätte auch sagen können »zwischen den Zehen oder in den Ohren«, denn die Damen handhabten, wie sich herausstellte, den Pinsel in jeder nur denkbaren Stellung.)
Meine erste Arbeitspartnerin am Tisch war eine schlanke Blondine. Sie ließ den Deckel eines Kastens aufspringen, der aussah wie ein Behälter für Angelzeug, und Ölfarben im Wert von ungefähr 90 Dollar quollen heraus. Sie hißte die Leinwand wie ein Segel am Mast eines Hochseesegelbootes und hatte binnen zwanzig Minuten eine impressionistische Landschaft des Grand Canyon in acht verschiedenen Rottönen skizziert und ausgeführt.
»Und woran arbeiten Sie?« fragte sie, ohne den Blick von ihrem Œuvre zu nehmen.
»Ach, an nichts Besonderem«, sagte ich. »Mir kam da nur heute eine kleine Idee.«
Sie griff nach meinem Skizzenbuch. »Was? Sie zeichnen einen Schneemann von einer Weihnachtskarte ab?«
Meine nächste Partnerin war eine Frau reiferen Al-

ters. Sie gestand, sie habe seit Jahren keine Leinwand mehr vor sich auf der Staffelei gehabt. Ich bin doch nicht beschränkt: Sie hatte einen verkleckstsen Malmantel an, der ihr gehörte, und besaß, wie ich argwöhnte, auch ein eigenes Gerüst, von dem aus sie höchstwahrscheinlich an Wochenenden die Decke der Sixtinischen Kapelle nachbesserte.
»Ja, was haben wir denn da?« flötete sie und griff nach meinem Skizzenblock. »Ein Küchenfenster, habe ich recht? Ach liebes Kind, Sie brauchen die dargestellten Gegenstände nicht zu etikettieren. So was lenkt vom Werk als solchem ab. Wenn Sie gestatten, daß ich etwas dazu bemerke: Ihre Vorhänge sind ein bißchen steif und starr geraten. Vorhänge, wissen Sie, haben stets etwas Weiches, Wehendes, Fallendes.«
»Meine sonst auch«, sagte ich, »aber ich habe bei der letzten Wäsche zuviel Stärke zugesetzt. Jetzt schlägt man sich an ihnen das Schienbein blau.«
Meine nächste Tischnachbarin war eine jungverheiratete Frau, die ihr erstes Kind erwartete. Schüchtern fragte sie mich: »War es schwer, das Stilleben ›Obst und Krug‹ zu malen?«
»Eigentlich nicht«, erwiderte ich und riß ein Blatt vom Skizzenblock, das nur ein paar weitverstreute Punkte aufwies.
»Aber die Trauben, die Bananen und Äpfel?«
»Die haben meine Kinder aufgegessen.«
»Und der Krug?«
»Den hat der Hund vom Tisch geworfen.«

»Und was sind das für kleine Pünktchen?«
»Fliegendreck.«
Ich habe gern einen Tisch für mich. Plaudern lenkt mich von ernsthafter Arbeit ab.

Krankheiten, mit denen ich zum Arzt ginge, wenn nicht gerade Mittwochnachmittag wäre.

a) Akute Possessivitis. »Also, lieber Herr Doktor, die Sache ist die: Ich leide seit kurzem an einem Schub krankhafter Possessivitis. Ich möchte meinen eigenen Schrank haben, eine Wäschekommode, die nur mir gehört und sonst niemand, und außerdem ein paar Kleinigkeiten, die einzig und allein mein persönliches Eigentum sind. Verstehen Sie mich recht: So gern ich mein Leben mit meiner Familie teile, meine Rolle Tesafilm *nicht*. Habe ich mich klar ausgedrückt?«
Der Doktor lächelte wohlwollend. »Durchaus, durchaus. Nun berichten Sie mal von Anfang an.«
»Genaugenommen merkte ich es zum ersten Mal eines Abends beim Essen. Ich hatte von meinem Nachtischtörtchen abgebissen und es auf den Teller zurückgelegt. Und als ich nochmal abbeißen wollte, steckte es gerade mein Sohn in den Mund. ›Das ist meins‹, sagte ich, und meine Lippen fingen an zu zittern. ›Du kannst dir ja ein anderes nehmen‹, sagte mein Sohn grinsend. ›Ich will kein anderes‹, wider-

sprach ich, ›es war meins, und du hattest kein Recht, es mir wegzunehmen.‹ Er kicherte in sich hinein. ›Ich hab' gewußt, daß es deins ist.‹ ›Warum hast du es dann genommen?‹ rief ich. ›Weil ich ungezogen und schlecht angepaßt bin‹, entgegnete er.
Sehen Sie, Herr Doktor, von dem Moment an fiel mir zu meinem Entsetzen auf, daß mein persönlicher Besitz ohne meine Erlaubnis entwendet wird. Plötzlich merkte ich, daß meine Lieben meinen Augenbrauenstift dazu benutzten, um sich Telefonnummern zu notieren. Meine schwarzen Ohrclips, die ich nur sonntags trage, waren die Augen eines Schneemanns. Aus meinem Spitzentuch nähten sie die Stola für eine Barbie-Puppe. Meine Pinzette diente dazu, einen Frosch zu sezieren. Sogar meine Kinnbinde gegen Doppelkinn war mit Schrot gefüllt und wurde im Hof als Schleuder gebraucht.
Sie machen sich keine Vorstellung, welcher Groll sich allmählich in mir aufstaute.
In meiner Not kaufte ich mir einen riesigen, altmodischen Sekretär, in dem sich meine persönlichen Sachen unterbringen ließen. Er war einfach phantastisch, hatte 45 kleine Fächer, Geheimschubladen, Schiebetüren, und wenn man den Deckel nicht genau richtig hielt, fiel er herunter und schlug einem den Arm ab. In diesem Möbel verstaute ich all meine Wertsachen wie eine Packratte, die einen strengen Winter nahen fühlt.
Eine Weile ging alles gut. Dann begannen die Dinge

sich wieder zu verflüchtigen. Meine Büroklammern verschwanden eine nach der anderen. Meine Wattebäusche. Sogar meine Paketgummis (und dabei bewahrte ich sie in einer leeren Schachtel Abführpillen auf!) Aber ich bin allmählich müde, Doktor, ich kann einfach nicht mehr um alles kämpfen!«
Der Doktor lächelte. »Sie leiden an einer bekannten Psychose, dem Wunsch nach Rückkehr ins Junggesellendasein, als Sie noch unabhängig waren und gewisse Rechte hatten. So etwas kommt nach achtzehnjähriger Ehe häufig vor! Warten Sie, ich schreibe Ihnen etwas auf.«
Er stand auf, nahm das Sitzkissen vom Stuhl, zog daran einen Reißverschluß auf und brachte einen Schlüssel zum Vorschein. Mit diesem Schlüssel trat er an den sechsten Ziegelstein von rechts in der Kaminfassung, hinter dem eine kleine Kassette versteckt war. Diese schloß er auf.
»Ich bewahre hier immer meinen Rezeptblock auf«, sagte er mit verlegenem Lachen. »Wenn ich den nicht verstecke, benutzt ihn meine Sprechstundenhilfe als Notizzettel.«
»Ich verstehe vollkommen«, sagte ich.

b) Das Sonntagssyndrom. »Herr Doktor, lassen Sie es mich bitte einmal in aller Offenheit aussprechen: Laut neuesten statistischen Erhebungen verdiene ich pro Woche 1 Dollar 59, die mir gewährten Sozialleistungen sind gering, ich habe Wohnung und Essen frei und darf einmal wöchentlich in den Supermarkt fahren, um mich gratis mit Musik aus den Lautsprechern berieseln zu lassen. Außerdem darf ich so viel Kopfwehmittel schlucken, wie ich nur herunterkriege.

Mein Problem ist die Sonntagsarbeit. Ich bin die einzige im ganzen Haus, die auch sonntags arbeitet. Alle acht Tage das gleiche Spielchen: Die übrigen Hausbewohner rennen den ganzen Vormittag im Schlafanzug herum, blättern barfuß in Comics und lagern hingegossen auf Ruhebetten wie die Römer im Film, die lässig darauf warten, daß ihnen Yvonne de Carlo eine Schale mit tropischem Obst anbietet.«

»Und was machen Sie während dieser Zeit?«

»Ich jage durchs Haus, richte Essen, mache Betten, suche den jeweils anderen zu einem weißen Handschuh und halte die Notausgänge frei von Sperrmüll.«

»Und Ihre Lieben tun nichts?«

»Nichts, gar nichts. Sie essen und sehen fern. Eines Sonntagsmorgens fand ich sie vorm Bildschirm, da starrten sie aufs Testbild. Sie hielten es für eine Golfsendung mit Diagrammen, wie man sich die Schläge einteilt.«

»Und was passiert, wenn Sie sich mal hinsetzen und ausruhen?«

»Dann fliegt dem einen eine Biene in die Nase. Der andere faßt irgendeine Nessel an und kriegt davon Allergie. Der Dritte trinkt ein Schlückchen Lackverdünnungsmittel. Neun von zehn Unfällen ereignen sich am Sonntag. Einmal – ach, einmal hätte ich mir beinahe ein Nickerchen gegönnt, da sagte mein Mann aus heiterem Himmel: ›Du siehst aus, als ob du dich langweilst. Komm, wir räumen die Garage gründlich auf‹.«

»Und abends?«

»Abends ist die Zeit, in der ihnen einfach alles einfällt. Daß sie zur Schulaufführung am nächsten Morgen eine amerikanische Flagge brauchen, und zwar die aus dem hintersten Winkel des Speichers. Einem der Kinder fällt ein, daß es nicht baden kann, weil ihm ein Zehennagel abfällt, und irgendwann zwischendurch muß ich 24 Törtchen mit rosa Zuckerguß glasieren. Aber was mir die meisten Sorgen macht, Herr Doktor, ist *mein* Verhalten. Letzten Sonntag habe ich eine regelrechte Gemeinheit begangen. Ich habe die ganze Bande um 7 Uhr früh aus den Betten geworfen und gerufen: ›Los, los, sonst kommt ihr zu spät zur Schule‹. In tiefstem Schockzustand sind sie zur Straße hinuntergelaufen.«

»Deshalb brauchen Sie doch keinen Schuldkomplex zu entwickeln«, erklärte mir der Arzt. »Wir haben alle unsere Toleranzschwelle, und wenn sie überschritten ist, versagen wir. Vergessen Sie die ganze Sache.«

»Leicht gesagt, Herr Doktor. Sie ahnen nicht, was ich mir für nächsten Sonntag vorgenommen habe . . .«

c) Die Transport-Allergie. »Herr Doktor, Sie wissen das sicher: Kinder sehen ihre Mütter als Symbole sehr verschiedener Art – als Apfelstrudel mit Vanillesauce, als zartes Parfum, als tröstenden Kuß, wenn man sich das Knie aufgeschlagen hat. Meine Kinder sehen mich als vier Räder, einen Motor und eine Steuersäule. Ich bin Schneewittchen mit dem Wagenschlüssel. Ich bin Peter Pan in einer Wolke blauer Auspuffgase. Ich bin Mary Poppins mit dem Benzinschlauch. Alle Leute reden immer von den berufstätigen Männern und wie sie zwischen Arbeitsplatz und Wohnung pendeln müssen. Die tun mir nicht leid. Die kutschieren auf gut beschilderten Straßen und brauchen sich nur über ein paar schlechte Fahrer und ein paar Dutzend Polizeiautos zu ärgern, die als Spiräa-Büsche getarnt auf Geschwindigkeitssünder lauern.

Aber die Frauen, die armen Frauen, die sich zusammengetan haben, um die lieben Kleinen zur Schule zu transportieren? Die werden beim Chauffieren von hinten mit Brotbüchsen geknufft und müssen sich mit der Schere den Kaugummi aus den Haaren schneiden. Die müssen durch unwegsames Gelände rattern wie Pioniere, durch Sümpfe, über kahle Felder, nur weil ein bestimmtes Kraut in die Biologiestunde mitgebracht werden soll.

Offen gestanden, Herr Doktor, ich bin schon zu so vielen Kindertransport-Pools eingeteilt worden, daß ich mir vorkomme wie ein Clown. Vor ungefähr zwei

Wochen hat die ewige Chauffiererei angefangen, mich nervös zu machen. Ich mußte bei Rotlicht halten und fünf kleine Mädelchen purzelten in meinen Wagen. Eins davon schrie: ›Carol, sag deiner Mutter, sie soll bei der nächsten Kreuzung rechts abbiegen.‹ Und das Mädelchen namens Carol antwortete: ›*Meine* Mutter ist das nicht. Ich hab' gedacht, das ist deine‹. ›Nein‹, sagte die andere Stimme, ›meine Mutter trägt eine Brille. Oder nein, mein Vater trägt, glaube ich, die Brille. Mal herhören, Leute, wem seine Mutter ist das eigentlich?‹
›Der Hinterkopf kommt mir irgendwie bekannt vor‹, sagte eine neue Stimme. ›Haben Sie mal eine Gruppe gefahren, die für Bürgerkunde alle Klos an Bushaltestellen inspiziert hat?‹
Ich schüttelte verneinend den Kopf.
›Ich hab's‹, sagte ein anderes Kind. Das ist die, die den Müll aus dem Pfadfinderlager abtransportiert hat, jetzt fällt's mir wieder ein. Weil nämlich der Boden schon gefroren war, haben wir ihn nicht mehr vergraben können.‹ Sie wandte sich an die anderen. ›Sie hat die Gruppe nur abholen wollen, und da haben sie ihr den Mülltransport aufgehalst. Tut mir leid, aber ich habe Sie nicht gleich wiedererkannt, weil damals so viele Fliegen vor Ihrem Gesicht waren.‹
Diesmal nickte ich bejahend. Wie lang ist das eigentlich her, daß ich um einen eigenen fahrbaren Untersatz bettelte? Der mir im Alltag meine Bewegungsfreiheit geben und, ach, ganz neue Wege zu Kultur

und Unterhaltung eröffnen würde. Und mich befreien sollte von den Fesseln des täglichen Trotts. Was war da bloß schiefgelaufen? Als ich die kleinen Mädchen aussteigen ließ, blieben zwei Fahrgäste übrig, die ich immer mittwochs nachmittags vom Kindergarten heimbrachte. ›Ich bin fünf‹, teilte eines dem anderen mit. ›Wie alt die wohl ist?‹
(Anmerkung: Kinder sprechen vom Fahrer immer in der dritten Person, nie direkt. Dies würde die unpersönliche Fahrgast-Fahrer-Beziehung zerstören.)
›Und ich bin acht‹, rief ich spontan über die Schulter.
›Glaubst du, daß die wirklich acht ist?‹ fragte das andere kleine Mädchen.
›Ich bin groß für mein Alter‹, setzte ich erläuternd hinzu.
›Meine Mutter ist genausogroß, und die ist 32‹, sagte das erste kleine Mädchen.
›Erwachsene sind manchmal richtig komisch‹, sagte das zweite.
›Was soll's‹, sagte das erste. ›Immer noch besser schlecht gefahren als gut gelaufen!‹

d) Identifikationsschmerzen. »Ehe Sie es von jemand anderes erfahren, Herr Doktor«, sagte ich, »gestehe ich es frei heraus: Ich habe meine Identität gefunden. Sie ahnen nicht, was das bedeutet. Menschen, die mich jahrelang für ihre beste Freundin gehalten haben, nennen mich jetzt empört ›falsche Schlange‹, ›Schwindlerin‹ und ›Verräterin an der Sache‹. Und sie haben vollkommen recht.

Ich war von Anfang an nicht so sehr für die Gleichberechtigung der Frau. Müll wegschleppen, Sicherungen erneuern, Rasen mähen und Büsche düngen – das muß ich sowieso. Noch mehr Gleichberechtigung brächte mich um.

Sie müssen wissen, Herr Doktor, ich bin der Typ Frau, der auf die Frage eines Interviewers ›Welchen Beitrag leisten Sie für das Ewig-Weibliche, das uns hinanzieht?‹ antworten würde ›Beiträge laufen über das Büro meines Mannes.‹

Dabei habe ich mir fest vorgenommen, im Leben mehr zu sein als nur irgendeine Nummer. Wie oft murmele ich vor mich hin: Wer bin ich eigentlich? Wo bin ich? Wohin gehe ich? Ich habe damit einmal eine Avon-Vertreterin zu Tode erschreckt, als sie zu mir in die Küche vorgedrungen war.

Eines Abends sagte ich sogar zu meinem Mann: ›Du hör mal, ich glaube, ich habe irgendwie meine Identität verloren.‹ Worauf er ohne aufzublicken antwortete: ›Die liegt bestimmt bei den Wagenschlüsseln. Und wo hast du die wieder gelassen?‹

Und als ich mich mal recht aus Herzensgrund mit meiner Mutter aussprechen wollte und ihr von Ödipuskomplex und Geschwisterneid erzählte, die sich bei mir tief ins Persönlichkeitsbild eingefressen hätten, wußte sie nur zu erwidern: ›Wie redest du eigentlich mit deiner Mutter?‹

Die ersten Hinweise auf meine wahre Identität bekam ich, als eines Tages das Telefon klingelte und eine Stimme sagte: ›Hallo, Erma.‹

Herr Doktor, ich schwöre Ihnen, mein Blick verschleierte sich, wie bei Ben Cartwright in *Bonanza*, wenn sein treues Pferd lahmt.

Stockend fragte ich: ›Wie haben Sie mich gerade genannt?‹

Die Stimme wiederholte den Namen.

Das war es. Das mußte meine Identität sein. Fieberhaft durchwühlte ich meine Handtasche: auf allen Mitgliedskarten, Scheckkarten, Leihscheinen der Volksbücherei – der gleiche Name!

Ich rannte ins Schlafzimmer und riß alle Schubladen heraus. Ich fand alte Schulzeugnisse der Kinder mit meiner Unterschrift, Taschentücher mit meinem Monogramm, Bücher mit der Widmung ›Für Erma‹ auf der ersten Seite. Endlich wußte ich, wer ich war. Dabei fiel eine Postkarte zu Boden. Sie war adressiert: ›An Mrs. Erma Bombeck, Gebäckmeisterin des weiblichen Pfadfindertrupps.‹ Das war der Durchbruch. Ich wußte nicht nur wer, ich wußte sogar, *was* ich war. Ich war zuständig für das Gebäck einer ganzen Pfadfindergruppe.

Ich war so stolz, Herr Doktor. Ich fühlte mich so großartig. Das Rätsel war gelöst. Jetzt beunruhigt mich bloß noch: Wo habe ich das viele Gebäck eigentlich verstaut?«

Steuern, Steuern, Steuern ...

Was Steuern angeht, die Steuern nämlich und nicht das Steuern, habe ich nur zwei Männer in meinem Leben kennengelernt, die über ihre Einkommenssteuer lachen konnten. Der eine hinterzog gewaltige Summen, ohne daß das Finanzamt ihn dabei erwischte. Der andere besaß einen makabren Humor und hätte wahrscheinlich während der historischen Boston Tea-Party, bei der eine Schiffsladung Tee ins Hafenbecken gekippt wurde, einen Bauchladen mit Zucker und Zitronenscheiben eröffnet.
Mit einem leidenden Steuerpflichtigen bis tief in die Nacht wachzubleiben, ist kein Honiglecken, das kann ich Ihnen flüstern. Die Antwort auf die Frage: »Wie führe ich meine Ehe, während er die Formulare ausfüllt?« steht in keiner der vielen Frauenzeitschriften. Ich habe mittlerweile jahrelange Erfahrungen. Sie lassen sich in folgende Punkte zusammenfassen:

Punkt eins: Versuche nie, deinem Mann seine Steuerzahlerdepression auszureden. Eine Bekannte von mir, die sich bei solchen Gelegenheiten neben seinem Schreibtischsessel aufpflanzte, ihm über die Haare strich und trällerte: »Ich brauche keine Millionen, mir fehlt kein Pfennig zum Glück«, lebt jetzt wieder bei ihrer Mutter und arbeitet in einer Bank (Abteilung: Kreditvergabe). In kritischen Augenblikken soll man nichts riskieren.

Punkt zwei: Rede ihm niemals zu, die Steuer rechtzeitig bei der Post einzuzahlen. Ein Mann regt sich beim Schlangestehen entsetzlich auf, besonders wenn die Leute, die vor ihm den Schalter umlagern, eine Steuerrückzahlung erhalten. Da ist es immer noch besser, wenn er vor Ablauf der allerletzten Frist, kurz ehe ein Säumniszuschlag fällig wird, um Mitternacht im langen Autostau zum Briefkasten eingekeilt ist.

Punkt drei: Halte ihm die Kinder vom Leibe. Von Januar bis einschließlich April haben sie keine Vornamen mehr, sondern verwandeln sich automatisch in Steuernachlaß A, Steuernachlaß B und Steuernachlaß C. In dieser Zeit beginnt er im Kopf zusammenzurechnen, was er alles in sie investiert hat, wieviel er hat zahlen müssen für ihre Kieferregulierungen, Plattfußeinlagen, Leibeserziehung, künstlerische Ausbildung, Kleidung, Ernährung, Wohnung und Vergnügungen, ihre Vitamine und ihre Versicherungen. Sobald er einmal ausgerechnet hat, daß der Steuernachlaß nicht einmal für ihre Limos und Cornflakes reicht, kocht er innerlich.

Punkt vier: Richte dich seelisch auf den Tiefpunkt seiner Stimmung ein – rechtzeitig. Wenn er in gesperrten Schecks, Quittungen, Belegen, Vermögens- und Einkommenssteuerformularen buchstäblich ersäuft, ist der Moment gekommen, ihm anzubieten, daß du dir im kommenden Jahr die Gallenblase herausnehmen lassen willst (zusätzliche ärztliche Belastungen sind absetzbar). Versprich ihm, ein verwaistes Pariser Revuegirl zu adoptieren, reichlich für die Armen des Polo-Clubs zu spenden, in unvernünftige Projekte zu investieren und möglichst viel beim Roulette zu verlieren, und kaufe ein Bürohaus auf Kredit.

Vor allem aber: Bereite dich vor, alles zu begründen oder doch zumindest mit ihm zu diskutieren, was du ausgegeben hast, vom Kleinsten bis zum Größten, von der Antischnupfenpille bis zum Schwimmunterricht für deine Jüngste.

»Wie in drei Teufels Namen hast du es fertiggebracht, 175 Dollar für Schwimmstunden zu zahlen«, donnert er, und seine Halsadern treten schlangengleich hervor. »Für nur 50 hätte *Flipper* ihr in unserer Badewanne das Schwimmen beigebracht.«

»Die Schwimmstunden an sich haben für zehn Wochen nur 4 Dollar gekostet, aber es sind ein paar Nebenausgaben dazugekommen.«

»Nebenausgaben? Was für Nebenausgaben?«

»Na ja, eben Nebenausgaben. Zum Beispiel 49 Cent für eine Nasenklammer.«

»Bleiben immer noch 170,51.«

»Und die Parkgebühr. Ich glaube, es waren ungefähr 35 Dollar.«

»Was? 35 Dollar Parkgebühr?«

»Ich habe im Halteverbot geparkt, weil es nicht anders ging, und dort werden die Wagen immer abgeschleppt. Und einmal sind wir abends noch in der Stadt geblieben, haben gegessen und sind anschließend ins Kino gegangen. Das machte auch noch mal 10 Dollar.«

»Bleiben immer noch 125 Dollar 51.«

»Ungefähr 12 Dollar habe ich natürlich für Bestechungen ausgeben müssen.«

»Ja, hast du denn *noch mal* im Halteverbot geparkt?«

»Nein, aber ich habe die Jungen davon abhalten müssen, im Waschraum mit geknüllten Papierhandtüchern zu werfen und auf dem Parkett in der Eingangshalle zu schliddern. Ich habe sie mit Süßigkeiten und Limo bestochen. Auch mein Mutterstolz kostet schließlich etwas.«

»Aha. Mutterstolz 12 Dollar«, notierte er mit abwesendem Blick.

»Ja, und dann die Bettbezüge. Ich komme ja so selten in die Stadt, da mußte ich schnell mal ins Kaufhaus gehen und mich im Schlußverkauf ein bißchen umsehen. Zwei habe ich gekauft. Zieh bitte 24 Dollar 73 ab.«

»Bleiben immer noch 88,78.«

»Und ungefähr 15 Dollar für Medizin, weil die Kleine mal vergessen hatte, sich die Haare zu trocknen und eine wüste Erkältung bekam. Aber wenn du meinst, das Geld für die Pillen sei herausgeworfen, kann ich sie ja zum Schulfrühstück dazupacken.«

»Sei nicht albern. Was hast du mit den restlichen 73,78 gemacht?«
»Du meine Güte, es kam noch so allerhand dazu ... Namensschildchen für die Handtücher, eine neue Badetasche, neue Scheinwerfer für das Postauto, das ich frontal angefahren habe – und vergiß die Nasenklammer nicht.«
»Das machte 49 Cent, nicht wahr?« fragte er und leckte gedankenverloren an der Spitze seines Kugelschreibers. Über Einkommenssteuer lachen? Ich? Ach du liebe Zeit: Eher ginge ich mit einem Krokodil schwimmen!

Lerne leiden ohne zu klagen

Die Ehefrau: Eigentlich hatte ich mich gefreut, daß Leonhard ein Weilchen daheimbleiben muß, um sich von einer kleinen Operation zu erholen. Wir wollten gemütlich miteinander frühstücken und zwischendurch immer mal wieder einen netten kleinen Imbiß nehmen, unsere alten Fotoalben ansehen, vielleicht hie und da zweistimmig ein paar Strophen aus der ›West Side Story‹ singen.
Irgend etwas ist schiefgelaufen. Ich weiß nicht genau, was. Ich bin mit dem Tablett so schnell gerannt wie die Bedienung in der dunkelsten Ecke eines Drive-In-Restaurants. Ich habe ihm die Kissen aufgeschüttelt, ihm den Rücken massiert, ihm die Zeitungen

gebracht, ihm das Bettuch glatt gezogen und bin auf den leisesten Ruf aus allen Winkeln des Hauses herbeigestürzt. Zugegeben, Leonhard ist ein Typ, der schlecht Schmerzen ertragen kann. Als er sich 1959 an einer Papierkante geschnitten hatte, bin ich nicht von seinem Lager gewichen. Der Arzt hat mir später bestätigt, daß nur meine unerschütterlich treue Pflege ihn damals durchgebracht hat.

»Hab' ich dir schon erzählt, daß ich während der ganzen Operation wach war?« schrie er über den Korridor.

»Ja!« schrie ich zurück.

»Hab' ich dir schon von der Horde Vampire erzählt, die mir rund um die Uhr stündlich Blut abgezapft hat?«

In der zweiten Woche mußte ich schon die Telefonnummern seiner ehemaligen Kameraden beim Militärdienst heraussuchen, außerdem das Halmabrett vom Speicher holen und – unter anderen Forschungsaufträgen – feststellen, wie hoch eigentlich sein Wagen versichert sei. Außerdem mußte ich seinen kränkelnden Azaleentopf wieder aufpäppeln (»Du kannst natürlich machen, was du willst, aber dann sag *du* Miss Cartwright, daß ihr schöner Blumenstock wegen mangelnder Pflege eingegangen ist. Nur zu, brich der armen Alten ruhig das Herz!«)

»Hörst du mich da draußen?« rief er. »Wenn du schon in der Stadt rumrennst, schau doch mal bei der Leihbücherei herein und hol uns das Buch ›Wie schreibt man Theaterstücke?‹. Hast du mich gehört? Wir könnten ein tolles Erfolgsstück verfassen, du und ich!«

In der dritten Woche lief er allmählich wieder auf vollen Touren. Er tigerte durchs Haus, stellte fest, daß die Küchenschränke vollkommen verkehrt geplant sind, daß in der Wasch- und Plättstube etwas Nicht-Identifizierbares verweste und seine Familie nur eines dringend brauchte: einen gut durchdachten Organisationsplan. In der letzten Woche kreuzte er dann ganz groß auf. Er befand sich in einem Kommunikationssyndrom, oder wie die Familie sich weniger wissenschaftlich ausdrückte, »er verteilte ringsherum Saures«.

»Dem Tony von der Tankstelle kannst du sagen, wenn er meinen Motor nicht wieder hinkriegt, kann er den Wagen selber nach Detroit schieben, und zwar mit der Nase, die ich ihm plattschlagen werde, sobald ich aus dem Bett bin. Und dem Clark im Büro lasse ich ausrichten, er soll ja nicht glauben, daß er mit jeder krummen Tour durchkommt, nur weil ich hier flach liege, und er könne was erleben! Erinnere ihn daran, was 1948 passiert ist.«

»Was ist denn 1948 passiert?« fragte ich wißbegierig.

»Nichts. Aber das weiß der Clark bestimmt auch nicht mehr. Übrigens noch was: Knöpf dir den Gartenmenschen vor, den du da zur Hilfe engagiert hast, und sage ihm, er soll gefälligst den Rasenmäher wie-

der auf die Höhe einstellen, in der ich ihn hatte. Ich will keinen Golfrasen, sondern ein bißchen was Grünes vorm Haus.«
Ich glaube zu wissen, warum der liebe Gott es gleich so eingerichtet hat, daß Frauen die Kinder zur Welt bringen. Die Männer hätten auch diesen Job delegiert.

Der Ehemann: Eigentlich hatte ich mich darauf gefreut, mal ein Weilchen zu Hause zu bleiben, bis Doris ihren Grippeanfall überwunden hat. Wenn ein Mann nicht seinen Anteil zu Haushalt und Kindererziehung beitragen kann, taugt er nichts, sage ich immer.
Irgend etwas ist schiefgelaufen. Ich weiß nicht genau, was. Ich habe weiß Gott mein Äußerstes getan, was unter obwaltenden Umständen nur irgend möglich ist. Zuerst habe ich mal versucht, ein bißchen Ordnung in die Küche zu bringen, aber als ich die Schränke aufriß und die Schlagzeilen auf dem Zeitungspapier las, mit dem sie ausgelegt waren: TRUMAN IST FÜR KONZESSIONEN wußte ich, was mir bevorstand. Ich trommelte die Kinder zusammen und stellte sie zum Arbeiten an. Doris läßt ihnen zu viel durchgehen.
»Warum zum Kuckuck hebt eure Mutter die Waffeln ausgerechnet im Backofen auf?« fragte ich.
»Um sie vor uns zu verstecken.«
»Ihr tragt jetzt die große Bratform für Puter auf den

Speicher, schließlich wird sie nur alle Jubeljahre einmal benutzt. Gebt mir mal die Cocktailzwiebeln rüber, die gehören auf die unteren Fächer, damit man jederzeit dran kann. Wo ist der Kaffee?«

»Im Schubfach unter dem Herd, Daddy.«

»Wieso wird er nicht in der großen Dose aufbewahrt, auf der KAFFEE steht?«

»Weil die Mami darin POPCORN versteckt.«

Wir kamen mit der Arbeit einigermaßen vom Fleck, da rief Doris mit einem Mal aus dem Schlafzimmer: »Geht doch lieber hinaus in die Garage und tauscht Hinterreifen gegen Vorderreifen aus oder so etwas. Meinetwegen könnt ihr auch aus alten Kegeln Lampen machen.«

Soviel zum Thema Dankbarkeit. Doris ist ihrer Natur nach das, was wir früher daheim eine ›Heulsuse‹ nannten; sie fällt in Ohnmacht, wenn sie ein Hühneraugenpflaster abmachen muß. Ich will sie nicht kritisieren, solange sie auf dem Kreuz liegt, aber ich habe im Kühlschrank Speisereste gefunden, die so vergammelt waren, daß ich mir an einem alten Auflauf buchstäblich die Hand blutig gekratzt habe.

»Wenn du Reste nicht rechtzeitig aufbrauchst«, warnte ich sie, »wirst du noch eine Hausapotheke mit Gegengiften einrichten müssen.«

»Wer war vorhin am Telefon?« rief sie aus dem Schlafzimmer.

»Der Schulleiter. Kümmer dich gar nicht drum.«

»Was wollte er denn?« beharrte sie.

»Nichts Besonderes. Er hat mir nur die Hausordnung vorgelesen, wonach Kinder nicht in Pantoffeln zum Unterricht kommen dürfen.«
Sie stöhnte auf. »Wieso tragen unsere Kinder Pantoffeln in die Schule?«
»Weil wir Schuhe nicht finden können. Die stehen vermutlich auf der Waschmaschine, aber an die können wir im Moment nicht ran, erst so gegen sieben Uhr abends. Bis dahin wird das Wasser einigermaßen abgeflossen sein, schätze ich ...«
»Willst du damit sagen, daß die Waschmaschine übergelaufen ist?«
In manchem ist Doris umwerfend naiv. Hundertmal, wenn das reicht, habe ich ihr schon gesagt, sie soll Söckchen und Höschen in einen Beutel in die Waschmaschine tun, damit die Pumpe nicht verstopft wird. Aber sie hört ja nie zu.
Wenn Doris den Haushalt so führen würde wie ein Mann sein Büro, dann würde all diese Organisiererei mich nicht derart viel Zeit kosten. Neulich habe ich ihr einen Zettel hingelegt, auf dem stand:

Bitte beantworte mir folgende Fragen:
1. Wie stellt man den Müllzerkleinerer an?
2. Wie bestellt man den Milchmann ab?
3. Wie kriegt man eine mit Tinte tätowierte amerikanische Flagge von der Stirn eines Jungen?
4. Wo ist der Paprika für das Gulasch?
5. Wie ist die Telefonnummer deiner Mutter?

Das war doch nun wahrhaftig kein Grund, stöhnend aufzustehen und sich anzuziehen. Manchmal frage ich mich, warum der liebe Gott den Job des Kinderkriegens eigentlich den Frauen zugeteilt hat. Die Männer würden die ganze Sache straff durchorganisieren und in der halben Zeit das dreifache Ergebnis erzielen.

7. Mai - 9. Juli

O heilige Familienbande

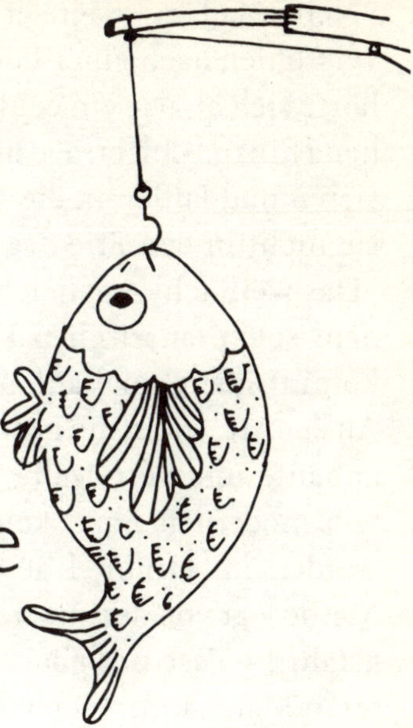

„Entschuldigen Sie«, sagte der Milchmann und tippte höflich an seine Mütze, aber ich glaube, Sie haben heut früh einen falschen Zettel in die Milchflasche gesteckt. Auf dem hier steht: ›Hilfe! Ich bin in der Gewalt eines Idioten mit einem Satz Schraubenschlüssel und seit drei Tagen ohne laufendes Wasser. Wie komme ich nur heraus aus diesem Bastlerstall?‹«

»Sie liefern noch nicht lange die Milch an, wie?« fragte ich.

»Nein, Madam«, sagte er und suchte mit den Augen verstohlen nach einer Lücke in der Taxushecke. »Es hörte sich an wie ein echter Hilferuf«, setzte er stokkend hinzu. »Ich bringe nur die Flaschen zum Sterilisieren und Füllen in die Molkerei zurück. Ich werfe sie nicht in den Erie-See oder so.«

»Das weiß ich«, sagte ich gereizt. »Aber wer mit einem solch fanatischen Heimbastler verheiratet ist, kommt manchmal auf ausgefallene Ideen.«

An der Art, wie er die Ladenklappe seines Milchautos zuhaute und verriegelte, merkte ich gleich, daß er von modernen Ehen keine Ahnung hatte. Manche werden im Himmel geschlossen. Aber nicht alle. Meine war von der anderen Sorte. Ich merkte das ungefähr 14 Tage nach der Hochzeit. Da kam nämlich mein Mann außer sich vor Begeisterung aus dem Supermarkt heim, zwei Zigarrenkistchen unterm Arm. Er stürzte in den Hobbyraum im Keller, nagelte sie zusammen und strich sie dunkelgrün an und nannte sie ›Objekt Nr. 1‹. Sie sahen zwar noch immer aus wie zwei zusammengenagelte Zigarrenkistchen, man konnte sogar noch die Marke – King Edward – durchschimmern sehen, aber ich tat pflichtschuldigst, als gehörten sie ins Museum für Moderne Kunst. Führte ich Besucher durch unsere Wohnung, erklärte ich lauthals, ich hätte meinen Mann bestimmt schon im Kindergarten geheiratet, hätte ich geahnt, *wie* begabt er sei.

Ich übertrieb, wie üblich.

Damals ahnte ich nicht, daß er in unsere Hintertür eine Öffnung für den Hund sägen würde, ohne zu bedenken, daß dann ja auch der Schnee dort hereinkam. Woher hätte ich wissen sollen, daß er unsere Mülltonnen mit einem hohen Drahtzaun umgeben würde und man den Müll nur noch blindlings hinüberschleudern und das Beste hoffen konnte?
Nichts warnte mich, daß ein Bastelprogramm für den Werkkundeunterricht der fünften Klasse eines Tages sein ganzes Leben ausfüllen würde.
Eine Zeitlang befand er sich in der sogenannten Einbau-Periode. Alles im Haus wurde umbaut, versteckt, verborgen, außer Sicht geschafft. In die Garage kam ein Regal mit Fächern, in denen eintrocknende Farbeimer, alte Kaffeedosen und abmontierte Nummernschildern aufbewahrt wurden. Er umbaute Fernseher, Bücherbretter, Stereoanlage, Waschmaschine, Trockenschleuder, Bar, Kleidungsstücke, Decken, Laken, Nähmaschinen, Putzmittel. Eines Morgens stieg ich aus dem Bett, gähnte und streckte beide Arme weit aus. Ehe ich sie wieder sinken lassen konnte, mußte ich fünf Fächer mit Kochbüchern und einer Sammlung Glas-Elefanten stützen.
Später fand ich heraus, daß er nie zu Bett ging, bevor er ein Projekt beendet hatte. Beflügelt von der Vorstellung unerhörter Verbesserungen verbarrikadierte er das Zimmer mit Stellagen und Leitern, öffnete eine Million Farbdosen (von der Sorte, die immer umfällt

und ausfließt) und deponierte die Vorhänge zusammengeknüllt auf dem Sofa. Dann fuhr er lächelnd in den Mantel und sagte: »Ich muß eben mal nach Südamerika, eine bestimmte Sorte Käfer studieren. Bitte rühr nichts an, bis ich zurück bin.«
Ein anderes Mal riß er schlicht den Herd aus der Küchenwand, entfernte die Backofentür, stellte alle Metallteile aus dem Badezimmer in den Küchenausguß, um sie in Essig einzuweichen, und rief: »Mir fehlt das richtige Handwerkszeug. Mit Pfadfinderaxt und primitiven Hilfsmitteln, die ich mir aus Büffelhaut und Stein selber machen muß, kann ich selbstverständlich kein fachmännisch einwandfreies Resultat erzielen.«
Endlich war die Tatsache, daß ich mit einem verhinderten Heimwerker verheiratet war, kein Geheimnis mehr. Wir waren das Ehepaar, das den ganzen Winter über die Fliegengitter und den ganzen Sommer über die Doppelfenster drin hatte. Wir streuten Grassamen in den Schnee und montierten während eines Unwetters mit Blitz und Donner eine neue Fernsehantenne.
Selbst an ganz alltägliche kleine Dinge ging er mit einer Grazie heran, die an eine Büffelherde unter Beschuß denken ließ.
»Ich meine bloß, ob du wohl hinter die Waschmaschine greifen und den ganz einfachen Stecker in die ganz einfache Steckdose stecken könntest?« erkundigte ich mich eines Abends.

»Wollen mal sehen«, entgegnete er und begutachtete die Lage. »Zunächst brauche ich mal das Lexikon für Heimwerker Band VII. Such mir das raus, ja? Und dann schlag das Kapitel auf ›St wie Steckdose, elektrische‹. Jetzt hol mir meinen Instrumentengürtel, meine Isolierhandschuhe und den Schutzhelm mit der Grubenlampe vorn. Diese Waschküchen sind alle für Liliputaner entworfen, weißt du. Ich werde mit einem Anlauf auf die Waschmaschine springen und von dort ...«
»... mit deinen Riesenlatschen den Programmschalter abtreten«, ergänzte ich trocken. »Weißt du, ich mache es vielleicht doch lieber selber. Ich bin kleiner als du, und wenn ich mich ganz weit vorbeuge und nach unten greife ...«
»Nein, das ist Männerarbeit«, sagte er bestimmt. »Du geh hinaus und schaufle den Schnee aus der Garagenzufahrt. Laß mich hier nur machen.«
»Nein, ich bleibe lieber bei dir, falls du aus den Augäpfeln SOS funkst und Hilfe brauchst.«
Langsam seilte er sich hinter der Waschmaschine ab und steckte den Stecker ein – nur zur Hälfte, denn schon lag der ganze Küchentrakt des Hauses im Dunkeln. Geschockt – im ursprünglichen Sinn des Wortes – fuhr er zurück und hebelte dadurch den Stecker der Trockenschleuder auch noch aus der Dose. Gleichzeitig fiel ihm das Grubenlicht vom Helm in das Spülmittel. Als Schluß- und Glanznummer stieß er mit dem Kopf ans Schalterbrett und öff-

nete mit der Gürtelschnalle versehentlich ein Ventil, aus dem heißes Wasser zischte.
Ich faltete die Hände, schloß die Augen und betete: »Lieber Gott, mach, daß er nie pensioniert wird, Amen.« Ironischerweise beneiden mich viele Frauen um diesen Do-it-yourself-Ehemann.
»Er tut doch wenigstens *etwas*«, meinte unsere neue Nachbarin. »Dafür sollten Sie dankbar sein.«
Ich lächelte. »Macht es Ihnen was aus, sich auf den Stuhl dort drüben zu setzen? Ein Bein von meinem Mann hängt durch die Zimmerdecke, und ich möchte nicht, daß er Ihnen in den Schoß fällt. Er ist im Grunde eine schüchterne Natur, wissen Sie.«
Sie sah erschrocken auf, als er durch die Öffnung herunterschrie: »Erma? Mach ein Kreuz dorthin, wo noch was von der Decke übrig ist, damit ich das nächste Mal weiß, daß dort keine Strebe ist.«
»Ich finde es wundervoll«, beharrte die Nachbarin, »wie Sie die Hausarbeit gemeinsam bewältigen. Ich sehe Sie den Rasen mähen, während Ihr Mann die Hecke trimmt, und Sie den Wagen waschen, während er das Handschuhfach ausräumt. Wirklich, wundervoll.«
Ich schwieg kurz, dann rückte ich meinen Stuhl näher an den ihren.
»Ich verrate Ihnen ein Geheimnis. Hilflose Frauenzimmer waren mir von jeher ein Greuel. Und zwar deshalb, weil ich insgeheim eifersüchtig auf sie bin, weil ich sie beneide um ihre Fähigkeit, ausgewach-

sene Männer bei Fuß gehen zu lassen. Zudem habe ich es satt bis obenhin, daß in Gesellschaft jeder meinen Bizeps fühlen will. Wenn ich noch einmal zur Welt komme, will ich eines der unpraktischen, hilflosen Frauchen werden, die beim Anblick eines Frostschutzmittels in Ohnmacht fallen.
Leider habe ich schon zu Beginn unseres Ehelebens den Mund zu voll genommen und gesagt: ›Schatz, so kriegst du den Rasenmäher niemals in Gang, dreh die Zündkerze fest und öffne die Benzinleitung, damit du Sprit in den Verteiler kriegst, und dann zieh den Choke ganz raus. Außerdem, wenn du dich nicht auf die andere Seite von dem Ding stellst, lehnst du dich besser an den Baum da an, um das Gleichgewicht zu halten, wenn es dir den rechten Fuß abmäht.‹«
»Fabelhaft, einfach fabelhaft«, sagte die Nachbarin und tupfte sich die Stirn mit einem Spitzentaschentuch.
»So fabelhaft auch wieder nicht«, sagte ich. »Von dem Tag an war mir der Rasenmäher zu erb und eigen. Außerdem mußte ich sämtliche Wasserhähne reparieren, den Sockel der Wäscheschleuder adjustieren, die Wäscheleine neu verspleißen, einen Steingarten anlegen, Frostschutzmittel ablassen und den Wagen waschen.«
»Du lieber Gott«, flüsterte sie, »ich bin in allen technischen Dingen ein solches Schaf, ich weiß kaum, wie man im Wagen diese vorderen Dinger einschaltet, diese runden ...«

»Scheinwerfer«, warf ich ein. »Wie ist doch gleich der Kosename, mit dem Ihr Mann Sie immer ruft?«
Sie zögerte. »Seidenes Pussykätzchen.«
»Richtig. Mich nennt mein Mann ›Barras‹, nach einem Packessel, den er einmal in Korea gehabt hat. Sind Sie sich klar, daß Sie das Große Los gezogen haben? Ich möchte wetten, daß Sie noch nie den Rasen gedüngt, nie eine Sicherung ausgewechselt, nie mit dem Gartenschlauch eine Mülltonne ausgespritzt oder Vorhangstangen eingedübelt haben!«
Sie warf den Kopf zurück, wobei sie ihren schlanken weißen Hals freigiebig zeigte, und lachte silbern. »Mir wird schon schwindlig, wenn ich auf eine Fußbank steige.«
»Heute zum Beispiel läuft meine Waschmaschine nicht ab. Ich kann nun entweder nach einem Fachmann schreien, der ja doch nie kommt, oder aber versuchen, die Sache selber wieder in Ordnung zu bringen.«
Sie lächelte durchtrieben. »Es ist sicher die Turbinenpumpe. Da brauchen Sie nur die Rückwand aufzuschrauben, den Pulsator abzukuppeln, das Druckventil abzuschalten und einen der Cyclo-Zylinder mit einem Viererschlüssel zu lockern, und schon können Sie Ihre Wäscherei wiedereröffnen.«
»Waaas! Sie tun ja nur so! Ihre ganze Hilflosigkeit, alles ist nur Schau. Sie Schwindlerin. Und was bringt sie Ihnen nicht alles ein: Einladungen zu reizenden Dinners, Urlaub in der Nachsaison, Pelzstolen, und

einen Mann, der Ihnen atemlos zur Seite steht! Wissen Sie, wann mir mein Mann das letzte Mal atemlos zur Seite stand? Als mir ein Hühnerknochen im Hals steckte! Glauben Sie, daß es für mich zu spät ist? Lernt eine Frau über 35 es noch, hilflos zu sein?«
Sie lächelte ermutigend. »Aber selbstverständlich! Fangen Sie damit an, daß Sie Ihren netten Milchmann bitten, Ihre Flaschenpost – wenn es nicht zu viel Mühe macht – in den Erie-See zu werfen!«

Sandkörner in der Butter oder das Leben in freier Natur

Man hat mir immer einreden wollen, eine Ehe gründe sich auf die Gemeinsamkeiten von Mann und Frau.
Vor einer Weile habe ich irgendwo gelesen, was Liz Taylor über eine ihrer Ehen zu Protokoll gab. Sie und ihr Mann, hieß es, hätten vor allem eines gemeinsam gehabt: die Pullovergröße.
Daraus läßt sich schließen, daß die Pullis heutzutage auch nicht mehr das sind, was sie mal waren.
Nein, in Wahrheit verhält es sich gerade umgekehrt:
Eine Ehe wird durch das zusammengehalten, was den Ehegatten *nicht* gemeinsam ist.
Schon ganz früh in meiner Ehe (um präzise zu sein: während der Flitterwochen) mußte ich feststellen, daß ich an einen Freiluftfanatiker geraten war. Als

ich in einer Blockhütte am ›Großen Forellensee‹ hockte und an meinem Ansteckstäußchen nestelte, fragte ich ihn noch ganz naiv: »Sag mal, was willst du eigentlich? Mich oder deinen zehnpfündigen Hecht?«
Inzwischen haben mich Freunde darüber aufgeklärt, daß ich damals besser abgeschnitten hätte, wenn ich einen kleineren Fisch zur Wahl gestellt hätte.
Im Laufe der Jahre wurde es nicht besser, sondern schlimmer. Den Winter hindurch leidet mein Mann an etwas, was man in Anglerkreisen als ›Vorfieber‹ bezeichnet. Er schärft seine Angelhaken, läßt die Federn seiner künstlichen Fliegen durch die Finger gleiten, liest Artikel über den ›Großen Hechtsee‹ und andere Anglerparadiese und läuft in der Küche hinter mir her mit der wiederholten Aufforderung, ich solle die Kondition seiner Handgelenke bewundern. Seine Anglerstiefel (das sind Stiefel, die bis an die Achselhöhlen reichen, damit man, wenn Wasser einströmt, auch bestimmt sofort ertrinkt), hängen an einem Nagel in der Garage so einsatzbereit wie der Helm eines Feuerwehrmannes. Wann immer ein Anglerkumpel den hysterischen Schrei ausstößt »der Barsch geht«, greift er nach seinen Stiefeln und geht ebenfalls.
Der Barsch scheint schlechterdings nie etwas anderes zu tun, als zu gehen. Jedenfalls bleibt er nie lang genug auf einer Stelle, um nach dem Köder zu schnappen. Theoretisch lebt der Barsch in sogenannten ›warmen‹ Gewässern, an deren Ufern man das tollste

Anglerlatein hören kann. Die Gründe, warum die Fische nicht anbeißen, sind so zahlreich, daß es sich der Laie überhaupt nicht vorstellen kann.

1. Die Fische beißen nicht, weil das Wasser zu kalt ist.
2. Die Fische beißen nicht, weil das Wasser zu warm ist.
3. Die Fische stehen in zu großer Tiefe.
4. Es ist zu früh im Jahr.
5. Es ist schon zu spät im Jahr.
6. In dem betreffenden Wasser sind noch gar keine eingesetzt.
7. Die Fische sind stromaufwärts zum Ablaichen.
8. Wasserskifahrer und Motorboote haben sie vertrieben.
9. Sie sind von Abwässern vergiftet.
10. Der Pegel ist eben erst gesenkt.
11. Sie beißen überhaupt nur auf Kaugummi und krumme Nägel.
12. Ein Anfänger hat alle seine Köder ins Wasser gekippt, und die Biester sind so satt, daß sie keinen Bissen mehr herunterbringen,
13. Sie beißen überhaupt nicht mehr, seit die Demokraten an der Regierung sind.

Als Camping zum Symbol dessen wurde, was uns gemeinsam war, wußte ich sofort, daß mein Mann nicht ruhen würde, bis er mich – nach Antimückenspray stinkend – in einem Schlafsack mit Reißverschluß verstaut hatte, ganz da draußen, wo die Hirschlein springen im grünen Tann. Im Geist habe ich an die tausend Mal unseren ersten Campingausflug durchlebt. (Dem Vernehmen nach könnte nur eine Elektroschockbehandlung ihn gänzlich aus meinem Gedächtnis tilgen.) Immer wieder habe ich mich gefragt, warum er kein rauschender Erfolg war.

Erstens hatten wir für mein Gefühl zu viele Disney-Filme gesehen und erwarteten weit mehr Tiere, als wir dann wirklich zu sehen bekamen.

Zweitens fehlt meiner Familie die notwendige Instinktsicherheit fürs primitive Leben, die andere besitzen. Wir sind schon froh, wenn wir die Autofenster herunterkurbeln können, damit wir nicht erstikken.

Ich persönlich war dagegen, das Zelt bei Landregen aufzustellen, weil ich mir gleich dachte, daß das auf unsere Stimmung drücken würde. Und als wir eben den letzten Hering in den Boden getrieben hatten, sagte ein Vorübergehender zu seiner Begleiterin: »Guck dir das an, Lucille, das Ding steht schiefer als die ›Titanic‹ vor dem Untergang.«

Da streckte mein Mann den Kopf aus der Zeltklappe und gab es ihm: »Genau das, mein werter Herr, gilt auch für Sie.«

Ich darf nicht verschweigen, daß zwei Strophen ›Näher mein Gott zu dir‹ nötig waren, ehe die beiden sich wieder beruhigten. Von dem Tage an hatten wir bei den Wochenendcampern unseren Spitznamen weg. Wir hießen ›die Krummzeltler‹.

Ein paar kleinere Problemchen entstanden natürlich dadurch, daß es vierzehn Tage hintereinander regnete. Da mußte man sich schon allerlei einfallen lassen. Trotzdem konnte ich mich eines Nachmittags nicht enthalten, meinen Mann zu informieren: »Entschuldige bitte, aber das Wetter und das Zelt gehen mir allmählich auf die Nerven, tut mir leid.«

»Wie kannst du so was sagen?« fragte mein Mann.

»Weil ich einen ganzen Morgen damit zugebracht habe, die Sandkörnchen in der Butter zu zählen.«

»Aber sieh mal, die Kinder sind doch bestens beschäftigt«, sagt er. Damit hatte er recht. Sie untersuchten beim Schein der Taschenlampe ihre Haarwurzeln, schnitten sich die Zehennägel, aßen krümelnde Keks im Schlafsack des jeweils anderen, kratzten die Etiketten von den Konservendosen, führten mit Akribie ein Logbuch über die Gänge zum Lokus und schrieben Postkarten nach Hause, auf denen stand, alles sei einfach eine Wucht. Am 16. Tag lächelte uns Fortuna. Eine hysterische Person im Nachbarzelt hatte im Radio gehört, daß sich ein Wirbelsturm näherte. Ich kämmte mich und legte etwas Lippenstift auf. Es war seit vierzehn Tagen das erste Mal, daß ich aus dem Zelt herauskam. Als wir dann im Wagen saßen – ich mit den hornigen Füßen eines Kindes zwischen den Rippen – brummte einer von

den Rücksitzen, *verhungern* würden wir jedenfalls nicht. Er hätte daran gedacht, auf dem Weg schnell noch zwei Dosen ohne Etikett einzustecken.
Die eine enthielt Cocktailwürstchen, die andere ein Rostschutzmittel.
Am 18. Tag wurde klar, daß wir uns zwischen drei Möglichkeiten entscheiden mußten:

a) das Zelt so aufzustellen, daß man aufrecht darin stehen konnte,
b) unsere Beine auf ein Viertel unserer Gesamtlänge schrumpfen zu lassen,
c) in den Wagen zu steigen und einen Ausflug zu machen.

Die Kinder meinten, wir sollten einen etwa 30 km entfernten Hirschpark besuchen, eines dieser kleinen Unternehmen, bei denen man Eintritt bezahlt, einen Park betritt und zwischen sechs frei herumlaufenden Hirschen und Rehen spazierengehen kann. Außerdem gibt es selbstverständlich einen Andenkenladen mit Perlmuttaschenbechern, ein Fliegerkarussell, auf dem die Kinder sich übergeben, und einen Popcorn-Stand. Wir kauften uns jeder eine Tüte Popcorn und freuten uns darauf, einen geruhsamen Nachmittag bei den sanften, scheuen Tierchen mit den zutraulichen großen Augen zu verbringen.
Als mich das erste Mal etwas in den Hintern kniff, raunte ich meinem Mann zu: »Huch, du Wüstling!«

Beim zweiten Mal war ich dann doch etwas irritiert, fuhr herum und blickte in zwei große, zutrauliche, braune Augen. Zwei Hüfchen stemmten sich gegen meine Mantelaufschläge. Offenbar machte Popcorn das gesamte Rotwild verrückt vor Gier. Die ganze Herde griff uns an, stieß, drängte und schnappte nach uns. Schon bald war das eine Kind in die Ecke getrieben, ein anderes lag schluchzend im Dreck, und mein Mann pirouettierte auf den Zehenspitzen wie ein Ballettänzer. Wir waren uns einig: So unbequem es im Zelt sein mochte, vor einem Massenansturm des Rotwildes war man dort sicher.
Gegen Ende der drei Wochen unseres Campingurlaubs hatten wir uns alle irgendwie ›angepaßt‹. Die Wäsche zu waschen, indem man die Wäschestücke unter Wasser auf eine Felsenplatte klatschte, der scheuernde Sand in der Unterwäsche, das Bad in einem Topf, der etwa einen Liter faßte – all das gehörte nun schon zum Alltag. Wenn das Lagerfeuer flackerte und wir in göttlicher Stille unseren Kaffee schlürften, war uns zumute, als erlebten wir den Schöpfungsakt selbst. Sogar die Kinder waren so sehr beschäftigt, dem Rascheln unbekannter Tiere im Gebüsch zu lauschen und das Spiel der Flammen zu beobachten, daß sie ganz vergaßen, sich zu streiten. Es gab kein Telefon, keine Kosmetikvertreterinnen an der Haustür, kein Fernsehen, kein Rasenmähen, keine Ausschußsitzungen, keinen Staubsauger.
Nur Frieden.

Bis sich eines Tages ein 8 Meter langer Wohnwagen schwankend in die Lichtung neben uns schob. Stimmen zerfetzten die Stille des himmlisch-faulen Vormittags!

»Wirklich, Clifford, ich bin *sehr* für das einfache Leben, aber Strom ist doch wohl das mindeste. Was nützt mir denn meine Kaffeemaschine, meine Wärmedecke und der Heizstrahler, wenn es keinen Strom gibt?«

»Deine Sorgen möchte ich haben«, rief eine männliche Stimme. »Was ist mit meinem Rasierapparat und meinem elektrischen Cocktailquirl?«

»Na, hoffentlich gibt's hier einen Waschautomaten und eine Dusche, bei der das heiße Wasser funktioniert.« »Und einen Anlegesteg«, setzte er hinzu. »Und einen Pool für die Kinder. Die werden krank ohne Pool. Du weißt doch, wie kalt all diese Seen sind.«

»Hast du herausbekommen, ob hier der Müll täglich geholt wird? Ich will nicht ein Rudel Viehzeug um den Wohnwagen haben. Dazu bin ich nicht in die Wildnis herausgefahren, um dauernd Tiere abzuwehren. Was zum Kuckuck ist das übrigens für ein Krach?«

»Wir sind vermutlich in der Nähe eines Strandes. Also das sage ich dir, wenn die ganze Nacht das Wasser so rauscht und klatscht, werde ich verrückt. Du hast doch meine Pillen nicht vergessen, Arlene?«

»Natürlich nicht, Liebling. Stell den Sonnenschutz

auf und hör ein bißchen Radio, ja? Ich versuche, uns inzwischen ein paar anständige Drinks zu mixen. Ich fürchte, der kleine Krämer, bei dem wir auf dem Herweg vorbeigekommen sind, hat von Eiswürfeln noch nie was gehört.«

Ich wandte mich zu meinem Mann.

»Weißt du was«, sagte ich, »morgen früh reißen wir auch noch die zweite Zeltstange um und fahren weiter an den ›Blauteich‹ oder wie er heißt. Es soll ein ›warmer‹ See sein, und dort geht der Barsch.«

Er grinste. »Ich glaube, jetzt hat es dich erwischt«, meinte er, »das Campingfieber.«

Nun ist wieder Sommer, und unsere Tochter verbreitet reihum an all unsere Bekannten das Tagesbulletin über den Stand unserer Reisepläne. So hat mich eine Nachbarin bereits telefonisch gebeten, ihre Schwester in San Juan herzlich zu grüßen, und ein Rentnerehepaar trug uns auf, ihnen aus Orlando eine Kiste frischer Pampelmusen mitzubringen.

A propos Reisepläne: Ich war von jeher dafür, daß die Kinder getrennt von uns Urlaub machen. Wer fünf Personen in seinen Wagen pfercht, muß damit rechnen, daß die Kinder sich gegenseitig in den Schwitzkasten nehmen und eins schließlich beleidigt in den Kofferraum zum Ersatzreifen flüchtet. Außerdem unterhalten sich unsere Herren Kinder über Themen, die ihren Altvorderen den letzten Nerv töten. Zum Beispiel über das Klo auf der vorigen Raststätte und was sie dort mit Lippenstift an die Wand gekritzelt fanden.

Stundenlang amüsieren sie sich auch mit dem sogenannten Sitzroulette, einem gefährlichen Zeitvertreib, bei dem gestrampelt, gerempelt und gestoßen wird mit dem einzigen Ziel, einen Fensterplatz zu ergattern.
Manche Eltern erzählen uns begeistert, daß die majestätische Schönheit des Grand Canyon ihre Kinder tief beeindruckt hat, so tief, daß sie davon Nesselfieber bekamen. Wir haben nichts dergleichen erlebt. Unsere Kinder läßt so etwas völlig kalt. Sie interessieren sich nur für Rummelplätze, Andenkenläden, Minigolf, Zoos mit Andenkenläden; Ponyreiten und Nationaldenkmäler (mit Andenkenläden). Allmählich habe ich das Gefühl, wir könnten sogar zu Lincolns Statue fahren, an seinem Bein hinaufklettern und auf seinem Schoß picknicken, eines der Kinder würde trotzdem krähen: »Aufgepaßt, Leute, hier in Nähe muß irgendwo ein Motel mit geheiztem Schwimmbecken und Andenkenladen sein.«
Der Drang, Wagenladungen voller Souvenirs heimzuschleppen, nahm allmählich so überhand, daß wir ein paar Grundregeln aufstellen mußten. Sie lauten:
»Vorsicht bei historisch echten Stücken! (Man hat uns für ein erkleckliches Sümmchen die Schreibmaschine angedreht, auf der Thomas Jefferson die Unabhängigkeitserklärung der Vereinigten Staaten getippt hat.)
Vorsicht bei jeder Art von Volkskunst. Kauft keine elektrische Heizdecke bei Indianern, keine echten

japanischen Kimonos, sie sind von Woolworth, und keine T-Shirts mit dem Bild eines Präsidenten! Wählt ein Andenken, das euch wirklich an die Gegend oder den Ort erinnert! Aber überlegt euch, ob es gut transportabel ist. Denkt an damals, als wir die irrsinnige Menge Pfirsiche in Georgia gekauft hatten und zügig ohne Rast 48 Stunden fahren mußten, um nicht von Fliegen lebendig gefressen zu werden. Oder an das Drama, als wir zu fünft vorne sitzen mußten, um Meinungsverschiedenheiten mit dem kleinen Alligator auf dem Rücksitz zu vermeiden.«

In der Reihe der nervtötenden Dinge auf Reisen kommt gleich hinter den Kindern deren Vater. Er geht nicht auf Fahrt, um auszuspannen und die schöne Landschaft zu genießen. Für ihn ist die Urlaubsreise eine Teststrecke, auf welcher Leistungsfähigkeit und Ausdauer seines Wagens erprobt werden – vergleichbar etwa dem Härtetest in der Salzwüste.

Da wäre zunächst das sogenannte Fahrtenbuch zu erwähnen. Er verlangt, daß es auf das genaueste geführt wird: zurückgelegte Kilometer, Benzin- und Ölverbrauch und unterwegs etwa anfallende Nebenausgaben.

Mit diesem Fahrtenbuch, genauer gesagt, Fahrtenblatt kann dreierlei passieren:

a) es wird zum Anfassen eines halbaufgelutschten Eis am Stiel benutzt und unterwegs versehentlich aus dem Fenster geworfen;

b) es dient in einem Augenblick der Panik dazu, ein Ungeziefer an der Windschutzscheibe totzudrükken;
c) sein Inhalt wird auswendig gelernt und dient nach der Heimkehr als mildes Schlafmittel für Freunde und Bekannte.

Ferner besteht der Wagenlenker darauf, daß man Straßenkarten lesen und deuten kann. Die Beifahrerin darf dabei keine Sekunde außer acht lassen, daß sie es mit einem Irren zu tun hat, nämlich mit einem Fahrer, der drei Stunden, bevor er daheim losgefahren ist, am Zielort eintreffen möchte. Er haßt zähflüssigen Verkehr, Umleitungen, Autobahnzahlstellen und Städte mit mehr als 50 Einwohnern. Er verläßt sich darauf, daß die Beifahrerin solche unangenehmen Hindernisse vorausahnt und um jeden Preis umgeht. Mit einem Wort, er ist von Anfang an voll innerem Widerstand. Die Karten übrigens findet die Beifahrerin – falsch zusammengefaltet – im Handschuhfach. Sie sind längst überholt, und es ist eigentlich unmöglich, sich nach ihnen zu orientieren. Als ich meinem Mann einmal sagte, jetzt seien wir nur mehr eine Haarspange und ein Pfefferminzdrops weit vom Zielort entfernt, ließ er den Kopf mehrmal hintereinander aufs Lenkrad fallen und wies mir nach, daß ich den Mississippi um zwei Staaten verrückt hatte.
Eine weitere schwere Prüfung besteht darin, den

Fahrer eines Wagens dahin zu bringen, daß er manchmal zwecks Nahrungsaufnahme hält. Immer weiß er einzuwenden, daß es jetzt überhaupt nicht paßt.

Mit Bäuchen, vom Hunger aufgetrieben, und Zähnen, durch das Nagen am Sicherheitsgurt geschärft, halten wir endlich an einer Tankstelle, an der es nichts gibt als einen hell angestrahlten Stand mit Eiswürfeln für die Kühlbox und einen alten Hund mitten auf der alten Einfahrt. Wie die Dinge jetzt stehen, beäugen wir sogar den Hund mit kannibalischgierigem Blick.

Da hier vollkommen ehrlich über das Normalverhalten von Durchschnittsurlaubern berichtet werden soll, darf ich nicht vergessen, auch über die ›Mami‹ zu berichten.

Die Mami steigt in den Wagen und kann, da ihr die Zuhörer so ausgeliefert sind wie etwa die Anhänger einer Wanderpredigerin, wenn das Zelt zusammenbricht, der Versuchung nicht widerstehen, eine Predigt zu halten. Diese dauert oft die ganze Fahrt an.

Von mir heißt es, ich sei durch einen ganzen amerikanischen Bundesstaat gefahren, ohne mich um sehenswerte Baudenkmäler, Besonderheiten der Natur, Postkartenlandschaften, in Felswände eingemeißelte Gesichter oder Herden wilder Büffel zu kümmern und hätte von nichts anderem geredet, als von den Schandtaten der Kinder. Meine Strafpredigt: »Wer von euch Affenköppen hat hier im Wagen eigentlich die Heizung angestellt . . .« soll sich sogar über *drei*

Bundesstaaten erstreckt haben. Manchmal – sehr selten – wird es der Mami gestattet, das Lenkrad zu übernehmen, aber nur unter einer der folgenden Voraussetzungen:

a) im Stoßverkehr, nachmittags gegen 17 Uhr, in Städten über 250000 Einwohnern,
b) auf unbeschilderten, ungeteerten Straßen um Mitternacht,
c) auf Autobahnen mit Baustellen, vor denen die Umleitungsschilder umgefallen sind,
d) während eines Tornados, auf achtbahniger Fernstraße, wenn eine Mindestgeschwindigkeit von 100 Stundenkilometern vorgeschrieben ist.

Ironischerweise merken wir erst bei der Vorführung unserer Urlaubsfilme im Heimkino so richtig, wie phantastisch wir uns amüsiert haben. Da sieht man uns auf der Leinwand tanzen, miteinander ringen, als ginge es um die Weltmeisterschaft, an Ästen hangeln und nachdrücklich darauf zeigen, als hätten wir eine unfehlbare Kur für Arthritis entdeckt.
Ein paar herrliche Flimmermeter lang sieht man meinen Mann, wie er, auf dem Kopf stehend, einen Angelhaken aus einer Sitzfläche entfernt, während er unhörbar saftige Kraftausdrücke ausstößt.
Es gibt auch einen klassischen Streifen, auf dem platzen meine Schwimmflügel, fallen langsam in sich

zusammen – und ich verschwinde zwischen Seerosenblättern, um nie wieder aufzutauchen.
Eine zu Herzen gehende Szene ist auf einem kleinen Fischerboot vor der Küste Floridas aufgenommen: Eines der Kinder erbricht sich, und wir stehen drumherum und bieten ihm Salami- und Mayonnaisebrötchen an. Darüber können wir uns reinweg totlachen – wenn wir es gefilmt sehen.
Ob wir diesen Sommer wieder auf Urlaub gehen? Aber sicher. Wir halten viel davon, daß die Familie mindestens einmal im Jahr alles hinter sich läßt, damit sie gutes Essen, Komfort, bequem gelegene Einkaufsmöglichkeiten und atembeklemmende Landschaftseindrücke wieder genießen lernt – bei der Heimkehr nach zwei harten Wochen der Gemeinsamkeit.

Ehekrach auf amerikanisch

Was sagte kürzlich eine eben getraute Ehefrau zur Polizei, nachdem sie ihren Gatten noch während der Hochzeitsfeier erschossen hatte: »Keine Ehe ist vollkommen.«
Als ich den Anfang der Geschichte las, wunderte ich mich, daß sie zur Hochzeit eine Schießwaffe mitgenommen hatte, doch als ich zum Ende kam, fragte ich mich, wieso sie ihn schon *so bald* erschossen hat. Die beiden haben doch sicherlich keine Zeit gehabt, zu

den schwerwiegenden Problemen vorzustoßen, vor denen die Eheberater warnen: Kommunikation, Rücksichtslosigkeit, Ehrlichkeit, beiderseitige Schwiegereltern, Geld, Kinder. Es mußte sich eindeutig um einen Fall handeln, der meine jahrealte These bestätigte, daß das größte Problem in jeder Ehe die verfluchten Kleinigkeiten sind. Diese Kleinigkeiten treiben einen ins Badezimmer, in dem man sich einschließt, aufs Sofa zum Übernachten oder auch ins Gästebett bei Mama oder zum Angeln mit Kollegen oder in die nächste Kneipe, oder auch schnurstracks in die Arme der nächstbesten Frau. Es gibt wenig Möglichkeiten, sich irgendwie Luft zu machen, aber immerhin, es gibt sie.

Eine davon ist der Ehekrach wegen nichts und wieder nichts, bei dem alles abreagiert wird.

Was ich seit Jahren behaupte: Die Hälfte aller Streitigkeiten wird von etwas ganz Simplem ausgelöst. Zum Beispiel von einer Mücke im Schlafzimmer. An ihr entzündet sich eine tiefgreifende Auseinandersetzung, weil dabei nämlich deutlich wird, daß sich zwei einander entgegengesetzte Naturen geheiratet haben:

a) die Sorte, der eine Mücke im Schlafzimmer nichts ausmacht,
b) die Sorte, die mit einer Mücke im Schlafzimmer einfach nicht existieren kann.

Gewöhnlich kommt es im ersten Sommer nach der Hochzeit zur Entlarvung. Und wenn es erst soweit ist, hebt das Dach ab! Im allgemeinen, obgleich nicht immer, ist es die Frau, die das scharfe Diskantgesumme über ihrem Kopf nicht aushält. Sie wirft mit Schwung alle Decken zurück, macht Licht, richtet sich im Bett auf und sagt energisch: »John! Mit einer Mücke im Zimmer können wir unmöglich schlafen. John! He, John, ich sagte, mit einer Mücke im Zimmer kann man nicht schlafen.«

Langsam kehrt John ins Bewußtsein zurück, wirft sich herum und murmelt: »Halt ihn, Tom, halt ihn fest, ich hol schnell den Kescher. Bloß nicht loslassen, sieht aus wie 'n Dreipfünder.«

»Wach auf«, befiehlt die Frau, »du bist nicht beim Fischen. Wir jagen eine Mücke. Hier nimm die Zeitung, klatsch aber nicht daneben!«

In seiner Verschlafenheit verlegt er sich aufs Betteln. »Schau, kümmer dich doch gar nicht drum und schlaf weiter. Was kann dir so eine kleine Mücke schon tun?«

»Sie macht einen Affenkrach und überträgt Malaria«, stellt sie trocken fest.

Er stöhnt. »Mit Malaria könnte ich daheimbleiben und bekäme mein volles Gehalt. Erschöpfung erkennen die ja nicht an.«

»Warte, warte«, sagt sie aufgeregt. »Ich glaube, jetzt ist sie im Bad. Schnell, mach die Tür zu.«

»Kann ich jetzt wieder ins Bett?« fragt er.

»Nein, ich glaube, es ist ein Pärchen. Diese blöde Tapete, auf der man ja nachts so gut wie nichts sieht. Ich hasse diese Tapete. Sei mal ruhig – eben war sie noch auf meinem Kopfkissen . . . Da ist sie! Los, drauf! Daneben! Für einen Mann, der Baseball und Golfball trifft und wer weiß wie weit den Köder auswerfen kann, bist du im Mückentreffen miserabel.«

»Schließlich ist es deine Mücke. Schlag du sie doch tot, großer weißer Jäger«, sagt er.

»Und wie ist sie überhaupt hereingekommen?« gibt sie zurück. »Das kann ich dir sagen: Sie kriecht durch dein selbstgebasteltes Mückengitter.«

»Dazu müßte sie aber erst eine Schlankheitskur gemacht haben«.

»Und noch etwas«, sagt sie mit erhobener Stimme, »deine Mutter hätte niemals dunkelblau zu unserer Hochzeit tragen dürfen.«

»Wieso fängst du schon wieder *damit* an, was hat das mit den Mücken zu tun?« will er wissen.

»Wenn du gern in diesem Dschungel voller Krankheitsüberträger schlafen willst, bitte sehr, aber dann schlaf allein.«

»Ich würde im Bauch eines Krokodils schlafen, nur um nicht dauernd in dieses grelle Licht glotzen zu müssen«, polterte er los.

»Wie du willst, John, mir langt es. Ich lege mich drüben aufs Sofa. Ich brauche meine Nachtruhe, wie jeder vernünftige Mensch. Wenn du weiter Mücken jagen willst – von mir aus.«

Gleich nach den Mücken im Schlafzimmer rangiert das Problem der elektrischen Heizdecken. Der Erfinder dieser Vorrichtung muß geistesgeschädigt gewesen sein, als er nur einen einzigen Stufenschalter drangemacht und dann auf ein Wunder gehofft hat. Versuchen Sie es doch einmal: Stecken Sie ein glücklich verheiratetes Paar unter ein und dieselbe Heizdecke und hören Sie an einem kühlen Morgen bei grellem Tageslicht, was die beiden sich zu sagen haben.

Erst vorige Woche hat sich ein befreundetes Paar, Wanda und Lester, wegen einer Heizdecke mit nur einem Stufenschalter zur Scheidung entschlossen. Unser Bridgeclub hat zwar noch nicht alle Einzelheiten darüber in Erfahrung bringen können, aber Wanda soll sich eines Abends gerade zum Schlafengehen fertiggemacht haben, als Lester patzig fragte: »Gedenkst du in diesem ärmellosen Mini-Fetzen ins Bett zu gehen?«

»Für gewöhnlich trage ich im Bett keinen Skianzug«, sagte Wanda mit gezwungenem Lächeln. (Wanda ist fabelhaft schlagfertig.)

»Wenn du vorhast, die Heizdecke wieder auf Stufe 7 hochzujagen, dann schmink dir das nur gleich ab«, sagte er fest. »Gestern nacht kam ich mir vor als hätte mich das FBI im Kreuzverhör.«

Wieder lächelte sie ihn an. »Du übertreibst mal wieder. Ich hatte auf Stufe 5 gestellt. Du hattest vorgestern auf 2 gestellt, und dabei bin ich fast erfroren.

Um aufrichtig zu sein, Lester, wenn ich gewußt hätte, daß du ein Stufe-2-Typ bist, hätte ich dich nie geheiratet. Mit einem Mann, der das Blut in seinen Adern gefrieren läßt, stimmt etwas nicht!«
All das wissen wir natürlich nur vom Hörensagen, aber sie sollen sich den Rest der Nacht gegenseitig unter Beschuß genommen haben, bis Lester aufbrüllte: »Mir ist, als hätten mich die Wilden bereits im Kochtopf. Im Ernst!«
Darauf Wanda: »Immer noch besser, als sich wie ein Steak in der Gefriertruhe zu fühlen.«
Nun wurde Lester witzig: »Frisch gerösteter Toast gefällig?«
Wanda: »Willkommen im Skilift!«
Nach einer für beide Teile schlaflosen Nacht kamen sie zu dem Schluß, daß zwischen ihnen unüberwindliche Verschiedenheiten bestünden, und baten ihren Anwalt um einen Termin. Besitz, Wertpapiere und Kinder wurden kühl und sachlich aufgeteilt. Das war kein Problem.
Dann aber sprach es Lester aus: »Wer bekommt eigentlich die elektrische Heizdecke zugesprochen?«
»Was willst denn du damit?« schrie Wanda gequält auf.
»Kalte Füße kannst du dir doch holen, indem du sie aus dem Fenster hängst.« »Und du kannst, um es warm genug zu kriegen, den Finger naß machen und in eine Steckdose stecken«, fauchte er. Soweit unser Bridgeclub orientiert ist, hat das Gericht den ersten

von sicher vielen Verhandlungsterminen auf nächste Woche angesetzt.

Um ehrlich zu sein, es gibt zwei Dinge, die selbst unsere Ehe *beinahe* ruiniert hätten: die Tiefkühltruhe und das Girokonto.

Ich weiß genau, was Sie jetzt denken. Sie ziehen den voreiligen Schluß, daß ich eine wahnsinnig teure Gefriertruhe gekauft habe, ohne es meinem Mann zu sagen, und daß ich mit irrsinnigen Ausgaben laufend unser Girokonto überziehe. Falsch! Es sind wieder mal die Kleinigkeiten, die zum Ehekrieg führen. Über die Tiefkühltruhe beispielsweise streiten wir seit drei Jahren. Seit letztem August ist sie abgezahlt (es heißt sogar, daß der Chef des Kreditbüros aus diesem Anlaß für die Angestellten eine kleine Feier veranstaltet hat – doch das kann ein Gerücht sein).

Ich bestand auf dem Kauf der Gefriertruhe, weil ich ohne sie keine weitere ›Erntezeit‹ überstehen würde. Ich wollte frische Maiskolben, grüne Bohnen, Melonen, Pfirsiche und Erdbeeren in den Winter hinüberretten. Mein Mann war ganz einverstanden.

In der ersten Woche brach und entfädelte ich dreißig Pfund grüne Bohnen, blanchierte sie, ließ sie abkühlen, steckte sie in Plastikbeutel und Plastikdosen, die ich vorschriftsmäßig datierte: 5. Juni. Am 28. Juni hatten wir die 30 Pfund grüne Bohnen aufgegessen. Genauso ging es mir mit den Karotten. Ganz egal, welche Mengen ich einfror, Ende der Woche waren wir damit fertig. Im Herbst kaufte ich einen Zentner

Äpfel. Ich schälte sie, stach das Kernhaus aus, blanchierte sie, ließ sie abkühlen, stopfte sie in Plastikbeutel und in Plastikdosen. Irgendwer rechnete aus, daß sie mich pro Kilo 2 Dollar 33 kosteten, wenn ich meine Arbeit mitrechnete (natürlich zu einem Minimallohn, der etwa dem eines indischen Kulis entsprach).

Eines Tages kam mein Mann auf die Idee, unsere Tiefkühltruhe zu inspizieren. Ich hielt den Atem an.

»Was ist denn in dem Fach da?« fragte er ironisch.

»Schneebälle«, sagte ich sanft. »Die Kinder haben sie gemacht, als noch Schnee lag. Jetzt haben wir für den Sommer einen köstlichen Vorrat an Schneebällen. Hätten wir ja nie, wenn wir auf das Gefrierfach im Eisschrank angewiesen wären.«

»Und was ist in den braunen Papiertüten? Steaks? Koteletts? Schnitzel?«

»Warm, immer wärmer, du bist schon ganz nah dran«, sagte ich und warf den Deckel zu.

»Wie nah?« fragte er und machte ihn wieder auf.

»Hühnerdärme«, sagte ich.

»Ich versteh immer Hühnerdärme«.

»Stimmt auch«, sagte ich. »Du hast immer gesagt, ich soll sie erst im allerletzten Moment, ehe der Müll abgeholt wird, in den Abfalleimer werfen, und da habe ich mir gedacht, ich bewahre sie in der Gefriertruhe auf, bis die Müllabfuhr kommt. Vermutlich habe ich vergessen, sie herauszunehmen.«

»Und das da? Ich sehe wohl nicht recht«, sagte er resigniert.

»O doch. Das ist eine Transistorbatterie. Jemand hat gesagt, wenn man sie ins Kalte tut, lädt sie sich von selber wieder auf.«

»Und dafür«, wimmerte er, »habe ich das Rauchen aufgegeben. Dafür habe ich mir die Fersen schwarz angemalt, damit keiner sieht, daß ich mit durchlöcherten Socken rumlaufe. Dafür habe ich mir keine Lesekarte in der Leihbücherei geholt – einzig und allein, um Geld zu sparen. Und das alles für einen Haufen Schneebälle, Batterien und Hühnerdärme!«

»Bauschst du die ganze Sache nicht etwas zu sehr auf?«

»Du bist ja nicht ganz normal«, beschuldigte er mich. »Ein wahres Glück, daß du bei der Partnerwahl nicht deine Daten einem Computer eingefüttert hast, sonst lebtest du jetzt mit Blödel-Otto oder so einem Typ.«

Wie gerne, ach wie gerne würde ich berichten, ich hätte die Gefriertruhe bis zum oberen Rand vollgestopft mit den Hintervierteln einer Schlachtsau, oder wie man so etwas fachgerecht nennt, und wir hätten herrlich und in Freuden gelebt bis an unserer seliges Ende. Berichten könnte ich es ja, nur stimmen würde es nicht. Außerdem bin ich der Meinung: Hätten wir uns nicht über Hühnerdärme gestritten, wir hätten uns vielleicht über etwas Schwerwiegenderem entzweit.

Was das Bankkonto betrifft, so geht es auch in diesem Fall um »Heil'ge Ordnung, segensreiche Himmelstochter«.

Während unserer ersten Ehejahre eröffneten wir ein gemeinsames Konto, und meine ersten Eintragungen auf dem Merkblatt erinnern stark an die Schönschrift eines mittelalterlichen Klosterbruders: groß, tiefschwarz und gestochen deutlich.

Im Laufe der Monate fing ich an zu schmieren, zu kritzeln, abzukürzen und kurze Bemerkungen an den Rand zu schreiben. Dann erschienen krumme Pfeile und datierten Abhebungen und Einzahlungen vor bzw. nach.

Eines schönen Tages sagte dann mein Mann zu mir: »Morgen kriegst du ein funkelnagelneues Bankkonto bei einer netten neuen Bank. Das freut dich, nicht wahr? Dann beginnen deine Schecks wieder mit Nummer Eins, und dein Kontoblatt ist so jungfräulich wie frisch gefallener Schnee.«

Bei der nächsten Bank war es das gleiche, nur daß die Leute dort nicht genügend Humor hatten und die kurzen Zettel, die ich an meine Schecks heftete, nicht zu schätzen wußten, etwa Mitteilungen wie: »Schatzi, damit mußt du bis Montag auskommen, unser neues Geld ist noch nicht trocken.« Wir wechselten schließlich Bank und Konto.

Durch Vergleiche hatte ich bald heraus, welches die besten Banken in unserer Gegend sind, so wie man nach dem Umzug in ein neues Heim die besten Einkaufsmöglichkeiten in der näheren Umgebung herausfindet. Ich kann Ihnen binnen Sekunden sagen, welche Filialen ausgetrocknete Tintenfässer haben, welche die hübschesten Kalender verschenken, in welchen man Bonbons bekommt und in welchen Scheckhefte in Pastellfarben. Von einem dieser Institute bekam ich einen groben Brief des Inhalts, ich möge doch bitte die Schecks immer so zeichnen, daß es mit meiner ursprünglich bei ihnen hinterlegten Unterschrift übereinstimmte. Mein Mann war sichtlich böse auf mich. »Ja, wie hast du denn ursprünglich unterschrieben?« wollte er wissen.

»Robin Hood«, sagte ich.

Er erlitt einen Schwächeanfall und sank in einen Sessel. Geschieht ihm ganz recht, warum hat er kein Vertrauen zu mir.

Ein andermal machte eine Bank mir Vorhaltungen, weil ich mir meine Kontonummer nicht merken konnte. Das artete in ein regelrechtes Verhör aus. »Welche Nummer haben Sie denn draufgeschrieben?«

Ich gab mir die größte Mühe, mich zu besinnen. »Ich glaube, meine Mitgliedsnummer bei der Krankenkasse. Nein, doch nicht, die von meiner Kreditkarte. Oder nein, die Mitgliedsnummer beim Schwimmclub. Wenn es nicht die von der Leihbücherei war.«

Wenn wir die Bank eben gewechselt hatten, wurde es meistens etwas besser. Ich war bis heute in so vielen Banken, daß mich ein Profi beneiden könnte. Aber

schließlich und endlich: Wenn mein Mann unbedingt ein Finanzgenie zum Weibe haben wollte, hätte er eben ein bißchen länger suchen müssen und nicht der erstbesten Schürze nachrennen dürfen, die des Weges kam.
Ich weiß, ich sollte mich hier abfällig über jede Spielart des Ehekrachs äußern. Aber ich denke gar nicht daran!
Ein Eheberatungsinstitut hat kürzlich festgestellt, daß es im Lauf des Tages drei besonders gefährliche Zeitspannen gibt, an denen eine Frau das Nörgeln besser unterläßt: beim Frühstück, kurz vor der Hauptmahlzeit und vor dem Zubettgehen.
Ja, was bleibt einem dann? Ein spontan vom Zaun gebrochener Ehekrach kann etwas Stimulierendes haben, wenn man den ganzen Tag lang mit den lieben Kleinen auf dem Teppich gespielt hat. Er erhöht den abgesunkenen Blutdruck, reinigt die Nebenhöhlen, schärft die Reflexe und gibt einem die Gelegenheit, ausgefallene Wörter zu gebrauchen, deren Sinn man zwar selber auch nicht immer kennt, die man aber einigermaßen guten Gewissen vor den Kindern äußern kann.
Und bedenken Sie die vielen Variationsmöglichkeiten. Selbstverständlich muß vermieden werden, daß so etwas zur täglichen Routine wird. Sonst ist es wie im Kabarett.
Mein Mann macht zum Beispiel immer das gleiche Drama daraus, wenn einmal bei Tisch das Salzfaß

fehlt. Ich könnte St. Georg und den Drachen in Aspik servieren oder einen Bikini ohne Oberteil tragen, er würde nur ausrufen: »Warum, zum Teufel, kommt in diesem Haus kein Salzfaß auf den Tisch?«
Nicht, daß ich nicht auch meine Standardplatten hätte, die ich in gewissen Zeitabständen auflege. Dazu gehört:
»Dieses Haus ist eine Strafanstalt!«
»Ich habe, als ich dich heiratete, nicht *gewußt*, daß du gegen Gras allergisch bist!«
»Wie kommt es, daß andere Männer immer aussehen wie aus dem Versandkatalog eines Textilhauses und du in deiner Hose immer wie ein Elefant von hinten?«
Nein, nein, ein bißchen Genörgel kann einer Ehe nur förderlich sein. Ich bin der Ansicht, entweder man nörgelt sich durch fünfzig, sechzig Ehejahre, oder man steckt gleich zur Hochzeit einen geladenen Revolver ein.

10. Juli - 5. September

Eine Mutter leidet stumm

Gelegentlich wird einer Mutter schlagartig klar, daß alle auf ihr herumtrampeln, sich an ihr die Füße abputzen, daß keiner je an sie denkt. Damit beginnt eine Periode fürchterlichsten Selbstmitleids, die sie sehr genießt.

Über Nacht kommt so etwas natürlich nicht. Das baut sich auf, Stück für Stück, aus lauter kleinen Wunden, die sie sich mit Worten selber zufügt. Sie sagt zum Beispiel: »Ich könnte die heilige Johanna sein, der bereits die Flammen um die Füße züngeln, unser Jack würde ruhig daran Popcorn rösten!« Oder: »Wenn ich auf der TITANIC reiste und es gäbe nur noch einen Platz im Rettungsboot, Hansi würde zu allererst an sich denken.« Auf dem Höhepunkt ihrer Leiden faßt sie schließlich ihre Misere in folgenden Worten zusammen: »Ich könnte tot auf der Straße liegen, Evelyn würde über mich wegsteigen und ihr Erdnußbutterbrot fertigessen.«

Die Vorstellung aller gebrachten Opfer, für die ihr niemand Dank weiß, wächst und schwillt in ihr, bis sie sich mit jeder Frau identifiziert, die abends Böden scheuert oder im Schneesturm am Kirchenportal Veilchen verkauft, damit ihr Sohn studieren kann.

Äußerlich schämen sich die meisten Frauen derartiger Gefühle. Sie geben nicht gern zu, von einem kleinen Kind, einem Kind der Liebe und sorgfältig aufgezogen, so frustriert zu sein, daß es auf ein Rührstück im Schmierentheater hinausläuft. Sie schieben es auf die Umwelt, auf unser Gesellschaftssystem, auf unsere Unterrichtsmethoden, auf die Regierung, den Ehemann, den Kinderarzt, ihre Mutter oder auf Ethel Kennedy, die einen mit ihren vielen Kindern doch wirklich rechtzeitig hätte warnen können. Die meisten Frauen sind ja gänzlich unvorbereitet. Vermutlich haben sie deswegen bei der Aufzucht der Kinder alles grundsätzlich falsch gemacht.

Sie haben ein paar »Mutter-hat-immer-gesagt«-Regeln genommen, reichlich »Papi-hat-das-immer-so-gemacht« daruntergemischt und dann gebetet, daß

die Kinder nicht Radkappen klauten, während die Mütter sich noch den Kopf zerbrachen, was sie wohl als nächstes anstellen würden.
Ich persönlich habe meine Unzulänglichkeit als Mutter immer darauf zurückgeführt, daß ich Kinderpsychologie bei einem Professor studiert habe, der Junggeselle war und dessen Erziehungserfahrungen in der Dressur eines Hundes bestanden. Offenbar sah er zwischen Kind und Hund keinen wesentlichen Unterschied.
Im Alter von zwei Jahren konnten meine Kinder apportieren, und ich belohnte sie durch Plätzchen. Mit vier gehorchten sie auf »Sitz!«, »Bei Fuß!« und »Leg dich«, je nach dem Tonfall meiner Stimme. Mit fünf erlernten sie den Gebrauch von Klopapier. Um diese Zeit fiel mir dann der Unterschied zwischen ihren und meinen Vorstellungen auf, und ich legte mein Buch über Kinderpsychologie beiseite und ersetzte es durch ein mit vielen Eselsohren geziertes Exemplar von *Schuld und Sühne.* Heute bin ich die einzige Mutter der Gegend, die erleben muß, daß ihre Kinder scheu zurückweichen, wenn sie sie küssen will, und bei der ersten Berührung mit dem Anwalt drohen.
Eine Freundin berichtet mir, sie habe eine Lösung gefunden, die in den meisten Fällen funktionierte. Es ist das sattsam bekannte »Wartet nur, bis Papi heimkommt!« Auch bei mir schien es zu funktionieren. Meine lästigen Magengeschwüre heilten ab. Dann hörte ich kurz vor Weihnachten die Kinder mitein-

ander verhandeln, ob sie ihren Papi nicht lieber einem armen Kind auf den Gabentisch legen sollten, das keinen Papi hatte. Mein Gewissen schlug. Der Papi und ich besprachen das Thema und kamen überein, Kinderaufzucht sei ein Job für zwei. Künftig wollten wir die Verantwortung zwischen uns aufteilen.

Die Liste der Fehler, die wir dabei begingen, ist länger als mein Arm. Am schwersten wiegt dabei unser mißglückter Versuch in Sachen Sexualerziehung. Ich hatte immer einen Horror davor, es könne mir einmal so ergehen wie der Frau in dem uralten Witz, die von ihrem Kind gefragt wird: »Mami, woher stamme ich?« Nachdem sie den ganzen Vorgang mit sorgfältig gewählten medizinischen Fachausdrücken erklärt hat, sagt das Kind: »Ich wollt's bloß mal wissen, der Ralf nämlich, der stammt aus Chicago.«

Mein Mann und ich meinten, die beste Erklärung für die Schönheit des biologischen Kreislaufs gäbe es im Tierreich. Wir kauften uns zwei Guppyfisch-Pärchen und ein kleines Aquarium. Wir hätten uns zwei Guppy-Pärchen und einen mittleren Wassertank kaufen sollen. Unser Gespräch beim Frühstück bekam etwas Stereotypes.

»Na, wie geht's denn im Peyton Place unter Wasser?« fragte mein Mann.

»Mrs. Guppy ist schon wieder i.d.H. (in der Hoffnung)«, sagte ich.

»Streu mal 'n bißchen Salz ins Wasser, das kuriert sie dann schon«, raunte er halblaut.

»Aber Daddy«, sagte unser Sohn. »Sie ist schwanger, verstehst du.«
»Schon wieder!«, würgte Papi hervor. Bald mußten wir – ohne Aussicht auf Entlastung – ein zweites Aquarium anlegen.
»Lernst du etwas aus deinen Erfahrungen mit den Guppys?« fragte ich eines Tages zartfühlend meinen Sohn.
»Klar«, antwortete er, »die sind prima.«
»Ich meine, hast du das Männchen und das Weibchen miteinander beobachtet? Hast du begriffen, was bei der Vermehrung vor sich geht, und welche Rolle die Mutter spielt?«
»Aber ja doch«, sagte er. »Du hör mal, Mami, woher hast *du* gewußt, welches von deinen neugeborenen Babys du fressen mußt?«
Wir kauften noch ein drittes Aquarium zu den beiden anderen, füllten es mit Salzwasser und drei Paar Seepferdchen.
»Und jetzt mußt du das Weibchen ganz genau beobachten«, wies ich meinen Sohn an. »Wenn du Glück hast, erwartet es schon sehr bald ein Junges, und vielleicht kannst du sogar zuschauen, wenn es gebärt.«
»Das Weibchen gebärt nicht, Mami«, sagte mein Sohn und schälte sich eine Banane.
Ich mußte lächeln, ich glaubte, hier äußere sich bereits eine gewisse Tendenz. »Sei nicht albern«, sagte ich, »gebären tun immer die Weibchen.«
Das Männchen fing an, dicker und dicker zu werden.

Ich glaubte bereits zu sehen, wie seine Fußknöchel anschwollen. Am 23. des Monats wurde es Mutter.
»Das ist aber wirklich interessant«, bemerkte mein Sohn dazu. »Wenn ich mal Mutter werde, dann hoffentlich auf dem Trockenen und an Land. *So* lange kann ich nicht Wasser treten.«
Es war wieder alles danebengegangen, genau wie ich es vorausgesehen hatte.
Weil wir schon einmal dabei sind: Auch beim Problem der Eifersucht zwischen Geschwistern waren wir nicht sonderlich erfolgreich.
Es geht das Gerücht, Eifersucht unter Geschwistern könne Eltern schneller (und höher) auf die Palme treiben als jede andere Phase der Entwicklung. Das Gerücht stammt von mir.
Bei Kleinkindern sind es Nichtigkeiten. Die große Schwester stopft dem kleinen Bruder eine ganze Banane in den Hals und droht: »Du hältst den Mund, Baby, oder du fliegst raus!« Der große Bruder zerrt das Schwesterchen, das noch im Kriechalter ist, über den Fußboden und schnauzt: »Quietsch gefälligst auf deiner Zimmerseite!«
Später kommt dann die Zeit, da untersuchen sie ihre Bratenscheibe mit dem Mikroskop, um festzustellen, ob die Minderjährigen auch entsprechend den Vorschriften der Genfer Konvention vollkommen gerecht behandelt worden sind, und lassen sich juristisch beraten, wer den einzigen Fruchtbecher mit der Kirsche obendrauf zu bekommen hat. Die Rivali-

täten des ganzen Tages scheinen ausgerechnet beim gemeinsamen Abendessen ihren Höhepunkt zu erreichen.

Das hört sich etwa so an:

Sohn: »Da, jetzt macht sie's wieder!«

Vater: »Was macht sie denn?«

Sohn: »Mmmmmm . . . Sie summt.«

Tochter: »Ich summe nicht.«

Sohn: »Und ob du summst. Da, habt ihr's gehört. Papi, schau dir bloß mal ihren Hals an. Sie summt immer so, daß es keiner merkt außer mir. Sie macht's die ganze Zeit, nur um mich zu ärgern.

Vater: »Ich höre nichts. Nun eßt schon.«

Zweiter Sohn: »Wieso kriegt *der* den Knochen?«

Vater: »Ist doch egal, ist sowieso kein Fleisch dran.«

Erster Sohn: »Wieso hat *der* das Fleisch gekriegt? Ich hab schon beim letzten Mal bloß noch den Knochen abbekommen.«

Tochter: »Die letzte schwarze Olive kriege *ich*! Du hast nach der Schule den Eiswürfel bekommen und zum Geburtstag das Fahrrad, also krieg ich die schwarze Olive.«

Vater: »Was soll denn das für eine Logik sein? Es ist doch wirklich, als ob man mit der Mafia zu Abend ißt. (Zur Mutter) Ich begreife nicht, wie du so ruhig dasitzen und dir diesen Schwachsinn anhören kannst!«

Mutter: »Ich habe ein Beruhigungsmittel genommen.«

Das schien bisher der einzige Ausweg. Nun haben uns aber sehr gute Freunde unter dem Siegel der Verschwiegenheit mitgeteilt, wie sich die Probleme der Eifersucht zwischen Geschwistern am Eßtisch so gut wie vollkommen lösen lassen. Jetzt herrschten, berichteten sie, Friede, Zuneigung und vor allem Ruhe während der ganzen Mahlzeit. Sie erfanden ein Spiel, das ›Spezialthema‹ heißt; die Spielregeln sind denkbar einfach. Jedes Familienmitglied darf einen Abend lang das Gesprächsthema bei Tisch bestimmen und die Diskussion darüber leiten. So hat jedes Kind früher oder später einmal die Chance, von etwas zu reden, das es interessiert.

Das klang wirklich weit besser als das Spiel, das neuerdings bei uns gespielt wurde und das man als ›Inquisitionsgericht‹ bezeichnen könnte. Auch hier sind die Spielregeln einfach. Wir warten, bis alle um den Tisch versammelt sind, und beginnen gleich nach dem Tischgebet, unseren Kindern alle Missetaten vorzuhalten, die sie sich seit der Laufstallzeit bis heute haben zuschulden kommen lassen. Da wird alles hergebetet: Dreiräder in der Garageneinfahrt, Socken unterm Bett, Herumschmieren mit Abfällen aus der Mülltonne, Verplempern von Taschengeld für Wachszähne oder sonst was, was wir beweisen können. Sind wir Erwachsenen beim Nachtisch, schluchzen einige der Kinder noch in den Kartoffelbrei und bitten darum, ins Waisenhaus gebracht zu werden.

Wir beschlossen daher, es einmal mit dem Spiel ›Spezialthema‹ zu versuchen.

»Heute abend«, verkündete unser Ältester, »werde ich über das Thema ›Freundschaft‹ sprechen.«

»Aber nicht mit vollem Mund«, mahnte sein Vater.

Er schluckte herunter und fuhr fort: »Also, mein aller-allerbester Freund auf der Welt, Nummer eins auf meiner Liste, der Cadillac von meinen Freunden, das ist der Charlie.«

»Was für 'n Charlie?« unterbrach eins der Geschwister.

»Den Nachnamen weiß ich nicht«, sagte er achselzuckend, »eben einfach Charlie.«

»Du meine Zeit«, seufzte ich, »wenn es schon so eine Orest-und-Pythias-Freundschaft ist, könntest du wahrlich herausgebracht haben, wie dein Spezi heißt.«

»Wer is'n Orest und Pythias?« fragte ein Stimmchen.

»Nun komm schon«, sagte unser Ältester, »du bist erst morgen abend dran. Also jedenfalls: Heute hat mein allerbester Freund Charlie sich in der Schule übergeben müssen.«

»Mutter«, kreischte jemand. »Müssen wir bei Tisch sitzen und uns anhören, wie Charlie gespien hat?«

»Erzähl uns was von einem anderen Freund, mein Junge«, legte sich der Vater ins Mittel.

Der Sohn fuhr fort: »Mein zweitbester Freund, also der zweite von oben auf der Liste, das Oldsmobile unter meinen Freunden, das ist der Scott. Und heute hat der Scott den Hausmeister geholt, damit er mit einem Eimer Wasser das Erbrochene vom Charlie ...«

»Bitte!« stöhnte die ganze Tischrunde.

»Bin ich dran oder nicht?« beharrte der Sohn. »Und es sind meine Freunde. Immer muß ich dasitzen und mir euren Quatsch anhören. Jetzt könnt ihr mal *mir* zuhören.

»Ich wollte, dieser Charlie wäre hier und äße diesen kalten Kartoffelbrei auf.«

»Ihr werdet schon sehen, wenn ihr erst dran seid, dann mache ich auch mmmmm, so wie die da, statt zuzuhören.«

»Kinder«, unterbrach der Vater, »apropos kalter Kartoffelbrei: Wer von euch hat heute abend das rote Rad mitten in der Garageneinfahrt liegen lassen? Und weil wir schon einmal gemütlich beisammen sind: Wer von euch hat das Mundstück vom Gartenschlauch verlegt? Mutter, warte noch mit dem Nachtisch. Es sind da noch ein paar Kleinigkeiten. Zum Thema Telefon: Offen gestanden bin ich es leid, den Apparat im ganzen Haus zu suchen, sooft ich jemand anrufen muß, bloß weil ihn einer von euch Gott weiß wo eingestöpselt hat.«

Im Ernst, ich glaube nicht, daß das Problem der Eifersucht zwischen Geschwistern noch in unserem Zeitalter gelöst wird. Ich glaube es um so weniger, als ich kürzlich das Ergebnis einer diesbezüglichen Umfrage gelesen habe. Brüder und Schwestern nannten unter anderem folgende Gründe dafür, warum sie ihre Geschwister verachteten:

»Er ist mein Bruder.«

»Sie grüßt mich, wenn meine Freunde dabei sind.«

»Sie ist ein Mädchen.«

»Immer lungert sie da herum, wo ich auch bin.«

»Sie ist ekelhaft eingebildet.«

»Sie läßt überall ihr Zeug rumliegen, diese Schlampe.«

»Er weiß immer alles besser.«

Ein einziger Bruder konnte etwas Nettes über seine Schwester berichten. Er schrieb:

»Manchmal gebraucht sie nach dem Baden ein Deodorant, das gut riecht.«

Ich flehe Sie an, wie kann man aus so etwas eine friedliche Tischrunde machen?

Das zweitgrößte Problem für die Eltern ist die Statusfrage unter Kindern. Sie ändert sich von Jahr zu Jahr. Zu Anfang heißt es: »Ich bin fünf und *meine* Mami läßt mich immer das Abendprogramm im Fernsehen anschauen.« Später heißt es dann: »Ich bin jetzt in der sechsten Klasse und stehe schon mit einem eigenen Anschluß im Telefonbuch.«

So lächerlich es klingt, dies ist ein weiteres Kreuz, das eine Mutter trägt, und eine weitere Aufgabe. Eine Mutter sollte sich allerdings davor hüten, das Glück ihrer Kinder mit dem Maßstab einer anderen Mutter zu messen. Erst vorigen Monat hörte ich in der

Bridgerunde, daß das neueste Statussymbol die Zahnregulierungen der Kinder sind. Das klingt zwar phantastisch, ist aber die reine Wahrheit. Je mehr Plomben, Zahnspangen, Platzhalter, desto höher der Status. Wenn Ihnen der Kieferspezialist sagt: »Ihr Kind, meine Dame, hat ein Bißproblem«, dann sind Sie ›in‹! Nachstehend ein Gespräch, dessen Zeugin ich wurde. Es verdeutlicht, was ich meine.

»Ach, Sie sprechen gerade vom Zahnarzt? Schorschi, komm mal her. Mach mal den Mund auf, Schorschi!«

In Schorschis metallgefülltem Mund glitzert es wie in Ali Babas Schatzhöhle.

»Das da«, sagte die zierliche Blondine pathetisch, »ist meine Nerzstola. Opfer einer Mutter! Und meinen Sie, er dankt es mir? Keine Spur!«

»Das ist noch gar nichts«, sagte ihre Bridgepartnerin. »Marcia, da komm mal her! Zeig mal der Dame deine Zahnspangen.«

Marcia legte automatisch den Kopf in den Nacken und riß den Mund weit auf. Das Innere ihres Mundes sah aus wie ein Atomkraftwerk.

»Das«, rief die Mutter, »ist meine Europareise. Wie finden Sie das?«

»Ich glaube, wir machen uns zu viel Sorgen um sie«, sagte die erste. »Immer dieses ›Putz dir die Zähne! Iß keine Süßigkeiten!‹ Ich finde, wir dürfen nicht dauernd hinter ihnen herrennen, wie die Schreckschrauben im Fernsehen, oder?«

»Warten Sie bloß mal ab, bis Sie das sehen, was ich unserem Maxi in diesem Monat noch kaufe«, meinte die Blonde. »Da fallen Sie glatt auf den Rücken. Es ist ganz was Neues und irre teuer, und es heißt, erst ein halbes Dutzend Leute hätten es im Mund. Maxi wird zu den Pionieren gehören.«

»Und was ist es?« fragte die erste atemlos.

»Wenn Sie mir versprechen, es keinem Menschen zu erzählen . . . *(im Flüsterton)* Ein Meldezahn!«

»Ein Meldezahn?«

»Genau das. Sechs Miniatursender, 28 elektronische Teilchen, zwei Batterien, die man wiederaufladen kann, werden in etwas eingebaut, das aussieht wie eine normale Brücke oder, besser gesagt, eine Krone über dem ersten Backenzahn. Beim Kauen sendet der Meldezahn dann unzählige Informationen zum Zahnarzt: was das Kind ißt und was den Zahnverfall bei ihm auslöst, und so weiter.«

»Eine Art Spitzelzahn gewissermaßen. So etwas werde ich für Marcia auch anschaffen müssen. Man könnte vielleicht ihren Transistor dranschalten, dann hingen ihr wenigstens nicht immer Drähte aus den Ohren. Die Musik käme dann aus ihrem Zahn. Die Kinder in ihrer Klasse würden platzen!«

»Ich habe auch schon dran gedacht, für unseren Schorschi eine Antenne anlöten zu lassen. Er bekäme dann über Telestar die überseeischen Nachrichten herein.«

»Das wird Sie das Dach über dem Innenhof kosten,

auf das Sie gespart haben. Aber schließlich: Eine Mutter kann ja ruhig in der Sonne schmoren.«
Die Leiden einer Mutter – Vorrecht oder Zumutung? Wer weiß. Ich weiß nur eines: Wenn man bei seinen Kindern für sein Leiden keinerlei Mitgefühl mehr erntet, gilt es einen festen Stand einnehmen, den Kopf zurückwerfen, entschlossen dreinschauen und – wie mein Professor für Kinderpsychologie uns vordem riet – »die Leine straffer ziehen«.

Sie halten mich wohl für naiv, was?

Ein bißchen naiv mag ich ja sein, aber noch lange nicht so naiv wie die Frauen, die in ein Krankenhaus gewankt kommen, über Verdauungsbeschwerden klagen und zwei Stunden später von Zwillingen entbunden werden. Wenn man ihnen dann ihre Verdauungsbeschwerden in rosa Decken gewickelt präsentiert, tun sie erschrocken: »Mein Gott, ich habe nicht gewußt, daß ich überhaupt schwanger bin.«
Ich bin eher ein mißtrauischer Typ. Außerdem könnte ich mir denken, daß diesen Frauen, als sie vor lauter Bauch ihre Füße nicht mehr sahen, im Wagen nicht mehr hinters Lenkrad paßten und nur noch Kleider in Zeltform tragen konnten, doch ein schwacher Verdacht gekommen ist.
Sicher, manchen Frauen sieht man die Schwangerschaft weniger an als anderen, aber die einzigen

Frauen, die ihre Kinder wirklich in der »Konkave« austragen, sind Fotomodelle und Schauspielerinnen. Ich kann keine sehen, ohne sie zu hassen. Bei denen geht das wahrscheinlich so vor sich: ein Mannequin wird in der zweiten Schwangerschaftswoche gegriffen, in ein Pariser Modell gesteckt und soll eine arme Durchschnittshausfrau davon überzeugen, daß auch Fotomodelle Kinder kriegen, ohne dabei auszusehen wie ein Kartoffelsack.

Im Fernsehen ist es noch schlimmer. Bei den kitschigen Familienserien beispielsweise bleibt die Heldin meist in Straßenkleidung. Zwar klagt sie gelegentlich über Rückenschmerzen, Müdigkeit, Übelkeit und geschwollene Knöchel, doch sie behält die Bleistiftröcke und strengen Futteralkleider eisern bei.

Außerdem ist mir aufgefallen, daß Schwangerschaften in einer Fernsehserie nie länger dauern als maximal acht, neun Wochen – eine entscheidende Verbesserung gegenüber den üblichen neun Monaten. Endlich, in der neunten Woche (man hat die Heldin mittlerweise mit Watte ausgepolstert) klagt sie über Wehen. Sie kommt eben vom Friseur und der Kosmetikerin und macht sich bereit zur Entbindung. Das Baby wird nicht gezeigt. Es geht entweder verloren oder wird zur Adoption freigegeben, oder die Heldin will es nie wieder sehen. So etwas löst natürlich alle Probleme bei der Rollenbesetzung.

Von Massenmedien und Traumfabriken kann man ja nichts Realistisches erwarten: Im wirklichen Leben würde sich der entsprechende Dialog anhören wie in einem unserer guten alten Tonfilme.

Heldin: »Liebster, ich hätte es dir schon längst sagen sollen: Wir bekommen ein Kind.«

Held: (das Streichholz, mit dem er sich eine Zigarette anzünden will, verbrennt ihm die Finger) »Ein Kind? Ja, wann denn?«

Heldin: »Morgen.«

Held: »Aber warum hast du mir das denn nicht früher gesagt, Liebling?«

Heldin: »Ich hatte Angst, du würdest mir böse sein. Bist du überrascht?«

Held: »Ich kann es noch gar nicht glauben. Deshalb also haben wir eine Kinderwiege im Schlafzimmer, deshalb habe ich mir so lange alles selbst kochen müssen, und deshalb steht dein Koffer gepackt bereit. Ich beginne zu begreifen. Aber woher hätte ich es auch wissen sollen? Täglich finde ich dich hier in deinem Sessel . . .«

Heldin: »Ich komme ja nicht mehr raus.«

Held: »Soll ich dir irgend etwas holen? Ein Glas Wasser? Einen Gynäkologen?

Heldin: »Wenn du mir mal aus diesem Sessel helfen könntest . . . (*sie erhebt sich, 45 Pfund schwerer als vor neun Monaten, die Schultern zurückgenommen, breitbeinig)* Hoppla! So! Jetzt. Nun sag mal ehrlich, ist dir denn nie ein Verdacht gekommen?«

Held: »Aber nein doch, du siehst noch immer genauso aus wie das Mädchen, das ich einst zum Altar führte.«

Kürzlich faszinierte mich eine Geschichte, die einer Londoner Hausfrau passiert ist. Sie verklagte die englische Herstellerfirma ihres Autos wegen der für werdende Mütter zu niedrigen Plazierung der Lenkräder. Die Herstellerfirma schlug zurück: »Warum müssen werdende Mütter überhaupt Auto fahren?« Das ist die typische Antwort eines alleinstehenden Ingenieurs, dem seine Mami erzählt hat, der Storch hätte ihn gebracht.
Natürlich, warum müssen werdende Mütter Auto fahren? Sie können ja Motorrad fahren – im Damensattel, versteht sich – Skateboards unter beide Füße schnallen oder einen Schirm aufspannen und sich einreden, sie seien Mary Poppins. In Wahrheit gehört das Auto einfach zu unserem Alltag, und es für sechs Monate aufzugeben bedeutet, die Schwangerschaft in einem Schaukelstuhl zu verbringen.
Ich weiß, wovon ich spreche! Ehe die amerikanischen Wagen mit seitlich ausschwenkbarem Lenkrad geliefert wurden, hatte ich ein traumatisches Erlebnis, über das ich noch zu wenigen – kaum dreißig- oder vierzigtausend meiner allerintimsten Freunde – habe sprechen können. Ich war im elften Schwangerschaftsmonat (mein Arzt und ich konnten uns in diesem Punkt nie einigen) und losgefahren, um eine Fa-

milienpackung Vanilleeis und ein großes Brot zu kaufen. Der Fahrersitz war ganz nach hinten geschoben, und dadurch entstand ein kleines Problem. Ich erreichte nämlich mit den Füßen weder Bremse noch Gaspedal und mußte infolgedessen in Hockstellung fahren. In dieser Hockstellung wiederum sah ich zu wenig und war gezwungen, den Kopf aus dem Seitenfenster zu strecken. Dabei stieß ich dauernd mit dem Kopf an etwas.

Nun, ich kam einigermaßen bis zum Supermarkt, parkte meinen Wagen in der Reihe und stieg ohne Zwischenfälle aus. Bei meiner Rückkehr stellte ich fest, daß ich von beiden Seiten durch andere Parker blockiert war.

Ich öffnete die Vordertür einen Spalt weit und begann mich, Bauch zuerst, in den Wagen zu zwängen. Dabei blieb ich zwischen Armstütze und Lenkrad stecken und kam weder vor noch zurück. Mein Bauch saß fest, und das Vanilleeis schmolz. Neugierige strömten zusammen. Rasch trat ich den Rückzug an und kam auch vom Vordersitz wieder frei. Um das Gesicht zu wahren, öffnete ich lässig die Hintertür und glitt auf den Rücksitz, als wäre ich nur Mitfahrer. Nun galt es, von dort zum Fahrersitz vorzudringen. In Rumpfbeuge vorwärts, das Gesicht nach hinten gewendet, versuchte ich mich über die Lehne des Vordersitzes zu rollen. Der Aschenbecher riß mir ein Loch in die Brottüte.

Tief gedemütigt ließ ich mich in den Sitz zurückfallen und überlegte. Sollte ich zum Leiter des Supermarktes gehen und ihn bitten, über Lautsprecher zu verkünden, ein schwarzer VW-Bus mit dem und dem Kennzeichen blockiere einen *Bauch*? Ich leckte mir das klebrige Vanilleeis von den Fingern und versuchte es nochmals. Ich wollte mich rückwärts, von oben her, in den Vordersitz hineinschieben. Es ging alles ganz ordentlich, bis ein anderes dickes Körperteil Kontakt mit der Hupe bekam. Ein Kind zeigte auf mich und fragte mit lauter Stimme: »Mami, die Frau, die da auf der Hupe sitzt, die kriegt ein Kind, ja?« Tränen stiegen mir in die Augen. Ich hätte am liebsten gerufen: »Du albernes Gör, ich trage es doch nur für eine Freundin aus.« Wann immer ich über meinen Zustand besonders betrübt war, dachte ich an eine Fußnote, die ich in einem Aufsatz über die Entwicklung der Weltbevölkerung gelesen hatte. Darin hieß es, den ›absoluten Weltrekord an Nachkommenschaft‹ hielte eine Österreicherin mit 69 Geburten. Aber nicht nur das, sie erledigte das wie Behördenkorrespondenz: immer in mehrfacher Ausfertigung mit reichlich Durchschlägen.

Hicr ist ihr Kontostand:

Geburten	Sätze	Ergebnis
Vierlinge	vier	16
Drillinge	sieben	21
Zwillinge	sechzehn	32
Summa		69

An diese Frau habe ich oft denken müssen. Zwar habe ich sie nie persönlich kennengelernt, aber aus den vorliegenden Zahlen wird so manches deutlich. Offenbar scheut sie das entnervende Köfferchenpacken. Sie werden festgestellt haben, daß sie insgesamt nur 27mal in die Entbindungsanstalt gefahren ist. Und sie haßt es offenbar, ihre Zeit zu verschwenden. Hätte sie irgendwann gespürt, daß sich nur eine Einfachgeburt anbahnte, hätte sie die vermutlich telefonisch erledigt.

Sie ist es gewohnt, stets nach oben zu blicken, denn seit 27 Jahren hat sie ihre Füße nicht mehr gesehen. Sodbrennen ist bei ihr die Regel, ein Strickkleid so unwirklich wie der Weihnachtsmann. Aller Wahrscheinlichkeit nach hat ihr Humor mittlerweile etwas nachgelassen. Als sie und ihr Mann in der Jugend Maienblüte an Heirat dachten und er ihr zärtlich ins Ohr flüsterte: »Erst 31 kleine Papagenos und dann 38 kleine Papagenas«, hat sie vermutlich errötend gesagt: »Aber Fritz, du mußt doch über alles scherzen!«

Als sich Nummer 29, 30 und 31 anmeldeten, war der Satz: »Sag Mutter, daß wir wieder etwas Kleines erwarten«, totsicher schon Alltagsroutine. Und nach der Ankunft von Nummer 43, 44 und 45 mußte sie gewiß schon im Telefonbuch nach neuen Vornamen suchen. Wer erst mal 60 Kinder hat, fragt selbstverständlich nicht mehr: »*Wer* hat Sonnabend Geburtstag?«, sondern »Wer *alles* hat am Sonnabend Geburtstag?«

Ich kann mir die Führung eines so kinderreichen Haushalts lebhaft vorstellen. Für das Badezimmer werden Nummern ausgegeben wie im Wartezimmer eines Arztes, Kleidung wird durch eine Art Kleiderkammer zugeteilt, man spricht nicht mehr von »Besuch«, sondern von »Invasion« und muß eines Tages zwei Rothaarigen taktvoll beibringen, daß sie seit Jahren bei der falschen Familie essen und schlafen.
Theoretisch beweisen diese statistischen Daten jedoch, daß eine normale Frau sehr wohl fähig ist, an die zwanzig Nachkommen zur Welt zu bringen, wobei die Möglichkeit von Mehrfachgeburten nicht einmal eingerechnet ist.
Wenn Sie und Ihr Mann also noch den nationalen Durchschnitt von 1,7 Kindern halten, müßten Sie sich gewaltig anstrengen, ehe Sie es zu einer solchen Fußnote bringen.

Heutzutage kann man ja nirgends mehr über das Wesen der Mutterschaft schreiben, ohne auf zwei kurze Wörtchen zu stoßen – »Die Pille«. Als ich vorige Woche von hinten an den Lieferwagen eines Windelwaschdienstes heranfuhr, las ich auf der Hecktür: ICH HÖRE IMMER PILLE.
Zwei Kreaturen stehen Anwendung und Wirkung der Pille im Wege. Beide gehören zur Gattung der Vögel. Es sind der Storch und die Taube.
In Europa ist eine umfassende Aktion zum Schutz der Störche und ihrer Vermehrung in die Wege geleitet

worden. Damit sie nicht völlig aussterben, behalten mitleidige Franzosen sie in der Küche und schützen sie gegen plötzliche Kälteeinbrüche. Man hat ein Storchenschutz-Komitee gegründet, um die Vögel vor Hochspannungsleitungen und Fernsehantennen zu warnen. Kürzlich wurde sogar eine Luftbrücke eingerichtet, die junge Störche aus Algerien nach Frankreich transportiert. Und wie werden die dankbaren Langschnäbel sich für die Gastfreundlichkeit der Franzosen revanchieren? Indem sie weiterziehen, von Kontinent zu Kontinent, Wiegen, Körbchen und Bettchen füllend.
Störche machen mir Angst, ich gestehe es frei heraus. Ich werde schon nervös, wenn ein Spatz sich in Claras Schlafzimmer verirrt.
Der zweite Vogel, der den Durchbruch der Pille zumindest bei den amerikanischen Frauen blockiert, ist die Taube. Wie soll ein Mensch mit natürlicher Selbstachtung ein Mittel gegen die Bevölkerungsexplosion, gegen die Überfüllung der Schulen, gegen Wohnungsnot und Arbeitslosigkeit ernst nehmen, wenn eben dieses Mittel gleichzeitig dumm gurrenden Tauben anempfohlen wird, die von all diesen Problemen nie gehört haben.
Je intensiver ich es mir überlege, desto mehr bin ich davon überzeugt, daß Fruchtbar- und Unfruchtbarkeit nie von Pillen, Temperaturkurven oder Eheberatungsstellen abhängen können, sondern einzig und allein von der Veranlagung der Frauen, in diesem Fall ihrer Empfänglichkeit.

Probieren Sie es doch, kaufen Sie sich einen neuen Badeanzug, fasten Sie, investieren Sie fünfzig Mark in ein Paar so enge Jeans, daß man den Weg Ihres Mittagessens verfolgen kann, und päng! schon werden Sie schwanger.

Oder um noch drastischere Maßnahmen aufzuzählen: Vergessen Sie, Ihre Krankenhauszusatzversicherung zu zahlen, kaufen Sie sich einen kleinen Sportflitzer mit zwei Kübelsitzen oder adoptieren Sie ein Baby. Dann sind Sie selber schuld, wenn Sie augenblicklich in andere Umstände geraten.

Wenn es Ihnen ernst damit ist, Ihre Familie in Grenzen zu halten, befolgen Sie unbedingt nachstehende Ratschläge:

- 1. Junge Mütter werden dringend davor gewarnt, Umstandskleidung, Sterilisierapparate für Fläschchen, Flaschenwärmer, Bettchen, Ställchen, Wickeltische und wiederverwendbare Schnuller wegzugeben. Fehlt es an Speicherraum, heben Sie notfalls eine Grube unter dem Hause aus.
- 2. Machen Sie niemals im September Urlaubspläne für den kommenden Sommer an einem See oder in der Großstadt. Statistische Erhebungen haben bewiesen, daß Frauen, die sich vorgenommen hatten, im Inneren der Freiheitsstatue hinaufzuklettern, zum Zeitpunkt ihres Urlaubss bereits so schwanger waren, daß sie fast das Fährboot zum Kentern brachten.
- 3. Widerstehen Sie dem Drang, sich für Tages-

Fortbildungskurse oder akademische Studien mit Abendvorlesungen einschreiben zu lassen. Es ist der sicherste Weg zurück zu jenem Punkt, wo man wieder mit der Zungenspitze die Wärme der Fläschchennahrung prüft.

- 4. Lassen Sie sich nie von Stellenangeboten in Versuchung führen, ehe Sie über sechzig sind. Denken Sie immer daran: Der Weg zur Fruchtbarkeit beginnt im Stellenvermittlungsbüro, insbesondere für solche Frauen, die alles über Urlaub und Pensionsansprüche wissen wollen.
- 5. Behalten Sie Ihr Finanzgebaren scharf im Auge. Überzogene Konten, langfristige Ratenzahlungsverträge wirken, als wollten Sie dem Storch die Landebahn mit Flaggenzeichen markieren.
- 6. Hängen Sie Ihr Herz nicht zu sehr an Wassersportarten wie teure Rennboote, Wasserski und Gerätetauchen. Das könnte später peinlich werden und erhebliche Einschränkungen notwendig machen.
- 7. Vermeiden Sie, über dem Bridgetisch großspurige Reden zu führen über Themen wie »Mein Jüngster heißt mit Zweitnamen S. wie Schlußlicht, damit hat sich's« oder »Habt ihr das von Fanny gehört? Und dabei ist sie bereits 42!«

Ich mag ja naiv sein, aber doch kein Idiot!

Die große Ernüchterung

In einem Waschraum irgendwo hat mich einmal eine Frau angesprochen und gesagt: »Ich kann es kaum erwarten, daß Ihre Kinder ein bißchen größer werden, Mrs. Bombeck. Es wird doch reizend für Sie sein, in diesem Stadium dann etwas über sie zu schreiben.«
Diese Frau, ohne Zweifel eine Sadistin, die in Waschräumen auf ihre Opfer lauert, hat vergessen zu erwähnen, in welchem Alter das Kindererziehen eigentlich so reizend sein soll. Ich warte noch immer darauf.
Als die Kinder klein waren, träumte ich von der Zeit, in der sie sich um meinen Lehnstuhl versammeln und zu mir sagen würden: »Nun laß deine armen Gichtbeinchen mal ruhen, Mütterlein. Ich weiß, wo deine Zickzackschere ist, und hol sie dir schnell!«
Statt dessen trat in unserer Beliebtheit als Eltern die tiefste Baisse ein, die ich je erlebt habe.
Unsere Kinder verbarrikadieren sich hinter verschlossenen Schlafzimmertüren und kommen nur zum Vorschein, wenn das Telefon klingelt. Die Telefon-Manie ist sogar vermutlich unsere eigene Schuld. Wir hatten schon lange gemerkt, daß ein befreundetes Ehepaar handfeste Telefonprobleme mit seinen Kindern hatte. Es darf das Telefon nur in Monaten mit R wochentags zwischen 4 Uhr 30 und 6 Uhr morgens benutzen). Daher griffen wir zu einer List. Kaum waren unsere Kinder alt genug, um aufs Tele-

fon zu zeigen und zu fragen: »Was is'n das, Mami?«, da erwiderten wir: »Das ist eine Löcherzählmaschine, die zählt durch die Backe, wie viele Löcher ihr in den Zähnen habt.« Außerdem haben wir ihnen erzählt, von Steaks würden kleine Kinder krank, doch das ist eine andere Geschichte.

Unsere Schauermär über die Zahnlöcherzählmaschine fing an unglaubhaft zu werden, als unsere Tochter herausfand, daß sie nur den Hörer abzuheben und die Nummernscheibe ein paarmal zu drehen brauchte, um mit tausend anderen Zahnlöcherzählmaschinen auf der ganzen Welt verbunden zu sein! Von Stund an hängt ihr bis zum heutigen Tage das Drähtchen eines Privattelefons aus dem Ohr.

Das Schlüsselwort für heranwachsende Kinder – und welche Kinder wachsen nicht heran? – scheint ›Kommunikation‹ zu sein. Haben Sie Übung im Lippenlesen? Dann werden Sie es nicht schwer haben. Wenn Sie jedoch mit Diskjockeys in Konkurrenz treten müssen, die Ihre Kinder fortwährend durch die Ohrstöpsel berieseln, kann die Sache ausgesprochen haarig für Sie werden.

Wir haben dieses Problem dadurch gelöst, daß wir uns im Regionalprogramm Sendezeiten gekauft haben und kurze Mitteilungen durchgeben. Etwa: »Wir sind vorige Woche umgezogen!« »Papis Geburtstag ist im September.« »Lispelst du noch immer?«

Es ist verständlich, daß Streß durch so viele Phon auf die Dauer nicht ohne nachteilige Folgen bleibt. Ich merkte nicht, wieviel Lärm für mich selbstverständlich geworden war, bis ich kürzlich an die Haustür ging und einem jungen Mann öffnete, der mich ansprach: »Entschuldigen Sie die Störung, gnädige Frau, aber ich mache eine Umfrage bei Müttern. Sind Sie der gleichen Ansicht wie der Akustikfachmann X in Arizona, daß Rock-Musik bei Teenagern die Hörfähigkeit beeinträchtigt?«

»Nein, Roggenbrot brauche ich heute nicht«, antwortete ich. »Aber wenn Sie vielleicht ein paar Nußschnecken hätten . . .« Der junge Mann sprach lauter: »Sie haben mich nicht richtig verstanden, gnädige Frau. Ich bin nicht der Ausfahrer der Bäckerei. Ich hätte gern Ihre Meinung darüber, was Gehörfachleute über Rock-Musik sagen und ob auch Sie glauben, daß überstarke . . .«

»Überstark? Haben Sie ›Überstark‹ gesagt? Aber ja, gegen Kopfschmerzen gibt es nichts Besseres, und ich habe oft Kopfschmerzen. Ich glaube, es kommt von der andauernden lauten Musik. Wir haben nämlich vier Radios im Haus, müssen Sie wissen. Gegen Abend hört sich das manchmal an, als ob die UN-Vollversammlung in vier Sprachen Rotchina ein Ständchen bringt. Ich krieche dann meist unter den Spültisch und nehme zwei Tabletten ›Überstark‹ auf ein Glas Wasser.«

»Gnädige Frau«, sagte er und sah mich beschwörend an, »ich bin kein Werbefachmann, ich mache eine ganz andere Art von Umfrage. Haben Sie Teenager im Hause?«

»Sie müssen immer so mit mir sprechen, daß ich Ihre Lippen genau sehen kann«, erklärte ich ihm. »Und etwas langsamer bitte.«
»Pardon«, sagte er. »Haben Sie einen Teenager im Hause?«
»Ich glaube schon, daß es einer ist«, sagte ich zögernd. »Die Haare hängen bis in die Suppe, und auf der Hüfte ist ein kleiner Auswuchs in Form eines Transistors, ein langes Kabel verbindet die Hüfte mit dem Ohr . . .«
»Stimmt genau. Das ist ein weiblicher Teenager«, meinte er sachlich. »Haben Sie bei Ihrer Tochter eine Verschlechterung des Hörvermögens festgestellt, seit sie angefangen hat, Rock-Musik zu hören?«
Ich mußte nachdenken. »Eigentlich weniger. Sie antwortet noch immer nicht auf simple Anweisungen wie »Räum dein Zimmer auf!«, »Zieh dich um!«, »Geh an die Haustür!«. Andererseits reagiert sie bei Sätzen wie »Hast du schon gehört . . .«, »Auf deinem Konto sind nur noch . . .« oder »Wir wollen die Kleinen heute früher abfüttern und in die Stadt essen gehen«. Das hört sie anscheinend so deutlich, wie die berühmte Stecknadel im Konzertsaal.«
»Sie haben also den Eindruck, daß überhöhte Phonstärken bei Ihrem Teenager Veränderungen . . .«
»Entschuldigung, ich muß ans Telefon.«
»Ich habe nichts läuten hören«, sagte er.
»So geht's mir immer, wenn ich länger als drei Stunden die Gruppe ›Kurt's Kurzschlußband‹ habe anhö-

ren müssen«, sagte ich. »Wußten Sie übrigens, daß diese Gruppe den Schluckauf eines Gitarristen aufgenommen und davon 2 Millionen Platten verkauft hat? Sprechen Sie etwa mit mir, junger Mann? Ich habe Ihnen doch gesagt, Sie müssen immer so sprechen, daß ich es Ihnen von den Lippen ablesen kann, und etwas *langsamer.*«
Was nächst dem ständigen Affenkrach den schwergeprüften Eltern besonders zu schaffen macht, sind die derzeitigen Frisuren. In unserer Familie fing es damit an, daß unsere Tochter eines Tages verkündete, sie ließe sich jetzt die Haare wachsen. Weltfremd, wie ich nun einmal bin, meinte ich natürlich: den Rücken hinunter. Nie hätte ich mir träumen lassen, daß ihr Gelock vor dem Gesicht niederwallen und nur ein kleiner Spalt sie vor dem Ersticken bewahren würde.
Es ging mir offen gestanden auf die Nerven. Ich pflegte sie zu fragen: »Bist du darunter wach?« und mit zusammengekniffenen Augen nach einer Stelle freier Haut zu spähen. »Wenn ja, klopf zweimal auf den Tisch.«
Wenn sich das Haar eine Weile nicht bewegte, bekam ich es mit der Angst und griff nach ihrem Puls. Dann drang eine gedämpfte Stimme aus der Haarflut: »Mutter! Bitte! Ich telefoniere gerade.« Sie hätte, ohne daß ich es merkte, unter dem Haarmantel eine Freundin bei sich haben und mit ihr Schach spielen können. Gelegentlich frisierte sie sich so, daß ein

einzelnes Auge freilag. Dieses Auge verfolgte mich unverwandt und blinzelte selten. Gelegentliche Bemerkungen richtete ich an dieses eine Auge. Als ich eines Tages der Überzeugung war, sie gliche nun eher einem weiblichen Troll als einem Menschenwesen, machte ich ihr einen abenteuerlichen Vorschlag: »Schneid dir die Haare doch einfach ab!«

Ich sah die Haarmassen sich teilen, ein Lippenpaar tauchte auf und sprach die Worte: »Soll das 'n Witz sein? Die ganze Schule würde sich vor Lachen die Seiten halten. Kein Mensch schneidet sich mehr die Haare.«

Ich sah meine große Chance und ergriff sie ohne Zögern.

»Genau! Sei doch mal Vorkämpfer und Schrittmacher, trau dich anders zu sein als alle anderen. Es gibt nichts Frischeres, Hübscheres auf der Welt als kurzes, sauberes Haar, das in Locken endet und seitlich ein bißchen in die Stirn fällt. Ich kann dir sagen, du wirst dich aus der Masse herausheben, als gingest du im Faschingszug auf Stelzen! Hab doch ein einziges Mal im Leben den Mut, wie ein Mädchen auszusehen.«

Sie überlegte es sich drei volle Wochen. Dann leuchteten ihre Augen auf, sie ward geschoren und unterschied abermals Licht und Finsternis. Ich muß gestehen, ich war sehr zufrieden mit mir. »Du siehst aus, wie eine junge Dame aussehen soll. Ich wäre nicht erstaunt, wenn alle Mädchen in deiner Schule es dir nachmachten. Es ist so mädchenhaft – so damenhaft – so ganz und gar feminin . . .«

Als wir dann bei unserem örtlichen Hamburgerkönig anstanden, hörten wir es. Ein älteres Ehepaar starrte meine Tochter drei Minuten lang an, in ihren engen Röhrenhosen, Stiefeln, dem kurzen Jäckchen, dem kurzen Haar. Dann gackerten die beiden los: »Sieh dir bloß mal den Jungen an. Widerlich, so was. Ich verstehe nicht, wie seine Mutter ihn in einem solchen Aufzug rumlaufen lassen kann.«

Ich werde froh sein, wenn das Haar wieder gewachsen ist. Dann verfolgt mich nur noch ein einziges trauriges Auge überallhin.

Ehrlich, das Frauenzimmer aus dem Waschraum würde ich gern am Mantelknopf packen und auf Ehre und Gewissen fragen, wann eigentlich bei der Kindererziehung der Moment kommt, bei dem man so recht aus vollem Halse lachen kann. Gestern vielleicht? Als sich die Kinder bei Tisch unterhielten und jeden zweiten Satz in eine den Eltern unzugängliche Sprache übersetzten? Oder neulich, als sie ihren Vater fragten, ob er für diese Art offener Hemdkragen nicht schon ein bißchen zu alt sei? Oder gar damals, als mich eins der Kinder abkanzelte, weil ich gewagt hatte, es auf dem Spielplatz inmitten seiner Clique zu grüßen?

Heutzutage kriegen wir Eltern eine Menge Theorien verpaßt, wie wir unsere Kinder zu erziehen haben: Behandelt sie als Kinder.

Behandelt sie wie Erwachsene.
Behandelt sie als gleichberechtigte Partner.
Behandelt sie wie Kumpel.
Von mir aus: Ich will meine Kinder wie Kumpel behandeln, wenn sie mir nicht mehr ins Gesicht sagen, Doris Day sei drei Jahre älter als ich und sähe zehn Jahre jünger aus. Bis dahin habe ich – und finde ich – nichts zu lachen.

Der Nesthaken

Wir rufen unseren Jüngsten immer noch ›Baby‹, dabei wiegt er vierzig Pfund, reicht schon an den Herd heran und kann einen Fußball höher kicken als das Dach. Wir werden ihn, fürchte ich, noch ›Baby‹ nennen, wenn er vierzig ist, eigene Kinder hat und einen Haaransatz wie die Küste von Florida.
Heute ist ein besonderer Tag, denn heute muß er zum ersten Mal in die Schule. Ich weiß nicht, warum ich eigentlich so gereizt bin. Erst brülle ich: »Wenn du noch ein einziges Mal die Tür so zuknallst, du Wicht, schick ich dich per Post an ein Internat in Nebraska – ohne Absender!« Und Minuten später drücke ich ihn ans Herz: »Komm, wir laufen davon, wir zwei, ins Land Nirgendwo, wo kleine Jungen niemals groß werden . . .«
Und dabei habe ich mich so lange auf diesen Vormittag gefreut. Wenn ich daran denke, was ich mir alles

versprochen habe, während ich durch die Windeleimer geplätschert bin und früh um 2 Uhr am Handgelenk die Temperatur des Fläschchens geprüft habe! Und das soll erst sechs Jahre her sein? »Warte nur«, habe ich mir damals gesagt, »wenn dieser Zirkus erst vorbei ist, krieche ich morgens wieder zurück ins Bett. Dann esse ich in der Stadt mit jemand, der dazu Messer und Gabel benutzt und nicht einen Breilöffel. Dann nehme ich 12 Pfund ab, lackiere mir die Nägel, lerne Italienisch und mache mir regelmäßig Gesichtsmasken.«

An diesen Traum habe ich mich geklammert, durch Masern und Beinbruch, durch dicke Luft jeder Sorte, durch Traumata, Dr. Spocks Erziehungsvorschriften und die Kindergartenzeit. Und jetzt, da seine Erfüllung unmittelbar bevorsteht, habe ich ein schlechtes Gewissen.

Was stelle ich denn da eigentlich an? Wie kann ich den Kleinen Mengenlehre lernen lassen, ehe die Nabelschnur abgeheilt ist? Wie kann ich an meine Bequemlichkeit denken bei den vielen Bedrohungen, die jetzt auf ihn zukommen.

Woher weiß überhaupt die Schulbehörde, daß mein Sohn reif ist für die erste Klasse? Die schaut ihn doch nur an – und was sieht sie? Einen Geburtsschein und ein Impfzeugnis. Ich aber schaue ihn an und sehe zwei kurze Stummelbeinchen, auf denen er den Wasserhahn nur erreicht, wenn er einen Hocker zu Hilfe nimmt. Ich sehe zwei pummelige Pfoten, die es nicht fertigbringen, ein glitschiges Stück Seife festzuhalten. Ich sehe einen roten Schopf, der seinem Vater nicht bis zur Gürtelschnalle geht. Ich sehe einen Wicht, der in der Vorschule nie auf die Toilette ging, weil er nicht zugeben wollte, daß er die Türaufschrift HERREN nicht von DAMEN unterscheiden konnte.

Ach, ich hätte ihn gründlicher vorbereiten sollen. Ich habe etwas vom Nikolaus, vom Osterhasen, von der Zahnfee und Mary Poppins dahergeredet. Ich hätte ihm Grundlegendes sagen müssen. Über Toleranz und Verzeihen, über Mitgefühl und Aufrichtigkeit. Und schon muß ich zurücktreten, muß ihn teilen mit einer anderen Frau, anderen Erwachsenen, anderen Kindern, anderen Meinungen und Gesichtspunkten.

Wer ist diese Frau, die jetzt mehr Zeit mit ihm verbringen wird als ich? Ach bitte, Fräulein Kreidestaub oder wie Sie heißen mögen, seien Sie geduldig und lieb mit ihm, das braucht er, bitte haben Sie für ihn einen weichen Schoß und ein warmes Lächeln. Seien Sie nicht zu hübsch und zu gescheit, damit ich beim Vergleich nicht zu schlecht abschneide. Einen Zettel! Ja, einen Zettel sollte ich ihm an den Pullover stecken, auf dem steht:

›Liebes Fräulein Kreidestaub oder wie Sie heißen, ich überantworte Ihrer liebevollen Fürsorge diesen meinen Sohn, der ein bißchen schüchtern und recht eigensinnig ist. Er wird noch nicht allein fertig mit steckenbleibenden Reißverschlüssen und Knöpfen an Strickjacken, die er falsch zuknöpft. Er macht seine Fünfer seitwärts, aber er arbeitet eifrig und ernsthaft. Es kann dahin kommen, daß ich Sie wegen Entfremdung seiner Zuneigung gerichtlich belange, doch im Moment möchte ich nur sagen: Gott segne Sie.‹

Aber für so einen Zettel bleibt mir keine Zeit. Da hält schon der Schulbus. Es ist so ein Riesenbus. Warum schicken die bloß ihren größten Bus für so ein winziges Menschlein? Jetzt ist er fort. Er hat sich nicht einmal umgedreht, um mir zuzuwinken.

Warum nur bin ich den ganzen Sommer so ekelhaft zu ihm gewesen? Ich hatte doch fünf Sommer, um ekelhaft zu sein, warum hat sich all meine Ekelhaftigkeit auf diesen einen Sommer konzentriert?

Wie still das Haus ist. So still, wie ich es mir immer gewünscht habe. Um wen weine ich eigentlich? Ich fürchte, um mich. Ich weine aus Selbstmitleid. Habe ich etwa Angst? Werde ich jetzt auch eine jener Frauen, die durch die Wohnung irren, unerfüllt, gelangweilt, unbefriedigt, die manchmal ein paar klebrige Socken von der Decke ablösen und hineinschluchzen: »Mein Kleiner! Ach, mein Kleiner!« Werde ich auch täglich überall Staub saugen und wischen und um halb elf mit allem fix und fertig sein und dann nur noch dasitzen, Kaffee trinken und Ausschau halten nach dem großen, gelben Schulbus, der meine Brut an der Gehsteigkante ablädt?

Meine Freundinnen fallen mir ein, die so weise waren wie die Vogelmütter und ihre Jungen aus dem Nest stießen. Für diese Freundinnen klang die Schulgocke wie das Siegesgeläut nach einem Krieg. Sie wurden tätige Mitglieder der Gemeinschaft, entwickelten Talente, die jedermann überraschten, nicht zuletzt sie selber, sie ordneten ihr Leben neu und wurden noch einmal jung.
Der Schulbus? Ist der denn schon zurück? Ich habe ja kaum Zeit gehabt, mich innerlich zurechtzufinden! Da ist ja auch mein Baby, das vom Trittbrett hopst und aufgeregt schreit: »Sie haben mich genommen!« Es ist ein so kleiner Bus. Wieso schicken die einen so kleinen Bus für einen Haufen unbändig großer Bengel?

Großmutter, Großmama, Oma, Omi

Die Rolle der Großmutter ist nicht fest umrissen. Manche Großmütter sitzen im Schaukelstuhl und stricken, andere machen im Sportflugzeug einen Looping. Einige sind im Beruf erfolgreich, andere putzen erfolglos nach dem Backen das Rohr. Einige haben weißes Haar, andere tragen eine fesche Perücke. Manche besuchen ihre Enkel täglich (und finden es nicht genug). Andere besuchen sie einmal im Jahr (und schon das ist zuviel).
Ich habe eine hochinteressante Umfrage unter Achtjährigen abgehalten. Ich stellte ihnen drei Fragen:

1. Was ist eine Großmutter?
2. Was tut sie?
3. Was ist der Unterschied zwischen einer Großmutter und einer Mutter?

Die Antworten auf die erste Frage waren ziemlich 08/15. »Sie ist alt (ungefähr achtzig), sie hilft im Haushalt, ist nett und freundlich und ist Mamas Mutter oder Papas Mutter, je nachdem, wer am häufigsten da ist.«

Auch bei der zweiten Frage lagen die Antworten auf der Hand. Die meisten Kinder gaben an, daß Großmütter stricken, Geschirr spülen, das Bad putzen, gute Kuchen und Pizzas backen, und erstaunlich viele wußten mit sichtlicher Genugtuung zu berichten, bei ihnen putze die Oma die Schuhe der ganzen Familie.

Die dritte Frage ergab die lebhaftesten Reaktionen. Nachfolgend ein Querschnitt durch die Antworten auf: »Was ist der Unterschied zwischen einer Großmutter und einer Mutter?«

»Oma hat graue Haare und lebt allein. Sie geht mit mir auswärts essen und läßt mich auf ihrem Speicher kramen. Sie kann nicht schwimmen. Sie verhaut mich nie, und sie fällt Mami in den Arm, wenn die mich verhauen will. Mami schimpft länger und öfter. Mamis sind verheiratet, Omas nicht.«

»Oma geht arbeiten, Mami tut nichts. Mami knallt mir manchmal eine, aber Oma schenkt mir Knallfrösche. Oma wohnt weit weg. Von einer Mutter wird man geboren. Eine Oma muß immer zuerst einen Opa heiraten und dann erst eine Mami einen Papi.«

»Oma sagt immer: Bleib schön zu Hause, draußen ist es kalt. Mami sagt immer: Geh an die frische Luft, das tut dir gut.« Aber jetzt kommt die große Sensation. Von 39 Befragten verbanden 33 mit der Großmutter den Begriff ›Liebe‹. Eines der Kinder faßte das ganze Problem in den treffenden Satz zusammen: »Oma hat mich *immer* lieb.«

Im Grunde wundert mich das kein bißchen. In den seltenen Fällen, in denen meine Mutter das Babysitting übernahm und ich die Kinder zu ihr brachte, brauchte ich oft Peitsche und Zwangsjacke, um hinterher daheim die Disziplin wiederherzustellen.

»Bei der Oma war's prima«, sagten die Kinder und rissen die Münder zum Gähnen ungeniert weit auf. »Wir haben Pizza und Cola gekriegt, und wir haben Popcorn geröstet und Lolo Brooklinbridgida im Spätkrimi angeschaut. Und danach haben wir noch Monopoly gespielt, bis ihr gekommen seid und uns abgeholt habt. Oma hat erzählt, daß du, wie du klein warst, *nie* ins Bett gemußt hast. Und daß du mal am Abend noch so lange die Nationalhymne gehört hast, bis der Sender abgeschaltet wurde.«

»Hat Großmama auch dazugesagt, daß ich damals 28 war?« fragte ich gereizt.

»Großmama meint auch, 25 Cent Taschengeld in der Woche sei nicht besonders viel. Sie sagt, wir würden mehr verdienen, wenn wir von zu Hause weglaufen und zum Friedenscorps gehen. Sie sagt, so viel hättest du früher in der Woche für Sahnebonbons ausgegeben.«

Ich verzog das Gesicht. »Wißt ihr, Großmamas Gedächtnis ist nicht mehr wie früher. Sie war sehr streng, und soweit ich mich erinnern kann, mußte ich mir von dem Taschengeld auch noch sämtliche Schulsachen kaufen.«

»Also die Oma, die ist wirklich einsame Spitze. Sie hat uns erzählt, daß du dein Skateboard hinter den Hüten im Schrank versteckt hast. Sie sagt, das war ein unerlaubter Trick. Was is'n ein unerlaubter Trick, Mami?«

»Ein unerlaubter Trick ist, daß Oma ihren Enkelkindern erzählt, wo ihre Mutter ihr Skateboard versteckt hatte.«

»Mami, ist das wahr, daß du mal bei der Klassenfeier einer Lehrerin ein lebendiges Huhn geschenkt hast? Und beim Friseurspielen Tante Thelma die Haare *in echt* abgeschnitten hast? Du warst ganz schön keß.«

Ich sah neues Interesse in ihrem Blick.

Ich nahm Mutter für ihre Indiskretionen gehörig ins Gebet. »Mutter«, sagte ich, »du sprichst mit gespaltener Zunge. Außerdem hast du ein lausig schlechtes Gedächtnis. Und jetzt hast du dir aufs Gewissen geladen, daß mich meine Kinder für ›ganz schön keß‹ halten. Ich frage dich, ist das ein Image für eine Mutter?«

»Es ist genau das gleiche Image, das ich einst von deiner Großmutter vermittelt bekam«, sagte sie.

Omama fiel mir ein. Was für ein Original! Ich sehe nie ein Bild japanischer Kamikazepiloten, wie sie kerzengerade dastehen, in Helm und Fliegerbrille, ihre weißen Schals flattern lassen und auf ihre letzte Erdenstunde mit einem Glas Sake anstoßen, ohne daß mir Omama einfällt und wie ich samstags mit ihr zur Stadt gefahren bin.
Wir stiegen dazu in ihr rotgelbes Chevroletcoupé, Omama haute bei der großen Straßenbahnschleife den ersten Gang rein und schob sich zwischen die Wagen der Straßenbahn. Bei der rigorosen Konzentration, deren es bedurfte, um auf den Schienen zu bleiben, und den unzähligen Stops mußte sich die Unterhaltung auf ein Minimum beschränken. Manchmal klopfte ein aufgebrachter Fußgänger an ihr Fenster und bedeutete ihr mit Gesten, es herunterzukurbeln, doch dann rief Omama ärgerlich: »Wenn ich Fahrgäste wollte, würde ich mit einer Glocke läuten!«
Als ich einmal zu fragen wagte, warum wir nicht wie die anderen Wagen draußen im Verkehrsstrom führen, gab Omama zur Antwort: »Mein Himmel, Kind, da draußen wärst du in Lebensgefahr!« Unser erster Halt in der Stadt war immer auf dem Parkplatz des Reifengroßhändlers. Omama und ich wanderten durch das kühle Gebäude. Sie stieß mit der Schuhspitze gegen ein paar Reifen, kaufte aber nie einen. Eines Tages erklärte sie: »An dem Tage, an dem ich einen neuen Reifen bekomme, verliere ich den besten Gratisparkplatz, den eine Frau je gehabt hat.«

Ich habe weder Omamas Schneid im dicksten Verkehrsgewühl, noch ihren Listenreichtum geerbt. Neulich habe ich an sie denken müssen, als ich Stoßstange an Stoßstange in einem Verkehrsstau festsaß. »He, Sie?« schrie eine Stimme aus dem Nachbarwagen. »Machen Sie mit? Kostet Sie nur 25 Cent. Wir haben gewettet, wann Ihr Kühler explodiert, in zwei Minuten oder in 15 Sekunden. Was meinen Sie?«
Junge, Junge, Omama hätte dem Bescheid gesagt! Der hätte seinen frechen Mund so schnell nicht wieder aufgemacht.
Omama und ich hatten einen Vertrag geschlossen: Sie behandelte mich nicht wie ein Kind und ich sie nicht wie eine Mutter. Wir hielten uns an die Regeln: Wenn ich bei ihr nicht mit den Türen knallte und keine patzigen Antworten gab, bekam ich weder Klapse noch Schelte. Omama behandelte mich, als wäre ich bereits erwachsen.
Sie ließ mich: mit schmutzigen Händen Plätzchen backen – – auf dem Klavier klimpern, wenn mir gerade danach zumute war – – die Tomaten abpflükken, wenn sie noch grün waren – – mit ihren Wäscheklammern im Hof graben – – ihre Blumen abpflücken, um mir aus den Blütenköpfen eine Kette zu machen.
Im Omamas Haus konnte man herrlich spielen. Die Zimmer waren so groß, daß man darin hätte Schlittschuh laufen können. Es gab hunderttausend Stufen und eine riesige Veranda, in der sich im Sommer jeder

kühle Luftzug fing und auf der man stundenlang »verlorengehen« konnte. Rings um das ganze Anwesen war ein schwarzes Eisengitter.
Am liebsten aber hatte ich Omama, wenn sie mir von Mami erzählte, denn dann hörte ich Sachen von Mami, die ich ihr nie zugetraut hätte. Einmal war ein Photograph bestellt worden, als sie noch klein war, um sie und ihre Schwester in einem Ponywagen aufzunehmen. Ich konnte mir nicht vorstellen, daß man sie hatte bestechen müssen, damit sie stillhielten, und zwar mit echten Münzen. Auf dem Bild heult Mami und beißt auf ihr Geldstück. Es war ein Zehner, und sie wollte einen Nickel, der zwar nur 5 Cent wert, dafür aber größer war, weil ihre Schwester so einen gekriegt hatte. Es kam mir irgendwie unbegreiflich vor, daß Mami nicht von Geburt an gewußt hatte, daß ein Nickel weniger wert ist als ein Zehner.
Omama war es auch, die mir erzählte, wie Mami eines Tages vom Direktor erwischt wurde, als sie vorne in ihr Schulheft schrieb: IM BRANDFALLE DIES ALS ERSTES IN DIE FLAMMEN WERFEN! Nie hatte ich größeren Respekt vor ihr als an dem Tag, an dem ich das erfuhr.
Von Omama hörte ich auch, daß Mami als Kind nicht viel anders gewesen war als ich. Ich fand sie ›ganz schön keß‹. (Und was für ein Image ist das, bitteschön, für eine Mutter?)
Nachdem Omama es verlassen hatte, begann das

große, weiträumige Haus sehr bald zu schrumpfen. Die herrlichen Stufen, auf denen ich stundenlang gespielt hatte, waren mit einem Mal abgetreten und recht schäbig. Die verwilderten Kletterpflanzen, die abblätternde Farbe, das Eisengitter, das sich unter der Last der Jahre seitwärts neigte, alles schien plötzlich traurig.

Omama selbst kann man nicht schildern. Wahrscheinlich sind Großmütter nicht beschreibbar. Sie nehmen im Leben eines Kindes eine Sonderstellung ein. Sie haben das Joch der Verantwortung abgeworfen, sind entspannt und dürfen ihre Enkel auf eine Weise genießen und sie von Herzen so verwöhnen, wie sie es bei den eigenen Kindern nicht konnten. Es soll sogar Großmütter geben, die dadurch, daß sie ihre Enkel verziehen, späte Rache für die Unarten ihrer eigenen Kinder üben.

6. September - 2. November

Erma, Erma über alles

Ich bin von Natur eine richtige Sorgentante. Früher machte ich mir Sorgen darüber, ob auch die Glastüren der Veranda mit versichert seien, falls einmal ein Poloball sich hineinverirrte.

Ich machte mir Sorgen um den armen Kerl im Fernsehen, der beim Quiz die Risikofrage nicht beantworten konnte.

Ich machte mir Sorgen, ob Sophia Loren ihr Baby gesund zur Welt bringen würde.

Ich machte mir Sorgen, wer unsere Leihbücher zu-

rückbringen würde, falls mein Mann und ich infolge eines dummen Zufalls gleichzeitig ins Gras bissen.
Als die Kinder noch in den Windeln lagen, war es noch schlimmer mit mir. Da pflegte ich nachts aufzustehen und ihnen einen Spiegel vor die Nasenlöcher zu halten, um ganz sicher zu sein, daß sie noch atmeten.
Ich machte mir Sorgen, ob sie nicht größere Mengen spuckten, als sie vorher geschluckt hatten.
Ich bekam einen Bazillentick. Wenn ich sie wickelte, wusch ich nicht nur mir die Hände, sondern auch ihnen. Wenn wir verreisten und sie unterwegs heia gehen sollten, traf ich Vorbereitungen wie zu einer Nanga-Parbat-Expedition. Ich war abergläubisch davon überzeugt, die Kinder dürften ihre Milch nur aus Bechern trinken, auf denen ihr Name stand.
Und dann sah ich irgendwo, vermutlich an der Kachelwand einer Raststättentoilette das Motto:
REG DICH NUR ÜBER LOHNENDES AUF!
Damit begann ein neues Leben.
Die Dinge, die sich nicht ändern ließen, übersah ich. Die ich ändern konnte, numerierte ich in der Reihenfolge ihrer Wichtigkeit. Ich hörte auf, mir Sorgen zu machen, und fing an zu genießen. Ich schreckte die Kinder nicht mehr nachts mit dem Spiegel aus dem Schlaf. Ich stellte fest, daß man alles, was ein Baby übers Wochenende braucht, in einer einzigen Handtasche unterbringen kann, und daß Kinder im Notfall auch aus einem Ziegenschlauch oder direkt vom Euter weg trinken können.

Was die Bazillen betrifft, machte ich eines Abends einen Testversuch. Siehe da: Ein Schnuller, der sich im Abfalleimer unter den Kaffeesatz verkrochen hatte, hatte, gründlich heiß abgespült und dem Baby gleich wieder in den Mund gesteckt, sichtlich einen besonders interessanten Geschmack.

Ich hörte auf, mir Sorgen zu machen: um Mao Tsetung, um die Bevölkerungsexplosion in Indien, um die Frage, wann die Umweltverschmutzer mit ihren Abfällen den Grand Canyon gefüllt haben würden oder das Wasser in unserem Badetümpel ›umkippte‹. Ich dachte nicht einmal mehr darüber nach, was passieren würde, wenn ich nach dem 4. September noch weiße Schuhe trug. (Früher hatte ich geglaubt, das Modehaus Saks würde dann halbmast flaggen oder ein Boulevardblatt mir einen Photoreporter nachschicken, der die Reaktionen des Mannes auf der Straße registrierte).

Bis dahin war es so gewesen, daß ich nie rechtzeitig den Absprung zur jeweiligen Mode fand. Immer hinkte ich hinterher. Ich verpaßte chronisch den neuesten Trend.

Aber es stimmt: Will man sich ein Frühjahrskostüm kaufen, bekommt man nur noch im Februar etwas Ordentliches. Einen Badeanzug kauft man im März, Schulkleidung für den Herbstbeginn im Juli, einen Pelzmantel im August.

Habe ich Ihnen schon erzählt, wie es mir ergangen ist, als ich einmal im August einen Badeanzug brauchte?

Die Verkäuferin trug ein langärmeliges Wollkleid wie ein Engel in einem Krippenspiel und musterte mich entgeistert.

»Sie machen mir Spaß«, sagte sie. »Einen Badeanzug im August!«

»So ist es«, sagte ich nachdrücklich, »und ich werde Ihren Laden erst verlassen, wenn Sie mir einen gezeigt haben.«

Sie zuckte ratlos die Schultern. »Aber Sie wissen doch, daß wir seit ersten Juni keinen einzigen Badeanzug mehr auf Lager haben. Unser Ausverkauf war am dritten Juni . . .«

»Zeigen Sie mir einen Badeanzug«, forderte ich energisch, »oder ich erzähle überall, daß Sie Ihre Ankleidespiegel aus den Beständen eines aufgelösten Lachkabinetts erworben haben.«

»Bitte nicht so laut, gnädige Frau. Ich rufe sofort unseren Abteilungsleiter an, Mr. Wheelock.«

In den Hörer raunte sie mit gedämpfter Stimme: »Mr. Wheelock, wir haben hier im ersten Stock eine wirre Kundin, die unbedingt einen Badeanzug will! Ja, ja, Sie haben richtig verstanden, einen Badeanzug. Ja, das hab' ich ihr auch gesagt. Wie sie aussieht? Tja, exzentrisch. Irgendwie komisch. Trägt ein ärmelloses rosa Kleid und dazu weiße Tasche und weiße Schuhe. Ja, grauenhaft. Das dachte ich mir auch, Mr. Wheelock, aber was soll ich ihr sagen? . . . Gut.«

Etwas lauter sagte sie dann zu mir: »Gnädige Frau,

Mr. Wheelock meint, Sie hätten einen exklusiven, individuellen Geschmack und wir würden Sie im Februar anrufen, denn dann wird die erste Kollektion Badeanzüge geliefert. Wäre Ihnen das recht?«
Früher wäre ich vor Zorn auf einem Bein gehopst und hätte mir mit der Handtasche auf den Kopf gehauen. Doch ich hatte dazugelernt. Ich blieb gelassen, lächelte milde und sagte: »Ja, ich komme dann also im Februar her und lasse bei der Gelegenheit ein hochträchtiges Mottenweibchen in Mr. Wheelocks Pelzlager fliegen.«
Dies tat ich natürlich nicht, aber bei einer Irren, die im August weiße Schuhe trägt, mußte die Verkäuferin ja auf alles gefaßt sein, oder etwa nicht?
Ich hatte keine Angst mehr, Etiketten von Matratzen abzureißen, auf denen stand: »Entfernen ist strafbar.« Ich fürchtete nicht mehr, daß der blaugefiederte Wassertölpel ausgerottet oder die Jungpfadfinder kommunistisch unterwandert werden könnten. Ferner nahm ich den Blödsinn nicht mehr ernst, wonach das Auftragen von Kleidern älterer Geschwister einen traumatischen Effekt auf Kinder hat.
Eine Mutter, die einigermaßen Herr ihrer fünf Sinne ist, weiß, daß es Kinderkleidung nur in drei Größen gibt. Sie heißen:
a) Ein bißchen groß, aber du wirst schon noch reinwachsen,
b) paßt genau – freu dich,
c) bißchen knapp, mußt eben immer die Ärmel schön herunterziehen.

Voriges Jahr irgendwann war es soweit: Alle Mäntel der Kinder waren Größe »Paßt genau – freu dich.« Ich errechnete überschlägig, daß sich ein solches Ergebnis während meiner Lebenszeit kaum wiederholen würde.

Meinen Sie, die Kinder hätten die ästhetische Schönheit eines Ärmels zu schätzen gewußt, der aufs I-Tüpfelchen genau zwischen Handknochen und Hand reicht? Oder Säume, die weder auf dem halben Oberschenkel sitzen, noch nachschleifen wie eine Schleppe? Nicht eines!

»Ich bin bestimmt der einzige Junge in der 6. Klasse, der weiße Go-Go-Stiefel mit Troddeln trägt«, klagte einer.

»Du hast Sorgen! Schau mich an, ich bin der einzige Schülerlotse mit gestrickten Fäustlingen!«

»Die Mütze ist doch wohl nicht dein Ernst, Mami? Ich weiß, daß ich noch wachse, aber einen solchen Schädel kriegt doch kein Mensch!«

Ich habe mich damit getröstet, daß ich ihnen lebenslang Stoff zum Lachen geliefert habe. Das Vererben von Kleidern in einer Familie ist doch eine uralte Tradition. Als Erstgeborener bekommt man zwar etwas Ladenneues, kann sich aber nicht so recht daran freuen, denn immer heißt es: »Zerreiß es nicht, mach keine Flecken rein, verschwitz es nicht, laß es nicht am Boden schleifen, es muß noch andere aushalten.«

Bei den mittleren Kindern ist das Kleidungsstück

durch vieles Waschen schon etwas heller in der Farbe, um die Knopflöcher herum etwas ausgefranst und hat am Hosenboden einen speckigen Glanz.
Das Nesthäkchen muß alle Hoffnung fahren lassen. Als so was Mode war, war es noch gar nicht auf der Welt. Es bekommt die verfärbten Windeln, die Pullis, die versehentlich zu heiß gewaschen wurden, die Pyjamahosen, die zu keinem Oberteil mehr passen, und den Skianzug, »der mal mächtig teuer war« (kein Mensch kann sich erinnern, in welchem Jahr).
Davon soll man Komplexe kriegen? Quatsch mit Soße! Ich habe nie jemand so herzlich lachen hören, als wenn ihm die geerbten Anziehsachen seiner Kindheit einfielen. Die zu langen Unterhosen, die man sich in die Schuhe stopfte, damit die Leute glaubten, man trüge zur Schule die besten, weißen Sonntagsstrümpfe. Mutters hochhackige Schuhe – mit den dünnen Bleistiftabsätzen –, die man mit Papierbällchen passend machte. Und als Kind lief man in den ersten Schnee hinaus, so zusammengestückelt bekleidet, als käme man aus dem Zwischendeck eines Flüchtlingsdampfers. Nein, ich glaube, die Kinder werden sich später freundlich der abgelegten, ererbten Kleider erinnern, mit einem gewissen Heimweh nach dem wunderbaren Jahr, in dem alle Mäntel »paßt genau – freu dich« waren.
Heute regt es mich auch nicht mehr auf, ob die Beleuchtung im Eisschrank ausgeht oder nicht, wenn ich die Tür zuschlage, oder was mein Hund von mir

denkt, wenn er mich morgens aus der Dusche kommen sieht, oder ob vielleicht die Franzosen eines Tages die Freiheitsstatue zurückverlangen.
Sogar mit dem Nonkonformisten in unserer Familie habe ich mich abgefunden, mit dem Kind, das ein Einzelgänger ist, ein Außenseiter, ein aufmüpfiger Rebell, den sie mir – wie ich argwöhne – in der Entbindungsklinik vertauscht haben.
In jeder Familie gibt es mindestens ein Kind von der Sorte. Es ist das mit der Schilddrüsenüberfunktion, das sich im Kindergarten vor allem auf der Toilette aufhält, weil es feststellen will, wohin das Wasser verschwindet, wenn man gezogen hat. Das von zu Hause wegläuft und mit dem Arm in einem Kanalrohr steckenbleibt. Das die gekauften Spielsachen ablehnt und statt dessen lieber die Register aus den Leitzordnern nimmt oder aus Haferflockenpackungen Tunnel baut. Es bekommt häufiger Senge als alle anderen Kinder zusammen.
In der Schule gibt man ihm schlechte Noten, weil es nicht aufpaßt, seine Sachen verschlampt und sich nicht genug anstrengt. Das scheint ihm nichts auszumachen. Dieses Kind ist so mit ›Nebendingen‹ beschäftigt, daß es gar nicht merkt, wie es der ganzen Familie den Nerv tötet, indem es jeden Abend zu spät zum Essen kommt, in Socken und Unterhose zu Bett geht, um morgens Zeit zu sparen, und nur dann den Rasen schneidet, wenn es dringend Geld braucht.
Um dieses renitente Kind habe ich mir, wie gesagt,

immer viel zuviel Sorgen gemacht. Wäre es genial begabt gewesen, hätte ich es sogar mit der Angst bekommen. Wäre es hingegen ein echtes Lern-Dummchen gewesen, ich hätte Mitleid mit ihm gehabt. Daß es keines von beiden war, verwirrte und ärgerte mich und stellte meine Geduld auf viele Zerreißproben.

Ich hatte Sorge um dieses unberechenbare Kind: Es konnte nicht nur nicht Fuß fassen in unserer Welt, seine Füße berührten kaum den Boden. Würde dieser Junge mit seiner unstillbaren Neugier und Hartnäkkigkeit vielleicht ein großer Entdecker oder Staatsmann werden, ein Winston Churchill, ein Columbus? Gern hätte ich daran geglaubt. Oder würde er bei seiner Phantasie und seiner Neigung, das Leben voll auszukosten, ein ganz eigenes Glück finden?

Eine andere Art Glück?

Eines Tages las ich dann bei dem Philosophen Thoreau: »Wenn ein Mensch mit seinen Kameraden nicht Schritt hält, kann es daran liegen, daß er innerlich einen anderen Rhythmus hört. Laßt ihn nach der Musik marschieren, die *er* hört.«

Da gab ich es für eine Weile auf, ihm den Rhythmus vollkommener Angepaßtheit vorzudirigieren, und lauschte statt dessen seinem. Der war etwas langsamer, und seine Tageseinteilung wich stark von der unsrigen ab.

Dem Kind war es zum Beispiel wichtiger, eine Raupe über die Fahrbahn kriechen zu sehen, als ein Bad zu nehmen. Selbstgebastelte Stelzen fertigzubauen war

wichtiger als das gemeinsame Abendessen. Sein ehrfürchtiges Entzücken über ein paar eben ausgeschlüpfte Vögelchen in der Regenrinne war wichtiger als die Pflichtlektüre über die Entdeckung Amerikas. Wie weit er sich schon von unserer Norm entfernt hatte, wurde mir klar, als ich kürzlich eine Frau engagierte, die während einer Reise ein paar Tage unsere Kinder betreuen sollte. Wir klärten Haushaltsfragen, da betrat mein unangepaßter Sohn das Zimmer. Die anderen Kinder hätten um diese Zeit das übliche dickwandige Wasserglas in der Hand gehalten. Er aber hatte sich sein Getränk in eine Sektschale gefüllt und es mit einer Cocktailkirsche und einem Sektquirl dekoriert, so daß es aussah, als schlürfe er eine ›Blue Lady‹.
Früher hätte ich mich seinetwegen fast zu Tode geniert. Diesmal blieb ich ruhig. Ich atmete tief, lächelte meine schockierte Besucherin an und sagte: »Über Kleinigkeiten rege ich mich nicht mehr auf.«
Sie rang nach Luft, stieß hervor: »Kinder, die schon am hellen Tag trinken, betreue ich nicht«, und floh aus dem Haus zu ihrem Wagen.
Sie hätte es ohnehin hier keine zwei Tage ausgehalten.

Ich rüttelte meinen Mann wach, der fest schlief. »Jetzt habe ich es schon wieder geträumt«, sagte ich.
Er gähnte: »Was denn?«
»Daß der Landschaftsverband an unsere Tür klopft und verlangt, wir sollten die Rostmühlen vorm Haus verschrotten lassen.«
»Hast du den Leuten nicht gesagt, daß wir sie noch *fahren*?« fragte er verschlafen.
»Doch, doch. In meinem Traum haben sie gesagt, wir sollten doch Sozialhilfe beantragen. Die Blechhaufen vor unserem Haus verschandelten das Bild der Gemeinde, und ob wir uns denn für unseren Heimatort nicht mitverantwortlich fühlten. Dann haben sie sich in Luft aufgelöst.«
»Dann ist es ja gut.«
»Wach doch auf! Wir müssen über die Wagen reden. Es *sind* Schandflecke. Wenigstens einen davon sollten wir durch einen neuen ersetzen. Ich glaube, deinen.«
»Blödsinn«, murrte er. »Wozu habe ich den ganzen Sonnabend damit zugebracht, die Rostflecken mit schwarzer Farbe zuzuschmieren.«
»Auf einer mausgrauen Karosserie bleibt das wohl nicht verborgen«, knurrte ich. »Er ist ohnehin entsetzlich auffallend mit all diesen Klebern am Rückfenster ›Besucht den Grand Canyon‹, ›He, he, he –

Ohio ist o.k.‹, ›Kauft Pfandbriefe‹ und all dem Kram. Warum kratzt du nicht mal ein paar davon ab?«

»Weil sie das Rückfenster zusammenhalten.« Er gähnte erneut.

»Sicherlich ist dem Landschaftsverband das rostige Auspuffrohr am stärksten aufgefallen. Das könnten wir doch so mit Draht befestigen, daß es nicht mehr nachschleift?«

»Meinetwegen. Morgen wickle ich ein bißchen Draht von den Türklinken ab und zurre das Auspuffrohr fest. Du kannst ja, wenn du unbedingt willst, die Trittbretter neu unterlegen.«

»Ja, und das Chrom rings um die Scheinwerfer polieren und einen Satz neue Kerzendochte für sie kaufen. Das hilft dem Gesamteindruck doch ein bißchen auf.«

»Weil wir gerade davon reden: Warum verwendest du nicht etwas Freizeit auf deinen eigenen Wagen, wenn ich fragen darf? Den kannst du auch nicht gerade zum Grand Prix anmelden, weißt du!«

»Ich befördere darin wöchentlich zwanzig, dreißig Gören. Was erwartest du?«

»Ich weiß nur, daß die Versicherung ihn nicht mehr versichern will. Eben hat sie uns einen Sanitätskasten zugeschickt. Die Federn in den Sitzpolstern bohren sich so durch, daß wir auf dem Dach säßen, wenn wir nicht mit den Sicherheitsgurten festgeschnallt wären. Am Handschuhkasten fehlt die Verschlußkappe, das hintere Fenster geht weder auf noch

zu, und das Radio ist nur noch mit der Kneifzange anzustellen. Und wer zum Kuckuck hat in die Tür eingekratzt ›NICHT ÜBER 200 km/h‹? Also dann morgen, meinetwegen«, seufzte er und zog sich die Decke ans Kinn. »Aber jetzt mach bitte das Licht aus, und laß mich schlafen.«
Ich ließ ihn links liegen und holte mir aus dem Regal am Kopfende noch etwas zu lesen. Ich tat einen guten Griff. Ich erwischte eine wirtschaftswissenschaftliche Studie ›Umfrageergebnisse über Kaufgewohnheiten und ihre Motivationen‹. So las ich zum Beispiel, daß Menschen, die sich Gefriertruhen kaufen, emotionell unsicher sind und aus diesem Grunde mehr Eßbares horten, als sie brauchen.
Doch dann setzte ich mich mit einem Mal ruckartig im Bett auf. Vor mir lag das Kapitel: Nach welchen Gesichtspunkten kaufen Männer ihre Wagen. Darin hieß es: »Sobald Händler ein Cabrio in ihr Schaufenster stellen, strömen unzählige Männer zusammen und verschlingen es mit den Augen. Sie kaufen aber unweigerlich eine Limousine. Warum? Psychologen, die sich mit diesem Problem beschäftigten, kamen auf folgende Lösung: Ein Cabrio ist die Verkörperung der feschen Freundin. Sie fällt auf. Man starrt ihr nach. Die Männer betrachten ein solches Vehikel sehnsüchtig, träumen ein wenig, hängen ihrer Begierde nach. Dann aber siegt die Vernunft, der gesunde Menschenverstand, sie erkennen, daß man die Sterne nicht vom Himmel holen kann, und kaufen

eine Limousine. Die Limousine verkörpert die Ehefrau, das reizlose, verläßliche Mädchen, das seinen Kindern eine gute Mutter sein wird.«
Unter uns brauchbaren Limousinen kann ich Ihnen vertraulich mitteilen, daß ich mich darüber geärgert habe. Besonders wenn ich mir überlege, welche Frauen – äh – Wagen mein Mann sich bisher ausgesucht hat.
Unser erstes Auto, das er offenbar mit mir identifizierte, war ein gebrauchter, häßlicher, langweiliger, schwarzer Kasten mit einem Sprung im Fenster – auf meiner Seite –, einem Handschuhfach, dessen Klappe einem, sooft der Motor ansprang, auf den Schoß fiel und einem kleinen gedruckten Schild an den Kotflügeln: BITTE NICHT GEGEN DIE REIFEN TRETEN. Er beförderte uns gut und zuverlässig, war aber ersichtlich Alkoholiker: Er konnte an keiner Tankstelle halten, ohne einen zu heben und mit Öl nachzugurgeln. Im Sommer war er heiß, im Winter kalt und das runde Jahr hindurch asthmatisch.
Unser erster fabrikneuer Wagen bewies, daß ich mich wenig verändert hatte. Er war so seriös wie ein Leichenwagen, kein Chrom – und kein Vergnügen. Ich bin überzeugt, kein Tiger, der etwas auf sich hielt, hätte sich in seinen Tank sperren lassen. Vier Jahre später kauften wir wieder einen anderen Wagen. Nur die Farbe und der Stand unseres Kreditkontos änderten sich.
Ich schlüpfte aus dem Bett und schaute durchs Fen-

ster. Angenommen, die Männer suchten sich ihre Wagen wirklich nach den gleichen Gesichtspunkten aus wie ihre Ehefrauen. War das da ein Wagen, mit dem man ein Liebesverhältnis einging? War das ein Symbol für die keck aufgesetzte Mütze und den im Fahrtwind flatternden Seidenschal? War es eine Freundin oder eine Mutter in derben, vernünftigen Laufschuhen?

In der Einfahrt stand ein kleiner, billiger ausländischer Wagen, der sich rühmte, Jahr für Jahr die Karosserieform beizubehalten. Das jämmerliche bißchen Chrom an der Stoßstange hatte das winterliche Streusalz weggefressen, und von innen waren rings um die Frontscheibe Tempotaschentücher gestopft, weil der Thermostat kaputt war. Das Ganze ein mausgraues Stück Elend.

Ich rüttelte meinen Mann wach. »Komm, morgen kaufen wir uns einen anderen Wagen. Irgendwas Unpraktisches, Phantastisches! Es ist mir sehr wichtig.«

»Spinnst du?« stöhnte er verschlafen. »Ich hab' zuviel in diesen alten Schlitten gesteckt, um ihn wieder abzustoßen. Der fährt, bis die Benzinpumpe den Geist aufgibt. Außerdem ist er bequem.«

»Abscheulich, mir so was zu sagen«, schluchzte ich und legte mich wieder schlafen.

Ich glaube, wir hätten noch immer das mausgraue Symbol vorm Haus, wenn mich nicht das Müllauto gerammt hätte. Mein Mann meinte allerdings, wir

könnten den Karren ja noch mal einigermaßen zusammenflicken.
»Zusammenflicken!« rief ich empört. »Untersteh dich! Nach allem, was ich mit ihm durchgemacht habe. Überleg doch mal, welche Vorteile ein großer Wagen hätte. Nie mehr sich in den Beifahrersitz hineinwinden wie eine Boa constrictor in einen Schlafsack! Keine bespritzten Schutzbrillen mehr bei Regen! Nie mehr beim Schalten zugleich die eiskalten Füße reiben! Und stell dir doch mal vor, wie wir die anderen Wagen am Berg glatt stehenlassen! Und mit ausgestreckten Beinen fahren statt in Embryonal-Stellung.«
»Ja, ja, du hast recht. Morgen kaufen wir einen neuen.«
Ich hatte bisher nicht so ganz realisiert, daß eine Nabelschnur einen Mann mit seinem Wagen verbindet. Es ist möglicherweise die tiefste, väterlichste, behütendste Bindung, deren ein Mann fähig ist. Ihre Herzen schlagen im gleichen Takt, bis der Wagen in die Werkstatt zurückkehrt und durch ein neues Modell ersetzt wird, auf das der Mann seine Zuneigung und Zärtlichkeit dann überträgt.
Die Wirtschaftsstudie hatte natürlich recht. Er ließ sich in den Sitz des Sportcabrios im Schaufenster gleiten und legte verstohlen den Arm um die Lehne. Er liebkoste Lenkrad und Sonnenblende mit einer Innigkeit, die ich an ihm nicht kannte. (Ich glaubte sogar zu bemerken, daß er den Fernlichtschalter heim-

lich kniff). Dann tat er einen tiefen, resignierten Atemzug, ging hinüber zur gewohnten Limousine und seufzte: »Wir müssen auch an die Kinder denken.«

Erfreut sah ich, daß sich mein Image beträchtlich gebessert hatte. Der Wagen besaß ein Radio, das keine zehn Minuten brauchte, um warm zu werden. Er hatte Servolenkung und Servobremsen. Seine Farbe war dunkelrot. (Mein Mann ließ nicht unerwähnt, daß das genau zu den Äderchen auf meiner Nase paßte). Eines Abends ging ich dann zu weit. Ich bat ihn, mir seinen Wagen zu borgen. Man hätte meinen können, ich wollte sein Gebiß borgen, um Sahnebonbons zu kauen.

»Hast du denn sonst keine Möglichkeit, zu deinem Bridgeclub zu kommen?« fragte er.

»Doch«, erwiderte ich. »Ich könnte mir Erdnüsse auf die Arme kleben und darauf warten, daß sich genügend Tauben einfinden, die mich hinfliegen, aber ich würde schon lieber mit dem Wagen fahren.«

Widerstrebend begleitete er mich zu Tür. »Hast du deinen Führerschein? Den Schlüsselring? Kleingeld? Zeugen?«

Ich grinste. »Ich möchte ihn nicht heiraten, ich möchte nur damit zum Bridgeclub fahren.«

»Du kennst dieses Modell nicht«, erklärte er mir geduldig, »bei dem muß man kalt anfahren. Bei einigen Wagen muß man vor dem Starten ein paarmal aufs Gas tippen. Bitte bei diesem nicht. Er haßt es, wenn man ihn ersäuft. Hast du begriffen? Du brauchst nur den Choke einen halben Zentimeter herauszuziehen. Dann trittst du das Gaspedal bis unten durch und läßt den Motor ein wenig kommen, okay? Nicht zu schnell. Gleichzeitig drehst du den Zündschlüssel und schiebst ganz vorsichtig den Choke wieder rein.«

Als ich mich auf den Fahrersitz setzte, verschoß er seinen letzten Pfeil. »Und auf keinen Fall hochjagen, dann schaffst du es bestimmt.«

Ich stellte den Motor ab. »Was soll ich nicht hochjagen, und was schaffe ich dann?«

»Den Motor sollst du nicht hochjagen, dann schaffst du es bis zur Tankstelle. Der Benzinuhr nach ist der Tank leer, aber so viel Sprit hat er allemal noch, daß du ihn abwärts rollen lassen kannst und genau bei Grün an der Ampel bist. Dann schaffst du die letzten paar Meter spielend. Ach ja, und falls er dir mehr als einmal stirbt – du hast eine Pannenleuchte im Kofferraum.«

Ein Mann und sein Wagen, das ist ein Kapitel für sich. Ihn liebt und ehrt er von der ersten Stunde an, in guten und bösen Tagen, in Gesundheit und Krankheit, und wenn Ford sich mal einfallen läßt, ein Modell auf den Markt zu bringen, das auch noch Knöpfe annähen kann und über seine Witze lacht, dann, meine Damen, sind wir weg vom Fenster.

Wenn mein Mann und ich auf einer Antiquitätenmesse auftauchen, hört man rasche gedämpfte Schritte und die Händler raunen einander zu: »Mensch, steck eine Geranie in den durchlöcherten Abfalleimer. Mit den beiden wird's interessant.«
Daran sind wir zum Teil selber schuld. Wir stehen mit aufgerissenen Augen und Mündern da und klammern uns an unsere Brieftaschen wie zwei Bäuerlein, die nur zum Schweinekauf in die Stadt kommen. Mehr als einmal sind wir auf einen Haufen Schrott zugestürzt mit dem Jubelschrei: »Ist das nicht eine Milchzentrifuge von 1900?« Worauf jemand geduldig berichtigte: »Nein, ein Trinkbrunnen von 1962.«
Wir halten uns eisern an eine Faustregel, die lautet: »Wenn man darauf schlafen, Blumen hineinpflanzen, es einrahmen, darauf spielen, Journale, Platten oder Decken hineinstopfen, damit klingeln oder ein Gespräch eröffnen kann, kaufen wir es.«
Außerdem kaufen wir noch Gegenstände einer nicht näher bezeichneten Kategorie, mit denen wir »eines Tages was tun wollen«. Diese Kategorie umfaßt so ziemlich alles, vom gußeisernen Engel mit abgebrochenem Fuß, der Kinderwäschemangel mit Handbetrieb, der Grabplakette aus dem Bürgerkrieg bis zu einer Sammlung Ansteckknöpfe mit Wahlparolen.
In einem Sommer kauften wir in Maine mal für zwei Dollar ein ausgeblichenes, modrig riechendes

Schachbrett. Es hing – überflüssig wie ein Kropf – an der Wand unserer Garage, bis mein Mann es hellrot strich, auf einen drehbaren Untersatz montierte und als »stummen Diener« bezeichnete. »Es wird unsere Eßgewohnheiten total umkrempeln«, versprach er. »Keine vor Hunger aufgetriebenen Bäuche mehr, bis die Kinder *endlich* die Schüsseln weitergeben. Keine Fleischwunden mehr von Messerschnitten und Gabelstichen. Und kein unnötiges Geschwätz während der Mahlzeit.«

Damit setzte er die Drehplatte auf den Tisch, stellte die Schüsseln darauf und brachte das Ganze in rotierende Bewegung. Es glich einem Roulette fürs Dickwerden.

»Der Erfolg dieser Vorrichtung« erklärte er uns, »läßt sich in einem Wort zusammenfassen: Wachsamkeit! Wenn die Drehscheibe vor dir hält, nimm, was an Eßbarem erreichbar ist. Es bleiben dir acht Sekunden, um es auf deinen Teller zu löffeln oder aufzuspießen. Ausnahmen sind nicht zulässig. Ich pfeife auf einer Trillerpfeife, und die Drehplatte setzt sich wieder in Bewegung. Auf diese Weise kriegen wir alle innerhalb von 32 bis 40 Sekunden heißes Essen auf den Teller und können anfangen. Habt ihr begriffen?«

Wir hatten. Am ersten Abend standen die Gerichte noch nicht in der geeigneten Reihenfolge auf dem Drehdings, daher geriet uns die Sauce nicht über, sondern unter die Kartoffeln, und die Obsttorte lag mit der Unterseite nach oben auf dem Teller. Vater mit der Trillerpfeife versprach uns, das würde beim nächsten Mal besser. Dann war da noch das Problem des Überhangs: Der Henkel einer Kaffeekanne oder eine ovale Platte mit gebräunten Zwiebelringen an strategisch wichtiger Stelle brachten naturgemäß Gläser und Tassen zu Fall, so verschob sich der ganze Fahrplan um volle vier, fünf Sekunden.

Damit war der Moment für eine neue Auflage der Standpauke gekommen. »Also Leute, diesmal war das Zusammenspiel nicht gerade blendend. Ich brauche wohl keine Namen zu nennen. Die Löffelschmeißer und Tellerklirrer unter euch werden sich auch so getroffen fühlen. Und nun wollen wir mal alle antauchen und zusehen, daß wir in Form kommen.«

Binnen zwei Wochen stellte ich einschneidende Veränderungen fest. Ich war fünf Pfund leichter – die Demonstration der Zentrifugalkraft bei jeder Mahlzeit machte mich schwindlig – und hoffnungslos süchtig nach Mitteln gegen Seekrankheit.

Da tat ich denn, was jede Mutter an meiner Stelle getan hätte: Ich klaute meinem Mann die alberne Trillerpfeife.

Noch andere von uns erworbene Antiquitäten waren ein großer Erfolg. Ein goldiges, zusammenlegbares Schaukelstühlchen aus dem Jahre 1809 klappte unter unserem Nesthäkchen zusammen, als es hineinzuklettern versuchte. Seitdem scheute der Kleine es so sehr wie eine Penicillinspritze.

Das Harmonium, als Heimorgel bezeichnet, das unserer Nachkommenschaft das Gefühl der Zusammengehörigkeit vermitteln sollte, verbreitet nur Disharmonie. Wie aber bringe ich das meinem Mann bei, wenn er bereits zwei Freunde und eine Bandscheibe bei dem Versuch geopfert hat, es durch den Korridor zu zerren? Rechnet man dazu die 140 Dollar für die Erneuerung der Pfeifen und das Neubelegen der Bälge, damit sie nicht mehr ganz so asthmatisch keuchen, ist der Beweis erbracht, wohin Sentimentalität führen kann.

»Wo wollen wir denn hin damit?« fragte ich.

»Stell dir doch nur vor«, schwärmte er, »eine Schale Popcorn, ein Körbchen rotbäckiger Äpfel und wir alle Arm in Arm, Volkslieder singend! Kriegst du nicht bei dem bloßen Gedanken vor Glück eine Gänsehaut?«

»Gewiß, gewiß«, sagte ich. »Ich habe ja nur gefragt, wohin damit?«

»Ich kann noch zwei Strophen von ›Ein Elflein saß bei Mondenschein‹ ... Wenn du mir versprichst, mich nicht zu übertönen, darfst du sonntags morgens im Hintergrund Gedichte vorlesen.«

»Hier im Korridor kann es nicht bleiben. Es steht auf meinem Fuß.«

»Und denk doch nur: Haustrauungen«, phantasierte er weiter.

»Dieses Instrument und darauf eine Riesenvase voller ... Was für Blumen werden immer bei Hochzeiten genommen?«

»Orangenblüten. Und jetzt mach, daß der verdammte Kasten von meinem Fuß herunterkommt.«
Das Harmonium mit all seinen Schnecken und Schnörkeln und zierlichen Einlegearbeiten, gepolsterten Pedalen und Kerzenhaltern aus Messing wurde ›das Monstrum‹ getauft und ins Besuchszimmer gestellt. Doch dort blieb es nicht lange. Die Gäste klagten, diese Orgel, mit Kerzen und Blumen ausstaffiert, versetzte sie in Beerdigungsstimmung.
So kam das Monstrum ins Eheschlafzimmer und wurde zum Tabernakel für unbezahlte Rechnungen, unbeantwortete Briefe, Schlipse, die zur Reinigung sollten, alte Autokarten, Schlüssel und Kleingeld in fremden Währungen. Gelegentlich schlugen wir uns daran das Schienbein blau, und das veranlaßte uns, es ins Wohnzimmer zu wuchten. Dort blieb es jedoch nur zwei Tage wegen einstimmigen Protestgeschreis unter den jugendlichen Fernsehzuschauern, die gezwungen waren, über das Quietschen der Pedale hinweg die Dialoge auf dem Bildschirm von den Lippen der Darsteller abzulesen.
Der nächste Standort des Instruments war die Veranda, wo es jedoch infolge der Feuchtigkeit deutliche Bronchialgeräusche in den Bälgen entwickelte.
Seine letzte Ruhe fand es in der Küche. Seitdem sehen wir uns täglich mit einem Doppelproblem konfrontiert: »Wie serviert man Essen für fünf rund um ein Harmonium und wie überwindet man die Angst, alle Augenblicke könnte jemand anstimmen: ›Ein Elflein saß bei Mondenschein . . .‹«

Kindern Respekt vor antiken Möbelstücken beizubringen, ist fast unmöglich. Aufschreie wie: »Nimm sofort die Beine von dem unglücklichen Tisch« oder: »Bitte knall dich nicht so auf die Feuerholzkiste, so was hält sie nicht aus«, lösen bei ihnen nur verständnisloses Kopfschütteln aus.

Sonntags äußern sie sich abfällig über das Gerümpel in den Läden, kaufen sich aber eine Tüte Hustenbonbons von noch viel zweifelhafterer Herkunft.

Diejenigen unter uns, die keine ›Großmama aus der guten, alten Zeit‹ mit Speicher und auch keinen befreundeten Antiquitätenhändler haben, der sein Geschäft versteht und täglich die Todesanzeigen studiert, erwerben ihre Antiquitäten auf die mühsame Art, nämlich über die Sperrmüllhalde.

Meine Vorliebe für Sperrmüll ist viel älter als mein Interesse an Antiquitäten. Als Kind wohnte ich drei Häuserblocks entfernt von einem Sperrmüllager. Es befand sich außerhalb des anständigen Wohnviertels und dort galt: ›Jeder für sich und Gott für uns alle‹. Ich konnte eine solche Müllhalde in fünfzehn Minuten barfuß durchfilzen und es entging mir kein Korbstuhl ohne Sitzgeflecht, kein Karton mit Einmachgläsern und kein fleckiger Lampenschirm.

Als wir heirateten, schien mir das Sperrmüllager der nächstliegende Ort, aus dem sich unser junges Heim möblieren ließ. Natürlich sind mir nicht alle Schutthalden gleich sympathisch. Statusmüllhalden machen mir gar keinen Spaß. Dort gibt es eine Art Kura-

tor, der in einem Hüttchen wohnt, den ganzen Tag poliert und putzt, alte Ziegelsteine stapelt, diverses Werkzeug in flachen Kisten auslegt, damit man es überblicken kann, Weggeworfenes ordnet und ›Das Schöne Heim‹ liest.
Schon beim Einfahren begrüßt er einen mit einem schneidigen »Was kann ich für Sie tun?«, und wenn man erwidert: »Ach, ich will mich nur mal bißchen umsehen«, heftet er sich einem an die Fersen, macht einen darauf aufmerksam, daß sich der rostige Kurbelkasten mit Blumen bepflanzt auf der Veranda entzückend ausnehmen würde und der kleine Vogelbauer aus Bambusstäben mal von einem Vögelchen bewohnt wurde, das sehr viel schlief. Andere Schutthalden sind buchstäblich nur zum Wegschmeißen. Vorigen Sommer in Neu-England zerriß man sich schon die Mäuler über unseren Abfall. Außerdem war er ein Unfallrisiko: gebündelt bedeckte er den Fußboden der Küche, des Eßzimmers und des halben Wohnzimmers. Als ich eine Nachbarin befragte, wohin ich mit dem Zeug sollte, fragte sie zurück: »Wie? Haben Sie denn unsere Schutthalde noch nicht gesehen? Da müssen Sie hin, so was muß man erlebt haben. Und dabei werden Sie auch gleich Ihren Müll los!«
»Eine Schutthalde?« rief ich freudig erregt.
»Wollen wir was kaufen?« fragte eines der Kinder.
Das überhörte ich. Wieso hatte ich seit unserem Umzug nach Neu-England nie an Schutthalden gedacht?

Sicherlich strotzten sie von Erinnerungsstücken an die amerikanische Revolution: Die durch das Land marschierenden Rebellenarmeen hatten gewiß dutzendweise Säbel, Zinnbecher, Privatbriefe an General Washington und Siegelringe verstreut. Ich zitterte vor Ungeduld.

Wir fuhren lange auf einem staubigen Weg, bis wir schließlich in der Ferne so viele Möwen sahen, daß sie einem Reiseprospekt gut angestanden hätten. Hier also trieben die sich herum. Leider gab es keine Säbel, keine Zinnbecher oder kostbare Antiquitäten, nur Müll und nochmals Müll. Rückwärts fuhren wir an den Hang heran und begannen abzuladen.

»Was kaufen wir?« beharrte ein Stimmchen.

»Ich habe eine Ratte gesehen«, eine andere.

»Wir haben schon die allerulkigsten Eltern von der Welt«, murrte ein drittes.

Von so was lasse ich mich unterkriegen. Ich nähe an warmen Sommertagen weiterhin Flickendecken aus geerbten Stoffstücken und sammle alte Hutnadeln. Sie sehen lebensgefährlich aus, sind aber riesig praktisch, um das Schloß der Badezimmertür aufzuhebeln, wenn jemand sich versehentlich dort eingesperrt hat.

Wie die Kinder dereinst den Nachlaß von Anstecknadeln mit Wahlparolen unter sich aufteilen, ist ihre Sache.

Fern-Seh-Störungen

Die Nachricht, daß diesen Sommer eine besonders hohe Zahl von Fußballspielen im Fernsehen übertragen wird, hat überall bei den Hausfrauen heftige Reaktionen hervorgerufen.

Einige von ihnen haben im Ort Friedensruh in Connecticut die Bildschirme mit Besenstielen zerschlagen. Eine Gruppe Hausfrauen machte Schlagzeilen und zog die Aufmerksamkeit des ganzen Landes auf ihr Problem, als sie ›psychiatrische Beratung während der Fußballsaison‹ anbot – Tag und Nacht, rund um die Uhr. Bekannt wurde auch eine Gruppe aus Virginia, die einen Fußball durchs Fenster ins Weiße Haus warf mit der bündigen Anfrage: »Würden Sie Ihr Wochenende diesem Ding opfern?«

Ich unterhielt mich kurz mit einer Frauengruppe aus Ohio. »Gegen die paar hundert Liga-Spiele haben wir nichts«, sagte die Gruppensprecherin. »Aber das ist erst der Anfang. Dazu kommen die Lokalspiele, die Freundschaftsspiele und was sonst noch. Das macht zehn bis zwölf Spiele pro Wochenende. Und damit haben wir einen Ehemann, der wie ein vollgesogener Schwamm im Fernsehsessel hockt, umgeben von Kronenkorken.«

Weiß der Himmel, Männer sind ohnehin nicht die gesprächigere Hälfte des Menschengeschlechts. Ich habe eben erst statistisches Material darüber gelesen, wonach ein Mann in seinem Heim durchschnittlich nicht mehr als sechs Worte pro Tag spricht. Eine Erhöhung dieser Gesamtsumme läßt sich nur durch gewissenhafte Massage der Kehlkopfmuskeln erreichen.

Selbst außerhalb der Fußballsaison nähern sich die Männer abends ihrem Heim und Herd mit der Unbeteiligtheit eines Menschen, der eine Volkszählung durchführt. So ein Mann stellt den Wagen in die Garage, faßt an den Zentralheizungskessel, um festzustellen, ob er irgend etwas reparieren *muß*, kleidet sich um, ißt und zieht sich ins Wohnzimmer zurück, wo er Zeitung liest und allabendlich die raffinierteste isometrische Übung zu machen pflegt: Er knipst am Fernsehknopf. Und dann bleibt er tatenlos sitzen, bis das Schnarchgeräusch seiner tiefen, rauhen Atemzüge einen weiteren beschwingten Abend voller Jubel, Trubel, Heiterkeit beschließt.

Die Frustration der Ehefrauen, die gern mal mit jemandem reden möchten, der nicht gerade zahnt, ist jammervoll. Manche akzeptieren die schweigsamen Abende als Fügung des Schicksals, andere bemühen sich verzweifelt, dieses Schicksal abzuwenden. Als eine Frau versuchte, sich für das Benehmen ihrer Kinder beim Abendessen zu entschuldigen – sie vollführten einen Eingeborenentanz durch den Kartoffelbrei –, blickte ihr Mann jäh von seinem Teller auf, warf einen prüfenden Blick auf die Kinderschar und schrie auf: »Was, das sind alles unsere?« (Fünf Worte!) Einer der sinnlosesten Versuche, ein Ge-

spräch mit dem eigenen Mann in Gang zu bringen, beginnt mit der Frage: »Na, und wie war's heute bei dir, Liebster?« Ein Ehemann trat – wie mir aus verläßlicher Quelle berichtet wird – daraufhin nach dem Hund, ein anderer erbleichte und brachte kein Wort heraus, ein dritter zerbiß seinen Schlips. Einige starrten nur ins Leere, als hätten sie die Frage nicht gehört. Ein einziger faßte seine Antwort überhaupt in Worte. Sie lauteten: »Bitte schweig, Clara.«
Andere Frauen arbeiteten unermüdlich daran, ihre Gewinnchancen in diesem ungleichen Spiel zu verbessern, etwa so:

Frau: »Weißt du, was es heute zum Essen gibt? Gedünstete Lämmerschwänze in Efeusauce, Zwiebelklößchen in saurer Sahne und einen Paradiesvogel, auf einem See aus Hühnerbrühe schwimmend.«
Mann: »Das hatten wir mittags.« (Vier Worte)

Frau: »Hans, ich muß es dir sagen, ich habe einen anderen! Wir wollen mal ganz ruhig darüber sprechen wie zivilisierte Menschen.«
Mann: »Warte bis zum Werbefunk.« (Vier Worte)

Frau: »Ich habe mir vorige Woche das Bein gebrochen, Otto. Seitdem warte ich darauf, daß du es bemerkst. Schau, ich komm mit den Krükken schon ganz gut zurecht.«

Mann: »Wenn du schon stehst, hol mir ein Bier.« (Das sind sogar 8 Worte, aber er war blau, das machte ihn gesprächig)

»In der Fußballsaison«, sagte eine schlanke Blondine zu mir, »ist es noch schlimmer als gewöhnlich. Mein Mann setzt sich Freitagabend um acht Uhr vor den Bildschirm und wendet kein Auge mehr davon. Ich sage zu ihm: ›Möchtest du jetzt essen, Michel?‹ Und er sitzt einfach nur da. Ich sage zu ihm: ›Kommst du zu Bett, Michel?‹ Und er sitzt nur da. Neulich abend habe ich zu ihm gesagt: ›Die Frau, die unsere Kinder kaufen will, ist da.‹ Er hat nicht mal mit der Wimper gezuckt. Schließlich habe ich ihm den Puls gefühlt. Es war einfach gespenstisch.«
»Ich verstehe das nur zu gut«, sagte eine gepflegte Brünette. »Mein Fred sagte zu mir: ›Wir brauchen einen Farbfernseher. Die Spiele werden in Farbe übertragen.‹ Ich sagte zu ihm: ›Wenn du all die roten Blutkonserven und blauen Flecken in Farbe sehen willst – mir soll's recht sein. Ich seh' offengestanden ganz gern mal einen Mann, der noch seine Vorderzähne hat.‹ Daraufhin ist er wütend geworden, hat sich die Radioübertragung vom Hochschulspiel ins Ohr gestöpselt, mit dem einen Auge das Ausscheidungsspiel, mit dem anderen das der Nationalelf angeschaut und mir zugerufen: ›Halt die Kinder ruhig!‹ Dabei haben wir gar keine Kinder.«
»Und wenn Sie meinen, es wird besser, wenn Sie sich

zu ihm vor den Bildschirm setzen, irren Sie sich gewaltig«, sagte eine andere. »Früher, als ich noch im College war, bin ich zu jedem Fußballspiel gegangen. Aber am Fernseher – nein. Zuerst mußte ich mir alle entscheidenden Spielszenen von voriger Woche ansehen, dann ein kurzer Vorbericht der Begegnungen des nächsten Wochenendes. Als das Spiel dann endlich losging, sahen wir es erst *live*, dann in Zeitlupe, dann mit angehaltener Kamera und dann sofort ein Replay. Und anschließend hat er umgeschaltet, um zu kontrollieren, ob nicht die andere Kamera den Mittelstürmer besser eingefangen hat. Und in der Pause kamen dann noch mal die Höhepunkte der ersten Halbzeit, gefolgt von Interviews mit Kerlen, die wiederkäuten, *warum* sie *wie* gespielt hätten und warum sie in der zweiten Halbzeit ganz phantastisch spielen würden. Als das Spiel endlich aus war, kommentierte es der Berichterstatter nochmals fünfzehn Minuten lang.«

»Und was sollen wir dagegen unternehmen?« fragte eine.

»Wir schlagen zurück. Mit Peyton Place«, sagte eine ganz junge Ehefrau und schnalzte vor Eifer mit den Fingern. »Wir machen es folgendermaßen. Wir zwingen das Fernsehen, die Serie ›Peyton Place‹ dreißig Minuten früher zu senden und zuerst eine Zusammenfassung der deftigsten Szenen von voriger Woche, dann eine Vorschau auf die gleich beginnende Sendung zu bringen. Anschließend lassen wir den alten Peyton und seinen Enkel von einer berühmten Journalistin interviewen. Wenn die Sendung anfängt, wird jede Szene zweimal gebracht, und die Kamera läßt alle Bettszenen zum Standfoto einfrieren. Alle Szenen mit Brutalitäten werden sofort im Replay wiederholt, dann stellen wir um auf einen Kanal, auf dem die Kamera mit Gummilinse auf die Hauptdarstellerin im Negligé zufährt. In der Pause werden nochmals Szenen aus der ersten Hälfte gezeigt, dann folgt ein Interview mit der Hauptdarstellerin, die erläutert, warum sie die Rolle so und nicht anders gespielt hat und wie sie die und die Szene der zweiten Hälfte zu spielen gedenkt.«

»Ja, das sollte reichen«, meinte eine stille Dunkelhaarige. »Es muß reichen! Ich bin schon dermaßen verzweifelt, daß ich mich mit meinen eigenen Kindern unterhalte!«

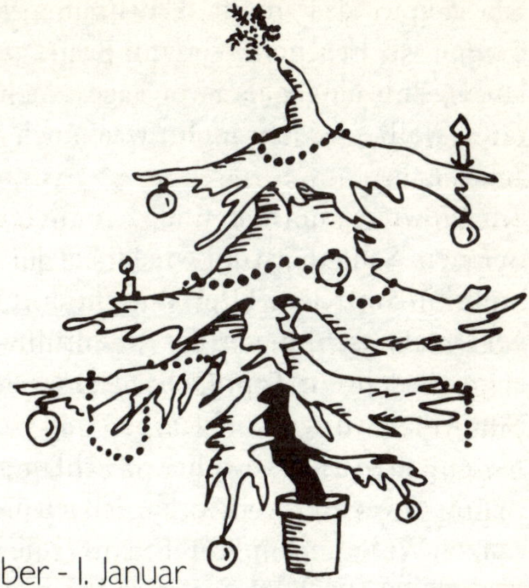

3. November - 1. Januar

... Goldes wert

Jeden November passiert es wieder. Warum, weiß ich auch nicht. Plötzlich überfällt mich eine Art Hausfrauenkoller. Ich möchte in gestärkter Schürze herumwirtschaften, Brot backen, Leintücher handbügeln und meine eigene Seife kochen. Ich möchte Matratzen klopfen, Staubtücher flicken, die Einfahrt zur Garage feucht aufwischen und grüne Bohnen einwecken, Couchtische abstauben, mit einer Blumenvase schmücken und ein Buch ›für stille Stunden‹ danebenlegen. Mit einem Wort, ich bin unausstehlich.

Ich nenne das mein Hausfrauensyndrom. Eine fremde Macht scheint von mir Besitz zu ergreifen, allerdings nie länger als zwei Tage. Nach diesem Zeitraum weiß ich nicht mehr, was, noch warum ich es getan habe.
Bin ich wieder normal, finde ich mich üblicherweise in einem Schaukelstuhl wieder bei der Lektüre einer Broschüre mit dem Titel ›Wie entfernt man Reste einer Drachenschnur von der Regenrinne‹, und auf dem Herd brodelt ein Topf Ochsenschwanzsuppe.
Der Anfall vorigen November war ein tolles Ding. Als ich zu meiner gewohnten Schlamperei und Lässigkeit erwachte, merkte ich, daß ich die Möbel in der ganzen Wohnung umgestellt hatte, die nun so unpersönlich wirkte wie das Wartehäuschen einer Busstation. Entgegen dem Rat von Fachleuten hatte ich auch alle Vorhänge gewaschen, woraufhin sie so lappig herunterhingen wie der Hosenboden eines Kleinkindes.
Ich stellte fest, daß ich in die Stadt gefahren und mit 6 Metern rotem Cordsamt für Tagesbettdecken heimgekommen war. Weiß Gott, was ich noch alles gekauft hätte, wäre ich im Besitz einer Nähmaschine.
Man erzählte mir, ich hätte die ganze Familie zusammengetrommelt und in einer Reihe im Vorgarten Aufstellung nehmen lassen, dann hätte ich energisch verlangt, daß diesmal rechtzeitig mit der Frühjahrsdüngung begonnen wird, daß die Wasserleitungen

frostsicher umwickelt und die Teppiche geklopft werden.
In meinem Leben bin ich keiner so widerlich tüchtigen Hausfrau begegnet: Alle polierten Flächen glänzten, die Fenster blitzten. Ich hatte sogar die Teedose geleert und die Büroklammern durch Tee ersetzt.
Ich habe mit anderen Frauen über dieses seltsame Phänomen gesprochen und erfahren, es sei völlig normal. Eine solche Rückkehr zur Ordnung wird ausgelöst durch kühlere Witterung, eine Regenperiode, sich nähernde Feiertage und einen Schuldkomplex: Nur weil die Kinder in der Schule gut aufgehoben sind, darf ich nicht ausschließlich meinem Vergnügen leben.
Ich habe festgestellt, daß eine kalte Dusche mich in meine gewohnte Nachlässigkeit zurückkatapultiert.
Daß ich schlampig bin, weiß ich, weil ich in einer Zeitschrift die Testfragen beantwortet habe, die einen in die Kategorie ›Kindermutter‹, ›Männerfrau‹ oder ›Hausfrau‹ einstufen.
Die Kindermutter spricht von ihrem Mann des öfteren als »der Dingsda« und nimmt ein Bandgerät mit in den Kreissaal, um ihre Leiden darauf festzuhalten und es auf den Hochzeiten ihrer Kinder abzuspielen. So bin ich nicht.
Eine Männerfrau setzt ihrem Mann Steak vor und ihren Kindern Hamburger. So bin ich auch nicht.
Die geborene Hausfrau aber, die echte, baut das Souterrain für ihre Familie aus (irgendwo muß die sich

schließlich aufhalten) und weint, wenn jemand einen Wassertropfen auf ihren gekachelten Küchenboden verschüttet. So bin ich ganz bestimmt nicht.
Meinem Testergebnis nach gehöre ich zu keinem der drei Typen. Ehrlich gestanden erreichte ich bei »Haushaltsführung« nur 5 von 100 möglichen Punkten. (Was mich rettete, war der Punkt für die Leistung, daß ich das Wasser im Vogelkäfig ziemlich regelmäßig wechsele).
Mein Geständnis klingt sonderbar, wenn man bedenkt, daß ich vor fünfzehn Jahren in einer Zeitschrift dreimal wöchentlich eine Kolumne über Hausputz geschrieben habe. Soweit ich mich erinnere, war ich nur mal einen Moment aus dem Büro gegangen, um mir am Automaten eine Tasse Kaffee zu holen. Als ich wiederkam, war ich von der Abteilung zur Nachfolgerin der Chefredakteurin für Haushaltsfragen gewählt worden. (Man ist im Zeitungswesen fürchterlichen Attentaten ausgesetzt, eigentlich brauchte man dort einen eigenen Vorkoster). Mit einem Wort: Ich war aufs Kreuz gelegt worden. Ich nannte meine Kolumne ›Operation Staubtuch‹ und riet allen Hausfrauen, sich positiv zu den unvermeidlichen Putzarbeiten einzustellen, sonst würden sie übellaunig und ließen das an ihren Familien aus. Ich versicherte meinen Leserinnen, wenn sie sich an meine dreimal wöchentlich erscheinende Putzanleitung hielten, würde Ordnung in ihr Hauswesen einkehren und es sei gar nicht ausgeschlossen, daß eines

Tages ein Fotoreporter bei ihnen eine mehrfarbige Reportage für ›Das Schöne Heim‹ auf Hochglanzpapier machen würde. Ich fürchte, ich habe ihnen auch noch Erfolg und Wohlstand, das Ende aller Gewichtsprobleme und eine Kur für die ›gemeine Staubfluse‹ versprochen, aber verklagt hat mich keine einzige.

Mich verblüffte, mit welchem Ernst die Frauen an die tägliche Putzarbeit herangingen. Einige sahen darin ihr unabänderliches Los. Täglich erreichten mich viele klagende, fragende Briefe. Sie wollten wissen:

Wie reinige ich mein Alabaster?
(Madam, so ein Tierchen wird doch nicht so schmutzig).

Wie verhindere ich, daß mir das Putzwasser bis zu den Ellbogen rinnt?
(Waschen Sie Ihre Kachelwände kopfunter hängend).

Wissen Sie ein Mittel, Schokolade aus Polstermöbeln zu entfernen?
(Nein, nur eine Klopfmethode für die Polsterseite des Knaben, der dort Schokolade ißt).

Nach mehreren aufgebrachten Anrufen von Hausfrauen, die es mit meinem Vorschlag versucht hatten, ein Klümpchen Paraffin ins letzte Spülwasser zu tun, damit ihr Chintz noch chintziger aussah, (eine

Hausfrau behauptete, wenn ihre Vorhänge Dochte hätten, würden sie die ganze Adventszeit hindurch brennen) versprach ich meinem Herausgeber, ich würde solche Sachen zuerst zu Hause ausprobieren. In meinem Heim wurde es so aufregend wie im Inneren einer Raumkapsel beim Countdown.
Ich erfand eine Reinigungsflüssigkeit für Kachelwände, die beinahe das Haus aus seiner Verankerung gerissen hätte. Ich versuchte es auch mit sämtlichen Gratisproben von Herstellerfirmen und besaß so viele Arbeitshandschuhe, daß ich sie für alles anzog: vom Säubern des Flusensiebs in der Wäschenschleuder bis zum Händedruck für meinen Mann. Meine prägnanten Ratschläge aber erschienen weiterhin dreimal die Woche.

Um Kinderhandtücher zu kennzeichnen, nehmen Sie einfach zwei kleinere Handtücher und sticken Sie in jedes ein G. Das erste G heißt *Gesicht*, das zweite *Gesäß*. Werfen Sie beide Handtücher in einer Ecke des Badezimmers auf den Boden. Das klingt primitiv, aber nach drei Tagen *wollen* die Kinder gar nicht mehr wissen, welches G sie wofür benutzen, und die Handtücher werden immer sein, wo sie hingehören, nämlich auf dem Badezimmerboden.

Riechen Ihre Duschvorhänge muffig oder sind sie tatsächlich verschimmelt, nehmen Sie einfach eine scharfe Schere und fetzen sie die Dinger von den

Stangen. Obwohl die meisten Duschvorhänge durch das interessante Muster von Stockflecken sehr gewinnen.

Klaviertasten reinigen? Versuchen Sie es einmal so: Lassen Sie Ihre Kinder mit klarem Wasser befeuchtete Wildlederhandschuhe tragen, wenn sie Klavier üben. Es wird nicht anders klingen als sonst, und Sie erfreuen sich an der sauberen Tastatur Ihres Instruments.

Kaugummiflecken entfernen? Kratzen Sie so viel Kaugummi wie möglich ab, weichen Sie den Rest mit Eiweiß auf. Eiweißflecken sind immer noch angenehmer als Kaugummi.

Ein Sterilisierapparat, den Sie trocken aufs Feuer gestellt haben und der dabei verkokelt ist, macht sich sehr dekorativ an der Wand oberhalb des Herdes.

Staubwürstchen unter den Betten? Ein Spielzeug, mit dem sich Kleinkinder stundenlang beschäftigen. (Außerdem Schwiegereltern, übelwollende Nachbarn und das Gesundheitsamt).

Als meine Kolumne ›Operation Staubtuch‹ eines Tages nicht mehr erschien, war es für niemand ein unersetzlicher Verlust. Doch schon am Mittwoch darauf wurde mir eine andere Kolumne anvertraut, eine

Art Klatschspalte über gesellschaftliche Ereignisse, bei denen die Braut am Arm ihres Vaters zum Altar schreitet und andere drollige Sachen passieren.

Erst mehrere Jahre später, als ich aus dem Berufsleben ausgeschieden war und meinen Haushalt tatsächlich führte, stellte ich fest, daß jedes Großreinemachen einer Initialzündung bedarf. Zum Saubermachen braucht man einen Anlaß. Bei uns besteht die Motivation aus zwei schlichten Worten: »Eine Party!«

Wenn wir uns nicht länger davor drücken können, sagen wir zwanzig, dreißig unserer allernächsten Freunde, wir gäben jetzt bald eine Einladung. Dann kommen wir richtig in Schwung. Mein Mann reißt ein, zwei Wände ein und streicht – was er seit langem vorhatte – sämtliche Scheuerleisten noch mal über. Er erneuert den Filter im Heizkessel, er schraubt neue Birnen an Stellen ein, wo seit fünf Jahren kein Licht mehr leuchtete, quetscht Moltofill in alle Risse und Spalten der Wände und poliert die Auffahrt mit dem Bohner.

Die Kinder werden beauftragt, in Sandhaufen und Spielzeugtruhen nach dem guten Tafelsilber zu graben, den Schutt unter ihren Betten zu entfernen, alle alten Flaschen wegzuschaffen und die Leihbücher zurückzubringen.

Auch ich habe alle Hände voll zu tun. Ich werfe die alten Marmeladegläser weg, aus denen wir bisher getrunken haben, und ersetze sie durch Kelche aus geschliffenem Kristall, die zueinander passen. Ich trage alle verdorrten Topfpflanzen zum Abfalleimer und hole mir frische aus der Gärtnerei. Außerdem stelle ich natürlich Speisenfolge und Einladungsliste zusammen.

Bei uns sind alle Parties eindrucksvoll und unvergeßlich. Wir haben immer frisch gestrichenen Bilderrahmen, gegen den sich jemand lehnt, so daß er mit scharfer Schere wieder herausgeschnitten werden muß. Wir haben immer das frisch geschichtete Feuerholz auf dem blitzsauberen Rost, dem der Abzug fehlt, so daß die Gäste hustend auf die dunkle Straße hinausgetrieben werden. Und immer haben wir den Gast, der taktlos fragt, warum eigentlich unsere Wohnzimmerwand so durchhängt und ob wir nicht doch den Speicher ein bißchen überladen hätten.

Der auf die Party folgende Tag ist der, an dem dann der Speicherraum aufgeräumt wird. Hierzu möchte ich Ihnen nun einen kleinen Rat geben. Wenn Ihre Ehe schon ein bißchen ausgeleiert ist – meiden Sie den Speicher! Wir tun das zwar nie, dafür habe ich aber auch schon mehrmals als ›Verzweifelte in B.‹ mit der Frage: »Ist diese Ehe noch zu retten?« in der Zeitung gestanden.

Im allgemeinen verläuft die Sache so: Wir ziehen die Speicherleiter herunter – was nach einer Party weiß Gott schon Anstrengung genug ist – und klettern gemeinsam hinauf. Nach beträchtlichem Anlauf sagt mein Mann: »Eins möchte ich dir gleich sagen: An solches Zeug wie das hier kann man nicht unlogisch oder sentimental herangehen!«

»Du hast es nötig, solche Reden zu schwingen, wo du noch deine Mickymaushefte, Schuhbezugsscheine aus dem Weltkrieg und den ersten Plüschwauwau aufhebst!«

»Das sind Sammlerstücke«, erläutert er, »das ist etwas anderes. Ich rede von Krimskrams. Wir werden jetzt eine Faustregel für das Aufheben alter Sachen aufstellen«.

Wir setzen uns auf einen Pappkarton mit der Aufschrift PAPIERLAMPIONS, ZERKNITTERT, und er fährt fort: »Hör zu, wenn man es nicht anziehen, rahmen, verkaufen oder an den Christbaum hängen kann, fliegt es raus, einverstanden?«

Nach etwa zwei Stunden schleppen wir klägliche vier Gegenstände zur Gehsteigkante: einen zerbrochenen Hula-Hoop-Reifen, einen alten Luftfahrtkalender, einen leeren Firniskanister und eine Schneekette.

»Das ist doch lächerlich«, knurrt er und kriecht wieder auf den Speicher. »Wir wollen alles mal Stück für Stück durchgehen. Was ist zum Beispiel das da?«

»Das ist das Inventar für unser Sommerhäuschen.«

»Was für 'n Sommerhäuschen?«

»Das, was wir eines Tages kaufen wollen. Bis jetzt haben wir eine Doppelbettcouch, eine auf einen Kegel montierte Lampe, sechs Schüsselchen mit Shirley

Temple drauf, zwei Jalousien und einen Stuhl mit geflochtenem Sitz beisammen.«

»Und das da?« seufzt er.

»Das ist meine Antimutterschaftsversicherung: alte Umstandskleider, Topf zum Fläschchensterilisieren, Kinderstühlchen, Kinderbett, Autositz und Erstlingsausstattung. Wenn du daran rührst, werden wir es beide ein Leben lang bereuen.«

»Und das viele Gerümpel dort?«

»Das gehört dir. Sämtliche Nummernschilder aller Wagen, die du seit 1937 gefahren hast, alte Düngersäcke, eine rostige Sichel, das Bild einer Fußballelf mit Autogramm des Linksaußen, ein medizinisches Lexikon (der Kinder wegen in neutralem braunen Packpapierumschlag), Prüfungsfragen aus dem Jahr 1953, 18 leere Kanister Frostschutzmittel, ein Karton mit der Aufschrift *alte Heizkesselfilter* und eine Köderschachtel, die uns an irgendwelche schönen Stunden erinnern soll.«

»Also gut«, seufzt er. »Ich werde nicht mit der Wimper zucken, wenn du das alles an die Gehsteigkante trägst und den Altwarenhändler anrufst.«

»Den Altwarenhändler?« sage ich und grinse sardonisch. »Du Schelm! Den netten kleinen Lumpenhändler, der freiwillig kam und körbeweise Abgelegtes holte, gibt es nicht mehr. Es gibt auch die Lastwagen nicht mehr, die schon vors Haus fuhren, bevor man den Hörer wieder eingehängt hatte. Altwaren abzustoßen ist heute ein Kunststück.«

Ich meinte es ernst. Ich hatte die Erfahrung gemacht, daß es leichter ist, mit einer alten Schaukel und einem alten Turnreck eine Zweitfamilie zu gründen, als sie jemand anzudrehen.
An dem Tag, an dem die ambulanten Händler vorbeikommen, umkreise ich meine Garage wie ein verzweifelt bemühter Auktionator und versuche meine Altwaren möglichst verlockend in der Einfahrt auszubreiten. Hier und dort rücke ich etwas zurecht, um es besser zur Geltung zu bringen.
»Jungens, heute hab' ich ein paar Delikatessen für euch«, rufe ich. »Eine Schachtel Hühneraugenpflaster, ein Brautkleid Größe 44 – nur einmal getragen, einen Karton Weckgläser, nach denen sich Sammler alle zehn Finger lecken, und ein Bündel gut erhaltene Kleiderbügel. Das heißt: Wenn ihr das Bett dazunehmt.«
»Was, ihr wollt das Bett nicht? Wißt ihr was, ihr bekommt noch zwei Paar Schlittschuhe, einen Gartenschlauch und einen Dampftopf als Dreingabe. Na, ist das ein Geschäft?«
»Sie, mein Herr, scheinen mir ein Mann von Scharfsinn. Für Sie habe ich heute das Sonderangebot der Woche: Ich biete Ihrem Wagen das Vorkaufsrecht an einem Bierkühler, fast neuwertig, dazu 35 Nummern einer Knabenzeitschrift und ein Wandbild: Die Geburt Christi, handgemalt. Wenn – ja wenn – Sie mich von dem Bett befreien.«
»Lieber Herr, Sie sind ein harter Verhandler, das muß

man Ihnen lassen. Um Ihnen zu beweisen, welches Vertrauen in die Zukunft ich habe, werde ich das Schicksal herausfordern und meine ganze Babyausstattung hergeben. Das ist aber dann mein allerletztes Angebot. Schließlich und endlich ist dieses Bett ein Fund, ein Wertobjekt. Es hat nur einmal ein Frauchen aus Pasadena dringelegen, das an Schlaflosigkeit litt . . . Wie meinen Sie das, die Geschichte ist albern? Die haben Sie mir ja selbst erzählt, als Sie mir das Bett auf dem Diskontmarkt für 10 Dollar verkauft haben.«
»Mir kommen die Tränen«, sagte mein Mann, »aber was machen wir nun mit dem ganzen Plunder?«
Ich zuckte die Achseln. »Bring ihn runter, und wir planen unsere nächste Party.«

»Ich kann euch sagen, es weihnachtet sehr . . .«

Wenn ich das Haus weihnachtlich schmücken möchte, beschränkt sich das auf eine Lichterkette über der Haustür, Tannengirlanden um alles, was nur möglich ist, und ein paar kleinere Scheinwerfer auf schön geschmückte Christbäume – einer davon auf dem Rasen vor dem Haus.
Wenn mein Mann das Haus weihnachtlich schmükken will, ersetzt er eine Vierzigwatt-Birne durch eine Sechzig-Watt-Birne und läßt es dabei bewenden.
»Du tust immer, als ob ich was gegen Weihnachten

hätte«, verteidigt er sich, »und dabei freut sich kein Mensch so sehr auf die Feiertage wie ich.«

»Ja, wir wissen ja, wie es dir ans Herz greift, wenn sich vorm Haus die Wagen stauen und die vielen Kinder atemlos auf unser Haus zeigen und ausrufen: ›Uiii, ist das aber eine schöne Sechzigwattbirne.‹«

»Das Schlimme bei dir ist«, gab er zurück, »daß du immer übertreiben mußt. Du wolltest doch alles möglichst schlicht. Und dann ruhst du nicht, bis ich mich im Schneesturm an Armen und Beinen übers Dach hangele, mit einer Kette Lämpchen zwischen den Zähnen, in denen irgendwo ein Kurzschluß steckt.«

»Ich möchte jetzt nicht darüber reden. In solchen Dingen bist du humorlos geworden, seit deine Studenten-Versicherung verfallen ist. Dafür können doch die Kinder weiß Gott nichts!«

»Wir wollen doch sachlich bleiben. Wohin also willst du die elektrischen Birnen haben?«

»Ich möchte sie über die kahlen Zweige des Baumes im Vorgarten drapiert sehen.«

»Na, hoffentlich sind sie wetterfest. Weißt du noch, wie du damals all die silbernen Vögel an den Zweigen aufgebaumelt hast? Nie im Leben vergess' ich, wie ich vom Frühstück hochschaue und die Kerle verlieren alle Federn. Gräßlich sah es aus, als ob ihnen das Gedärm raushinge.«

»Das hast du mir schon tausendmal erzählt. Diese Birnen sind wasserbeständig.«

»Plunder, nichts als Plunder«, murmelte er und wühlte in der Schachtel. »Blöd werd' ich sein und mich vor den Nachbarn blamieren, wenn ich draußen im Schnee stehe und dieses Dreckszeug an den Baum hänge.«

»Okay, okay, ich mach's schon selbst!«

»Hast du überhaupt eine Leiter?«

»Brauch ich nicht. Ich stell mir einen Barhocker auf die Kohlenkiste.«

»Ich hab's gewußt«, sagte er, »du erträgst es nicht, daß ich gemütlich hier drin sitze, wenn es draußen kalt und unwirtlich ist. Du mußt mich in deine Disneyland-Extravaganzen einspannen. Also meinetwegen, aber dann machen wir bitte Nägel mit Köpfen. Als erstes entwerfe ich eine Skizze vom Baum und wir berechnen mathematisch, wie viele blaue, goldene und rote Birnen wir brauchen, damit es nach was aussieht.«

»Du machst mal wieder alles kaputt«, jammere ich, »mit deiner ewigen Planerei. Hat dir eigentlich schon jemand gesagt, daß du so hinreißend kreativ bist wie ein hundertjähriger Karpfen?«

»Ich weiß was«, ruft er aus und springt vom Stuhl. »Dieses Jahr machen wir mal alles ganz schlicht. Ich schraube eine Sechzigwatt-Birne in die Deckenleuchte auf der Veranda, und dort stellen wir uns alle auf und singen ›O du fröhliche‹! Ich möchte wetten, daß ich in dieser Familie der einzige bin, der alle drei Strophen auswendig kann . . .«

»Morgen kommt der Weihnachtsmann, kommt mit seinen Gaben . . .«

Was Sie um den 20. Dezember überall klicken hören, sind vierzehn Millionen Ehemänner, die den Panikschalter betätigen. Sie betätigen ihn, weil Weihnachten nur mehr Stunden entfernt ist und sie noch immer kein Geschenk für – wie war doch gleich ihr Name – die Mutter ihrer vier Kinder haben.
Bei ein paar gewissenhafteren Ehemännern kann man damit rechnen, daß sie einen Gegenstand präsentieren, den ihre Frau im Juli erwähnt hat, als sie fauchte: »Was hier im Haus fehlt, ist eine anständige Gummisaugpumpe zum Reinigen der Abflüsse!«
Von seinem phänomenalen Gedächtnis inspiriert, stürmt er in ein Geschäft und läßt eine Gummipumpe weihnachtlich verpacken. Niemand ist erstaunter als er, wenn seine Frau ihm zum Dank die Gummipumpe über den Kopf stülpt.
Andere wiederum holen sich Rat bei ihren jugendlichen Sekretärinnen, die elegante Zeitschriften abonniert haben und daher wissen, daß alles Glück dieser Erde in einem frivolen Nachthemd besteht. Nun kommt es ganz und gar darauf an, zu welchem Typ die Ehefrau gehört.
Typ A: tauscht das Nachthemd gegen einen Toaströster.
Typ B: lächelt dankbar und zieht im Bett ein Wolljäckchen drüber.

Typ C: nimmt die Sekretärin unter die Lupe.
Die meisten Ehemänner aber treiben ohne Mast und Schot auf dem Meer der Unsicherheit und Ratlosigkeit, riechen an Parfums, befingern Pailletten und schauen sich überall um, ob jemand vielleicht die Figur ihrer Frau hat.
Fragen Sie nicht, warum ich mit diesen Verzweifelten so viel Mitleid habe. Es liegt vielleicht ganz allgemein an der Weihnachtsstimmung. Vielleicht appellieren sie auch an mein mütterlieches Herz.
Vielleicht habe ich wirklich inzwischen vergessen, was für ein klägliches Geschenk ich voriges Jahr auf dem Gabentisch fand: einen Gutschein für eine Grippeimpfung.
Na, jedenfalls haben einige meiner Freundinnen mich gebeten, ihren Ehemännern hin und wieder einen Tip für einen vernünftigen Weihnachtseinkauf zu geben.
Meinetwegen. Zunächst einmal sind Frauen nie, was sie scheinen. Es gibt die Frau, die man vor Augen hat, und die andere, die dahinter verborgen ist. Kaufen Sie Ihr Geschenk immer für die Verborgene. Äußerlich sind Frauen manches: genügsame Heimchen, die sich von keiner alten Plastiktüte trennen und das Frostschutzmittel den Sommer über bis zum Bedarfsfall in der Waschküche aufheben.
Praktische Wesen, die all ihre Accessoires in Schwarz kaufen und sich selbst die Haare schneiden. Konservative Geschöpfe, die Regenwasser in einem alten

Kochtopf auffangen und ins Kino ihre eigenen Bonbons mitnehmen.
Keusche Seelen, die sich ein Sofakissen auf die Knie legen, wenn ihnen der Rock hochgerutscht ist.
Einige trauen sich in Gegenwart ihrer Mütter noch heute nicht zu rauchen.
Sie sind demnach tapfer und vertrauenswürdig, treu und wahr. Meine Herren, bitte schauen Sie genauer hin. Dahinter steckt die Frau, die mit Barbra Streisand Duette singt; sich im Bad einschließt, um vor dem Spiegel Blicke einzuüben; und auf Parties einen Abendpyjama trüge, wenn sich nicht alle Gäste totlachen würden. Sie liest die Anzeigen von Tingeltangels, wenn sie meint, daß keiner sie sieht. Sie würde nur zu gern die Kinder früher abfüttern und ins Bett stecken, wenn sie dann nicht ein so schlechtes Gewissen hätte. Sie überlegt sich, ob sie nicht töpfern, ein Stück schreiben und ihr eigenes Geld verdienen soll.
Noch mehr kann ich euch Schlafmützen nicht auf die Sprünge helfen. Euch bleiben noch wenige Stunden, um eure Frauen wirklich kennenzulernen. Wenn ihr dann immer noch meint, das ideale Geschenk für sie seien Heimwerkerkästen mit Monogramm, dann kann ich euch auch nicht helfen.
Es gibt eine wunderschöne Weihnachtsgeschichte von einer berühmten Kathedrale, deren Glocken der Legende nach erst zu läuten beginnen, wenn eine Gabe echter Liebe auf den Altar gelegt wird. Jahr für

Jahr kamen Könige und opferten den Reichtum ihrer Länder, doch die Glocken blieben stumm. Eines Tages aber verirrte sich ein Waisenkind in die Kathedrale und wanderte durch den Mittelgang zum Altar. Man hielt es auf und fragte, was es denn schenken wolle, das die Könige nicht schon dargebracht hätten. Das Kind schaute verzweifelt an sich herunter und prüfte, was es besaß. Endlich zog es den Mantel aus und legte ihn auf den Stufen des Altars nieder.

Da läuteten alle Glocken.

Ein Geschenk der Liebe, sorgsam ausgedacht und in die Vorfreude des Gebers eingebunden, bekommt man selten. Wird Ihnen so etwas geboten, so schätzen Sie es bitte nach seinem Wert.

Ich weiß noch wie heute, wann ich mein erstes »Tischkehrgerät« bekam. Es bestand aus einem halben Pappteller und einer Spitzenpapiermanschette. Der Vierjährige strahlte über das ganze Gesicht vor Stolz und fragte: »Das hast du doch noch nicht, oder?«

Dieses Kehrgerät spottete jeder Beschreibung. Versuchte man damit die Krümel auf dem Tischtuch zusammenzufegen, sprangen sie in die Höhe und wirbelten durch die Luft wie Schneegestöber. Aber was macht das schon aus?

Ich erinnere mich auch noch deutlich an das Buchzeichen mit einem Bilde Jesu, einem jener Unikate, die Jesus mit blondem Bürstenhaarschnitt zeigen, darunter stand die frohe Botschaft! »O du fröhliche,

selige, knabenbringende Weihnachtszeit.« Das war doch etwas, an das man sich halten konnte.
Mein liebstes Geschenk aber war einmal ein Bildchen in einem Rahmen aus Bastlerpappe, verstärkt mit bunten Zahnstochern, aus dem mich der Nachbarsjunge Robbie anschaute.
»Gefällt es dir?« fragte mein kleiner Sohn ganz aufgeregt. »Ich habe mindestens zehn Töpfe Büroleim drauf verschmiert. Tu's nicht ins Warme, sonst fallen die Zahnstocher ab.«
Ich bestätigte ihm, daß es wunderschön sei, aber warum er Robbis Bild statt seines eigenen hineingetan hatte, wollte ich dann doch wissen.
»Ach, weißt du, da ist mir die Schere ausgerutscht, und ich hab' mein Foto vermurxt. Und der Robbie, der hatte eines übrig.«
Es hat noch mehrere solcher Geschenke gegeben: einen mit Papierblumen geschmückten, gebogenen Kleiderbügel, eine mit Glasperlen und bunten Flikken beklebte Streichholzschachtel. Dann hörten die selbstgebastelten kleinen Angebinde auf.
Noch immer bekomme ich Weihnachtsgeschenke. Sie sind wohlüberlegt und aufmerksam ausgewählt. Sie sind wunderschön verpackt. Es sind Dinge, die ich wirklich brauchen kann.
Und doch, ach wie gern würde ich mich noch ein einziges Mal tief herabbeugen und ein Geschenk aus Pappdeckel und Büroleim entgegennehmen und noch einmal die Weihnachtsglocken wirklich läuten hören!

Warum wirst du nicht erwachsen?

Das habe ich nicht nur einmal, sondern mindestens tausendmal gefragt. Bilde ich es mir nur ein, oder habe ich wirklich mein Leben lang nichts anderes getan als Eisschranktüren zu schließen, Tempotaschentücher aus Hosentaschen zu fischen, ehe sie in die Wäsche mußten, nasse Handtücher vom Boden aufzuheben und Leihbücher im Korb für schmutzige Wäsche zu suchen?
Mr. Matterling, bei dem ich Kinderpsychologie belegt hatte, behauptete: Eltern sein heißt lieben. Er hatte wie gesagt keine eigenen Kinder. Ich wollte, ich dürfte mich auf Mr. Matterlings Podium stellen und nur einen Tag lang Vorlesung halten. Ich würde ihm gern sagen, daß mehr dazu gehört als lieben.
Eltern sein muß man erlebt haben, sonst glaubt man's nicht. Es kann fürchterliche Frustrationen auslösen. Ich hätte mir nie vorgestellt, daß es Tage geben würde, an denen ich keine Zeit fand, mir mit dem Kamm durch die Haare zu fahren. Hätte ich geahnt, daß etwas so Schlichtes, Schönes und Unkompliziertes wie ein Kind einen dazu treiben kann, zu brüllen: »Wir sind eine Familie und du gehörst dazu und du wirst einen einzigen Freitagabend mit uns verbringen, oder ich kette dich an den Bettpfosten, so wahr mir Gott helfe«? Und eine verzagte Stimme in meinem Inneren seufzte klagend: »Warum wirst du nicht erwachsen?«

Elternsein ist zum Fürchten, mein lieber Mr. Matterling. Sie ahnen nicht, wie sehr zum Fürchten, ehe Sie nicht auf der Jungfernfahrt Ihres Sohnes am Lenkrad Ihres Wagens im Beifahrersitz gesessen haben und ihn sagen hörten: »Mein Fahrlehrer meint, ich hätte nur ein kleines Problem: Sooft mir ein Wagen entgegenkommt, führe ich in die Mitte.«

Und die Sorgen. Ich machte mir Sorgen, wenn sie zu Hause blieben. (»Mein Gott, mein Sohn wird doch nicht für alle Zeiten bei uns bleiben, und ich darf ihn dann mit meiner Rente durchziehen?«)

Ich machte mir Sorgen, wenn sie weg waren. (»Wenn das Stofftier aus ihrem Bett fehlt, ist es passiert, dann ist sie mit einem Mann durchgegangen!«)

Ich machte mir Sorgen, wenn sie mit mir sprachen. Und ich machte mir Sorgen, wenn sie nicht mit mir sprachen.

Ich machte mir Sorgen, wenn sie mit Freunden ausgingen. (»Aber die Meditationen im Yoga-Club dauern doch nicht bis 2 Uhr früh, Eduard.«) Ich machte mir Sorgen, wenn niemand sie ausführen wollte. (»Vielleicht sollten wir mal versuchen, ihren BH einen halben Zentimeter auszupolstern?«)

Ich machte mir Sorgen, wenn sie schlechte Noten brachten. (»Mit solchen Zensuren nehmen sie ihn ja nicht einmal in einer Karate-Schule!«) Ich machte mir Sorgen, wenn ihre Noten gut waren. (»Schau, daß du ein bißchen mehr an die frische Luft kommst, du kannst nicht ewig über den Büchern hocken und an deinen Pickeln herumdrücken.«)

Ich machte mir Sorgen, wenn sie einen Job bekamen. (»Sie sieht so müde aus, und wer weiß, ob dann nicht wieder ihre Asthmaanfälle anfangen!«) Ich machte mir Sorgen, wenn sie keinen Job fanden (»Denk an meine Worte, er gerät nach deinem Bruder Richard, der bekam auch erst mit 33 eine Stelle als Zeitungsjunge!«)

Und eine müde Stimme in meinem Innern fragte beharrlich: »Warum wirst du nicht erwachsen?«

Elternsein ist schmerzhaft, mein lieber Mr. Matterling. Und bringt Enttäuschungen.

Zum Beispiel, als ich mich über meinen Jungen beugte, um ihm einen Gutenachtkuß zu geben, und er sich zur Wand drehte und sagte: »Als dann, Servus!«

Oder, als ich zwei Halbzeiten lang in strömendem Regen dasaß und nachher schwere Vorwürfe einstekken mußte, weil ich die einzige Mutter mit Regenschirm unter den Zuschauern gewesen war.

Oder, als man mir das erste Mal entgegenschleuderte: »Ich will nicht zur Oma. Dort ist es fad!«

Als sie mich am Muttertag vergaßen und kühl erklärten: »Du bist selber schuld, du hast uns diese Woche kein Taschengeld gegeben.«

Als sie das Haus verließen, ohne auf Wiedersehn zu sagen.

Ärger und Unmut, die lassen sich nicht vermeiden, Mr. Matterling. Wollen Sie die unterschlagen?

Die Tage, an denen ich mir vorkam wie ein Dienstbote, der im Hause wohnt und verpflegt wird? Die Tage, an denen mich die eigene Unzulänglichkeit quälte: Was ziehe ich da für Kinder groß, die einen Hamster verhungern lassen? Was sind das für Kinder, die während der Nationalhymne kichern? Was sind das für Kinder, die mir eisern ins Gesicht sagen, die Welt, die wir ihnen vererbten, sei alles andere als in Ordnung? Was sind das für Kinder, die in der Kirche mit Weihwasser eine Wasserpistolenschlacht austragen?

»Werdet gefälligst erwachsen, ja?«

Und dann die Tage, wenn ich Mitleid mit ihnen hatte. Und mich die Zärtlichkeit für sie so überschwemmte, daß ich meinte, ich platze, wenn ich sie nicht in die Arme nehmen darf.

Wenn so ein armes Wurm, halb Kind, halb schon erwachsen, sich abmüht, mit den Widersprüchlichkeiten des Lebens fertig zu werden, mit der Verlogenheit, den Ratschlägen, Regeln und Verantwortungen.

Da gab es die Tanzstundenflamme, die einen anderen aufforderte.

Die Auszeichnung, die der beste Freund bekam.

Den negativen Bescheid auf die Aufnahmeprüfung.

Das ›Ferner liefen‹ bei einem Wettkampf.

Die Ehrungen, die ein anderer einheimste.

Und bei alledem kamen sie zu mir mit der Frage »Warum?«.

Und dabei klingelte gerade das Telefon, und ich gab

dem Hund Wurmmittel ein und hielt ihm die Nase zu und in zehn Minuten sollte ich meinen Mann abholen, hatte einen Kuchen im Rohr und an der Tür war ein Hausierer. Dann murmelte ich einen Gemeinplatz über Abraham Lincoln, der auch tausend Nackenschläge einstecken mußte und es spät im Leben zu etwas gebracht hatte, und ermahnte sie – beinahe scheinheilig –: »So was gehört zum Erwachsenwerden. Also – warum wirst du es nicht?«

Auch Freuden gab es, Augenblicke inniger Zusammengehörigkeit. Das seltsam herzerwärmende Gefühl, wenn man beobachtete, mit welch versonnener Zärtlichkeit sie ein fremdes Baby auf den Arm nahmen, mit einem Ausdruck, den ich noch nie an ihnen gesehen hatte.

Nie werde ich Mr. Matterling verzeihen, daß er mich nicht gewarnt hat, gewarnt vor den Augenblicken nackter Panik. Es ist doch noch nicht soweit? Es kann doch noch gar nicht soweit sein! Ich bin doch noch nicht fertig. Ich habe ihnen noch so vieles beizubringen, ich muß sie noch so oft zur Ordnung rufen ... Ich habe ja kaum Zeit gehabt, sie liebzuhaben.

Denn darum geht es, nicht wahr? Haben die Kinder mich jemals lächeln sehen? Haben sie je begriffen, warum ich weinte? Habe ich zuviel geredet? Zu wenig gesagt? Habe ich sie je angeschaut und wirklich gesehen? Kenne ich sie überhaupt? Oder habe ich ein Leben lang immer nur gefragt? »Wann wirst du endlich erwachsen?«

Ich gehe durchs Haus und schließe ganz mechanisch die Eisschranktür, die bereits zu ist. Ich bücke mich, um ein Handtuch aufzuheben, das gar nicht auf dem Boden liegt, sondern sauber und ordentlich am Haken hängt. Aus alter Gewohnheit streiche ich glatt, was keine Falten hat. Ich nehme den Hörer des Telefons ab, das gar nicht geklingelt hat und verstecke den Nachtisch für heute abend, nach dem niemand mehr suchen wird, vorsichtshalber im Backofen.
Ich rufe laut: »Warum werdet ihr nicht endlich erwachsen?«
Die Stille, die nun dort herrscht, wo einmal Angst, Enttäuschung, Groll, Mitgefühl, Freude und Liebe waren, antwortet mir: »Wir sind es.«

So kann es einem gehen

Ich habe bis zum Schluß des Buches gewartet, aber jetzt erzähl' ich Ihnen doch, warum ich es schrieb. Ich habe mir gedacht, wenn Sie wirklich bis hierhin gelesen haben, interessiert es Sie vielleicht, und wenn Sie gar nicht erst so weit gekommen sind, ist es sowieso egal.

Eines Tages, es ist schon eine Weile her, stieß ich in einer Zeitschrift auf eine ganzseitige Anzeige: »Es ist schade, daß nicht mehr Frauen schreiben«, stand dort. Und da sagte ich laut zu mir selbst: »Wie wahr, wie wahr!«

Die Anzeige war sehr ermutigend. »Wenn Sie als Frau mehr vom Leben erwarten, vergraben Sie Ihr Talent nicht unter einem Haufen schmutzigem Geschirr. Das Schreiben wird Ihre inneren Spannungen lösen, Ihnen helfen, Ihre Persönlichkeit zu entwickeln – ganz zu schweigen von einem zusätzlichen Taschengeld, das es Ihnen einbringt. Sie brauchen in kein Büro zu fahren und dabei mit halbem Kopf an daheim zu denken und sich zu fragen, ob Sie auch die Fenster geschlossen haben, falls es regnet. (Das gefiel mir besonders). Auch wenn Sie zu Hause angebunden sind, können Sie Erfüllung finden.«

Ich gebe zu, ich hatte mich daheim ein bißchen gelangweilt. (Ein bißchen? Wem will ich das weismachen? Ich hatte bereits Fusseln vom Eisschrank gezupft). So schrieb ich denn los, über etwas, das ich am besten kannte: die Hausfrau und ihre fabelhafte Rolle. Mir fiel niemand auf der Welt ein, der ein bißchen Aufwertung nötiger hatte.

Im Fernsehen hat sie schlechte Zähne, kocht sie schlechten Kaffee, leidet an Achselschweiß und hat eine chronisch verstopfte Nase. In eleganten Zeitschriften wird sie gerüffelt, warum sie nicht totschick aussieht, wenn sie in den Kreissaal geschoben wird, warum sie nicht bei Kerzenlicht ihrem Mann am Ohrläppchen nagt und nicht viel, viel häufiger wundervolle intime kleine Diners gibt für ungefähr dreißig Personen.

In der Karikatur ist sie ein Witz. In interessanten Gesprächen eine Ausnahme. Im Film ist die Ehefrau immer die Dunkelhaarige mit flachem Busen. Für die Schlagertexter existiert sie überhaupt nicht.

Immer ist sie die schlechte Autofahrerin und die Zielscheibe der Witze jener Männer, die sich vorstellen, sie brauche in ihrer Haushaltwelt ja nur auf den Knopf zu drücken, und alles geschehe von selbst. (Dabei hängt sie von Kundendienstleuten ab, deren Versprechen so verläßlich sind wie das Wort des Judas).

Wenn sie sich beklagt, ist sie neurotisch.

Wenn sie sich nicht beklagt, ist sie stumpfsinnig.

Wenn sie zu Hause bleibt bei den Kindern, ist sie ein langweiliges Puttchen, das sich den Kindern aufzwingt, bis sie 48 sind. Wenn sie zur Arbeit geht, ist sie egoistisch, ehrgeizig und vernachlässigt ihre Sprößlinge, die wegen mangelnder Aufsicht unanständige Wörter an saubere Wände schreiben.
In der Anzeige stand nichts über eine gebrauchte Schreibmaschine, die sich bei Regenwetter verklebte oder deren S und O steckenblieben. Auch nichts darüber, daß ich mir einen Tisch ans Fußende meines Bettes stellen mußte und daß meine Manuskriptbündel bis ins Badezimmer überquollen. (Die Steuerbehörde nahm es mir auch nicht ab. Sie überprüft noch immer meine Ausgabe: »Duschvorhang für Arbeitsraum«). Nichts erfuhr ich vorher über die Kinder, die mir über die Schulter schauten und sagten: »Findest du das komisch? Wir nicht!« oder mich in meinen seltenen dichterischen Geburtswehen störten, um mir mitzuteilen: »Wenn man einen Waschlappen ganz doll naß macht und drauf drückt, braucht er 14 Tropfen, bis das Nabelgrübchen voll ist.«
Anfangs stellte ich mir eine ganz bestimmte Frau vor, für die ich schrieb: nicht jung, nicht alt, mit zu vielen Kindern und zu wenig Geduld, mit vier Jahren Studium hinter sich und chronisch rauhen, aufgesprungenen Händen. Keine der üblichen Schablonen scheint auf sie zu passen. Sie ist nie auch nur einen Moment allein und fühlt sich doch meist allein gelassen. Sie sorgt sich mehr darum, ob und wann ihr

14 Monate alter Sohn sauber wird als um Tschu Enlai. Und die G.W.d.d. (Große Welt da draußen) scheint ihr fast ein Märchen.
Nach einer Weile sah ich beim Schreiben noch andere Frauen vor meinem inneren Auge: die Kinderlose, die routinemäßig zu Tauffeierlichkeiten im Bekanntenkreise rennt. Den Teenager mit den aus den Ohren baumelnden Drähten und übers Gesicht wallenden Locken, der aussieht wie ein behaarter Toaströster. Oder die ältere Frau, der jedesmal fast schlecht wird, wenn jemand von ihr als ›Seniorin‹ spricht. Das Karriere-Girl, das durchdreht, weil jetzt wieder taillierte Kleider mit Gürtel in Mode kommen. (Gott weiß, was ich mir in den vier Jahren unter den Hängern alles habe wachsen lassen!) Aus all diesen Frauen und noch vielen anderen und für alle diese Frauen ist schließlich das Buch entstanden. Millionen von Stimmungen, Situationen, Enttäuschungen, erlebt von den verschiedensten Frauen, sind darin enthalten, und der Humor, den eine Hausfrau haben muß.
Ich wußte, wenn ich mich nicht ein bißchen über mich lustig machte, wie die Anzeige mir nahelegte, wäre es zu traurig.

Wenn meine Welt
voll Kirschen ist,
was tu ich
mit den Kernen?

Gewidmet meinen Eltern
Albert und Erma Harris,
die allen Leuten erzählen,
ihre Tochter sei
eine erfolgreiche Zahnarzthelferin

Inhalt

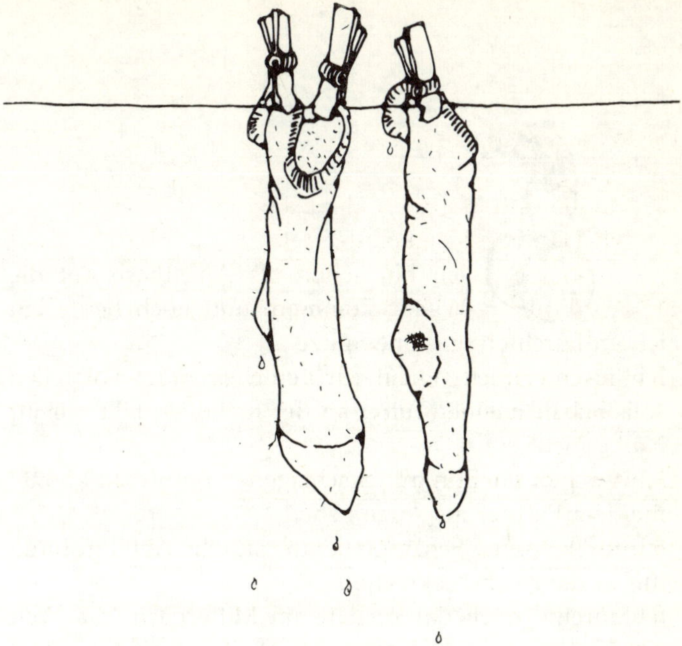

Vorwort

Zwei schlichte weiße Söckchen in einer Welt eleganter Strumpfhosen

Ich bin schon als Angsthase auf die Welt gekommen, und noch heute bin ich im Fürchten einsame Spitze.
Ich fürchte mich, wenn ich Leute einander vorstellen soll. Sobald meine Mutter an der Reihe ist, fällt mir ihr Name nicht ein.
Ich fürchte, ein von mir geschlagener Tennisball könnte meinem Partner ins Auge gehen.
Ich fürchte, eine Schlange kommt durchs Abflußrohr zu mir in die Küche gekrochen.
Ich fürchte mich davor, daß um Mitternacht die Welt untergehen oder ich von einer 24 Stunden wirksamen Schnupfenpille nur die letzten drei Stunden erwischen könnte. Außerdem fürchte ich mich davor, eines Tages im bekannten Buch der Rekorde zu stehen, unter der Rubrik ›späteste bekannte Schwangerschaft‹.
Ich habe Angst davor, was mein Hund von mir denkt, wenn er mich aus dem Bad kommen sieht. Ich habe Angst davor, daß meine Tochter einen Eskimo heiratet, der mich auf einer Scholle Treibeis aussetzt, wenn ich nicht mehr für mich selber sorgen kann. Sogar die Verkäuferin im Modegeschäft macht mir Angst, wenn sie mir in die Umkleidekabine folgt. Ich fürchte Ölpfützen

auf der Fahrbahn. Und ich befürchte, die Wissenschaftler könnten eines Tages feststellen, daß Salat immer schon zu den Dickmachern gehört hat.
Die nachhaltigsten Sorgen aber mache ich mir um das nackte *Überleben.* Wie soll man sich einer Welt anpassen, in der sich täglich alles ändert? Woher soll man wissen, was man behalten, was wegwerfen, was akzeptieren und wogegen man protestieren soll?
Noch nie in der Geschichte haben geborene Angsthasen ein Jahrzehnt durchleiden müssen wie die verflossenen siebziger Jahre. Jedes Jahr brachte eine neue Rekordernte an Sorgenbringern, und heuer läßt es sich auch schon wieder recht vielversprechend an!
Kinder werden allmählich zu einer bedrohten Spezies, die Energie nimmt trotz aller Sparmaßnahmen bedenklich ab, ebenso die Zahl der Eheschließungen. Die einzigen Wesen, die sich noch so richtig aus dem vollen amüsieren, sind die Versuchsratten.
Man könnte sie um ihre Dekadenz beneiden.
Im Lauf der vergangenen Jahre hat man diese bepelzten Tunichtgute mit Schnaps, Haschisch, Zigaretten und Antibabypillen gefüttert, sie übermäßiger Sonnenbestrahlung, ohrenzerfetzender Diskothekenmusik ausgesetzt und ihnen Koffein, Zyklamate und Saccharin eingeflößt, sie wenig schlafen lassen und ihnen jede Menge Delikatessen vorgesetzt. Da drängen sich einem doch ganz automatisch Fragen auf, die bisher noch keiner gestellt hat:
Wie kommt es, daß es noch immer mehr Ratten als Menschen gibt?
Wie kommt es, daß man innerhalb seiner vier Wände nie

einer abgeschlafften, lustlosen Ratte begegnet, die zu wenig Eisen im Blut hat?
Haben *Sie* schon einmal eine Ratte gesehen, die in der einen Vorderpfote einen Salatteller, in der anderen eine Kalorientabelle gehalten hat?
Andererseits: Sind Sie schon einmal auf eine Ratte mit Übergewicht gestoßen?
Haben Sie schon einmal eine Ratte angeschrien, die zwar nicht auf Sie hörte, dafür aber weit schneller laufen konnte als Sie?
Haben Sie schon einmal eine Ratte in Ohnmacht fallen sehen, weil sie Lippenstift auf den Vorderzähnen hatte?
All diese unbeantworteten Fragen machen mir seit langem Kopfzerbrechen. Einfach weil mir alle naselang ein neueres Forschungsergebnis etwas raubt, das mir früher viel Freude bereitete, mich aber künftig garantiert krank machen wird.
Ich habe den Bericht über ein Versuchstier gelesen, der einen wirklich nachdenklich stimmen kann. Das Versuchstier war ein Rattenmännchen namens *Lionel.* Es war ein sogenannter ›Pro‹, das bedeutet, an ihm wurde alles ausprobiert, vom künstlichen Süßstoff bis zum Brotkonservierungsmittel, von der Fußpilzimpfung bis zum Härtetest unter der Erde. Lionel überdauerte alles. Einer der Forscher zog daraus den Schluß, bei Lionel handle es sich um eine Über-Ratte, eine Art unsterbliches Wesen, das sich allen Gewalten zum Trotz erhalten und das Rattenleben weitertragen würde, komme, was da wolle.
Da nahm der Forscher ihn mit heim, als Haustierchen für seine Kinder. Binnen drei Monaten war das unverwüstliche Rattenmännchen mausetot. Der Sohn des Hauses,

der Fahrstunden nahm, hatte ihn auf eine Übungsfahrt mitgenommen. Lionel starb an einem Herzschlag.
Damit wäre das Thema dieses Buches klar umrissen: Überleben.

1.

Wenn Sie glauben, die Hochzeit sei schon schlimm genug gewesen

Es gibt Dinge im Leben, die werden meiner Ansicht nach gewaltig überschätzt: heiße Hühnersuppe, auf dem Arm tätowierte Anker, Penicillin und Flitterwochen.
Die Flitterwochen sind einer der peinlichen Anlässe, bei denen man weiß, daß alle anderen sich weit besser amüsieren als man selbst. Man gibt es nur nicht zu. In einem Urlaubshotel in Antibes wird zur Zeit eine Ruhmeshalle für Flitterwöchner eingerichtet. Dort werden in einer herzförmigen Nische Sammlerstücke über berühmte Liebespaare der Geschichte und Literatur aufgestellt! Fotos, Erinnerungsstücke, Briefe usw.
Bis jetzt gehören dazu: ein Tonband mit der historischen Erklärung des Herzogs von Windsor, er verzichte aus Liebe auf den Thron; Comic-Zeichnungen von Biene Maja und Willi und Filmausschnitte sämtlicher Hochzeiten von Elizabeth Taylor.
Der Gedanke, wer noch alles in diese Flitterwöchnergedenkstätte gehört und aus welchem Grund, beschäftigt mich sehr. Ich wüßte einige Kandidaten, die ich nominieren würde.
Ruth und Walther für die kürzesten Flitterwochen unserer Zeit. Schon während des Hochzeitsempfangs schoß sie ihn ins Bein, weil er zu heftig mit einer der Brautjungfern flirtete.

Sue und Ted für den ausgefallensten Honigmond. Während Sue schwamm, Tennis spielte und Einkäufe machte, ging Ted eisfischen, fuhr Ski, spielte Karten und trank mit seinen Kumpeln. Nicht für jeden Menschen sind getrennte Flitterwochen die Lösung. Sue und Ted genossen sie.

Laura und Stewart: das Paar, das in den Flitterwochen den größten seelischen Gleichmut bewies. Gleich nach der Hochzeit entdeckte sie, daß er sich wegen bewaffneten Raubüberfalls nur zur Bewährung auf freiem Fuß befand, die Röteln hatte, bereits verheiratet war und einen Sohn sein eigen nannte, der als Brandstifter einsaß. Außerdem hatte Stewart für den Hochzeitsempfang bereits 75000 Dollar aus ihrer Lebensversicherung abgehoben.

Laura reagierte sehr gelassen: »Was soll's, die Flitterwochen sind nun mal eine Zeit der gegenseitigen Anpassung!«

Es sind eine Masse Theorien im Umlauf, warum heutzutage die Ehen so kurz halten. Ursprünglich war es ja einfacher: Man versprach, einander zu lieben und zu ehren in guten und schlechten Tagen, und fragte sich allenfalls, *wie* schlecht die Tage wohl werden würden. Meist haben die schlechten Tage ja gar nichts Dramatisches an sich. Es sind Kleinigkeiten, die einer Ehe das Rückgrat brechen.

Um nur ein Beispiel zu nennen: Eine Frau kann den ganzen Louvre in Paris durchwandern und 5000 atemberaubende Gemälde an den Wänden hängen sehen. Ein Mann kann den ganzen Louvre in Paris durchwandern und sieht nichts anderes als 5000 Nägel in den

Wänden. Hier liegt der fundamentale Unterschied. Ich habe nie herausbekommen, warum ein Nagel in der Wand einen gesunden, starken, erwachsenen Mann zu Tränen rühren kann. Ich begegnete diesem Phänomen zum ersten Mal acht Tage nach meiner Hochzeit. Ich kam, einen Nagel und einen Hammer in der Hand, zufällig in der Küche an meinem Mann vorbei.

»Wohin willst du mit Hammer und Nagel?« fagte er mich erbleichend.

»Ich will nur eben einen Handtuchhalter anbringen.«

Er hätte nicht entsetzter dreinschauen können, wenn ich gesagt hätte, ich wolle einen Pfahl ins Herz eines Vampirs treiben.

»Mußt du dazu einen solchen Bolzen in die Wand hauen?«

»Nein«, sagte ich und lehnte mich an den Ausguß, »natürlich könnte ich den Handtuchhalter auch in einer Ecke auf den Boden stellen und von allen Seiten abstützen, oder ihn mir an einen Strick um die Taille hängen, oder auch ganz auf ihn verzichten und neben der Spüle einen großen, zottigen Hund anketten, um mir an ihm die Hände abzutrocknen.«

»Was haben Frauen nur immer? Wie können sie eine saubere, glatte kahle Wand sehen«, knurrte er.

»Und was haben Männer nur immer, daß sie es so gar nicht ertragen, die Notwendigkeiten des täglichen Gebrauchs an den Wänden hängen zu sehen.«

»Was heißt hier Notwendigkeiten?« fragte er. »Den Spiegel in der Diele brauchst du doch bestimmt nicht!«

»Das hast du von den Lichtschaltern auch behauptet.«

Seine Augen zogen sich zu Schlitzen zusammen. Ich

ahnte, daß er mich gleich mit der Wucht eines Gegenarguments zu Boden schmettern würde.
»Bist du dir darüber klar«, fragte er betont langsam, »daß es im ganzen Haus keine einzige Wand mehr gibt, auf die wir unsere Dias oder Filme werfen können?«
»Sogar der Kinosaal im Radio-City-Gebäude hat nur *eine* ganz leere Wand«, gab ich zurück.
Der Kampf ›Nagel gegen kahle Wand‹ tobt seit Jahren in unserem Haus. Er wollte mir keinen Kalender über den Schreibtisch hängen, weil sich der Nagel schon nach 12 Monaten als unnötig erweisen würde. Er wollte die Babybilder der Kinder nicht aufhängen, weil sie in zwei Jahren Milchzähnchen bekommen und unsere Freunde sie nicht mehr erkennen würden. Er erlaubte mir keinen Haken im Badezimmer – beim Duschen mußte ich meinen Morgenrock in der Hand halten. Meine Küchenuhr durfte ich nur an einem Wandstift aufhängen, der schon da war (und sich zufällig *hinter* dem Eisschrank befand).
Rache ist süß. Manchmal muß man freilich sehr lange auf sie warten. Aber gestern ist er mit seinem Wagen über einen Nagel gefahren.
Er gibt die anschaulichsten Beispiele, wie Kleinigkeiten eine Ehe zermürben. Es hieße, die Intelligenz meiner Leser unterschätzen, wollte ich mich darüber genauer auslassen.
Lieben, ehren und schnarchen hören, bis der Tod euch scheidet … Warum denkt eigentlich nie jemand daran, sich *vorher* danach zu erkundigen? Schnarchen ist eine ernsthafte Bedrohung der Ehe, insbesondere wenn einer gleich so schnarcht, daß die Lampenschirme vom Stän-

der und die Bilder von der Wand fallen und es noch 75 km entfernt die Haustiere beunruhigt.
Das lauteste Schnarchen wurde – ich beziehe mich dabei auf das ›Guiness-Lexikon der Superlative‹ – im St.-Marys-Krankenhaus in London gemessen: Es betrug 69 Dezibel.
Bis gestern nacht.
Da brach mein Mann den Weltrekord mit einem gebremsten Atem von 72 Dezibel. 72 Dezibel, das entspricht – für Unwissende – dem Knall eines Kanonenschusses beim Abfeuern.
»He, Cyrano de Bergerac«, schrie ich ihn an. »Wach auf! Du machst es schon wieder!«
»Was mache ich?«
»Du schnarchst.«
»Du weckst mich, nur um mir das zu sagen? Ich habe dir über tausendmal – wenn das reicht – gesagt, daß ich nicht schnarche. Wenn ich es täte, würde ich das merken.«
»Du bist genauso logisch wie der Mann, der sagte: Ich habe keine Amnesie, daran würde ich mich erinnern.«
»Wie hat es denn geklungen?«
»Wie ein platzender Reifen, der ganz langsam die Luft verliert.«
»Was hast du denn erwartet? Ein Hornkonzert?«
»Ich sollte es vielleicht mal mit dem Mittel versuchen, das Lucille Farnward angewendet hat, als ihr Mann sie mit seiner Schnarcherei wahnsinnig machte.«
»Welches denn?« fragte er verschlafen.
»Sie hat ihm ein Kissen übers Gesicht gelegt.«
»Großer Gott, Weib! Da erstickt ja der Mann.«
»Ja, das System hat noch gewisse Kinderkrankhei-

ten, aber im Prinzip ist Lucille auf der richtigen Spur.«
»Warum rollst du mich nicht auf die Seite?«
»Hab ich ja. Da hast du mir eine runtergehauen.« So ging es denn weiter, die ganze Nacht.
Ich bin, offen gestanden, die vielen therapeutischen Maßnahmen leid, die ja doch nichts nützen, etwa Selbsthypnose, Ohrstöpsel oder das Auf-die-Seite-Drehen des Schnarchers. Ernsthaft zu erwägen sind überhaupt nur folgende Maßnahmen:

Bettenwechsel

Holen Sie den Schnarchenden aus seinem angestammten Bett, und stecken Sie ihn in ein fremdes ...vorzugsweise in einem anderen Staat.

Schlafverhinderung

Das funktioniert ebensogut wie alles andere, was ich versucht habe. Sorgen Sie in dem Augenblick, in dem Sie zu zweit ins Bett steigen, dafür, daß Ihr Göttergatte jeden Muskel im Körper anspannt, indem Sie beiläufig erwähnen: »Die Steuerfahndung hat heute angerufen und nach dir gefragt. Sie wollen sich morgen noch mal melden.«
Experten vertreten die Meinung, man müsse bis zu den Wurzeln des männlichen Schnarchens vordringen. Sie behaupten, ein Mensch schnarche nur deshalb, weil er Sorgen hat, weil sein Gebiß nicht richtig sitzt, weil er zuviel raucht oder trinkt, geschwollene Rachenmandeln hat oder an Altersbeschwerden leidet.
Glauben Sie kein Wort! Ein Mann schnarcht einzig und allein, um seine Frau zu ärgern. Sollte er es damit nicht schaffen, ihr den Nerv zu töten, nimmt er seine Zuflucht

zu einem anderen Mittel, etwa dem ›Entschuldige-ich-habe-mich-verspätet-Syndrom‹.
Obwohl ich keinerlei Beweise dafür habe, glaube ich steif und fest, daß mein Mann ein Elfmonatskind war.
Er ist vom Start weg immer zwei Monate zu spät drangewesen und hat das nie wieder aufgeholt. Und ich (böse Beispiele verderben gute Sitten) bin durch Heirat unter die Spätlinge geraten, die sich im Dunkeln durch die Reihen der Theatersitze tasten, auf Partys die Aperitifs zum Nachtisch trinken müssen und Weihnachten am 26. Dezember feiern.
Ich begreife im Ernst nicht, wie ein so wohlerzogenes, pünktliches Mädel wie ich an einen Mann geraten konnte, der keine Armbanduhr braucht, sondern einen Aufseher.
Auf die Gefahr hin, Sie zu erschrecken: Ich war noch nie früh genug bei einer Hochzeit, um den Einzug des Brautpaares zu erleben! Ich habe noch nie einen Chor oder eine Abiturklasse einmarschieren sehen. Ich habe noch nie das Mordopfer in einem Fernsehkrimi kennengelernt, *ehe* es umgebracht wurde. Ich habe noch nie den Start bei einem Pferderennen erlebt und noch nie eine Fußballelf gesehen, deren Trikots noch sauber waren. Neulich habe ich meinem Mann mal richtig den Marsch geblasen. »Hör mal«, sagte ich, »ich bin in meinen besten Jahren und habe noch nie die ersten dreißig Sekunden des ›Minutenwalzers‹ gehört. Ist das nicht typisch?«
»Was willst du damit sagen?«
»Damit will ich sagen, daß ich ein einziges Mal, ehe ich sterbe, eine Kirche betreten möchte, in der noch Sitzplätze frei sind.«

»Wie oft soll ich dir das bloß erklären«, seufzte er, »Herumsitzen, ehe ein Ereignis wirklich anfängt, ist pure Zeitverschwendung, man könnte statt dessen schlafen, lesen oder arbeiten.«
»Oder um den Block fahren, um einen Parkplatz zu suchen. Ich begreife dich überhaupt nicht«, fuhr ich fort, »bist du denn nicht auch allmählich neugierig, was jeweils im ersten Akt passiert? Beneidest du nicht doch ein kleines bißchen die Leute, die nicht auf bereits anfahrende Züge springen müssen? Hast du es nicht allmählich satt, jeden Morgen ein 44-Minuten-Ei vorgesetzt zu bekommen?«
»Was willst du eigentlich, ich stelle mir jeden Abend den Wecker!.«
»Ich weiß, wie du deinen Wecker stellst. Wenn du um 6 Uhr 30 aufstehen willst, stellst du ihn auf 5 Uhr 30. Dann stellst du ihn wieder auf 6.00 Uhr,und wenn er losrasselt, haust du drauf und rufst: ›Haha, ich hab' nur Spaß gemacht! Ich hab' noch eine halbe Stunde!‹ Dann stellst du ihn wieder auf 6 Uhr 30, und um diese Zeit wirfst du dich mit dem ganzen Körper darüber und murmelst: ›Ist schon gut, brauch' dich nicht. Brauch' niemanden.‹ Und schläfst wieder ein.«
»Ich bin eben nicht der Meinung, daß zu früh kommen eine Tugend ist. Wie spät ist es denn?«
»Es ist acht Uhr. Und um acht Uhr solltest du im Büro sein.«
»Fein, da bleiben mir noch zwanzig Minuten.«
Ich habe mich überhaupt sehr um- und auf einen Mann einstellen müssen, der sich einer Welt der Freizeitgestaltung weder anpassen kann noch will.

Dieses Problem ist allerdings weit verbreitet. Viele Frauen sind mit unheilbar Arbeitsbesessenen verheiratet und haben die größten Schwierigkeiten, sie einmal im Jahr für zwei Wochen in den Urlaub zu verschleppen, damit sie einfach mal gar nichts tun.
Nichts einfacher als das, könnte man meinen.
Ich führte meinen Mann zwei Wochen lang an einen Strand. Dort breitete er schnell ein großes Badetuch aus, öffnete seine Aktentasche und verglich die Kontoauszüge mit den Eintragungen im Scheckheft.
Ich führte ihn in ein elegantes Großstadthotel. Dort verbrachte er die ganze Woche damit, den Fernsehapparat auf dem Zimmer auseinanderzunehmen, weil es auf dem Bildschirm schneite.
Eimal führte ich ihn sogar in einen Nachtclub, in dem dürftig bekleidete Mädchen tanzten – total gegen den Takt. Eines davon kam an unseren Tisch, setzte sich ihm verführerisch auf den Schoß und kitzelte ihn unterm Kinn.
Da wandte er sich zu mir und sagte: »Die Feuerversicherung für unser Haus ... Wir sollten auf Neuwertversicherung umstellen lassen.«
Eine Freundin riet mir, ich sollte mit ihm zelten gehen. »Um einen Mann ganz zu entspannen und zur Natur zurückzuführen, gibt es nichts Besseres als die Wildnis!«
Denkste!
Nach drei Tagen Wildnis hatte er die Reifen der Hinterräder auf die Vorderräder montiert, drei Luftmatratzen geflickt, eine Brücke gebaut, acht Schneemarkierungsfässer mit Asche gefüllt und für jeden, der das Zelt betrat, ein kompliziertes System der Entsandung erfunden.

Er fuhr in die Bücherei und stellte dort fest, wie der Fluß in der Nachbarschaft hieß und warum er so hieß. Er schrieb einen Brief an den Herausgeber der Lokalzeitung, las uns allen den Garantieschein für die Zeltlampe vor, organisierte eine Baseballmannschaft und rieb das ganze Zelt mit Wachs ein.
Er ordnete meine Konserven nach dem Alphabet, malte das Wort GAS auf die Propanflaschen und hing unsere Fleischvorräte an einem Baum auf, damit Menschen und Bären sie nicht erreichen konnten. Die Waschbären fraßen sie dann doch.
Nach diesen Erfahrungen sagte ich: »Bunkie, laß dir sagen, wir passen nicht zusammen.«
»Warum sagst du mir so was?«
»Ich bin eine genußsüchtige, temperamentsprühende Zelda, und du bist ein introvertierter, gehemmter, pedantischer Dr. Schiwago, der seine Unterwäsche abends über einen Bügel hängt.«
»Ich amüsiere mich sehr gut«, beteuerte er ernsthaft.
»Ist dir klar, daß ich die einzige Frau auf der Welt bin, die am Neujahrsmorgen erwacht und keinen Kater vom vorhergehenden Abend hat? Keine abgebrochenen Keilabsätze auf den Treppenstufen, keine Party-Papierhütchen hinter der Kommode und keinen Geschmack im Mund wie von einem nassen Samtlappen? Nichts als die Erinnerung an einen über einem Glas lauwarmer Limo dösenden Vater Chronos. Auf manchem Elternabend war es schon aufregender.«
»Das stimmt nicht«, sagte er. »Was haben wir vorigen Silvester getan?«
»Von 7 Uhr bis 8 Uhr 30 habe ich unserem Hund Kau-

gummi aus den Schnurrbarthaaren gezupft. Um halb elf bist du in deinem Stuhl eingeschlafen, und ich habe medizinische Gelatinelösung getrunken, um festere Fingernägel zu kriegen. Um 10 Uhr 45 bin ich an den Eisschrank gegangen, weil ich mir einen Drink machen wollte. Die Kinder hatten aber alle Flaschen geleert und die Nachbarn die Eiswürfel aufgebraucht. Ich goß uns zwei Gläser lauwarme Limo ein, ging wieder ins Wohnzimmer und trat dich gegens Schienbein. Da bist du mit einem Ruck aufgewacht und hast gefragt: »Wußtest du, daß um Mitternacht alle Pferde ein Jahr altern?« Um dreiviertel zwölf schrillte dein Wecker. Da hast du mit den Fingern dreimal geschnalzt, einmal das Verandalicht ein- und wieder ausgeschaltet und ›Prosit Neujahr!‹ gerufen. Ach, ich wollte, wir wären wie Dan und Wanda.«

»Was ist an Dan und Wanda denn Besonderes?«

»Wanda hat mir erzählt, daß sie und Dan tiefsinnige Gespräche miteinander führen.«

»Na großartig«, gähnte er.

»Es *ist* großartig! Haben wir eigentlich jemals ein tiefsinniges Gespräch miteinander geführt?«

»Ich glaube nicht«, meinte er.

Aber wissen wollte ich es doch wenigstens und fragte: »Was ist eigentlich ein tiefes Gespräch?«

»Mach keine Witze. Das weißt du doch.«

»Eben nicht. Was ist es?«

»Na, eben ein gehaltvolles Gespräch.«

»Zum Beispiel über das Ölembargo oder die Dritte Welt?«

»Genau.«

»Und was ist damit?«
»Womit?«
»Mit dem Ölembargo und der Dritten Welt?«
»Es braucht nicht unbedingt ein Gespräch über das Ölembargo oder die Dritte Welt zu sein«, erläuterte er geduldig. »Es kann auch eine Diskussion über ein interessantes Thema aus deinem Alltag sein.«
»Ich habe mir gestern die Beine rasiert.«
»Das ist nur für dich interessant.«
»Stimmt nicht. Ich hab' dazu deinen Rasierapparat benutzt.«
»Wenn du hin und wieder Zeitung lesen würdest, wären deine Themen aktueller.«
»Okay, ich weiß auch etwas ganz Aktuelles. Gestern habe ich gelesen, daß in Neapel eine Frau polizeilich gesucht wird, die einem Mann im Schlaf mit der Schere die Nase abgeschnitten hat. Was hältst du davon?«
»Das ist atypisch.«
Ein paar Minuten später startete ich einen neuen Versuch: »Angenommen, es wäre in der amerikanischen Botschaft passiert, die Frau wäre eine Spionin und die Nase, in der Geheimdokumente über ein Ölembargo zwischen Saudiarabien und den Industrienationen versteckt wären, gehörte Präsident Carter?«
»Bitte rede lieber wieder Belangloses, ja?« sagte er.
»Dabei fällt mir ein«, sagte ich, »hast du gestern den Artikel gelesen, in dem es hieß, Eheleute seien unfähig, voreinander ihre Meinungen klar und deutlich zu formulieren? Es wurde dort als das ewige Mir-Wurscht-das-ist-deine-Sache bezeichnet, oder auch als das Mach-wie-du-willst-mir-soll's-recht-sein. Du sagst das auch oft, und

deshalb weiß ich nie, wie du über gewisse Dinge denkst.«
»Ich habe den Artikel nicht gelesen«, sagte er.
»Soweit ich mich erinnere, wurde darin der Vorschlag gemacht, Mann und Frau sollten ihre Reaktionen mit Codenummern bezeichnen – von eins bis zehn. Wenn du mich zum Beispiel fragst: ›Willst du ins Kino?‹, sollte ich nicht achselzuckend sagen: ›Meinetwegen‹, sondern: ›Ich bin fünf dafür, eigentlich acht, gerade bei diesem Film, aber im Moment haben wir so wenig Geld, daß ich nur drei bin, es für so etwas auszugeben.«
»Klingt ganz vernünftig.«
»Dann versuchen wir es doch mal. Worauf hast du heute abend Lust?«
»Auf Raquel Welch!«
»Quatsch. Zum *Essen,* du Witzbold!«
»Wie soll ich das wissen, ehe ich es auf dem Teller habe.«
»Darum geht es ja. Mach doch einen Vorschlag.«
»Also gut. Leber wäre zehn bei mir.«
»Ich hasse Leber. Bei mir wäre Leber minus zwei, und das weißt du genau. Wie wär's mit Hackbraten?«
»Hackbraten ist bei mir sechs, ohne Fleisch und mit zuviel Semmelbröseln zwei. Aber wenn du schwache Neun dafür bist, schick' ich eins der Kinder zum Delikatessenhändler, der bei mir ein ganz oberer Zehner ist.«
»Könntest du nicht ausnahmsweise mal ein Neuner bei Hackbraten sein?« stöhnte ich.
»Da haben wir's! In 27 Ehejahren bist du nie über deine mickrige Zwei hinausgekommen, wenn ich andeutete, ich hätte ganz gern mal Leber.«

»Schrei nicht so. Die Nachbarn brauchen es nicht zu hören, wenn wir unsere Zweier und Dreier aushandeln. Wie wär's mit einem Omelette?«
»Klingt nach einem stabilen Achter.«
»Also gut. Dann sind wir einer Meinung. Bloß haben wir keine Eier im Haus, ich muß also einkaufen fahren.«
»Der Wagen ist neun. Die Batterie streikt, er springt nicht an. Damit käme das Omelette ungefähr auf vier.«
»Schön, dann bleibt uns nur noch Erdnußbutter. Das ist entschieden eine Drei, minus eins, weil sie kalt ist. Was den Nährwert anbelangt, ist sie an sich zwei, aber plus vier, weil es kein Rest ist, und minus drei, weil sie dick macht. Das Endergebnis wäre fünf. Was meinst *du* dazu?«
»Mir egal«, sagte mein Mann.
»Darauf hab ich gewartet!«
Es wird so viel darüber geredet, warum Ehen in die Brüche gehen; mal andersherum gefragt: Wieso halten eigentlich doch so viele?
Manche Ehefrauen sind fürs Zeitungaustragen zu alt, für eine Rente zu jung, zum Stehlen zu ungeschickt und um ein Liebesverhältnis anzufangen zu müde. Einige von ihnen sind einfach schon als Ehefrauen auf die Welt gekommen und wissen nicht, was sie sonst machen sollen. Für die Ehefrau, die an ihrem Status zweifelt: Beantworten Sie folgende einfache Fragen:
Wenn beim Tanzen der beste Freund Ihres Mannes Sie zärtlich an sich drückt und Ihnen ins Ohr raunt: »Was tun Sie für den Rest *meines* Lebens?«, was antworten Sie? Wenn Sie zurückflüstern: »Auf den Mann warten, der meine Waschmaschine repariert«, sind Sie verheiratet.

Wenn ein hochgewachsener, dunkelhaariger, gutaussehender Unbekannter Sie bei der Hand nimmt und zum Tanz bittet, was tun Sie da? Wenn Sie einwenden: »Es geht leider nicht, meine Strumpfhose rutscht, bei der kleinsten Bewegung habe ich sie als Fessel um die Knie«, sind Sie verheiratet.

Wenn ein Mann, der aussieht wie Ihr Lieblingsfilmstar, Sie nach dem Abendkurs zu einer Tasse Kaffee einlädt, was tun Sie da? Wenn Sie sich einen Hamburger mit Zwiebeln bestellen, sind Sie verheiratet.

Wenn ein Partylöwe Sie leicht beschickert fragt: »Haben Sie mal daran gedacht, Ihren Mann zu verlassen?«, was tun Sie da? Wenn Sie erwidern: »Nein, aber oft daran, ihn zu ermorden«, sind Sie verheiratet.

Kein Mensch spricht heutzutage mehr von der Treue, sie ist einer der Artikel, von denen man hofft, irgendwo wäre er schon noch in ausreichender Menge vorhanden.

Und wenn die Militärkapelle anstimmt ›Semper fidelis‹ und Ihr Mann fragt: »Sie spielen unser Lied, möchtest du vielleicht tanzen?« – dann sind Sie verheiratet.

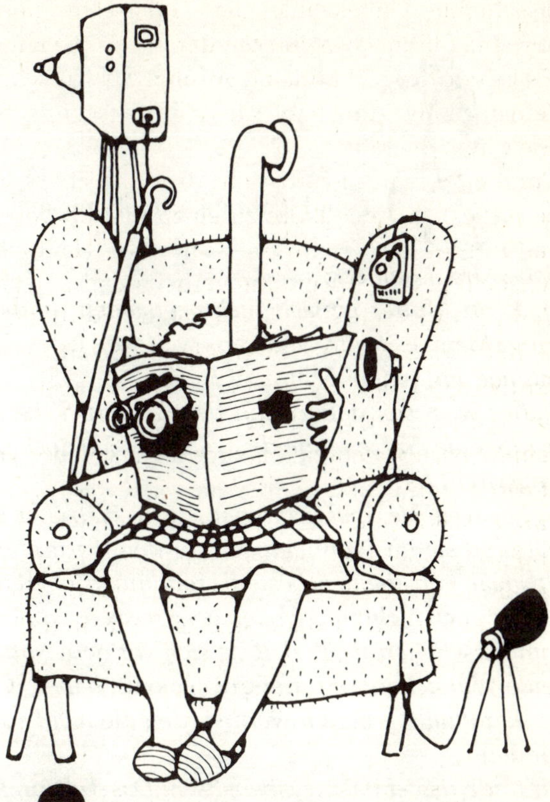

2.

Rätsel der Mutterschaft

Eine Elfjährige schrieb mir mal:

Liebe Mrs. Bombeck,
ich kann Mütter einfach nicht verstehen, ehrlich. Wie bringt Mami es fertig, von ganz weit weg jedes Familienmitglied mit einem Schuh zu treffen?
Woher weiß sie, daß ich auf dem Autorücksitz meinem Bruder eine Fratze schneide, wenn sie sich doch gar nicht umgedreht hat?
Woher weiß sie, daß ich in der Küche Plätzchen stibitze, während sie im Wohnzimmer vor dem Fernseher sitzt?
Ein paar von meinen besten Freudinnen begreifen ihre Mutter auch nicht und wollen gern wissen, woher sie nur vom Anschauen weiß, daß sie sich vor dem Mittagessen heiße Würstchen und drei Cola gekauft haben. Oder wo sie den Pulli ›verlieren‹ werden, den die nicht ausstehen können.
Ich finde das einfach gespenstisch: Das Telefon klingelt, und sie ermahnt mich, noch ehe sie den Hörer abhebt: »Aber nur fünf Minuten, ja?«
Wir sind alle darüber einer Meinung, daß kein Mensch so überscharf sieht, hört oder riecht wie eine Mutter. Einer von den Jungen hat uns erzählt, daß er mal einen Kaugummi im Schuh hatte, und seine Mami sagte: »Komm,

nimm den Kaugummi raus, sonst bleiben noch deine Einlagen dran kleben.«
Wo Sie doch so viel über Kinder schreiben, dachten wir, Sie könnten uns das mit den Müttern erklären.

Hochachtungsvoll
Cathie

Liebe Cathie mit all Deinen Freundinnen,
Euer Brief hat mir richtig Spaß gemacht. Wenn man Euch so hört, müssen Eure Mütter ja die reinsten Hellseherinnen sein wie die berühmte Jean Dixon. (Sitz gerade, halt das Buch nicht so nah vor die Nase, du wirst dir noch die Augen verderben!)
Dabei hat das Muttersein nichts Geheimnisvolles. Alle Mütter waren mal normale, durchschnittliche Kinder, wie Ihr zur Zeit seid. Als sie dann erwachsen waren und Mutter wurden, haben sie den natürlichen Röntgenblick, die zwei Augen im Hinterkopf, das ökologische Gehör und den scharfen Geruchssinn entwickelt, der bei nassen Turnschuhen sofort aktiv wird. (Bitte fragt mich nicht, was ökologisch bedeutet, schlagt im Lexikon nach.)
Wir Mütter haben übrigens keinen dieser Sinne als besonderen Segen empfunden. Eher als Überlebensinstinkt. Ohne sie wären wir noch empfindlicher und verletzlicher! (Zieh keine Grimasse! Wenn die Uhr schlägt, bleibt dein Gesicht stehen, und dann sollst du mal sehen!)
Eines Tages, wenn sich auch bei Euch das Mutterschaftshormon entwickelt hat, werdet Ihr spüren, daß jemand an den Eisschrank geht, während Ihr auf dem Elternabend seid. Und Ihr werdet genau wissen, wann Schuhe

naß und dreckverkrustet sind, auch wenn Ihr sie nicht finden könnt. Ihr werdet fühlen, daß Euer Kind lügt, auch wenn es vor Euch steht, die Bibel in der einen, den Rosenkranz in der anderen Hand und über ihm an der Wand ein Bild von Maria mit dem Jesulein.
Im Grunde sind wir Mütter vollkommen normale Menschen. Wir behaupten nicht, genau zu wissen, wie man Kinder großzieht.
Im Gegenteil, im Laufe der Jahre habe auch ich eine Menge Dinge beim Kindergroßziehen erlebt, die ich überhaupt nicht begreife. Zum Beispiel:

Wer ist eigentlich dieser Weißnich?

Seit ich mich erinnern kann, beherbergt unser trautes Heim ein viertes Kind. Es heißt Weißnich. Alle haben es gesehen, nur ich nicht. Für mich steht nur fest, daß es ein grauenvoller Schlamper ist.
»Wer hat die Vordertür offengelassen?«
»Weißnich.«
»Wer hat das Stück Seife im Ausguß aufweichen lassen?«
»Weißnich.«
»Wer hat die Banane aufgegessen, die ich zur Tortenverzierung brauche?«
»Weißnich.«
Dieser Weißnich wird mich noch wahnsinnig machen. Er hat zwei Regenschirme verloren und vier Paar Überschuhe und ein Fahrrad irgendwo stehenlassen. Er hat

dreizehn überfällige Bücher nicht zur Leihbibliothek zurückgetragen, seit drei Jahren kein Zeugnis mehr aus der Schule heimgebracht und eine Thermosflasche mit Milch drei Wochen lang im Auto liegenlassen.
Neulich klingelte das Telefon. Ich raste vom Briefkasten ins Haus, stieß mir das Schienbein blau, riß mir in der Tür einen Fingernagel ab und kam gerade noch rechtzeitig an den Apparat, um mit anzusehen, wie mein Sohn den Hörer auflegte.
»Wer war es denn?« fragte ich keuchend.
»Weißnich. Hat einfach eingehängt.«
Als ich das meiner Nachbarin erzählte, sagte sie: »Machen Sie sich nichts draus. Ich habe auch seit Jahren ein unsichtbares Kind.«
»Wie heißt denn Ihres?«
»Niemand.«
»Auch ein so gräßliches Balg?«
»Mit dem verglichen, waren Max und Moritz Musterknaben! Es hat den Deckel einer antiken Konfektschale zerbrochen, es zerfetzt die Zeitung, ehe jemand auch nur einen Blick hineingeworfen hat, und hat mir mal, als ich die Kinder zur Schule fuhr, mit einem Baseballschläger so auf den Kopf gehauen, daß ich fast ohnmächtig geworden bin!«
»Ha«, sagte ich erbittert, »Sie sollten Weißnich kennenlernen! Der hat neulich beim Weggehen sage und schreibe 13 elektrische Birnen brennen lassen. Ich weiß wirklich nicht, wie ich das noch länger aushalten soll.«
Heute früh beim Frühstück fragte ich meine Familie: »Wer will Leber zum Abendessen?«

Da blickte mein Mann auf und sagte: »Miregal.«
Das kann nur eines bedeuten: Weißnich hat einen Bruder.

In welchem Alter kann ein Kind sich allein anziehen?

Manche Leute sagen; wenn ein Kind bis zum Schmutzwäschekorb kriechen kann, ist es imstande, die Verantwortung für seine Kleidung zu übernehmen.
Ein Kind entwickelt seine Persönlichkeit, lange ehe es Geschmack entwickelt. Ich habe meine Gören morgens in Gewandungen in die Küche stolpern sehen, zu deren Komplettierung nur noch eine Kleinigkeit fehlte: eine leere Ginflasche.
In jeder Familie gibt es ein Kind, das sich liebend gern »verunsichert« fühlt und bei dem man alle fünf Minuten die Emotionaltemperatur messen muß. Ich nenne das »Spindkontrolle«. Um sieben Uhr morgens erscheint besagtes Kind (es ist eine Tochter) vollständig bekleidet am Frühstückstisch, bereit, in die Schule zu fahren. Noch ehe die Cornflakes in der Schüssel aufgehört haben zu knistern, ist sie schon wieder in ihr Zimmer verschwunden und hat sich total umgezogen. Allerdings genügen fünf armselige Wörtchen der Mutter (»Heute siehst du aber nett aus«), und sie bricht in Tränen aus und stürzt erneut in ihr Schlafzimmer, um sich nochmals von Kopf bis Fuß neu einzukleiden.
Diese Variante von ›Bäumchen-wechsel-dich‹ spielt sie so lange, bis

a) ihr die Kleider ausgehen
b) der Schulbus abfährt
c) ihre Mutter in eine Anstalt verbracht wird, wobei die Ereignisse nicht unbedingt in der genannten Reihenfolge eintreten müssen.

Aber es gibt auch immer das Kind, das eine tief eingewurzelte Abneigung gegen saubere Sachen hat. Es ist allergisch gegen Bügelfalten in Hosen, gegen Socken, die noch weiche Zehenpartien haben, gegen zusammengelegte Unterhosen und Pullover, an denen man riechen kann, ohne sofort ohnmächtig umzufallen. Es ist das Kind, das beim Werbefernsehen immer dann begeistert Beifall klatscht, wenn Schmutzränder an Kragen und Manschetten gezeigt werden.

Das genaue Gegenteil ist der Junge, der nichts von dem will, was bei ihm im Schrank hängt. Er will nur das anziehen, was gebügelt werden muß. Ich habe immer gesagt: »Wenn ich in meinem Bügelkorb nichts anderes mehr hätte als eine Windel, würde dieses Balg dazu einen Zylinder aufsetzen und als ›Neues Jahr‹ verkleidet in die Schule gehen.«

Voriges Jahr erlaubten wir unseren Kindern, ihre Koffer für die Ferien selbst zu packen. Einer unserer Jungen trug eine ganze Woche Baseballmütze und braune Cordhosen (wir erzählten überall, er habe eine Kopfoperation hinter sich). Der andere nahm nur einen Mantel mit, und zwar in Form einer alten Militärjacke seines Vaters (er sah darin aus wie ein Deserteur der gegnerischen Seite). Der dritte verfügte nur über ein einziges Paar Schuhe, rot-weiß-blaue Turnschuhe. Die einzige Situation, in der er darin nicht unpassend wirkte, war

unter einem Basketballkorb in einem Stadion.
Vorige Woche sahen meine drei Kinder schlimmer aus als üblich. Auf dem Weg zur Haustür hielt ich sie auf und fragte: »Warum habt ihr euch denn so besonders gräßlich ausstaffiert? Braucht man in einer Schulaufführung noch drei Clowns?«
»Nein, heute wird 'n Klassenfoto aufgenommen.«
Das ist mal wieder typisch.

Der Soundso war immer mein Liebling

Eine Frau denkt über den Namen für das Baby schon nach, wenn sie erst seit fünf Minuten weiß, daß sie eins erwartet. Diesen Namen schreibt sie auf ein Blatt Papier, spricht ihn laut vor sich hin, nennt ihn als Test allen Bekannten und stickt ihn in ein Hemdchen. Wenn das Baby dann da ist, flüstert sie ihm diesen Namen leise ins Ohr, schreibt ihn auf Dutzende von Geburtsanzeigen und läßt ihn beim Standesamt eintragen.
Ein paar Jahre und Kinder später weiß sie meist gar nicht mehr, wer das ist.
Wie ich höre, gibt es Mütter, die zehn, zwölf Namen durchprobieren, ehe sie zufällig auf den richtigen stoßen. Und die Kinder halten die ganze Übung für einen Streich des Unterbewußten à la Professor Freud. Es wird zum Trauma, denn »wenn Mami mich wirklich liebhätte, würde sie sich doch an meinen Namen erin-

nern«. Das ist natürlich Blödsinn. Ich habe Marc ... äh ... Mary ... Mike ...... Matthis ... äh ..., eben Soundso ebenso lieb wie Bet ... äh ... Beverly ..., Barb ... na, du weißt ja selber, wie du heißt.«

Unser Psychiater im Nachbarhaus gibt mir völlig recht. Er sagt, wenn eine Mutter nicht wie aus der Pistole geschossen ihr Kind beim Namen nennen kann, beweist das gar nichts.

Die Tage, an denen ich noch weiß, nach wem ich meine Kinder getauft habe, oder gar, wer wer ist, kann ich im Kalender rot anstreichen.

Kürzlich unterhielt ich mich mit einem jungen Ehemann. Er war eins von sieben Geschwistern und wurde in seiner Jugend kein einziges Mal beim richtigen Namen gerufen. »Meine Mutter hat uns eben durcheinandergebracht, weil wir daheim so viele waren«, sagte er verständnisvoll.

Nur ungern ließ ich seine Theorie platzen, aber ich war lange Zeit das einzige Kind und wurde trotzdem Sara ... Betti ... Evel ... Edna gerufen. Meine verzweifelte Mutter pflegte schließlich zu brüllen: »Wie lange soll ich dich denn noch rufen, damit du endlich antwortest?«

Und ich rief zurück: »So lange, bis du's triffst.«

»War ich wenigstens nah dran?« schrie sie.

»Edna war schon ziemlich heiß!«

»Ja, der Name Edna hat mir schon immer gefallen«, meinte sie gedankenvoll. »So hätte ich dich nennen sollen.«

»Und warum hast du mich dann Erma genannt?«

»Weil man sich's leichter merken kann.«

Ach, hätten wir doch unsre eigene Wohnung!

Wir wußten, daß unsere Kinder es in den falschen Hals bekommen würden, taten es aber trotzdem.
»Kinder«, verkündete ich, »euer Vater und ich hätten gern eine eigene Wohnung – für uns allein.«
Eins der Kinder blickte von den Hausaufgaben auf, die anderen beiden stellten den Fernseher leiser. »Was hast du gesagt?«
»Ich habe gesagt, wir würden gern ausziehen und ein Weilchen für uns leben.«
»Ja, aber warum denn?« fragte unsere Tochter. »Seid ihr denn hier nicht glücklich? Ihr habt doch euer eigenes Zimmer und könnt tun und lassen, was ihr wollt.«
»Ich weiß, aber viele Eltern in unserem Alter gehen jetzt ihre eigenen Wege.«
»Das wird aber teuer«, sagte unser Sohn. »Habt ihr auch an die Lebensmittel gedacht, an die Telefonrechnungen und die Zeitungen und die hundert anderen Kleinigkeiten, die ihr hier als selbstverständlich hinnehmt?«
»Wir haben das alles durchgesprochen und bedacht.«
»Nun spuckt's schon aus«, sagte unsere Tochter. »Was stört euch denn am Zusammenleben mit uns? Haben wir zuviel verlangt? Worum haben wir euch denn schon gebeten? Doch nur darum, daß ihr kocht, die Betten macht, die Wäsche wascht, den Hof und den Wagen in tadellosem Zustand haltet und das Geld heranschafft. Ist denn das so schwer?«

»Das ist es nicht«, sagte ich milde. »Wir möchten gerne selbständig sein, uns eine eigene Wohnung einrichten und kommen und gehen, wie es uns paßt.«
»Wenn es um den Wagen geht, warum sagt ihr das nicht gleich? Wir könnten uns doch arrangieren.«
»Es geht nicht um den Wagen. Wir wollen unsere Stereoplatten spielen, wann wir wollen, und spät heimkommen dürfen, ohne daß uns einer fragt: ›Wo wart ihr eigentlich so lange?‹ Und Leute zu uns einladen, ohne daß uns jemand die Sauce für die Kartoffelchips vorher wegfrißt.«
»Womit wollt ihr diese Wohnung denn möblieren?«
»Ach, wir brauchen nicht viel. Wir nehmen nur ein paar Kleinigkeiten mit, ein bißchen Bettwäsche, die Schlafzimmermöbel, die Schreibmaschine, die Koffer, den Kartentisch mit den dazugehörigen Stühlen, den alten Fernsehapparat, den ihr sowieso nie benutzt, und ein paar Kochtöpfe und Pfannen.«
»Aber ihr ruft jeden Tag an!«
Wir nickten.
Als wir zum Wagen gingen, hörte ich einen unserer Söhne tuscheln: »Wartet bloß ab, wenn die ihre erste Stromrechnung kriegen, kommen sie wieder.«

Und nach mir – was kommt dann?

Keiner weiß, wie lange er noch zu leben hat, und mir ist der Gedanke entsetzlich, diese Welt verlassen zu müssen, ohne daß ein einziger meiner Angehörigen

weiß, wie man eine neue Rolle Klopapier einsetzt. Es ist eine bedrückende Vorstellung, daß eines Tages vier erwachsene Menschen wie benommen durcheinanderquirlen und zueinander sagen werden: »Ich habe gemeint, sie hätte es *dir* beigebracht!« oder »Wenn ich nur gewußt hätte, *wie* krank sie ist, hätte ich besser aufgepaßt.«
Die Toilettenpapierrolle ist nicht das einzige mechanische Problem, das keiner in unserem Hause außer mir je gemeistert hat. Ich habe daher eine Art Leitfaden für die Familie zusammengestellt: »Wie kommen wir über die Runden, wenn Mami nicht mehr ist.«

Klopapierrolle erneuern

Man umfaßt die Rolle mit der ganzen Hand und schiebt sie sanft seitwärts, wo eine Feder sie hält. Die Rollenspindel lockert sich, und man kann die alte Papierrolle abziehen und wegwerfen. Dann nimmt man eine neue Toilettenpapierrolle und schiebt sie mit dem einen Ende über den hölzernen Achszapfen, bis die Feder einrastet. Wenn man einen leisen Klick hört, ist sie richtig befestigt.

Zahnpasta vom Waschbeckenrand entfernen

Ehe die Zahnpasta hart wird und mit Keramik oder Email eine dauernde Verbindung eingeht, läßt man Wasser aus dem Wasserhahn über alle befallenen Stellen laufen und wischt leicht mit Händen oder Waschtischtuch nach. Nun ist das Becken bereit für den nächsten Zahnpastenschmierer.

Herd, Back- und Bratofen

Wer warm essen will, braucht einen warmen Herd. Wenn es sich um einen Gasherd handelt, setzt man ihn in Betrieb, indem man den Knopf dreht oder den Hebel umlegt und ein brennendes Zündholz über den Brenner hält (möglichst, ohne den Herd zum Flammenwerfer werden zu lassen). Ist der Herd elektrisch, streckt man den Zeigefinger aus und drückt fest auf den Knopf der gewünschten Hitzeeinstellung. Vorsicht: Bitte das Kochgut nicht direkt auf die Kochplatte werfen, sondern vorher in Pfanne oder Topf schütten!

Eine Tür schließen

Das sieht schwerer aus, als es ist. Wenn die Tür offensteht, versichere man sich, daß keine Fremdkörper (Kinder, Füße, Pakete) im Wege sind, dann greift man sie fest an der Klinke oder dem Türknopf und zieht oder stößt sie zu, bis sie einrastet. Sie laut zuzuwerfen schließt sie keineswegs fester, als wenn man sie sanft einklinkt.

Licht ausknipsen

Jede Lampe wird nach dem gleichen Prinzip aus- und angeknipst. Handelt es sich dabei um einen Schalter an der Wand, so knipst man ihn von oben nach unten oder umgekehrt, bis man kein Licht mehr sieht. Handelt es sich um einen Zugmechanismus, so umschließt man die Kette oder Leine fest mit Daumen und Zeigefinger oder mit der ganzen Faust und zieht einmal kurz. Dadurch geht das Licht normalerweise aus.

Gebrauchsanweisung für den Waschkorb

Man lasse sich nicht dadurch irritieren, daß auf dem Deckel des Korbes für Schmutzwäsche weder eine Gebrauchsanweisung noch eine Einstellskala zu sehen ist. Der Oberkörper wird leicht abgebogen, d. h. nach vorn gebeugt, man nimmt Socken, Hose oder Handtuch vom Boden auf, öffnet den Deckel des Wäschekorbs und wirft die schmutzigen Wäschestücke ins Innere. Von dort wird sie die gute Fee aus dem Märchen abholen.

Haltet diesen Leitfaden stets griffbereit!

Falls diese Sachkenntnisse mit mir ins Grab sinken, bleibe ich lieber hier!

Warum wird über eine ganz normale, durchschnittliche Familie wie uns keine eigene Fernsehserie gedreht?

Neulich abends sah ich im Fernsehen eine typisch amerikanische Familienkomödie. In dieser Familie krümmten sich alle ständig vor Lachen.
Wenn der Papi den Mund auftat, kam jedesmal etwas

ganz Pfiffiges. Die Mutter war ein Original, über die konnte man sich göttlich amüsieren. Und was für schlagfertige Antworten die Kinder ausspuckten: einfach genial! Ich sah mich um und zählte die Häupter meiner Lieben. Mein Mann las mit tiefen Sorgenfalten auf der Stirn die neuesten Katastrophenmeldungen in der Zeitung. So sieht er immer aus, seit er seine Hagelversicherung hat verfallen lassen. Ein Kind hing am Telefon und tönte alle anderthalb Minuten: »Das darf doch nicht wahr sein!« Ein weiteres hatte sich mit der Stereoanlage in seinem Zimmer eingeschlossen, und das dritte glotzte verdrossen in den Eisschrank und wartete auf ein bißchen Wärme und Zuneigung.

»Das schlimme an unserer Familie ist, daß wir nicht komisch sind. Alle anderen Familien der Welt sitzen zusammen, geben originelle Sätze von sich und prusten ununterbrochen vor Lachen. Bei uns lösen die Sechsuhrnachrichten mehr Lacher aus als wir. Wir müssen uns etwas anstrengen, sonst kriegen wir nie unsere eigene Fernsehserie.«

Am nächsten Abend jodelte ich, als ich den Wagen meines Mannes in der Einfahrt hörte: »Kündaaa, Papi kommt!«

»Ei, ei, sieh da«, sagte unser Sohn. »Da ist ja unser Väterchen mit der dicken Brieftasche voll unbezahlter Rechnungen.«

»Was ist denn mit euch los?« fragte mein Mann. »Hat man mal wieder den Wagen abschleppen müssen?«

In diesem Augenblick jauchzte plötzlich auch unser jüngstes Kind fröhlich auf (ich fiel vor Überraschung beinahe vom Stuhl).

»Du, Mami«, ließ einer unserer Söhne sich vernehmen, »wenn man einen Kotflügel von einem Chevrolet nimmt, Chromteile von einem Ford und eine Radkappe von einem Pontiac, was kriegt man dann?«
Ich wußte es nicht.
»Sechs Monate!«
»Sag mal, wolltest du heute nicht mal ins Freie und tüchtig auslüften?« fragte mein Mann liebevoll besorgt.
»Stimmt«, erwiderte ich und rammte ihm neckisch kichernd den Ellbogen zwischen die Rippen. »Hast du übrigens gehört: Max hat endlich einen Pudel für seine Frau gekriegt!«
»So einen Tausch lasse ich mir gefallen.«
»Du, Papi«, flötete unsere Tochter. »Der Hund hat eben Mamis Hackbraten aufgefressen!«
»Weine nicht«, entgegnete er, »ich kauf dir einen neuen Hund!«
In diesem Augenblick steckte meine Mutter den Kopf in die Tür.
»Gibt es hier vielleicht Kaffee?«
Erschöpft von unserem tollen Humor, sanken wir in unsere Sessel. Gott sei Dank, gibt es immer Pausen mit Werbefernsehen.

3.

Ehret die Frauen, sie flechten und weben

Es ist ein schreckliches Gefühl, wenn man morgens aufwacht und feststellt, daß man über Nacht aus der Mode gekommen ist. Das widerfuhr Millionen von Hausfrauen, die eines Tages in den Spiegel blickten und sich sagen mußten: »Den lieben langen Tag immer wieder für irgendein schußliges Familienmitglied den Klodeckel schließen füllt mein Leben nicht aus.« Die Frauen waren es eben leid, nur noch Knopfdruckarbeit zu leisten. Außerdem fingen die Knöpfe bereits an, sich zu wehren. In Michigan saugte eine Hausfrau morgens ihren Teppich und bückte sich, um etwas vom Boden aufzuheben. Dabei wurde ihr Haar in den Bürstenroller gezogen, sie fiel auf den Staubsauger, und ihre linke Gesichtshälfte bekam einen Elektroschock verpaßt.

Die Hausfrauen nahmen der Britischen Gesellschaft für Medizin nicht mehr ab, daß Hausarbeit das Geheimnis weiblicher Langlebigkeit und als ›Trimm-dich-Übung‹ gesundheitsfördernd sei. Als ich eines Nachmittags auf den Knien lag, mit dem Rücken die Roste der Etagenbetten abstützte und versuchte, die Verbindungsstifte in die Schlitze zu kriegen, fragte mein Mann: »Was machst du denn eigentlich da unten?«

»Ich verlängere schon wieder mal mein Leben«, erwiderte ich trocken.

»Die Dinge rutschen doch bloß wieder raus«, sagte er. »Warum besorgst du dir keine längeren Stifte?«
»Als ich die Betten bekam, waren die kleinen Lieblinge länger«, sagte ich.
»Fang nicht wieder an, technische Gegenstände zu vermenschlichen«, sagte er. »Wenn du ewig hier im Hause hockst, wirst du noch total lütütü. Du solltest öfter ausgehen. Wenn du den Kram hier in Ordnung gebracht hast, mach doch mal etwas, was du dir schon immer gewünscht hast.«
Ich setzte mich auf meine Fersen und überlegte. Was hatte ich mir schon immer gewünscht? Ich hatte mir schon immer gewünscht, einfach davonzulaufen!
Kennen Sie dieses Gefühl? Sie haben zwei Wochen lang Diät gehalten und dabei drei Pfund zugenommen. Sie hetzen sich halb zu Tode, um rechtzeitig zum Ausverkauf ins Kaufhaus zu kommen, und dann gibt es dort nur noch doppelt breite Laken, Platzsets und Kissen fürs Kinderbett.
Ihre beste Freundin (der Sie immer Ihr volles Vertrauen geschenkt haben) ruft an, um Sie durch die Mitteilung zu beschämen, sie hätte eben gelernt, Brot zu backen. Irgendein Witzbold hat HILFE! in den Staub auf der Kommode gemalt.
Sie nehmen sich aus dem Supermarkt eine Frauenzeitschrift mit, deren Schlagzeile lautet: IST JACKIE ONASSIS' VERSCHWENDUNGSSUCHT EINE GEISTIGE STÖRUNG? und entdecken dann beim Lesen, daß Sie selbst seit Jahren an genau dieser geistigen Störung leiden.
Die Mannschaftsführerin der Handballelf Ihrer ehemali-

gen Oberschule ist soeben Großmutter geworden. Der Supermarkt hat gerade jetzt Ihr Besteck ausgehenlassen, und das Leinenkleid, an dem Sie vierzig Minuten lang herumgebügelt haben, ist zu eng geworden.

Sie wollen am Autoschalter einer Bank vorfahren, und der Wagen von Ihnen kriegt einen Platten. Sie sehen Ihre Nachbarin ins Büro gehen und schreien ihr neiderfüllt nach: »Möge Ihre IBM durch Radierbrösel blockiert sein!« Der Tiefpunkt ist erreicht: Sie können nicht mehr.

Eines Tages entdeckte ich in einer führenden Zeitschrift einen Artikel mit der Überschrift: ›Die Frauen von heute stehen ihren Mann‹. Den Anfang machte das Bild einer üppigen Blondine auf einer Baustelle in einer Gruppe von Männern, denen sie eine Konstruktionszeichnung erläutert. Es entging mir nicht, daß ihre Schuhe farblich genau auf ihren gelben Schutzhelm abgestimmt waren.

Auf dem zweiten Bild stand sie in einem weich fallenden Pyjama über den Herd gebeugt und rührte in einer Kasserolle *Filet mignon* (Rezept Seite 36), während ihr Mann den Salat mischte und die lieben Kleinen den Tisch deckten.

Mir drehte es buchstäblich den Magen um.

Ich war wild darauf, ebenfalls ›meinen Man zu stehen‹. Stehen mußte ich ja sowieso sehr viel. Allein die Vorstellung: jeden Morgen auf und davon ins schöne Büroteppichbodenland!

Frisches Brot zum Lunch! Telefonieren dürfen an einem Apparat, dessen Hörer nicht von Pflaumenmus klebt! In jeder Kniekehle einen Tropfen Parfum, das die Ladenschwengel verrückt macht!

Laut sprach ich vor mich hin: »Das könnte *ich* sein. Jawohl, ich. Wenn. Ja, wenn ich einen Babysitter hätte.«
Als mein Entschluß erst feststand, ließ ich ein halbes Jahr lang Babysitter antanzen und sich vorstellen. Es ist betrüblich, wenn man konstatieren muß, daß kein Mensch für viel Geld etwas tun will, was man selbst jahrelang umsonst hat tun müssen.
Da sprach vor: eine Dame, die konnte nur so lange bleiben, *bis* die Kinder aus der Schule heimkamen.
Eine andere, die hielt viel vom Wert des Mittagsschläfchens für Personen über 30.
Eine, die kam nur einen Tag lang und kündigte dann mit der Bemerkung: »Ich kann nicht in einem Haushalt arbeiten, in dem der Wasserkrug aussieht wie ein Briefbeschwerer, in dem es schneit!«
Wie ich bald feststellte, hatten andere Frauen das gleiche Problem. Eine Freundin – gelernte Krankenschwester – machte geradezu niederschmetternde Erfahrungen. Sie fand eine Perle, die sich verpflichtete, die Kinder zu hüten, falls sie genaueste Anweisungen bekäme. Am ersten Abend hinterließ meine Freundin folgende Weisungen:

Greg bekommt früh um 8 Uhr und vor dem Mittagessen je einen Teelöffel von der rosa Medizin im Eisschrank. Er hat ein ansteckendes Ekzem, waschen Sie sich daher sorgfältig die Hände mit Wasser und Seife, und erlauben Sie ihm nicht, die Trinkgläser der anderen Kinder zu benutzen.
Paula bekommt einen Teelöffel von der gelben Medizin in der braunen Flasche um 8 Uhr morgens und zum

Mittagessen. Für das Mittagessen selbst ist noch viel Dosenschinken, Erdnußbutter etc. da.
Paula muß alle zwei, spätestens drei Stunden aufs Töpfchen gesetzt werden. Töpfchen und Kinderstühlchen stehen im Wohnzimmer im ersten Stock.
Lassen Sie den Hund nicht in die Nähe von Kaugummi. Er ist verrückt drauf, muß aber anschließend jedesmal zum Tierarzt, der ihn wieder davon befreit. Er kriegt einmal täglich seine Grippetablette. Dabei soll Frank (der sowieso den ganzen Tag im Haus aus und ein rennt) ihn festhalten, damit er Sie nicht beißt.
Bitte notieren Sie, wer anruft.
Bitte die Toilette in der Waschküche nicht benutzen, sie läuft über.
Wenn Sie Fragen haben, rufen Sie mich an. Wenn jemand fragt, wer am Apparat ist, sagen Sie einfach eine Schwester.

Als meine Freundin heimkam, war die Tür mit Lämmerblut markiert, und an einem Nagel hing ein großes Quarantäneschild. Der Babysitter war flüchtig.
Man braucht nur einmal im Leben berufstätig gewesen zu sein, um zu wissen, daß ›die moderne Frau steht ihren Mann‹ purer Schwachsinn ist. Vielleicht waren auch die Bildunterschriften verwechselt. Vielleicht hatte die abgebildete Dame das Flatterhemd zur Arbeit an und trug den Schutzhelm im eigenem Heim. Schließlich ist das traute Heim weiß Gott eine Gefahrenzone, in der sich ein Schutzhelm empfiehlt.
Wo bitte waren die Bilder, auf denen man sie durch die Küche jagen sah, in heruntergetretenen Pantoffeln, in

jeder Achselhöhle ein Kotelett, um es schneller aufzutauen, und wie eine Irre brüllend: »Ich weiß, daß ihr im Haus seid, ihr Schlawiner! Ich höre eure Mägen knurren!«
In besagtem Artikel war dann noch die Rede von einem Arbeitsbogen, auf dem jedes Familienmitglied zu bestimmten Pflichten eingeteilt wird, und schon hat die liebe Mutter Zeit genug, ganztägig berufstätig zu sein und nebenher noch zu malen, ihre Mäntel selbst zu schneidern und für den Landtag zu kandidieren.
Das stimmt ja vorn und hinten nicht!
Ich rief mal bei mir zu Hause an und verlangte: »Ich möchte euren Vater sprechen.«
»Der ist beim Zahnarzt«, sagte mein Sohn. »Er hat sich heute früh am gefrorenen Brot einen Zahn abgesplittert.«
»Wer steht auf dem Arbeitsblatt als Brotauftauer?«
»Ich, aber ich hab meinen Schlüssel vergessen, bin ausgesperrt worden und über Nacht bei Mike geblieben. Der Milchmann ist auch ausgesperrt gewesen. In der Garage stehen 24 Liter Milch.«
»Und wo ist deine Schwester?«
»Ich hab das Bett gemacht und sie gleich drin gelassen. Sie spricht nicht mit mir. Übrigens, in der Waschmaschine liegt nasse Wäsche, und die hat so 'nen komischen rostbraunen Überzug. Und die Schweinerippchen tauen wir gerade mit deinem Haartrockner auf. Rate mal, *wer* vergessen hat, den Hund beim Heimkommen noch mal rauszulassen. Wann kommst du eigentlich nach Hause?«
»Morgen. Habt ihr Sehnsucht nach mir?«
»Nein, aber nach dem Arbeitsblatt bist du mit Geschirrwaschen dran.«

Geteilte Verantwortung, darum geht's bei der ganzen Frauenbefreiung! Wenn Frauen jemals Anerkennung finden sollen, müssen erst mal die Ehemänner die Kinder zur Schule transportieren – und wenn es nur ein einziges Mal wäre.

Kinder zur Schule bringen und sie von dort holen steht auf der Wunschliste meines Mannes ungefähr an 26. Stelle. Etwa zwischen »Lunch in einer Konditorei« und »Kegelkugel auf den großen Zeh fallen lassen«.

Vor seinem ersten Versuch glaubte ich, ihn warnen zu müssen. »Denk immer daran, es sind kleine Kinder, keine Postsäcke. Das heißt, daß du erst ganz anhalten und ihnen die Tür aufmachen mußt. Brüll sie nicht an, und sorge dafür, daß auch bestimmt jeder von den sechsen sein eigenes Fenster zum Rausschauen hat. Hals und Beinbruch!«

Als er etwa anderthalb Stunden später zitternd durch die Tür gewankt kam, entspann sich folgende Unterhaltung zwischen uns:

»Wieso kommst du denn erst jetzt?«

»Also, es fing schon damit an, daß einer von diesen Heinis nicht einsteigen wollte, weil seine Mutter ihm verboten hatte, mit Fremden zu fahren. Dann ging bei der kleinen Soundso das Namensschildchen vom Mantel ab, und sie wußte nicht mehr, wer sie war. Debbie hat drei Straßen weit nur geheult, weil sie ihr Frühstückspaket hat liegenlassen. Und Cecil . . ., ich glaube, so heißt er, der andauernd die Strickjacke auf- und zuknöpft, weil er nie die richtigen Knöpfe in die richtigen Knopflöcher kriegt . . .«

»Ja, das ist Cecil.«

»Also, der hat behauptet, er wohnt in der Molkerei.«
»Aber das kann doch alles unmöglich so lange gedauert haben?«
»Nein, daran ist Michael schuld. Verspätet habe ich mich wegen Michael. Er hat gesagt, er weiß nicht , wo er wohnt, und um ihn zu trösten, habe ich ich ihm einen Lutscher geschenkt. Und dann bin ich zwanzig bis dreißig Minuten lang im Kreis gefahren, bis er endlich sagte: ›Das da ist unser Haus.‹ ›Michael‹, hab ich zu ihm gesagt, ›an diesem Haus kommen wir jetzt schon mindestens das zwanzigste Mal vorbei. Warum hast du denn nie was gesagt?‹«
»›Weil‹, so sprach er, ›man mir verboten hat, mit vollem Mund zu reden.‹«
Manche behaupten, man müsse Kindern Verantwortung übertragen, das erhöhe ihr Selbstgefühl. Andere wiederum meinen, es erhöht nur eines: die Versicherungsprämien.
Arbeitet eine Mutter außer Haus, so sind zunächst ein paar wichtige grundsätzliche Fragen zuklären, z. B.: Wann wird SOS gefunkt, oder, mit anderen Worten: Wann darf man die Mami an ihrem Arbeitsplatz anrufen? Es gibt Notfälle, daran besteht kein Zweifel. Für diese Notfälle müssen Richtlinien aufgestelt werden. Ehe ein Kind seine Mutter am Arbeitsplatz anrufen darf, muß es sich fragen:
1. Fällt die Mami tot um, wenn sie das hört?
2. Wird sie nachmittags nach 5 Uhr noch einen Installateur auftreiben?
3. Wird sie ihre Drohung wahrmachen, in eine andere Stadt zu ziehen und ihren Namen zu ändern?

Lauten die Antworten in der entsprechenden Reihenfolge »Ja«, »Nein«, »Ja«, so sollte das Kind versuchen, die Katastrophe in der richtigen Perspektive zu sehen.

Wenn Blut geflossen ist, gilt es zu klären: Ist es das eigene? Das Blut des Brüderchens? Ist es viel? Oder nur wenig? Befindet es sich auf dem Sofa, das keinen schmutzabweisenden Bezug hat? Oder auf der Couch zu achtzig Dollar, die noch immer nicht abgezahlt ist? Wird das Bluten aufhören? War es ein Unfall? War es ein lockerer Milchzahn? Kann man die Sache verschweigen oder als Insektenstich ausgeben?

Ein anderes Beispiel: Wenn jedes zweite Kind in der Umgebung beschließt, das Haus Ihres Kindes sei ein prima Spielplatz, weil kein Erwachsener stört, sollte Ihr eigenes Kind sich überlegen: Möchte ich meine ganzen Entwicklungsjahre in meinem Zimmer eingesperrt verbringen, ohne Essen und Fernseher? Lohnt das die Freundschaft mit einem Jungen, der mit Eiswürfeln nach dem Kanarienvogel zielt? Wird die Mami merken, daß wir in ihrem Starmix Konfetti gemacht haben?

Auch in anderen Situationen gilt es einen festen Stand einzunehmen. Wenn etwa ein paar Nachbarskinder beschließen, die Katze zu waschen und hinterher in die Trockenschleuder zu tun, und nicht wissen, welches Waschprogramm sie einstellen sollen:

UNBEDINGT ANRUFEN!

Wenn zwei Brüder sich gegenseitig über der letzten Flasche Limo ohrfeigen und vors Schienbein treten, und einer wünscht eine Entscheidung auf höchster Ebene, wer sie austrinken darf:

NICHT ANRUFEN!

Wenn ein paar Männer mit einem Lieferwagen vorfahren und dem Kind erzählen, die Mami ließe den Fernseher neu polstern, das Besteck zur Bank bringen, den Schmuck reinigen und das Fahrrad mit der 10-Gang-Schaltung ölen: ANRUFEN, UND ZWAR SO SCHNELL WIE MÖGLICH!
Wenn der Bruder die Schwester mit dem Gartenschlauch vor sich her ins Haus treibt und die Möbel bekommen eine drollige weiße Farbe: ANS TELEFON, SCHNELL!
Wenn das Kind sich langweilt und nichts zu tun hat und sich nur ein bißchen unterhalten möchte: PAPI ANRUFEN!
Wenn die Kinder für einen Babysitter schon zu groß, für ein vernünftiges Gespräch aber noch zu klein sind, sollte man für die Sommermonate einen »Leitfaden für Kinder, denen ständig was einfällt« verfassen, in dem man festlegt, was man von diesen Kindern erwartet.

Leitfaden für Kinder, denen ständig was einfällt

Dies ist ein Haus.
Fahrzeuge haben in einem Haus nichts zu suchen.
Mehr als 200 Leute dürfen sich nicht im Hause aufhalten, sonst wird es gefährlich und polizeiwidrig. Zuwiderhandlungen werden bestraft.
In diesem Hause lebt ein Hund. Er heißt Spot. Spot rennt gern, spielt gern und apportiert gern. Außerdem erleichtert er sich gern in einigermaßen regelmäßigen Abstän-

den. Beobachte Spot, ob er nötig muß. Er zeigt dies, indem er höher als bis zur Zimmerdecke springt, an der Türklinke nagt oder versucht, sich unter der Tür einen Tunnel zu graben.
Essen macht Spaß. Siehst du dort die Milch? Siehst du die Butter? Siehst du die Leberwurst? Die können nicht laufen. Die können nicht gehen. Die haben keine Beine. Man muß sie in die Hand nehmen und wieder in den Eisschrank stellen, sonst werden sie grün. Grünschimmel hat mit Hoffnungsgrün nichts zu tun.
Hörst du das Telefon klingeln? Es bedeutet, daß jemand mit dir sprechen will. Trrrr. Trrrr. Trrrr. Wenn das Telefon klingelt, nimm den Hörer ab und sprich direkt hinein. Sag ›Hallo‹. Sag ›Auf Wiedersehen‹. Sag, was du willst, aber sag was.
Ein Schlafzimmer ist ein besonderer Raum. Suche darin täglich dein Bett auf. Versuche es wenigstens. Manchmal kannst du das Bett nicht sehen, weil so viel unordentlicher Kram draufliegt. Das gehört sich nicht. Ein unordentliches Zimmer ist eine Schlamperei. Fische sterben in einem unaufgeräumten Zimmer. Mütter bekommen in einem unaufgeräumten Zimmer keine Luft. Ein unaufgeräumtes Zimmer ist für Menschen ungeeignet.
Ein Badezimmer ist ein Freund in der Not. Immer zur Stelle, wenn du ihn brauchst. Deckel wollen nicht immer offenstehen. Davon werden sie müde. Handtücher liegen nicht gern auf dem Boden. Dort sehen sie nichts. Pfui. Seife liegt nicht gern ganz unten im Becken und zerfließt. Baba!
Schau, da kommt die Mami heim. Schau, da kommt der Papi heim. Sie kriechen bereits auf allen vieren. Sei gut

zu Mami und Papi. »Mami, schau, der Bruce hat ein Loch im Kopf. Jetzt erzähl ich, Debbie. Ich war's nicht, Papi.«
Willst du Mami verrrückt machen?
Soll Papi eine Halsschlagader platzen?
Nein? Dann reiß dich zusammen, reiß dich zusammen, reiß dich . . .

Die Kontroverse, ob man außer Haus arbeiten darf oder im eigenen Heim zu verbleiben hat, geht mit unverminderter Heftigkeit weiter. Denn jede Frau bewertet ihre Bedürfnisse anders und trachtet sie zu erfüllen. Hier muß darauf hingewiesen werden, daß auch das Büro kein Paradies ist. Nichts ist vollkommen. Eines meiner Büros hatte zum Beispiel für den Krankheitsfall folgende Regeln:

Krankheitsfall

Krankheit ist keine Entschuldigung. Auch ein Attest Ihres Arztes ist für uns kein Beweis, denn wir sind der Meinung, wenn Sie in der Lage waren, Ihren Arzt aufzusuchen, hätten Sie auch zur Arbeit kommen können.

Todesfall in der Familie

Ist keine Entschuldigung. Für den Verblichenen können Sie nichts mehr tun, und jemand anders in einer untergeordneten Stellung kann genausogut die nötigen Maßnahmen treffen. Wenn Sie die Beerdigung auf den Spätnachmittag legen, geben wir Ihnen gern eine Stunde früher frei, vorausgesetzt, Sie sind mit Ihrer Arbeit auf dem laufenden.

Eigener Todesfall

Dabei dürfen Sie mit unserem Verständnis rechnen, wenn Sie
a) zwei Wochen vorher Bescheid geben, damit wir eine neue Kraft für Ihren Job anlernen können;
b) wenn ein solcher Bescheid zwei Wochen vorher nicht möglich ist, rufen Sie vor 8 Uhr morgens an, damit eine Aushilfskraft engagiert werden kann;
c) dies ist jedoch nur mit Unterschrift des behandelnden Arztes und Ihrer eigenen möglich. Liegen die beiden Unterschriften nicht vor, so wird Ihre Fehlzeit vom Jahresurlaub abgezogen.

Urlaubsbewilligung (für eine Operation)

Diese Unsitte wird nicht länger geduldet. Wir möchten Sie dringend bitten, sich jeden Gedanken an eine Operation aus dem Kopf zu schlagen. Wir sind der Meinung, solange Sie bei uns angestellt sind, benötigen Sie alles, was Sie besitzen, und dürfen nichts davon entfernen lassen. Wir haben Sie so eingestellt, wie Sie sind; Abtrennung eines Teils von Ihnen verstieße gegen den zwischen Ihnen und uns geschlossenen Arbeitsvertrag.

Freizeitbewilligung (für die Toilette)

Es wird im allgemeinen viel zuviel Zeit auf der Damentoilette verbracht. Unser Zeitnehmer hat ermittelt, daß drei Minuten 15 Sekunden ausreichen. Künftig wird eine Regelung eingeführt, daß der Besuch der Toilette in alphabetischer Reihenfolge abgewickelt wird. Mitarbeiter, deren Nachnamen mit A beginnt, zwischen 8 Uhr und 8 Uhr 3 Minuten, 15 Sekunden. Mitarbeiter mit B von 8 Uhr 3 Minuten, 15 Sekunden bis 8 Uhr 6 Minuten, 30 Sekunden und so weiter und so fort. Haben Sie Ihren Zeitpunkt versäumt, müssen Sie bis zum nächsten Tag warten.

Als ich eines Nachmittags im Büro auf den Knien lag und mich abmühte, eine herausgefallene Registraturschublade über den Teppichboden zu zerren, kam der Chef und fragte: »Was machen Sie eigentlich da unten?«
»Ich verlängere mal wieder mein Leben«, sagte ich. »Ich habe ein wissenschaftliches Gutachten gelesen, danach haben Frauen, die außerhalb ihres Heimes arbeiten, ein reicheres, erfüllteres und längeres Leben vor sich.«
»Ich finde aber, Sie sehen müde aus«, sagte er. »Lassen Sie das Büro mal für eine Weile. Gehen Sie heim, backen Sie ein bißchen Brot, bohnern Sie Ihre Böden, und schauen Sie nach Ihren Kindern.«
Da ich zwischen Haushalt und Büro hin und her pendle, werde ich wohl hundert werden. Vielleicht wird es mir auch nur so lange vorkommen.

4.
Der weiße Wahn

Wenn ich gewußt hätte, daß der Kampf der Geschlechter auf dem Tennisplatz ausgetragen wird, hätte ich mir keine X-Beine angeschafft.

Ich glaube, alles hat mit Bobby Riggs angefangen, der Königin des grünen Rasens (oder des roten Turfs). Geschäftsleute, Hausfrauen, Studenten, Arbeiter, Politiker, Vorschulkinder – alles »kam an den Ball«.

Gott gnade dem, der dieses Spiel noch nicht beherrscht. Es ist ein grimmiger Kampf, die Barrieren der Snobiety und des elitären Unwesens zu durchbrechen, um bei einem Spiel mitzutun, das jahrelang nur die reichen Kinder der oberen Zehntausend gespielt haben – die mit dem fliehenden Kinn und den ebenmäßigen Perlenzähnen. Sie wissen schon.

Gewiß, gewiß, das klingt voreingenommen. Aber haben Sie schon mal in der Zeitung das Bild eines Rockefellers entdeckt, wie er mit Turnbeutel in der Hand eine Kegelbahn verläßt, oder einen der Kennedys, der an seinem Motor bastelt, um beim Oldtimerrennen zu starten? So kalt kann es im Mittelwesten gar nicht werden, daß man sie nicht mit dem weißen, um den Hals geknoteten Sweater sieht, mit der Hand die Augen gegen das grelle Sonnenlicht beschattend.

Als Novizin des Tennisspiels kam ich mir vor wie Belle Watling (Sie erinnern sich noch an die Bordellmutter in ›VOM WINDE VERWEHT‹, die sich Ehrbarkeit erkaufen wollte, indem sie für ein Krankenhaus stiftete). Mein Problem war: Hat eine von Krampfadern geplagte Weibsperson überhaupt eine Chance, einigermaßen glücklich gegen einen Tennisspieler anzutreten, der schon mit dem Schläger in der Hand auf die Welt gekommen ist? Mein erstes Spiel war eine Katastrophe. Zunächst begegnete ich einem Mitglied der Tenniselite; sie musterte mich kühl und abschätzig.

»Weiß hat etwas Vulgäres«, meinte sie naserümpfend. »Alles, was Tennisbeine hat, spielt heutzutage nur im farbigen Dreß. Wer ist übrigens Ihr Vorbild?«

»Leroy Ace hat mir ein paar Schläge gezeigt.«

Sie runzelte die Stirn. »Ich glaube, den Namen habe ich noch nie gehört. Für welchen Club spielt er?«

»Den Boys Club. Er arbeitet bei einer Tankstelle und verdient sich etwas nebenbei.«

»Wie gut spielen Sie denn?« fragte sie mich, ehe sie auf die andere Seite des Netzes ging.

»Vorige Woche hatte ich zweimal Schleimbeutelentzündung im Ellenbogen.«

»Das bedeutet nur, daß an Ihrem Schlag etwas verkehrt ist. Sie brauchen Hilfe. Was ist Ihnen lieber: Nylon oder Darm?«

»Ich spiele mit allem«, meinte ich achselzuckend.

»Möchten Sie sich erst mal warmspielen?«

»Gern«, sagte ich und schmetterte einen Ball über den Drahtzaun. »Ob Sie's glauben oder nicht, ich spiele erst zwei Tage.«

»Ach, doch schon so lange«, sagte sie blasiert.
»Ich habe noch in der guten alten Zeit gespielt«, sagte sie betont, »ehe man die Tennisplätze für jedermann öffnete.«
Ich ließ sie reden. Ich wußte nur eins: Irgendwo in meinem knolligen kleinen Körper, der bereits über einen Fussel im Teppich stolperte, steckte ein Tennisas ganz großen Ausmaßes und drängte ans Licht der Flutlichtanlage:
Es war nur eine Frage der Zeit, daß ich in Form kam, lernte, wie man das Rackett aus dem Spanner rauskriegte und nicht nach jedem Aufschlag ins Sauerstoffzelt mußte.
Zunächst aber, das wußte ich, mußte ich lernen, wie man einen Ball aufhebt, sonst würde man mich als Tennisspielerin niemals ernst nehmen.
Ich rief meinen Sohn zu mir.
Wenige Dinge auf der Welt machen mehr Freude, als wenn einem der eigene Sohn Tennisspielen beibringt. Höchstens noch: sich einen Lieferwagen über den Fuß rollen zu lassen.
Es sah fast so aus, als nähme er Rache dafür, daß er als Säugling vom Wickeltisch fiel und daß er an seinem fünften Geburtstag ins Bett gesteckt wurde, als er anfing, Vanilleeis in den Ventilator zu werfen. Vielleicht rächte er sich auch dafür, daß die Eltern ein Visum für Australien beantragten, als er Autofahren lernte.
Auf jeden Fall kam der ganze alte Groll wieder hoch, sobald er mit seiner Mutter den Tennisplatz betrat.
»Okay, machen wir dort weiter, wo wir letztes Mal aufgehört haben: beim Ballaufheben.«

»Ich werde wohl noch einen Ball aufheben können«, meinte ich.
»Ich habe es dir schon mal erklärt: Einen Ball hebt man nicht auf wie ein Gorilla, der nach der Banane grapscht. Es handelt sich um einen Tennisball, wir sind auf einem Tennisplatz, und außerdem gibt es mehrere Techniken. Zuerst lernt man die Vorderhandgreifweise. Leicht bükken und mit dem Schläger auf den Ball tupfen, damit er dir entgegenspringt.«
Nach ein paar Minuten, als ich auf den Knien lag und mit dem Rackett auf die Begrenzungslinie losdrosch, beugte er sich zu mir und sagte: »Du brauchst keine Schlange totzuschlagen. Es geht, wie gesagt, um einen Tennisball. Versuchen wir's mal mit der Ball-am-Fuß-Methode.«
Erschöpft erhob ich mich. »Und wie geht die?«
»Du umgreifst das Rackett ganz fest und treibst damit den Ball energisch auf die Innenseite deines linken Fußes. Dann gehst du leicht in die Knie, hebst den Ball circa 15 cm vom Boden und läßt ihn fallen. Er springt hoch, du schlägst noch mal mit dem Rackett drauf, bis du ihn mit der Hand fangen kannst.« Ich umgriff das Rakkett fest und trieb den Ball auf die Innenseite meines Fußes. Er rollte sofort über den Fuß hinweg in Richtung Netz. Ich trieb ihn in die Ecke und fing an, ihn zentimeterweise mein Bein hinaufzuschieben, verlor dabei das Gleichgewicht und fiel ins Netz.
Wieder näherte ich mich dem Ball, stieß aber versehentlich mit dem Fuß dran, jagte gebückt hinter ihm her bis in eine Ecke des Platzes und preschte in die Umzäunung.
Die nächsten 15 Minuten rollte der Ball – nicht zu fassen!

– auf dem ganzen Platz herum, als hätte er einen eingebauten Motor.
Endlich beugte ich mich vor, packte ihn mit der Hand, drückte ihn gegen mein Bein und hielt ihn mit dem Tennisschläger dort fest.
»Okay«, rief ich, »Ball aufgehoben.«
»Genug für heute«, sagte mein Sohn. »Wir werden das noch ein paar Wochen üben, ehe wir zu dem Versuch übergehen, den Ball zu treffen.«
Ich legte ihm den Arm um die Schultern. »Paß auf, als Gegenleistung sage ich dir jetzt mal, wie du nasse Handtücher vom Badezimmerboden aufhebst. Du machst eine schlichte Rumpfbeuge vorwärts, nimmst das Handtuch fest in die …«
Er war längst weg.
Verdammte Bande. Man sollte ihnen Platzverbot erteilen. Ich habe ohnehin meine eigenen Theorien über Kinder, die ›einfach so‹ Tennis spielen. Sie kennen sicherlich: die Brut winziger Kerlchen, die auf schicken Tennisplätzen herumhocken, in Tennisschuhen, die anderthalb Dollar gekostet und geknotete Schnürsenkel haben, ein in Tijuana hergestelltes Rackett in der Hand und an einem Eiswürfel lutschend. Fordert man sie zum Spielen auf, blinzeln sie in die Sonne und fragen: »Das Ding hier, wie heißt das noch gleich?«
Die milde amüsierten Erwachsenen antworten dann »Tennisrackett«.
Woraufhin der Wicht eine Riesenschau abzieht. Er kichert in sich hinein, weil seine kurzen, fetten Händchen nicht zwei Tennisbälle gleichzeitig halten können und er den einen auf die Grundlinie legen muß. Man

weist ihn an, wo er zu stehen hat, und was seine ›Form‹ angeht, so hält sie etwa die Mitte zwischen Art Buchwald und einem kurzsichtigen Stierkämpfer.

Nach einem kurzen Aufwärmgeplänkel ist der Knabe nicht wiederzuerkennen. Er wirbelt den Ball über dem Spann hoch, erzielt bei jedem Aufschlag einen Punkt, jagt über den Platz wie ein Waldschrat, springt mit einem Riesensatz übers Netz, um dem Gegner sein Beileid auszusprechen, und bittet um ein Handtuch.

Nach meinem Dafürhalten sind das gar keine Kinder, sondern Wesen von einem fremden Planeten. Sie nerven mich genauso wie die gewisse Toni Tonangebend. Diese Toni ist allen immer weit voraus. Sie war die erste Frau im Wohnblock mit Rädern unter ihrer Mülltonne und trug, lange ehe es Mode wurde, Sonnenbrillen von der Größe einer venezianischen Karnevalslarve.

Zwei Jahre bevor Tennis zum Volkssport wurde, erschien Toni Tonangebend im Supermarkt, atemlos, mit gerötetem Gesicht, in weißem Tennisdreß, sonnenverbrannt, an den Füßen Tennisschuhe mit Fransenborte über dem Absatz.

»So was Ärgerliches«, sagte sie und schob den weißen Sonnenschutz auf den Hinterkopf. »Ich war genau beim entscheidenden Punkt im ersten Satz, da ist auf einmal Mittag, und ich muß hierherjagen und kann mich nicht mal mehr umziehen. Ich konnte ja nicht ahnen, daß ich Bekannte treffe. Richtig peinlich, so was!«

Wenn die nackte Lady Godiva statt auf dem Pferd auf dem Rasenmäher dahergekommen wäre, hätte das auch nicht mehr Aufsehen erregt.

Binnen weniger Wochen lief jede Hausfrau des Viertels

im Tennisdreß herum, und zwar immer und überall, nicht nur, wenn sie gerade ihr Einkaufswägelchen schob. In der Schule begegnete ich eines Nachmittags in der Halle einer Hausfrau, die in komplettem Tennisdreß zum Direktor wollte.
»Ach, entschuldigen Sie«, sagte ich, »aber auf der Mädchentoilette sind die Wegwerfhandtücher ausgegangen.«
»Wieso sagen Sie *mir* das?« fragte sie und befingerte nervös ihr Stirnband.
»Auf Ihrem T-shirt steht K 1, da habe ich gedacht, Sie sind vielleicht fürs Klo im ersten Stock zuständig.«
»K 1 bedeutet Klubmannschaft erste Spielerklasse. Von Tennis verstehen Sie offensichtlich wenig«, meinte sie reserviert.
Dies war der Tag, an dem ich dem Druck erlag. Seitdem bin ich schon sechs Monate »beim Tennis« und von der Krampfaderriege zur Miß Dilettant gewählt worden – einstimmig!
Obwohl meine Form zweifellos noch der Verbesserung bedarf (Körperform ist gemeint, nicht Spielform), kann ich doch mit Stolz vermelden, daß ich Fortschritte gemacht habe.
Zunächst einmal: Ich weiß jetzt endlich, was ich mit dem zweiten Tennisball anfangen soll. Ihn wegen meiner viel zu kleinen Hände in einer Dose im Auto zu lassen, während ich den ersten aufschlage, ist auf die Dauer etwas unpraktisch. Mir fiel auf, daß ein paar Spielerinnen den zweiten Ball im Bein ihrer Elasti-Stretch-Tennishosen aufbewahren. Ich versuchte es auch, fand aber an dieser Stelle allen verfügbaren Raum bereits besetzt: von meinem Bein. Jetzt lasse ich ihn mir einfach vorn in den

Ausschnitt rutschen, so daß sich mein Partner oft das ganze Spiel hindurch über meine Figur wundert.
Ferner habe ich gelernt, wie man das Spiel verzögert und dadurch den Gegner aus dem Takt bringt. So was heißt »Schnürsenkeltrick« und ist von altersher bekannt. Sobald der Gegner servieren will, fällt man auf ein Knie, bindet sich die Schuhe auf, rückt die Lasche zurecht und bindet die Schuhe neu.
(Auch Baseballspieler benutzen diese Verzögerungstaktik seit Olims Zeiten. Erst kürzlich hat ein berühmter Spieler seinen Kautabak verschluckt und neben der Auslinie wieder rausgewürgt. Ich kann dummerweise noch nicht speien, wann ich will oder wann es nötig wäre. Ich übe es ständig, *während* ich zurückschlage!)
Eine andere erfolgreiche Masche ist die Rackettkontrolle. Nehmen Sie bloß nicht die Schuld auf sich, wenn Sie einen Ball schlecht oder überhaupt nicht zurückgeschlagen haben. Haben Sie ihn ins Netz befördert oder total verfehlt, stoppen Sie einfach das ganze Spiel, indem Sie die Bespannung Ihres Schlägers überprüfen. Manchmal lassen sich volle fünf Minuten gewinnen, wenn man die Saiten auseinanderbiegt und daran zupft, ob sie auch noch richtig gestimmt sind. So sind Sie die Verantwortung für den schlechten Schlag los.
Vergessen Sie alles, was man Ihnen über Konzentration beigebracht hat. Konzentration wird leicht überschätzt. Wenn mir mein hoch über den Partner weggeschlagener Ball noch Zeit dazu läßt, versuche ich folgendes: Ich schreie übers Netz: »Ihr Reißverschluß steht offen.« Meistens achtet keiner darauf, ja, ich werde für meinen nützlichen Hinweis auch noch beschimpft.

Seit Jahresbeginn habe ich mich allerdings darin vervollkommnet, mich um meine Rückhandschläge zu drücken. Als ich mit Tennisspielen anfing, meinte ich immer, wenn ein Ball links von mir auftraf, ihn mit Rückhand zurückschlagen zu müssen. Inzwischen habe ich gelernt, daß alles andere besser ist,auch wenn ich dazu rittlings auf das 3 m hohe Einfriedungsgitter springen muß.

Es besteht kein Zweifel: Mein Spiel wird von Tag zu Tag besser – in jeder Hinsicht. Neulich sah ich einen Experten mit einem Schläger spielen, der nicht mehr im Spanner steckte. Das muß ich bei Gelegenheit auch mal versuchen.

5.

Portät einer Märtyrerin

Wenn erst die Märtyrerinnen der Gegenwart heiliggesprochen werden, wird man zuerst der Mutter und Ehefrau einen Altar errichten müssen, die an der Heimatfront ihren Mann steht, während ihr Gatte durch die Welt gondelt.

Diese tapfere Person kämpft, ganz auf sich gestellt, mit Zeitschriftenwerbern, strapaziert sich in Fahrgemeinschaften für die Schulkinder ab, hält Fernsehfachleuten stand, die den Apparat reparieren kommen, und ihre geschickten Finger finden die Hauptsicherung des Hauses sogar im Dunkeln.

Wie die meisten Helden, werden auch diese Heroinnen zu Lebzeiten selten anerkannt. Wenige Menschen erfassen, welch ungeheure Verantwortung auf ihren Schultern lastet.

Ich möchte daher hier und jetzt für den Posten der amtlich bestätigten Märtyrerin eine gewisse Lorraine Suggs vorschlagen, eine Mutter mit zu viel Arbeit, zu wenig Geduld und so gut wie keiner Anerkennung. Folgte eine von uns ihren Spuren nur eine kurze Woche, so hätte sie etwa folgendes zu berichten:

Am Montag mußte sie (allein) zum Elternsprechtag und erfuhr dort, daß ihr Sohn Papierhandtücher aus dem Klo klaute (genauer, aus dem Mädchenklo), unanständige Wörter auf den verdreckten Wagen von Mister Gripper

geschrieben hatte und sich vor dem Schulmittagessen zu drücken pflegte. Als sie vorbrachte, ihr Mann sei viel auf Reisen, entgegnete die Lehrerin:
Seien Sie froh, daß er überhaupt arbeitet.

Am Dienstag wurde der Hund von einem Motorrad angefahren, die Überweisung der Wohnungsmiete war bei der Post verlorengegangen, und ihre Tochter hatte nach der Anweisung auf Seite 19 des Überlebens-Handbuchs eine Konservendose mit der Hand zu öffnen versucht und bedurfte einer Tetanusspritze. Als sie dem Arzt sagte, ihr Mann sei viel auf Reisen, erwiderte er:
Ihr Glück, dann haben Sie den Wagen zur Verfügung.

Am Mittwoch platzte die Bildröhre im Fernseher, der Wagen entwickelte ein asthmatisches Keuchen, und sie mußte ihren Freundinnen absagen, mit denen sie abends hatte ausgehen wollen. Ihre Schwiegermutter meinte:
Sei froh und dankbar, daß du die Kinder hast.

Als sie am Donnerstag mit ihrem VW-Käfer jemanden überholte, fuhr ihr ein anderer Wagen mit voller Wucht hinten hinein. Während sie dasaß und leise weinend vor sich hin sprach: »Der Käfer … Käfer …fliegt nicht mehr …«, streckte ein Polizist den Kopf durchs Wagenfenster und sagte:
Sie haben Glück, meine Dame. Niemand verletzt!

Am Freitag war sie im Supermarkt vom täglichen Einerlei schon so angeödet, daß sie sich mit ein paar ausgestellten

Besen unterhielt. Der Einkauf verlief wie gewohnt. Sie band ein Kind am Einkaufswagen fest und holte ein anderes aus dem Stapel Trockengemüse, wo es in einem Sack weißer Bohnen ein Loch »gefunden« hatte. Das dritte Kind entdeckte sie am Obststand, wo es eine unbekannte Menge Äpfel gegessen hatte. Sie erbot sich, den Schlingel zu wiegen und alles zu bezahlen, was über 53 Pfund hinausging. Die Kassiererin tippte die vielen Fertig- und Schnellgerichte zusammen und sagte:
Sie haben Glück, daß Ihr Mann so viel weg ist. Da brauchen Sie nicht groß zu kochen.

Am Sonnabend chauffierte sie zu den Pfadfindern, zweimal zum Friseur zwecks Haareschneiden, zu einem Termin beim Zahnarzt, einmal zum Unterricht in Trommelschlegelschwingen, einmal zur chemischen Reinigung, zur Post und zu einer Geburtstagsparty. Als sie dann bei sinkender Dämmerung den Rasenmäher anwarf, rief die Nachbarin ihr über den Zaun zu:
Sie haben Glück. Sie kommen wenigstens manchmal aus Ihren vier Wänden heraus.

Am Sonntag schleppte sie ihre gesamte Brut in die Kirche. Das Baby zerkaute zwei Verse aus dem Gesangbuch, das eine Kind rannte einem wegrollenden Groschen bis vor den Hochaltar nach, das dritte klaute den Schwamm aus dem Weihwasserbecken. Der Geistliche aber stand nach dem Gottesdienst an der Kirchentür, lächelte verkrampft und sagte:
Sie sollten dankbar dafür sein, wie Gott Sie in seine Obhut nimmt.

Bildnis eines Märtyrers

Wenn erst die Märtyrer unserer Gegenwart heiliggesprochen werden, wird man auch des Mannes gedenken, der sein behagliches Heim verlassen und in der Welt herumreisen muß. Dieser Mensch, ein wahrer Heiliger, sitzt auf Flughäfen herum, wartet darauf, einen flüchtigen Blick auf irgendeine Prominenz zu erhaschen, und verpaßt dann seine Maschine, weil der Metalldetektor in der Sicherheitsschleuse auf das Staniol seiner Kaugummipackung reagierte und Alarm schlug.

Dieser Dulder muß Stunde um Stunde in fremden Hotelzimmern nach einem Schalter tasten, damit es endlich Licht um ihn werde, und muß die ungewohnte Dusche so stellen, daß sie *in* die Wanne strahlt.

Wie die meisten Helden wird auch er zu Lebzeiten selten anerkannt, und dabei ist er unvorstellbarenStrapazen und Ärgernissen ausgesetzt.

Ich möchte daher hier und jetzt für den Posten eines amtlich bestätigten Märtyrers einen gewissen Tom Suggs vorschlagen, Vater und Ehemann, der den Unterhalt für die Familie dadurch verdient, daß er zu Tagungen reist. Folgte einer von uns auch nur eine Woche seinen Fußstapfen, so hätte er etwa folgendes zu berichten.

Montag: Beim Betreten seines Hotelzimmers stellt er fest, daß kein Waschlappen vorhanden, der Eisschrank im Bad von grünem Schimmel überzogen ist, der Balkon auf eine Brandmauer hinausgeht und man im Fernseher nur den Fortbildungskurs für Mathematik hereinbekommt. Der Thermostat der Heizung ist übrigens auch kaputt.

Lichtschalter gibt es nicht. Als er das Etagenmädchen herbeiklingelt, meint es:
Seien Sie froh, hier ist es immerhin ruhiger als neben den Tagungsräumen.

Dienstag: Das Hotel gleicht einer schwimmenden Arche und besitzt alles paarweise – einschließlich der Aufzüge. Es gibt 525 Zimmer und 15 000 Tagungsteilnehmer. Alle Sitzungen sind im großenRauchsalon im fünften Stock, und der Aufzug Nr. 1 bringt einen zwar dorthin, aber nur zwischen 3 und 4 Uhr nachmittags. Das weiß allerdings niemand. Als er sich bei einem anderen Tagungsteilnehmer beschwert, sagt dieser:
Sie haben Glück. Ich habe leider zur gestrigen Sitzung hingefunden!

Mittwoch: Nachdem er zwei Tage lang nur fremde Gesichter gesehen hat, die ihn mit »'n Tag, wie geht's, auf Wiedersehen« begrüßten, versucht er, daheim anzurufen. Es dauert eine Stunde, bis das Gespräch handvermittelt wird, dann muß er 15 Minuten warten, bis das Kindergartenkind »Mami geholt« hat, und fünf weitere Minuten, in denen sie versucht, dem Baby ein »Tag, Papi« abzuschmeicheln. Anschließend hört er sich 20 Minuten eine Jeremiade an, daß das Haus infolge seiner Nachlässigkeit am Zusammenbrechen ist. Die Telefonistin sagt nach Gesprächsende:
Sie haben Glück, daß Ihre Frau es mit Ihnen aushält.

Donnerstag: Sein Gepäck ist noch immer nicht eingetroffen, wohl aber eine Mitteilung, wahrscheinlich sei es vom Heimatflughafen noch gar nicht abgegangen.

Während er noch in seinem Zimmer hockt und sich müht, einen Hamburger auf dem Fernseher aufzuwärmen, der mathematische Gleichungen von sich gibt, klingelt das Telefon, und ein leicht angeheiterter Kumpel aus den Tagungsräumen brüllt fröhlich in den Apparat:
Na, Alter, besser als daheim Rasen mähen, was?

Freitag: Er hört sich fünf programmatische Reden nacheinander an. Zum Schluß kommt er sich vor, als sei er gerade aus der Narkose erwacht. Er findet den Lichtschalter noch immer nicht. Das Etagenmädchen sagt:
Sie haben Glück. Bei dem Herrn auf Nr. 16 ist unerwartet eine Ehefrau eingetroffen und hat um 2 Uhr morgens den Lichtschalter gefunden und den Mann beinahe umgebracht.

Sonnabend: Er muß zwei Taxiladungen Kunden zum Essen ausführen, und dabei wird zur Spielregel erhoben, nichts zu äußern, was zu wiederholen sich lohnt. Als er seine Frau nochmals anruft, sagt sie:
Sei froh, daß du erwachsene Gesprächspartner hast.

Sonntag: Er ruft beim Empfang an, um zu sagen, daß er abreist, da wird ihm mitgeteilt, sein Gepäck sei angekommen und schon unterwegs – vom Flugplatz zum Hotel. Er streckt beide Arme gen Himmel und findet dabei unabsichtlich den Lichtschalter, der sich im Nabel des die Lampe tragenden Engels verbirgt. Während er draußen im Regen steht und auf sein Taxi wartet, spritzt ihm ein Wagen den Anzug von oben bis unten naß. Da sagt der Portier:
Ihr Glück! Fast wären Sie angefahren worden! Sie scheinen beim lieben Gott gut angeschrieben zu sein.

6.
Mach's Beste draus

Der Slogan »Mach's Beste draus« wurde in der Woche geboren, als man die Öllieferungen einschränkte, das Wasser knapp wurde, die Telefongebühren stiegen, Benzin nur tassenweise zu bekommen war und die Preise für Fleisch, Kaffe und Zucker in die Höhe schossen. Es war, als wäre die Garantiezeit für unser Land plötzlich abgelaufen.

»Mach's Beste draus« – mehr konnte man dazu nicht sagen. Das Wort Ökologie geriet in den täglichen Gebrauch. Mein Mann trat bei allen passenden und unpassenden Gelegenheiten begeistert für Recycling ein. Bis vor wenigen Jahren hatte er geglaubt, Recycling sei ein Zusatzwaschprogramm, bei dem die Knöpfe von seinen Hemden gerissen und seine Unterhosen zerfetzt würden. Jetzt sitzt er da und bastelt Handtuchhalter aus ausrangierten Kleiderbügeln.

Eines Tages steckte meine Tochter den Kopf in die Küche und teilte mir mit, mein Ozon sei in Gefahr.

»Mein was?«fragte ich. »Ein bißchen deutlicher mußt du schon werden. Ist das Frostschutzmittel aus dem Kühler gelaufen? Sind meine Nebenhöhlen am Umkippen? Oder hat jemand sein Feuerzeug neben den Altpapierstapeln im Keller ausprobiert?«

»Ich rede von Spraydosen«, stöhnte sie. »Ich werde keine

mehr verwenden, und du solltest es auch nicht tun. Bist du dir im klaren, daß der Kongreß ein Gesetz erlassen will, das mit Fluorkarbon getriebene Spraydosen verbietet?«

»Also bis vor den Kongreß wäre ich mit so was nicht gleich gelaufen.«

»Mutter! Hast du nicht mit eigenen Augen gesehen, wie die Fluorkarbone in unter Treibgasdruck stehenden Dosen die sonnenfilternde Atmosphärenschicht beeinträchtigen?«

»Doch, doch«, nickte ich. »Ganz zu schweigen von dem, was passiert, wenn man sich Kachelreiniger auf die Zähne sprüht. Ich meine, wer will schon Zähne, die schäumen und desodorieren?«

»Es ist nicht zu fassen, Mutter«, sagte sie lächelnd. »Das ist doch weiß Gott seit Jahren die erste vernünftige Unterhaltung, die wir miteinander führen.«

Ich kam am Badezimmer vorbei und spritzte mir kurz etwas Deodorant in jede Achselhöhle. Vielleicht sind das die einzigen zwei Ozone, die ich noch kriegen werde, und ich habe nicht vor, sie mir wegnehmen zulassen.

Mach's Beste draus.

Je mehr Technologie die Telefongesellschaft entwickelt, desto schwieriger wurde das Telefonieren. Ich hatte noch nicht begriffen, wie kompliziert es schon war, da startete die Telefongesellschaft einen Werbefeldzug, um mein Geld zu sparen.

Sooft ich den Höhrer abhob, sah ich das Gesicht des Fräuleins vom Amt, der ein halbes Telefon aus dem Ohr hing, während sie mich ermahnte: »Wählen Sie direkt. Sparen Sie 60% bei Nacht- und Wochenendgesprächen.

Verbilligte Gebühr bei kürzeren Entfernungen und Mondschein! Ein Gespräch mit Nashville kostet Sie nur noch die Hälfte.«
Eines Sonntags stellte ich mir den Wecker auf 3 Uhr früh, wählte Nashville direkt und sprach dort mit jemandem, den ich eigentlich nie sonderlich gemocht hatte. Ich redete vier Minuten lang, denn dadurch sparte ich 1 Dollar 25. Das war ein so gutes Geschäft, daß ich es mir nicht entgehen lassen durfte. Binnen vier Wochen hatte ich auf diese Weise genügend gespart, um meine Schwester in Ohio zu einer christlichen Tageszeit anzurufen, und zwar über die Fernvermittlung.
Ich nahm dies alles auf mich, weil ich wußte, daß die Kommunikationsmittel sich ständig weiterentwickelten. Trotzdem traf es mich ganz und gar unvorbereitet, als mich eines Tages eine Angestellte der Telefongesellschaft anrief und fragte, ob ich ein Ferngespräch mit North-Carolina geführt hatte und, wenn ja, ob ich ihr bitte die von mir gewählte Nummer geben könne, denn der Computer hätte sie nicht aufgezeichnet.
»Woher haben Sie denn meine Nummer?« fragte ich, »ich steh' doch nicht im Telefonbuch?«
»Von der Fernsprechauskunft«, sagte sie.
»Sie sollten sich schämen«, sagte ich. »Das ist eine ganz unnötige zusätzliche Ausgabe. Wenn Sie mich nämlich am Wochenende angerufen hätten, statt zu voller Gebühr mitten am Tag in der Hauptgeschäftszeit, hätten Sie in der ersten Minute 32 Cent gespart.«
»Ja, aber...«
»Und außerdem: wenn Sie mich noch in diesem Monat dreimal anrufen, damit ich Ihnen helfe, berechnet man

Ihnen 20 Cent pro Gespräch. So was läppert sich. Ich nehme an, daß Sie von einem Dienstapparat aus anrufen, auf dem volle Gebühren berechnet werden, was bedeutet, daß jede zusätzliche Minute Sie weitere 40 Cent kostet.

Im Ernst: Ich will Ihnen einen großen Gefallen tun und einhängen. Ich glaube, Sie können sich ein Gespräch mit mir gar nicht leisten.«

Mach's Beste draus.

Die Fleisch-Revolte brach ohne jede Vorwarnung aus. Eben noch hatten wir mehr und mehr gegessen und immer weniger gezahlt, und mit einem Schlag waren 278 Produkte im Handel, mit denen sich unsere Hamburger strecken ließen.

Die Hausfrauen nahmen die Nachricht nicht gelassen hin. Sie stellten sich vor die Läden und aßen aus Protest Hundefutter. Transparente tauchten auf: BEKÄMPFT DIE HOHEN FLEISCHPREISE, LUTSCHT AM DAUMEN. Auch raffinierte Kochbücher erschienen, mit deren Hilfe die Krise sich meistern ließ (›Billig Kochen‹ zum Beispiel kostete 12.95 Dollar).

Von einem Tag auf den anderen wurden die Metzger das, was früher die Ärzte gewesen waren: beliebter Mittelpunkt jeder Cocktailparty. Obwohl ich mich dafür verachtete, spielte ich das Spielchen ebenso mit wie alle anderen Hausfrauen und Familienmütter.

»Wie steht es heute mit Rumpsteak, Fred?« fragte ich meinen Fleischer eines Tages, als meine Nummer aufgerufen worden war.

Er sah sich sichernd um. »Sie waren zwei Jahre lang eine gute Kundin, Erma. Sie haben während der Grippeepidemie unser Baby gesundgepflegt und mir das Geld geliehen, um mein Geschäft zu eröffnen. So etwas vergißt kein Mann.«

Ich lächelte sanft, aber bedeutungsvoll.

»Ich könnte es so einrichten, daß ich die Restsumme plus 6% Zinsen 36 Monate lang in Lendenbraten abstottere.«

»Wir sehen Sie dann am Sonntag bei uns?« fragte ich ihn heiter.

»Aber gewiß doch.« Damit winkte er mich weiter.

Ich kannte überhaupt keine Scham. »Ach, noch eins, Fred. So ungern ich so was bei einem gesellschaftlichen Anlaß zur Sprache bringe: Könnten Sie mir etwas gegen zähe Haxen verschreiben? Das Fleischthermometer zeigt normal, und ich habe schon zwei Eßlöffel Zartmacher draufgegeben.«

Er blickte müde auf. »Nehmen Sie zwei Aspirin, und rufen Sie mich morgen früh noch mal an«, sagte er. »Wenn Sie mich jetzt bitte entschuldigen, ich muß noch mal zu Mrs. Beeman, sie hat eine angebrochene Filetrippe.«

Ich stand da wie berauscht. Irgendwie tat es mir zutiefst wohl, jemand die Hand zu drücken, der ein echtes Kotelettstück berührt hatte.

Tag für Tag am Fleischwarentisch anzustehen war deprimierend. Ich begann Stücke in Erwägung zu ziehen, von denen ich früher geglaubt hätte, man lege sie in Harvard in Spiritus.

»Was ist denn das da?« fragte ich Fred eines Tages. »Das in der Ecke der Fleischmulde?«

»Zunge.«

»Von wem?«

»Anonymer Spender«, sagte er knapp. »Das hier sind Kutteln.« Er hielt mir ein Tablett hin.

»Man sieht es«, sagte ich mit schwacher Stimme. »Haben Sie es mal mit Schweinsfüßen versucht?«

»Nein, da weiß man ja nie, wo die herumgelaufen sind.«

»Pute?«

»Das will ich überhört haben!«

Ich winkte Fred näher heran. »Hören Sie, Fred, als Sie vorige Woche Ihre Rate Rumpsteak abzahlten, da hatten Sie so einen Trick, das Fett abzuschneiden und es . . .«

»Hausbesuche mache ich nicht«, sagte er reserviert.

»Kommen Sie doch einfach morgen auf einen Sprung bei uns vorbei«, sagte ich, »wir haben ein paar Freunde eingeladen ...«

»Mittwochs spiele ich Golf«, sagte er.

Mach's Beste draus.

Auch den Kaffee gedachte ich zu boykottieren, als er auf 4 Dollar das Pfund stieg. Ich wollte es allen Ernstes, bin aber im Grunde eine schwache Natur und ertrage Entbehrungen sehr schwer.

Ich wußte, daß ich für drei Pfund Kaffee jetzt mehr zahlte als zu Beginn meiner jungen Ehe für einen Wintermantel, aber ich konnte mich nicht beherrschen.

Sie können sich nicht vorstellen, welchem Druck ich seitens der Nachbarinnen ausgesetzt war. Als ich eines Morgens zum Kaffeeklatsch bei Lois eingeladen war, rannte ich vor lauter Kaffeedurst die ganze Strecke im Eiltempo.

Noch in der Tür fragte mich Lois: »Willst du eine Tasse?« Sie drückte mir eine leere Tasse in die Hand.

»Und wo ist der Kaffee?« fragte ich.

»Kaffee habe ich dir nie versprochen.«
»Lois, das ist kein Witz. Weißt du, was ich für eine Tasse Kaffee gäbe? Ich würde meine Kinder dafür verkaufen.«
»Das täten wir alle gern.«
»Ich würde meinen Körper verkaufen.«
»Angeberin.«
»Lois, ich würde meinen Pokal vom Preiskegeln verkaufen.«
»Nun reiß dich aber mal am Riemen. Wir müssen fest zusammenhalten, oder die Kaffeepreise steigen ins Astronomische.«
»Hört mal«, sagte ich und gewann wieder Haltung. »Ich hätte mir nicht träumen lassen, daß ich das einmal jemand gestehen würde, aber ich bin ein Stück älter als ihr alle und habe noch die große Koffeindürre des Kriegsjahres 1942 miterlebt.«
»Von der habe ich noch nie gehört«, sagte Lois. »Hoffentlich bleibt dir das erspart« sagte ich. »Ich habe mit ansehen müssen, wie meine Mutter morgens ohne eine Tasse Kaffee war – das Bild einer Todeskandidatin. Sie hat ihre Hand getoastet, mit Butter bestrichen und meiner Schwester auf den Teller gelegt. Sie ist mit dem Kopf gegen einen Fußschemel gestoßen. Von irgendwoher meinte sie Zugluft zu spüren, und dabei waren es ihre Wimpern, wenn sie blinzelte. Als sie glaubte, es sähe keiner, steckte sie den Kopf in die leere Kaffeedose und inhalierte. Mein Vater überraschte sie, als sie sich die Zunge rasieren wollte. Es war einfach grauenhaft.«
»Es muß entsetzlich gewesen sein für ein Kind, so was mit anzusehen«, tröstete Carol, »aber nur Mut,es wird bald vorbei sein.«

»Ich weiß« wimmerte ich, »aber wie es schon im Schlager heißt ›Ein Tag ohne ihn ist ein Tag ohne Glück‹.«
Man kann nur eine begrenzte Zeit lang Mut zeigen wie der Mameluck. Auf dem Heimweg von der Schule bog ich mit dem Wagen in ein Drive-In und brüllte: »Eine Tasse Kaffee bitte … Nehmen Sie auch Schecks?«
Mach's Beste draus.

7.

Vorsicht! Familie kann gesundheitsschädlich sein!

Es gibt eine Menge Theorien, warum die amerikanische Familie als Institution an Boden verliert.
Einige Leute sagen, es liegt am Wirtschaftssystem, andere, es sei ein Problem der Ökologie, wieder andere, es fülle eben niemanden mehr so recht aus, und manche geben zu bedenken, es gehe dabei um eine Frage der Prioritäten, anders ausgedrückt: Wer will schon ein Kind in die Welt setzen, das später grüne oder bunte Chaoten wählt?
Ich persönlich halte viel von der amerikanischen Familie. Meiner Ansicht nach hat sie noch viele Entwicklungsmöglichkeiten. Davon abgesehen ist die Welt nicht für Zweiergruppen eingerichtet. Auch gefüllte Kekse werden in Zwölferpackungen verkauft, Küchenstühle gibt es immer nur je vier Stück, und Kaugummi kommt in Fünferpackungen auf den Markt.
Wie ich die Sache sehe, hat der Verfall der amerikanischen Familie mit der ›Kommunikation‹ zwischen Eltern und Kindern angefangen. Damit, daß wir ›besondere Bindungen‹ miteinander eingingen, daß ›ventiliert‹ und ›diskutiert‹ wurde, was die Mami nicht wußte und nicht einmal wissen wollte.
Und die Kluft, die sich infolge der neuen Rechenme-

thode zwischen Eltern und Kindern aufgetan hat, ist auch noch nicht annähernd aufgefüllt. Ehe die Mengenlehre eingeführt wurde, hatte ich so etwas wie eine mystische Aura. Ich sagte zwar nie ein Wort, aber meine Kinder waren überzeugt, ich hätte das Feuer erfunden.

Erst als wir ›Zugang‹ zueinander gefunden hatten, fragte mich meine Tochter eines Tages: »Mami, was verstehst du unter homogen?«

»Das ist ein kranker Mensch, der sich in der Nähe von Schulhöfen herumtreibt. Wo hast du das Wort her? Hat es mal wieder an einer Klotür gestanden?«

»Nein, in meinem neuen Mathebuch«, sagte sie. »Ich hatte gehofft, daß du mir helfen könntest. Ich soll die Mantisse in der Tabellenmenge suchen, um den zugeordneten dekadischen Antilogarithmus zu bestimmen, und dann die Charakteristiken als Exponenten der Basis zehn niederschreiben.«

Ich dachte eine volle Minute lang nach. »Seit wann fehlt die Mantisse, die du suchen sollst?« fragte ich.

Da ging sie auf ihr Zimmer, schloß die Tür hinter sich, und ich sah sie erst nach dem Abschlußexamen wieder.

Beim metrischen System war es nicht besser. Wenn ein Kind erst mal weiß, daß ein Quadratmillimeter gleich 0,00155 Quadratzoll ist, hat es keinen Respekt mehr vor seiner Mutter, der nach dem Auslegen des neuen Fußbodens im Badezimmer genügend übrigblieb, um ganz New Jersey abzudecken. Und welche Mutter ist heutzutage nicht völlig eingeschüchtert, wenn sie sich mit den Lehrkräften ihres Kindes unterhalten soll?

Für mich ist es jedesmal ein Schreck in der Morgen-

stunde, wenn eins meiner Kinder plötzlich von seinen Cornflakes aufblickt und beiläufig äußert: »Ich brauch' 'n Entschuldigungszettel für die Lehrerin, daß ich krank war, sonst läßt sie mich nicht wieder in die Schule.«
»Der muß sicher auf Briefpapier geschrieben sein?« frage ich und sinke über meinen Wurstbroten in mich zusammen.
»Den letzten, den du auf Butterbrotpapier geschrieben hast, hat sie nicht lesen können. Aber wenn du heute kein Briefpapier findest, kann ich noch einen Tag zu Hause bleiben.«
Ich reiße ein Stück Tapete von der Wand und befehle: »Hol mir mal einen Bleistift.«
Das mit dem Bleistift ist nicht so einfach. Nach 15 Minuten emsiger Sucherei finden wir schließlich einen Stummel im Flusensieb der Wäscheschleuder.
»Du machst aber auch wirklich ein Theater wegen so einem Entschuldigungszettel«, meine ich seufzend.
»Das verstehst du nicht«, sagt er. »Wenn wir keinen bringen, dürfen wir nicht mehr in die Schule rein.«
Ich beginne zu schreiben. »Ist deine Lehrerin Fräulein oder Frau?«
»Keine Ahnung«, meint er versonnen. »Sie hat 'n Auto und schleppt ihre Bücher selber.«
»Liebes Fräulein *Dr.* Weems«, schreibe ich.
»Und neulich hat sie die halbe Nacht vorm Femseher gesessen, um die Wahl der Miss America zu sehen.«
»Liebes *Fräulein* Weems«, schreibe ich.
»Na, es ist ziemlich Wurscht. Wenn sie ihr Kind gekriegt hat, kommt sowieso eine neue Lehrerin.«
»Liebe *Frau* Weems«, schreibe ich. »Bitte entschuldigen

Sie, daß Paul gestern nicht zum Unterricht kommen konnte. Beim Aufwachen klagte er über Leibschmerzen und . . .«

»Streich die Leibschmerzen«, weist er mich an, »schreib bloß, daß ich zu krank war, um fernzusehen.«

»Liebe Frau Weems, Paulchen hatte Durchmarsch und . . :«

»Was heißt eigentlich Durchmarsch?«

»Leibschmerzen.«

»Schreib das bloß nicht wieder. Beim letzten Mal hat sie mich auf einen Platz ganz nah bei der Tür gesetzt und mich den ganzen Tag nicht aus den Augen gelassen.«

»Das hast du dir sicher nur eingebildet«, sage ich. »Willst du nun einen Entschuldigungszettel oder nicht?«

»Ich hab' dir ja gesagt, ohne darf ich nicht zum Unterricht.«

Er sieht mir über die Schulter.

»Was bedeutet denn D-I-A-R-R-H-O-E?«

»Daß man dich wieder ganz in die Nähe der Tür setzt«, sage ich und lecke den Umschlag zu.

Diesen Entschuldigungszettel zu verfassen dauerte 25 Minuten, also 8 Minuten länger als die Unterzeichnung der Unabhängigkeitserklärung.

Ich hätte nicht noch einmal davon angefangen, aber als ich gestern eine Jackentasche ausleerte, kam er wieder zum Vorschein, dieser Entschuldigungszettel – nicht benötigt und nicht gelesen.

Die moderne Erziehung ist für mich überhaupt ein Widerspruch in sich. Wie die Sache mit dem Dreijährigen, der auf dem Taschenrechner zwar 10,6% Zinsen von 11,653 Dollar ausrechnen kann, aber nicht weiß, was größer ist, ein Fünfer oder ein Zehner. Mir kommt das vor wie eine Tochter, die ins College abreist, sämtliche kleineren Haushaltsgeräte, Bettwäsche, Decken, Möbel, Koffer, Fernseher und Wagen mitnimmt und dazu sagt: »Ich muß raus aus eurem seichten Materialismus.«

Meine Kinder reden immer große Töne über Reinhaltung der Umwelt und Ökologie. Und doch dulden sie den Grund Nr. 1 für die Luftverschmutzung in diesem Lande: die Turnanzüge. Ein paar Shorts, ein Hemd und ein Paar Turnschuhe, die sich vor lauter Dreck von selber aufrecht hielten, kamen neulich selbsttätig in die Waschküche gewandert und lehnten sich dort hilfesuchend an die Wand. Ich sah mit eigenen Augen, wie ein Blumenstock in der von ihnen ausstrahlenden Atmosphäre verwelkte und einging.

Ich versuchte, die Tränen zurückzuhalten, die mir in die Augen schossen, und schrie zu meinem Sohn hinüber: »Wann ist dein Turnzeug zuletzt gewaschen worden?«

»Anfang des Schuljahres«, brüllte er zurück.

»Und welches Schuljahr?«

»1972–73.«

»Dacht' ich mir's doch! Ich versteh' nur nicht, wie euer Turnlehrer das aushält.«

»Er hat gesagt, wir wären gar nicht so schlimm. Bis gestern.«

»Und was war gestern?«

»Da fing es an zu regnen, und wir mußten in die Halle.«

»Gibt es denn keine Waschvorschriften für euer Turnzeug ?«

»Doch, doch. Wir sollen es alle vier Monate waschen lassen, egal, ob es nötig ist oder nicht.«
Behutsam entfaltete ich die lehmstarrenden Hosen, das brüchige T-shirt und die Socken, die sich bereits im letzten Stadium des *rigor mortis* befanden.
Während ich versuchte, ein Pommes-frites-Stäbchen aus den Senkeln des einen Turnschuhs zu lösen, dachte ich daran, daß dieser Junge in einer keimfreien Umwelt groß geworden war. Als er noch ein Baby war, pflegte ich seine Spielsachen auszukochen und seine Nabelbinden zu sterilisieren. Ich band dem Hund eine Gesichtsmaske um, wenn er im gleichen Zimmer war. Ich wusch mir die Hände *vor* jedem Windelwechsel.
Wo hatte ich versagt?
Unter seinem Bett lagen schmutzige Kleider, in denen sich eine Fauna entwickelte. In seinen Schubladen türmten sich Hosen aus unvordenklichen Zeiten, so alt, daß sie noch Plastikeinlagen hatten. In seinem Schrank befanden sich Overalls und Jeans, die keine Kleiderbügel mehr brauchten, weil sie von selber standen.
Ich öffnete die Tür der Waschmaschine und tastete nach den Turnsachen, die ich eben gewaschen hatte. Ich fand nur noch einen Schnürsenkel, zwei Namensschildchen und ein sauberes Pommes-frites-Stäbchen.
»Was ist mit meinen Turnsachen passiert?« fragte mein Sohn.
»Als Schweiß und Dreck raus waren, ist nur das hier übriggeblieben.«
Der himmelschreiende Widerspruch zwischen dem, was unsere Sprößlinge zu Hause und was sie in der Schule sind, wird beim jährlichen Sportfest offenbar.

Beobachten Sie einmal bei der nächsten Preisverteilung für athletische Leistungen die verdutzten Gesichter der Mütter, wenn bekanntgegeben wird, was ihre Söhne und Töchter können. Es ist, als sprächen die Lehrer von jemand, der nur zufällig den gleichen Namen hat wie Ihr Kind. Wer sich ganz stark konzentriert, kann manchmal die Gedanken der Eltern lesen, während ihr Nachwuchs vom Schultrainer gelobt wird.

»Mark ist wohl einer der besten Sprinter, den ich während meiner Lehrtätigkeit an der hiesigen Oberschule hatte. Mark ist die 100 m – haltet euch fest, Leute! – in 9,9 gelaufen!«

(Wahrscheinlich meint er neun Tage und neun Stunden. Ich habe Mark ein einziges Mal gebeten, mit dem Müll hinauszulaufen, und der stand dann unterm Ausguß, bis er sich in eine Buchstütze verwandelt hatte.)

»Ich weiß wirklich nicht, was die Baseballmannschaft ohne Charlie täte. Wir haben ja schon oft wortreiche Antreiber hier gehabt, die den Jungens Beine machen, aber Charlie, der kennt wahrhaftig keine Müdigkeit. Es gibt wohl keine Situation, in der ihm nichts einfällt, um die Mannschaft auf Draht zu bringen.«

(Zu mir spricht Charlie pro Woche vier Worte:»Wann fährst du einkaufen?«)

»Diejenigen unter Ihnen, liebe Eltern, die im Sport nicht Bescheid wissen, möchte ich einmal ganz kurz über das Wesen des Kugelstoßens informieren. Eine solche Kugel wiegt 6 Pfund und ist von einem überragenden Athleten unserer Anstalt 33 m weit gestoßen worden, von Wesley Whip.

(Das ist aber sonderbar. Wesley sieht genauso aus wie

der Junge, der die Zeitungen austrägt und die Wochenendausgabe nicht von seinem Fahrrad bis auf meine Veranda wuchten kann!)

»Unser Gus wird für alle Zeiten in die Annalen des Football eingehen. Er ist einer der größten Asse unserer Schule. Im Spiel gegen ›Central‹ schoß Gus das entscheidende Tor mit angebrochenem Knöchel, ausgerenkter Schulter und einer Temperatur von 39,3.«

(Wie erklärt es sich bloß, daß der gleiche Gus jedesmal die Schule schwänzt, wenn ihm Zahnstein entfernt worden ist?)

»Ich glaube kaum, daß einer im gesamten Bundesstaat bessere Reflexe zeigt als unser Tim beim Basketball! Als der liebe Gott die Koordination verteilte, muß unser Tim bestimmt gleich zweimal HIER gerufen haben.«

(Tim ist siebzehn, und ich kann ihm noch immer nicht mehr eingießen als ein halbes Glas Milch, weil er es mit Sicherheit umschmeißt und nicht aufwischt.)

»Tennis ist ein Spiel für Gentlemen. Dies Jahr geht der Preis für Fairneß auf dem Platz an keinen anderen als den Goodwill-Botschafter dieses Sports, an Stevie Cool.«

(Da muß er sich aber höllisch verändert haben. Vorige Woche hat er seinem Bruder noch ein blaues Auge geschlagen, weil der sich, ohne zu fragen, sein Plattenalbum ausgeliehen hatte!)

»Das Schwimmteam hätte es niemals geschafft ohne unseren schneidigen kleinen Manager Paul Franswarth. Paul sorgt für alles, hebt die nassen Handtücher auf, hängt die Badehosen zum Trocknen auf und ist dafür verantwortlich, daß sämtliche Sportgeräte weggeräumt werden...«

(Eduard, laß uns heimgehen, mir wird schlecht!)

Mir scheint, je mehr ich mich mit meinen Kindern unterhalte, desto weniger verstehe ich sie. Nehmen Sie nur einmal das Thema: Koedukation und Schlafsäle.
Von allen Veränderungen, denen sich Eltern anpassen mußten, sind gemischte Schlafsäle vermutlich eine der unbegreiflichsten. Ein paar Studenten- und Schülerheime haben schon Eltern-Schüler-Seminare abgehalten, in denen die Schüler geduldig erläutern: »Wir brauchen eine freiere Atmosphäre, in der Jungen und Mädchen sich als Freunde kennenlernen und nicht als Sexualobjekte«, worauf der Vater einer Studentin des ersten Semesters einzuwenden wußte: »Kann man das nicht auch in der Mensa?«
Ich war von Anfang an gegen Gemeinschaftsschlafsäle. Nicht etwa, weil ich sie für sexuelle Selbstbedienungsläden hielt, sondern weil ich das Gefühl hatte, kein Mädchen würde meinen Sohn heiraten, sobald es sein Schlafzimmer im Urzustand gesehen hätte. Mittlerweile sind meine schlimmsten Befürchtungen eingetroffen.
In Stanford benutzten Studenten und Studentinnen die gleichen Waschräume, obwohl die Schule das nicht ausdrücklich empfohlen hat. Mein Wort darauf: Wenn man jeden Morgen mit ansieht, wie ein Mannsbild Zahnpasta und ausgekämmte Haare ins Waschbecken schmiert und außerdem gurgelt, daß man meint, es hätte jemand den Stöpsel des Eriesees rausgezogen, dann fliegt die Liebe zum Fenster hinaus.
Ich weiß, ich weiß, junge Leute haben es jetzt mit Of-

fenheit und Ungezwungenheit, aber die voreheliche Schlamperei könnte das Ende der Menschheit bedeuten.
Ihr Männer, merket auf: Könntet ihr eine dauerhafte Bindung mit einem Mädchen eingehen, das einen Angorapulli zum Trocknen in euer letztes Badetuch rollt? Könnt ihr euch rasieren in einem Raum voller Dampf, ohne euch im Spiegel zu sehen, und wenn, dann eingerahmt in eine tropfende Strumpfhose? Wollt ihr wirklich so genau wissen, wie oft sie sich die Beine rasieren muß? Seid ihr einem Mädchen wirklich wichtig, das um euretwillen nicht einmal die Lockenwickler aus den Haaren nimmt? (Ehrenwort: ich habe einen weiblichen Teenager mit Lockenwicklern heiraten sehen, und zur Erklärung sagte sie: »Vielleicht gehen wir hinterher noch irgendwohin!«)
Ihr Frauen, könntet ihr je eine ernsthafte Bindung mit einem Jungen eingehen, der im September mit 38 Paar Frotteesocken ins Internat kam und im Mai zum ersten Mal gefragt hat, wo der Waschautomat ist? Könnt ihr euch einen Ehemann leisten, von dem ihr wißt, daß er täglich eine ganze Spraydose Deodorant benötigt? Der schon vor dem Frühstück rülpst und seine Hose unter der Matratze ›bügelt‹?
Als ich noch im College war, verriet mir einmal die Leiterin eines Studentinnenheims: »Der sicherste Trick, das andere Geschlecht anzulocken, ist das Besetztzeichen, eine verschlossene Tür und das Wörtchen NEIN. Wenn du einen Freund brauchst, kauf dir einen Hund!«

Wissen Sie, was die Experten sagen? Wenn wir uns nicht jede Minute des Tages mit unseren Kindern beschäftigen und sie ›genießen‹ würden, säßen wir später, wenn sie erst einmal aus dem Haus sind, wartend im Lehnstuhl, den Telefonapparat auf dem Schoß. Zeigen Sie mir die Mutter, die nicht lebenslang das Schrecknis des ›leeren Nests‹ unaufhaltsam näherrücken sieht.

Zugegeben, es dauert eine geraume Weile, bis es soweit ist. Erst muß das Küken mal aus dem *Bett* und in die Arbeitswelt hinaus.

Kinder sind bekanntlich die gebildetsten, belesensten, besterzogenen Menschenexemplare dieser Welt. Gerade deshalb ist ihre Einstellung zum Arbeitsprozeß so unverständlich. Nächst dem Galeerensklaven, dessen Kapitän sich in den Kopf gesetzt hat, Wasserski zu laufen, ist das bedauernswerteste Wesen dieses Planeten der Teenager, der seinen ersten ganztägigen Job an Land gezogen hat. Niemand leidet wie er. Niemand wird so wenig anerkannt. Mein Sohn betrachtet sich als ›Menschenopfer auf dem Altar des Establishments‹. Er mußte fünfzehn werden, ehe wir vor ihm das Wort ›Arbeitsplatz‹ gebrauchen durften. Er bekam davon Hautausschlag. Wir durften es nur chiffriert anwenden, etwa A.-Pl.

Am Vorabend seiner Vermählung mit einer Lohntüte erklärte er uns: »Es ist eine Art Gruppenverfolgung. Ihr alle habt es durchgemacht, also muß ich auch beweisen, daß ich eine Achtstundennummer abreißen kann, ehe ich mündiggesprochen werde, stimmt's? Okay, ihr habt gewonnen. Wenn ich wirklich nur dadurch beweisen kann, daß ich jetzt erwachsen bin, nehme ich meinetwegen diesen blöden Ganztagsjob an, eine S-t-e-l-l-u-n-g.«

Vielleicht kennen einige von Ihnen meinen Sohn oder haben zumindest von ihm gehört.

Er ist der einzige Angestellte, der den ganzen Tag arbeiten muß, ehe er heimkommen und sich selber füttern darf.
Er ist der einzige pflichtbewußte Teenager in ganz Nordamerika, der arbeiten muß, während seine Kumpel sich an einem Mittwochnachmittag in alten Autoreifen den Fluß hinuntertreiben lassen.
Er ist der erste Mensch, dem jemals die Hälfte seines Gehalts für Dienstleistungen einbehalten wurde, die er nicht verlangt hat (Lohnsteuer, Krankenkassenbeiträge, Rentenversicherung etc.). Wie drückte er sich neulich aus? »Doch nicht mit mir!«
Er ist der einzige Arbeitende, den ein seniler Chef (ein Tattergreis von 35 Jahren) schikaniert, indem er brutal darauf besteht, daß er morgens und nach der Mittagspause pünktlich im Büro erscheint.
Er ist der einzige Arbeiter im Lande, der sich durch seinen Beitrag auf dem Arbeitsmarkt bei Familie und Freunden nicht gebührenden Respekt verschafft hat.
Vorigen Sonnabend klopfte ich ihm mit den Worten auf die Schulter: »He, Mister Murmeltier! Heraus aus den Federn! Der Mittag bricht an!«
Mein Sohn rollte sich auf die andere Seite. »Man faßt es nicht, wie ihr mit einem Werktätigen umgeht«, sagte er. »Ich arbeite die ganze Woche fünf Tage lang acht Stunden – und was kriege ich dafür?«
»Du kriegst dafür deine sämtlichen Mahlzeiten serviert wie ein Pascha, dein Schlafzimmer wird saubergehalten, deine Sachen werden gewaschen und gebügelt, und rund um die Uhr hast du ein Familienfaktotum – mich.«
Eine innere Stimme sagt mir, daß mein Kind der erste

Arbeitnehmer sein wird, der noch vor Ablauf der Probezeit in den wohlverdienten Ruhestand tritt.
Und doch: Hat der Sprößling die Stellung erst einmal gefunden und angetreten, so ist die Hausfrau ›endlich allein‹, zum ersten Mal in ihrem Leben. Nie wieder wird das Familiengefüge werden, was es einmal war. Da hat man nun allen Stürmen getrotzt: wackelnden Milchzähnen, gestohlenen Fahrrädern, Schichtunterricht, Etagenbetten, Ballettstunden, Liebeskummer, Fahrstunden, verlorenen Brieftaschen, Examensarbeiten am Sonntagabend, Rockgruppen. Und jetzt kommt die Sache mit dem Lehnstuhl und dem Telefon, das Stichwort ist ja vorhin schon gefallen. Das Syndrom ›leeres Nest‹ beginnt.
Als ich das verlassene Zimmer meines Sohnes betrat, war es plötzlich zum Heiligtum geworden.
Alles blieb unverändert, genau so, wie er es hinterlassen hatte. Ich streichelte die Glasschälchen mit versteinertem Pudding, die er als Reserve unter dem Bett aufbewahrt hatte, fuhr liebevoll über die Öltropfen auf dem Teppich und umrundete auf Zehenspitzen, leise weinend, die Haufen schmutziger Wäsche, aus denen er herausgewachsen war.
Ich machte Pläne, wie ich dieses Zimmer in eine Gedenkstätte verwandeln könnte, wohin ich mich aus dem Alltagstrubel zurückziehen würde, um meinen Erinnerungen nachzuhängen.
Da bemerkte ich eines Tages, als ich dort meditierte, mir gegenüber eine leere Wand. Ich schob die Heimorgel aus der Diele in das Schlafzimmer meines Sohnes und stellte sie dorthin. Als ich bemerkte, daß dieses Zimmer beson-

ders gutes Licht hat, kam mir die Idee, seine Trommeln herauszunehmen und in der so gewonnenen Ecke meine Nähmaschine unterzubringen.

Noch während dieser Änderungen äußerte mein Mann, hier stehe ja ein ganzer Schrank leer, ob er vielleicht seine Sachen hineinhängen könne?

Als wir fünf Jahrgänge ›Sportillustrierte‹ fortgeschafft hatten, fanden wir auch Platz für den Christbaumschmuck und den Karton mit den alten Bankauszügen.

Mehr und mehr Familienmitglieder begannen den ›Tempel‹ aufzusuchen. Er wurde zum Asyl für Campingzubehör und ungerahmte Bilder. Die sommerlichen Gartenmöbel wurden hier gelagert und die gebündelten alten Zeitungen, die irgendwann mal jemand abholen sollte.

Die Tennispokale im Regal machten leeren Plastikflaschen Platz, die das Kirchenkränzchen für eine Sammlung brauchte, die Kommode flog hinaus, und mein Heimtrainer kam an ihre Stelle. Sogar das Bett entfernten wir und ersetzten es durch einen Schaukelstuhl und einen Fernseher.

Für ein solches Zimmer waren die Wände natürlich viel zu männlich, daher malten wir sie dottergelb und nähten dem Schaukelstuhl leuchtend rosa und orangefarbene Bezüge.

Kurz vor Weihnachten klopfte es an die Tür. Es war unser Sohn, der uns besuchen kam.

»Tach, lange nicht gesehen«, sagte mein Mann. »Bleibst du länger, mein Alter? Na, phantastisch. Wir haben immer noch das alte Sofa im Hobbyraum, darauf kannst du kampieren, solange du willst.«

Heute morgen fragt mich mein Mann: »Wie lange will dein Verwandter eigentlich bleiben?«
»Mein Verwandter?« sage ich achselzuckend. »Ich dachte, es sei *deiner.*«

8.

Es müßte ein Gesetz geben für.....

Wenn man irgendwann im Lauf des Lebens den Verstand zu verlieren droht, ist der Augenblick gekommen, seine Stimme so laut zu erheben wie der bewußte Prediger in der Wüste. Ich verkünde daher im Namen der Gerechtigkeit für alle – insbesondere aber für mich – folgende Gesetze und Vorschriften, die leider noch nicht existieren.

Grundrechte des Kleinkindes

Artikel eins:
Personen, die Knoblauch gegessen haben, müssen zu einem Kleinkind einen Sicherheitsabstand von ca. 2 Kilometer einhalten. Bei Nichtbefolgung werden sie zugespuckt, bis Tod durch Ertrinken eintritt.

Artikel zwei:
Mit hohen Geldstrafen werden jene hemmungslosen Späßchenmacher belegt, die ein Kleinkind an den Fußsohlen kitzeln, bis es vor Lachen halb ohnmächtig ist, oder die es unmittelbar nach einer Hauptmahlzeit in die Höhe werfen und wieder auffangen.

Artikel drei:
Bei kleineren Vergehen gegen das Trockenbleibegesetz hat der Beklagte das Recht auf sofortigen Windelwechsel.

Öffentliches Anprangern der Details, gar Führungen durch die Windeleimer haben zu unterbleiben.

Artikel vier:
Die Entscheidung, ob püriertes Kalbfleisch mit Reis gegessen wird oder nicht, liegt beim Nahrungsaufnehmer, nicht beim Fütternden. Püriertes Kalbfleisch mit Reis, ins Gesicht des Fütternden geprustet, sollte als Meinungsäußerung gewertet werden, nicht als Kriegserklärung.

Artikel fünf:
Kleinkindern ist das Recht zuzugestehen, sich überall laut zu äußern, sei es in der Kirche während des Gottesdienstes, an einem Brennpunkt öffentlichen Lebens oder zu nachtschlafender Zeit. Ein Kleinkind weiß noch nicht, daß es mit einem bestimmten Quantum Freuen und Lachen ein Leben lang auskommen und daher sparsam damit umgehen muß.

Zusatzartikel Numero eins:
Unter keinen Umständen ist ein Kleinkind in einem Haus einzuquartieren, in dem es keinen weichen Schoß, kein Lachen und keine Liebe gibt.

Küssen bei beiderseitigem Einvernehmen

Was diesem Lande vor allem fehlt, ist eine eiserne Regel über das Küssen als Begrüßung.
Entweder sollten alle oder niemand geküßt werden. Ich selbst habe, offen gestanden, schon als Siebenjährige den Begrüßungskuß abgeschafft, weil meine Mutter zu dieser

Zeit eine Klavierlehrerin anstellte, die Knoblauch kaute. Sie brachte einen dazu, den Minutenwalzer in zehn Sekunden zu schaffen.

Erst als ich anfing, in Talk-Shows aufzutreten, erlebte ich die Rückkehr des guten alten Bussi-Bussi. Alle Menschen, die einen beim Betreten des Studios mit einem Kuß begrüßten, küßten einen wieder, wenn man aus dem Schminkraum, dem Grünen Zimmer oder der Damentoilette zurückkehrte. Nicht genug damit: Sobald man ihnen auf der Bühne oder vor der Fernsehkamera nochmals begegnete,führten sie sich auf, als hätten sie einen kurz nach dem Ersten Weltkrieg todkrank in Paris zurücklassen müssen und seitdem nicht gesehen.

Ein Begrüßungskuß bedarf einer gewissen Geschicklichkeit. Zunächst muß festgelegt werden, wer küßt, wer geküßt wird. Hat der Küsser sich entschlossen, einem ein Bussi zu verpassen, darf es kein unentschlossenes Zögern mehr geben. Er oder sie sollten den zu Küssenden an beiden Händen oder Schultern fassen und von links küssen. Nur Vampire küssen von rechts.

Küßt man eine Frau, ist äußerste Vorsicht geboten: ihre Ohrclips gefährden das Augenlicht, modische Broschen können Löcher in alle prallen Körperstellen bohren, ein Nest aus hochtoupiertem Haar augenblicklich Erstikkungstod zur Folge haben. (Mich hat einmal eine offenstehende Anstecknadel derart angepiekt, daß mir die Luft ausging. An der Nadel hing ein Namensschildchen mit der Aufschrift: »Guten Tag, ich bin Inez Funkhauser.«)

Von vorrangiger Bedeutung ist die Dauer eines Kusses. Was gilt noch als guter Geschmack für den Be-

grüßungskuß? Ich habe erlebt, wie Quizmaster einen Gast mit solcher Begeisterung begrüßten, daß ich glaubte,
a) es handle sich um Mund-zu-Mund-Beatmung einer Scheintoten,
b) er ginge sofort nach der Show mit ihr zusammen auf Aussteuerkauf.
Ein Begrüßungskuß sollte ein rascher, unpersönlicher Stups sein, nicht leidenschaftlicher als bei einem anlehnungsbedürftigen Orang-Utan. Einige Küsser allerdings küssen derart lässig, daß sie noch während der Tat schon die nächste Kandidatin anpeilen.
Einem Weitsichtigen erwachsen durch die neuen Kußgewohnheiten weitere Schwierigkeiten. Ich habe einmal fünf Minuten lang einen Trinkwasserautomaten geküßt und dabei beteuert: »Aber selbstverständlich erinnere ich mich an dich, Florence!«
Es ist eine bekannte Tatsache, daß die Küsserei zwischen Frauen, die sich ohnehin ständig sehen, witzlos ist.
Sonst habe ich zu dem Thema wenig zu bemerken, höchstens – wie neulich, als ich einen Mann mit Zahnstocher im Mund küssen mußte –: Autsch!

Durchsuchungs- und Beschlagnahmerechte in der Naßzelle des Hauses

Gestern habe ich im Wirtschaftsraum einen Anschlag angebracht, auf dem steht:
»Sämtliche Kleidungsstücke, die hier über neunzig Tage

lagern, werden auf Kosten des Eigentümers abgeschleppt und öffentlich versteigert.«
»Was heißt'n das?« fragte meine Jüngste.
»Das heißt, daß du ganz unten in deinem Wäschestapel noch Windeln liegen hast, und du wirst dieses Jahr dreizehn. Es heißt, daß deine Wäsche einen bestimmten Platz hat, auf den sie gehört, und daß ich sie gerne dort sehen würde.«
»Darüber wollt' ich sowieso gerade mit dir reden«, sagte er. »Warum hast du meine Blue jeans in die Wäsche geschmissen?«
»Weil sie auf dem Fußboden lagen.«
»Waren sie ganz zusammengetreten zu zwei kleinen Hügeln?«
Ich nickte. »Was hat das damit zu tun?«
»Wenn sie so zusammengetrampelt sind, sind sie nicht schmutzig.«
»Und woher soll ich wissen, wann du sie für schmutzig hältst?«
»Wenn sie schmutzig sind, trete ich sie unters Bett.«
»Warum legst du sie nicht obendrauf?«
»Weil ich sie nicht bei den sauberen Sachen haben will.«
»Warum holst du deine sauberen Sachen nicht aus der Waschküche ab und legst sie ins Fach, statt drin zu schlafen?«
»Weil ich in den Fächern die schon einmal getragenen Unterhosen aufhebe, die ich noch mal anziehen will.«
Ich atmete tief ein. »Warum ziehst du denn Unterhosen zwei Tage hintereinander an?«
»Weil es meine Glückshosen sind.«
»Glück für wen?« fragte ich trocken.

»Wahrscheinlich möchtest du, daß ich meine Wäsche in den Wäschepuff schmeiße?« fragte er.
»Ja, dieser Gedanke streift mich gelegentlich.«
»Zwischen all den nassen Handtüchern, die da drin sind, würden meine Sachen verderben.«
»Nasse Handtücher gehören ja auch nicht in den Wäschepuff, sondern auf den Handtuchhalter.«
»Da ist aber kein Platz. Alles voller Pullover und Strumpfhosen!«

Verkehrsregeln für Einkaufskarren

Ich finde, das Mindestalter für den Fahrverkehr innerhalb eines Abholmarktes sollte auf 35 Jahre erhöht werden. In einem Abholmarkt einzukaufen war früher einmal ein fröhliches Abenteuer. Heutzutage ist es ein Kampfeinsatz.
Wie ich neulich zu einer Freundin sagte: »Bei so vielen jungen, ungeübten Fahrern und alten Dämchen, die nur sonntags nach der Kirche mit einem Karren fahren, ist es der reinste Dschungelkrieg.«
Der Einkaufskarren ist heute der am meisten verharmloste Risikofaktor im öffentlichen Verkehr. Erstens einmal wird in keinem Staat für das Fahren dieser Vehikel ein Führerschein verlangt. Zweitens kann jeder, ohne Rücksicht auf Alter, Sehkraft, Gesundheit, Kondition oder Geisteszustand sich an die Lenkstange begeben. (Manchmal ist überhaupt niemand an der Lenkstange, dann fährt so ein Teufelskarren von allein!)

Die Behauptung, die Karren seien selbst bei noch so geringer Geschwindigkeit nicht ungefährlich, scheint mir eine maßlose Untertreibung. Ich habe im folgenden ihre wesentlichen Nachteile aufgezählt. Sie sind aufgefordert, mir beizupflichten!

1) Einkaufskarren sind nie richtig geparkt. Sie stehen unweit des Eingangs ineinandergekeilt, und man kann sie nur durch Boxen, Schütteln und Zerren, manchmal sogar nur durch den bekannten Tritt in den Bauch trennen. Möglicherweise wird schon dadurch die Konstruktion geschwächt (die des Karrens, nicht die des Treters).

2) Sicherheitskontrollen würden ergeben, daß zwar in den meisten Fällen alle vier Räder eines solchen Vehikels funktionieren, leider streben sie aber in verschiedene Richtungen. Drei Räder wollen eigensinnig die Regale entlangrollen, das vierte aber drängt hinaus auf den Parkplatz.

3) Für Kinder, die auf dem Sitz des Einkaufswagens mitfahren, sind keine Sicherheitsgurte vorgesehen. Daher kommt es nicht selten vor, daß sich ein Kind vom Karren herabbeugt und ein halbes Pfund rohe Bratwurst verspeist hat, ehe man etwas merkt.

4) Fahrer von Einkaufswagen sollten wie Flugkapitäne und Nonnen immer nur zu zweit auftreten. Nur zu zweit wird man jeder Lage gerecht. Der eine schiebt, der andere kann sich umsehen und die Kalorienangabe von einer tiefgefrorenen Lasagne ablesen.

5) Das Überholen in einem Supermarkt ist äußerst gefährlich, weil die Gänge zwischen den Warenstapeln für genau anderthalb Einkaufswagen berechnet sind. Das ermutigt den rücksichtslosen Fahrer, der die Schlag-

sahne aus seinem Einkaufswagen tropfen sieht, Ihren Wagen absichtlich seitwärts in die Waschmittel zu drängen. Der große Schock zum Schluß: Einkaufskarren haben keine Bremsen.
Und noch schlimmer, die Verbraucherschutzzentrale kümmert sich gar nicht darum.

Ehrlichkeit bei der Werbung

Hierzulande hört man jetzt viel über »ehrliche Verpakkung«. Die Kunden wollen keine Schwindelpackungen. Sie wollen genau wissen, was sie kriegen, ehe sie damit angeschmiert sind.
Ich habe mir lange überlegt, wie ich meine Kinder auf den Markt bringen würde. Guten Gewissens kann ich sie, so meine ich, nicht in die Ehe entlassen, ohne ihnen ein Etikett auf die Stirn zu kleben: »Achtung, dieses Menschenkind ist unter Umständen schädlich für Ihr geistiges Gleichgewicht.«
Ich habe bereits Angstvisionen von bedauernswerten Bräuten, die mir tränenüberströmt sagen: »Du hast mich ausgetrickst. Warum hast du mir denn nicht vorher gesagt, daß dein Sohn nicht imstande ist, eine Tür hinter sich zuzumachen?«
Es ist nur eine Frage der Zeit, dann wird sie auch seine anderen Grundmängel bemerkt haben und mir ein noch schlechteres Gewissen verschaffen. So weiß mein Sohn beispielsweise nicht, wie man einen Waschlappen auswringt. Ich habe Waschlappen-Abendkurse abgehalten, bei denen ich den Handgelenk-Drehtrick leichtverständ-

lich demonstrierte. Mein Sohn besteht trotzdem noch immer darauf, ihn triefnaß fallen zu lassen, wo er gerade geht und steht.
Er kann keine Zeitung wieder zusammenlegen, die er gelesen hat, er hört kein Telefon klingeln, wenn es nicht für ihn ist, er kann keinen Korken auf eine Flasche tun, keine Tube zuschrauben und kein Gespräch führen, ohne daß er den Mund voll hat.
Er schmeißt seine Kleider über die Stuhllehne, hält sich im Schreibtischfach einen Dreimonatsvorrat Süßigkeiten und macht sein Bett, indem er es mit einem Kleiderbügel glattstreicht.
Ändert er sich nicht drastisch, wird es unmöglich sein, mit ihm zu leben. In jedem Wagen will er immer am Fenster sitzen, er bittet, bevor er richtig bei Tisch sitzt, schon um eine zweite Fleischportion und gestand einmal einem Freund, daß er sich erst zu Schulanfang im September die Zähne putzen werde.
Nein, wirklich, ich wäre eine Verräterin an meinem eigenen Geschlecht, wenn ich ihm nicht ein Schild um den Hals hängte:
Knabe. Elf Jahre. Made in USA. Höhe 1.60, Nettogewicht (einschließlich Verpackung) 68 ½ Pfund. Ohne Farbzusatz, blond im Sommer, verwaschen im Winter. Fassungsvermögen: acht Mahlzeiten täglich à 3500 Kalorien. Künstlich gesüßt.
Unempfindlich gegen Sonne, Regen und Matsch. Zusammensetzung: 80% Charme, 10% Schwindel, 10% Energie.
Gebrauchsanweisung unbedingt beachten!
Dieser Elfjährige darf nicht zu ernst genommen werden, nur *cum grano salis* und unter ärztlicher Kontrolle!

Sind Drive-in-Schalter verfassungswidrig?

Natürlich ist das nur meine persönliche Meinung, aber ich glaube, Gott hat nicht gewollt, daß der Mensch vom Fahrersitz aus Geld abhebt und einzahlt, Nahrungsmittel bestellt und Briefe aufgibt.

Bis heute habe ich nur zwei Autos erlebt, die sich durch waghalsige Manöver in die richtige Position brachten, damit die Fahrer ihre Geschäfte tätigen konnten, davon stammte einer aus einem Hell-Driver-Derby, der andere war ein Leihwagen. Beide hatten also nichts mehr zu verlieren.

Drive-in-Banken machen mir die meiste Angst, vielleicht weil man dabei auf einem Monitor kontrolliert wird und mir der Gedanke so peinlich ist, daß die Schalterbeamten die Köpfe zusammenstecken und rufen: »Guckt mal, das ist wieder die, bei der sich neulich der ganze Wagen in seine Bestandteile aufgelöst hat, als sie das Schutzblech abriß.«

Infolgedessen bin ich sehr vorsichtig. Ich halte gute 3 m vor dem Schalterfenster, und wenn die kleine Schublade herausgerutscht kommt, kann ich meinen Einzahlungsschein sehr wohl hineinpraktizieren, wenn ich die Wagentür öffne, mich mit dem Kopf durch den Sicherheitsgurt zwänge, mich mit dem Knie an der Gangschaltung abstütze und dabei

a) eine Weile den Atem anhalte,

b) genau ziele,

c) und keine Sturmbö meinen zu einem Papierflieger gefal-

teten Einzahlungsschein auf dem Parkplatz herumweht. Mit den Briefkästen ist es anders. Noch nie habe ich vor einem Briefkasten gehalten, ohne mir aufs lebhafteste die Diskussion in der Oberpostdirektion vorzustellen, bei der es um die Anbringung der Briefkästen geht.
»Nicht doch, Chester«, sagt der Designer. »Sie haben die Kästen ja auf der Seite angebracht, auf der die Fahrer sitzen. So verwöhnen dürfen wir sie nicht. Hängen Sie sie an der Beifahrerseite auf, dann muß der Fahrer parken, den Schalthebel zwischen die Beine klemmen, sich mit dem Hals über das Fenster quetschen, um den Brief in den 15 cm breiten Schlitz zu bugsieren.«
»Und dieser Schlitz, sollte der nicht gleich oberhalb der verwischten und unleserlich gewordenen Leerungszeiten angebracht werden?«
»Höher, mein lieber Chester, höher«, lächelt der Boß.
Ein weiteres trübes Kapitel ist es, Bestellungen für fünf Personen in eine Art Rohrposttrichter zu tuten, besonders wenn man dabei allein im Wagen ist. Ich jedenfalls komme mir immer vor wie ein Idiot, wenn ich dasitze und brülle, daß mir die Halsmuskeln hervortreten.
Mein Mann meinte kürzlich ganz sachlich: »Du brauchst doch die Drive-in-Schalter nicht zu benutzen, du kannst ja zum Beispiel zu Fuß hingehen.«
Um Himmels willen, da lasse ich mir eher längere Arme wachsen.

Ist der Familienurlaub legal?

Da bereits so viele Eltern Opfer eines Familienurlaubs geworden sind, drängt sich einem die Vermutung auf, daß sie ein paar Grundregeln nicht kennen, mit deren Hilfe sich einige der unvermeidlichen Krisensituationen meistern lassen. Um nur die häufigsten Fälle anzusprechen:

Kindesaussetzung

In 47 Staaten der USA ist es gesetzwidrig, ein Kind in einer Toilette zurückzulassen und später zu behaupten, es sei ein Versehen gewesen. Maryland und Utah haben Mitleid mit den Eltern – sofern sie ein ärztliches Attest vorlegen, das ihnen ein Nachlassen ihrer geistigen Spannkraft infolge der Reisestrapazen bescheinigt. In Alaska (wo man sehr tolerant ist) darf man den Kindern leichte Schlafmittel eingeben.

Grober Unfug in New Jersey

In New Jersey ist es auf allen Autobahnen verboten, daß sich ein Kind aus dem Wagenfenster hängt und eine Sirene nachahmt. Darüber erging 1953 ein Gerichtsurteil, als 45 Wagen (einschließlich der Polizeifahrzeuge) rechts heranfuhren und den Verkehr für 52 Stunden lahmlegten.

Schlüsselkinder

Alle fünfzig Staaten Nordamerikas haben eine Regelung bezüglich der Toilettenschlüssel erlassen, die Kinder als Andenken mitnehmen. Eine der härteren Strafen besteht darin, dem Kind zwei Liter Limonade einzuflößen und es dann vor die geschlossene Toilettentür zu stellen, bis der Schlüssel wieder auftaucht.

Haltet die Straßen rein!

Fahrzeuge mit Familien an Bord dürfen nicht mehr im Zentrum von Städten über 450 000 Einwohnern halten, um nach dem einen Turnschuh zu suchen, den jemand aus dem Fenster des fahrenden Wagens geworfen hat. Vielmehr wird den Müttern nahegelegt, Namensschilder mit vollständiger Anschrift auf jedem Schuh anzubringen.

Antilärm-Gesetz

Fast alle Städte (einschließlich der drei Geisterstädte in Arizona, die nur in Westernfilmen vorkommen) haben ein Gesetz gegen den Lärm. Falls also Urlauber in dieser Gegend zwei Radios gleichzeitig voll aufdrehen, der Hund bellt und der Vater gequält aufschreit: »Man sollte es nicht glauben, aber wir *mußten* gar nicht heiraten!« und man es hört, obwohl sämtliche Fenster des Wagens geschlossen sind, werden unter Umständen alle Insassen verhaftet.

Unfallfreies Fahren

Es ist ungesetzlich, ein Badefloß von 6 Meter Länge in einer Limousine so aufzublasen, daß Daddy keine freie Sicht auf die Straße mehr hat. Ferner ist ungesetzlich, ihm Zöpfchen am Hinterkopf zu flechten, während er Bergstraßen fahren muß, oder ihm die Schuhe zusammenzubinden, während er einen Tunnel durchquert.

Sonderthemen

Die Wiedergabe von Mitteilungen, die ein Kind an Toilettenwänden gelesen hat, berechtigt die Eltern nicht dazu, dem Kind Novokain in die Zunge zu spritzen, es sei denn, das Kind ist über mehrere Kilometer nicht von seinem Thema abzulenken.

Familientrennung auf Autobahnausfahrten

Eine überaus prekäre Maßnahme. Trotzdem entschlossen sich gerade dort schon so manche Eltern, die Familientaue zu kappen und umgehend einen Anwalt aufzusuchen. Dabei ist jedoch zu bedenken, daß der Kombi meist den Kindern zugesprochen wird.

Illegaler Besitz von Schleckereien

Einen Volksschuldirektor im Osten der Vereinigten Staaten nervten die falsch zusammengesetzten Schulfrühstücke der Kinder so sehr, daß er durch schriftliche Verfügung alles Naschwerk vom Büfett der Cafeteria verbannte.

Ich bin überzeugt, die lieben Kleinen haben diese Verfügung zwischen zwei Kartoffelchips und einen Schokoriegel geklemmt und als Schulfrühstück verzehrt.

Theoretisch ist an dem Verbot nichts auszusetzen. Kinder sollten wirklich ausgewogene Mahlzeiten zu sich nehmen. Aber Kinder halten wenig von autoritären Entscheidungen.

Ich hätte es andersherum versucht. Nach der guten alten Methode: Bestehe energisch auf dem Gegenteil von dem, was du wirklich willst, dann glaubt das Kind, die Idee sei ihm selbst gekommen und es fiele dir damit auf den Wecker. Etwa so:

AN DIE SCHÜLER DIESER ANSTALT:

Betrifft: Abwechslungsreiche Schulfrühstücke.

1. *Im Bereich der Schule dürfen keine Karotten gegessen werden. Kinder, die solche von zu Hause mitbringen wollen, brauchen dazu die schriftliche Einwilligung der Eltern, widrigenfalls die Schulbehörde die Karotten konfisziert und bis zum Schluß des Unterrichts aufbewahrt.*
2. *Schrankkontrollen zur Auffindung von Thermosflaschen mit heißer Gemüsesuppe oder ähnlichen gesund-*

heitsfördernden Gerichten werden ohne vorherige Warnung und in unregelmäßigen Zeitabständen durchgeführt. In solchem Fall sind die Schüler gehalten, an ihre Schränke zu treten und dort in Habachtstellung stehenzubleiben. Ohne Erlaubnis einer Lehrkraft dürfen die Schränke nicht geöffnet werden! Thermosflaschen werden gegebenenfalls vom Hausmeister eingesammelt und vernichtet.

3. *Auf Wunsch der Schüler wird an der Tür der Cafeteria frisches Obst angeboten. Diese Regelung gilt bis auf Widerruf. Sollte sich herausstellen, daß die Schüler nur noch Obst zum Schulfrühstück essen, erlischt die Erlaubnis. Obst enthält Zucker und kann daher für den Zahnschmelz verderblich sein. Um Gedränge am Obsttisch zu vermeiden, bitten wir, das nötige Kleingeld abgezählt bereitzuhalten.*

4. *Wie dem Rektor seitens der Lehrkräfte gemeldet wurde, liegen auf dem Pausenplatz des öfteren Rosinenschachteln und Milchpackungen herum. Es ist uns bekannt, daß einige Schüler gesundheitsfördernde Nahrungsmittel ins Schulgebäude einschmuggeln. Sie müssen damit rechnen, durch Aushang namentlich angeprangert zu werden.*

5. *Der Rektor dieser Anstalt wird gelegentlich Kontrollen im Frühstücksraum durchführen. Was er dort sehen möchte sind: Kartoffelchips, Schokoladenriegel, Lutscher, Eis am Stiel und süße Limonade. Immer daran denken: Süßigkeiten sind wichtig für weiche Knochen und weiche Zähne, und man wird angenehm schläfrig davon.*

Glauben Sie mir: DAS würde funktionieren!

Das Recht auf Revolten gegen Klimaanlagen

Neulich las ich in der Zeitung, daß man jemand tot aus dem Michigansee gefischt hatte, der nach längerem Aufwärmen doch wieder lebendig wurde.
Das wundert mich keinen Moment! Der Mann war abgehärtet. Ich bin es nicht!
Dank wohlmeinender Geschäftsinhaber, die ihre Verkaufsräume prinzipiell so kühl halten wie ein Wachsfigurenkabinett, bin ich von Mai bis September in einer Art Erstarrungszustand. Es merkt nur niemand.
Ich gehe mit einem Mantel überm Arm ins Kino. Im Supermarkt verbringe ich die halbe Zeit vor dem Drehspieß der Grillabteilung, um mir die Hände zu wärmen. Ich fahre mit meinem Wagen auf der falschen Straßenseite, nur damit ein Sonnenstrahl auf meinen Arm fällt.
Neulich abends in einem intimen kleinen Restaurant bat ich meinen Mann während des Essens: »Würdest du bitte den Arm um mich legen.«
»Was willst du nun, schmusen oder essen?« fragte er und bestrich ein Stück Knoblauchbrot mit Butter.
»Es war nicht persönlich gemeint«, sagte ich. »Ich friere mich nur halb tot. Kannst du bei dieser Dunkelheit die anderen Gäste erkennen?«
Er blinzelte in die Runde. »Nicht sehr deutlich. Warum?«
»Wenn die nämlich alle an Fleischerhaken baumeln, sind wir vielleicht in der Tiefkühlabteilung.«
»Ich fühle mich ganz behaglich«, sagte er und schmiegte sich in sein wollenes Sportjackett. »Vielleicht bist du

blutarm oder so was. Wenn dir immer so kalt ist, solltest du mal zum Arzt gehen.«
Im Wartezimmer des Arztes lächelte mich die Sprechstundenhilfe an und sagte: »Schönen guten Tag.«
»Sie haben leicht reden«, murrte ich. »Sie haben eine dicke Strickjacke an.«
Sie führte mich in einen Raum mit einer knappen Anweisung: »Ziehen Sie alles aus und das hier über.«
Ich schlüpfte in ein Papierhemd mit einem Rückenausschnitt, groß genug, um einen Lastwagen durchfahren zu lassen, und streckte mich auf einer kalten Metalliege aus. Sofort blies ein Ventilator über der Tür mein Krankenblatt vom Tisch. Ich zitterte bereits wie Espenlaub, als der Arzt eintrat, ein Stethoskop aus dem Kühlschrank nahm und mir auf die Brust setzte. Ich hauchte in die Hände und hustete. Dann erhob er sich bedächtig, löste beide Enden des Stethoskops aus den Ohren und ging langsamen Schrittes zu seinem Schreibtisch. »Wenn ich es nicht besser wüßte, hätte ich Sie für tot gehalten.«
»Und was hat mich verraten?«
»Als mein Atem Ihre Brillengläser beschlug, fingen Ihre Augen an zu tränen.«

Behördliche Erfassung von Fotosüchtigen

Sie werden verstehen, daß ich als Ehefrau eines total verdrehten Amateurfotografen in aller Bescheidenheit vorschlagen möchte, daß ein Gesetz eingebracht wird, wonach das Tragen einer geladenen Kamera der Genehmigung bedarf.

Ohne Übertreibung: ich lebe in ständiger Angst, mein Mann könnte eines Tages das Ding auf mich richten, dabei vergessen, daß er die Kappe des Objektivs abgenommen hat – und klick, lande ich wieder mal in der Spalte ›Bilder ohne Worte‹.

Ich bin fotografiert worden, wie ich in Michigan den Waschraum eines Campingplatzes verlasse: mit Lockenwicklern, in Nachthemd und Gummimantel, und wie ich mir mit den Fingern im Mund herumfummle, um eine Fischgräte zu entfernen. Es kursieren an die dreißig Vergrößerungen, auf denen ich im Badeanzug auf der Seite liege. Für die Negative würde ich mein nächstes, noch ungeborenes Kind opfern.

Neulich schwenkte mein Mann wieder unachtsam mit der Kamera herum, deshalb fragte ich gereizt: »Ist das Ding geladen?«

»Na hör mal«, entgegnete er, »du tust ja gerade so, als ob ich mit der Kamera einen Unfall nach dem anderen baue.«

»Und was war damals, als du bei der Büroweihnachtsfeier Fred geknipst hast, wie er gerade versucht, Miss Frampton in der Registratur abzulegen? Er hat gedroht, dir die Nase platt zu schlagen. Und dann die Aufnahme mit dem Selbstauslöser, wo du dir fast das Bein gebrochen hast vor lauter Eile, mit aufs Bild zu kommen, und der Geburtstag, wo du ...«

»Schließe dich ruhig der Anti-Kamera-Lobby an, die Fotoapparate vom Markt drängen will.«

»Nichts liegt mir ferner. Ich sage ja nur, daß Kameras

nicht für den Mann auf der Straße erhältlich sein dürften. Nur für Berufsfotografen, die wissen, wie man sie benutzt. So, wie die Dinge derzeit stehen, kann jedes Kind in ein Fotogeschäft gehen und ohne weiteres über den Ladentisch eine Luxusspezialkamera kaufen. Und ehe man's sich versieht, starrt ein Unschuldiger in die Mündung einer Instamatic.«

»Du machst aus einer Mücke einen Elefanten. So oft benutze ich die Kamera gar nicht. Ich fühle mich nur irgendwie wichtiger, wenn sie um meinen Hals baumelt. Außerdem macht es Spaß, wie die Leute reagieren, wenn man den Apparat auf sie richtet.«

Er packte ihn und zielte damit auf meine Hüften, die aussehen wie zwei Posttaschen beim U.S.Pony Express. Ich hörte das Klicken des Auslösers.

»Reingefallen! Ist überhaupt kein Film drin!«

Eines Tages wird er es zu weit treiben. Aber ich bin sicher, dann gibt es kein weibliches Geschworenengericht in diesem Lande, das mich schuldig sprechen wird.

9.

Wissen ist Macht

Neulich habe ich mir an einem Vormittag hintereinander fünf Quizsendungen im Fernsehen angeschaut. Ich hätte wirklich gerne abgeschaltet, aber ich war wie hypnotisiert von den Kandidatinnen.

Die erste war ein schmächtiges Frauchen, bezeichnete sich als »ganz gewöhnliche Durchschnittshausfrau« und gewann doch tatsächlich einen Toaströster, weil sie die Nationalhymne von Bangladesch summen konnte.

Die zweite sagte, sie hätte sieben Kinder, und dann wußte sie die Treibsatzformel von Sojus II auswendig und spuckte sie aus, ohne zu stottern.

Die dritte, auch eine »typische Bewohnerin eines Reihenhäuschens«, gewann einen Jahresvorrat Tulpenzwiebeln, weil sie wußte, daß der 6. Kreuzzug im Jahre 1228 von Friedrich II. unternommen wurde. Ich hätte gedacht, im Jahre 1965 von Billy Graham.

Als ich den Fernseher abgeschaltet hatte, blieb ich noch eine volle Minute im Sessel sitzen. Ich war wie betäubt. Ich wußte nicht einmal mehr, was ich vor drei Stunden gefrühstückt hatte. Es wurde mir schlagartig klar, daß ich mich geistig total hatte verrotten lassen.

Da schwatze ich auf Cocktailpartys über Jacqueline Onassis, die mit vier seidenen Bettüchern reist, und über

einen neuen Fall von Vampirismus in unserem ehemaligen College.
Mein Wortschatz enthält überhaupt nur mehr drei einigermaßen gebildete Ausdrücke. Der eine ist ›perennieren‹ (ich las ihn einmal an einer Pflanze im Gartenzentrum, benutze ihn aber seit Jahren nicht mehr, weil er so unanständig klingt), außerdem ›toxisch‹ (mein Zehnjähriger benutzte das Wort, um sich über einen Auflauf zu beschweren, doch hat es meines Wissens die Bedeutung von ›rezeptfrei‹) und dann ›ödematös‹, was man aber nur sagen darf, wenn einer wirklich stinklangweilig ist.
Neulich beim Bridge in unserem Club schnitt ich das Thema an. »Wie um alles in der Welt schaffen es die Frauen, die man bei den Quizsendungen sieht?«
»Alles Schwindel«, meinte Gloria. »Das kann doch jeder, sich in fünf Tagen ein neues Image zulegen. Ein einziger intellektueller Schnellkurs, und die Sache ist geritzt.«
»Zum Beispiel?« fragte ich.
»Als erstes legst du mal ein paar Nummern des ›Encounter‹ aufs Örtchen. Als Statussymbol. Und wenn du zur Kosmetikerin gehst, nimmst du einen Stoß Bücher mit und fährst mit den Fingern, so schnell du kannst, die Zeilen entlang. Dann denkt jeder, du hast mit Erfolg einen Schnellkurs absolviert. Und wenn es irgendwo gesteckt voll mit Leuten ist, schau erstaunt in die Gegend und frage beiläufig, aber laut: ›Archie Bunker? Wer verlegt denn DEN?‹ Erzähl der Klatschtante deines Viertels unter dem Siegel der Verschwiegenheit, daß du dir eine Mappe angeschafft hast, um die Sonntagsausgabe der ›New York Times‹ immer zur Hand zu haben. Etwa: ›Ist es nicht unglaublich, da sind nun 57 Millionen 93tausend

US-Dollar im Umlauf, und ich kann morgens die 35 Cents fürs Schulfrühstück nicht finden.‹«

»Ich versteh's nicht recht, Gloria«, sagte ich. »Mir ist immer noch schleierhaft, wie die kleine Hausfrau das mit Friedrich II. im Jahre 1228 wissen konnte.«

»Sie hat einfach geraten und Glück gehabt«, meinte Gloria.

Jackie warf ihre Karten auf den Tisch und sagte: »Darf ich dir mal einen Rat geben? Laß die Finger von Quizsendungen. Man wird süchtig davon. Ich habe mir mal eine ganze Woche lang täglich Ratespiele angesehen, gleich nach dem Frühstück mit ›Was ist denn das?‹ angefangen und abends um halb acht mit ›Frag mich noch was!‹ aufgehört. Es hat meine ganze Persönlichkeit umgekrempelt. Ich sah nur noch Quizmaster. Ich wünschte mir ein fünfteiliges Geschirr als Belohnung, wenn ich meinen eigenen Namen wußte. In meiner Phantasie drückte ich ständig auf irgendwelche Summertasten und rief unaufgefordert ›1984‹. Ich konnte auch kein Abendessen mehr machen. Ich wußte nicht mehr, ob ich Tür 1 (Backrohr), Tür 2 (Tiefkühlfach) oder Tür 3 (Schrank) öffnen mußte.

Außerdem konnte ich nicht mehr zuhören, wenn jemand sprach. Ich konnte mich überhaupt nicht mehr konzentrieren. Ich lächelte immer nur und murmelte vor mich hin: ›Ich setze 500 Dollar.‹ Eines von den Ratespielen hat mich besonders fasziniert. Es heißt ›Wie du mir, so ich dir‹. Es ist ein Spiel, wißt ihr, bei dem die Ehefrau versucht, die Fragen so zu beantworten, wie sie glaubt, daß ihr Mann sie beantworten würde – und umgekehrt. Im Grunde ein Abkürzungsweg zum dritten Weltkrieg. Als

mein Mann heimkam, wollte ich's dann wissen. ›Was war, deiner Meinung nach, der peinlichste Moment bei unserer Hochzeit?‹
›Als unsere Kinder auftauchten.‹
›Das sieht dir ähnlich, witzig sein wollen, wenn es für die richtige Antwort ein Herren- bzw. Damenrad gibt‹, beschimpfte ich ihn.
›Du willst also eine ehrliche Antwort? Der peinlichste Moment war, als deine Mutter schwarzverschleiert und im Leichenwagen zur Hochzeitsgesellschaft stieß.‹
›Das war mir neu. Stimmt das? Dann sollten wir ganz offen darüber sprechen.‹
›Ja, vielleicht hätte ich dir von Anfang an mehr *Spielraum* geben sollen.‹«
»Aber das klingt ja schrecklich«, unterbrach ich sie.
»Überhaupt nicht, es ist sogar nützlich«, gab sie zurück.
»Nächste Woche treten wir zusammen in einer neuen Sendung auf. Sie heißt ›Scheidungsversuch‹.«
Trotz dieser Aufklärung durch Gloria und Jackie kann ich die Mitspieler von Quizsendungen nur bewundern. Von Woche zu Woche werden die Spiele komplizierter, die Preise phantastischer und die Kandidaten aufgeregter.
Ich habe miterlebt, wie die armen Hausfrauen, die sich zu einer solchen Sendung gemeldet hatten, alle Stadien durchliefen, von hysterisch zu frenetisch und wieder zurück. Ich frage mich allen Ernstes, wie lange sie einem derartigen Streß überhaupt noch standhalten können. Vorige Woche habe ich mir eine ganz neue Sendung angesehen. Sie hieß kurz und prägnant: INFARKT. Ihr zu folgen war relativ leicht.

Eine Teilnehmerin wurde gebeten, eine Zahl zu wählen, die zu einem Ballon gehört. Wenn sie dann den Ballon platzen ließ, fiel ein Kärtchen heraus, auf dem stand GEWINN. Danach spielte sich folgendes ab:
»Na, Frau Schlau«, sagte der Moderator strahlend, »wissen Sie auch, was Sie da gewonnen haben?«
Frau Schlau schüttelte wie benommen den Kopf.
»Sie haben soeben 25 Tausender gewonnen.«
Die Kapelle stimmte ›Das kann doch einen Seemann nicht erschüttern‹ an. Frau Schlau tat einen Luftsprung von circa 3 m lichter Höhe und umarmte den Moderator, wobei sie hemmungslos zu schluchzen begann.
Der Moderator hob die Hand und gebot Ruhe. »Italienische Lire. Wissen Sie, wieviel das in amerikanischem Geld ist? Ungefähr 48 Dollar und 12 Cent. Schade, liebe Frau Schlau, sehr schade. Aber noch einen Moment Geduld. Sie dürfen sich diese Lire bei einer italienischen Bank abholen. Sie haben nämlich zusätzlich einen dreiwöchigen Aufenthalt in Rom gewonnen.«
Frau Schlau griff sich mit beiden Händen ans Herz und tat ein paar taumelnde Schritte, während die Kapelle erneut spielte. Frau Schlau packte den Moderator am Ärmel.
»Natürlich ist Rom im Staate New York gemeint«, grinste dieser.
Frau Schlau sank wieder etwas in sich zusammen, emotionell erschlafft.
»Warten Sie! Einen Moment! Sehen Sie sich erst mal an, was Sie zur Reise tragen werden!«
Der Vorhang öffnete sich, und man sah einen Nerzmantel im Wert von mindestens 4000 Dollar. Der Mode-

rator half ihr hinein. Frau Schlau schaffte ein zittriges Lächeln und ein kleines Winken ins Publikum.
»Schade. Nicht Ihre Größe. Zu dumm. Liebe Frau Schlau, hätte der Mantel Ihnen gepaßt, wären Sie in einem Nerz für mindestens 4000 Dollar nach Hause gegangen, in dessen Tasche ein Bankbuch der Schweizer Kreditanstalt über 100 000 Franken steckt.«
Frau Schlau sank ohnmächtig zu Boden. Der Moderator beugte sich über sie. »Sie sind leider nicht bei Bewußtsein geblieben, liebe Frau Schlau. Und das wird in den Spielregeln nun einmal verlangt. Aber weil Sie so nett mitgemacht haben ... Keiner soll uns mit leeren Händen verlassen. Als Trostpreis überreiche ich Ihnen einen Herzschrittmacher mit Ihrem Monogramm. Applaus für unsere Kandidatin Frau Schlau!«
So, wie ich die Sache sehe, ist es nur eine Frage der Zeit, bis als Teilnehmer bei solchen Ratereien nur noch echte Profis zugelassen sein werden. Diese haben sich selbstverständlich vorher einer gründlichen ärztlichen Untersuchung zu unterziehen. Und eines fernen Tages werden wohl alle Teilnehmer den Lehrgang »Jubel und Frohlokken« absolvieren müssen, der bis dahin überall im Lande abgehalten wird. Der Prospekt eines solchen Trainingslagers dürfte sich etwa folgendermaßen lesen:

Jo Carters Lehrgang für Jubel und Frohlocken

Zielgruppe unseres Lehrgangs:
Alle Personen über 18, die härtesten körperlichen Anforderungen gewachsen sind und die
a) höher springen können als der längste Quizmaster,
b) die Symptome eines nahenden Herzanfalls ignorieren können, wenn sie eine Reise nach Athen gewonnen haben und sich herausstellt, daß Athen in Georgia gemeint ist und nicht Athen in Griechenland,
c) vier Stunden lang im Sperrfeuer blendender Scheinwerfer warten können, aufgetakelt wie ein Kriegsschiff, und die, wenn sie schließlich von einem unserer großen Plauderer aufgerufen werden, *immer noch* gleichzeitig lachen und weinen können.
Sonderkurse (jeweils mit Abschlußzeugnis)
Bibbern und Wimmern (3 Unterrichtsstunden)
Pflichtfach für alle Kandidaten. Härtetraining für den Zeitraum zwischen Beantwortung der Fragen und Nennung des Gewinns. Umfaßt unter anderem: Lippen blutig beißen, Hände ringen, Anzüglichkeiten aus dem Publikum anhören, Augen verdrehen, bis man nur noch das Weiße sieht etc.
Was tun, wenn man das Auto, also den ersten Preis, gewinnt? (3 Unterrichtsstunden)
Ein grundlegender Kurs in Hysterie, geleitet vom Gewinner eines Quiz, der die Frage, wer Max und Moritz waren, beantworten konnte und auf diese Weise einen Chevrolet Baujahr 1953 gewann.

Umarmen und Küssen des Moderators vor der Kamera braucht nicht tödlich auszugehen (3 Unterrichtsstunden)
Die gefährdeten Stellen am Hals des ›Gastgebers‹ der Show werden aufgezeigt, es wird demonstriert, wie leicht man ihm bei dankbaren Umarmungen die Atemwege abklemmen und Erstickungsanfälle auslösen kann, ferner wird erläutert, warum man den Moderator nicht vom Boden hochheben darf.
Was tun, wenn man Schmerzen in der Brust kriegt?
Erkundigen Sie sich, welche Shows Sauerstoffapparate bereithalten und wo von Ihnen erwartet wird, daß Sie einen Infarkt elegant überspielen. Bedenken Sie: Wenn Sie in Ohnmacht fallen, gibt es Trubel, aber keinen Jubel. Lernen Sie aufrecht stehen bleiben.
Wie man der Steuerbehörde gegenüber den Verlierer spielt
Ein paar praktische Tips, wie man mit einem Beutel voller Geld an Einkommensteuerprüfern vorbeiwankt und trotzdem amerikanischer Bürger bleibt.
Immer daran denken:
Die Beteiligung an Fernsehquizsendungen kann gesundheitsschädlich sein! Werden sie vorher Profi!
Schade, für Frau Schlau kommt mein Vorschlag wohl zu spät.

10.

Moden und Marotten, die mich nicht hinreißen konnten

Man liest ja immer nur die Geschichten der großen Erfolge!
Von dem Starlet, das am Abend einen Ohrring verliert, und am nächsten Morgen trägt ganz Amerika nur einen Ohrring. Von dem Diskolook, den John Travolta auslöste. Oder von einer First Lady, die für die Dauer ihrer Amtszeit unser aller Garderobe bestimmte.
Wie aber steht es mit den Geschichten der Mißerfolge? Mit den Moden, die an ein und demselben Tag kamen und verschwanden?
Was ist mit den Modeschöpfern, deren Hoffnungen und Träume zerplatzten wie die Luftballons, angestochen vom schrillen Gelächter von 59 Millionen Frauen? Einige modische Trends dringen eben nicht durch. Erinnern Sie sich noch an das Kratz-und-Riech-Hemd? Eigentlich hätte es ein toller Hit werden müssen, im Prinzip war es nämlich großartig. Man kratzte sich, und – voila – voila – es verbreitete sich ein Parfum, das von Dior bis Pizza die ganze Geruchsskala umfaßte. Leider gab es zu viele Nachahmer. Die Leute kratzten sich aus Statusgründen und rührten nichts auf außer Schweißgeruch. Davon bekam das offizielle Kratz-und-Riech-Hemd einen schlechten Ruf, vom schlechten Geruch mal ganz abgesehen.

Und die Gladiatorenstiefel. Wissen Sie noch? Sie waren aus Lackleder und gingen bis dicht übers Knie. Man konnte in ihnen prunken oder sich damit hinsetzen. Beides zugleich konnte man nicht.
Auch der Windel-Bikini wäre ein echter Knüller geworden, hätten seine Trägerinnen ihr Körpergewicht bei etwa 8 Pfund halten können.
Und der Popo-Pulli? Ein glatter Schlag ins Kontor. Er gehörte zu den vielen Strickmoden, die nur auf einem Kleiderbügel nach was aussehen, nicht aber auf dem menschlichen Körper. Außerdem war der Name irreführend. Er deutete immerhin an, daß jeder Popo sich mit einem Pulli bedecken sollte. In manchen Fällen bedeckte er aber nur den obengenannten Teil, Seiten- und Vorderfront blieben im Freien.
Der seidene Kissenbauch schaffte es auch nicht. Da warfen doch vor ein paar Jahren die Hersteller einen falschen Bauch in Form eines Seidenkissens auf den Markt. Die Mädchen banden ihn sich um die Taille, wenn sie gesund aussehen wollten.
Ich sah mit dem Ding derart gesund aus, daß mich zwei Männer in einem Autobus auf ihre beiden Sitze wuchteten und ein dritter das Rote Kreuz alarmierte, weil er meinte, ich käme jeden Augenblick nieder. (Der Kunstbauch ziert jetzt das Wohnzimmersofa.) Einer der ärgsten Fehlschläge aber war das Etui-Kleid aus einem Stück. Als man sich umsah und durchzählte, stellte sich heraus, daß es in ganz Amerika nur sechs Frauen gab, die in einem Etui-Kleid gut aussahen. Fünf waren Todeskandidatinnen, und eine hatte eine Xeroxmaschine zum Vater.

Aus purer Neugier schob ich einmal Etui-Kleid-Suits auf dem Ständer hin und her, bis mich eine Verkäuferin fragte: »Welche Größe suchen Sie? 42? 44? 46?«
»Jawohl«, sagte ich.
»Also welche?«wollte sie wissen.
»Alle drei. Meine Büste ist 42, meine Taille 44 und meine Hüften 46.«
»Probieren Sie mal einen Vierundvierziger«, sagte sie sachlich. »Die Kabine ist dort hinten«.
Eine solche Umkleidekabine hatte ich noch nie gesehen. Es war eine Art Gemeinschaftsraum, sehr groß, mit sechzehn Spiegeln an der Wand und einem langen Ständer in der Mitte, an den man hängte, was man nicht wollte. Eine Frau zog sich gerade aus. An der Tür stand eine andere Frau, die darauf zu achten hatte, daß man nicht mehr bekleidet wegging, als man gekommen war.
Für mich ist jede Probierkabine so etwas wie ein Beichtstuhl, ein Ort, in dem mein Körper und meine Zerknirschung allen vorhandenen Raum einnehmen. Für was anderes ist da kein Platz. Ich sah mich um. Alle Blicke waren auf eine einzige Frau gerichtet. Sie wog ungefähr sechs Pfund und probierte gerade ein Etui-Kleid. Es glitt an ihr herauf, über ihre Hüften bis zu den Armen. Etwas in meinem Inneren zog sich zusammen, als sie den übrigen Stoff um ihre Taille zurechtzupfte.
Die Verkäuferinnen konnten kein Auge von ihr wenden. Ich kannte diese Mienen schmerzlicher Gekränktheit, hatte sie aber bisher nur einmal gesehen, in einem Film mit Charlton Heston, unmittelbar bevor sich das Tor öffnete, das die ersten Christen von den Löwen trennte. Schritt für Schritt näherte ich mich der Frau und raunte

ihr zu: »Gehen Sie lieber, meine Dame, ehe man Sie hier in Stücke reißt.«
Dann war ich dran. Fünfzehn Minuten lang zerrte und quetschte ich mich in das Etui-Kleid. Dann sah ich in den Spiegel. Die Brust war als Rücken getarnt, der Bauch sprengte fast die Knöpfe, die Blutzirkulation in den Beinen war bereits abgeschnürt, sie waren völlig taub, der Saum schleifte am Boden.
Und wie war's mit den Plateauschuhen, auf denen man Schwindelanfälle und Nasenbluten bekam? Oder sich sogar das Bein brach, wie die Dreizehnjährige in England, die von ihnen abrutschte?
Als ich diese Klotzen das erste Mal anprobierte, sagte ich mir, da gehört ein Schild hinein: *Warnung! Diese Schuhe können lebensgefährliche Schäden hervorrufen. Das Gesundheitsamt.*
Ich hatte immer gedacht, Plateauschuhe seien etwas, das Napoleon anzog, damit er beim Küssen weiter oben ist. Dann sah ich sie an einer Frau, die zur gleichen Kosmetikerin geht wie ich. Anfangs versuchte ich ihre Entstellung zu ignorieren. (Meine Mutter hat mich immer gelehrt: nicht anstarren, die armen Menschen wissen ja, wo ihr Problem sitzt.) Aber schließlich fragte sie mich:
»Was sagen Sie denn zu meinen neuen Schuhen?«
»Ich weiß, man kann darin auf dem Wasser gehen«,sagte ich.
»Über so was sollten Sie keine Witze machen«, tadelte sie. »Für einen Menschen, der so klein von Wuchs ist wie Sie, könnte sich die ganze Welt verändern. Keilabsätze heben Sie vom Boden, strecken Ihren Körper und lassen

Sie 20 Pfund schlanker aussehen. Wie groß sind Sie? Und wieviel wiegen Sie?«

Ich hatte nicht die Absicht, ihr meine Körpermaße anzuvertrauen. »Ich will mal so sagen«, sagte ich, »meinem Stammumfang nach müßte ich eine 30 m hohe Sequoia sein.«

»Na also, Sie brauchen Keilabsätze«, triumphierte sie.

Im ersten Paar, das ich anprobierte, fühlte ich mich großartig. Ich wedelte mit den Zehen, und sie sprangen federnd wieder zurück wie ein Pfeil. Meine Knöchel fühlten sich fest an, und ich selbst fühlte mich sehr groß. Bis ich aufstand.

Als ich mühselig bis zum Spiegel gewankt war, sah mich daraus etwas an, das einer nicht recht gelungenen MATER DOLOROSA glich.

»Wieso schaust du so komisch?« fragte mich daheim eins der Kinder. (»Sprich mich nicht an«, knurrte ich. »Ich habe alle Hände voll zu tun, meine Schuhe nicht zu verlieren.«) Nach fünf Minuten bekam ich Schmerzen. Sie setzten an der Rückseite der Beine ein und strahlten bis zu den Hüften, schließlich bis hinunter zu den Zehen aus. Nach einer Stunde waren meine Fersen feuerrot, und meine Zehen fühlten sich an, als würden sie durch das Vorderende eines Kugelschreibers gequetscht.

Körperliche Schmerzen allein zählen jedoch nicht, wenn man bedenkt, daß mich diese Instrumente 18 Dollar gekostet hatten und ich nie ein Paar Schuhe wegwerfe, bevor die Sohlen durchgelaufen sind. Diese Sohlen aber sind 10 cm dick, und erst als *versteinerte* Sequoia werde ich aus dem orthopädischen Alptraum erwachen!

Eine Mode gibt es allerdings, die nie wirklich ›in‹, aber

anscheinend auch nie völlig ›out‹ ist. Jedes Jahr entwirft ein Designer die ›Handtasche mit dem Ordnungssystem‹. Ich bin kein Typ für Ordnungssysteme. Ich möchte es so ausdrücken: Würde ein Preis von einer Million ausgesetzt für jemanden, der einen Milchzahn aus dem Jahr 1958, Autoschlüssel zu einem vor drei Jahren verkauften Wagen, ein einzelnes Pfefferminzbonbon gegen Mundgeruch und einen übriggebliebenen Strumpfschoner in der Handtasche mit sich herumträgt, so wäre ich heute Millionärin.

Diese Schlamperei stört nur die Reformapostel, die System in die Handtaschen bringen wollen. Diese Wohltäter, die nicht ruhen, bis man die Wagenschlüssel oben in der Tasche in einem Clip trägt, mit Taschenlämpchen und einem Schild SCHLÜSSEL versehen.

Übrigens ist eine der fanatischsten Anhängerinnen der Systemhandtaschenbewegung meine leibliche Mutter. Sie kann nicht begreifen, warum ich ein Kaugummipäckchen mit mir herumtrage, in dem kein einziger Kaugummi mehr ist, und was ich mit einem rostigen Nagel anzufangen gedenke. Sie konnte es kaum erwarten, mir zum Geburtstag eine der Handtaschen zu schenken, in denen alles seine Ordnung hat. Das Ding sieht aus wie ein Postamt. »Als erstes wollen wir uns mal hinsetzen und miteinander alles durchorganisieren«, sagte sie. »Dann brauchst du nie mehr in deiner Handtasche herumzusuchen. Gib mir mal dein Scheckbuch.«

»Habe ich keines«, sagte ich. »Ich nehme die Scheckformulare lose mit.«

»Ja, worauf trägst du denn ein, für wen du sie ausgestellt hast?«

»Auf den Kassenzetteln aus dem Lebensmittelladen.«
»Und wo hebst du die auf?«
»In den dicken braunen Tüten, in denen die Lebensmittel sind.«
»Und wo sind die?«
»Unter der Spüle. Sie warten auf die Müllabfuhr.«
»Aha. Also weiter: Wo ist dein Paß?«
»Mein was?«
»Dein Paß! Den du brauchst, wenn du in ein fremdes Land einreisen willst.«
»Einen Paß brauche ich nur, wenn ich das Schlafzimmer deines Enkels betrete.«
»Hier ist das Täschchen für das Make-up. Wo hast du das?«
»Im Gesicht.«
»Wie wäre es«, sagte sie geduldig, »wenn du all diese kleinen Fächer und Täschchen selber füllen und mich damit überraschen würdest?«
Nach ein paar Tagen sah sie meine Handtasche liegen und kontrollierte sie. Ich hatte alle Tombolabilletts unter *Reiseschecks,* meine Haarspangen und einen einzelnen Ohrclips unter *Clubmitgliedschaften,* die Rabattmarken im Paßfach und ein paar künstliche Wimpern unter *Kreditkarten* einsortiert. Im Make-up-Täschchen steckten zwei abgenutzte Dichtungsringe, die ich durch neue ersetzen wollte. »Hoffentlich bist *du* jetzt glücklich, *ich* kann überhaupt nichts mehr finden«, platzte ich heraus.
Ein weiterer Trend, den ich nicht ausstehen kann, der aber sowieso zum Untergang verurteilt ist, sind die Namenszüge auf allem, was man heutzutage trägt. Ich kenne eine Menge Frauen (zwei, um ganz genau zu sein),

die herumlaufen wie eine Anschlagsäule. Auf ihren Handtaschen ist die Unterschrift von Gucci, auf ihren Schals hat Ives Saint-Laurent sich verewigt, und auf dem Muster ihrer Blusen kehren die Namen Wayne Rogers immer wieder. Wer meine Kleider herstellt, ahne ich nicht. Auf jeden Fall geniert er sich, sie zu signieren. Nur einmal war ich dem Geheimnis auf der Spur, da fand ich in einer Hose einen Papierstreifen, auf dem stand: Kontrolliert von 56.

Wer mag 56 sein? Woher stammen? Als ich die Hosen jedoch eine Weile getragen hatte, bekam ich eine gewisse Vorstellung von der Kontrolleuse 56. Sie muß einmal, bis ihre Augen nachließen, in einer Markisenfabrik Entwerferin gewesen sein. Als sie nicht mehr genügend sah, um einen Reißverschluß an eine Zeltklappe zu nähen, steckte man sie zu den Hosen. Sie betrachtet Hosen als eine Art Zelt – eine einzige Universalgröße, die jedem paßt.

Ich habe mich bemüht, sie ausfindig zu machen, aber nur erfahren, daß sie inzwischen ihren Namen in »Inspektion 94« geändert hat. Es stört mich kein bißchen, wenn die Kinder in Sportstrümpfen herumrennen, in die als Markenzeichen zwei Füßchen eingestickt sind, oder mir aus jeder Naht ihrer Bluejeans der Name Levi entgegenflattert. Meine Freundin allerdings, die hat es mit den Statussymbolen.

Als wir neulich zusammen beim Lunch saßen, zog sie plötzlich scharf die Luft ein. »Hast du das gesehen? Violet trägt eine Bluse von Lanvin!«

»Woran siehst du das?«

»An ihrer Brust, dort steht es«, antwortete sie.

»So was ist mir zu billig. Wenn die Leute nicht nach

einem flüchtigen Blick an Stil und Schnitt meiner Kleidung erkennen, wer sie entworfen hat, mache ich nicht noch Reklame dafür«, versuchte ich die hochnäsige Tour.

»Ich glaube dir kein Wort«, meinte sie bissig. »Wenn in deinen Kleidern auch nur das Schild ›dauerplissiert‹ eingenäht wäre, du zögst sie verkehrt herum an!«

Das war eine recht unfaire Anschuldigung seitens einer Frau, von der ich genau wußte, daß sie die Nächte hindurch Pinguine auf die Golfhemden ihres Mannes malt. Also sagte ich ihr unverblümt: »Du bist ein solcher Snob, daß es dir recht geschähe, wenn du an eine dieser 50-Dollar-Handtaschen gerietest, die vor etwa einem Jahr herausgekommen sind. Die Designer haben ein unanständiges Wort ins Muster einweben lassen. Englisch sprechende Frauen hatten keine Ahnung, daß es etwas Obszönes bedeutet.«

»Das schlimme bei dir ist«, sagte meine Freundin, »daß du neuen Modetrends gegenüber so gar nicht aufgeschlossen bist. Es erfordert nun mal Mut, anders zu sein als die anderen. Aber dir fehlt dazu jeder Schneid. Wetten, daß du noch nie im Morgenrock auf einer Party warst?«

»Seit der Nacht, in der man mir auf dem Teetisch den Blinddarm rausschneiden mußte, nicht mehr, das stimmt.«

»Barbara Walters hat das glatt mal gemacht«, berichtete sie. »Sie war zu einem Galadiner auf den Philippinen eingeladen und hatte kein langes Kleid mit. Das Diner sollte in zehn Minuten anfangen. Sie wollte schon absagen, da fiel ihr ein, daß sie einen roten Morgenrock im

Gepäck hatte, der gut passen würde. Er rettete die Situation. Na, wie wird dir, wenn du so was hörst?«

»Übel.«

In meinen Schränken hängt kein Morgenrock, der sich auch nur für das Tanzstundenfest der 8. Klasse eignete, übrigens nicht einmal für den Hausbesuch meines Arztes. Irgendwie sehe ich mich nicht bei einem Galadiner auf den Philippinen in zwei abgetretenen blauen Hausschuhen, einem Flanellmantel mit gespuckter Milch auf der Schulter (das Baby ist mittlerweile achtzehn), dem in Höhe des Bauches ein Knopf fehlt und in dessen ausgebeulten Taschen Papiertaschentücher stecken, die nach Nasensalbe riechen.

So habe ich denn neulich die Runde durch die Damenwäscheabteilung gemacht. Jetzt verstehe ich, wie Barbara Walters mit ihrem Morgenrock durchkommen konnte. Nie im Leben habe ich so herrliche Gewänder und Negligés gesehen.

»Ist das nicht einfach super?« fragte mich die Verkäuferin und hielt mir einen Seidenmantel hin.

»Ja, ja, ich fürchte nur, das ist nichts für mich. Ich halte mich an die Faustregel, nie etwas im Bett anzuziehen, unter dem man einen Hüftgürtel braucht.«

»Und wie wär's damit?« fragte sie und hielt ein Stück durchsichtiges Nylon hoch.

»Auch habe ich mir geschworen, nie etwas im Bett zu tragen, über das man einen Schlafrock anziehen muß.«

»An was hatten Sie denn gedacht?« fragte sie.

»An etwas mit Ärmeln und einem Rollkragen, das man unter den Füßen mit einem Reißverschluß zumacht.«

Sie hielt ein weiteres Negligé hoch. Ehrlich gesagt, es war

einfach ein Schlager. »Das nehme ich«, sagte ich kokett. Voriges Wochenende raffte ich allen Mut zusammen und beschloß, das Ding als Abendkleid anzuziehen. Es konnte ja sein, daß meine Freundin recht hatte. Als ich ins Zimmer trat, richteten sich tatsächlich alle Blicke auf mich. Auch mein Mann sah auf und sagte: »Los, beeil dich, zieh dich an. Wir fahren in zehn Minuten.«

Es hat noch andere Blindgänger gegeben, zu viele, um sie alle aufzuzählen. Wer könnte je das Röhrenkleid vergessen, entworfen für Frauen, die sich gern per Post verschicken lassen, oder den Orientlook, der so lange Mode blieb, wie der Iran noch Öl lieferte, oder die Marotte, sich die Ohrläppchen durchstechen zu lassen. Ich wußte gleich, daß das nie dauern würde.

Meine Tocher war wild darauf, es sich machen zu lassen, und es gelang mir nicht, ihr das auszureden. Ich warnte sie: »Wenn die Operation so kindereinfach wäre, würden die Frauenzeitschriften längst einen Do-it-yourself-Apparat dafür propagieren.«

Also gingen wir beide in die Schmuckabteilung eines großen Kaufhauses, wo man sich in einen Stuhl setzen und sich die Ohrläppchen durchbohren lassen konnte.

»Ich werde zuschauen«, sagte ich.

Als ich wieder zu mir kam, lag mein Kopf in BACKWAREN und meine Füße in SPORTARTIKEL.

»Ist es vorbei?« keuchte ich.

»Aber ja«, sagte meine Tochter. »Ging alles prima. Du bist in Ohnmacht gefallen, als du die Anästhesistin fragtest, welches Narkosemittel sie benutzt, und dann war es bloß eine Kundin, die sich eine Perlenkette ansah. Schau mal, meine Ohrringe!«

Sie warf ungefähr acht Pfund Haar in den Nacken und enthüllte ein goldenes Ringlein von der Größe eines Kommas in ihrem Ohrläppchen.
Dafür hätte ich mir nicht so gründlich die Hände zu waschen brauchen!

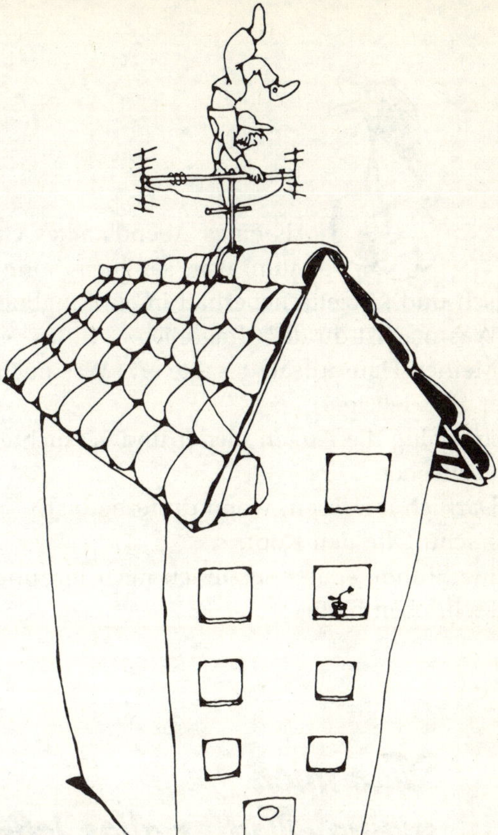

11. Wie lerne ich fließend kind-isch?

Als eines Abends allles Geschirr abgeräumt war, saß mein Sohn am Küchentisch und kritzelte fieberhaft in ein Ringbuch.
»Was machst du da?« fragte ich.
»Meinen Hausaufsatz«, sagte er. »Was mich meine Mutter alles lehrte.«
Ich schlug die Augen nieder und versuchte, bescheiden auszusehen.
»Darf ich ihn lesen, wenn du fertig bist?«
Er schüttelte den Kopf.
Eine Stunde später setzte ich mich hin und las, was er geschrieben hatte.

Was mich meine Mutter alles lehrte

Logik

Wenn du vom Rad fällst und dir das Genick brichst, kannst du nicht mit mir einkaufen fahren.

Medizinisches

Wenn du nicht aufhörst zu schielen, bleiben deine Augen stehen. Es gibt bis jetzt noch kein Medikament, keine Kur, keinen Fernsehkurs und kein wissenschaftliches Forschungsprogramm gegen erstarrte Augen.

Besonderes

Zieh dir sofort eine Wolljacke über. Meinst du, ich weiß nicht, wann *dir* kalt ist?

Unmögliche Befehle

Wo ist deine Schwester, sprich nicht mit vollem Mund, antworte mir gefälligst.

Freude

Du wirst dieses Jahr deine Ferien genießen, und wenn ich dir jeden Knochen einzeln brechen muß.

Humor

Wenn dir die Rasenmähmaschine sämtliche Zehen abschneidet, komm damit ja nicht zu mir gerannt.

Ich werde Kinder nie verstehen. Ich habe übrigens nie behauptet, es zu können. Überall treffe ich Mütter, die gute Vorsätze fassen: »Ich werde meinen Kindern gegenüber mehr Geduld an den Tag legen. Ich werde mein Äußerstes tun, um ihnen zu zeigen, daß ich mich für sie und ihr Tun interessiere. Ich will meine Kinder *verstehen!*« Das Ende vom Lied war noch immer, daß diese Frauen Stoffreste zu Flickenteppichen zerschneiden – mit stumpfen Scheren!

Ich bin fest davon überzeugt, daß Kinder unser Verständnis gar nicht wollen. Unser Vertrauen – ja, unser Mitgefühl, blinde Zuneigung und die Wagenschlüssel – ja. Aber wer sie verstehen will, kommt in des Teufels Küche.

Für mich werden sie auch weiterhin zu den Welträtseln gehören.

So habe ich zum Beispiel nie verstanden, wie ein Kind aufs Dach klettert, die Fernsehantenne erklimmen und die Katze retten, aber nicht den Korridor entlanggehen kann, ohne sich mit schmuddeligen Händen an beiden Wänden abzustützen.

Oder aber wie ein Kind schmutzigen Schnee fressen, den Hund auf die Schnauze küssen, einen im Aschenbecher gefundenen Kaugummi kauen, das erdverschmierte Ende des Gartenschlauchs in den Mund nehmen kann und sich weigert, aus einem Glas zu trinken, das sein Bruder benutzt hat.

Wieso kann ein Junge mit dem einen Fuß hinter der Startlinie balancieren und dabei den Baseball mit den Fingerspitzen vom Boden aufheben, nie aber ein Stück Seife, bevor es im Abfluß zerläuft?

Ich habe Kinder acht Stunden hintereinander radeln, rennen, hopsen, Ball spielen, Zelte aufschlagen, schaukeln, Krieg spielen, schwimmen, um die Wette laufen sehen – aber der Gang zum Mülleimer ist ihnen zu weit. Ich stehe vor einem Rätsel, wie ein Kind aus drei Kilometern Entfernung einen Schokoladenriegel erkennen kann, aber nicht sieht, daß es einen 4 mal 6 m großen Teppich faltig getrampelt und durch zwei Zimmer mit sich geschleppt hat.

Wissen *Sie* vielleicht, warum ein Kind zu Hause ein Wiener Würstchen mit Senf und Semmel ablehnt, nur um wenige Stunden später an einem Stand, wo sie 50 Cent das Stück kosten, sechs davon zu essen? Haben Sie sich schon einmal gefragt, wie es kommt, daß man unter der Spüle, im Bad, auf der Veranda unterm Kaffeetisch, im Sandkasten, im Wagen, im Wäschekorb und vor der Waschmaschine über Kinderschuhe stolpert, aber nie auch nur einer zu finden ist, wenn der Rasen gemäht werden müßte?

Ließe sich die Aufzucht von Kindern in einem einzigen modernen Wort zusammenfassen, so lautete dieses eine Wort: FRUST. Denn sooft man meint, man liefe bereits auf der Zielgeraden, muß man feststellen, daß man immer noch beim Start ist. Nicht, daß man für seine Leistungen wunder was erwartete – aber doch wenigstens ein dürftiges kleines Entgelt.

Nur ein Beispiel: die Geschichte mit dem Wagen neulich. Meine Älteste brachte vorige Woche ihr Vehikel zur Reparatur in die Werkstatt und benutzte in dieser Zeit mein Auto.

Drei Tage lang saß ich ohne meine vier Räder zu Hause,

und das ist etwa so, als ob man zu Zsa Zsa Gabor sagt, sie bekäme nie wieder Hochzeitskuchen.

Als sie ihren Wagen wiederkriegte, brachte sie mir meine Schlüssel zurück und sagte: »Mami, du schuldest mir drei Dollar für Benzin, das ich in deinen Tank habe einfüllen lassen.«

Ich traute meinen Ohren nicht. Diese Worte äußerte ein Kind, in das ich Vitamine im Wert von 887 Dollar eingefüllt hatte. Dem ich insgesamt 154 Dollar für ausgefallene Milchzähne unters Kopfkissen gelegt hatte. Dem ich für 2000 Dollar Spielzeug gekauft hatte (die Batterien nicht mitgerechnet). Dem ich Schecks für 186 verschiedene Gesichtswässer ausgestellt hatte, damit es ein einziges Pickelchen los wurde. Das ich ins Ferienlager geschickt habe. Für das ich den Ausgußsiphon auseinandergeschraubt habe, um den verlorenen Freundschaftsring wiederzufinden. Um dessentwillen ich mich totgeängstigt habe, als es über das Thema »Die Sexualität des Menschen« eine Eins schrieb.

Plötzlich fiel mir ein Leserbrief ein, den mir ein Teenager geschrieben hatte. Vielleicht würde der meiner Tochter zu denken geben.

»Hör dir das mal an«, sagte ich und las ihr aus dem Brief folgendes vor:

»Liebe Mrs. Bombeck,

Eltern sagen ihr Leben lang zu ihren Kindern: Da habe ich mir nun die Hände für dich wundgearbeitet, jede Menge Opfer gebracht – und was habe ich davon?

Wollen sie wirklich eine Antwort, liebe Mrs. Bombeck?

Eltern haben davon unordentliche Zimmer, schmutzige Wäsche, struppige Haare, schwarze Fingernägel, geplünderte Eisschränke. Aber noch was kriegen sie: jemanden, der sie liebhat, sich aber nie die Zeit nimmt, ihnen das mit Worten zu sagen. Jemanden, der sie bei jeder Gelegenheit verteidigt, auch wenn Mütterchen Stützstrümpfe trägt und gern Schnulzen hört, täglich die Wäsche wechselt und ihre Kinder in Gegenwart Dritter küßt.

Stimmt, die Eltern haben manchmal zuviel geredet, sich manchmal zu früh abgewandt. Aber dafür haben sie mit uns gelacht und geweint, und gerade ihr Schmerz über die Kontaktschwierigkeiten, Enttäuschungen, Ängste und Verärgerungen haben uns trotz unseres Dranges nach Freiheit, Unabhängigkeit und Eigenständigkeit deutlich gemacht, wie sehr sie an uns hängen.

Und wenn wir erst von daheim fort sind, wird es immer ein bißchen an unserem Herzen zerren, weil wir sie vermissen, sie und unser Zuhause und alles, wofür es stand. Was wir aber am allermeisten vermissen werden, wird die immer neue Bestätigung dafür sein, wie lieb sie uns gehabt haben.«

Meine Tochter blickte auf. Tränen waren in ihre Augen getreten. »Bedeutet das, daß ich die drei Piepen nicht wiederkriege?« fragte sie aufschluchzend.

In gewisser Hinsicht mache ich die Fachleute verantwortlich für die Bredouille, in der wir Eltern heute stekken. Sie haben uns einen tonnenschweren Schuldkomplex aufgeladen, und wir bezweifeln die Richtigkeit all unserer Handlungen.

Bei einem Psychologen las ich den Aufruf: »Schlage nie dein Kind im Zorn.«
Ja, wann denn sonst? Wenn es mir gerade einen Geburtstagskuß gibt? Wenn es sich von den Masern erholt? Soll ich ihm etwa an Sonntagen mit einem Klaps die Bibel aus der Hand schlagen?
Ein anderer Fachmann mahnt: »Gehen Sie bei Bestrafung Ihrer Kinder mit größter Behutsamkeit vor, Sie könnten seinem *Id* bleibenden Schaden zufügen.«
Bleibenden Schaden? Ich wußte ja nicht einmal, was das Id ist und wo es bei ihnen sitzt. Wurde man davon später unfruchtbar, oder kriegte man nur Kopfschuppen? Einmal kam mir ein Verdacht, was es sein könnte, und ich zog dem Kind daraufhin vier Windeln übereinander an, um nur ja abgesichert zu sein.
Und die wundervolle Kameradschaftstheorie, die bei unseren Eltern so hoch im Kurs stand? Wollen wir die doch mal abklopfen. Eines Abends kam mein Sohn mit hängenden Schultern in die Küche geschlurft, warf die Schulsachen aufs Büfett und sagte: »Das war ja wohl der widerlichste Tag meines Lebens – und alles wegen dir.«
»Wieso das denn?« wollte ich wissen.
»Weil du mich wieder auf ein Zimmer geschickt hast, damit ich alle Lichter ausknipse, ehe ich zur Schule gehe, habe ich den Schulbus verpaßt. Und weil du ewig an mir rumnörgelst, ich soll mein Zimmer aufräumen, konnte ich natürlich mein Turnzeug nicht finden und habe dafür 15 Strafpunkte gekriegt.«
»Deine Turnsachen liegen zusammengefaltet im untersten Schubfach.«
»Aha. Welcher Trottel soll sie denn da finden?«

»Überleg mal.«
»Na, hoffentlich bist du jetzt glücklich«, murrte er.
»Außerdem hab ich noch Englisch verhauen.«
»Ist das auch meine Schuld?«
»Genau. Dabei hab ich dir sogar extra gesagt, daß ich die Arbeit noch vormittags fertig haben muß, und trotzdem hast du mir gestern abend die Lampe ausgedreht und mich nicht mehr schreiben lassen.«
»Es war halb zwei Uhr früh.«
»Na ja, der Zug ist jedenfalls abgefahren. Zu Mittag gegessen habe ich deinetwegen auch nicht!«
»Und was habe ich damit zu tun?«
»Wer wollte mir denn keinen Vorschuß aufs Taschengeld von nächster Woche geben? Und noch was Nettes. Erinnerst du dich an die Lederjacke, die du mir voriges Jahr zum Geburtstag geschenkt hast? Die ist nämlich weg.«
»Und das ist meine Schuld?«
»Gut, daß du es gleich zugibst. Zu Hause höre ich ja immer nur: Häng deinen Mantel auf, häng deinen Schlafanzug auf, häng deinen Pullover auf, und wenn ich dann mal deinen Rat befolge und die Lederjacke an einen Haken in der Kantine hänge, nimmt sie sofort ein anderer mit. Wenn ich die Jacke neben meine Füße auf den Boden hätte fallen lassen, wie ich es sonst immer mache, hätte ich sie jetzt noch.«
»Heute war ja wohl wirklich ein Pechtag.«
»Ist noch nicht alles«, sagte er. »Hast du nicht vielleicht was vergessen?«
»Was könnte das wohl sein?« fragte ich.
»Solltest du mich nicht erinnern, daß wir heute nach der Schule Baseballtraining haben?«

»Ich habe dir doch einen Zettel auf den Schreibtisch gelegt!«
»Wie soll ich unter all dem Mist einen Zettel finden? Wenn ich jetzt aus der Mannschaft fliege, geschieht es dir ganz recht. O Mann, ich hab mich mit ein paar Kumpels unterhalten, und alle haben gesagt, Eltern können ihre Kinder wirklich fertigmachen.«
Ich lächelte. »Wir tun unser Bestes.«
Wenn man das Problem der Elternschaft und des Verständnisses für die eigenen Kinder analysiert, scheint es unvermeidlich, daß in diesem Lande eines nicht allzu fernen Tages eine große Kindertauschzentrale gegründet werden wird.
Ich habe noch kein Kind kennengelernt, das sich nicht verleumdet, gequält und überfordert fühlt und dem es nicht viel besserginge, wenn es Mrs. Jones zur Mutter hätte, die Unordnung *liebt* und öfters auswärts ißt. Andererseits habe ich noch nie Eltern getroffen, die sich nicht verfolgt, ausgenutzt und ungewürdigt fühlen und denen es nicht viel besserginge, hätten sie Rodney Phipps zum Kinde, der nie mit vollem Mund spricht und seiner Mami zum Muttertag einen Haartrockner schenkt.
Ich schlage daher vor, daß auf einem großen Warenhausparkplatz – der ja an Samstagnachmittagen leer ist – Eltern und ihre Sprößlinge sich treffen, prüfen, vergleichen und eventuell tauschen können, wenn sie das Gefühl haben, sie könnten sich dabei verbessern. Als ich das in meinem Bridgeclub erwähnte, kamen die Damen vor Aufregung beinahe ins Zittern. »Immer schon,« sagte Peg, »habe ich mich ›höhertauschen‹ wollen, bis zu einem Kind, das seine Handtücher selber aufhebt.«

»Das tut meine Tochter zwar«, meinte Dorothy«, aber dafür brilliert sie als Ausgußverstopferin. Wenn irgendwas nicht von selbst runtergeht, hebt sie das Beckensieb heraus und schiebt mit Gewalt nach.«

»Das fände ich nicht so schlimm«, tröstete Evelyn. »Mir wäre eine Ausgußverstopferin lieber als eine Duschsüchtige. Meine verbraucht dreimal täglich den Inhalt eines 150-Liter-Tanks.«

»Hinterher ist sie wenigstens sauber«, meinte June. »Ich tausche einen langhaarigen Brummler, die Gattung ist sehr gefährdet. Eines Tages wird er hinter all dem Haar verlorengehen und nie mehr herausfinden.«

»Du, hör mal,« begann Peg zu feilschen, »ich mache dir ein Angebot, dem du schwerlich widerstehen wirst. Ich biete dir meinen Handtuchwerfer gegen einen Jungen, der nie gelernt hat, ein Telefon zu benutzen, und als Dreingabe bekommst du noch einen Vorrat an sauberen Unterhosen für drei Wochen.«

»Da weiß ich was noch Tolleres«, versuchte ich sie zu überbieten. »Ich tausche oder verkaufe einen ruhigen Jungen, der sich zu keiner Mahlzeit verspätet, der kommt, wenn man ihn ruft, bei Tisch geradesitzt, soeben zwei Jahre Zahnregulierung hinter sich hat, leicht zu lenken ist und seine Stereoanlage nie auf Brüllstärke einstellt. Auch lächerlich niedrige Angebote können mich nicht schrecken.«

Die ganze Bridgerunde legte die Karten auf den Tisch und neigte sich begierig vornüber. Schließlich fragte June dann doch: »Und was hat er für 'ne Macke?«

»Keine. Aber er hat einen Wortschatz von nur drei Wörtchen: »Weißt du, wo . . .?«

Später gingen alle heim und behielten, was sie hatten, aber nun war ihnen wohler dabei.
Und wann endet die Elternschaft?
Das kommt darauf an, als was Sie Ihre Kinder sehen. Als Haushaltsgeräte, die man abstößt, wenn die Garantiezeit abgelaufen ist und sie anfangen Geld zu kosten? Als Versicherung für den Erlebensfall: Man zahlt achtzehn oder zwanzig Jahre lang ein und hofft auf die Rendite im vorgerückten Alter?
Oder als vergoldeten Spiegel, der seinen Besitzer in allen Einzelheiten widerspiegelt? Und wenn Sie eines Tages einen blinden Fleck darin bemerken, eine Verzerrung oder ein Ideechen, das sich nicht mit Ihrer großen Idee deckt, werfen Sie ihn hinaus und halten sich für einen Versager?
Neulich abends sagte ich zu meinem Mann: »Ich sehe unsere Kinder als Papierdrachen. Man verbringt sein Leben damit, sie vom Boden hochzukriegen. Man rennt mit ihnen, bis beide Eltern außer Atem sind, sie fallen runter – man gibt ihnen mehr Leine . . . sie streifen das Dach . . . man klaubt sie aus der Regenrinne . . . man flickt und tröstet, lehrt und schlichtet. Man sieht, wie der Wind sie anhebt, und versichert ihnen, daß sie eines Tages fliegen können. Schließlich sind sie in der Luft, aber sie brauchen noch mehr Schnur, und bei jeder Knäuelwindung, die man abwickelt, dringt ein wenig Trauer in die Freude, denn der Drachen entfernt sich weiter und weiter, und irgendwie weiß man, daß es nicht mehr lange dauert, bis diese schönen Geschöpfe die Nabelschnur durchtrennen, die sie und uns verbindet.

Hoch oben werden sie schweben, wie sie schweben sollen: frei und allein.«
»Das hast du schön gesagt«, lobte mein Mann. »Ist es zu Ende?«
»Ich glaube, ja. Warum?«
»Weil einer deiner Drachen gerade mit dem Wagen gegen das Garagentor gebrummt ist, ein zweiter läuft soeben ein, mit drei Surfboards und den dazugehörigen Freunden. Der dritte schreibt, daß er mittellos in seinem College festhängt und dringend mehr Schnur benötigt, um zu den Feiertagen heimkommen zu können.«

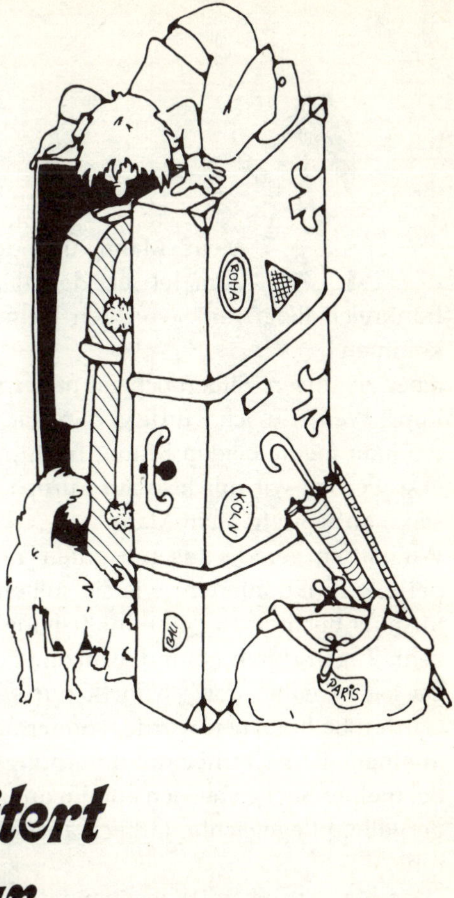

12.

Reisen erweitert nicht nur den Horizont, sondern auch die Taille

Mein Mann und ich gehören nicht zum Jet-set, der alljährlich nach Südfrankreich fliegt, um »von den kleinen Leuten wegzukommen«.

Aber als unsere Silberhochzeit näherrückte, sagte ich zu ihm: »Weißt du, ich würde gern mal irgendwohin fahren, wo man meine beiden Kinder noch nicht kennt.«

»Da werden wir uns also auf Europa beschränken müssen«, antwortete mein Mann.

Wir hatten gerade unseren guten Tag, all unsere Körperteile funktionierten, wie sie sollten, und voller Optimismus buchten wir eine Inklusivtour, die uns in fünfzehn Tagen durch einundzwanzig Länder führen sollte. Da lag es nahe, daß ich nicht nur eine sehr vielseitige Garderobe brauchen würde, sondern auch eine, die sich in einem Turnschuhbeutel unterbringen ließ.

Bei meiner Suche stieß ich auf die unvergleichliche, wundervolle, pflegeleichte, farblich abgestimmte Basisgarderobe.

»Das hier ist unsere Wochenendausrüstung«, erläuterte die Verkäuferin. »Sie besteht aus vier passenden Kleidungsstücken, die sich so kombinieren lassen, daß Sie vom saloppsten Vormittagskleid bis zum elegantesten Abendkleid immer optimal angezogen sind. Und das hier ist unsere »Vierzehntage-Ausrüstung«, eine elfteilige, meisterlich koordinierte Kollektion für sämtliche Bedürfnisse auf einer dreiwöchigen Urlaubsreise. Und hier zeige ich Ihnen unsere fantastische Kollektion ›In 80 Tagen um die Welt‹. Sie wiegt 44 Pfund und besteht aus 22 Einzelteilen, aus denen sich 155 Ensembles kombinieren lassen.«

»Das winzige Häufchen Kleider soll 44 Pfund wiegen?« fragte ich.

»Nein, natürlich nicht, die Kleider wiegen nur 8 Pfund. 36 Pfund wiegt die Jumbodose Deodorant, die es gratis dazu gibt.«

»Was kann man damit?«

»Einfach auf den Sprühknopf drücken . . .«

»Nein, ich meine nicht die Deodorantdose, ich meine die Garderobe.«

»Auch ganz einfach: Das hier ist das Basiskleidungsstück, ein kleiner Hosenanzug. Wenn Sie die Bluse aus- und das Westchen überziehen, sind Sie richtig angezogen fürs Polospielen. Wenn Sie die Hosen mit Shorts vertauschen, können Sie eine Radtour machen. Befestigen Sie diese Höschen mit Reißverschluß unter den Shorts und ziehen Sie das Oberteil dazu an, haben Sie einen Badeanzug. Knöpfen Sie die Träger ab, und Sie haben einen trägerlosen Badeanzug. Wenn Sie einen kurzen Rock dazu anlegen, können Sie Tennis spielen. Jetzt wenden Sie Ihr Blouson von innen nach außen, und es dient als kurzer Bademantel. Stülpen Sie die Hosenaufschläge herunter und ziehen Sie dazu die Bluse mit Gürtel an, so haben Sie einen Pyjama.«

»Vielseitig scheint mir die Garderobe allerdings zu sein«, stammelte ich überwältigt.
»Vielseitig ist gar kein Ausdruck! Sehen Sie sich mal die Accessoires an! In diesem Stretch-Top können Sie sich braunbrennen lassen. Ziehen Sie ihn aber über die Hüften herunter, haben Sie einen Strumpfhalter. Wenn Sie in den Abendrock steigen und sich diesen Schleier um Kopf und Schultern drapieren, sind Sie im Hochzeitskleid. Mit einem Monogramm auf dieser Jacke fliegen Sie als Mitglied der US-Schachmannschaft zu den Olympischen Spielen. Der lange Rock ist mit Plastik gefüttert. Zur Not läßt er sich in ein Zelt verwandeln, in dem man acht Tage kampieren kann. Lösen Sie die Ärmel aus dem Blouson, und Sie haben einen Kaftan. Nehmen Sie diesen Schal hier ab, rollen die Blousonärmel herunter, ziehen den Blouson verkehrt herum an und darunter Ihre Wäsche aus, schon haben Sie einen Krankenhauskittel. Sie können mir glauben, es gibt genügend Kombinationsmöglichkeiten, um sich 80 Tage lang ausschließlich aufs Anziehen zu konzentrieren.«
So war ich denn bereit für unser großes Abenteuer. Wenn Menschen über Inklusivtouren sprechen, zeigen sie sich stets beeindruckt, wie billig diese sind. Obwohl so vieles geboten wird, kalkulieren sie sich viel billiger als die Reisen daheim in den USA. Als wir eines Morgens dies Phänomen gemeinsam analysierten, kamen wir beide zum gleichen Schluß: ein Hauptgrund wird das kontinentale Frühstück sein.
Das kontinentale Frühstück besteht aus einer Papierserviette, einem Messer, einer Gabel und einem Löffel, für den niemand Verwendung hat, einer Tasse nebst

Untertasse, einem Kännchen Kaffee oder Tee und einer Marmeladedose, auf der steht: Garantiert haltbar bis Juli 1936. Und dann kommt noch eine gewisse ethnologische Besonderheit hinzu, die im Innern aller Reisenden Rebellion hervorruft: die Steinsemmel.

Das kontinentale Frühstück – man sollte wie bei gewissen Medikamenten dranschreiben: FÜR KINDER UNGEEIGNET – hat eine schleichende, aber unverwechselbare Wirkung auf alle Menschen, die es mehr als zehn Tage hintereinander zu sich nehmen.

Die ersten paar Tage behaupten die Empfänger der Steinsemmel, genau so etwas hätten sie sich gewünscht. Es ist die »Hungern macht Freude«-Nummer. Frauen kneifen sich ins Fleisch um die Taille und äußern: »Ich habe auf dieser Reise zu viel gesündigt. Ein leichtes Frühstück ist genau das, was ich brauche!«

In Wahrheit ist die Steinsemmel keineswegs das richtige Mittel, um abzunehmen. Sie wird zwar in kleinen Stükken gegessen, backt sich aber im Körper wieder zu ihrer ursprünglichen Form, einem harten Knuddel, zusammen und bildet alsbald einen festen Wall um Taille und Hüften. Und noch etwas: nach etwa elftägigem Genuß von Steinsemmeln wird man bösartig.

Wir aßen unsere erste Steinsemmel in Italien am 1. Juli. Am 15. Juli war die Reisegruppe schon ziemlich gereizt und sprach nicht mehr miteinander. Am 17. – wir waren gerade in Belgien – packte mein Mann in einem Wutanfall die Steinsemmel, schnitzte sein Monogramm hinein (WLB 1977) und schickte sie zurück in die Küche.

Am 19. Tag veranlaßte die Aussicht auf die Frühstückssemmel bereits einige Reiseteilnehmer, mit zur

Wand gekehrtem Gesicht im Bett zu bleiben. Andere benutzten die Steinsemmel dazu, Kofferschlösser aufzubrechen, Türen festzuklemmen oder hartnäckige Flekken aus dem Hemdkragen zu reiben.
Ich schien das Steinsemmeltrauma gut zu überstehen, hatte aber dafür gegen die Rache Montezumas II. zu kämpfen. (Nur wenigen Menschen ist bekannt, daß es zwei Montezumas gegeben hat. Montezuma I.lieh seinen Namen jener Beschleunigung, die man in Deutschland als ›schnelle Katharina‹ und in den USA als ›Unreifer Apfeltwist‹ bezeichnet. Montezuma II. wiederum ist allgemein als Schutzheiliger der Andenkenläden bekannt. Beide Montezumas sind Ausländern nicht freundlich gesonnen.)
Da ich unter der Rache Montezumas II. litt, war ich keine fünf Minuten im neuen Land, da verkrampften sich mir meist schon die Eingeweide, die rechte Hand umklammerte das Scheckheft, ich beschleunigte meine Schritte und stürzte mit dem Ruf »Wieviel kost, wieviel kost?« auf die Straße.
Manchmal verließ ich mein Zimmer schon in aller Herrgottsfrühe, irrte durch die Hotelhalle und murmelte vor mich hin: »Ich wittere Andenkenläden in der Nähe. Das läßt mich nicht schlafen.«
Ich war wie besessen. Ich kaufte ein Kopftuch, das mir bei Regen das Gesicht pflaumenblau färbte. Ich kaufte einen holzgeschnitzten Klopapierhalter, bei dem der einzige Zahn eines buckligen Mannes die Rolle hielt. Ich kaufte Ohrringe, Fähnchen, Bongotrommeln, Schönheitspflästerchen und einen Brieföffner aus Rentiergeweih für Linkshänder. Nach einer Weile konnte ich in

einem Reisebus nicht länger als eine Stunde ruhig sitzen, da beugte ich mich schon zum Chauffeur vor und flüsterte: »Halten Sie nicht bald bei einem Andenkenladen?«
»Ist es wirklich unbedingt nötig?« wandte er ein.
»Wollen Sie riskieren, ob es nötig ist oder nicht?« Ich kaufte Streichholzschachteln, T-Shirts, Briefbeschwerer, Wimpel, Schiffe in Flaschen, gläserne Entchen, Korkenzieher und Felsbrocken, auf denen das Vaterunser stand.
Ich kaufte mir einen Elch als Anhänger für mein Armband, eine Cocktailschürze, drei Käsehobel mit pelzüberzogenem Griff, eine spanische Diwanpuppe für mein Bett, ein Küken, das aus einem Specksteinei kroch, Aschenbecher, gläserne Untersätze, auf Leinen gedruckte Kalender, bei denen ich die Monate nicht übersetzen konnte, und ein Kochbuch »Das Wildschwein und seine Zubereitung«.
Als wir am 21. Tag das Flugzeug besteigen wollten, kamen wir nur noch mit Ach und Krach an Bord. Ich trug einen Esel aus Pappmaché in der Hand, dessen Tragschlaufe mir fast den Ringfinger amputierte. Ich stopfte eine Einkaufstasche voller Souvenirs unter den Sitz des Vordermannes.
»Du sollst vor dem Start dein Imbißtablett hochklappen«, mahnte mein Mann.
»Das ist kein Imbißtablett, das ist mein Bauch.«
Später kam die Stewardeß mit dem Lunch. Mein Mann nahm die Steinsemmel zur Hand und tastete sie mit den Fingerspitzen ab.
Auf der einen Seite war eingeschnitzt »WLB 1977«.
Wir waren uns einig, daß das nur ein Zufall sein konnte.

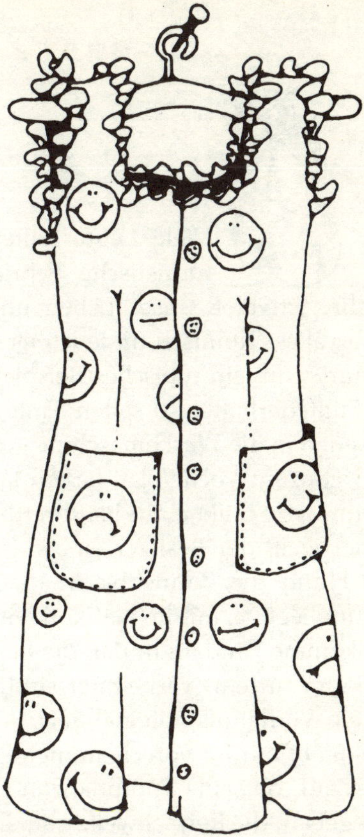

13.

Was gibt's dabei zu lachen?

Viele Leute halten mich für eine humoristische Schriftstellerin. Dabei beobachte ich bloß unser Leben und stelle es in Frage, das ist alles. Komisch finde ich es sehr, sehr selten.
Warum – um ein typisches Beispiel zu nennen – enthalten Füllfederhalter so selten Tinte, außer wenn sie aus Versehen in die Waschmaschine geraten und die Wäsche einer ganzen Woche blau färben können?
Warum wird Silikon auf Plättbrettbezüge verschwendet?
Woher weiß der Besitzer eines bissigen Hundes, wenn sein Hund die Zähne bleckt, daß das Tier »lächelt«?
Warum liegt bei mir im Nähkorb ein Fieberthermometer?
Wie komme ich darauf, daß die beiden Tauben, die dort im Baum turteln, verheiratet sind? Vielleicht haben sie nur ein Verhältnis miteinander?
Wieso fällt mir im Sprechzimmer eines Arztes immer als erstes auf, ob seine Topfpflanzen gedeihen?
Zugegeben, die Reizschwelle zum Lachen ist bei mir sehr niedrig, aber sollten Sie in den folgenden Abschnitten tatsächlich etwas komisch finden, mache ich gern ein Buch daraus!

Mikrophone

Was gibt es noch auf der Welt, das so eigensinnig, so bockbeinig sein kann wie ein Mikrophon?

Stellen Sie sich einen Augenblick lang vor, wir lebten im Jahre 1775. Bei der historischen Provinzialversammlung in Virginia erhebt sich der Staatsmann Patrick Henry zu seinem leidenschaftlichen Appell »Freiheit oder Tod!«. Er tritt ans Mikrophon und fragt, während alle Anwesenden atemlos vor Spannung auf seine ersten Worte warten: »Können mich die Herrschaften in den hintersten Reihen auch hören?«

Dieser Beginn hat schon unzählige Ansprachen eingeleitet. In den zehn Jahren, die ich auf Leserreisen gehe, habe ich Mikrophone jeder Spielart erlebt. Manche stießen nur gelegentlich Quieker aus, manche gingen kreischend zum Angriff über.

Zunächst einmal haben Mikrophone es nicht gern, von irgend jemand – wer es auch sei – angefaßt zu werden. Weil ich klein geraten bin, versuchte ich vorige Woche, eines dieser Dinger auf mich zuzubiegen. Verstehen Sie mich recht, ich habe nur ein kleines bißchen daran gedreht, und schon baumelte es schlapp herunter wie eine Zweidollardauerwelle in der Sauna. Ich mußte meinen ganzen Vortrag in Hockstellung halten.

Manche Mikrophone funktionieren nur, solange man hineinbläst. Da steht man dann wie ein Trottel, pustet und sagt: »Geht's? Hören Sie mich?« Jeder bestätigt gern, daß er einen pusten hört. Erst wenn man anfängt zu sprechen oder zu lesen, gibt es den Geist auf.

Wieder andere Mikrophone haben einen perversen Sinn

für Humor. Sie sind richtige Pointenkiller. Einigermaßen reibungslos rutscht man durch eine 3-Minuten-Geschichte, die sich immer mehr steigert. Und holt man zum Höhepunkt aus und fragt: »Und WARUM, glauben Sie, trank der Hund seinen Daiquiri nicht?«, dann schaltet sich das Mikrophon aus. Man steht da und murmelt dämlich vor sich hin: »Nun, Sie hätten eben dabeisein müssen.«
Mancher Vortragskünstler verbringt sein halbes Leben damit, beim Mikrophon nach dem Schalter EIN-AUS zu suchen. Es gibt keinen. Ich habe unter der Lampe danach geforscht, unter der Schublade, seitwärts, am Gelenk und sogar hinter dem Podium. Mir kommt allmählich der Verdacht, daß die meisten Mikrophone von einer entfernten Kontrollstelle aus bedient werden, zum Beispiel aus einem 1936er Lieferwagen in einer Garage auf der anderen Straßenseite.
Man hatte mich gewarnt: Mikrophone seien überempfindlich, und man müsse von ganz nah und mittenhinein sprechen, um gehört zu werden. So wird man meistens von Leuten hereingelegt, die die privatesten Unterhaltungen, etwa übers Essen, *mit* aufnehmen. Klar und deutlich ist zu hören: »Himmel, wollen Sie etwa sagen, daß die Verwaltung Ihnen für diesen Fraß 10 Dollar berechnet? Ja, haben die denn nie was von der Genfer Konvention gehört?«
Einige Sprecher, gewandtere als ich, haben es gewagt, sich über Mikrophone lustig zu machen. Kürzlich hat in unserer Stadt ein großer Literaturkritiker gesprochen und den Abend mit dem traditionellen »Können mich die Herrschaften in den hintersten Reihen auch hören?« begonnen.

Als einer »Nein!« brüllte, sagte er: »Woher wissen Sie dann, was ich gefragt habe?«
Das Mikrophon mußte daraufhin in psychatrische Behandlung.

Wer spricht von »siegen«

Ist Ihnen schon aufgefallen, daß in den Sportberichten keine Mannschaft mehr *siegt ?* Alle triumphieren über den Gegner, zerschmettern ihn, zerbomben, verprügeln ihn, ringen ihn zu Boden, schicken ihn heim, verweisen ihn auf seinen Platz, überfahren ihn, hämmern auf ihn ein, schlachten ihn und radieren ihn aus. Siegen ist out.
Als wir neulich die Sportsendung mit drei Sturmangriffen, vier Überfällen, einer gnadenlosen Härte und viel Feuer im Strafraum überstanden hatten, sagte ich zu meinem Mann:
»Ich glaube, die Reporter kriegen allabendlich den Inhalt eines Spezialwörterbuchs intravenös eingespritzt, damit sie immer die einschlägigen Ausdrücke parat haben.«
»Das muß so sein«, sagte er. »Das ewige ›siegte‹ und ›gewann‹ war ja schon öde.«
»Aber so wie die redet doch kein Mensch«, sagte ich. »Schau dir doch die Schlagzeile vom Sportteil an: ›Unverdient hoch mußte unsere Elf ins Gras beißen!‹«
»Na und?« sagte er. »In euren sogenannten Gesellschaftsberichten steht doch auch nie, Fräulein Soundso hat geheiratet.«
»Sondern?«
»Ich überfliege dieses Zeug manchmal«, bekannte er,

»und entdeckte: Sie ›tritt an den Altar‹, ›tauscht die Ringe‹, ›ihre Verbindung wird kirchlich eingesegnet‹ und so weiter. Nur einfach heiraten tut niemand.«
»Das ist was anderes.«
»Wieso ist das was anderes? Es geht doch darum, so klar wie möglich auszudrücken, was passiert. Als wir uns verlobten, hast du ja auch nicht deine beste Freundin angerufen und gesagt: ›Mensch, Dottie, halt dich fest, ich habe Gustav meinen Treuschwur verpfändet!‹«
»Das mit dem Treuschwurverpfänden finde ich richtig poetisch. Bestimmt besser, als daß die eine Elf die andere ›vom Feld fegt‹ oder ›zu Boden zwingt‹.«
»Weißt du was?« grinste er. »Es wäre eigentlich lustig, wenn die Kerle im Gesellschaftsteil ebensoviel Sprachphantasie hätten wie die Sportreporter. Stell dir vor, es hieße: »Betty Schmidlapp, beidseits flankiert von vier weit abgeschlagenen Brautjungfern, kreuzte am Sonnabend ganz groß auf, verwies alle Gegnerinnen in ihre Schranken und belegte im Kampf um den besten Bräutigam den ersten Platz.«
»Diese Diskussion ist albern, und ich habe keine Lust, sie fortzusetzen«, sagte ich. »Du brauchst nur zu sagen: du hast gewonnen, und wir vergessen das Ganze.«
Er saß da und dachte nach.
»Siehst du,« sagte ich, »du hast die Wörter *gewonnen* und *gesiegt* so lange nicht mehr gehört, daß du sie gar nicht mehr richtig verstehst.«
»Moment!« sagte er, »im Fachjargon würde das etwa heißen: Du konntest deinen Kontrahenten davon überzeugen, daß er in seinem allereigensten Interesse zurückstecken mußte.«

Briefe auf Vordermann bringen

Kürzlich fand ich einen Brief an meine Schwester, den ich vergessen hatte in den Briefkasten zu stecken. Ich brauchte ihn nur ein bißchen zu aktualisieren. Nach den Worten »Der Kleine ist jetzt ...« strich ich das Wort *sauber* und schrieb darüber *mit der Oberschule fertig.*

In der Nachschrift, die ich seinerzeit angefügt hatte: »Heute habe ich bei mir das erste graue Haar entdeckt«, strich ich die Worte »erste graue« und ersetzte sie durch *letzte schwarze.*

Der Rest des Briefes war noch immer aktuell. »Ich halte Diät, weil mir meine Haut zu eng geworden ist. Die Kinder sind fürchterlich, manchmal glaube ich, das Ganze ist ein Alptraum. Nächste Woche will ich das Badezimmer frisch streichen und an die übrige Familie schreiben.«

Das schlimme bei mir ist, ich schreibe nur dann gern Briefe, wenn es Aufregendes zu berichten gibt. Vor Briefschreibern, die einen auch mit Alltagsthemen vom Sitz reißen, fürchte ich mich geradezu.

Ich habe eine Menge Freunde, die mir nur einmal im Jahr schreiben: von Bord eines Vergnügungsdampfers. Sie wissen genau, daß ich vor Neid erblasse, wenn ich süße Grüße lese wie: »Wir denken an Dich auf unserer kleinen Spritztour von Insel zu Insel.« Meistens endet die Karte: »Muß rasch Schluß machen. Ein Mann, der aussieht wie Gregory Peck, verfolgt mich durchs ganze Schiff.«

Auch jene Brieffreunde kann ich dringend entbehren, die

so irsinnig gescheite, irrsinnig erfolgreiche Kinder ihr eigen nennen. Ihre Briefe strotzen von Neuigkeiten über Robbie, der eben ein Stipendium für Harvard bekommen hat (er ist so genial begabt, daß er nur dazusitzen und zu atmen braucht). Ferner gibt es da die neunjährige Rachel, eine olympiareife Florettfechterin, die sich ihre gesamte Garderobe selbst näht, eben ihre erste Geschichte an Readers Digest verkauft hat und in den kommenden Sommerferien die Bibel vom einen bis zum anderen Ende lesen will (im Urtext). Nicht zu vergessen den kleinen Kenneth, der nachts aufsteht, um selber seine Windeln zu wechseln.
Die Briefschreiber aber, die mir am allermeisten gegen den Strich gehen, sind die, bei denen das Büttenpapier hundertprozentig zum Kuvert paßt. Wenn man das nötige Zubehör hat, fällt das Briefschreiben selbstverständlich leicht. Ich aber muß wie eine Löwin kämpfen, ehe ich ein sauberes Stück Papier, einen gespitzten Bleistift und eine Briefmarke beieinanderhabe.
Heute fand ich im Briefkasten einen Brief meiner Schwester. Sie schreibt: »Ich bin froh, daß der Krieg endlich vorbei ist.« *Der Krieg* war durchgestrichen und *Weihnachten* darübergeschrieben. Dann kam, daß sie an ihrem Kleinwagen eine Riesenfreude hätte. *Kleinwagen* war durchgestrichen und *Kombi* darübergeschrieben.
Man merkt, daß meine Schwester und ich nah verwandt sind. Wir leiden am gleichen Erbübel: rezessivem Schreibkrampf.

Mütterchen umbringen

Über meinen Sohn kann ich nur immer wieder staunen. Im Alter von 21 Jahren hat er eine neue Art gefunden, sich den Hals zu brechen. Es handelt sich um Skateboardfahren.

Ehrlich gesagt, ich bin allmählich müde. Mein Leben lang habe ich mich der Aufgabe gewidmet, dieses Kind heil und gesund zu erhalten. Jetzt bin ich ein Nervenbündel, und das in einem Alter, in dem ich Schokoladenkekse knabbern und beim ersten Mittagsdämmern aufstehen sollte.

Mit dem normalen Zweirad hat es angefangen. Als ich neben meinem Sohn herrannte, die eine Hand am Sattel, die andere in seine Strickjacke gekrallt, schrie ich: »Mit diesem Ding wirst du mich noch umbringen.« Und tatsächlich, mein Schlafrock verfing sich in den Speichen, und ich hätte beinahe selber Rad geschlagen.

Stelzen waren noch ärger. Als er durchs Haus hopste, mit dem Kopf immer nur Zentimeter unterhalb der Decke, wollte ich ihn davor bewahren, in die Hängelampe zu rennen. Er verlor das Gleichgewicht, fiel auf mich, und ich lag eingeklemmt zwischen dem Fußboden und seinem Körper, und alles tat mir sehr weh.

Als er sich dann ein Pferd wünschte, versuchte ich ihn zu warnen: dem sei ich nicht gewachsen. Meinen Sie, er hätte überhaupt zugehört? Nicht einen Augenblick. Und als ich das Vieh am Zügel im Kreise herumführte, wurde ich für meine Umsicht dadurch belohnt, daß mir das fünfzehnhundertpfündige Roß auf den Fuß trat.

In dem Sommer, in dem mein Sohn fünfzehn wurde,

sagte ich ihm klipp und klar: »Mit Fußballspielen wird es nichts!«
»Was hat das denn mit dir zu tun?« wunderte sich dieser vorwitzige Rüpel auch noch keck.
»Was das mit mir zu tun hat? Na, hör mal! Ich bin deine Mutter. Wenn du deine Mutter umzubringen gedenkst, kann ich dich selbstverständlich nicht daran hindern, aber ich schwöre dir – denk an meine Worte! –, daß du dich dann an jedem Muttertag gräßlich fühlen wirst«, ereiferte ich mich voll mütterlicher Sorge. (Noch heute habe ich ein Schnackelknie. Ich habe es mir geholt, als ich ihm einen Mundschutz aufs Spielfeld bringen wollte, um seine Zahnspange zu schützen; sie hatte 1500 Dollar gekostet.)
Das hörte einfach nie auf. Nur damit ich Magenkrämpfe kriegte, sprang er vom obersten Sprungbrett ins Schwimmbassin, und als ich mich davon einigermaßen erholt hatte, kam er mit einer vorläufigen Fahrerlaubnis für Führerscheinanwärter nach Hause.
Ich glaubte, all das läge nun hinter mir. Bis neulich abends, als er mit einem kleinen Brett auf vier Rädern unterm Arm fröhlich vor sich hinpfeifend das Haus verließ.
»Wohin willst du damit?« fragte ich.
»Ich such mir einen leeren Swimmingpool, einen Hügel oder einen ausbetonierten Graben. Und dann balanciere ich mich auf dem Brettchen so hoch die Seiten hinauf, bis ich runterfalle«, erläuterte er munter seine selbstmörderische Absicht.
Ich kletterte hinter ihm auf das Skateboard, umklammerte ihn mit beiden Armen und schloß die Augen.
»Hast du denn deine Mami nicht lieb?« jammerte ich.

14.

Vor lauter Lachen muß ich weinen

Ein Interviewer hat mal gefragt, wie eigentlich die Familie Bombeck »wirklich« sei? Auch so humorvoll wie in den Büchern? Humorvoll? Nun, meine Familie hat zum letzten Mal gelacht, als der Backofen in Brand geriet und wir eine Woche lang auswärts essen mußten.
Die Krampfadern im Hals habe ich ja auch nicht vom Flüstern. Wir sagen uns abscheuliche Dinge. Wir heulen, knallen die Türen, vermurksen dies und das, begehen Fehler, erleiden Enttäuschungen, Tragödien, Krankheiten und Verletzungen. Als ich meine Familie das letzte Mal kontrollierte, waren sämtliche Mitglieder Musterexemplare des normalen, vertrottelten Durchschnittsbürgers.

Wann wurde ich die Mutter und meine Mutter das Kind?

Ein Atomphysiker hat es einmal ausgerechnet: Wenn eine Zwanzigjährige ein Baby bekommt, ist sie zwanzigmal so alt wie das Baby. Wenn das Baby zwanzig Jahre alt und die Mutter vierzig ist, ist sie nur doppelt so alt wie ihr Kind. Wenn das Baby sechzig ist und die Mutter achtzig, ist sie nur noch 1⅓mal so alt wie ihr Sprößling. Wann wird das Baby die Mutter eingeholt haben? Ja, wann?

Beginnt es in der Nacht, in der deine Mutter sich schlaflos im Bett wälzt und du in ihr Zimmer gehst und ihr die Bettdecke über die bloßen Arme hinaufziehst? Oder an dem Nachmittag, an dem du nervös und reizbar bist und in scharfem Ton sagst: »Wie soll ich dir denn eine Heimdauerwelle machen, wenn du nicht stillhältst? Vielleicht ist es *dir* egal, wie du aussiehst – *mir* nicht!«

(Bei Gott, hast du da nicht eben ein Echo gehört?)

Oder war es an dem Regentag, an dem du vom Supermarkt heimfuhrst und scharf bremsen mußtest und dabei unwillkürlich den Arm schützend zwischen die Mutter und die Windschutzscheibe strecktest? Haben deine und ihre Blicke sich wehmütig und wissend gekreuzt?

Die Wandlung vollzieht sich langsam, wie zwischen jeder Mutter und ihrer Tochter. Die Macht wechselt. Die Verantwortung wird übertragen. Die Pflichten werden abgetreten. Man überrascht sich plötzlich dabei, daß man die auf dem Schoß der Mutter erlernten Sätzchen und Sprüche von sich gibt.

»Natürlich fehlt dir was! Meinst du, ich merke nicht, wann dir schlecht ist? Ich komm dich um elf Uhr abholen und fahr dich zum Arzt. Sei bitte dann fertig.«

»Und wo ist wieder deine Strickjacke? Du weißt doch, wie kalt es in den Geschäften mit Klimaanlage ist. Eine Erkältung wäre jetzt genau das Richtige für dich!«

»Du siehst aber nett aus heute. Hab ich dir nicht gesagt, daß es dir prima stehen wird? Das andere Kleid macht

dich alt. Wozu denn älter aussehen, als man ist?«
»Mußt du noch mal ins Bad, ehe wir gehen? Du weißt ja, was das beim Doktor immer für ein Aufstand ist, man muß den Schlüssel verlangen und kilometerlange Korridore entlanglaufen. Geh doch einfach bloß so zur Sicherheit, damit du's hinter dir hast.«
»Wenn du nicht zu müde bist, gehen wir nachher einkaufen. Hast du heute vormittag ausschlafen können? Sag mir's gleich, wenn du müde wirst, dann fahr ich dich heim.«
Plötzlich Auflehnung: »Danke schön, mein Fräulein, aber ich treffe meine Entscheidungen schon noch selbst. Ich weiß, wann ich müde bin, und dann bin ich vernünftig genug, ins Bett zu gehen. Hör auf, mich als kleines Kind zu behandeln.«
Sie ist noch nicht bereit, den Platz zu räumen. Aber langsam, heimtückisch und unaufhaltsam entrinnt die Zeit, und plötzlich ist niemand mehr da, an den sich Mutter halten kann.
»Wo ist wieder meine Brille? Nie kann ich sie finden. Bin ich im Kino wieder mal eingeschlafen? Worum ging es denn bei dem Film?«
»Wähl doch bitte mal diese Nummer für mich. Du weißt ja, ich krieg immer die verkehrte.«
»Dieses Jahr stelle ich mir keinen Christbaum auf. Es sieht ihn ja doch keiner, und er verdreckt nur für die nächsten Monate den Teppich.«
»Schau mal meine neue Knüpfarbeit. Ich mach sie dir, wenn du willst, in Blau für die Küche.« (Dabei fällt einem der Gipsabdruck des Händchens ein, der gerahmt über dem Sofa hängt.)

»Wo ist schon wieder meine Flugnummer und die Abflugzeiten meiner Maschine? Du tippst sie immer und steckst sie in das Mäppchen mit dem Flugticket, aber ich kann so kleine Zahlen nicht mehr lesen.«
Und wieder Auflehnung: »Wirklich, Mutter, so alt bist du noch nicht. Du kannst deine Angelegenheiten noch selbst erledigen. Du siehst doch bestimmt noch genug, um dir die Nadel einzufädeln.«
»Nein, so müde kannst du unmöglich sein, daß du nicht imstande wärst, eben mal Florence ›guten Tag‹ zu sagen. Fünfzehnmal hat sie schon angeklingelt, und nie hast du zurückgerufen! Warum gehst du nicht mal mit ihr essen? Es täte dir so gut, aus deinen vier Wänden herauszukommen.«
»Wieso hast du dein Konto überzogen? Ja, notierst du denn deine Schecks nicht, wenn du sie ausstellst?«
Noch ist die Tochter nicht bereit, die Last auf sich zu nehmen. Aber der neue Kurs liegt bereits fest.
Das erste Mal, daß Weihnachten in deinem Haus gefeiert wird und du die Gans brätst und die Mutter den Tisch deckt.
Das erste Mal, daß du dich unbewußt während eines Fernsehfilms oder im Kino zu ihr umdrehst und sagst: »Pschscht!«
Das erste Mal, daß du herbeistürzt und sie am Arm packst, wenn sie über eine gefrorene Pfütze geht. Während deine eigenen Kinder groß, stark und selbständig werden, wird deine Mutter immer kindischer.
»Nein, Mutter, ich hab das Fernsehprogramm nicht vom Fernsehapparat wegenommen.«
»Hast du doch.«

»Nein.«
»Hast du doch.«
»Nein.«
»Doch.«
»Nein.«
»Gestern abend habe ich deinen Vater gesehen. Er hat gesagt, er käme heute erst später.«
»Du hast Vater nicht gesehen, er ist tot, Mami.«
»Warum sagst du solche Sachen? Du bist ein gräßliches Gör.«
(Wie lautete es einst: »Heut ist Mister Ripple zu mir gekommen und hat mich stundenlang geschaukelt!«
»Es gibt keinen Mister Ripple. Den hast du dir ausgedacht. Der existiert gar nicht.«
»Das ist nicht wahr. Warum sagst du solche Sachen? Bloß weil *du* ihn nicht siehst? Das heißt noch lange nicht, daß er nicht da ist!«)
»Nie willst du mit mir zusammen Besuche machen. Du zerfranst dich viel zu sehr für die Kinder. Dabei haben sie dich gar nicht mehr nötig.«
(»Was, du willst schon wieder Bridge spielen gehen? Immer gehst du weg, und nie hast du Zeit, mir Geschichten vorzulesen.«)
»Mutter, sprich um Himmels willen nicht davon, daß Fred ein Toupet trägt. Wir wissen es alle, bitte schweige darüber.«
(»Benimm dich, Kleines. Sprich nur, wenn du gefragt wirst.«)
Und die Tochter überlegt: »Muß das denn sein? In den vielen Jahren, in denen ich gebadet, gefüttert, beraten, bestraft, herumkommandiert und geliebt worden bin

und man jedem meiner Wünsche zuvorgekommen ist, habe ich so sehnsüchtig auf den Tag gewartet, an dem ich selber die Befehlsgewalt habe. Jetzt habe ich sie. Warum also bin ich so traurig?«

Du badest und trocknest den Körper, der dich einst beherbergt hat. Du fütterst den Mund, dessen Kuß einmal Heile-Heile-Segen für alle Wunden und Schrammen bedeutet hat. Du kämmst das Haar, dessen Locken man dir im Scherz ins Gesicht geschüttelt hat, um dich zum Lachen zu bringen. Du ziehst eine warme Decke über die Beine, die dich früher Hoppe-Hoppe-Reiter getragen haben.

Jetzt hält deine Mutter so oft ein Schläfchen, wie sie es dir früher vorschrieb. Du begleitest sie auf die Toilette und wartest dort, bis du sie wieder ins Bett bringen kannst. Zu Silvester hast du bereits einen Babysitter für sie engagiert. Nie hast du dir vorstellen können, daß es einmal so werden würde.

Und wenn du eines Tages mit deiner Tochter in deren Wagen fährst und sie muß plötzlich scharf bremsen, streckt sie instinktiv schützend den Arm aus, damit du nicht gegen die Windschutzscheibe fällst.

Mein Gott. So bald schon?

Mike und der Rasen

Als Mike drei Jahre alt war, wünschte er sich eine Sandkiste. Sein Vater sagte: »Unseren Garten kannst du ab sofort abschreiben. Tag und Nacht werden Kinder hinterm Haus spielen und den Sand bis zu den Blumen-

beeten schaufeln, und dann werden die Katzen sich darin verewigen, und der Rasen ist hin.
Worauf Mikes Mutter erwiderte: »Der kommt schon wieder.«
Als Mike fünf Jahre alt war, wünschte er sich ein Turngerät mit Schaukeln, auf denen einem schwindlig wurde, und mit Kletterstangen bis in den Himmel.
Sein Vater sagte: »Ach du meine Güte. Solche Dinger habe ich schon in vielen Gärten gesehen. Weißt du, wie dort der Rasen aussah? Wie eine Viehweide mit Trampellöchern. Das Ding hat ein unheimliches Gewicht, und die Gören bohren ihre Turnschuhe in die Grasnarbe. Da muß ja das Gras eingehen.«
Worauf Mikes Mutter erwidert: »Das kommt schon wieder.«
Zwischen den Atemzügen, mit denen Daddy das Planschbecken aus Plastik aufpustete, warnte er: »Bist du dir klar, was die mit diesem Ding anstellen werden? Nicht, was du denkst! Sie machen eine Raketenabschußbasis draus. Na, du mußt ja wissen, was du tust. Überall werden sie mit Wasser pritscheln und ganze Seeschlachten ausfechten, und du wirst keinen Mülleimer mehr raustragen können, ohne bis zum Hals in Schlamm zu versinken, und wenn wir es mal wieder abmontieren, haben wir als einzige Partei im ganzen Block einen *braunen* Rasen.«
Mikes Mutter lächelte. »Der kommt schon wieder.«
Als Mike zwölf Jahre alt war, stellte er seinen Kameraden unser Grundstück zum Zelten zur Verfügung. Als die Jungen ihre Zelte aufbauten und die Heringe in den Boden trieben, stand sein Vater am Fenster und sagte:

»Ich möchte bloß wissen, warum ich den Grassamen nicht gleich in der Tüte den Vögeln hingestellt habe. Die Mühe der Aussaat hätte ich mir sparen können. Du bist dir hoffentlich im klaren, daß all diese Zelte und das Getrampel der Riesenjungenfüße auch noch den letzten Grashalm umlegen werden? Du brauchst mir nicht zu antworten«, fügte er hinzu, »ich weiß schon, was du sagen wirst: Der kommt schon wieder.«
Der Basketballreifen an der Seitenwand unserer Garage zog größere Menschenmengen an als die Olympischen Winterspiele. Und eine kleine kahle Stelle im Rasen, die anfangs so groß gewesen war wie ein Mülltonnendeckel, breitete sich heimlich und gleichmäßig aus. Als es so aussah, als könne der neue Grassamen Wurzeln schlagen, kam der Winter, und die Rodler zogen mit ihren Schlittenkufen tiefe Rillen in den Boden. Da sprach Mikes Vater kopfschüttelnd: »Ich habe keine großen Ansprüche und habe mir im Leben nur eines gewünscht: ein schönes Fleckchen Rasen.«
Seine Frau lächelte und meinte: »Der kommt schon wieder.«
Heuer im Herbst war der Rasen wunderschön, leuchtend grün und dicht und breitete sich wie ein Schaumgummiteppich aus: die Auffahrt entlang, dort, wie die Turnschuhe ihre Trampelpfade gezogen hatten . . . an der Garage, wo die Räder immer umgefallen waren . . . und rings um die Blumenbeete, wo die kleinen Jungen mit Teelöffeln Löcher gegraben hatten.
Aber Mikes Vater sah es nicht. Er blickte besorgt hinaus, weit in die Ferne jenseits des Gartens, und fragte mit einem unterdrückten Schluchzer in der Stimme: »Er wird doch wiederkommen, nicht wahr?«

Jetzt bin ich an der Reihe

Da hat man jahrelang zusehen müssen, wie die anderen es schafften.
Die Kinder, die auf dem Bordstein saßen und ihr Frühstück futterten, während sie auf den Schulbus warteten.
Der Ehemann, der nach der Heirat weiterstudierte, immer nur im Stehen seinen Kaffee trank und mit der Hand auf dem Wecker schlief.
Und man hat sie beneidet und sich gesagt: »Nächstes Jahr schaffe auch ich es vielleicht, noch einmal zur Schule zu gehen.«
Aber die Jahre vergehen, eines Morgens schaut man in den Spiegel und sagt sich: »Du hast's verpaßt. Jetzt bist du zu alt, um noch einen neuen Beruf anzufangen.«
Für die Damen in dieser Lage halte ich fest: 1937 bekam Margaret Mitchell den Pulitzerpreis für ihr Buch VOM WINDE VERWEHT. Damals war sie 37.
Die Senatorin Margaret Chase Smith wurde 1948 zum ersten Mal in den Senat gewählt. Damals war sie 51.
Ruth Gordon bekam ihren ersten Oscar 1968 für ROSEMARYS BABY. Da war sie 72.
Grandma Moses fing überhaupt erst mit 76 an zu malen.
Anne Morrow Lindbergh stand im Schatten ihres berühmten Mannes, bis sie anfing, sich über die Bedeutung ihrer eigenen Existenz Gedanken zu machen. Diese Gedanken sammelte sie in einem Buch, MUSCHELN IN MEINER HAND, das 1955 erschien. Sie stand in ihrem 49. Lebensjahr. Shirley Temple, einst ein berühmter Kinderstar, wurde mit 47 Botschafterin in Ghana.

Golda Meïr wurde im Jahre 1969, kurz nach ihrem 71. Geburtstag, zum Premierminister von Israel gewählt.
Sie könnten jetzt einwenden, all diese Frauen seien von Geburt an Ausnahmen gewesen und hätten schon Einfluß gehabt, ehe sie anfingen, berühmt zu werden. Oder auch, Ihre Startbedingungen seien viel schlechter. Sie können es aber auch machen wie eine enge Bekannte von mir, die Jahr um Jahr an ihrem Küchenfenster saß und zusah, wie alle anderen es schafften. Und eines schönen Tages sagte sie zu sich: »Nein, es füllt mich nicht aus, die Wasserhähne mit einer alten Zahnbürste zu polieren. Jetzt bin *ich* dran.«
Ich war damals 37.

Schönheit

Bei ihrer Größe und dem auf ihrem Krankenkassenblatt verzeichneten Gewicht könnte sie einer Basketballmannschaft angehören.
Sie hat zuwenig rote Blutkörperchen, die eine Schulter hängt tiefer als die andere, und manchmal kaut sie an den Nägeln.
Sie ist die schönste Frau, der ich in meinem Leben begegnet bin. Das ist auch richtig so. Sie hat mehr als sechzig Jahre an diesem Gesicht und dieser Figur gearbeitet. Den Weg zu dieser Art von Schönheit kann man nicht abkürzen.
Die Falten in ihrem Gesicht sind ehrlich erworben – eine nach der anderen. Der eigensinnige Kniff um den Mund hat sich bei jedem »Nein« vertieft. Die Fältchen auf der

Stirn sind rätselhafterweise erschienen, nachdem sie ihr erstes Kind bekommen hatte.
Die Augen liegen jetzt hinter Brillengläsern, aber man sieht doch die Dauerplissees rundherum. Junge Augen schauen flüchtig und zerstreut. In diesen aber spiegelt sich ein ganzes Leben. Sie haben vor Stolz geglänzt, sich mit Kummertränen gefüllt, vor Zorn gesprüht und waren gerötet von mangelndem Schlaf. Sie sehen einen durchdringend und unmittelbar an, wenn man spricht. Ihre Muskeln kann man klassisch nennen. Sie haben sich nach und nach entwickelt, von der Zeit an, als die Kleinen zu müde waren und vom Besuch bei der Oma nach Hause getragen werden mußten. Und schwere Einkaufstaschen galt es aus dem Kofferraum ins Haus zu wuchten und Aschtonnen aus dem Keller noch oben zu schleppen, als der Ehemann im Krieg war. Jetzt bekommen die Muskeln nur noch ein Mindestmaß an Bewegung und runden sich, eine Folge des wohlgefüllten Eisschranks und des Geknabbers vorm Fernseher.
Das Doppelkinn ist Maßarbeit. Um sich so etwas wachsen zu lassen, braucht man Jahre. Manchmal kann man es nur im Profil sehen, aber es ist da.
Verhätschelte Frauen haben kein Doppelkinn. Sie schmieren jeden Abend Creme drauf und massieren die Muskeln, damit sie sich festigen. Dieses Kinn aber war immer da, es hat einen nickenden Kopf gestützt nach einer im Sessel aufrecht verbrachten Nacht . . . über dem Strickzeug . . . beim Gebet.
Die Beine sind noch wohlgeformt, machen aber langsamere Schritte. Sie sind zu oft gerannt, um den Autobus noch zu erwischen, haben ein bißchen zu lange

stehen müssen, als Mutter Verkäuferin in einem Warenhaus war, sie sind grün und blau geschlagen worden, als ihre Tochter Radeln lernte. Die Kniekehlen sind gerötet.
Und die Hände? Die sind klein und von Adern durchzogen. Sie sind viel gewaschen, eingeweicht, geschüttelt, gestreichelt, gebeizt, in Türen geklemmt, in Farbe getaucht worden, sie haben Bisse, Splitter und Brandblasen ausgehalten. Es ist ein großer Eindruck, diesen Ringfinger zu betrachten, der durch jahrelanges Tragen des immer gleichen Eherings ein schlankeres Gelenk hat. Es bedarf langer Zeit – und noch manch anderer Dinge –, um einen Finger dünn zu wetzen.
Neulich sah ich Mutter lange und aufmerksam an und sagte: »Mami, du warst noch nie in deinem Leben so schön.«
»Ich arbeite ja auch daran«, erwiderte sie kurz und bündig.

Du hast mich nicht lieb!

Du hast mich überhaupt nicht lieb!
Wie oft haben die Kinder Ihnen das vorgeworfen? Wie oft haben Sie als Eltern der Versuchung widerstanden, ihnen zu sagen, *wie* lieb Sie sie haben?
Wenn meine Kinder einmal alt genug sind, um eine Mutter zu begreifen, werde ich es ihnen sagen:
Jawohl, ich hatte dich lieb genug, um dir mit Fragen auf die Nerven zu gehen, wohin du gehst, mit wem und wann du wiederkommst.

Lieb genug, um darauf zu bestehen, daß du dir das Fahrrad von deinem Geld kaufst und nicht von unserem, obwohl wir es leichter erübrigen konnten.
Lieb genug, um zu schweigen. Du solltest selber merken, daß der von dir erwählte Freund eine Niete war.
Lieb genug, um dich zu zwingen, den Riegel Schokolade ins Geschäft zurückzutragen, obwohl du ihn schon angebissen hattest, und dort zu bekennen: »Den habe ich geklaut.«
Lieb genug, daß ich dir zwei Stunden lang zuschaute, wie du dein Schlafzimmer aufräumtest – wozu ich 15 Minuten gebraucht hätte.
Lieb genug, um Zorn, Enttäuschung, Abscheu und die Tränen, die mir in die Augen traten, *nicht* vor dir zu verheimlichen.
Ich hatte dich zu lieb, um dir Respektlosigkeiten und schlechtes Benehmen durchgehen zu lassen.
Und lieb genug, um zuzugeben, daß ich mich geirrt hatte, und dich um Verzeihung zu bitten.
Lieb genug, um mich über das hinwegzusetzen, was »alle anderen Mütter« taten oder sagten.
Lieb genug, um zuzulassen, daß du stolperst, Schaden nimmst und versagst.
Lieb genug, um dich immer die Folgen deines Tuns auf dich nehmen zu lassen, ob nun mit sechs, mit zehn oder mit sechzehn.
Und weil ich dich so liebhatte, wußte ich, daß du mich anlügen würdest über die Party, bei der dann doch keine Erwachsenen dabei waren, und verzieh dir, als ich feststellte, daß ich recht gehabt hatte. Ich hatte dich lieb genug, um dich von meinem Schoß zu schieben und

deine Hand loszulassen und für deine Bitten taub zu bleiben . . . damit du allein stehen lernst.
Lieb genug, dich so zu nehmen, wie du bist, und dich nicht umzumodeln, wie ich dich gern gehabt hätte. Vor allem aber lieb genug, auch dann nein zu sagen, wenn du mich dafür gehaßt hast. Und das war das Allerschwerste.

Hörst Du überhaupt zu?

Es war an einem der Tage, an denen ich mir eine eigene Wohnung wünschte – eine, die nicht im Telefonbuch steht. Mein Sohn erzählte mir bis in die kleinsten Einzelheiten einen Film, den er eben gesehen hatte, und unterbrach sich dreitausendmal mit »Verstehst du?« »Weißt du?« Mir schliefen schon die Zähne ein.
Dreimal wurde ich angerufen, jedes Gespräch war ein Monolog, den auch ein automatischer Anrufbeantworter hätte entgegennehmen können. Nur mit Mühe verkniff ich mir die Bemerkung »Es war nett, dir zuzuhören«.
Im Taxi zum Flugplatz wurde mein Ohr wieder vollgedröhnt von dem Fahrer, der ohne Punkt und Komma über seinen Sohn sprach. Da habe er ihm nun das Studium finanziert bis zum bevorstehenden Abschlußexamen, und nun habe er einen Brief bekommen mit dem Nachsatz: »Übrigens, ich habe geheiratet. Sie heißt Diane.«
Er fragte mich: »Was sagen Sie dazu?« und beantwortete dann seine Frage gleich selbst.
Bis zum Abflug meiner Maschine blieben mir dreißig

wundervolle Minuten, in denen ich Zeit hatte, mich mit mir selbst zu beschäftigen, ein Buch aufzuschlagen, die Gedanken schweifen zu lassen.
Da sagte plötzlich neben mir die Stimme einer ältlichen Frau: »In Chicago ist es sicher sehr kalt.«
Mit eisernem Gesicht sagte ich: »Wahrscheinlich.«
»Ich war fast drei Jahre lang nicht mehr in Chicago«, fuhr sie beharrlich fort. »Mein Sohn lebt dort.«
»Wie nett«, sagte ich, ohne die Augen von den gedruckten Seiten zu heben.
»Der Leichnam meines Mannes ist nämlich hier in dieser Maschine. Wir waren 53 Jahre verheiratet. Ich kann nicht fahren, wissen Sie, und wie er nun gestorben war, hat mich eine Nonne von der Klinik hergebracht. Und dabei sind wir nicht mal katholisch. Der Direktor des Beerdigungsinstituts hat mir erlaubt,daß ich mitfliege.«
Ich glaube, ich habe mich noch nie in meinem Leben so bitterlich geschämt wie in diesem Augenblick. Da wollte nun ein Menschenwesen seine Not hinausschreien und geriet an eine kaltschnäuzige Fremde, die sich mehr für ihren Roman interessierte als für eine echte Tragödie des Lebens.
Sie hätte jemanden gebraucht, der ihr zuhörte, nur zuhörte. Sie brauchte keine Ratschläge, Weisheit, Erfahrung, Geld, Hilfe, Sachkenntnis, nicht einmal Mitgefühl – nur ein, zwei Minuten Zuhören.
Plötzlich kam es mir widersinnig vor, daß es in einer Gesellschaft mit den am höchsten entwickelten Kommunikationsmitteln so oft an wirklichen Zuhörern fehlt.
Die Frau sprach pausenlos weiter, wie betäubt, bis wir an Bord gingen, und setzte sich dann in eine andere Sitz-

reihe. Als ich meinen Mantel ins Netz legte, hörte ich sie mit klagender Stimme zu ihrer neuen Sitznachbarin sagen: »Sicher wird es in Chicago sehr kalt sein.« Da betete ich: Lieber Gott, mach, daß die ihr zuhört.

Warum ich das nach all der Zeit niederschreibe? Damit mir leichter ums Herz wird. Es wird nicht viel nützen.

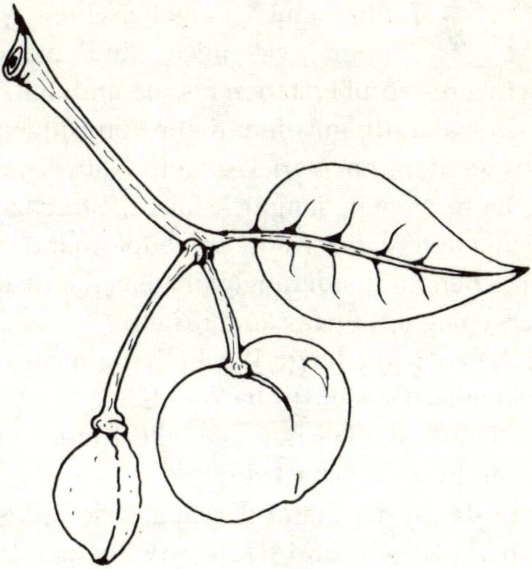

Epilog

Für eine eingefleischte Schwarzseherin wie mich sind manche Tage noch schwerer zu überstehen als die anderen.
Ich bin stolz darauf, mit einer Reihe von Dingen ganz gut fertig zu werden: mit Verletzungen, Naturkatastrophen, tiefen Depressionen, Unglücksfällen, Strapazen, Unbequemlichkeiten. Und wenn im Supermarkt knusprige Brathähnchen im Sonderangebot ausverkauft sind, stelle ich mich völlig auf etwas anderes ein.
Ich glaube aber, die letzte Woche hätte nicht einmal ein professioneller Pessimist überstanden.
Es fing damit an, daß montags alle Kinder vollständig angezogen in die Küche strömten.
Ich stand da, in der Hand das Bügeleisen (das mit dem 15 m langen Kabel), und fragte: »Will jemand noch was geplättet haben, ehe er zur Schule fährt?«
Keiner rührte sich.
Mein Wagen, der eine neue Batterie bekommen hatte, startete tatsächlich sofort. Ich fand einen Parkplatz direkt vorm Eingang des Supermarktes. Ich bekam einen Einkaufskarren mit vier heilen Rädern, die alle gleichzeitig in die gleiche Richtung fuhren, und in der Lebensmittelabteilung fand ich etwas Brauchbares im Sonderangebot. Abends sah die wunderschöne Ansagerin im Fernsehen

so aus, als hätte sie ein bißchen zugelegt, und was es bei mir zum Abendessen gab, hatte keines meiner Familienmitglieder bereits mittags irgendwo zu sich genommen.
Dies alles machte mich schon einigermaßen nervös, aber ich sagte mir, daß sich das am nächsten Tag schon wieder auspendeln würde. Von wegen! In der Leihbibliothek waren alle vier Bücher, die ich verfaßt habe, ausgeliehen. Ich nahm ein Bad, und das Telefon klingelte *nicht*. Ich nähte einen Saum, und die Fadenspule lief *nicht* 6 cm vor dem Ende aus. Als ich ins Bett ging, dachte ich mir: Morgen wird alles schlimmer, denn besser kann es nicht mehr werden.
Am Mittwoch lief ich hinter einem Autobus her und erwischte ihn noch. Der Zahnarzt teilte mir mit, ich hätte keine Löcher in den Zähnen. Das Telefon klingelte zwar, als ich gerade heimkam, aber obwohl mir der Schlüssel ein paarmal hinunterfiel, hatte doch der Anrufer noch nicht eingehängt, als ich den Hörer abnahm. Die Kosmetikvertreterin sagte, von ihren Artikeln brauchte ich nichts, ich hätte ja eine so fabelhafte Haut. Und als mich mein Mann fragte, was ich denn den ganzen Tag getrieben hätte, konnte ich ihm antworten, ohne von irgend jemandem unterbrochen zu werden.
Am Donnerstag war ich ein Nervenbündel und wartete zitternd auf das, was mir bevorstand. Es traf nicht ein. Meine Tochter sagte mir, meine weißen Söckchen sähen mit den Keilabsatzschuhen nett aus. Das Scheckbuch stimmte mit dem Kontostand überein. Keiner naschte irgendwo und verdarb sich den Appetit für mein Abendessen, und eine Filmvorführung in der Schule ›Die Geschichte des Schwefels‹ fiel aus.

Am Freitag schluchzte ich in ein Geschirrtuch, und mein Mann suchte mich zu trösten. »Ich kann nichts dafür«, weinte ich, »so gut *darf* nicht alles laufen. Ich mache mir die schrecklichsten Sorgen.«
»Aber, aber«, sagte er und klopfte mir auf die Schulter, »es muß doch nicht immer alles schiefgehen. Wir wüßten ja die schlechten Zeiten gar nicht zu schätzen, wenn wir nicht manchmal einen guten Tag dazwischen hätten.«
»Ich weiß, für mich wird Fürchterliches nachkommen«, sagte ich. »Kannst du dir vorstellen, daß ich gestern ins Zimmer der Jungen gegangen bin und die Betten waren gemacht?«
(Er runzelte besorgt die Stirn.) »Und daß ein Brief vom Finanzamt gekommen ist, in dem sie sich entschuldigen, daß sie mit den Rückzahlungen an uns so spät dran sind? All das paßt doch überhaupt nicht zu uns«, wimmerte ich. »Mit schlechten Zeiten kann ich einigermaßen umgehen. Es sind die guten, die mich auf die Palme treiben. Wann fällt denn endlich der andere Stiefel?«
In diesem Augenblick hörten wir einen Wagen zur Garage einbiegen und dann das widerliche scharrende Geräusch, das ein Schutzblech macht, wenn es mit einer unbeweglichen Mauer in Berührung kommt.
Wir sahen uns an und lächelten. Es ging wieder aufwärts.

Ich hab' mein Herz im Wäschekorb verloren

Für Bill, der fragte:
»Was tust du eigentlich den ganzen Tag?«

Inhalt

1.
Gebügelte Laken sind gesundheitsschädlich

Bevor Sie dieses Buch lesen, sollten Sie einiges über mich wissen:
Ich halte handgebügelte Laken für gesundheitsschädlich.
Kinder sollten als das angesehen werden, was sie sind: als Garantie für nächtliche Ruhestörung.
Die Einfahrt zur Garage zu bohnern, ist keine Tugendübung.
Man heiratet seinen Mann, um ihm in guten und schlechten Tagen zur Seite zu stehen, NICHT, um ihn mittags zu bekochen.
Die Frauen der Renaissance waren *schön*, nicht schlank.
Wer das Mittagsschläfchen versäumt, bekommt einen schlechten Teint.
Männer, die pro Woche 36 Fußballspiele anschauen, sollten von Amts wegen für tot erklärt und ihr Besitz verteilt werden.

Da habe ich nun jahrelang daran gearbeitet, die schlichte Durchschnittshausfrau zu sein, deren Beruf zugleich aufregend und befriedigend ist. Ich muß gestehen, ich habe es nicht geschafft. Der Gipfel der Aufregung ist erreicht, wenn ich im Staubsaugerbeutel ein Puppenhöschen finde, und das einzig Befriedigende für mich ist, daß in dieser Familie nur ich weiß, wie man eine alte Klopapierrolle durch eine neue ersetzt.

In den 23 Jahren meiner Ehe ist noch nie ein Meinungsforscher an meine Tür gekommen, um zu erfragen, welches Waschmittel ich benutze. Meine Kinder sagen nie zu mir: ›Mami, Mami, der Zahnarzt hat überhaupt nicht gebohrt.‹ Mein Mann schnuppert nie an seinen Hemden und verdreht lächelnd die Augen. Er sagt auch nie: ›Wie samtzart ist deine Haut‹ oder ›Köstlich, dein Kaffee.‹ Eigentlich sollte ich darüber deprimiert sein, aber ich habe die Theorie, daß man einiges im Leben nicht kontrollieren kann. Ich bin als Verlierer programmiert. Nur mal ein kleines Beispiel: Als ich neulich meinen Sohn beim Tennisplatz absetzte und sein Partner kam und sich vorstellte, erstarrte mein Junge, dann wankte er zu einer Bank, ließ sich darauffallen und steckte den Kopf zwischen die Knie.

»Hast du ihn gesehen, Mom?« jammerte er. »Er trägt ein Schweißband.«

Ich hätte weinen mögen. Jeder Idiot weiß, daß der mit dem Schweißband grundsätzlich Sieger bleibt. Ich wollte meinen Sohn trösten, doch meine innere Stimme sagte mir, wie das Match ausgehen würde. Mein Sohn war bereits geschlagen.

Ich weiß es. Ich wußte gleich, als ich Angie Sinnlich sah, daß ich den Titel ›Miß Klassenbeste im Geradesitzen‹ damals in der achten Klasse *nicht* erringen würde.

Angie hat gewiß nicht einmal im Mutterleibe Embryostellung eingenommen: Die saß von Anfang an gerade. So etwas weiß man. Auch der Hund kann ja nie wieder gesund werden, wenn im Wartezimmer des Tierarztes alle anderen Hunde Halsbänder mit Straßverzierung und echt lederne Leinen tragen und der eigene nur eine 20 m lange rosa Plastikwäscheleine um den Hals hat.
Schließlich weiß man doch, daß nichts mehr aus einem Tag werden kann, an dem der Liftboy im Kaufhaus einen, ohne zu fragen, gleich in die Billigabteilung im Tiefparterre fährt.
Ich gebe mir weiß Gott Mühe, aber aus irgendeinem Grunde stelle ich mich immer in der falschen Reihe an. Wartende Schlangen sind wie eine fremde Sprache: Man muß sie lesen und deuten können. Was nach einer Transaktion von höchstens 30 Sekunden aussieht, entpuppt sich unweigerlich als Warterei von 10 bis 30 Minuten.
Ich stehe prinzipiell hinter der Kundin, die für drei Familien einkauft und sich ausführlich über ein Huhn beschwert, das sie vor zwei Wochen gekauft hat und das ›roch‹. Auch geht der Registrierkasse gerade dann der Streifen aus, wenn diese Frau zahlen will.
Auf der Damentoilette stehe ich immer hinter dem Teenager, der sich für die große Parade in Uniform wirft und die Kabine erst verläßt, wenn die Quasten an den Stiefel gekämmt, die Unterschenkel rasiert und die Kontaktlinsen auf der Ablage über dem Waschtisch wiedergefunden sind.
Im Beichtstuhl habe ich nur einen vor mir: den Geistli-

chen. Kann es etwas Gefahrloseres geben, als einem Priester in den Beichtstuhl zu folgen? Bei mir klappt nicht einmal das. Mein Geistlicher ist eben Augenzeuge eines Mordes geworden, hat seit 1967 seiner Osterpflicht nicht mehr genügt und möchte sich mit mir über Mischehen unterhalten.
In meiner Bank lief ich neulich geschlagene fünf Minuten hin und her, um mir die anderen Kunden an den Schaltern anzusehen: Es wäre natürlich Wahnsinn gewesen, mich hinter der abgehetzten Sekretärin mit den vielen Einzahlungsabschnitten anzustellen. Oder am anderen Schalter hinter dem kleinen Geschäftsmann mit dem Leinenbeutel voller Hartgeld. Ich schätzte, daß er irgendwo einen Wunschbrunnen leergefischt hatte und die Pennystücke von drei Jahren brachte, damit man sie ihm in Rollen verpacke. In der nächsten Schlange stand ein älterer Herr vor mir, der jeden zu kennen schien. Sicher wollte der seinem Geld im Tresorraum einen Besuch abstatten.
Ich stellte mich daher hinter einen kleinen Jungen ohne Socken in schmutzigen Turnschuhen und einem Sweatshirt mit Aufdruck. Das konnte nur eine Transaktion von 30 Sekunden werden.
Der Junge hatte seit der ersten Klasse nichts mehr eingezahlt. Sein Sparbuch hatte er verloren. Seine Belege fanden sich nicht unter den Bankauszügen auf seinen Namen, sondern unter denen seiner Schule. Er wußte seine Kontonummer nicht, auch nicht den Namen seiner Lehrerin, denn die hatte zu Beginn des neuen Schuljahrs geheiratet. Es mußten alle 2017 Eintragungen seiner Schule durchgeblättert werden. Er zahlte 25 Cent ein.

Als er dann das Buch besah, stutzte er, denn es waren ihm 15 Cent Zinsen gutgeschrieben worden. Die wollte er sofort abheben. Da er noch zu klein war, brauchte er die Genehmigung seiner Mutter. Diese wurde angerufen, was geraume Zeit dauerte, da sie zum Kaffee bei einer Nachbarin war. Sie sagte nein.
Dann wollte er sehen, wo sein Geld aufbewahrt wurde, und eine der Gratis-Regenkapuzen haben, die in der Anzeige abgebildet waren. Er fragte noch, wie er zum Trinkwasserautomaten käme, dann ging er. Nach 23 Minuten.

Seelisch geplättet bin ich aber auch, wenn ich in einer Zeitschrift testen möchte, wie gut ich als Hausfrau und Mutter bin, und erst mal in einem Haus mit sechs Zimmern keinen Bleistift dafür finde. Zähle ich dann meine Punkte zusammen, muß ich feststellen, daß ich für Ehe und Mutterschaft ungeeignet bin, aber das Zeug dazu hätte, als Nonne aus dem Kloster durchzubrennen, um durch Steptanz und Gesang Goldene Schallplatten zu verdienen.
Manchmal weiß ich nicht, was mit mir los ist: Mir fehlt das Selbstbewußtsein der Berufstätigen. Mich versetzte schon die Führerscheinprüfung in einen derartigen Zustand, daß ich eine Woche lang mein Frühstück aus dem Whiskyglas zu mir nehmen mußte. Ich stand in einer langen Warteschlange bei der Prüfstelle an und stellte fest, daß die Frau vor mir anscheinend genau solche Angst hatte wie ich. Ihr Gesicht war geisterbleich, ihre Augen starr, die Mundwinkel zuckten, und die Füße zog sie nach, als hingen Kettenkugeln daran.

Ich drehte mich um. Die Frau hinter mir trug entweder ein Korsett, das ihr die Nieren zerquetschte, oder sie hatte gerade erfahren, daß sich der Besuch ihrer Schwiegermutter um 3 Monate verlängern würde, weil die sich die Hüfte gebrochen hatte und nicht transportfähig war. Und ich? Total verkrampft vor Angst und Mißtrauen. Wenn Sie mich fragen, steckte hinter dem ganzen Test das Verkehrsministerium, das versuchte, mich von der Straße zu verbannen. Worte wie ›immer‹, ›jeder‹ und ›nie‹ lassen mich aufhorchen, dazu habe ich in meinem Leben schon zu viele Tests durchgemacht.
Ich hatte auswendig gelernt, welche Scheinwerfer ich bei einem zweiachsigen Laster nach Einbruch der Dämmerung auf einer Bundesautobahn einzuschalten habe. Gefragt wurde ich aber ganz andere Sachen, zum Beispiel: Eine ältere Dame überquert bei Rot die Kreuzung. Der Fahrer sollte in diesem Falle

a) scharf bremsen und sie die Straße überqueren lassen
b) die Hupe betätigen und vorsichtig weiterfahren
c) ausweichen und versuchen, an ihr vorbeizukommen.

Ich habe mir diese Frage gewiß 50mal durchgelesen. Wenn ich bremse, verursache ich unter Umständen hinter mir acht Auffahrunfälle und behindere dadurch den Verkehr, was die Straßenverkehrsordnung verbietet. Betätige ich die Hupe, bekommt die Fußgängerin vielleicht einen Herzanfall, der mich für den Rest meiner Tage psychisch belastet. Weiche ich aber wie c) aus, gerate ich in eine andere Fahrspur und verursache ebenfalls einen Unfall.

Ich überlegte volle 10 Minuten, ehe ich den Beamten fragte: »Wie alt ist die Dame?«
»Das tut nichts zur Sache«, sagte er.
»Sie können mir nicht zufällig sagen, wo sie hin will?«
»Auch das spielt keine Rolle«, antwortete er.
»Hat sie einen Sohn in Kansas, der drei Monate nicht geschrieben hat?«
»Was hat das mit der Testfrage zu tun?« Er war jetzt gereizt.
»Nur so viel, als ich mich soeben entschlossen habe, lieber den Verkehr *nicht* zu behindern, und die alte Dame umzufahren.«
Die Frau in dem zu engen Korsett beugte sich mühsam vor und keuchte: »Ich auch, meine Liebe.«

Tafelfreuden

Für mich gibt es nichts Schrecklicheres als ein feierliches Essen, bei dem man mich von meinem Mann trennt. Ich werde dann ein Opfer der langen Tafel. Sie kennen so was ja: lange, kalte Tische mit 150 Stühlen zu beiden Seiten, an die man in bunter Reihe gesetzt wird. Wenn ich gewußt hätte, was mir bevorsteht, hätte ich mich körperlich entsprechend entwickelt. Nur zu oft wende ich mich zu meinem Tischherrn zur Linken, nur um feststellen zu müssen, daß er sich mit dem tiefen Ausschnitt zu seiner Linken unterhält. Und wende ich mich meinem Tischherrn rechts von mir zu, dann ist auch er in angeregtem Gespräch mit dem tiefen Ausschnitt rechts von ihm. Will ich das

Wort dann an mein Gegenüber richten, sehe ich dort einen leeren Stuhl.

Aus irgendeinem unerfindlichen Grunde geht es immer am anderen Ende des Tisches hoch her, dort wird gekreischt und gelacht und einer spielt auf halbvollen Wassergläsern ›Hänschen Klein‹.

Es ist nicht so einfach, sich ganz allein zu amüsieren. Besonders, wenn man selber langweilig ist. Hat man erst einmal alle vier Salate ringsum aufgegessen, das Besteck nachpoliert, die Zahnplomben mit der Zungenspitze nachkontrolliert, sich geräuspert, den Namen auf der Tischkarte ausgebessert und die Brille geputzt, geht es nur noch bergab.

Hie und da winkt einem jemand zu, der circa sechs Plätze weiter auf der gleichen Seite sitzt, und man lehnt sich vor, wobei man die Perlenkette durch ein Häufchen Pilze schleift, um zurückzuwinken.

»Wie geht's Sally?« versucht die Dame sich verständlich zu machen. Man legt die Hand hinters Ohr und zuckt die Achseln, um Taubheit auszudrücken.

»Wie–geht–es–Sally?« wiederholt sie langsamer.

»Ausgezeichnet«, ruft man zurück.

Erst während man dann in den eigenen Ausschnitt blickt und sich überlegt, wie man die Pilze ohne Aufhebens wieder herauskriegt, fällt einem ein, daß man noch nie von einer Sally gehört hat und daß die andere Dame wahrscheinlich mit dem Mann auf dem Nachbarstuhl gesprochen hat.

Jede vernünftige Unterhaltung an einer langen Festtafel ist unmöglich. Ich habe festgestellt, daß ich zu meinem Tischherrn sagen kann: »Wußten Sie schon, daß Ho Tschi Minh ein Korsett trägt?« – und er blickt über mich hinweg und antwortet: »Das mußt du Mary erzählen, sie kann fabelhaft imitieren, ein echtes Naturtalent.«

Anruf von Unbekannt

Ich habe mir immer schon gewünscht, zu den Frauen zu gehören, die den Nerv haben, das Telefon klingeln zu lassen und schnippisch zu bemerken: »Wenn es wichtig ist, rufen die schon noch mal an.«
Eine meiner Freundinnen (ich frage mich, ob das eine wirkliche Freundin war!) hat mich dann eines Tages darüber belehrt, wie viele Stunden Zeit ich einspare, wenn ich den Apparat klingeln lasse.
»Wenn du's einmal probiert hast, rennst du nie wieder ans Telefon, als wolltest du dir Hals und Beine brechen«, sagte sie. Das Telefon klingelte . . . und klingelte . . . und klingelte . . . (mir brach der Schweiß aus) . . . und klingelte . . . (ich ging unruhig auf und ab) . . . und klingelte . . . und dann schwieg es.
»Siehst du?« sagte sie. »Kinderleicht. Und nun überleg' mal, wieviel Zeit du gespart hast!«
Sie war kaum aus dem Haus, da rief ich Mutter an. »Tut mir leid, daß ich vorhin nicht rangegangen bin, als du anriefst, aber ich – Wieso, du hast gar nicht angerufen?«
Ich wählte die Nummer meines Mannes. »Was wolltest du? Ich weiß, diesmal habe ich angerufen, aber nur, weil ich vorhin nicht drangegangen bin. Ach, du hast gar nicht angerufen . . .«

Marys Putzfrau sagte, Mary sei mit ihrer Schwiegermutter in der Stadt und *könne* mich gar nicht angerufen haben.
Meine Schwiegermutter in Florida sagte, es sei sehr lieb von mir, mich zu melden, aber angerufen habe sie nicht.
Mein Verleger in New York sagte, alles liefe bestens, sie freuten sich immer, von mir zu hören, aber aus ihrem Haus habe an diesem Vormittag niemand versucht, mich zu erreichen.
Der Sendeleiter des Glückwunschkonzerts meinte, vom Rundfunk sei heute kein Anruf an mich ergangen, mein Wunsch bleibe vorgemerkt.
Der Schuldirektor versicherte, er habe mich zwar anrufen *wollen*, weil mein Sohn wieder Unfug auf der Knabentoilette getrieben habe, doch sei er leider nicht dazu gekommen.
Ich rief meine Schwester an und fragte, ob sie mich habe sprechen wollen, und sie sagte mir einiges, was nicht hierher gehört. Ich hatte vielleicht meine Frage ungeschickt formuliert.
Ich rief den Juwelier an und bekam den barschen Bescheid, »Madam, wir haben nicht angerufen und werden auch erst anrufen, wenn Ihre Uhr repariert und abholbereit ist.«
Durch treuliches Weiterwählen erfuhr ich, daß weder meine Bank, noch mein Versicherungsagent, noch die Kosmetikerin, noch ein Mitglied des Baseballclubs, noch mein netter Zeitungsverkäufer angerufen hatten.
Auch nicht der Gouverneur von Ohio oder die Metro

Goldwyn Mayer. Als ich dann abends im Dunklen weiterwählte, setzte sich mein Mann im Bett auf und rief: »Jetzt platzt mir doch bald der Kragen! Warum in aller Welt sollte denn das Weiße Haus dich angerufen haben?«

Genau nach Vorschrift

Um es gleich ehrlich zu gestehen: Ich habe Angst vor allen Veränderungen. Zum Beispiel war es mir immer ein Trost, daß man sich trotz dieser unsicheren Zeiten auf eine Vorschrift ganz fest verlassen konnte. An jedem Federkissen ist ein Schildchen angesteppt, auf dem steht: Entfernen dieses Anhängers verboten.
Die feudalsten Häuser dieser Welt, in denen man bis zu den Strumpfbändern in Teppichen versinkt, nur aus Uralt-Meißen Kaffee trinkt und die Dienstboten sich gegenseitig über die Füße stolpern, haben eines mit unserer bescheidenen Hütte gemeinsam: Auch bei ihnen blitzt ein Stoffschildchen unter dem Polstersessel hervor.
Als frischgebackene Ehefrau habe ich mir ausgemalt, was passieren würde, wenn man diese Anhänger von einem Polster risse: Die Steuer würde Nachzahlungen verlangen, Senator McCarthy den Namen auf einer rötlich angehauchten Liste verbuchen und dann unter die Vase auf seinem Schreibtisch klemmen, und man dürfe keinem Sportclub mehr beitreten. Es gab auch ein Gerücht, demzufolge man dann sieben Jahre lang kein Kind kriegte, aber das hielt ich für übertrieben.
Eines Abends hatte mein Mann ein bißchen getrunken

und drohte plötzlich: »Weißt du, was ich jetzt tu'? Ich geh' und reiß' den Anhänger ›Entfernen verboten‹ von unseren Kopfkissen!« Er wußte offensichtlich nicht mehr, was er sagte, so daß eine Nachbarin und ich ihn mit Gewalt festhalten mußten.

Neulich las ich irgendwo, daß die Warenprüfstelle in Zusammenarbeit mit dem Beratungsausschuß für Polstermöbel das Schildchen geändert habe. Es lautet jetzt: DIESES SCHILD DARF NUR VOM VERBRAUCHER ENTFERNT WERDEN! Wo wird die Welt noch hingeraten, wenn an den Grundfesten gerüttelt wird. Heute sind es die vertrauten Kissenanhänger, morgen wird man die Spargeldosen verkehrt herum öffnen!

Nicht, daß ich mich immer nach den Vorschriften richte. Ich habe mir in meinem Leben schon einiges geleistet. Einmal habe ich absichtlich das Streichholzheftchen offengelassen, während ich ein Streichholz anriß. Ein andermal, als ich glaubte, es sieht niemand, habe ich aus dem Sahnespender Schlagsahne über meine Erdbeeren gedrückt *ohne* vorher zu schütteln. In Augenblicken des Zorns habe ich sogar das Zellophan von Lampenschirmen abgerissen und absichtlich Deckel entgegen der Pfeilrichtung aufgeschraubt.

Aber das Schild von einem Kissen zu entfernen, auf dem steht, daß man es nicht entfernen soll, ist doch noch etwas anderes. Als ich die Notiz in der Zeitung zu Ende gelesen hatte, ging ich in mein Zimmer, schloß die Tür, zog die Überdecke vom Bett und nahm das Kissen in beide Arme. Dann tastete ich mich am Saum entlang, bis ich das Stoffschildchen fühlte, wikkelte behutsam meine Finger darum und riß es ab.

In eben diesem Moment hörte ich einen Donnerschlag, die Katze verkroch sich unterm Bett, und ich sah ein paar Federchen aus dem Saum quellen, dort wo ich das Schild abgerissen hatte. Da sank ich auf die Knie. »O heiliger Verbraucherschutz, vergib mir, denn ich habe gesündigt.«

2.
Ich habe ihm die besten Jahre meines Lebens geopfert

Paare, deren Ehe mindestens ein Vierteljahrhundert überdauert hat, werden immer wieder nach ihrem Erfolgsgeheimnis gefragt. Dabei ist es eigentlich kein Geheimnis. Ich bin nun einmal die Frau, die immer wieder verzeiht. Vor langen Jahren habe ich meinem Mann verziehen, daß er *nicht* Paul Newman ist. Aber ein gewöhnlicher Sterblicher wie er kann eben kein Verständnis haben für meine Hauptprobleme, für die Wasserflecken auf dem Parkett, die seine Stiefel hinterlassen, dafür, daß meine Hüften wegstehen wie die Satteltaschen, und dafür, daß mein Haus ungefähr so viel Charme hat wie eine Müllverbrennungsanlage.

Wie soll der Ärmste begreifen, daß mein Alltag eine Tretmühle ist, mit vorprogrammierten Stops bei ÖDE, LANGEWEILE, MONOTONIE und WASCHKÜCHE! Er kommt abends elastischen Schrittes heim, ein Lächeln auf den Lippen, und erzählt mir von seinem aufreibenden Tageslauf.

Gestern abend zum Beispiel knabberte er an einer Stange Sellerie und stöhnte: »Das war vielleicht ein Tag! Den ganzen Vormittag haben Fred und ich geschuftet wie die Berserker. Dann sind wir in den

Wagen gestiegen und haben eine Anlage im Norden der Stadt besichtigt. Unterwegs ist mir eingefallen, daß ja Sandy heute Geburtstag hat. Du erinnerst dich doch noch an Sandy? (Und ob ich mich an Sandy erinnere. Als die ihren Büstenhalter verbrannte, rückten fünf Löschzüge aus.) Wir haben sie zum Lunch eingeladen. Und als wir zurück ins Büro kamen, war schon Zeit, den Laden dichtzumachen. Ich komme deshalb so spät, weil ich noch bei John vorbeigeschaut und sein neues Boot besichtigt habe. Und was hast du heute alles getan?«

»Ich habe mein Deodorant weggeschmissen«, sagte ich. Beim Verlassen des Zimmers grollte ich: »So verständnislos wäre Paul nie im Leben gewesen.«

»Was'n für 'n Paul?« fragte mein Elfjähriger.

Einem Elfjährigen zu erklären, wer Paul Newman ist, dürfte so schwer sein, wie einem Starlet klarzumachen, wer Wernher von Braun ist.

»Paul Newman«, sagte ich geduldig.

»Ist das der in der Samstagnachmittagsserie im Fernsehen, der das Klasse-Pferd reitet?«

»Was für ein Pferd?« fragte ich verträumt.

»Wieso lächelst du und schaust so ulkig?« fragte er.

»Wie meinst du das – ulkig?«

»Wie wenn du einen Dollar in Papis Lehnstuhl gefunden hättest.«

»Wegen Paul Newman«, sagte ich achselzuckend.

»Möchtest du gern mit dem verheiratet sein?«

»Das hat mit Heiraten nichts zu tun«, sagte ich.

»Ach du meinst, du hättest ihn gern als Freund?«

»Ganz so würde ich es auch nicht ausdrücken.«

»Er ist ungefähr so groß wie Papi, nicht?«
»Welcher Papi?«
»Mann o Mann, Frauen und Filmstars, das ist doch das Letzte!«
»Ich fürchte, ich kann dir das nicht erklären«, sagte ich zögernd. »Weißt du, Paul Newman wirkt auf eine müde Hausfrau wie ein Teller fabelhafter Mürbeteigplätzchen auf einem Elternabend. Wie ein Hüfthalter, der einen *nicht* klemmt. Oder wie ein Wagen, der nicht nur auf abschüssiger Straße startet. Wie Koffer, die alle zusammenpassen, oder schönes Porzellan statt Plastikteller. Wie Abende, an denen man was Besseres vorhat, als sich den alten Nagellack von den Nägeln zu kratzen.
Paul Newman, mein Junge, ist kein gewöhnlicher Sterblicher. Nie trägt er den Müll hinaus, nie hat er eine Fieberblase an der Lippe, gähnt nie oder putzt sich gar die Nase, hat keine schmutzige Wäsche, trägt nie vom Pyjama nur das Oberteil, nimmt nie eine Thermosflasche mit zur Arbeit, döst nie im Fernsehsessel ein und stellt nie die Sportschau an.
Er ist wunderbar, so wunderbar wie die ersten hochhackigen Schuhe im Leben, wie die Studienzeit, die Verlobungsfeier, das erste Kind. Mein Gott, Junge, er ist einfach so etwas wie der EAGLE auf dem Weg zum Mond. Verstehst du, was ich meine?«
»Ich glaub' nicht«, sagte er. »Aber sein Pferd war echt Spitze.«
Etwas später sah ich mein Spiegelbild in einem Fenster: Pantoffeln, Kopftuch. Windjacke von der Tochter geliehen, Mixi-Rock (zugleich maxi und mini). Wem

wollte ich noch was vormachen? Ich sollte wohl nur noch auf das Pferd setzen.

Illusionen erhalten

Wie die meisten Frauen arbeite ich an meiner Ehe, bemühe mich, die An- und Aufregung lebendig zu halten, die mich ursprünglich hat heiraten lassen. Ich erzählte meinem Mann, daß eine Freundin von mir jeden Freitag ein heimliches Rendezvous mit dem eigenen Mann hat.
Sie fährt mit ihrem Wagen in die Stadt, er mit seinem. In einem verschwiegenen kleinen Restaurant treffen sie sich, nehmen einen Tisch ganz hinten in der Ecke, sitzen Hand in Hand und sehen sich liebevoll tief in die Augen. Nach jedem Stelldichein küssen sie sich zum Abschied auf dem Parkplatz, und sie flüstert: »Hoffentlich bis nächsten Freitag, wenn ich es schaffe.«
Mein Mann wollte sich schieflachen und japste schließlich: »Die Person scheint sich ja daheim fürchterlich zu langweilen! Wer ist die Unglückliche?«
»Ich«, sagte ich. »Jede Frau muß sich das romantische Fluidum in der Ehe zu erhalten trachten. Warum versuchen wir es nicht mal?«
»Weil ich mir vorkäme wie ein Trottel«. Doch dann merkte er, wie enttäuscht ich war, und sagte schnell: »Also meinetwegen, Freitag bei Fritzens Futterkrippe.«
Ich machte mich schön, wobei ich mir etwas dämlich, aber auch verrucht vorkam. Ich parkte den Wagen und

lief auf meinen Mann zu. Er sah mich durchdringend an.

»Woran denkst du?« fragte ich mit leiser Stimme und schmachtendem Augenaufschlag.

»Hast du deine Diners Club-Karte mit? Sonst müssen wir in den Ausschank vis-à-vis vom Büro. Freitags nehmen die auch Schecks.«

»Du Böser«, schäkerte ich, »so was darfst du erst sagen, wenn wir miteinander ganz allein sind.«

»Was ist mit deinem Schutzblech passiert?« fragte er. »Hast du dich mal wieder mit einer Parksäule getroffen?«

»Wir dürfen uns nicht mehr heimlich sehen«, sagte ich. »Anfang der Woche bin ich immer fest entschlossen, nicht nachzugeben, und freitags überwältigt es mich dann doch.«

»Tun dir wieder deine Hühneraugen weh?« fragte er. »Um die Augen herum siehst du elend aus. Du solltest dich lieber hinsetzen.«

»Das ist Lidschatten, Liebling. Nur für dich. Fällt dir sonst noch etwas an mir auf?«

»Du hast den Mantelknopf angenäht, der so lang gefehlt hat.«

»Das Parfum, du Schelm! Ich werde es nicht mehr benutzen, wenn du mir nicht versprichst, sehr sehr brav zu sein!«

»Was möchtest du essen?« fragte er und entfaltete die Speisekarte. »Oder bist du so verliebt, daß es dir den Appetit verschlägt?«

»Bist du wahnsinnig?« fragte ich und riß die Speisekarte an mich. »Für mich zwei Hamburger, eine Portion gebratene Zwiebeln, eine doppelte Malzmilch und ein Stück Torte.«

Ein Platz an der Sonne

Ich habe meinem Mann, wie gesagt, in unserer dreiundzwanzigjährigen Ehe viel zu verzeihen gehabt, wobei ich selbstverständlich weder auf Lob noch auf Anerkennung rechne.

1. Ich verzeihe ihm, daß er nie richtig braun wird. Im Grunde habe ich mein ganzes Leben lang versucht, meinen Mann braun zu kriegen. Ich habe ihn mit Öl bepinselt, in verschiedenartigem Sud mariniert, ihn fleißig gewendet und geschmort. (Offen gestanden: wenn ich an meine Küche nur halb soviel Zeit und Mühe gewendet hätte, wäre ich heute Dreisterne-Köchin.)

Es war umsonst. Neulich sah ich ihn mit größter Vorsicht in den Sonnenschein kriechen: in sechs Badetücher gewickelt, mit dunkler Sonnenbrille und Sandalen bis herauf zu den Knien.

»Hast du deinen Sonnenschirm verlegt?« fragte ich trocken.

»Ich begreife nicht, wieso es dich stört, daß ich nicht braun werde«, sagte er und rückte seinen Stuhl in einen Schattenfleck.

»Weil du aussiehst wie ein Mehlwurm, deshalb stört es mich; wie einer der Typen, die am Strand anderen Leuten Sand ins Gesicht werfen und ›He, Bleichgesicht!‹ rufen.«

»Möchtest du endlich zur Kenntnis nehmen, daß

manche Menschen einfach nicht braun werden«, sagte er.
»Jeder Mensch wird braun« beharrte ich, »wenn er sich entsprechend verhält.«
»Mit Verhalten hat das nichts zu tun.«
»Ist es dir nicht selber gräßlich, wenn du in ein Zimmer trittst und jeder dich fragt: »Was um Himmels willen ist denn passiert?«
»Erlaube mal, nur weil ich nicht aussehe, wie ein indischer Mahout . . .«
»Steve McQueen wird braun«, sagte ich, »und Paul Newman auch. Und du wirst wohl auch kaum je gesehen haben, daß sich John Wayne beim Reiten ein Handtuch über die Arme gehängt hat?«
»Was hat denn das mit mir zu tun?«
»Diese Männer sehen gesund aus! Das hat es mit dir zu tun. Möchtest du denn nicht bronzebraun und geheimnisvoll aussehen? Alle Frauen würden sich auf der Straße nach dir umdrehen und sagen: ›Junge, sieht der vielleicht gesund aus.‹«
»Nein.«
»Laß doch mal – nur für eine Stunde – die Sonne tun, was ihres Amtes ist. Leg dich lang, und ich übergieße dich mit drei Tassen Öl und laß dich schmoren.«
Von Zeit zu Zeit prüfte ich, ob er auch gleichmäßig bräunte.
Später kam er dann ins Haus und schlüpfte vorsichtig in seine Kleider.
»Was habe ich dir gesagt?« lachte ich. »Schon sehen die Sachen ganz anders auf dir aus. Wenn du nur wüßtest, wie sich das helle Hemd von deiner Haut

abhebt. Und das Blau deiner Augen! Noch nie ist mir die Farbe so aufgefallen!«
Als wir später nebeneinandersaßen und in Zeitschriften blätterten, versuchte ich es noch einmal. »Ich weiß, du wirst mir jetzt nicht recht geben, aber du kannst es mir glauben, du bist der gesündest aussehende Mann unter den Patienten in diesem Wartezimmer!«

Wein, Weib und kein Gesang

2. Ich verzeihe meinem Mann das Theater, das er jedesmal aufführt, wenn er Wein zum Essen bestellen muß. Er tut, als sei er in Frankreich großgeworden. Zunächst schwenkt er das Glas unter der Nase hin und her. Dann legt er den Kopf in den Nacken, als wolle er gurgeln. Schließlich läßt er einen Tropfen Wein über die Zunge rollen. Wir anderen sitzen am Tisch wie die Trottel und warten darauf, daß dieser Mensch, der einen guten Jahrgang nicht von ›Vademecum‹ unterscheiden kann, beschlossen hat, ob ihm der Wein ›mundet‹ oder nicht.
Der Kellner tritt von einem Fuß auf den anderen. Schließlich spricht Caesar. »Noch ein wenig, bitte«, sagt er und hält ihm das Glas hin. Und während ich bereits die Augen verdrehe, sagt er: »Ich möchte ganz sicher sein.«
»Du hast doch nicht die blasseste Ahnung, was du tust«, sage ich vorwurfsvoll.
»Wie kannst du so was sagen?« fragt er.
»Weil ich den Gesichtsausdruck kenne, mit dem ich

im Supermarkt an den Melonen herumdrücke und auch keine blasse Ahnung habe, was ich tue.«

»Damit du es nur weißt, meine Liebe«, sagt er und wischt sich einen Korkkrümel vom Kinn, »Weinkosten ist ein uralter Brauch, der einst dazu diente, Könige und Königinnen vor dem Vergiftetwerden zu schützen.«

»Wenn das so ist, hättest du auch den Schmorbraten vorkosten müssen«, sage ich.

Und während er dasitzt und sich die Lippen leckt und noch immer zu keiner Entscheidung kommt, fährt mir eine andere Frage durch den Kopf. Woher weiß eigentlich der Ober, *wem* er den Wein zu kosten geben muß? Dem mit der rötesten Nase? Dem, der aussieht, als ob er nachher die Rechnung zahlt? Oder dem unauffälligen Geheimagenten, der überall Könige und Königinnen zu schützen hat?

»Übrigens«, sage ich schließlich zu meinem Mann, »hast du bereits die halbe Flasche weggekostet. Findest du nicht, daß auch wir anderen jetzt gefahrlos einen Schluck Wein zu unserem Dinner genießen könnten?«

»Die erste Flasche habe ich zurückgehen lassen«, sagt er.

»Mach keine Witze. Warum denn?«

»Warum denn ist gut! Diese Leute haben es nicht mit einem verschüchterten alten Dämchen zu tun, das nur bei der Betriebsfeier einen Schluck nippt. Ich habe schon oft Wein getrunken, sogar zu Hause. Jetzt habe ich einen 1970er Lake Erie bestellt, und diesmal will ich Kork drin schwimmen sehen!«

3. Ich verzeihe ihm, daß er sich bei den Pfadfindern immer vorm Feuermachen gedrückt hat.
Wenn wir eine Party geben, ›baut‹ mein Mann ein Feuer im Kamin. Er benötigt dazu an die 30 Pfund Zeitungspapier, einen Berg zundertrockener Späne und einen gut abgelagerten Buchenkloben mit eingestanzter Garantie. Und binnen Minuten haben wir einen solchen Qualm, daß alle Gäste hustend auf die Straße flüchten.
Ich kenne keinen anderen Mann, dem selbst ein gasbefeuerter Kamin ausgeht.
»Laß doch heute abend mal den Kamin sein«, sagte ich zu ihm vor einer Party.
»Unsinn«, sagte er, »jetzt kenn' ich doch den Trick. Ich brauche einfach mehr Papier und muß früher anfangen. Darauf kommt es an. Früh genug anfangen und eine Lage Kohlenglut erzeugen. Und dann die ganze Nacht hindurch nur noch Holz nachlegen.«
Um 18 Uhr 30 verheizte er die Abendzeitung, die ich noch nicht gelesen hatte.
Um 18 Uhr 40 leerte er drei Papierkörbe in den Kamin und bekam erneut eine kleine Schwelflamme zustande.
Um 19 Uhr 05 kam er aus der Garage, mit einem Leiterwagen voller Zeitungen, die ich für die Altpapiersammlung aufgehoben hatte.
Um 19 Uhr 30 trafen die ersten Gäste ein.
Um 19 Uhr 45 verheizte er alle Kalender des Hau-

ses sowie fünf Papierservietten, die er den Gästen wegriß.
Um 19 Uhr 50 holte er energisch alle Beutel der Chemischen Reinigung aus dem Dielenschrank, außerdem verheizte er alle braunen Tüten, die ich für Abfälle in einer Schublade aufhebe.
Um 20 Uhr 05, als es in unserem Wohnzimmer schon Rußflöckchen schneite, begann er Schuhkartons auszuleeren und die Pappe unter die Scheite zu stopfen.
Gegen 21 Uhr 00 blieb ihm nichts mehr übrig, als unbezahlte Rechnungen mit einem Streichholz anzuzünden und sie auf den klimmenden Kloben zu werfen. Ich nahm ihn beiseite. »Hör mal, du Rauchtopas, möchtest du nicht endlich das blödsinnige Kaminfeuer vergessen und dich ein bißchen um die Gäste kümmern.«
»Ich hab's doch gleich geschafft«, sagte er aufgeregt. »Nur noch ein paar Blatt Papier.«
Er rannte zur Kommode und kam mit den Poesiealben der Kinder, unserem Hochzeitsfoto und unserem Trauschein zurück.
Um 1 Uhr nachts schüttelte er mich am Arm. »Jetzt geht's«, sagte er jubelnd. »Es lodert. Erinnerst du dich an die Cornflakes-Packungen, in jeder war nur noch so ein kleiner Rest, den habe ich weggekippt. Mit den Schachteln habe ich es geschafft.«
»Überwältigend«, sagte ich und zog mir die Bettdecke bis an den Hals. »Dann lösch jetzt das Feuer aus und komm ins Bett. Morgen haben wir einen schweren Tag. Ich lasse dich nämlich einsperren.«

Humor ist, wenn man . . .

In vielem sind mein Mann und ich grundverschieden. Zum Beispiel in der Frage was wir komisch finden. Neulich abends erzählte ich ihm eine sehr amüsante Anekdote. Eine Frau wird von einem Meinungsforscher gefragt, ob sie eine gute Hausfrau sei, beispielsweise das Bett ihres Mannes mache, solange er noch im Bad sei. Sie entgegnet ihm temperamentvoll: »Machen? Ehe der zurück ist, habe ich das Bett verkauft!«
Stirnrunzelnd meinte mein Mann. »So früh am Morgen kauft kein Mensch ein Bett.«
Dann rächte er sich – mit der Geschichte von dem sprechenden Hund, der im Varieté und im Nachtclub auftritt. »Und eines Tages wurde der Hund krank und mußte operiert werden. Und danach bekam er nirgends mehr einen Job.«
»Wieso?« fragte eine unserer Freundinnen.
»Weil er nur noch dasaß und bellte.«
Die Männer brüllten vor Lachen, ich dachte schon, es zerreißt sie. Die Frauen saßen da und schauten verwirrt.
»Liebling«, schaltete ich mich ein, »du hast es falsch erzählt. Der Hund hat nicht nur gebellt. Er bekommt keinen Job mehr, weil er nur noch von seiner Operation spricht.«
»Aber das ist doch kein Witz«, sagte er.
»Dafür kann ich nicht«, konterte ich. »Du hast eben deinen Witz vermurxt.«
»Wenn es mein Witz ist, kann ich ihn doch erzählen, wie *ich* will, oder? Warum sollte der Hund über etwas so Unangenehmes wie eine Operation sprechen?

Weißt du, was du bist, du bist ein bißchen zurückgeblieben. Wenn ich erzählt hätte, daß der Hund sein Krankenhausbett verkauft hat, ehe er wieder drinlag, hättest du dich kaputtgelacht.«

Größen-Ordnungen

Ich bin eine noble Natur, ich verzeihe meinem Mann nicht nur seine schlechten Witze, ich verzeihe ihm auch, daß er so groß ist. Ich bin eins sechzig. Er mißt fast zwei Meter. Und wenn man ihm glauben will, habe ich im Leben nichts Besseres zu tun, als den Fahrersitz des Wagens ganz nach vorne zu schieben und dann – 7 cm vom Lenkrad – so zu hinterlassen.
Neulich kam er in die Küche gewankt und ließ sich auf einen Stuhl sinken. »Du hast es mal wieder geschafft«, sagte er düster.
»Wie meinst du das?«
»Ich habe nicht mehr die Kraft, gegen dich anzukämpfen. Meine Nieren sind vom Türgriff zermalmt, im Genick habe ich aufgescheuerte Stellen vom Sicherheitsgurt, der Spiegel hat mir eine blutende Kopfwunde beigebracht, und am linken Blinkerknopf habe ich mir die Hose zerrissen.«
»Ach, deshalb hast du so gehupt?«
»O nein, gehupt habe ich, weil ich bei jedem Ausatmen mit der Gürtelschnalle die Hupe berührte.«
»Du bist ja ganz außer dir.«
»Du bist ja ein richtiger Schnellmerker. Ich gebe dir gleich ein Fleißkärtchen.«
»Du brauchst nicht sarkastisch zu werden.«

»Du hast gut reden. Du hast nie ein Paar Beine in einem Fallschirm falten und dich in deinen eigenen Wagen fallen lassen müssen. Schau dir das hier an«, rief er und legte die Füße vor meiner Nase auf den Tisch. »Weißt du, was das ist?«

»Das sind Füße«, sagte ich betont ruhig.

»Genau. Und nicht dazu gemacht, gefaltet, verzwirnt und verstümmelt zu werden.«

»Wieso hast du Schuhe an, die vorne gespalten sind?«

»Weil ich sie mit knapper Not aus dem Rachen des Handschuhfachs retten konnte. Ich hatte gedacht, vielleicht schaffe ich es, wenn ich vom Beifahrersitz aus hineinkrieche, dann könnte ich mir die Beine um den Hals schlingen und erst unter dem Lenkrad wieder aufwickeln.«

»Und was ist passiert?«

»Die Sonnenblende hat mich angegriffen und in dem Handgemenge wurde mein Fuß von der Klappe des Handschuhfachs halb aufgefressen«, beschwerte er sich erbittert.

»Ich lasse den Sitz nicht absichtlich so weit vorn«, begann ich, doch da sprang er schon auf. »O doch, und ob du das tust. Im Grunde deines Herzens hast du es nie verwunden, daß du nicht den Glöckner von Notre-Dame geheiratet hast, hab' ich recht? Der hätte in einen Mini-Wagen hineingepaßt, was? Einen Jockey hättest du heiraten sollen. Ihr wärt ein traumhaft schönes Paar gewesen, auf euren Sitzkissen! Oder Dick Cavett. Immer mit dem Picknickkorb als Fußbänkchen! Oder das Zuckermännlein auf der Hochzeitstorte.«

Ich grille, du grillst . . .

Eine der ernsthaftesten Prüfungen für die Stabilität einer Ehe besteht darin, mit jemandem verheiratet zu sein, der den Göttern Brandopfer darbringt – mit einem Gartengrillkoch nämlich.

Voriges Frühjahr beschlossen wir, unsere Küche zu renovieren. Wir bekamen einen Herd, der alles kann, außer uns den Mund abwischen, einen Kühlschrank mit Gefriertruhe, der Eis hochhustet und sich selbsttätig auftaut, eine Reihe von Tischgeräten, die die Hausfrau überflüssig machen, eine Spülmaschine und einen Müllzerstampfer. Dazu Fächer und Vorratsschränke, wie man sie sich erträumt.

An dem Tag, als alles fertig installiert war, stellte sich mein Mann in die Mitte dieses kulinarischen Märchenlandes, nickte beifällig und verzog sich anschließend in den Hof, wo er dann unser Essen in Embryo-Stellung über einem offenen Kohlenbecken kochte. Dabei verwendete er einen alten Kleiderbügel als Gabel und einen Mülltonnendeckel als Behälter für Pfeffer und Salz.

Dieses Stadium machen die meisten Männer durch. Man nennt so was Lagerfeuer-Wahn oder auch Gartengrillitis. Der krankhafte Zustand wird ausgelöst durch die Anschaffung eines Gartengrills, einer ulkigen Schürze, auf der VERBRANNT SCHMECKT LECKER steht, und hin und wieder auch durch Nachbarn, die an jedem Wochenende die Gäste mit immer neuen Gerichten aus dem KOCHBUCH EINES NEANDERTALERS überraschen und begeistern.

Man kann de Mut dieser Kochneulinge nur bewundern, die bis dahin ›Prise‹ nur als Schnupftabak kannten und Aspik für einen Gipfel in den Anden gehalten haben.
Zu lösen bleibt die Frage: Wie so etwas überleben, ohne Schaden zu nehmen?
Wenn Sie zu einer Grillparty eingeladen werden, prüfen Sie die Einladung genau. Steht dort: 7 Uhr abends‹, so ist dies der Zeitpunkt, zu dem die Gäste erwartet werden. Zu essen gibt es erst etwa 48–72 Stunden später, je nachdem, was für Zwischenfälle passieren.
Ein Beispiel:
a) Der ratlose Hobbykoch schiebt die Kartoffeln ins Rohr und stellt aber für 60 Minuten die Trockenschleuder an.
b) Es erscheint die örtliche Feuerwehr, weil bei ihr gemeldet wurde, daß eine Reifenfabrik brennt.
c) Eine Gruppe Gäste besteht aus Mitgliedern der Nationalmannschaft im Trinken und feiert ihren Sieg über die Russen.
Wenn Sie eine Grillparty überstehen wollen, seien Sie auf der Hut vor ein paar uralten Legenden und Gemeinplätzen.
Da gibt es zum Beispiel die Scherzfrage: »Was kann man an einem guten Steak schon verderben?« Dies Sprüchlein ist oft von schrillem Kichern und einem Rippenstoß begleitet.
Gemeint ist, daß man kein besonderes Geschick braucht, um einen Klumpen Fleisch auf einen Rost zu werfen und wieder herunterzuholen, solange es noch genießbar ist. Die Antwort auf die Scherzfrage ist klar: »Man kann es verkohlen lassen«.

Außerdem gibt es wohl kaum eine Grillparty, auf der nicht ein großer, langhaariger Hund den ganzen Abend um den Grill streicht. Es hält sich die Sage, daß große, langhaarige Hunde NIEMALS Fleisch vom Grill schnappen und damit davonlaufen.
Das glauben Sie so lange, bis Sie einen Hund durch drei Höfe, einen Abholmarkt und eine Berieselungsanlage verfolgt haben, um es ihm wieder abzujagen.
Ferner gibt es da die Sage: »Wenn ein Ehepaar gemeinsam kocht, hält die Ehe.«
Neulich nachts stolperte ich über meinen Mann, der gebückt an seinem Kohlenbecken kauerte. »Bist du es?« raunte ich in der Finsternis.
»Wer denn sonst?« fragte er.
»Ist ja egal. Wenn du dich nicht bewegt hättest, hätte ich dich gefressen.«
»Es dauert nur noch ein ganz kleines bißchen«, sagte er. »Sind die Gäste schon sehr hungrig?«
»Ich glaube schon. Sie sitzen herum und sehen zu, wie ihr Leib ödematös aufgetrieben wird.«
»Aber so lang hat es doch gar nicht gedauert?«
»Du willst mich wohl vergackeiern? Ich seh' zum ersten Mal zu, wie meine Fingernägel wachsen.«
»Nur noch ein paar Minuten, bis die Kohlen richtig glimmen.«
»Willst du damit sagen, daß du das Fleisch noch gar nicht aufgelegt hast?«
»Gib den Gästen noch ein paar Horsd'œuvres.«
»Hat keinen Zweck mehr. Sie werden schon unangenehm.«
»Dann geh herum und frag jeden, wie er sein Steak will: blutig, mittel, halb durch oder gut durch.«

Ich ging und kehrte nach wenigen Minuten zurück.
»Na?« fragte er.
»Dreizehn blutig. Soll ich das Fleisch bei den Hörnern festhalten?«
»Werde nicht witzig«, sagte er. »Was ist mit unserem vierzehnten Gast?«
»Der hat sein Tablett gefressen und meint, das hielte eine Weile vor.«
»Der hat bei mir verspielt«, sagte er. »Das ist das letzte Mal, daß ich meine hervorragende Barbecue-Sauce an diesen Banausen verschwende.«
Das Überleben des Grillgastes hängt einzig und allein davon ab, wie gut er sich für das Unternehmen vorbereitet hat. Gäste bedürfen unbedingt eines Überlebens-Päckchens oder Notgepäcks. Es sollte folgendes enthalten:
Eine Taschenlampe, damit sie sehen, was sie nicht zu essen kriegen.
Buntes Flitterwerk und Glasperlen, um sie bei Eingeborenen gegen Nahrungsmittel einzutauschen, ehe das Grillessen serviert wird.
Einen Kalender, um den Zeitablauf nicht völlig aus dem Auge zu verlieren.
Sterile Gesichtsmasken, damit sie vom Insektenspray nicht ›high‹ werden.
Trockene Streichhölzer für den Gastgeber, sobald er gesteht, daß er nie bei den Pfadfindern war.
Als neulich spät abends die Gäste gegangen waren und ich durchs Gras kroch, um mein Besteck wieder zusammenzusuchen, sagte mein Mann voller Stolz: »Na, eine komplette Katastrophe kann es nicht gewe-

sen sein. Evelyn hat mich um das Rezept für meine Barbecue-Sauce gebeten.«

Ich konnte den Morgen kaum erwarten. Ich rief Evelyn an. »Stimmt das?« fragte ich. »Hast du meinen Mann tatsächlich um das Rezept für seine Barbecue-Sauce gebeten?«

»Aber ja«, sagte sie aufgeregt. »Verstehst du – gestern abend habe ich mir die Sauce auf den Rock getropft, und es hat keinen Fleck gegeben, im Gegenteil, es hat einen Fleck entfernt. Heute morgen habe ich mir einen Topf voll gekocht, und ob du's glaubst oder nicht: Dein Mann ist ein Genie. Seine Barbecuesoße vertilgt Unkraut, entfernt die Ölflecken vom Boden der Garage, putzt Metall, und man kann damit dem Hund die Kaugummiklümpchen aus dem Fell lösen.«

»Na wundervoll«, sagte ich. »Aber bewahr es bitte außer Reichweite der Kinder auf!«

»Ja, ich weiß«, sagte sie.

Weib gegen Wagen

Mein Mann und ich haben drei Kinder in die Welt gesetzt, haben drei Kriege überdauert, uns bei Beerdigungen gegenseitig getröstet und uns in kranken und gesunden Tagen beigestanden. Und neulich fahre ich rückwärts aus der Garage in den Hof, nehme die Kurve ein bißchen knapp und beule den Wagen seitlich ein. Da war er plötzlich ein ganz fremder Mann.

»Wohin denn?« fragte ich, als er nach Untersuchung des eingedellten Kotflügels ins Haus stürzte.

»Rühr nichts an und laß den Wagen stehen«, sagte er. »Ich rufe die Polizei.«

»Die Polizei?« schrie ich. »Das ist doch die Höhe. Ich bin schließlich deine Frau.«

»Jetzt ist nicht der Moment für Vetternwirtschaft«, sagte er nachdrücklich.

Ich hätte wissen müssen, daß man als Frau nicht mit einem Wagen konkurrieren kann. Seit Jahren predigen uns die Psychologen, daß die Beziehung eines Mannes zu seinem Wagen noch *vor* dem Sex rangiert.

Für diejenigen Frauen, die dieser Erkenntnis skeptisch gegenüberstehen, nachstehend ein paar Fragen:

1. Hat Ihr Mann Sie Vollkasko- oder auch nur Teilkasko versichert? Oder hat er Sie nur in einer Begräbniskasse eingekauft, durch die sie auf einen Abschleppwagen geschoben und an den Stadtrand gekarrt werden?

2. Haben Sie die Garantie für kompletten Ölwechsel alle 6 Monate, beziehungsweise alle 5000 km – was immer zuerst dran ist? Oder suchen Sie nur dann einen Arzt auf, wenn eine größere Operation notwendig wird?

3. Bekommt Ihr Mann einen Wutanfall, wenn er feststellt, daß jemand Ihnen ein Bonbonpapier in die Seitentasche gesteckt oder ein Stück Kaugummi aufs Instrumentenbrett geklebt hat?

4. Hat Ihr Mann Sie jemals aufs Dach geklopft und geäußert, daß man Sie noch sehr hoch in Zahlung geben kann?

5. Fährt er Sie dreimal wöchentlich in ein Restaurant und sagt zur Kellnerin: »Vollmachen bitte!«

6. Macht es ihm etwas aus, daß die Kinder die Füße auf Ihre Polsterung legen?
7. Protestiert er dagegen, daß Ihre Teenager mit Ihnen in der ganzen Stadt herumgondeln?
8. Würde er 8 Dollar zahlen, damit Sie irgendwohin abgeschleppt werden?
9. Würde er, wenn Sie morgens nicht anspringen, den ganzen Tag der Arbeit fernbleiben?

Wenn Sie auch nur auf eine dieser Fragen mit NEIN antworten, haben Sie einen vierrädrigen Scheidungsgrund.

Als der Polizist die Lage geprüft hatte, wandte er sich an meinen Mann und sagte: »Sir, Sie haben nicht vorschriftsmäßig geparkt. Der Wagen muß in einer Entfernung von mindestens 5 Meter von der Bordsteinkante stehen. Haben Sie Zeugen für den Unfall?«

»Nur meine Frau«, sagte er und lächelte mir zu.

»Ich habe diesen Menschen noch nie im Leben gesehen«, sagte ich.

Als der Polizist fort war, murmelte mein Mann: »Joanne wäre nie so verständnislos gewesen.«

»Wer ist Joanne?« fragte unser Elfjähriger.

»Joanne Woodward«, sagte mein Mann. »Ich weiß nicht, ob du das schon verstehst, mein Junge, aber Joanne Woodward, das ist wie wenn man sich mit zwölf rasiert, wie wenn man einen Wagen kaufen will und der Verkäufer führt einen sofort zu den Cabrios. Sie ist wie wenn die Schwiegermutter allergisch gegen einen ist, und wie wenn man keinen alten Ledergürtel braucht, um seinen Koffer zuzuschnüren.

Joanne ist nicht von dieser Welt. Sie trägt nie Lockenwickler, hat nie das Muster des Sofakissens im Gesicht und macht nie den Kamin sauber, ohne vorher Handschuhe anzuziehen. Sie braucht nie aufzustehen, weil sie der Hüfthalter zwickt, spricht nie beim Essen davon, dem Hund Wurmpulver zu geben. Joanne ist . . .«

»Bestimmt reitet sie klasse, oder?« fragte sein Sohn.

»Ich wußte ja, du bist noch zu jung, um es zu begreifen«, sagte er betrübt. »Aber ich verzeihe dir, und ich verzeihe auch deiner Mutter.«

3.

Sprecht zu mir, schließlich bin ich eure Mutter

Die ersten zwei Jahre im Leben eines Kindes bemüht man sich, ihm das Sprechen beizubringen. Die folgenden zehn Jahre verwendet man darauf, es zum Schweigen zu bringen, und den Rest des Lebens versucht man zu erreichen, daß es die Lippen bewegt und einen Laut von sich gibt.
Ich persönlich bin der Meinung, wenn der liebe Gott gewollt hätte, daß ich morgens spreche, hätte ER in seiner Weisheit ein Bandgerät in meine Brust gelegt und von meinem Nacken hinge ein Schnürchen zum Ziehen, wie bei einer Sprechpuppe.
Nie werde ich begreifen, daß es Menschen gibt, die aus dem Bett springen und die Bewegung ihrer Lippen zu Wörtern koordinieren, so daß Sätze entstehen, die eine Gedankenkommunikation ermöglichen. Diesen Punkt erreiche ich erst nach dem Mittagessen. Am Morgen habe ich einen Stammwortschatz von 16 Wörtern. »Nein. Mir egal. Im Wäschekorb. Wie heißt du doch noch? Senf oder Ketchup? In Papis Brieftasche.« Im Lauf von 23 Jahren ist keines dazugekommen, aber auch keines weggefallen.
Neulich schlurfte ich morgens in die Küche und tat

automatisch, was nötig war. Meine Tochter sagte: »Ich muß mir was kaufen.«
»In Papis Brieftasche«, unterbrach ich.
»Wo ist mein Lieblingspullover mit dem V-Ausschnitt?« fragte mein Sohn.
»Im Wäschekorb.«
»Kann ich ihn anziehen?«
»Nein.«
»Dann sitze ich ohne Pulli neben dem offenen Fenster und bin noch vor dem Mittagessen tot.«
»Senf oder Ketchup?« murmelte ich und hielt ihm sein Pausenbrot hin.
»Ketchup.«
Als ich gerade das Sandwich wieder aufklappte und versuchte, aus der Flasche Ketchup herauszuschütteln, klingelte das Telefon.
»Hallo«, sagte meine Tochter. »Kleinen Moment. Für dich, Mom.«
Ich schüttelte den Kopf.
»Sie kann jetzt nicht an den Apparat kommen«, sagte sie sarkastisch. »Sie hängt an der Flasche.«
»Wie heißt du?« fragte ich meinen Jüngsten. Er sagte es mir, und ich kritzelte den Namen auf sein Frühstückspaket.
»Eine Paula Peitsch hat angerufen«, sagte meine Tochter und drückte mir einen Zettel in die Tasche meines Schlafrocks. »Sie möchte sich zum Mittagessen mit dir treffen – im Goldenen Huhn.«
Ich nickte. Den ganzen Vormittag dachte ich an Paula Peitsch. Wer war das? Kannte ich sie und konnte mich nicht mehr an sie erinnern? War sie vielleicht eine Mitschülerin? Eine Dame von der Avon Kosmetik?

Die Vorsitzende von einem Verein? Die Frau eines Verlegers? Die Lehrerin eines meiner Kinder? Eine Sekretärin, die einem kompromittierende Fotos von der Betriebsweihnachtsfeier andrehen wollte?
»Ich weiß, Sie kennen mich nicht«, sagte mittags um 1 Uhr eine Stimme im Goldenen Huhn. »Aber ich habe Ihre Kolumne gelesen und mir gedacht, es müßte irrsinnig amüsant sein, mal mit Ihnen zu essen.«
»Wie heißen Sie?« fragte ich verglast.
»Paula Peitsch«, lächelte sie. »Ihr Kleid ist reizend. Wo haben Sie es gefunden?«
»Im Wäschekorb.«
»Was wollen Sie trinken?«
»Mir egal. Senf oder Ketchup.«
»Woher haben Sie all Ihre ulkigen Einfälle?«
»Aus Papis Brieftasche.«
Sie tat mir leid, aber es geschah ihr ganz recht.
Das Kommunikationsproblem besteht ja nicht in unserer Familie allein. Wir fingen mit einem Kind an, das man schon rein akustisch nicht verstand. Seit der Junge sein erstes Wort sprach, hat bis zum heutigen Tag eigentlich nie jemand gewußt, worüber er überhaupt redet. Aus einem unerfindlichen Grunde bin ich die einzige im Hause, die für ihn dolmetschen kann. Als er noch im Krabbelalter war, stand er stundenlang neben seinem Vater und schrie: »Mii, nonaa, nuu, nuu.« Sein Vater zuckte die Achseln und fragte: »Was will er?«
»Was wird er schon wollen«, sagte ich gereizt.
»Entweder er will uns mitteilen, daß der Hund keine kalten Spaghetti mag oder daß ihm das Lexikon nicht

gefällt, das wir ihm gekauft haben, oder er hat einfach seinen Schnuller verschluckt«, riet mein Mann.
»Er versucht nur, dir zu erzählen, daß ihm ein Plätzchen in die Hose gerutscht ist. Also wirklich – wie kann ein Vater nur so begriffsstutzig sein.«
Als er größer wurde, wurde es noch schlimmer.
»Hör mal, der Junge braucht Sprechunterricht«, sagte mein Mann.
»Was denn noch?«
»Eben sagt er mir, daß er keine Fallnüsse mag. Meint er nun Fallobst oder Walnüsse?«
»Das W ist ihm immer schon schwergefallen«, nahm ich meinen Sohn in Schutz.
»Wenn's ja nur das W wäre. Wenn der so weiterredet, stecken die ihn in eine Klasse, wo er den ganzen Tag Wäscheklammern und Rezepthalter aus Holz machen muß.«
»Aber er gibt sich doch solche Mühe, wie wir alle zu reden«, seufzte ich. »Er beherrscht eben unseren Wortschatz noch nicht.«
»Das kann man wohl sagen«, äußerte sich sein Bruder. »Im Schulbus hat er neulich erzählt, wenn er groß ist, wird er ein indischer Joghurt.«
»Und einem meiner Kunden hat er neulich abends am Telefon gesagt, ich könnte nicht an den Apparat kommen, ich sei im Moment nicht zugänglich. Es muß etwas geschehen.«
Das andere Extrem ist unser Sohn, der nur vier Wörter pro Jahr spricht. Als ich eines Tages Eigelb und Eiweiß trennen wollte, rutschte mir das Ganze auf den Fußboden. Da sah er mich an und sagte: »Futsch, Mami.«

Meine Augen feuchteten sich. Ich hätte nicht zu hoffen gewagt, daß er überhaupt weiß, wer ich bin.
Mütter, deren Kinder reden, habe ich immer beneidet. Was für Einblicke können sie tun in die Seele ihres Kindes. Wie schön haben sie es ... das vertraute Lachen ... das erste Geheimnis, das sie mit ihren Kindern teilen ...
Unsere Beziehung dagegen gleicht mehr der des Präsidenten zum Kongreß.
»Was hängt da aus deinem Notizbuch?«
Achselzucken. Schweigen.
»Morgen werden Klassenfotos gemacht? Und was ist das da? Ein Versicherungsformular für Fußball. Ich wußte gar nicht, daß du so auf Fußball stehst? Was spielst du? Und wann spielt ihr?«
Achselzucken. Grimasse.
»He, das ist ja was, was an mich gerichtet ist. Die wollen jemand, der zum Schülerfest Kuchen backt. Ich glaube, das könnte ich schaffen.«
»Das ist noch vom vorigen Jahr.«
»Oh. Und hier ist noch etwas. ›An die Revolutionstruppen. Der Potomac wird heute abend um 7 Uhr 30 überschritten. Geld mitbringen. Gezeichnet George Washington.‹ Na ja, ich hab' gedacht, mit Humor geht alles besser.«
Seufzer.
»Ach sieh mal da, eine Einladung an alle Eltern. Da werde ich wohl hingehen.«
Stöhnen.
Aber wenn Sie meinen, für die Mutter eines stummen Kindes sei es daheim am schmerzlichsten, gehen Sie mal zu einem Elternsprechtag.

Ich saß noch nicht, da sprach mich schon eine der Mütter an.
»Sagen Sie mal, was halten *Sie* denn von dem Vorkommnis im Heizungskeller? Ihr Sohn wird Ihnen ja sicher davon erzählt haben, oder?«
Eine andere stürzte auf mich zu und sagte: »Den neuen Direktor habe ich ja sofort erkannt, so genau hat mein Sohn ihn mir beschrieben. Sie nicht auch?«
(Meine Dame, ich hätte nicht einmal das Gebäude gefunden, wenn nicht ein Pfadfinder auf dem Parkplatz gestanden hätte.)
Und schließlich: »Zu schade, daß Sie keine Zeit hatten, zur Preisverleihung zu kommen. Wir dachten, wo doch Ihr Sohn in diesem Team mitspielt . . .«
Als ich schon gehen wollte, legte mir die Lehrerin meines Sohnes die Hand auf den Arm. »Ich hätte mich gern mal mit Ihnen über das Problem Ihres Sohnes unterhalten«, sagte sie.
Aha. Jetzt kam's. Ich war nicht schuld. Der arme, gehemmte Junge konnte sich nicht ausdrücken und lebte in einer Welt des Schweigens.
»Ihr Sohn kann anscheinend nie den Mund halten«, sagte die Lehrerin. »Er spricht dauernd während des Unterrichts dazwischen, brüllt Antworten, ehe ich fertig gefragt habe. Seine Mitschüler nennen ihn ›das Maschinengewehr‹.«
»Also direkt redselig war er nie«, gestand ich. »Zu Hause spricht er nur in Bulletins. Wie in Fernsehreklamen, wo der Ehemann seine Frau fragt: ›Schnupfen weg?‹ und sie nickt und antwortet: ›Temperatur normal. Husten weg. Geht mir prima.‹ Wenn mein Sohn

von der Schule heimkehrt, komme ich mir vor wie Chef Ironside, der einen Zeugen verhört.«

Es stimmt, ich versuche ein Gespräch dadurch in Gang zu bringen, daß ich frage: »Na, wie war's heute in der Schule?«

»Ging.«

»In der Brottrommel sind noch Schmalzkrapfen, falls du welche willst.«

»Weiß schon.«

»Dein Bruder hat einen angebissen, aber . . .«

»Gemeinheit.«

»Wer war denn der Junge, mit dem du da gegangen bist?«

»Der Fischer.«

»Ist der nett?«

»Nein.«

»Nicht? Warum denn nicht?«

»Is' 'ne Flasche.«

Eines Abends waren wir gerade wieder bei solch tiefschürfendem Gedankenaustausch, da kam sein Vater heim.

»Nun hör ihn dir bloß an!« rief ich aus. »Wenn der Junge nicht bald anfängt, sich mitzuteilen, müssen wir ihm Spritzen geben lassen, daß ihm der Kehlkopf nicht austrocknet.«

»Laß doch, nicht jeder ist mitteilsam.«

»Na, weißt du! Als er neulich von der Schule heimkam, hatte ich mich auf den Fußboden gelegt, um festzustellen, ob er was sagt, wenn er mich ohnmächtig daliegen sieht. Weißt du, was er getan hat? Er hat sich über meinen regungslosen Körper gebeugt und gefragt: ›Ist die Sportillustrierte schon da?‹«

»Sie müssen«, sprach die Lehrerin meines Sohnes, »versuchen, diese Kluft zu überbrücken. Sich in seine Welt begeben und ihm zeigen, daß sie ihn liebhaben.«
Einige Wochen danach brach ich eine meiner eisernen Haushaltsregeln. Ich betrat sein Schlafzimmer. (Wir wollten eigentlich damit warten, bis er heiratet und wir dann das Haus verkaufen.) Er hatte ein Schreibheft vor sich liegen und stocherte mit dem Kugelschreiber in den Zähnen.
»Was ist die größte Umweltbedrohung für die Menschheit?« fragte er unvermittelt.
»Dieses Schlafzimmer«, sagte ich und sah mich fassungslos um.
»Die Menschen selbst«, verbesserte er. »Die sind nämlich so schlampig. Ich muß einen Aufsatz darüber schreiben, wie man das abstellen könnte.«
»Wo hast du üblicherweise dein Bett?« fragte ich und schaffte mit ein paar Handgriffen Platz.
»In der Mitte des Fußbodens«, sagte er. »Es ist noch nicht gemacht, weil ich es gerade lüfte.«
»Du lüftest es seit drei Jahren«, sagte ich. »Und warum liegst du drin mit 84 Sportzeitschriften, einem Pappbecher, einer Autoradkappe und achtzehn nicht zusammenpassenden Socken?«
»Ökologie«, grübelte er laut, »geht jeden an. Man muß beim Einzelnen anfangen. Jedes Bonbonpapier zählt und jeder Kronkorken.«
»Warum tränen einem hier drin so die Augen?« krächzte ich.
»Ach, das ist nur das Aquarium«, meinte er. »Der Staubsaugerfisch tut nicht, was er soll.«

Ich besah mir den Behälter mit dem fauligen Wasser und der gurgelnden und schmatzenden Pumpe. Möglicherweise war dies das einzige Wasser, das außer dem Cuahoga-Fluß in Cleveland Feuer fangen konnte.

»Gleichgültigkeit«, fuhr er fort. »Es geht ganz einfach um die allgemeine Gleichgültigkeit. Wenn man doch den Leuten klarmachen könnte, wie sehr sie die Landschaft verunstalten – –«

»Hebst du diese Limo-Flaschen aus einem besonderen Grund auf?« fragte ich.

»In einer davon ist eine Viper«, sagte er beiläufig. »Wo war ich doch noch. Ah ja, Umweltverschmutzung. Wie wäre beispielsweise: ›Laßt uns zusammenhalten, eine Lobby bilden, Druck auf die Verunstalter dieses Planeten ausüben!‹«

»Prachtvoll«, sagte ich. »Hast du gewußt, daß du Turnschuhe unterm Bett hast, die schon stockfleckig sind? Und einen Jahresvorrat zerknüllter Tempotaschentücher im Sockenfach? Und ein Stück grünes Brot unterm Kopfkissen? Ein Nest in deiner Zahnbürste und auf dem Boden von deinem Schrank ein Handtuch, das eben mit mir gesprochen hat?«

»Mami«, mahnte er, »hilfst du mir nun bei dem Ökologie-Aufsatz, oder willst du dich unterhalten?«

Ich höre was, was du nicht sagst . . .

Um es einmal kurz zusammenzufassen: Ich traue keinem unter dreißig. Ich habe schon, als ich selbst noch unter dreißig war, keinem unter dreißig mehr getraut. Insbesondere Kindern nicht. Sie lügen nicht

mit Absicht, aber sie verzapfen Räubergeschichten, wie es sie seit Jack London nicht mehr gibt, nur indem sie etwas weglassen oder dazuerfinden.
Eine meiner Freundinnen wurde eines Tages von ihrem Sohn gefragt, ob er mit einem Leih-Bus zu einem Basketballspiel nach New York fahren dürfe.
Es schien kein unbilliger Wunsch. Sie stellte die üblichen Fragen: Ob ein Erwachsener dabei sei? Ob alle anderen auch mitführen? Ob es von der Schule ausginge? Erst nachdem ungefähr 55 wütende Eltern sie angerufen hatten, wurde ihr klar, daß ihr Sechzehnjähriger, ein Führerscheinsäugling, den Bus ins Zentrum von New York zu fahren gedachte. Diese Kleinigkeit hatte er nicht erwähnt.
Besonders bei Teenagern muß man lernen, Verschleiertes in Klartext zu übersetzen.
»Darf ich am Samstagabend zu einer Party«, fragt das Töchterchen.
»Wer gibt sie denn?« fragen Sie, die Mutter.
»Eine von den Mädels.« (Ihre Tochter nämlich.)
»In einem Haus?«
»Ja.« (Nämlich Ihrem.)
»Sind die Eltern dabei?«
»Wahrscheinlich.« (Wenn die Eltern es schaffen, in drei Stunden von einem Wochenendausflug nach Miami, Florida, nach Cleveland, Ohio, zurückzufahren.)
»Wer kommt denn alles?«
»Nur ein paar Kinder aus der Schule.« (Es gibt fünf Schulen allein in diesem Stadtteil.)
»Wie viele denn?«

»Zwanzig, dreißig.« (Paare.)
»Ich hoffe doch, daß es rechtzeitig aus ist.«
»Aber bestimmt.« (Mit etwas Nachhilfe der Ortspolizei.)
Ich könnte ein Buch mit den unglaublichen Geschichten füllen, die meine Kinder mir so erzählen, als seien sie das Evangelium. Mein Sohn erzählte mir von einem Jungen, der mit dem Millionär Howard Hughes nahe verwandt war. Da jedoch (das war der Haken) Hughes verschwunden sei, bekäme er sein Taschengeld nicht mehr. Darum wolle er für 25 Cent eine Fliege schlucken. Mein Sohn glaubte ihm jedes Wort.
Ein andermal erzählte er mir von einem Klassenkameraden, der sein eigenes Flugzeug flog und an einem Wochenende in Minneapolis gekidnappt worden sei. Mein Sohn glaubte jedes Wort.
Aber eines Tages kam er zu mir in die Küche und fragte: »Was für ein Tag ist heute?«
»Dienstag«, sagte ich. »Gestern war Montag, und morgen ist Mittwoch.«
Da legte er den Kopf auf die Seite und fragte: »Bist du ganz sicher?«

Reden ist Silber . . .

Da heißt es immer Kommunikation während der gemeinsamen Mahlzeit sei das A und O der Erziehung. Und als es in unserem Haus bei Tisch allmählich zuging wie bei einer Aussegnungsfeier, beschlossen wir etwas zu unternehmen.
»Wir haben beide etwas falsch gemacht«, sagte ich zu

meinem Mann. »Wir dürfen die Kinder nicht bei Tisch kritisieren und ermahnen. Nicht mehr darauf herumhacken, wer heute das Rad wieder draußen im Regen hat stehenlassen und daß es verrostet. Kein Genörgel mehr, daß sie Tischmanieren haben wie Heinrich der Achte. Keine Vorhaltungen mehr über Zeugnisse, unaufgeräumte Zimmer oder daß eines der Kinder den Wagen mit leerem Tank heimgebracht hat. Nicht immer wieder davon anfangen, wer mit dem Abspülen dran ist und wer die Schere verschleppt hat und wer die Abfallhaufen im Hof nicht weggebracht. Wenn wir nicht aufhören, sie beim Essen zu kritisieren, kriegen sie Magengeschwüre.«

An diesem Abend herrschte bei Tisch bedrückte Stille.

»Wir haben heute einen recht interessanten Vortrag gehört«, begann mein Mann, »es ging um Schutzmaßnahmen im Falle eines Atomkrieges.«

Die Kinder kauten schweigend.

»Ratet mal, wen ich heute im Supermarkt getroffen habe?« Sie aßen stoisch weiter und tauschten nur hie und da einen verstohlenen Blick.

»Hat einer von euch gemerkt, daß ich den Kühlschrank abgetaut habe?« fragte ich.

»Kennt einer von euch die hübsche Geschichte, wie Art Linkletter eine Fünfjährige fragt, welches Tier sie sein möchte, wenn sie groß ist?«

Schließlich sprach eines der Kinder. »Wollt ihr denn nicht wissen, wer die Scheibe in der Verandatür zerbrochen hat?«

»Nein, Liebchen, nun iß schön.« Ich lächelte milde.

»Wird denn heute nicht darüber geredet, wer die Dekkel von den Abfalltonnen vergessen hat draufzutun, und dann haben die Hunde alles rausgezerrt?« fragte ein anderes Kind.

»Nein, bestimmt nicht. Beim Essen spricht man nicht von Unangenehmem.«

»Nicht einmal davon, wer mit wem für wann getauscht hat und wer dran ist mit Abdecken?«

»Nicht beim Essen«, sagte ich leise.

Wie auf ein Stichwort schoben alle ihre Stühle zurück und ließen ihre halbgeleerten Teller stehen.

»Was ist denn los?« fragte ich.

»Wir können nicht essen, wenn ihr sauer auf uns seid«, sagten die Kinder.

Draußen vor der Tür

Mit einem Kind Kontakt zu bekommen, ist für Eltern nicht leicht. Besonders dann nicht, wenn es gerade seine verschlossene Phase hat. In unserem ganzen Haus standen von jeher alle Türen offen. Jeder durfte sich aufhalten, wo er wollte, und war doch deutlich zu sehen. Jetzt hat unser Heim den Charme einer geschlossenen Anstalt. Neulich klopfte ich laut an die Schlafzimmertür.

»Wer ist da?« fragte eine Stimme.

»Deine Mutter.«

»Wer?«

»*Mama!*«

»Bist du sicher?«

»Ja.«

»Was willst du?«

»Mach die Tür auf. Ich habe mit dir zu reden.«

»Schickt vielleicht ER dich, weil er seine Platten zurückhaben will?«

»Nein. Schließ sofort auf.«

Die Tür öffnete sich einen Spalt. Ein Auge lugte heraus. »Ach, du bist es?«

»Wen hast du denn erwartet. Den Nikolaus? Komm zum Essen!«

Die Tür wurde wieder zugeknallt. Mich an der Telefonschnur entlangtastend, spürte ich das nächste Kind auf: in einem geschlossenen Wandschrank.

»Ich weiß, daß du da drin bist. Der Draht ist warm. Komm zum Essen.«

Stille. Dann wisperte eine Stimme: »Sie hört mit. Ich ruf' dich wieder an.«

Nummer 3 war eine harte Nuß. Ich fand meinen Sohn hinter verschlossenen Türen in der Garage, wo er auf seinen Trommeln übte.

»Hörst du mich?« brüllte ich. »Abendessen!«

»Wer hat dir gesagt, daß ich hier bin?«

»Die Nachbarn.«

Bei Tisch fragte ich dann alle drei: »Warum schließt ihr euch eigentlich in euren Zimmer ein? Wäre es nicht denkbar, daß wir die jeweilige Intimsphäre auch ohne Schlösser und Riegel respektieren? Diese Gruppe an einem Eßtisch zu vereinen, macht ungefähr so viel Mühe wie das Knacken eines Banktresors.«

»Hör zu, Mom«, erläuterten sie voller Geduld, »wir durchlaufen gerade eine Phase, in der wir ungestört sein möchten. Wir brauchen Zeit, uns selbst zu finden, herauszufinden, wer wir sind, was wir sind und wohin unser Weg führt. Das wirst du doch begreifen?«

Etwas später am gleichen Abend hatte ich mich im Bad eingeschlossen, da wurde ein Zettel unter der Tür durchgeschoben. »Ich brauche eine Mark. Wo ist deine Handtasche?«

Ich schrieb zurück: »Ich finde gerade zu mir selber. Da ich nicht weiß, wer ich bin, ist es klar wie Kloßbrühe, daß ich ebensowenig weiß, wo meine Handtasche ist.«

Die Fachleute sagen, manchmal erfordere der Moment, zu reden, und manchmal, zu schweigen. Bei Teenagern weiß man nie, was gerade dran ist. Ich fuhr mit meiner Tochter im Wagen, plötzlich bog sie ohne Grund in eine Sackgasse. Behutsam sagte ich: »Ich glaube, du drehst besser um.« Sie fuhr ruhig weiter, also erhob ich leicht die Stimme: »Vor uns ist eine Absperrung, du mußt wohl umdrehen.« Sie saß wie ans Lenkrad geschmiedet, bis ich schließlich hysterisch kreischte: »Um Gottes willen, halt!« Sie trat auf die Bremse, sah mich an und sagte leise: »Können wir uns denn nie ruhig unterhalten? Immer schreist du mich an.«

Das klang zwar nicht unbedingt nach einer feierlichen Einladung, mir aber doch wie Engelsgesang. »Ich habe mir schon lange gewünscht, mich mal mit dir zu unterhalten«, gestand ich. »Hauptsächlich darüber, welches College du dir denn nun aussuchen willst. Mir ist aufgefallen, daß du in letzter Zeit von überall Anmelde-Vordrucke zugeschickt bekommst, auch von Schulen jenseits des Eisernen Vorhangs, und da habe ich mir gedacht, Papi und ich könnten dir vielleicht aussuchen helfen.«

»Wozu wollt ihr euch irgendein College ansehen«, meinte sie vorwurfsvoll. »Ihr müßt ja doch nicht hin.«
»Hab Nachsicht mit uns«, meinte ich sanft. »Wir sind alte Leute und sehr ängstlich. Dein Vater und ich möchten uns nur davon überzeugen daß alligatorengefüllte Wassergräben zwischen den männlichen und weiblichen Schlafsälen sind, und daß die Hausmutter nicht irgendwelche komischen Zigaretten raucht.«
»Wenn es dabei bliebe, wäre mir das piepegal«, sagte sie mürrisch, »aber du und Papi, ihr stellt ja immer tausend Fragen. ›Was kostet es?‹ ›Wieviel Bügelbretter pro Etage stehen zur Verfügung‹, oder ›wie viele Schülerinnen sind in den einzelnen Klassen?‹ Alles Blödsinn.«
Das erste College, das wir besichtigten, gefiel uns gut. Theoretisch war es erstrangig. Unsere Tochter aber schüttelte entsetzt den Kopf.
»Ihr habt leicht reden. Habt ihr die fünf Jungen vom Studentenrat gesehen? Klein, klein, klein, klein, klein.«
Auch das nächste College, das wir uns ansahen, hatte durchaus seine Vorzüge. (Außerdem fünf Bügelbretter auf je fünfundzwanzig Studentinnen).
»Kommt nicht in Frage«, erklärte unsere Tochter. »Einen vollen Tag Anfahrt zur Skipiste.«
Im Verwaltungsgebäude des dritten hing ein Poster von Fidel Castro, sonst schien es annehmbar.
»Kommt nicht in die Tüte«, weigerte sie sich. »Der Registrator hatte einen Stoppelhaarschnitt.«

Weitere Colleges wurden abgelehnt, weil
a) der Geistliche verlangte, daß man einmal monatlich an die Mutter schrieb,
b) das Fußballteam schlecht abgeschnitten hatte,
c) Pauline Frank dort genommen worden war, und wenn die Pauline Frank nahmen, dann nahmen die auch wer weiß wen.

»Ich wollte, ihr wärt ein bißchen mehr wie Wickies Eltern«, sagte sie. »Die schauen sich auch Colleges an, aber sie nerven einen nicht so damit.«

Mein Mann und ich hatten noch nie einen Tennisplatz beim Licht einer Taschenlampe besichtigt, doch wenigstens sprach unsere Tochter während dieses Erkundungsganges mit uns. Sie sagte: »Noch ein bißchen tiefer bücken.«

Ihre Abreise ins College war ein echtes Drama. Sie sagte zwar auch bei dieser Gelegenheit nicht viel, doch was sie tat, rührte uns Eltern zu Tränen.

Als wir durch die leeren, ausgeräumten Zimmer unseres Hauses wanderten, hallten unsere Schritte auf den Dielen. Endlich ergriff mein Mann das Wort.

»Es ist unglaublich, findest du nicht? Da haben wir nun 23 lange Ehejahre gebraucht, um 8 Räume zu möblieren, sie mit elektrischem Gerät, Bettwäsche für fünf Betten und einer angemessenen Garderobe für alle auszustatten, und jetzt – – jetzt ist alles weg.«

Ich nickte. »Das Tollste ist, daß sie alles in ihrem Mini untergebracht hat.«

»Ich kann es einfach nicht fassen«, sagte er und schloß die Türen des leeren Wäscheschranks. »Die Bettlaken, die Handtücher, unsere Heizdecke, alles weg. Ich brauche jetzt unbedingt eine Tasse Kaffee ...«

»Wenn du aus dem Aschenbecher trinken willst?«
»Laß nur«, sagte er. »Ich setze mich jetzt erst mal bequem hin und ...«
»Vorsicht«, warnte ich. »Sie hat deinen kleinen, weichgepolsterten Sessel mitgenommen, in dem du immer so gern saßest.«
»Und was ist mit dem Fernseher?«
»Den hat sie als erstes eingepackt, zusammen mit dem Transistorradio, dem Fön, dem Schminkspiegel, dem Bügeleisen, dem Elektrokochtopf, deinem Rasierapparat und deinem Anorak.«
»Ich vermute wohl richtig, daß auch der Schallplattenspieler ...«
Ich nickte. »... er ist unterwegs ins College. Ebenso die Schreibmaschine, der Ventilator, der elektrische Zusatzofen, das Anschlagbrett aus der Diele, die Kegelkugeln, der Popcornröster und alle Bände des Konversationslexikons.«
»Wie kriegt sie bloß alles in die Schule rein?«
»Ich glaube, sie hat das Fahrrad zerlegt und unter den Fahrersitz geschoben.«
»Und was machen wir jetzt?« fragte er und warf einen letzten Blick durch die geplünderten Räume.
»Wenn wir noch jünger und knuspriger aussähen, könnten wir uns beim Fernsehen melden. Bei einem Spiel für Jungverheiratete kann man Waschmaschine und Trockenschleuder gewinnen.«
»Ich glaube, wir haben eine Masse Rabattmarken geklebt, für die könnten wir doch ...«
»Das geht nicht«, sagte ich leise, »die Rabattmarken hat sie mitgenommen.«

»Dann verreisen wir eben . . .«
»Wenn noch Koffer da sind«, gab ich zu bedenken.
»Aber das ist doch idiotisch«, schnauzte er. »Warum kann sie eigentlich nicht das hiesige College besuchen?«
»Sie wollte unserem Materialismus entfliehen.«

4.
Weg mit dem Speck

Die Damen unseres Villenvororts ›Hypothekenhöhe‹ haben angefangen, Gewichtsabnahme als Gruppenerlebnis zu betreiben. Wir treffen uns jeden Montag bei Kaffee und Schmalzkrapfen, sitzen da und schauen uns gegenseitig auf den Bauch. Es ist so tröstlich, daß es auf der Welt noch andere Frauen gibt, die bei Hitze die Beine nicht übereinanderschlagen können.

Vorigen Montag – ich hatte eben öffentlich bekannt, daß ich einen halben Kissenbezug voll Bonbons aufgegessen hatte, noch bleibt mir der Schuhkarton voller Schoko-Riegel im Tiefkühlfach – kam das Gespräch auf die Motivation für das Diäthalten.

»Ich fange mit der Diät an, wenn mich das Nachthemd in der Taille kneift«, sagte die eine.

»Ich nicht«, sagte die andere. »Aber wenn mir jemand ein Kompliment über mein A-Linien-Kleid macht und es ist gar kein A-Linien-Kleid, dann weiß ich, jetzt wird's Zeit.«

»Ich muß irgendwo eingeladen sein«, meinte eine

dritte. »So wahr ich hier sitze, wenn mich einer ins Weiße Haus einlüde, ich nähme 12 Pfund ab – einfach so.« (Sie schnippte mit den Fingern.)
»Mich motiviert der Urlaub«, sagte eine andere. »Vor dem Urlaub hungere ich mir alles herunter, damit ein Haufen Leute, die mich noch nie gesehen haben, mich so mästen können, daß ich beim Heimkommen wieder so aussehe, wie vor der Schlankheitskur.«
»Bei mir schafft's das Heimkino«, sagte eine und nahm sich einen Schmalzkrapfen.
»Ach so, Sie meinen, Sie sehen sich in den Filmen und finden sich zu dick?«
»Nein, die Familie befestigt ein Laken auf mir und benutzt meine Rückseite als Filmleinwand.«
Schließlich äußerte auch ich mich. »Bei mir gibt's nur eines, was mich zum Abnehmen motivieren könnte: ein Machtwort von meinem Mann. An meinem Übergewicht ist er schuld. Wenn er ein einziges Mal Ärger oder Abscheu zeigen oder sagen würde: ›Entweder du tust was für deine Figur, oder du trittst als Gruppe auf‹, würde ich etwas unternehmen. Neulich abends habe ich ihm mal richtig Bescheid gesagt: ›Es ist eine Schande, daß du deine Frau mit 13–18 Pfund überflüssigem Speck rumlaufen läßt. Wenn das so weitergeht, werde ich in keinen Korbsessel mehr passen. Was gedenkst du zu tun? fragte ich, statt einfach dazusitzen und mir ein weiteres Plätzchen anzubieten? Lach mich aus. Mach, daß ich mich schäme. Blamiere mich auf Parties. Sicher, ich wäre zuerst wütend, aber das würde ich überwinden und danach ein schlankerer, ein besserer Mensch werden. *Ein* Wort von dir, und ich hätte

meine Motivation.‹ – ›Hungern!‹ sagte er gelassen hinter seiner Zeitung. Zum Glück war das nicht das richtige Wort. Gib mir noch einen Schmalzkrapfen herüber, Maxine.«

Gewogen und zu schwer befunden

Ich halte seit ungefähr 20 Jahren ununterbrochen Diät und habe insgesamt circa 700 Pfund abgenommen. Man kann das so herum oder so herum rechnen, aber eigentlich müßte ich von einem Armband baumeln, als Glücksbringer.

Ich nehme zwar die Organisation der Gewichtsbewußten gern mal auf die Schippe – und doch – nur dort habe ich echt abgenommen. Trotzdem habe ich sie bekämpft. Jeden Dienstagmorgen muß sich eine Gruppe von uns zu einem Wieg-in einfinden. Unser Ritual geht weit über das hinaus, was menschliche Vorstellungskraft erfinden kann. Wir gehen eine Kontrolliste durch, ehe wir uns auf die Waage stellen.

Schon auf der To gewesen? Entwässerungspille genommen? Unterwäsche, Ehering, Nagellack abgelegt? Schuhe, Hühneraugenpflaster und Ohrclips? Ist das unter dem Wintermantel auch ganz bestimmt ein Sommerkleid?

Als ich in der ersten Woche auf die Waage stieg, sagte meine Trainerin: »Sie haben zugenommen.« (Für die folgende Woche ließ ich mir die Haare schneiden.)

Beim nächsten Mal sagte sie: »Sie haben zwar ein halbes Pfund abgenommen, doch das genügt nicht.« (Ich ließ mir die Zahnplomben rausnehmen.)

In der dritten Woche hatte ich ein volles Pfund verloren, aber meine Trainerin war noch immer nicht zufrieden. (Ich ließ mir die Rachenmandeln herausoperieren).

Schließlich motzte sie mich richtig an. Sie beschuldigte mich, die Diät nicht einzuhalten und die ganze Sache nicht ernst genug zu nehmen.

»Ich wollte es Ihnen nicht sagen«, flüsterte ich. »Aber ich glaube, ich bin schwanger.«

»Seit wann?« fragte sie kalt und ließ ihren Kugelschreiber einschnappen, um es in meine Karte einzutragen.

»Ungefähr seit drei Tagen«, sagte ich.

Sie maß mich mit finsterem Blick. »Haben Sie sonst noch Entschuldigungen?«

»Meinen Sie, es könnte daran liegen, daß ich erkältet bin und einen dicken Kopf habe?«

»Nein.«

»Oder daran, daß wir Opas 100. Geburtstag feierten und ich etwas Butter zum Mais genommen habe?«

Sie klopfte ungeduldig mit dem Kugelschreiber auf die Karte und sah mich schweigend an.

»Fusseln im Nabelgrübchen?« bot ich ihr an.

»Das nicht, aber vermutlich immer die erste am Futtertrog«, meinte sie trocken.

Ich begriff schnell, daß ich mich nicht mit jemand streiten durfte, der die Waage auf seiner Seite hatte.

Neulich traf ich meine ehemalige Trainerin. Sie musterte mich prüfend und fragte: »Wann kommen Sie wieder in den Kurs?«

»Sobald der Blinddarm draußen ist«, erwiderte ich und gab ihren Blick mit Festigkeit zurück.
Ich bin nicht ganz sicher, aber ich glaube, ich habe sie stöhnen hören.

Die richtige Einstellung

Ich bin es leid, daß die Leute immer zu mir sagen: »Menschenskind, haben Sie es gut. Einen Ehemann, der nicht trinkt, drei gesunde Kinder, eine Villa im Grünen und eine kleine Nebenbeschäftigung, um sich davon Strümpfe zu kaufen.«.
Nun will ich Ihnen mal was sagen: Auch mein Leben ist kein reines Honigschlecken. Würde es Ihnen gefallen, Tag für Tag morgens aufstehen zu müssen, und sich einer siebzehnjährigen Tochter gegenüberzusehen, die 100 Pfund wiegt, Größe 36 trägt und das Frühstück mit der Bemerkung verweigert, sie habe keinen Hunger?
Jedesmal zerreißt es mir das Herz, wenn ich das höre. Ich stelle mir zwei Wecker, um nur ja keine Mahlzeit zu versäumen, und sie sagt schlicht: Ich habe keinen Hunger.
Mein Mann behauptet, ich litte an verdrängten Aggressionen, die sich in so mancher gespannten Mutter-Tochter-Beziehung manifestiert, und Groll, Eifersucht und Konkurrenzneid beinhaltet.
»Unsinn«, sage ich. »Ich habe nur Sodbrennen von den kalten Kohlrouladen, die ich gestern vor dem Schlafengehen noch gegessen habe.«
Als ich mir neulich wieder drei Stück gebratenen

Frühstücksspeck hineinwürgen mußte, die meine Tochter unberührt liegengelassen hatte, beschloß ich, zwischen uns reinen Tisch zu machen.

»Hör zu«, sagte ich, »es ist nicht normal, wenn man morgens aufwacht und keinen Hunger hat. Zwischen dem Abendessen daheim und deinem Schul-Pausebrot liegen 16 Stunden. Das ist einfach zu lang.«

»Manche Menschen brauchen eben kein Essen.«

»Brauchen kein Essen?« stieß ich hervor. »Ich will dich ja nicht unnötig ängstigen, aber neulich ist dir, als du morgens zur Schule gingst, ein Geier gefolgt.«

»Tut mir leid, aber wenn ich was esse, wird mir übel.«

»Weißt du denn nicht, was du deiner Mutter damit antust?« jammerte ich. »Du bringst sie um. Jawohl. Ich kann dich nicht mehr lang so mitschleppen. Als du noch klein warst, hat es mir nichts ausgemacht, deine Reste aufzuessen: den Erbsenbrei, das Kürbismus, das pürierte Kalbfleisch. Aber als du größer wurdest, wuchs auch die Belastung. Seit 17 Jahren muß ich zweimal frühstücken und die Folgen zeigen sich. Ich nehme leicht zu. Weißt du noch, wie ich die Grippeschutzimpfung bekam und daraufhin 3 Pfund zunahm? Aber dir ist es ja egal, was aus deiner Mutter wird ...«

»Den Hund brüllst du auch nicht an, wenn er seine Hundekuchen stehenläßt«, sagte sie und knallte die Tür hinter sich zu.

Wissen Sie was? Mit ein bißchen Ketchup drauf schmecken die nicht einmal schlecht.

Ich will Feindschaft säen zwischen den Dicken und den Dünnen

Wenn ich für einen Menschen auf der Welt *kein* Mitleid empfinde, dann für das Persönchen, das mir einreden will, es wolle gern zunehmen und schaffe es nicht. Das klingt doch, als ob sich Zsa Zsa Gabor bei einer alten Jungfer darüber beklagt, daß es keine bügelfreien Brautkleider zu kaufen gibt.
Eine solche schlanke Gerte hielt mich neulich im Supermarkt an und fragte vorwurfsvoll: »Warum schreiben Sie eigentlich nie was über die Dünnen? Die sind nämlich über ihre Magerkeit genauso unglücklich wie die Dicken über ihre überschüssigen Pfunde.«
»Hören Sie mal, Sie Fieberthermometerfigur«, sagte ich und sah mich nervös um. »Wenn man mich hier mit Ihnen reden sieht, streichen die mich in der Konfektionsabteilung von ihrer Katalog-Liste für Vollschlanke.«
»Wieso denn?« jammerte sie. »Wie soll es denn je zum Weltfrieden kommen, wenn Dicke und Dünne nicht mehr miteinander sprechen.«
Ergeben blickte ich auf. »Also, was wollen Sie von mir?«
»Ratschläge, wie man zunimmt«, bettelte sie.
»Lächerlich«, seufzte ich. »Wie es bei mir vor sich geht, weiß ich nicht, jedenfalls nehme ich zu, wenn ich meine eigenen Worte verschlucke. Ich nehme zu, wenn ich am Bleistift kaue. Ich habe sogar im Kreißsaal 5 Pfund zugenommen.«

»Aber ein paar Tips werden Sie mir doch geben können?«

»Na schön. Hier ist der Bombeck-Verfettungsplan:

1.) Halten Sie ab sofort Diät. Es gibt keine bessere Methode zuzunehmen, als die halbe Stadt anzurufen und zu verkünden, man wolle bis Ferienende 15 Pfund abgenommen haben. Unter Umständen schaffen Sie es damit, wöchentlich zwei Pfund zuzunehmen.

2.) Gehen Sie zu Ihrem Klassentreffen. Wie auf Stichwort wird Ihr Taillenband enger werden, ihr Doppelkinn stufenweise auf die Brust hängen und Ihre Schultern werden sich verbreitern wie bei Joan Crawford selig.

3.) Lesen Sie abends im Bett als letztes ein Kochbuch. Nahrhafte Rezepte zur Schlafenszeit sind schwer verdaulich und setzen leicht an. Auch treiben sie einen um Mitternacht aus dem Bett, um Pfannkuchen zu backen und Milchshakes zu mixen.

4.) Setzen Sie sich neben Korpulente. Übergewicht ist ansteckend. Die haben immer etwas zum Knabbern bei sich und das dringende Bedürfnis, es mit anderen zu teilen. Ich habe in Gymnastikkursen, Bädern und Trimm-dich-Clubs mehr zugenommen als sonstwo.

5.) Drastische Maßnahmen: Werden Sie schwanger. Kriegen Sie einen Kater (dabei bekommen Sie wenigstens einen dicken Kopf). Denken Sie mal an eine dieser modernen Fett-Transplantationen. Ich habe da eine mollige Bekannte, die nur zu gern den Spender dabei machen würde . . . um die Wahrheit zu sagen, sogar noch ein paar Stereoplatten dreingeben würde ich . . .

Was, mich wollen Sie zum Lunch?

Als ich mir neulich ganz sachlich überlegte, wieso ich eigentlich nicht schlank werde, kam ich darauf: Es sind die hohen Kosten eines Diätplans – deshalb bin ich noch immer eine stärkere Dame.

Denken Sie mal darüber nach: Haben Sie schon einmal ein Mitglied der Ford-Sippe gesehen, das dick war? Oder eine pummelige Dame namens Rockefeller? Oder jemand Rundliches im Weißen Haus? Wir müssen uns damit abfinden: das sogenannte ›süße Leben‹ macht schlank. Diese Leute nämlich können sich die Diätnahrungsmittel leisten, frisches Obst außerhalb der Saison, importierten frischen Fisch und magere Steaks. Sie können auch die Kosten einer vollständig neuen Garderobe verkraften und die grundlegenden Änderungen an der alten. Vor allem aber können sie die Bäder und Schönheitsfarmen besuchen, die zwischen 2 und 1500 Dollar kosten.

Ich war nur einmal im Leben in so einem wirklich feudalen Bad, nämlich bei Elizabeth Arden in Phoenix, Arizona. Eine Freundin von mir war für eine Woche dort, rief mich an und sagte: »Wir hätten dich gern zum Lunch.«

»Mich? Ach so, du brauchst etwas Handfestes!«

»Nein, ich meine, wir möchten dich einladen«, sagte sie.

Es ist ein herrlicher, ein Märchenort. Erstens einmal hängen überall Spiegel. (Ich war klug genug gewesen, zu Hause sämtliche Spiegel abzuhängen, als ich beim Vorübergehen den Bauch einzog und sich nichts rühr-

te.) Alle Diätpatienten tragen weiße Frotteemäntel, haben Creme im Gesicht, die wundervoll riecht, werden massiert, verwöhnt, bewegt, gesonnt und ausgeruht nach einem Tagesfahrplan, den sie in den Taschen ihrer weißen Frotteemäntel tragen.
Das Lunch war sehr frugal: Quark, frisches Obst, ein paar Vollkornkeks.
»Ich wünschte, ich könnte es mir leisten, ANDERS zu essen«, sagte ich betrübt, »aber ich komme aus einem Elternhaus, in dem Sauce zu den Getränken zählte.«
»Sei nicht komisch«, sagte meine Freundin. »Du könntest diesen Schönheitsplan zu Hause nachmachen, mit allem Drum und Dran . . .«
Daheim zog ich den gemusterten Haushaltskittel über, dem der Knopf über dem Bauch fehlt, und den Fahrplan in der Tasche zu Rate. Um 8 Uhr aß ich die Reste vom Frühstück. Um 9 Uhr setzte ich mich auf die Waschmaschine: Die Schleuderbewegungen wirkten wahre Wunder für meine Hüften, verflüssigten jedoch das Frühstück in meinem Inneren. Um 10 Uhr machte ich fünfzig Klimmzüge an den Seitenstreben vom Wandbett. Um 11 Uhr joggte ich zur Mülltonne hinaus, darauf folgte ein Mittagsimbiß (Magerquark) und eine Schönheitsbehandlung. (Ich schmierte mir Handcreme auf die Ellbogen.)
Bis 13 Uhr hielt ich durch. Der Kittel war inzwischen zu warm und der Magerquark in meinem Inneren verbraucht. Plötzlich sah ich es: auf dem Teppich! Ein angebissenes Plätzchen! Ich beugte mich hinunter, steckte es in den Mund und lächelte zufrieden vor mich hin.

Geld macht einen vielleicht schlank, aber solche Wonnen kann es einem nicht verschaffen!

Paßt für alle Größen

Schon immer habe ich Frauen bewundert, die Badeanzüge der Größe 38, 40 oder 42 tragen können. Ich trage nämlich alle drei gleichzeitig.
Dabei wollen meine Freundinnen mir weismachen, das ganze Geheimnis sei körperliche Bewegung. Es spiele keine Rolle, welche Massen man mit sich herumschleppt, nur, wie sie verteilt seien. Der Himmel ist mein Zeuge: Ich habe oft genug versucht, mir körperliche Bewegung zu machen. Einmal habe ich mich sogar zu einem Gymnastik-Kurs in der Nachbarschaft gemeldet. Weil der Kurs so stark besucht war, fanden die Übungsstunden in der Kirche statt. Eines Nachmittags kam der Geistliche dazu und sah sich die Veranstaltung an. Mich fand er in Dreiviertelhosen, wie ich mich bemühte, mit der Nase mein auf einer Kirchenbank aufliegendes Knie zu berühren. Er sprach nur wenige Worte: »Sie entweihen das Gotteshaus.«
Daraufhin wechselte ich zu einem Kurs für Tortendekoration über und leckte so lange Schüsseln aus, bis ich wieder ungefähr 5 Pfund zugenommen hatte.
Lange Zeit nahm ich den letzten Teil meines üppigen Frühstücks vor dem Fernsehapparat zu mir, nur um einer Schwedin in einer Mach-mit-Turnstunde zuzusehen. Es war faszinierend, wie die sich das Bein um den Nacken schlingen konnte. Ein Jahr lang sah und hörte ich ihr zu. Eines Tages brachte ich – unter

Schnaufen, Keuchen und Stöhnen – schließlich wirklich den einen Knöchel über den anderen. Ich hörte auf, ehe ich mir ernsthafte Verletzungen zuzog.
Der Gedanke an ein Schlankheitsbad hatte etwas sehr Verführerisches für mich. Ich stellte es mir herrlich vor, im Wasser herumzuplanschen, unter Dampf die Poren geöffnet zu bekommen und auf einem Standrad ins Nirgendwo zu radeln. Doch ach, eine Reise in solch ein Bad ist so fern wie eine Putzfrau. In ein solches Bad darf man nicht, wenn man aussieht, als habe man es nötig. So wenig, wie man die Putzfrau in ein Haus lassen darf, das dringend geputzt werden muß. Figürlich bekam ich mich leider nie so hin, daß ich mich für ein umgeschlungenes Handtuch eignete.
Im letzten Jahr habe ich zugeschaut, wie mein Mann eisern seine Air Force-Übungen macht (möglicherweise haben sie dazu geführt, daß sich nur so wenige freiwillig bei der Air Force melden). Wenn es etwas Öderes auf der Welt geben sollte, als einen Mann, der regelmäßig Gymnastik macht, bin ich diesem Phänomen noch nicht begegnet.
»Du solltest mittun«, drängte er immer wieder. »Ein paar Liegestütz, ein bißchen Joggen, das tut dem alten Körper gut.«
»Und warum bleiben bei dir die Knie nicht gestreckt, wenn du dich vorbeugst, um deine Zehen zu berühren?«
»Ach, du meinst wohl, du könntest es besser?«
»O ja, ich brauch' mir nur die Fingernägel 30 cm lang wachsen zu lassen!«
Er hat es schließlich nicht mit einem Amateur zu tun!

Einfältig, aber vielfältig

Ich hatte nur mal eben die Bemerkung gemacht, daß mein Gesicht von Tag zu Tag dem von John Wayne ähnlicher würde. Daraufhin sagte die Nachbarin, sie habe ein Buch über isometrische Übungen an Körper und Gesicht, die man während der Hausarbeit machen könne.
Wissen Sie, wohin das letztendlich führte: daß mir die Frau des Brotmannes eine Schachtel Selbstgebackenes schenkte!
Das Ganze hat, glaube ich, an dem Tag angefangen, als ich meine Übungen zum ersten Mal durchführte. Ich war gerade am Telefon und unterhielt mich – Knie leicht gebeugt – mit einer Freundin. Nach jedem Satz schlug ich die Schenkel aneinander. Als der Brotmann am Fenster vorbeikam, winkte ich ihm zu. Er winkte etwas reserviert zurück, legte ein Paket Aufbackhörnchen auf die Milchkiste und ging wieder.
Ein paar Tage später stand ich an unserem Aussichtsfenster und rollte den Kopf langsam fünfmal rechts-, dann fünfmal linksherum. Zwischendurch schüttelte ich ihn schneller und schneller, bis ich alles nur noch verschwommen sah. Dabei kam es mir undeutlich so vor, als sähe ich den Brotmann im Laufschritt zum Lieferwagen zurückkehren.
Um mein Dekolleté zu verschönern, hatte man mich geheißen, die Zunge möglichst weit herauszustrecken und die Zungenspitze einzurollen. Noch während ich das tat, erblickte ich meinen Brotmann: Er drehte sich

nach mir um, beide Finger in den Ohren, und streckte mir die Zunge heraus. Es sah idiotisch aus.
In der folgenden Woche arbeitete ich an meiner Kinnlinie. Ich warf den Kopf in den Nacken und biß mit weit vorgeschobener Unterlippe in einen imaginären Apfel. Ich spürte deutlich, wie sich Kinn- und Halsmuskeln dabei spannten, und wollte es dem Brotmann mitteilen, doch der blieb neben seinem Lieferwagen stehen, legte einen flachen Biskuitkuchen zusammen, wie man eine Zeitung faltet, und warf ihn buchstäblich ins Gebüsch vorm Haus.
Das fand ich denn doch merkwürdig.
Danach sah ich ihn eine Woche lang nicht. Mittlerweile war ich bis zu den Facelift-Übungen vorgedrungen. Während ich das Frühstücksgeschirr spülte, zwinkerte ich mit dem linken Auge und zog gleichzeitig den Mundwinkel in die Höhe. Als ich so, zwinkernd und lächelnd und wieder zwinkernd und lächelnd, den Kopf hob, sah ich den Brotmann, der mich entgeistert anstarrte.
Das war das letzte Mal, daß ich ihn sah.
Seine Frau rief dann später an und dankte mir unter Tränen: Ich sei die einzige treibende Kraft gewesen, die ihren Mann vom Trinken habe heilen können. Noch am gleichen Tag fand ich im Briefkasten eine Schachtel ihrer Plätzchen.
Gestern kam meine Nachbarin mit einem neuen Schönheits-Rezept. Wenn man ein müdes Hirn hat, sagte sie, braucht man sich nur in einen Stuhl zu setzen, die Arme zu beiden Seiten locker hängen zu

lassen und sich vorzustellen, man triebe auf einer weißen Wolke im blauen Himmel.
Aber wie ich zu sagen pflege: »Solange so viele Irre frei herumlaufen, wie beispielsweise mein Brotmann, hat man ja Angst, die Augen zuzumachen.«

Hüftgürtel ade!

Einiges macht unsere Generation doch richtig. Vorige Woche las ich in der Zeitung, daß eine Miederwarenfabrik schließen mußte – wegen Mangels an Aufträgen. Ich las diese Todesanzeige des Hüftgürtels mit gemischten Gefühlen. Ungefähr so, wie wenn die Schwiegermutter auszieht, weil man Schlangen im Keller hat. Der eine oder andere Hüftgürtel hatte doch sein Gutes. Ich will versuchen, mich daran zu erinnern. Das Schlimme bei sämtlichen Hüftgürteln ist eben, daß sie nach dem Gesetz der Redistribution entworfen sind. Sie halten zwar die vielen Pfunde nicht wirklich zusammen, sie verteilen sie nur anders.
Ich brauche zum Beispiel so ein Ding nur anzuziehen, und es geschieht dreierlei: Mein Magen wird flach, mein Kinn verdoppelt sich, die Knie schwellen an. Daher zitiere ich immer: »Was hülfe es dem Weibe, wenn ihr Bauch sich verflachte und lockerten sich doch ihre Zähne!«
An Erfahrungen mit Hüfthaltern fehlt es mir nicht. Ein Modell, das ich mir kaufte, war ein wahres Wunderwerk der Technik. Es war sehr teuer, ziemlich kompliziert, aber es lagen genaue Instruktionen bei.

Darin hieß es: ›Wir beglückwünschen Sie zum Kauf eines Constrictor 747. Der Constrictor 747 ist technisch so konstruiert, daß er Hüft- und Taillenumfang um mehrere Zentimeter reduziert. Vorschriftsmäßig zugehakt und verschnürt, arbeitet er 18 Stunden ohne Nachregulierung. Machen Sie sich bitte vor dem ersten Anlegen des Constrictors mit den beiden Druckausgleichlöchern über den Nieren vertraut. Sollte in vereinzelten Fällen Sauerstoffzufuhr notwendig werden, so öffnen sich die Halterungsstäbe automatisch und geben eine Sauerstoffmaske frei. Löschen Sie sofort alles offene Feuer, setzen Sie die Maske über Nase und Mund, und atmen Sie gleichmäßig.‹
Für mich war der Constrictor 747 eine große Enttäuschung. Ich trug ihn bei einem Nachmittagsbesuch, und eine Bekannte fragte: »Wann ist denn Ihr Baby fällig?«
»Ich habe es schon vor 2 Jahren gekriegt«, sagte ich und ging nach Hause. Der Constrictor 747 bekam ein würdiges Begräbnis.

Stiefel! Stiefel!

Ich habe keine Ahnung vom Umfang meiner Waden. Ich weiß nur, daß er größer ist als der eines Wasserglases und kleiner als der eines Ofenrohrs. Außerdem passen meine Waden nie in Stiefel, die bis zum Knie reichen.
Ich mag ja überempfindlich sein, aber ich halte es für möglich, daß Schuhverkäufer das unterste Glied in der Rangordnung der Dinge sind. Wahrscheinlich müssen

sie ihre Zeit in dieser Abteilung nur deswegen abdienen, weil ihr Vater – Inhaber des Geschäfts – sie Demut lehren will.
Mein Verkäufer war Beinkenner. (Meine kannte er trotzdem nicht.)
»Ich möchte bitte ein paar Stiefel«, sagte ich.
Er musterte mich genau, kniff die Augen zusammen und erschien mit einem Paar Polarstiefel, die bis unters Knie geschnürt wurden.
»Sie haben mich mißverstanden«, sagte ich, »ich will nicht auf den Bau. Ich will ein paar elegante Stiefel, um sie zu Sporträcken und Wollpullis zu tragen.«
Voller Gleichmut trat er an einen der Schaukästen und kam mit einem Paar Stiefel wieder, die so lang und eng waren, daß es aus ihnen widerhallte. Nur ein Paar Beine auf dieser Welt konnten da hineinpassen, die eines Storches (Ciconia alba aus der Familie der Watvögel).
»Wo ist der Reißverschluß?« fragte ich.
»Es gibt keinen Reißverschluß«. Er gähnte. »Das sind die neuen Zerr- und Schlupfmodelle.« Er griff hinein, um das geknüllte Seidenpapier zu entfernen und blieb mit dem Arm stecken.
»Vielleicht doch lieber einen mit Reißverschluß«, schlug ich vor.
Er stülpte mir den Reißverschlußstiefel aufs Bein und begann den Reißverschluß zuzuziehen. Beim Knöchel ging es nicht mehr weiter.
»Trotzdem vielen Dank«, sagte ich, »Sie sehen selbst . . .«
»Nein, nein«, widersprach er. »Es geht schon. Sie

brauchen nur den Fuß ein klein wenig zu drehen und nach unten zu treten.«

Um uns herum drängte sich bereits das Volk.

»Im Ernst«, sagte ich, »es hat keinen Zweck. Der Stiefel ist viel zu . . .«

»Wir schaffen es, wir schaffen es«, beharrte er. Sein Kamm fiel ihm aus der Tasche, er beachtete es nicht. Sein Kopf wurde dunkelrot, ich fürchtete, er bekäme Nasenbluten.

»Vielleicht würde es gehen, wenn Sie die dicken Strümpfe auszögen –«

»Was, meine Nylons?« fragte ich ungläubig.

»Sehen Sie, es geht, meine Dame«, rief er aus und zog den Reißverschluß mit Gewalt zu. »Halten Sie die Luft an!«

In meinem Bein hämmerte es. Ich sprach leise: »Ich weiß Ihnen Dank für Ihre Bemühungen, aber bringen Sie mir das Paar da vom Mitteltisch.«

»Sind Sie sicher, daß Sie so was wollen?« fragte er.

»Die sind es, genau die«, sagte ich. Mühelos schlüpfte ich in die knöchelhohen weißen Stiefelchen mit seitlich eingeprägtem Bild von Aschenbrödel und einem Märchenschloß. Es mag ja sein, daß ich nicht gerade elegant wirke, aber bei einem Wettbewerb für ›das originellste Kostüm‹ bekäme ich sicher einen Preis.

Benachteiligung der Frauen, wohin man blickt

Für mich ist eine Nadel etwas, womit man sich einen Splitter herausbohrt, oder aber etwas, auf das man barfuß tritt. Darum eben ärgere ich mich immer so über die mangelnde Gleichberechtigung der Geschlechter bei Konfektionsänderungen.

Mit welchem Recht kann sich ein Mann einen Anzug kaufen und gratis ändern lassen? Wenn sich eine Frau in der gleichen Preisklasse was zum Anziehen kauft, muß sie für die Änderung bezahlen.

Vor ein paar Jahren war ich dabei, als sich mein Mann einen Anzug für 49,50 Dollar kaufte (samt Weste, zwei farblich passenden Hosen, einer Baskenmütze und einem Speisegeschirr für 4 Personen). Nicht nur war der Anzug billig (auf dem Schildchen stand HERGESTELLT IM BESETZTEN GUADALCANAL – DEM MODEZENTRUM DER WELT), er hing auch an ihm wie eine hawaiianische Blumenkette.

»Das gefällt mir nicht, wie die Schultern Falten werfen«, sagte er und drehte sich vor dem dreiteiligen Spiegel hin und her. »Und die Ärmel – ich habe gern Ärmel, bei denen ich noch meine Finger zählen kann. Könnte man die nicht neu einsetzen?«

»Kein Problem«, lächelte der Verkäufer.

»Der Hosenbund hängt zu tief, und das Gurtband scheint mir etwas weit. Vielleicht könnte man da ein, zwei Zentimeter hereinnehmen.«

»Aber gewiß doch«, grinste der Verkäufer. »Wir lassen den Schneider kommen.«

Der Schneider war 35 Minuten lang beschäftigt, die Anatomie meines Mannes mit Kreidestrichen zu markieren. Hinterher sah der Anzug aus wie ein ganzes Kalb, das für zwei Gefriertruhen zerlegt werden soll. Und alles gratis.

Neulich probierte ich ein ebenso teures Kleid.

»Vorne ist es zu blusig«, sagte ich und betrachtete mich von der Seite im Spiegel.
»Das kann man heutzutage operieren, meine Dame«, sagte die Verkäuferin gähnend. »Oder wir ändern es für drei Dollar.«
»Die Ärmel sind außerdem viel zu lang.«
»Das kommt zwei Dollar fünfzig. Sie können sie aber auch aufrollen und die Arme abgewinkelt halten.«
»Ich weiß nicht recht«, überlegte ich. »Vielleicht sind Strickkleider nicht das Richtige für mich. Sie liegen so an.«
»Ich verrate Ihnen etwas«, sagte sie, »Sie können zwei Dollar sparen, wenn Sie es sich selbst ausweiten. Sie brauchen es nur ein paar Tage über einen Stuhl zu dehnen . . . oder ein Sofa, je nachdem, wie leger sie es wollen.«
»Was würde eine Kürzung kosten?«
»Vier Dollar«, sagte sie, »aber die würden sich lohnen. Das Kleid würde dann aussehen wie nach Maß. Moment, ich helfe Ihnen den Reißverschluß zuziehen.«
»Wieviel kostet es, wenn Sie den Reißverschluß zuziehen?« fragte ich streng.

Pyjamaexperiment in Boston

Als ich zu Weihnachten den Partyanzug bekam, wußte ich gleich, daß das kein ›Haus‹-anzug war. Es war entschieden nicht die rechte Ausrüstung, wenn man verstopfte Ausgüsse reinigen, den Hund auf Zeitungspapier zur Sauberkeit erziehen oder eine Pizza backen wollte. Es war ein Pyjama, in dem man höchstens auf dem Sofa sitzen und husten konnte. Oder mit einem Cognacschwenker in der Hand eine Freitreppe hinabschreiten. Oder Modell stehen für eine Modereklame mit der Unterschrift: »Erma Bombeck könnte sich jeden Herd leisten, aber sie wählte einen BACKFEIN.«

Damit das Ding erst einmal die Verpackungsfalten verlor, nahm ich es mit auf große Fahrt.

Der für eine solche Kreation gegebene Anlaß war ein Empfang in Boston. Ich nahm es aus dem Koffer, schüttelte es aus, gürtete meine Lenden und machte mich auf den Weg.

Mein Aufkreuzen hatte ich mir so beeindruckend vorgestellt, als käme Elizabeth Taylor hereingejoggt. Ich hatte geglaubt, die Gespräche müßten verstummen, die Gläser auf halber Höhe verharren, neidische Gemüter würden Selbstmord erwägen und eine laute Stimme rufen: Na, du sexy Satansbraten! Unser Herz gehört dir doch schon, willst du uns jetzt mit Haut und Haar? Doch leider: Mein Auftritt erregte so viel Aufsehen wie die Demonstration neuartiger Büroklammern.

»Spät kommst du, Liebes«, sagte eine Freundin und wollte sich schon wieder abwenden.

»Wie gefällt dir mein Anzug?«

»Du erinnerst mich an jemand, den ich kürzlich im Film gesehen habe.«

»Bette Davis? Die Dietrich?«

»Nein, Dustin Hoffman. Irgend etwas an deinem Ausschnitt ist verkehrt.«

»Ausschnitt?«

»Ja, das meine ich eben. Du hast das Ding verkehrtherum an. Kinder, kommt mal her und seht euch das an. Glaubt ihr nicht auch, daß der Reißverschluß nach vorne gehört? Vielleicht solltest du einen Bademantel drüber tragen?«
Ich fürchte, der Hausanzug muß noch etwas umgearbeitet werden, ehe ich ihn in meiner Heimatstadt vorführen kann.

Ganz natürlich?

Vorgestern schritt ich durch den Mittelgang eines eleganten Kaufhauses, da winkte die Vertreterin einer Kosmetikfirma mich lächelnd an ihren Tisch.
»Meinen Sie mich?« fragte ich kichernd.
Sie nickte. Dann lehnte sie sich über den Tisch, musterte mich genau und raunte mir zu: »Ich könnte Ihnen helfen.«
Ich war ganz hingerissen, wie gut sie aussah und wie köstlich sie duftete. Die hatte bestimmt keine Erdnußbutter unter den Nägeln.
»Zunächst einmal, meine Liebe«, sagte sie, »gehen Sie ein paar Schritte auf und ab.«
Ich kam mir albern vor und stelzte steif in die Abteilung Lederwaren und zurück.
»Tragen Sie eigentlich Ihr Geld in einem Taschentuch ums Knie geknotet?«
»Nein. Gehe ich so komisch?«
»Ein bißchen ungelenk vielleicht«, sagte sie. »Aber dazu kommen wir später. Jetzt werden wir Sie ganz neu erschaffen. Mit Ihrer Figur fangen wir an. Da gibt

es allerlei Kniffe. Bitte drehen Sie mir nicht den Rükken zu, meine Liebe.«
»Verzeihung, das ist meine Vorderseite«, sagte ich kläglich.
»Ach so. Na, das kann man auspolstern. Und was Hüften und Taille betrifft, dafür gibt es Korsetts. Jetzt aber zu wichtigeren Punkten. Was tun Sie für Ihr Haar?«
»Ich drehe es auf der Seite, auf der ich gelegen habe, jeden Morgen auf drei Wickler.«
»Vielleicht eine Perücke?« überlegte sie laut. »Probieren Sie doch mal die hier. Und was ist mit den Wimpern?«
»Angeklebte Wimpern machen mich schläfrig.«
»Dann haben Sie sie nicht richtig angebracht«, sagte sie kategorisch. »So, jetzt betonen wir mal Ihre Bakkenknochen mit dunklerem Make-up, das macht ein schmales Gesicht. Und da Sie außerdem sehr blaß sind, nehmen wir dieses Rouge, das wirkt gesund und frisch. So. Haben Sie schon immer eine Brille getragen?«
»Erst seit meiner Studienzeit, weil ich nie sehen konnte, ob es mein Tanzpartner oder die Parkuhr war.«
»Ich würde Ihnen zu Haftschalen raten. Sie geben den Augen so etwas wie eine neue Dimension. Und nun Ihre Nase. Sind Sie zufrieden mit Ihrer Nase?«
»Funktioniert einwandfrei.«
»Nein, ich meine die Form. Kosmetische Operationen sind heute keine große Sache mehr, wissen Sie. Ich an Ihrer Stelle würde sie kürzen lassen, das würde

Ihrem Profil sehr zugute kommen. Daß Ihre Vorderzähne Jacketkronen brauchen, wissen Sie ja sicherlich – oder?«

Über eine Stunde arbeitete sie an mir herum. Als die Sitzung zu Ende ging, hatte ich einen Haufen Cremes, Stifte, Rouge, Puder, Nährlotionen, falsche Wimpern, eine Perücke, einen Taillenschnürer, einen Auspolsterungs-Büstenhalter gekauft und besaß darüber hinaus die Adresse von Ärzten, die meine Zähne richten, meine Nase umformen und mich mit Kontaktlinsen ausrüsten sollten.

»Vielen, vielen Dank«, stotterte ich, »Sie waren mir eine große Hilfe.«

»Noch einen letzten Rat, meine Liebe«, sagte sie leise und legte mir vertraulich die Hand auf die Schulter. »Seien Sie ganz natürlich!«

Sophia, du hast geschwindelt!

Die Schönheitsrezepte der großen Stars haben sich bei mir nicht bewährt. Ich erinnere mich einmal gelesen zu haben, eine unserer Hollywood-Göttinnen lege sich geeiste Gurkenscheiben auf die Augen, um die Spannung der Gesichtsmuskeln zu lockern. Als mein Mann sich zum Begrüßungskuß über mich neigte, fuhr er entsetzt zurück. Er hat seitdem einen Tic im rechten Augenlid.

Dolores del Rio, ein altersloser Alt-Star, verriet, sie habe nie gelächelt und deshalb auch keine Lachfalten bekommen. Dabei weiß doch jede Mutter, daß es nicht die Lachfalten, sondern die Weinfalten sind, die Ero-

sionsschrunden in die Landschaft jedes Gesichts graben.
Auch Sophia Loren hätte ich nie glauben dürfen. Sie behauptete in einer Zeitschrift: »Was ich bin, verdanke ich den Spaghetti.« Wer sie ansah, wäre nie drauf verfallen. Gute, gerade Haltung? Das ja. Ein weiteres Kind? Möglich. Ein paar Millimeter Auspolsterung. Meinetwegen. Aber Spaghetti?
Ihrem Rat zu folgen, war leicht. Spaghetti waren von jeher mein Lieblingsgericht. Mindestens einmal wöchentlich kramte ich den ganz großen Kochtopf aus dem Schrank und begann das zeremonielle Zubereiten der Spaghetti-Sauce. Dazu mischte ich einen grünen Salat mit reichlich Öl, packte viel Butter aufs Knoblauchbrot, blickte ehrfurchtsvoll auf Sophia Lorens Foto an der Wand und sprach: »Alles für dich, Sophia.«
Woche um Woche verging, und es wurde immer deutlicher, daß bei mir der Wind die Sanddünen nicht in der gleichen Form zusammenwehte wie bei Sophia. Sie war gebaut wie ein geschnittener Diamant, ich begann einer Pyramide zu gleichen. Aber ich hielt durch.
»Na, Sophia«, verspottete mich mein Mann, »wie geht's denn so mit Marcello Mastroianni?«
»Gut. Ich hatte es zu Mittag«, erwiderte ich.
»Sonderbar«, meinte er, »ich kann mich nicht erinnern gesehen zu haben, daß Sophia mit einer Sicherheitsnadel am Hosenbund herumgelaufen wäre.«
»Ein Sex-Idol entsteht nicht an einem Tag«, gab ich zurück. Erst als ich meine Fotos von früher schöner

fand, wurde ich mir darüber klar, daß der Weg zur Schönheit nicht Spaghetti-gepflastert ist. Sophia hatte mich beschwindelt, mir einen Bären aufgebunden, mir und allen anderen Frauen Amerikas, damit sie aussehen sollten wie Ungetüme und Sophia gertenschlank von Film zu Film schwebte. (Manche Braut nimmt sich ja auch häßliche Brautjungfern, um selber schöner auszusehen.)
Sich Spaghetti wieder herunterzuhungern, ist schwerer als manches andere. Man kann einmal um den Häuserblock rennen, um sich einen Eclair abzuarbeiten. Man kann ein paarmal Bauchaufzug machen, um Hummer mit Mayonnaise aufzulösen, aber Spaghetti bleiben haften, wurzeln in den Hüften und beginnen von dort her neu auszuschlagen.
Neulich abends saß ich vor dem Fernseher, knabberte eine rohe Karotte und sah mir einen Film mit Sophia Loren und Cary Grant an. Ich konnte wieder einmal nur staunen. Vielleicht hätte ich den Parmesan weglassen sollen!

5.

Mein ist die Reise, spricht der Herr

Mein Mann findet einen Urlaub nur dann gelungen, wenn er zuschauen kann, wie der Wildhüter mit einem Streichholz zwischen seinen Zähnen stochert. Meine Vorstellung von Naturverbundenheit besteht darin, daß ich eine Verlängerungsschnur brauche, um meine elektrische Heizdecke anzuschließen.
Mein Mann gehört zu den Unbelehrbaren, die ein Stück Speck auslegen und dadurch die Bären auf den Campingplatz locken wollen.
Als mir einmal eine Mücke in den Büstenhalter geriet, mußte ich mich eine Woche lang mit schwerer Migräne zu Bett legen.
»So begreif doch endlich, daß wir nicht zusammenpassen«, sagte ich. »Ich möchte nach New York, ins Theater gehen und Einkäufe machen. Du willst an den Murkelsee und zusehen, wie die Moskitos ihre Larven ausbrüten.«
Er erstarrte zu eisiger Abwehr. »Ich will nicht nach New York und zusehen, wie eine Riege obszöner Nakkedeis auf einer Bühne rumhopst!«
»Und ich fahre nicht an den Murkelsee, wo sich die Männer über einem Kochgeschirr rasieren!«

»Und ich fahre nicht in die Großstadt, wo ich noch zum Insbettgehen einen Schlips tragen muß!«
»Und ich fahre nicht auf einen Campingplatz, wo das Leben so primitiv ist, daß die Tiere kommen und bei unserer Fütterung zuschauen!«
Die Sache ist schlicht die: In Sachen Urlaub passen wir nicht zusammen. Sonst geht es einigermaßen.
»Du verstehst mich nicht«, sagte ich. »Ich verlange nicht allzuviel vom Leben. Ich möchte nur ein paar Wochen pro Jahr in einem Bett schlafen, wo der Nachttischwecker auf der anderen Seite steht.
Ich möchte in einem Badezimmer die Tür hinter mir verriegeln und sicher sein dürfen, daß mich kein anderes Auge anstarrt, wenn ich durchs Schlüsselloch schaue.
Ich möchte den Telefonapparat in Greifweite haben, wenn er klingelt.
Ich möchte mal in ein Zimmer kommen, in dem sämtliche Schubladen geschlossen sind.
Ich möchte eine Tasse Kaffee trinken dürfen, solange er heiß ist.
Begreifst du das nicht? Ich möchte meine Zahnbürste in die Hand nehmen und sie trocken vorfinden!«
Er schwieg einen Augenblick, dann sagte er: »Warum hast du das nicht gleich gesagt. Wir schließen einen Kompromiß. Wir gehen campen.«
Ich weiß vom Hörensagen, daß viele Familien miteinander verreisen und sich prima amüsieren. Sie spielen bis zum Gehtnichtmehr ›Ich sehe was, was du nicht siehst‹, winken ausländischen Wagen zu und singen ›Das Wandern ist des Müllers Lust‹ – sogar zweistim-

mig. Unsere Kinder sind da anders. Sie spielen nur ›Keiner wird gewinnen‹ und ›Harfentrio auf Mamis Nerven‹.
Sie streiten vom heimatlichen Garagentor an unaufhörlich, 500 km lang, und hören erst auf, wenn ich mit Selbstmord drohe.
Zu den Mitspielern gehört immer noch ein Papi, der schweigend fährt, eine Mami, die schweigend zuhört, und eine Tochter, die in regelmäßigen Abständen empört ruft: »Mutter, hör dir das an!« und zwei feindliche Brüder in den Rollen von Kain und Abel.
Als Gedächtnisstütze habe ich vom letzten Harfentrio auf Mamis Nerven eine Bandaufnahme gemacht. 100 km stritten die Kinder, ob man einen Wagen mit 150 Stundenkilometern rückwärts fahren kann, ohne steckenzubleiben. 70 km wurde darüber debattiert, daß doch die Angestellten des U.S.-Schatzamts die Wächter am Ausgang ganz leicht überlisten können: Sie brauchen nur einige Hundertdollarscheine in den Mund zu nehmen und erst außerhalb der Kontrolle wieder zu lächeln.
Einigkeit darüber herzustellen, welches die Hauptstadt von Missouri ist, dauerte länger, als das gesamte Gebiet zu besiedeln. Es wurde gestritten, ob man auf dem Mond ein Jo-Jo benutzen kann. Ob über eine Impfnarbe wieder Haare wachsen. Ob ein vor eine Schreibmaschine gesetzter Schimpanse möglicherweise einen Bestseller produzieren kann. Wieso einige Väter Falten im Nacken haben und andere nicht. Welche Schuhgröße ein bekannter

Schlagerstar trägt. Ob man eine Nonne, der man erlaubt hat, Geistlicher zu werden, mit ›Vater‹ anreden muß.

Sie drohten sich gegenseitig: »Dir lang' ich eine!« (55 mal), sie sagten: »Gleich kriegst du eine gewischt« (33 mal), sie warnten: »Mensch, das sag' ich den Eltern!« (138 mal) und flüsterten: »Du holst dir ein paar warme Ohren!« (dreimal), was so gefährlich klang, daß ich mich lieber nicht erst umdrehte.

Ich saß auf dem Beifahrersitz, knotete nervös meinen Sicherheitsgurt zu einem Rosenkranz und wußte, daß sich unsere Familie nicht für eine Fernsehserie im Nachmittagsprogramm eignete.

Als ich gegen die Tür sank, schrie eines meiner Kinder: »Mami, du mußt den Türknopf runterdrücken, sonst fällst du raus.« Wenn das so einfach wäre ...

Es läßt mich kalt, daß Jahr für Jahr über eine Million Familien zum Camping fahren.

Ich weiß nur: Von denen, die überhaupt zurückkehren (einige arme Teufel wandern noch jahrelang herum, suchen Wildhüterhäuschen, Kinder und Eiswürfelautomaten), sind beachtlich viele enttäuscht. Warum wohl, fragt man sich.

Zunächst einmal sind so gut wie keine realistischen Zeltbücher im Handel. Meist sind es kleine, glänzende Bändchen mit wasserfestem Umschlag – schon das sollte zu denken geben! –, auf denen eine Familie in abgelegener, paradiesischer Wildnis abgebildet ist. Ein glücklich strahlender Papi steht bis fast zur Hüfte in einem Forellenbach, die Mami winkt ganz aus der

Nähe auf Wasserskiern. Die Kinder sitzen ums Lagerfeuer und spielen 66 mit Baloo, dem sanften braunen Bären.

Auf den Schutzumschlägen dieser Zelthandbücher regnet es *nie*. Nie sieht man darauf eine Mutter, die in einem Kochtopf die Wäsche von drei Wochen wäscht. Nie einen Papi, der unweit von Moskito-City einen Reifen auswechselt, während ihn drei Kinder umtanzen und brüllen: »Du bist schuld, daß wir das Fußballspiel verpassen!« Nirgends wird erwähnt, daß es Kinder gibt, die vier Tage hintereinander nur dasitzen und jaulen. »Sag ihm, daß er mich nicht so anschauen darf, sonst hau' ich ihm eine!«

Gewiß, Camping und Camping ist zweierlei. Da gibt es die ganz Hartgesottenen, die auf frischen Tannenzapfen schlafen, sich mit dem gestirnten Himmel zudecken und im übrigen von Beeren leben und von Kleintieren, die sich im Reißverschluß ihres Schlafsackes fangen lassen. Andere wieder sind begeisterte Zeltler, die zwar Luftmatratzen, Eimer mit zerstoßenem Eis, Streichhölzer, Transistorradios benutzen und Brot im Laden kaufen, aber um keinen Preis der Welt elektrischen Strom und Wasserspülung dulden. Und schließlich gibt es noch die Städter auf Rädern. Sie umfassen die ganze Skala: von der Familie, die einen Kleinlastwagen zum fahrenden Heim umbaut, bis zu der, die mal ganz ursprünglich und naturnah leben will, dies jedoch mit Farbfernseher, Gitarre, Campingmöbeln, Dusche, Pechfackeln, Schminkspiegeln, Abzugshauben über dem Lagerfeuer, künstlichen Holzscheiten, Mofas für rasche Besorgungsfahrten zur Stadt, sowie kläffenden Hunden mit überkronten Backenzähnen tut. Zu welcher Camping-Gattung Sie auch gehören, in jedem Fall benötigen Sie ein paar praktische Ratschläge, um bei Verstand zu bleiben.

1. Was tun, wenn es regnet

Stapeln Sie alle Konservendosen um.
Planen Sie einen Ausflug in die Umgebung.
Schreiben Sie nach Hause (vergessen Sie nicht, dabei tüchtig zu lügen).
Lesen Sie die guten Bücher, die Sie mitgebracht haben, um sie endlich mal in Ruhe zu lesen (›Die rote Tapferkeitsmedaille‹ und ›Zahnverfall in den USA‹).

2. Wenn es weiterregnet

Picken Sie die Sandkörnchen aus der Butter.
Setzen Sie sich in den Wagen, und stellen Sie sich fest vor, nun ginge es heim.
Suchen Sie den, dessen Turnschuhe so nach nassem Stinktier riechen.

3. Wenn es immer noch regnet

Schicken Sie die Kinder auf die Suche nach verkehrsreichen Strecken, und lassen Sie sie dort spielen. Rufen Sie Ihre Freunde zusammen, und lassen Sie sie zuschauen, wie Ihre Kleidungsstücke verschimmeln. Formieren Sie sich zu Paaren, und suchen Sie eine Arche Noah.
Aber sonst kann Camping irrsinnig lustig sein.

Hier noch ein paar Tips aus meinem LOGBUCH EINES HINTERWÄLDLERS

Wie man sich bettet, ohne sich und anderen weh zu tun

1. Knien Sie sich nie auf den Kochherd, um das Wandbett herunterzulassen, ehe nicht alle Brenner gelöscht sind.
2. Läßt sich der Tisch zu einem Bett umbauen, überzeugen Sie sich vorher, daß er vollständig abgeräumt ist.
3. Derjenige, der die Gitarre mitgebracht hat, muß sie mit ins Bett nehmen.
4. Bei Südwind schlafen Sie nördlich von demjenigen Familienmitglied, das sich mit Anti-Mückenmittel eingerieben hat.
5. Legen Sie dasjenige Kind, das am späten Abend noch drei Flaschen Limo getrunken hat, dem Ausgang am nächsten. Und ölen Sie den Reißverschluß seines Schlafsackes, ehe Sie sich zur Ruhe legen.
6. Wenn Sie auf dem Boden schlafen, machen Sie es sich so bequem wie möglich, indem Sie nicht auf dem Boden schlafen, sondern eine gepolsterte Klappliege benutzen.
7. Vergewissern Sie sich, daß sämtliche Schranktüren zu und die Durchgangsverkehrs-Ära aufgeräumt ist, ehe Sie das Licht löschen. Die Statistik hat nachgewiesen, daß mehr Zeltler durch unvorsichtig stehengelassene Eiskübel oder schlecht aufgerollte Wäscheleinen umkommen als durch Krokodilbiß.

Verhalten im Umgang mit unseren bepelzten Freunden

Vergessen Sie alle Disneyfilme, die Sie je gesehen haben. Bedenken Sie: Nicht jeder Bär tritt in seiner eigenen Fernsehserie auf. Es gibt auch beschäftigungslose Bären, das sind dann wilde Tiere.
Beim Streit um einen Picknickkorb geben Sie immer dem Bären nach, auch wenn Sie insgeheim wissen, daß er von den grünen Zwiebeln wird aufstoßen müssen.
Eine Frau im Waschhaus eines Campingplatzes, die Ihnen einreden will, Schlangen hätten genau solche Angst vor Menschen wie umgekehrt, sollte man aufmerksam im Auge behalten.

Woran merkt man, daß es (und man) bald geschafft ist?

1. Wenn Sie die Karte studieren und Ihr Mann Ihnen vorwirft, Sie hätten den Michigansee um zwei Staaten zu weit nach links gerückt.
2. Wenn die Kinder anfangen, auf den Rücksitzen mit nassen Windeln Fußball zu spielen und das Baby steckt noch drin.
3. Wenn nicht nur Hungererscheinungen (Ödeme), sondern darüber hinaus Sehstörungen auftreten.
4. Wenn der Papi brüllt: »Hört sofort auf, dauernd gegen meine Lehne zu treten«, alle Kinder aber längst schlafen.
5. Wenn Sie auf Ihrer Heimfahrt einen Standort von den Ausmaßen eines Fußballplatzes entdecken, in den

sie nicht rückwärts mit dem Wohnwagen hineinstoßen müssen (auch wenn es ein Fußballplatz sein sollte).

Was tun, wenn das Gemeinschaftserlebnis nicht mehr zieht

Niemand auf der Welt, nicht einmal Mann und Frau können zwei Wochen einer totalen Gemeinsamkeit ertragen. Besonders dann nicht, wenn sie miteinander verheiratet sind. Sich mit zwei, drei Kindern auf einen Raum vom Ausmaß einer Sandkiste beschränken zu müssen, hat daher ungefähr so viel Charme, wie ein Wochenende lang auf einem Baum zu hocken, weil ein Tiger unten lauert. Um dies zu erleichtern, planen Sie schon vorher gewisse Tätigkeiten.

1. Beschäftigen Sie sich: Montieren Sie die Hinterräder des Wagens auf die Vorderachse und umgekehrt. Dabei sind Sie an frischer Luft und haben doch das Gefühl, etwas Nützliches zu tun.
2. Lassen Sie Spiele spielen, beispielsweise ›Papi suchen‹ oder ›Motorrad begraben‹ (am besten das Motorrad, das die ganze Nacht auf dem Campingplatz im Kreise fährt).
3. Erstellen Sie einen Dienstplan für kleine Hilfeleistungen. Eines der Kinder hat immer für Wasser im Kühler zu sorgen, ein anderes abends die gewisse letzte Zeltmücke totzuschlagen.
4. Sorgen Sie für Gespräche am Lagerfeuer, an denen die ganze Familie sich beteiligt. Als Themen bieten sich an: ›Welcher Idiot wollte denn unbedingt den

Pingpongtisch mitnehmen?‹ oder ›Harvey, wo holst du eigentlich unser Trinkwasser und was hofftest du zu finden, als du einen Tropfen davon unters Mikroskop tatest?‹

5. Schließen Sie neue Bekanntschaften. (Eignet sich nur für stabile Ehen.)

Wenn zufällig die Woche der Brüderlichkeit mit Zeltlern ist (vom 19. bis 26. Juli), seien Sie brüderlich und laden Sie einen Zeltler für einen Tag in die Stadt ein.

Vielleicht können andere Mütter tatsächlich Wasserski fahren. Ich selbst bin dem Wasser nie näher gekommen als in der Gemeinschaftswaschküche und habe ganze Urlaube lang zugeschaut, wie die zwei Weißmacher sich durch den Schmutz unserer Wäsche hindurcharbeiten.

Alle Werbespots lügen. Da wird immer so getan, als sei der Waschsalon ein Amüsierlokal, in dem fröhliche Menschen gegenseitig ihre Wäsche beschnuppern, deren Weiß vergleichen, nach versteckten Kameras äugen und beim Gedanken an hartnäckige Flecken Ausschlag kriegen.

Die Wirklichkeit ist ganz anders. Es gibt dort 38 Anwärter für jeden Waschautomaten, 63 Anwärter auf jede der drei Trockenschleudern (eine außer Betrieb), fünf Coca-Cola-Automaten (alle in Betrieb), keinen einzigen Stuhl und ein kleines Beistelltischchen, auf dem man seine Wäsche falten kann.

Die Waschanwärter sind beflissen und sachlich. Sie stopfen ihr Zeug in die Trommeln, werfen Seifenpulver und Münzen ein, sehen auf die Uhr und schätzen, daß sie nach etwa einer Stunde wieder draußen sind.

Die Trockenanwärter sind etwas leutseliger. Sie sind sich klar, daß sie bei drei Schleudern (eine außer Betrieb) für unbestimmte Zeit eine Gemeinschaft bilden, Bekanntschaften schließen, lachen, reden, essen und manchmal untereinander heiraten werden.

Einmal hatte ich Glück. In der Warteschlange vor der Trockenschleuder geriet ich hinter einen bärtigen jungen Mann, der unmöglich mehr sein eigen nennen konnte als zwei Paar Slips, ein T-Shirt mit Friedenssymbol und eine Fransenweste. Ich rechnete mir aus, daß er ungefähr 20 Minuten brauchen würde.

»Warum werden die Trockenschleudern eigentlich heiß?« fragte er.

»Vermutlich wegen dem vielen Nervengas, das ins Meer gekippt wird«, sagte ich lässig.

»Mann, das kann stimmen«, überlegte er. »Kommen Sie oft her?«

»Nur wenn ich zwischendurch mal eine Minute frei bin«, sagte ich.

Wir unterhielten uns eine weitere Stunde. Schließlich war er an der Reihe. »He, Mildred!« rief er quer durch die Waschkammer. Mildred hatte vier Körbe nasser Wäsche, drei Kinder, fünf regendurchweichte Schlafsäcke und das Haar auf Lockenwicklern von Konservendosengröße.

»Augenblick!« sagte sie. »Ich will mir erst mal die Haare trocknen.« Sie stellte die Schleuder an und steckte den Kopf ins Innere.

Noch am gleichen Abend machte ich meinem Mann einen Kompromißvorschlag. Ich wollte nach New York – auf Urlaub.

»Aber das geht nicht«, sagte er. »Wer bleibt bei den Kindern?«

»Meine Mutter«, sagte ich entschlossen.

»Du weißt doch, was deine Mutter vom Babysitten hält«, wandte er ein. »Als unser erstes Kind zur Welt kam, hat sie ihre Telefonnummer ändern lassen.«

Das stimmt nicht ganz. Mutter liebt ihre Enkelkinder. Aber, wie sie es ausdrückt: ›Ich liebe ja auch Schneewittchen und die sieben Zwerge, aber ich möchte nicht regelmäßig bei ihnen einhüten müssen.«

Einmal sagte sie mir, sie halte Enkel für eine Belohnung dafür, daß man die eigenen Kinder überdauert habe. »Wenn man aber regelmäßig den Babysitter macht«, erklärte sie, »verliert man seinen Status als Großmama. Natürlich kannst du in extremen Fällen diese Nummer im Schokoladengeschäft anrufen. Die wissen, wo man mich erreichen kann.«

Diese Nummer rief ich nun an. »Mom, ich habe seit meinen Flitterwochen keinen Urlaub mehr von den Kindern gehabt.«

»Ich höre die Nachtigall!«

»Ich sage dir, ich bin in einer verzweifelten Lage. Glaubst du, daß du für ein paar Tage bei den Kindern bleiben könntest?«

»Letztes Mal habe ich mir dabei weh getan«, schmollte sie.

»Das war meine Schuld«, entgegnete ich. »Ich hätte dir sagen müssen, daß das Baby, wenn du es auf deinem Schoß aufstehen läßt, einem immer den Kopf unters Kinn rammt und man sich auf die Zunge beißt. Jetzt sind die Kinder ja auch schon größer. Dadurch wird es leichter.«

»Leichter als was?« fragte sie lauernd.
»Teenagerprobleme werden heutzutage unnötig hochgespielt«, erklärte ich ihr. »Im Grunde ist nichts dabei, sie zu beaufsichtigen. Erstens habe ich den Verteiler aus dem Wagen im großen Mehlkanister versteckt. Das wird dir ein warmes, beruhigendes Gefühl geben, wenn der Ansager im Fernsehen fragt: Zehn Uhr. Wissen Sie, wo sich Ihre Kinder zur Zeit aufhalten? Du weißt ja, wo sie sind: Sie nehmen auf der Suche nach dem Verteiler das Haus auseinander.
Zweitens brauchst du dich ums Essen nicht zu kümmern. Die essen alles, solange es in eine Picknicktasche verpackt ist.
Drittens leg dir einen Vorrat Groschen an. Die wirst du brauchen, wenn du mal telefonieren möchtest – von der Tankstelle an der Ecke.
Viertens, wenn du möchtest, daß sie was Sauberes anziehen, stopf es in den Schmutzwäschekorb. Das ist zwar Heimtücke, aber nur so bringst du sie dazu, turnusmäßig die Wäsche zu wechseln.
Fünftens, an ihre Schallplatten wirst du dich bald gewöhnt haben, besonders wenn du deine Abende im Besenschrank neben dem Heizkessel kauernd verbringst.
Sechstens, sage ihnen nie, daß du sie verstehst. So was zerstört die Feindseligkeit zwischen euch, die für das Verständnis so notwendig ist.
Jetzt weißt du alles Wesentliche. Ich brause ab in die Stadt.«
»Halt, Moment!« rief meine Mutter. »Falls ich dich brauche, wo erreiche ich dich?«

»Ich gebe dir die Telefonnummer des Schokoladenladens. Dort werde ich von Zeit zu Zeit nach Anrufen fragen.«

Zu zweit in der Luft

Seit Jahren bemühe ich mich, die Logik jener Eltern zu begreifen, die nie gemeinsam ein Flugzeug besteigen.
Mir fällt die Wahl schwer: Will ich lieber im Flugzeug sitzen, das es *nicht* schafft? Oder lieber allein übrigbleiben und drei Kinder von einer mageren Pension aufziehen?
Es ist ähnlich wie die Frage an den Ertrinkenden, ob er lieber den lecken Reifen oder das durchlöcherte Boot will. Verloren ist er so oder so.
Offengestanden halte ich das Ganze für eine von den Fluggesellschaften ausgestreute Legende, damit die Frauen nicht dahinterkommen, daß der Bunny-Club in den Wolken eine Welt für Männer ist.
Ich merkte es, als mein Mann und ich an Bord gingen und ich die Stewardeß bat, meinen weißen Mantel mit den eingebügelten Dauerfalten aufzuhängen. Sie faltete ihn zusammen und – entschuldigen Sie den Ausdruck – wuchtete ihn oben ins Fach. Als mein Mann einstieg, entriß sie ihm die Aktenmappe und versuchte sie über einen Bügel zu hängen.
»Aber das ist doch nicht nötig«, grinste er. »Die kann ich doch unter den Sitz stellen.«
»Lassen Sie nur, Sir«, beharrte sie und beugte sich über ihn. Instinktiv bedeckte ich mit meinem Einkaufsbeutel ihre wohlproportionierte Sitzfläche. Wäh-

rend des ganzen Fluges flatterte sie mit wackelnden Hüften um uns herum wie ein aufgescheuchtes Huhn.

»Kaugummi? Etwas zu trinken? Ein Kissen? Eis? Abendessen? Sauerstoff? Noch etwas Kaffee? Stereo einschalten? Zeitschriften?«

»Wenn du es richtig anfängst«, raunte ich meinem Mann zu, »wird sie dir ein paar Flügel schenken und dich das Flugzeug steuern lassen.«

»Sie ist nur hilfsbereit«, konterte er. »Wie zu jedem anderen auch.«

»Ach nee? Warum hat sie dann zu mir gesagt, mein Platz sei ein Reservestuhl auf den Tragflächen?«

Wir waren ungefähr 25 Minuten in der Luft, da hörten wir Stimmen spanisch sprechen. Zuerst waren sie ganz leise, aber als immer mehr Menschen aufhorchten, verstummten die Unterhaltungen, und dadurch wurden sie deutlicher. Unsere Hosteß hatte sich eben zum dritten Mal umgezogen und trat wieder in Erscheinung. Sie hörte sie auch. Langsam wanderte sie den Mittelgang entlang und blieb neben unseren Plätzen stehen. Als sie meinen Mann ansah, zerrte er seine Aktentasche unterm Sitz vor und öffnete sie behutsam. Durch das Geschaukel hatte sich das Bandgerät eingeschaltet, mit dem er seinen Abendkurs in Spanisch aufgezeichnet hatte.

»Wie tapfer von Ihnen«, sagte die Stewardeß und schüttelte seinen Arm. (Was ist so tapfer daran, eine Aufzeichnung wahrzunehmen mit Sätzen wie: »Mein Herr, Sie stehen meinem Esel auf dem Fuß«?)

Auch die übrigen Mädchen himmelten ihn an, als habe er eben eine narrensichere Kur gegen Hühneraugen entdeckt.
Bei der Rückreise nehmen wir verschiedene Flugzeuge. Ich habe es mir überlegt.

Die Freiheit, die ich meine

Ich stand an der Straßenecke, beide Arme ausgebreitet, und sagte zu meinem Mann: »Was du vor dir siehst, ist eine befreite Frau!«
»Tu die Arme herunter, eh jemand eine Zigarette in deiner Hand ausdrückt«, sagte er sachlich. »Wie meinst du das denn?«
»Bist du dir darüber klar«, fragte ich, »daß wir seit Jahren zum ersten Mal ohne die Kinder Urlaub machen? Urlaub von den Kindern: kein ausgetrocknetes Rührei auf den Tellern. Nicht überallhin den Chauffeur machen müssen. Kein dauerndes Telefongebimmel. Nicht nachmittags um 3 Uhr zu Mittag essen, weil Fußballtraining ist. Wir sind frei, hörst du, frei! Steh gerade, Liebling, und mach keinen solchen Bukkel, sonst wirst du später verwachsen. Also, was tun wir als erstes?«
»Wir suchen uns ein Restaurant«, sagte er.
»Prima. Komm, gib mir die Hand, wenn wir über die Straße gehen. Man weiß nie, ob nicht ein Irrer das Rotlicht überfährt. Wo war ich stehengeblieben? Ah ja, bei der Freiheit. Weißt du, manche Frauen sollen innerlich derart auf ihre Kinder fixiert sein, daß sie ihre Mutterrolle nicht vergessen können. So etwas ist traurig.«

»Wie wär's mit diesem Lokal?«
»Sieht gut aus, aber bitte bestell doch sicherheitshalber nur Käse oder Erdnußbutterbrot. Bei Käse oder Erdnußbutter kann nichts passieren. – Die Herrentoilette ist da drüben. Ich pass' inzwischen auf deinen Mantel auf. Setz dich nicht direkt auf die Brille, und vergiß nicht, zu spülen.«
»Da bin ich wieder«, sagte mein Mann. »Hast du bestellt?«
»Ja. Hast du dir die Hände gewaschen?«
»Na hör mal!«
»Gut. Setz dich hin. Vergiß die Serviette nicht. Sprich nicht mit vollem Mund. Die Milch in deinem Glas schwappt gleich über, paß auf.«
»Du brauchst mir das Sandwich nicht zu schneiden«, sagte er irritiert. »Ich bin durchaus in der Lage, es selbst zu tun.«
»Macht der Gewohnheit«, lachte ich. »Ich bin eben ein Gewohnheitstier. Wovon sprachen wir doch eben?«
»Von der Freiheit – der Freiheit von den Kindern.«
»A propos Kinder: Habe ich dir schon erzählt, was dein Sohn gesagt hat, als er – warum trittst du mich denn unterm Tisch? Hat Mama dir nicht schon so und so oft gesagt: Die Füße läßt man hübsch am Boden.«
»Jaja, ich weiß: Wenn der liebe Gott gewollt hätte, daß man sich die Schuhe an Menschen abputzt, hätte er sie aus Plastik gemacht«, wiederholte er automatisch.
»Stimmt. Wie gesagt: Wir haben jetzt eine Woche lang Kinder-Ferien. Komm, wir bummeln durch die Stadt und kaufen ein – für sie. Ich habe eine vierbeinige

afrikanische Trommel gesehen, und einen chinesischen Papierkorb mit rotem Drachen drauf. Das wäre genau das Richtige. Weißt du, wenn man nur was kauft, was mühelos in den Koffer geht, könnten sie glauben, wir hätten sie nicht lieb.
Ist es nicht herrlich, einmal so ganz befreit zu sein?«

6.
...Mutter sein dagegen sehr

Falls Sie über dergleichen Buch führen: Bei der Wahl zur ›Mutter des Jahres‹ fehlten mir genau drei Stimmen (die meiner Kinder), bei der olympischen Staubwischmannschaft kam ich nicht mal in die Ausscheidungskämpfe, und bei Backwettbewerb ›Das Mehl und ich‹ konnte ich mich auch nicht durchsetzen.
Aber beim Ärztekongreß in Passaic, New Jersey, wurde ich zur Frau mit der längsten post-natalen Depression in der Geschichte der Gynäkologie ernannt.
Noch nach vierzehn Jahren war ich kribbelig wegen der Erziehung zur Sauberkeit, gekränkt, weil die Schwangerschaftsstreifen im Sommer nicht braun wurden, deprimiert, weil ich immer noch Umstandskleidung trug.
Die schönste Müttergeschichte jedoch kam mit der Post. Es ging da um eine Mutter, die alles, alles konnte. Sie war eine Tugendmutter, eine Idealfrau, hatte sechs Kinder, die sie mit Weisheit und Geduld lehrte und beriet. Nie war sie zu beschäftigt, um ihnen zuzuhören und auf beneidenswert klare und ruhige Weise mit ihnen zu sprechen. Sie führte ihren Haushalt mit stiller Tüchtigkeit, ihr Privatleben mit Gleichmut,

niemals wirkte sie überdreht oder erschöpft. Sie gedieh während Krisen und Traumata, sie lächelte angesichts von Katastrophen, sie blieb gleichmäßig freundlich und friedlich.
Eines Tages wurde sie gefragt, wie sie das eigentlich schaffe. Sie schwieg kurz, dann sagte sie: »Jeden Abend, wenn die Kinder im Bett ihre Anziehsachen für den nächsten Morgen hergerichtet, ihre Pausenbrote fertig und die Lichter gelöscht sind, falle ich neben ihren Betten in die Knie und bete. Ich bete: ›Sei bedankt, o Herr, daß ich auch heute keines von ihnen erschlagen habe.‹«
O Mutterschaft, dein Nam' ist Frust.

Haariges

Hätte mir jemand vor fünf Jahren prophezeit, daß ich meinem Sohn einmal meinen Fön leihen würde, ich hätte mich schiefgelacht.
Seine Frisur sah von jeher aus wie ein ungemachtes Bett. Der Wind zieht ihm den Scheitel. Er kämmt es mit fünf Fingern. Wenn erst die Vögel anfangen, darin Nester zu bauen, lassen wir es schneiden.
Das änderte sich eines Tages. Da trug die ganze Nation die Haare so, und mein Sohn war nur mehr ein Mitläufer. Nur zu gern würde ich berichten, daß sich alle betroffenen Eltern mittlerweile an die Langhaarigkeit ihrer Söhne gewöhnt haben, doch leider haben sie es nicht. Wohin ich auch komme, man fragt mich als erstes: »Wie lang trägt Ihr Sohn das Haar?«
Ich sehe darin das Symbol für meine mütterliche Au-

torität über ihn. Im Juni 1971 war meine Erziehungstaktik noch etwas plump. Ich sagte ihm ins Gesicht, ich hätte nicht 18 Stunden lang in den Wehen gelegen, um einen prähistorischen Cromagnonmenschen zur Welt zu bringen. Er war kompromißbereit und erlaubte, daß der Friseur ein-, zweimal mit der Schere über seine Bartkoteletten wedeln durfte.
Im September des gleichen Jahres versuchte ich es mit der Beschämungstour. Ich teilte ihm mit, er sehe aus wie Prinz Eisenherz mit einer Zweidollar-Dauerwelle. Er war geschmeichelt und borgte sich meine Dauerwellentinktur.
Im Januar 1972 knöpfte ich ihn mir wieder vor, diesmal ohne Umschweife. Ich setzte ihn vor mich und fragte ihn frei heraus, worauf er hinauswolle. Er erklärte mir, langes Haar sei der Ausdruck seiner Individualität. Ich bat ihn, sich seine Individualität kürzen zu lassen, da sie ihm ins Gulasch hinge. Das lehnte er ab, sagte jedoch zu, dafür zu sorgen, daß es ihm nicht die Sicht behindere. Das führte zu einem Tic-artigen Leiden, bei dem er seinen Halswirbeln einen Ruck gab. Man sah dann eine Zehntelsekunde lang einen Augapfel.
Im März 1972 war ich es, die beschloß, ihm entgegenzukommen. Wenn er sich die Haare schneiden ließe, würde ich ihn wieder ins Haus lassen, ihn wieder in mein Testament einsetzen und ihm gestatten, in seine Leselampe ein Anti-Insekten-Licht einzuschrauben. Er lehnte ab.
In diesem Monat gebe ich mich nun geschlagen. Ich sagte mir, ich hätte schon Jungen mit längerem Haar

gesehen (doch das waren vielleicht Mädchen?). Ich sagte mir, es gebe Schlimmeres als einen Sohn mit langem Haar, etwa einen, dem ein Zahn aus dem Ohr wüchse, oder einen, der mit 18 noch nicht sauber sei. Ich sagte mir, ich würde mich daran gewöhnen, denn schließlich gehöre er zu einer anderen Generation, die ihr eigenes Leben lebe. Hatte ich nicht noch Haarreifen mit einer Mickymaus? Gerade als ich mir dies alles sagte und daß es nur eine vorübergehende Marotte sei und er in wenigen Jahren so kahl sein würde wie ein Sergeant der Ledernacken, ging er an der offenen Tür vorbei und schleuderte die Haare ruckartig zur Seite, woraus ich schloß, daß er bei Bewußtsein war.
»Du, Mami«, sagte er, »wir haben keinen Festiger mehr im Hause.«

Mach dir ein paar schöne Stunden

Mit der Bewertung von Filmen muß etwas geschehen. Es weiß ja bald kein Mensch mehr, wer ins Kino darf, wer im Wagen sitzen bleiben muß, und ob man mit über 19 und unter 75 hineingehen darf und all das.
Die Bewertung ›jugendfrei‹, die man mir als erstes erklärte, bedeutet, daß man alle Altersstufen hineinschicken kann.
Als ich einen solchen Film gesehen hatte, glaubte ich, daß in solchen Filmen keine Nacktszenen vorkommen, aber oft grobe Ausdrücke fallen.
Als ich dann mit den Kindern mehrere jugendfreie Filme angesehen hatte, änderte ich meine Ansicht. Ich darf das vielleicht durch einige Beispiele erläutern.

Es lief ein Film *The Hawaiians* mit Charlton Heston. Zu Charlton hatte ich unbegrenztes Vertrauen, schließlich hatte er in vielen Bibelverfilmungen mitgespielt.

Als eine Frau an Bord eines Schiffes jeden Moment damit rechnen mußte, vergewaltigt zu werden, schickte ich unseren Jüngsten in die Kassenhalle Schokolade kaufen. Als Charlton zu Geraldine Chaplin ins Bett kroch, drehte ich ihn mit dem Gesicht zum Notausgang und befahl: »Hol noch Bonbons.«

Als der Held sich auszog und mit sechs, sieben nackten Eingeborenendamen in ein riesiges Bad stieg, rief ich ihm nach: »Bleib gleich draußen und warte auf frischgeröstetes Popcorn.«

Während der Vorführung von *Patton* (ebenfalls jugendfrei) mußte ich die Kinder 82 mal nach Popcorn hinausschicken, außerdem zu den Telefonautomaten, ob nicht bei einem ein vergessener Groschen rauskam, zum Wagen, ob wir nicht versehentlich die Scheinwerfer brennengelassen hatten, und auf die Herrentoilette, das Regimentsabzeichen ihres Vaters aus dem 2. Weltkrieg suchen.

Meine Kinder behaupten, sie müßten in einem jugendfreien Film längere Strecken zurücklegen als die Platzanweiser und außerdem hätten alle anderen Kinder den Film bereits gesehen und gesagt, es sei überhaupt nichts dran.

Ich bin in einem Haus erzogen, in dem mein Vater eine Zeitschrift abbestellte, weil sie Reklamen für Bruchbänder enthielt. Ich bin groß geworden in einer Zeit, in der *Vom Winde verweht* Schlagzeilen machte, weil

Rhett Butler fluchte. Ich bin groß geworden in den puritanischen Jahren, in denen man die Straße überquerte, um nicht an einem Tingeltangel vorbeizumüssen. Und heutzutage machen die Tingeltangel pleite, weil sie mit den jugendfreien Filmen nicht mehr konkurrieren können.
Nur zu gern möchte ich irgend jemand dafür verantwortlich machen, daß jugendfreie Filme keiner Vorzensur unterliegen. Dann hätte ich es leichter. Aber vielleicht verfolgen die Filmemacher eine bestimmte Absicht. Vielleicht wollen sie die Verantwortung, *ja* oder *nein* zu sagen, wieder den Eltern zuschieben, die sie immer hatten und denen sie gebührt.
Ich kam mir neulich vor wie die Unschuld vom Lande, als Mutter und ich einen jugendfreien Film anschauten, in den die Kinder unbedingt wollten. Die Leinwand war still und dunkel. Ein Pärchen kicherte. Ich sah, daß sie sich mit Gefühl küßten.
Da beugte Mutter sich zu mir und flüsterte: »Erma, geh und hol Popcorn.« Ich stelzte den Mittelgang entlang und grollte: Alle anderen Mütter haben den Film gesehen und gesagt, es sei überhaupt nichts dran.

»Es bleibt ein Traum . . .«

Ich habe nie verstanden, warum Babies mit allen Zubehörteilen geliefert werden, die für ein erfülltes, reiches Leben erforderlich sind, ihre Abwässerbeseitigung hingegen unfertig ist und Amateuren überlassen bleibt. Wenn es eine Geldfrage wäre, gäbe es wohl

keine Mutter auf der Welt, die nicht ein paar zusätzliche Dollar springen ließe, wenn sie dafür das Kind vollständig montiert, Klo-fähig und für längere Reisen geeignet zur Welt bringen könnte.
Wie die Dinge liegen, quälen sich die Mütter ab, ihre Brut zur Sauberkeit zu erziehen, indem sie Wasser laufen lassen oder den Kleinen Muscheln ans Ohr halten, damit sie etwas rauschen hören. Ich habe die Wasserhähne des ganzen Hauses aufgedreht und Dias vom Erie-See gezeigt – aber der Kleine saß auf seinem Topf, rollte begeistert Klopapier ab und tat nichts dergleichen.
Sogar vor Drohungen schreckte ich nicht zurück. Ein Kind hatte ich, dem versprach ich in die Hand, ich würde es noch mit Einlagewindeln zum Militär schikken. Noch anderes stellte ich ihm in Aussicht: ein Bett mit einem Loch in der Mitte, ein Fahrrad mit eingebauter Toilette und eine Alarmanlage, die beim Feuchtwerden klingelt.
Die ganze Sache war recht albern. Aber wir werden ja alle albern, wenn wir uns bemühen, stellvertretend in unseren Kindern Erfolg zu haben.
Heute stellte ich fest, daß eine neue Erfindung auf den Markt gekommen ist, die die Erziehungszeit um 90% verkürzen soll. (Bei einigen Kindern kommt man dabei, über den Daumen gepeilt, auf circa zwei Wochen vor dem ersten Disco-Besuch.)
Es ist ein Thrönchen mit eingebauter Musikbox. Wenn das Baby seine Sache brav gemacht hat . . . und nur dann . . . belohnt die Musikbox es mit einem Liedchen.

Zum ersten Mal sah ich diesen ›Training-Kit‹ bei meiner Nachbarin Gloria.
»Fabelhaft«, sagte ich. »Was spielt das Ding denn?«
»›Es bleibt ein Traum‹« sagte sie kurz und sachlich.
»Hast du Erfolg damit?« fragte ich hoffnungsvoll.
»Eigentlich nicht«, sagte sie. »Todd ist zu gerissen. Als ich ihn das erste Mal draufsetzte, hockte er verängstigt und wie angeleimt da, als hätte ich ihn aufgefordert, mit einem Fesselballon den Atlantik zu überqueren. Also habe ich es ihm erklärt. Todd, habe ich gesagt, wenn du schön Pipi machst, kommt Musik.«
»Hat er das verstanden?«
»Kein Wort. Er saß ein paar Stunden lang, und schließlich nahm ich ihn auf, ging in die Küche, holte ein Glas Wasser und goß es ins Pöttchen. Die Musik ging los, Todd klatschte in die Hände, tanzte um den Thron herum und amüsierte sich königlich. Dann habe ich ihn wieder draufgesetzt, und er saß weitere paar Stunden.«
»Und dann?«
»Dann habe ich ihn hochgenommen und wieder ein Glas Wasser reingegossen und es ihm noch mal vorgeführt.«
»Und schließlich hat er begriffen, und jetzt wird er allmählich sauber, stimmt's?«
»Irrtum. Alle paar Stunden holt er sich ein Glas Milch und gießt es in den Topf und tanzt nach der Melodie ›Es bleibt ein Traum . . .‹«
»Hältst du es für möglich, daß er es noch lernt?«
»Ich weiß nicht«, sagte sie betrübt und schüttelte den Kopf. »Ich weiß nur, daß er schrecklich enttäuscht

sein wird, wenn er ein Kochgeschirr voll Wasser über der Militärlatrine ausgießt und nichts ertönt, wonach er tanzen kann.«

Einspruch abgelehnt

Wissen Sie, was bei manchen Frauen so schlimm ist? Daß sie keine Phantasie haben. Eine Nachbarin erzählte mir vor kurzem, ihr kleiner Jody habe aus den Ferien unbedingt eine Schwarznatter mit heimbringen wollen.

»Was haben Sie ihm da gesagt?« fragte ich.

»Leider fiel mir kein einziger stichhaltiger Grund ein, warum er es nicht sollte«, meinte sie und zuckte hilflos die Achseln.

»Na, hören Sie mal«, quiekte ich. »Vor paar Jahren hat sich eines meiner Kinder so ein glitschiges Vieh gefangen und in eine Limoflasche gesteckt, aber mir fielen sofort zehn triftige Gründe, es am Ferienort zurückzulassen. (Das Vieh, nicht das Kind.)

1. Schlangen wissen nie, was sie wollen. Erst hopsen sie vor Freude bei der Aussicht auf eine Vergnügungsreise, ganz weit weg von Papi und Mami, aber nach zwei Tagen fern der Heimat finden sie es zum Aus-der-Haut-Fahren.

2. Deine Schlange würde dir bald langweilig. Was kann sie schon groß? Kann sie einem Ball nachlaufen, den du ihr wirfst? Kann sie an der Leine mit dir zum Supermarkt gehen? Kann sie in ein Zimmer voller Leute kommen, ohne daß es sich im Handumdrehen leert?

3. Sei dir darüber klar: Schlangen gehören zu einer unterdrückten Minderheit. Möchtest du, daß sie unter der allgemeinen Zurücksetzung leidet? Täte dir nicht das Herz weh, wenn man ihr den Zutritt zum Bibelkränzchen verwehrte? Wenn du sie in einem Einmachglas vor der Tür lassen mußt, wenn du im Haus mit deinen Freunden spielst?

4. Es ist schwer, Schlangen dazu zu bringen, daß sie auf Zeitungspapier ihr Geschäft erledigen.

5. Schlangen fressen durchweg nur Lebendiges. Was willst du tun, wenn dir die Mäuse ausgehen und sie anfängt, unseren Gasmann gierig zu mustern?

6. Woran merkst du, daß sie Kopfweh hat?

7. Wie willst du ihr erklären, daß jemand ihr nur aus Versehen die Harke über den Kopf gezogen hat?

8. Du zwingst sie zu einem klösterlichen Leben. Woher weißt du, daß sie sich nicht lieber mit Schlangenweibchen treffen und eine Familie gründen möchte?«

»Und? Hat er Ihnen das abgenommen?« fragte die Nachbarin mit leuchtenden Augen. »Ich meine, ist ihm klargeworden, daß es natürliche Unterschiede zwischen Jungen und Schlangen gibt?«

»Eigentlich erst, als ich ihm die Gründe 9 und 10 versetzte.«

»Und die waren?«

9. Wenn du die Schlange mit in Mamis Auto nimmst, bekommt die Mami einen Herzanfall und fällt tot um.

10. Ich frage dich: Wärst du gern ein mutterloses Waisenkind, das mit einer nach Sex ausgehungerten,

streitlustigen, schlecht angepaßten Schlange in einer Limo-Flasche durch die Welt irrt?«
»Aha. Und da hat er Sie statt der Schlange gewählt.«
»Das nicht direkt, aber er hat es sich wenigstens überlegt.«

Ratet mal, wer mit Geschirrspülen dran ist

Den größten Theaterrekord aller Zeiten hält *Anatevka*. Das heißt: am Broadway.
Bei uns zu Hause hält den Aufführungsrekord ein kleines Drama, das allabendlich gespielt wird. Es heißt: Ratet mal, wer mit Geschirrspülen dran ist.
In den letzten elf Jahren ist es mit dem Original-Ensemble an die 4000 mal aufgeführt worden, dazu kamen Matineen an Sonnabenden und Sonntagen.
Wenn der Vorhang aufgeht, sieht man eine Familie nach ihrer Abendmahlzeit bei Tisch sitzen. Die Älteste spricht zuerst. »Du bist dran«, sagte sie automatisch zu ihrem Bruder.
»Denkste«, sagte der und wendet sich an seinen Bruder. »Ich war erst gestern dran.«
Der kleine Bruder wendet sich an den rechts von ihm sitzenden und sagt: »Und ich vorgestern.«
»Was hat es denn zum Abendessen gegeben?« fragt die Schwester hämisch und ihre Augen ziehen sich zu Schlitzen zusammen.
»Huhn. Ich weiß es genau, weil ich mit den Knochen den Müllschlucker kaputtgemacht hab'.«
Die Schwester wechselt auf die linke Seite der Bühne und ruft von dort: »Es gab Auflauf, und die Form habe

ich eingeweicht, also bist heute du dran.« Damit fährt sie herum und zeigt mit dem Finger auf den größeren ihrer Brüder.
»Von wegen«, sagt der. »Wie du dich vielleicht erinnern wirst, habe ich Dienstag abend mit dir getauscht, weil du die Turnhalle schmücken mußtest.«
»Und was ist mit damals vor fünf Jahren, als ich dich vertreten habe, weil du dir den Arm gebrochen hattest und über Nacht im Krankenhaus bleiben mußtest?«
»Ist längst wieder abgedient. Außerdem stell' ich nicht die große Rührschüssel mit einem einzigen Pflaumenkern in den Eisschrank, bloß damit ich sie nicht abzuspülen brauche – wie gewisse Leute, die ich kenne.«
»Und ich lass' keinen Abfall im Ausguß liegen, wie gewisse Leute, die *ich* kenne.«
Diesen Augenblick benutzt der kleinere Bruder, um diskret von der Bühne abzugehen. Er wird jedoch entdeckt.
»Halt! Du bist dran. Ich merk' dir's an. Du hast gegrinst!«
»Ich grinse überhaupt nicht. Ich bin dafür, daß wir ganz von vorn anfangen, und zwar bei der Ältesten und dann immer der Reihe nach.«
»Das sagst du bloß, weil du der Jüngste bist.«
»Soll das 'n Vorteil sein? Schließlich hab' ich erst mit zwölf eine Uhr gekriegt.«
Das Publikum, bestehend aus zwei Erwachsenen, schiebt die Stühle zurück und verläßt das Theater.
»Wann hatten wir zum letzten Mal Spaghetti?« fragt mein Mann.
»Vor ungefähr drei Wochen«, sage ich. »Warum?«

»Weil ich welche auf meinem Teller gefunden habe.«
»Damit muß man rechnen, wenn man mimosenhafte Mimen zu Tellerwäschern degradiert.«

E steht für ESSEN

Die durchschnittliche Lebensdauer eines Eisschranklichts beträgt 37 Jahre, 4 Monate und 18 Stunden. Wir haben die Birne in den letzten zwei Jahren dreimal erneuern müssen. Dies ist auf die Tatsache zurückzuführen, daß alle Viertelstunde die Riesentüren geöffnet werden, die eine fürs Tiefkühlfach, die andere für den Kühlschrank, und mein Sohn regungslos davorsteht und den Inhalt anstarrt, als erwarte er den Weihnachtsmann. Wenn man seinen Blick von rechts nach links schweifen sieht, meint man, er werde gleich etwas äußern wie »Ich habe euch alle hier versammelt, meine Lieben, und ihr fragt euch wohl, warum?« Doch es kommt nichts. Nur kalte, schweigende Bestandsaufnahme.
Neulich abends, als ich mir ein Plaid über die Beine warf, um mich gegen die Kälte aus dem offenen Kühlschrank zu schützen, verlor ich die Geduld. »Warum läßt du die armen Speisereste nicht in Ruhe vergammeln?«
»Ich suche etwas«, erwiderte er.
»Warte nur, du kriegst gleich was!« drohte ich. »Und jetzt mach gefälligst die Tür zu.«
»In diesem Hause ist ja nie was Eßbares.«
»Wieso sind wir dann die einzige Familie in diesem Häuserblock, die sechs Mülltonnen benötigt? Außer-

dem kannst du unmöglich schon wieder hungrig sein. Du bist eben erst vom Tisch aufgestanden.«

»Das war vor einer Stunde.«

»Mach die Tür zu!«

»Kann ich einen Eiswürfel haben?«

»Von mir aus«, sagte ich ergeben. Minuten später hörte ich den Mixer jaulen und ging dem Geräusch nach. Der Küchentisch war gedeckt wie zu einer römischen Orgie: Französisches Weißbrot, Oliven, Frühstücksfleisch, Käse, diverse Saucen in Flaschen. Im Mixer schäumte eine Malzmilch.

»Ich dachte, du wolltest nur einen Eiswürfel?« sagte ich.

»Eiswürfel allein kann man nicht essen«, sagte er und schlug die Zähne in ein Sandwich.

Neulich abends, als ich den Kühlschrank wenige Stunden vorher ganz aufgefüllt hatte, gab auch ich dem Lockruf des Eises nach, wollte einmal beide Türen weit öffnen und mich an meinen Vorräten weiden. Zu meinem Entsetzen mußte ich vom obersten Fach zwei leere Milchflaschen entfernen, ein leeres Olivenglas, eine Butterdose ohne Butter, eine dünne Scheibe Käse, die bereits anfing sich zur Locke zu kringeln, einen Kuchenteller mit nichts mehr darauf als einer Lage Krümel und ein abgenagtes Hühnerbein.

Mein Mann trat hinter mich. »Fängst du jetzt auch schon damit an? Was gibt es denn da drin so Spannendes?«

Ich war wie vor den Kopf geschlagen. »Ich kann es einfach nicht glauben, daß er das alles verdrückt hat.«

Laß fahren dahin

Als mein Sohn in den Kindergarten kam, konnte er nur vier Worte: »Meine Mami kann fahren.« Später erweiterte er seinen Wortschatz um Ausdrücke wie ›Jederzeit‹, ›Überallhin‹ und ›Entfernung ist egal‹. Aber im ersten Jahr genügten ihm die vier.

Seine Lehrerin, ein Fräulein Schreibkrampf, war seinetwegen recht besorgt und bat mich, in die Schule zu kommen und sein Problem mit ihr zu besprechen.

»Bei Ihrem Kleinen – er hat uns übrigens nie gesagt, wie er heißt – steht man vor einem Rätsel.«

»Er heißt Charlie«, sagte ich.

»Charlie ist in unserem kleinen Kreis ein Außenseiter geblieben. Er hat sich mit keinem anderen Kind angefreundet. Freiwillig meldet er sich nie auf eine Frage. Manchmal ist sein Verhalten geradezu sonderbar. Neulich zum Beispiel sagte ich der Klasse: ›So, Kinder, nun stellen wir uns alle an der Wand auf, die Jungen links, die Mädchen rechts. Und dann wollen wir . . .‹ Da sprang Charlie auf die Bank, schwenkte begeistert die Arme und schrie: ›Meine Mami kann fahren.‹ Ich sagte ihm, das sei nicht nötig, wir wollten nur alle mal hinüber in den Waschraum. Charlie ist manchmal wirklich unbegreiflich.«

»Natürlich können Sie ihn nicht begreifen«, sagte ich. »Dazu müßten Sie wissen, daß er das Schlußlicht unserer Kinder ist, die alle hierhin und dorthin gefahren werden müssen. Er wurde in einem Auto geboren, zwischen dem Verteilen von Sonntagszeitungen und dem Transport seiner Schwester zu einem Pfadfinderinnentreffen. Sein Beißring beim Zahnen war die Steuersäule. Die Zahlen lernte er vom Kilometerzähler. Die einzigen Farben, die er kennt, sind Rot, Grün und Gelb. Das Alphabet beschränkt sich für ihn auf die Buchstaben P R N und D der Automatik-Schaltung. Dieses Kind hat zuviel Zeit in einem Auto verbracht. Neulich wollte er wissen, wer die Radkappen von dem Haus gestohlen habe, an dem wir vorüberkamen.«

»Demnach ist Charlie davon geprägt, daß er in einem Auto groß geworden ist.«

»Geprägt ist charmant untertrieben. Haben Sie nie bemerkt, daß er seine Hose mit einem Sicherheitsgurt zusammenhält?«

»Nein, ist mir nicht aufgefallen.«

»Fräulein Schreibkrampf, Sie sind trotzdem keineswegs die einzige, die Probleme mit dem Bengel hat. Nicht nur ich kann ihn nicht begreifen, sondern auch er mich nicht. Es hat sich bei ihm ein verkehrtes Mutter-Image eingestellt. Er glaubt, ich könne auf dieser Welt nur eines: chauffieren.«

»Wie hat das alles eigentlich angefangen?« fragte Charlies Lehrerin.

»Angefangen hat es bei meinem ersten Kind«, verteidigte ich mich. »Meine Tochter kam von der Schule nach Hause mit einem fotokopierten Blatt, auf dem stand MÜTTER! MÜTTER! MÜTTER! ZU HILFE! ZU HILFE! WIR BRAUCHEN EUCH. AM SONNABEND DARF DIE ERSTE KLASSE AN EINER STUDIENFAHRT IN DEN EULENSCHUTZPARK TEILNEHMEN! WIR BRAUCHEN MÜTTER, DIE BEREIT SIND, SIE HINZUFAHREN! BESTIMMT WIRD ES

AUCH FÜR SIE EIN BEREICHERNDES ERLEBNIS! BITTE! BITTE! BITTE!
Nun, ein bereicherndes Erlebnis wurde es nicht. Zwei meiner kleinen Fahrgäste klammerten sich an den Limo-Automaten und weigerten sich, den Naturlehrpfad zu betreten. Ein Kind in meinem Wagen gestand, es habe Windpocken, die habe seine Mutter aber mit Make-up zugeschmiert, damit es nicht auf den Ausflug verzichten müsse. Und ein Schwarm Eulen hielt meinen Wagen für eine Bedürfnisanstalt.

Als dann mein zweites Kind zur Schule kam, hatte es sich bereits herumgesprochen: ›Die Mami kann fahren‹ wurde zum Feldgeschrei. Diese Tatsache trug beiden Kindern Achtung und Beachtung ein. Mir allerdings trug es Striemen vom Sicherheitsgurt ein, die nur noch operativ zu entfernen sind. Ich bekam so viele ›bereichernde Erlebnisse‹ aufgebrummt, daß meine Familie von Plastikgeschirr essen und Wegwerf-Unterwäsche tragen mußte. Ich fuhr Schülergruppen zur Buchbinderei, in die Bundesstaatliche Strafanstalt, in die Klavierfabrik, zum Fest der Dattelpflaume, in die Druckerei des Lokalblattes und zu einer Erdferkel-Farm.

Als ich eines Tages von einem Lehrausflug durch ein Stahlwerk zurückkehrte (bei der mir die Plomben in den Backenzähnen geschmolzen waren) brachte mir mein Kind ein fotokopiertes Blatt Papier. ›Stell dir vor, Mami, unsere Klasse macht eine Bootsfahrt auf dem Fluß, wir besichtigen eine Fabrik für Spielkarten, und ich habe meiner Lehre-

rin gleich gesagt: Die Mami kann fahren‹. ›Diesmal nicht‹, seufzte ich und nahm Schutzbrille und Schutzhelm ab.
›Warum nicht?‹
›Liebes, man darf nicht zu genußsüchtig sein. Es gibt bestimmt Tausende von Müttern, die traurig in ihrer Waschküche stehen und ein bereicherndes Erlebnis dringend nötig haben.‹
Sein Gesicht wurde lang. ›Und was soll ich meiner Lehrerin sagen?‹
›Sag ihr, ich hätte in Abständen von 30 Sekunden die Wehen. Sag ihr, meine Mutter unterschreibt den Erlaubniszettel nicht. Sag ihr, was dir gerade einfällt.‹«
»Hat es gewirkt?« fragte Charlies Lehrerin und rückte näher.
»Nein. Letzten Endes mußte ich dann doch acht Jungen und Mädchen an den Pier bringen, wo wir uns mit 80 anderen Drittklässlern treffen sollten. Die Fahrt glich einer Feuerwehrübung. 58 der 80 Kinder hatten ihren Proviant aufgegessen, noch ehe wir aus dem Schulhof waren.
Auf dem Schiff wurde zwei kleinen Mädchen schlecht, noch eh wir vom Steg ablegten. Einem Jungen namens Max mußte ich die Wasserski festhalten, die er ›für alle Fälle‹ mitgebracht hatte. Drei Strickjakken, eine Brille, und das Kind, das laut Statistik über Bord gehen würde, gingen über Bord.
Linda fiel ihr wackliger Schneidezahn ins Klo, und sie brüllte hysterisch, als die anderen Kinder ihr einredeten, die Zahnfee könne nicht schwimmen.
Der Klassentyrann redete den anderen ein, wir seien

auf der Titanic und erreichte damit, daß die Hälfte der Kinder in die Rettungsboote kroch und ›*Näher mein Gott zu dir*‹ sang.

Ein Kind schwor Stein und Bein, es habe ganz in der Nähe ein Piratenschiff mit der Totenkopfflagge kreuzen sehen. Ich war die ganze Fahrt über damit beschäftigt, mit meinem Körper eine Wand im Waschraum abzudecken, auf der mit Lippenstift obszöne Wörter standen. Als wir endlich beim Fabriksgelände eintrafen, war die Meuterei in vollem Gang. Zwei Drittel der Kinder stimmten dafür, im Souvenirladen zu bleiben und Alligatoren mit Matrosenanzügen zu kaufen, auf deren T-Shirt aufgedruckt stand: ›Wasser sparen! Mit jemand anders in die Wanne steigen!‹

Das übrige Drittel der Kinder war sichtlich gelangweilt und wollte möglichst bald wieder zurück in die Schule, um in der Turnhalle Basketball zu spielen.

Auf der Heimfahrt fragte ich eines der Kinder, was es denn nun bei dem Ausflug am allerschönsten gefunden habe. Es sagte: ›Der Handtuchspender, der war prima.‹

So ist das, Fräulein Schreibkrampf, die vier Wörter, die Charlie seit seiner Geburt gelernt hat, ›Meine Mami kann fahren‹, genau die treiben mich auf die höchste Palme.«

»Und was, glauben Sie, sollten wir tun?«

»Ich hatte gehofft, wir könnten mit Charlie arbeiten und ihm dabei ein neues Wort beibringen.«

»Woran hatten Sie gedacht?«

»An das Wort *nein*.«

»Wäre das nicht ein bißchen zu abrupt?« fragte sie.

»Ich hatte mir vorgestellt, wir könnten behutsam und stufenweise vorgehen. Wissen Sie, am Mittwoch geht die Klasse ins Museum, um dort den Film ›Geburt eines Torfstichs‹ zu sehen – keine Szene ist zensiert. Dazu brauchen wir Mütter, die die Kinder hinfahren. Charlie hatte kaum gehört, daß es sich um ein bereicherndes Erlebnis handelt, da nannte er auch schon Ihren Namen. Er hat ein hektographiertes Blatt mit, auf dem steht, Sie sollen sich Proviant mitnehmen, flache Schuhe anziehen und sich gegen 10 Uhr bei der Schule einfinden.«

»Fräulein Schreibkrampf, was würden Sie sagen, wenn ich Ihnen verspreche, daß ich Charlie ab sofort den Sicherheitsgurt um den Mund binden werde?«

»Aber dann – fallen ihm doch die Hosen herunter. Es wäre ein traumatisches Erlebnis.«

»Besser traumatisch als bereichernd.«

7.
»Anonyme Vierziger«

In meinem Heimatlande ist man übertrieben altersbewußt. Deshalb hat sich eine Gruppe gebildet, die sich ›Anonyme Vierziger‹ nennt. Sie hat es sich zur Aufgabe gemacht, ihren Mitgliedern beim Überwinden des Altersproblems zu helfen. Das geht so vor sich: Einige Monate vor Erreichen des vierzigsten Lebensjahres lädt man die werdenden Geburtstagskinder zu einer Gruppentherapie ein.

Erst wird ein Zehnminutenfilm vorgeführt, in dem Doris Day die Nase kraust, sich mit der Zungenspitze über die Lippen fährt und lächelnd sagt: »Ich bin über vierzig und habe noch all meine Sommersprossen.« Danach sind die Zuschauer in kooperativer Stimmung. Und dann muß ein Mitglied ›öffentlich bekennen‹. Als ich dabei war, Sylvia S.

»Ich bin über vierzig«, sagte sie mit zitternder Stimme. (Beifall)

»Vor wenigen Monaten war ich deprimiert und unglücklich und glaubte, das Leben sei nicht lebenswert. Wenn der Thermostat ansprang, wurde mir nicht wärmer, sondern kälter. Ich wollte keine Äpfel essen, obwohl ich noch all meine Zähne habe. Wenn die

Kinder morgens zur Schule gefahren waren, naschte ich schnell ein Geriatrikum. Ich schickte mir selber Beileidskarten und wollte keine längeren Romane mehr anfangen. Eine Freundin riet mir zu den ›Anonymen Vierzigern‹. Bei dieser Zusammenkunft hörte ich Senator Thurmond eine Rede halten. Es hatte eine wunderbare Wirkung.

Ich ging nach Hause und übte vor dem Spiegel das Wort ›vierzig‹. Ich hielt mich für geheilt. Doch dann ging ich abends auf eine Party. Dort waren alle unter 30. Ein Alptraum! Keiner wußte, wie ›Junge, komm bald wieder‹ weiterging. Keiner hatte je von Maria Montez oder Zsa Zsa Gabor gehört. Und als ich nicht wußte, was Chauvies und Softies sind, lachten sie mich aus.

Auf dem Heimweg malte ich in meiner blinden Wut einem Reklameplakat einen Schnurrbart. Ein Mitglied der ›Anonymen Vierziger‹ sah mich, als ich auf einem Rock-Festival im Hippie-Look erschien. ›Nehmen Sie sich zusammen‹, mahnte er. ›Sprechen Sie es laut vor sich hin: Ich bin vierzig.‹

›Ich bin fififi – nein, ich bringe es nicht über die Lippen‹ rief ich.

›Sie können es!‹ ermutigte er mich.

›Es hat keinen Zweck‹, sagte ich, ›diese Welt gehört den Jungen. Alle sind jünger als ich. Mein Arzt trägt sein Stethoskop in einem Turnschuhbeutel. Mein Anwalt braucht sich nur einmal wöchentlich zu rasieren. Der Mathematiklehrer meines Sohnes trägt noch eine Zahnspange. Ich bin noch mit einem Flugzeug geflogen, das Stützräder hatte (wie ein Dreirad). Mein Gott,

Mann, verstehen Sie denn nicht: ich bin älter als die Micky Maus!«
Sylvias Stimme brach. »Und heute bin ich stolz darauf, sagen zu können, daß ich es gelernt habe, von einem Tag zum anderen mit meinem Problem zu leben.«
Abends stellte ich mich vor den Spiegel und übte. »Mein Namc ist Erma B. und ich bin fff – man sieht es mir nicht an, aber ich bin fff – an manchen Tagen sehe ich aus wie ffff – voriges Jahr war ich ...« Es war sinnlos. Ich rief die ›Anonymen Vierziger‹ an. Sylvia kam herüber, und wir becherten gemeinsam.
Es wäre nicht so schlimm, den 40. oder einen sonstigen Meilenstein zu erreichen, wäre es nicht heutzutage Mode geworden, Geburtstage in Restaurants an die große Glocke zu hängen. Das reicht dann von einem zusätzlichen Brötchen und einer Kerze auf dem Tisch bis zu einem Chor Kellnerinnen mit Polypen in der Nase, die ›Happy birthday to you ...‹ anstimmen.
Ich habe meine Familie gewarnt: Wenn ihr mir je einen Geburtstag in der Öffentlichkeit antut, stürze ich mich in den nächsten Schaschlik-Spieß! Nach dem 12. Lebensjahr sollte man Geburtstage so diskret behandeln wie Bruchoperationen. Schließlich sind sie eine Privatangelegenheit.
Philosophen und Dichter mögen über die mittleren Jahre reden, was sie wollen, es bleibt die Frage: »WAS bitte beginnt mit vierzig?«
Die Lachfältchen verlieren das ›chen‹. Die Grübchen an Knien und Ellbogen füllen sich auf. Man braucht eine Brille, um etwas am Schwarzen Brett zu lesen. Und wenn man glaubt, die Teenager seien nun endlich

alt genug, um alles über Sex zu erfahren, hat man vergessen, was man ihnen erst sagen wollte, wenn sie alt genug dazu wären.

Es ist kein Trost, wenn Leute wie Elizabeth Taylor zwitschern: »Ich werde weder das nahende Altern noch Falten oder Fettpölsterchen bekämpfen.« (Wenn ich solche Männer wie sie becircen kann, bekämpfe ich auch nichts!) Ich bin nur deshalb so bitter und zynisch, weil ich gerade eine Midlife-Krise durchmache, die man als W.W.N.I.E.K. (= Waren-wir-nicht-in-einer-Klasse-)Syndrom bezeichnen sollte.

Das W.W.N.I.E.K. beginnt am Vorabend des 40. Geburtstags und hält an, bis niemand mehr Lust hat, sich als Ihr Zeitgenosse zu bekennen. Noch nie haben mich so viele dickliche Glatzköpfe angesprochen und aufgefordert, mich an die guten alten Zeiten zu erinnern! Neulich abend blieb in einem Restaurant die Bewohnerin eines Seniorenheims an unserem Tisch stehen und fragte mich: »Kennen Sie mich noch? Wir waren doch zusammen im Kochkurs?«

Erschrocken sah ich auf. Als diese Frau mit mir in den Kochkurs ging, konnte das Feuer noch nicht erfunden gewesen sein.

»Wie war doch schnell der Name? Erna? Edna?« fuhr sie hartnäckig fort. »Ach ja, und Sie haben geschrieben! Für die Schülerzeitung.«

»Sie verwechseln mich mit Edna St. Vincent Millay«, sagte ich abweichend.

»Nein, nein«, sagte sie. »Ihr Haar ist ein bißchen anders in der Farbe und Ihre Zähne ein bißchen anders in der Form, und Sie tragen eine Brille und haben ein bißchen zugenommen, aber ich würde Sie unter Tausenden erkennen.«

»Woran hat sie es gemerkt?« fragte ich meinen Mann.

»Daran, daß du leuchtende Augen kriegst, wenn das Orchester ›Isn't it romantic‹ spielt.«

Bei solchen Gelegenheiten schwört man sich, nie wieder zu einem Klassentreffen zu gehen. Neulich war ich auf meinem unwiderruflich letzten.

Es ist einfach unfair gegenüber all diesen alternden, erschlafften, ergrauenden, gestrig angezogenen Leutchen, die da wimmeln und versuchen, sich zu amüsieren, daß ich noch so phantastisch aussehe.

Da trat ich doch tatsächlich auf eine Klassenkameradin zu und fragte sie: »Was um Gottes willen hast du alles durchgemacht?«

Und wie war es mit der armen Klara Wiehießsiedochnoch? Mit ihrem Gedächtnis ist es nicht mehr weit her, sie nannte mich den ganzen Abend über immer nur Ernie. Geschieht ihr recht, was braucht sie den ollen Charley zu heiraten. Oder war es Harley, na ja, diesen Dingsda eben. Und die arme Iris Pick, über die hätte ich weinen können. Drei Kinder kurz hintereinander. Die treiben sie natürlich auf die Palme. Zum Glück liegen zwischen meinen größere Abstände.

Aber der fürchterlichste Schock war doch unsere ehemalige Klassensprecherin Enis. Die ist ja total weg vom Fenster. Wenn der Präsident der USA anwesend gewesen wäre, sie wäre auf ihn zugegangen und hätte gefragt: »Was machen Sie denn so zur Zeit?« Ich habe ihr versprochen, ihr mein Exemplar von Peyton Place zu leihen, wenn ich es aus habe.

Und wenn mir einer gesagt hätte, daß meine beste Feundin, Wanda Weight, fast weißhaarig sei, ich hätte es ihm nicht geglaubt. Mir fiel fast die Zweitfrisur herunter, als ich sie sah. Und man fand allgemein, daß mein einstiger Verehrer Leroy Katch geradezu vorsintflutlich aussähe. Ich konnte meine Brille in meiner verkramten Handtasche nicht finden, um es selber zu beurteilen, aber ich kann mir nicht denken, daß die anderen mich anschwindeln würden.
Wie ich auf dem Heinweg zu meinem Mann sagte: »Es ist unglaublich, wenn man sich vorstellt, daß einige meiner Klassenkameradinnen schon Großeltern sind.«
»Ich weiß«, sagte er gelassen.
»Weißt du, was das bedeutet?« fragte ich. »Ein paar von ihnen müssen ihre Kinder schon gekriegt haben, als sie selbst kaum mehr als Babies waren, mit . . .«
»Fünfundzwanzig«, half er mir ein.
»Aber mit den Lehrkräften ist es irgendwie komisch«, fuhr ich nachdenklich fort. »Als ich Fräulein Krawith in Sozialkunde hatte, sah sie aus wie siebzig. Und heute abend hat sie ausgesehen wie fünfzig. Warum bist du denn so schweigsam? Ist was?«
»Mevin Moose – er hatte den ganzen Mund voll falscher Zähne. Mir ist vor Schreck fast meine Brücke rausgefallen.«
»Ja, nicht wahr, es ist zum Weinen«, sagte ich traurig. »Die armen Teufel kämpfen gegen das Alter. Wir hätten nicht hingehen sollen. Aber ich wollte alle noch einmal wiedersehen, ehe sie zu alt sind, um mich zu würdigen.«

Jeder nähert sich auf seine Art den Meilensteinen seiner Biographie.
Mein Mann schloß sich an seinem 40. Geburtstag mit einer Nummer des Playboy in sein Schlafzimmer ein und führte ein obszönes Telefongespräch.
Ich klopfte an seine Tür und bettelte: »Komm doch raus und zeig uns deine Geschenke. Ich möcht so gern sehen, was die Kinder für dich gefunden haben.«
Die Tür öffnete sich einen Spalt, und er sagte: »Komm rein.«
»Ich weiß, sie haben dir eine Haarcreme geschenkt«, sagte ich, »aber welche? SCHWÜLE TAGE? ERBARMEN MIT DEN FRAUEN? SCHAMLOSES ZWISCHENSPIEL?«
»Nein, nein«, sagte er mit energischem Kopfschütteln.
»Welche denn dann? FLÜSTERNDE VERSUCHUNG? LODERNDES BEGEHREN?«
»Wir wollen es mal so ausdrücken: Es ist passend«, sagte er, sich nervös räuspernd.
»Doch nicht einer von den Düften, mit denen man sich beim Besteigen und Verlassen von Autobussen einen Weg durch die Menge bahnt oder bei dem die eigene Mutter tot umfällt?«
»Ich weiß schon, was ich benutze«, sagte er leicht indigniert. Als er die leeren Schachteln, das Seidenpapier und die Bänder zusammenraffte, fiel ein Töpfchen Haarcreme zu Boden. Ich hob es auf und las: »RESIGNATION. Die gute Haar-Creme.« Und als Kleingedrucktes darunter: »Für den Mann, der alles hat außer Haar. Kein sexy Aroma. Keine verlockende Weichheit,

um schmeichelnd mit schönen Händen hindurchzufahren. Keine Spätzündung bei den Mädchen am Strand. RESIGNATION hilft nur gegen eines: Die Kopfhaut wird nicht rauh.«

»Ich glaube, etwas anderes hätten die Kinder ohne Rezept nicht gekriegt«, verteidigte ich sie.

»Ja, ja, sicher«, erwiderte er leise.

Monatelang ließ mein Mann die Nase hängen. Doch dann kam die Fußballsaison und George Blanda. Für alle, die es nicht wissen können: George Blanda ist der älteste Abwehrspieler der Welt. Er ist 44. In einem Alter, in dem er mit einer Thermosflasche voll heißer Hühnersuppe auf der Tribüne sitzen sollte, treibt er die Oakland Raiders zu unglaublichsten Siegen an. Ich kann Ihnen gar nicht schildern, was George Blanda für meinen Mann bedeutete.

Als George die 48 Yards gegen Kansas City kickte und damit den Ausgleich herbeiführte, warf mein Mann das Plaid von sich (er saß im Wohnzimmer am Kamin) und rief: »Ich glaube, morgen jogge ich mal bis zur Mülltonne und zurück.«

Als George die 52 Yards kickte und damit den Sieg über Cleveland herbeiführte, kickte mein Mann seine Pillenschachtel mit Geriatrikum 2 Yards hoch in die Luft. Als George Blanda mit einem Kopfball den Gegner in die Knie zwang, humpelte mein Mann durchs Wohnzimmer und verkündete lauthals: Ich spende meine Stützstrümpfe dem Roten Kreuz.«

George Blanda wirkte wie ein Tonikum, bis – ja bis die neuen Nachbarn nebenan einzogen. Damit fing alles wieder von vorne an.

»Wie sind sie denn?« fragte ich, als mein Mann von einer unauffälligen Inspektion zurückkam.
»Jung«, knurrte er.
»Wie jung?«
»Er kann noch den Wagen aus der Garage fahren.«
»Und seine Frau?«
»Die poliert gerade den Gartenschlauch.«
»Worüber habt ihr euch unterhalten?«
»Oh, Gott, frag mich nicht! Ich hab' den Fehler gemacht und ihm erzählt, daß ich beim Militär war. Da hat er gesagt, sein Großvater sei im zweiten Weltkrieg gewesen, und auch in der Schule hätten sie viel darüber gehört. Ich sage dir, es ist nicht zu fassen. Er hatte noch nie von Senator McCarthy gehört, nie von Glenn Miller, er wußte nicht, wie man Twist tanzt und wie ein Packard aussieht.«
»Es wird nicht leicht werden. Haben sie Kinder?«
»Nein, er hat gesagt, seine Frau und er wollten keine, weil sie sich Sorgen wegen der Übervölkerung machten und wegen – wie heißt das doch noch – –«
»Mangel an Lehrstellen?«
»Nein . . . Ökologie.«
»Spielen sie Bridge?«
»Nein. Er hat gesagt, in dieser kaputten Zeit, in der man seine ganze Aufmerksamkeit anderem zuwenden müsse, sei das frivol. Ich will dich ja nicht erschrekken, aber sie ist eine Emanze und gedenkt die Avon-Kosmetik-Vertreterinnen zu bestreiken.«
»Und womit amüsieren sie sich?«
»Ich glaube, die sitzen nur und schauen zu, wie ihr Haar wächst.«

»Jetzt bist du aber lieblos. Auch wir waren einmal jung.«

»Ich war schon bei der Geburt älter als die jetzt«, knurrte er.

»Ich kann mich aber noch gut erinnern, wie es war, als meine Großmutter dich zum ersten Mal sah«, entgegnete ich. »Als du aus dem Zimmer warst, sagte sie zu mir: Ein ulkiger Kerl, aber wenn ihm erst Haare wachsen, wird er ganz ordentlich aussehen.«

»Ich trug sie ganz kurz geschoren, wie es damals Mode war!« rief er aus.

»Ja, ich weiß. Und wir wußten damals nichts von Lassiter, dem Völkerbund und wie man Cakewalk tanzt.«

»Wahrscheinlich hast du recht«, seufzte er. »Aber wenn erst jemand ins Nachbarhaus zieht, der nie von Björn Borg gehört hat . . .«

»Dann hat es sich aus-genachbarschaftet«, sagte ich traurig.

Abbau, wohin man blickt . . .

An meinem 40. Geburtstag tat sich die Familie zusammen und kaufte mir einen Tennisschläger. Ich möchte ja nicht undankbar erscheinen, aber das ist doch, als kaufte man dem Papst ein Paar Ballettschuhe!

»Wann weihst du ihn ein?« drängten die Kinder zu wiederholten Malen.

»Wenn es schneit, hole ich mir noch einen Schläger für den anderen Fuß«, sagte ich.

Um die Wahrheit zu sagen: Ich habe mir nie etwas aus

Sportarten gemacht, für die man vom Tisch aufstehen muß. (Außerdem ermüde ich ungewöhnlich rasch. Es kommt vor, daß ich schon total erschossen bin, wenn ich nur einen Abend lang Rabattmarken eingeklebt habe.)

Aber das waren keine wirklichen Hindernisse verglichen mit den Vorurteilen, denen ich begegnete, als ich mit meinem nagelneuen Schläger, aber alten Körper auf dem Tennisplatz auftauchte.

Beweisen kann ich es nicht, aber ich habe das Gefühl, daß ladenneue Tennisschläger einen Geruch ausströmen, der von erfahrenen Tennisspielern auf 50 Meilen im Umkreis wahrgenommen wird. Kaum erscheint man, rennen alle Männer in weißen Shorts zu ihren Wagen, Frauen wittern in den Wind, murmeln etwas von anbrennendem Essen, und selbst barfuß spielende Kinder weichen vor einem zurück und äußern: »Ich glaub', meine Mami ruft.« Ein junger Mann hatte sich nicht rasch genug über die Einfriedungsgitter retten können, und den fragte ich: »Wollen Sie ein Set mit mir spielen?«

»Haben Sie überhaupt schon mal gespielt?«

»Nein«, kicherte ich. »Woran haben Sie es gemerkt?«

»An Ihrem Schweißband. Das trägt man nicht in den Achselhöhlen . . .«

»Aber gerade dort . . .«

». . . sondern ums Handgelenk. Hören Sie, ich muß leider weg. Vielleicht ein andermal.«

Am nächsten Abend ging ich wieder hin, und diesmal erwischte ich eine Zwanzigjährige, weil sie gestolpert und hingefallen war, während die übrigen Spieler von den Plätzen zu ihren Wagen rannten.

»Was mache ich verkehrt?« fragte ich.

»Erstens bringt es Ihnen keinen Punkt, wenn Sie den Ball über die Umzäunung schlagen. Das gilt nur beim Baseball. Zweitens bringt es Ihnen keinen Punkt, wenn Sie den Trinkwasserspender treffen. Und nehmen Sie künftig den Spanner vom Schläger, wenn Sie spielen.«

In den folgenden Wochen arbeitete ich wie eine Besessene, um das Stigma des nagelneuen Schlägers abzuschütteln, und spielte mit jedem, den ich erwischen konnte. Neulich schlenderte ich auf den Tennisplatz und traf dort eine erschöpft aussehende Hausfrau in Turnschuhen und Trainingsanzug.

»Haben Sie überhaupt schon mal Tennis gespielt?« fragte ich sie. Sie schüttelte den Kopf. »Woran haben Sie das gemerkt?«

»Man trägt das Schweißband nicht um den Fußknöchel, meine Liebe. Ach, ich muß weg. Ich höre den Wecker in meinem Backrohr läuten . . .«

Doch um ganz ehrlich zu sein, es ist nicht nur meine körperliche Kondition, die mir in den sogenannten Übergangsjahren so zu schaffen macht.

Ein kalifornischer Wissenschaftler hat ausgerechnet, daß der Erwachsene nach dem 35. Lebensjahr täglich 100000 Hirnzellen verliert, was seine Denk-und Merkfähigkeit beeinträchtigt. Meine Kinder würden jetzt behaupten, der Verlust sei bedeutend höher. Ich habe, seit ich 35 war, keinen einzigen originellen Gedanken mehr gehabt, nichts Bemerkenswertes

mehr vollbracht, und während andere Riesenschritte zum Wohl der Menschheit taten, habe ich nur Riesenschritte zur Mülltonne getan.
Um zu beweisen, daß das kein müßiges Gerede ist, habe ich mir die Mühe gemacht und eine volle Woche lang Tagebuch geführt, eine Woche, während der ich nach den neuesten wissenschaftlichen Erkenntnissen 700000 Hirnzellen verloren habe.

Montag: Der Zwölfjährige schrieb einen englischen Hausaufsatz und fragte mich, wer der Earl of Sandwich war. Als ich meinte, es sei wohl der, der als erster sein Lunch als belegtes Brot in seine Burg trug, schüttelte der Zwölfjährige den Kopf und sagte: »Ich ruf' nachher einen von meinen Kumpeln an.«

Dienstag: Heute erreichte meine Inkompetenz einen Höhepunkt, ich streute in Gedanken Milchpulver in den Einfüllstutzen der Geschirrspülmaschine. Meine Tochter schlug vor, mir eine Gesellschafterin zu nehmen, die tagsüber bei mir sitzt, bis der Papi sie abends ablöst.

Mittwoch: Hörte ein verdächtiges Rasseln im Wagen. Fuhr ihn zur Reparaturwerkstatt, wo festgestellt wurde, daß eine Dose Entfroster-Spray neben meinem Ersatzreifen herumrollte. Man läßt mich nur noch in Begleitung eines Teenagers ans Steuer.

Donnerstag: Wurde konsultiert, das Geschlecht unseres Goldhamster zu bestimmen, was ich ohne Zögern tat, der Meinung, jede Paarung sei ja sowieso ausgeschlossen. Der männliche Hamster trägt jetzt Umstandskittel.

Freitag: Habe schon wieder versäumt, die Hühnereingeweide aus der Tiefkühltruhe zur Abfalltonne zu tragen. Damit belaufen sich die Hühnerdärme in der Tiefkühltruhe jetzt auf ein Gesamtgewicht von 300 Pfund.

Sonnabend: Ich merke selbst, wie stark ich geistig nachlasse. Die Kinder sprachen vom Vatikan und der Kurie, und ich sagte, es freue mich, daß dieses Ehepaar, das doch das Radio erfunden hat, endlich gebührend geehrt wird.

Sonntag: Die Familie erwischte mich dabei, daß ich über Tom Jones' Lied »I have who have nothing ...« in hysterisches Gelächter verfiel. Die Familie sah dabei nichts Komisches und beschloß, ich müsse in ein kirchlich geleitetes Erholungslager.

Der Wissenschaftler in Kalifornien ist wirklich einer gewaltigen Sache auf der Spur. Er weiß bereits, daß das Nachlassen der geistigen Kapazität durch Alter, verminderten Kreislauf und anderes ausgelöst wird. Was er noch nicht weiß: warum gerade der 35. Geburtstag die magische Wendemarke ist für die Vertrottelung?

Selbst ich, auf dem Tiefpunkt der Senilität, habe das klar erkannt.
Mit 35 führen die meisten Eltern ihre Teenager zum ersten Mal öffentlich aus. Und von da geht's bergab, Herr Professor.
Und was mein Gedächtnis angeht, darüber erklärte ich neulich meinem Mann, dem Sowieso Bombeck: »Es muß etwas für meine Merkfähigkeit geschehen.«
»Warum?« fragte er.
»Warum was?«
»Warum muß für dein Gedächtnis etwas geschehen?«
»Stell dir vor, neuerdings vergesse ich andauernd irgendwelche Kleinigkeiten. Beispielsweise habe ich deine Versicherungspolice verfallen lassen. Und Weihnachten, ja, das war mir auch total entfallen. Und was mir letzte Woche auf dem Flugplatz passiert ist, war direkt eine Schande.«
»Was war direkt eine Schande?« fragte er und ließ die Zeitung sinken.
»Ich sage eben deiner Schwester auf Wiedersehen, da sehe ich doch diesen Mann, der mir zulächelt, und er kommt mir bekannt vor, und ich weiß, den kenn' ich, aber ich weiß mal wieder den Namen nicht. Um nur ja nichts zu versäumen, stürze ich auf ihn zu, nehme seine Hand, schüttele sie lange und sagte: »Wie wunderbar, daß Sie wieder da sind. Wir haben Sie alle vermißt. Sowie Sie ausgepackt haben, rufen Sie uns an, dann essen wir zusammen.«
»Was ist daran verkehrt?«

»Auf der Heimfahrt im Wagen fiel mir ein, wer es war: Mr. Whitlock, der Mann, der jährlich einmal unsere Sickergrube ausleert.«

»Aber das kann doch jedem mal passieren«, meinte er mitfühlend.

»Kann sein. Aber seit ich vorige Woche den Gedächtnis-Quiz in der Zeitung gemacht habe, bin ich doch einigermaßen besorgt.«

»Was für einen Quiz?«

»Es tut einem wohl, wenn auch andere ein schlechtes Gedächtnis haben. Weißt du es nicht mehr: der Artikel, den ich mir ausgeschnitten habe, ehe du die Zeitung gelesen hattest? Hier ist er.

1. Wenn Sie nicht mehr wissen, wo in der Stadt Sie Ihren Wagen geparkt haben,

a) erinnern Sie sich noch an Marke, Serie und Kennzeichen *oder*

b) nehmen Sie den Autobus, fahren heim und tun als sei nichts passiert?

2. Wenden Sie bei einem Klassentreffen die sogenannte Assoziationsmethode an, um sich einen Namen zurückzurufen also

a) er ist haarig und schwarz, heißt also Harry Schwarz *oder*

b) versuchen Sie die Namensschildchen verkehrt herum zu lesen und sagen: »Mot Rellim, wie nett, dich wiederzusehen!«

3. Haben Sie

a) einen festen Platz für Stopfkorb, Schreibtischzubehör, Putzmittel, Kochtöpfe *oder*

b) genügt es Ihnen, Ihre Kleidersäume mit Leukoplast

zu befestigen und telefonische Durchsagen mit dem Manikürstäbchen auf Butterbrotpapier zu notieren?

4. Merken Sie sich Ihren Einkaufswagen im Supermarkt, daran,
a) was Sie eingekauft und hineingelegt haben *oder*
b) indem Sie Ihren Zwölfjährigen in Embryostellung obendraufsetzen,
5. Wissen Sie
a) jederzeit, Alter, Geschlecht, Namen und Schulklasse Ihrer Kinder *oder*
b) müssen Sie nachdenken und von dem Jahr an, in dem Ihnen die Katze zulief, vor- beziehungsweise rückwärts rechnen?
6. Behalten Sie
a) immer den Namen der Personen, mit denen Sie bekanntgemacht werden *oder*
b) wiederholen Sie verwirrt mehrmals: Abigail *Wie?*
7. Notieren Sie in Ihrem Scheckbuch, an wen und über welchen Betrag Sie einen Scheck ausgestellt haben
a) sofort beim Ausschreiben *oder*
b) sagen Sie sich, ›das mach' ich später in Ruhe‹?

»Weißt du, was ich glaube?« fragte ich und faltete den Zeitungsausschnitt zusammen. »Ich muß in meinem Hause mit vier durch und durch unordentlichen Menschen leben. Da ist es natürlich nicht leicht, alles an dem Platz zu halten, an den es gehört. Jeder zerrt in eine andere Richtung. Neulich zum Beispiel, da mache ich doch die Teedose auf und irgendein Spaßvogel hat tatsächlich Tee reingetan.«

»Wieso auch nicht?« fragte mein Mann.

»Und wo ist jetzt mein Reis?« rief ich. »Und a propos

Stiefel, was glaubst du, wie lange ich neulich morgens gebraucht habe, um die Stiefel der Kinder zu finden?«
»Keine Ahnung.«
»Drei Stunden. Nur weil irgend jemand Bescheuerter sie aus dem Limonade-Kühlschrank in der Garage rausgenommen und nicht wieder zurückgestellt hat. Wenn das alles nicht wäre, wäre ich bestimmt wie die Doris Duweißtschon.«
»Wer? Meinst du meine Schwester?«
»Ja. Die ist so fabelhaft organisiert, daß es mich ganz krank macht. Neulich war ich bei ihr: Direkt neben dem Telefon hat sie Block und Bleistift. Kannst du dir so was vorstellen? Und wenn sie eine Nadel braucht, jagt sie die Kinder nicht barfuß über die Teppiche, um sie aufzuspüren, nein, sie hat sie in einem Schächtelchen, zusammen mit dem Nähfaden. (Die Nadeln, nicht die Kinder). Und jetzt kommt das Tollste: Sie hat die Wagenschlüssel auf einem Häkchen in der Waschküche hängen, um immer zu wissen, wo sie sind. Na ja, was kann man schon anders erwarten von einer Frau, die ihre Schecks laufend durchnumeriert.«
»Ja, hast du denn deine Wagenschlüssel nicht auch dort?« fragte er.
»Mach keine Witze! Wenn ich die Wagenschlüssel nicht suchen müßte, wüßte ich doch nie, wo irgendwas ist. Neulich suchte ich sie im Kofferaum, wo ich sie häufig liegenlasse, und da fand ich die Staubsaugertüten. Und als ich zum Besenschrank ging, um die Staubsaugertüten hineinzulegen, fand ich meinen Regenhut, den ich seit zwei Jahren vermisse. Und dann ging ich an den Mantelschrank, um den Regenhut

hineinzutun, und dabei fand ich mein Scheckbuch, das schon so lang weg ist. Ich legte das Scheckbuch ins Herausziehfach unter den Backofen, wo es hingehört, und rate mal, was ich dort entdeckte? Die Schere, die ich seit einer Woche suche. Und wie ich die Schere im Bücherschrank einschließen will, wo ich sie vor den Kindern verstecke, finde ich dort den Zettel, wann ich zum Zahnarzt muß – ich hatte ihn als Buchzeichen benutzt. Sonst hebe ich Zettel von der Sprechstundenhilfe immer im Schmuckkasten auf, und wie ich ihn hineinlege, siehe da, finde ich den Schlüssel zur Tiefkühltruhe.«
»Und wo sind jetzt die Autoschlüssel?« wollte mein Mann wissen.
»Na, wenn du *deine* auch nicht findest,« seufzte ich, »steht es mit mir vielleicht auch noch nicht so schlimm, wie ich dachte.«
Minuten später klingelte das Telefon. Als ich den Hörer wieder auflegte, sagte ich: »Du ahnst nicht, wer am Sonnabend zum Essen kommt: Wilma und Leroy Whitlock. Kannst du mir sagen, wer, zum Kuckuck, das ist?«

8.
Verschreiben Sie mir ein Sofa!

Wenn sich ›Women's Lib‹ für gleiche Rechte bei Schnupfen einsetzt, trete ich bei.

Es hat mir nie etwas ausgemacht, beim Tanzen rückwärts zu gehen, auch nicht, daß die Knöpfe an meiner Bluse an der falschen Seite sitzen. Aber ich möchte einmal erleben, daß ein weiblicher Schnupfen ebenso respektvoll behandelt wird wie ein männlicher.

Als vor einigen Wochen mein Mann herumschniefte, liegte er sich ins Bett, zog drei ärztliche Kapazitäten zu Rate, bestand darauf, daß die Kinder in einen anderen Bundesstaat verschickt wurden, und installierte einen stummen Diener (mich) in seinem Schlafzimmer.

Vor zwei Tagen wachte ich unter Schmerzen auf. Ich hatte aufgesprungene Lippen. Meine Kehle war trokken. In meinem Kopf hämmerte es. Übel war mir auch. Jeder Knochen tat mir einzeln weh.

»Ich fühle mich nicht gut«, sagte ich zu meinen Mann. »Ich will es ja nicht dramatisieren, aber ich fürchte, ich muß sterben.«

»Soll das heißen, daß du nicht aufstehst?« fragte er ungeduldig und sah auf die Uhr.

»Du verstehst mich nicht«, sagte ich. »Jeder Atemzug

ist eine Qual. Der Kopf schmerzt. Meine Augen fühlen sich an wie runde Rasierklingen. Es kann sich nur noch um Minuten handeln, dann stehe ich vor Petrus.«

»So ist mir auch immer, wenn ich morgens zu lange geschlafen habe«, sagte er.

»Aber es ist doch erst halb sieben«, krächzte ich heiser.

»Iß ein bißchen Speck, ein paar gehackte Koteletts mit Ketchup drüber – he, wo willst du denn hin?«

Ihr Schwestern, ihr habt es gehört. Was nur könnte man tun?

Ich schlage die Einführung eines Gesetzes vor, demzufolge weibliche Schnupfen in allen fünfzig Bundesstaaten geschützt sind. Es sollte heißen: das Bombeck-Schnupfengleichheitsgesetz.

Darin müßte verankert sein, daß einer Frau mehr als 15 Minuten zugestanden werden, um seinen sogenannten 24-Stunden-Virus zu überwinden.

Unter diesem Bombeck-Schnupfengleichheitsgesetz wäre sie berechtigt, im Bett zu bleiben, wäre dispensiert von Schulkindertransporten, Küchendienst, Wäschewaschen, Kegeln und Krankenbesuchen.

Jeder Ehemann, der den Schnupfen seiner Frau verharmlost und Scherze macht wie: »Vielleicht hast du gestern zu viel gegessen« oder: »Wenn er bis zum Frühjahr nicht weg ist, solltest du einen Arzt aufsuchen« oder: »Steh sofort auf, du ängstigst die Kinder«, müßte Strafe zahlen. Der Ehemann, der einer Sterbenden von Speck und Ketchup spricht, bekäme fünfzig Jahre Haft ohne Gerichtsverfahren.

Ferner sähe ich die Frauen gern gegen ihre wohlmeinende Familie geschützt, wenn sie flachliegt, etwa in einer Klinik. Es gibt nichts Schlimmeres auf der Welt, als hilflos dazuliegen und erleben zu müssen, wie die Familie es auch ohne sie schafft.

Da sagt etwa die Oma: »Ich habe dein Haus noch nie so fleckenlos sauber gesehen. Die Kinder machen ihre Sache fabelhaft. Wenn du wieder zu Hause bist, solltest du dich wirklich nach einer Hilfe umsehen.« (Es bedeutet genau das, was Sie schon erraten haben!)

Oder der Ehemann sagt: »Du brauchst dir überhaupt keine Sorgen zu machen. Deine Tochter ist eine phantastische Köchin. Ich weiß gar nicht, von wem sie das hat. Gestern abend gab es Steaks, Kartoffeln und grüne Bohnen. Und heute abend will sie mich mit etwas überraschen.«

Oder die Tochter piepst: »Der Haushalt macht mir irren Spaß. Ich hab' heute in einer Stunde die ganze Wäsche gewaschen. Und ich sorge schon dafür, daß die Jungen ihr Zimmer selber aufräumen. Die braucht man nämlich nur ins Kreuz zu treten.«

Oder der Sohn berichtet lächelnd: »War das vielleicht heute eine Wucht. Ich hab' die ganze Bande zu uns eingeladen. Wir brauchten ja nicht leise zu sein, wie sonst, wenn du daheim bist und schreibst. Es war einfach eine Wolke, kann ich dir sagen. Wir haben Papi geholfen, die Küchenschränke aufzuräumen.«

Doch gerade, wenn man meint, man sei durch ein Tonband zu ersetzen, flüsterte der Jüngste einem zu: »Du, Mami, der Hund hat im Schlafzimmer auf den Teppich gemacht, der Hamster ist eingegangen, wir

haben rote Beete über den Eisschrank geschüttet, uns den ganzen Montag gestritten und die grünen Bohnen waren so zäh, daß wir sie an die Mehlwürmer verfüttert haben.«
Wissen Sie was? Zu diesem Kind werde ich ziehen, wenn ich alt bin.

Spezialisten und Helfer

Das klang ja eben, als verließe ich mich felsenfest darauf, überhaupt alt zu werden. So war es nicht gemeint. Bei dem Ärztemangel jetzt bekommt man sowieso fast nie einen Termin, besonders dann nicht, wenn man erst kürzlich zugezogen ist.
»Hallo«, sagte ich am Telefon. »Ich bin gerade erst hierhergezogen und wollte nur fragen, ob der Herr Doktor vielleicht ...«
»Tut mir leid«, unterbrach mich die Sprechstundenhilfe, »aber der Herr Doktor nimmt keine neuen Patienten mehr an.«
»Na, so neu bin ich auch wieder nicht«, kicherte ich, »ich bin immerhin 44. Bei mir hat man schon Schwierigkeiten mit der Ersatzteilbeschaffung.«
»Sie haben mich mißverstanden«, sagte sie in freudlosem Ton. »Der Herr Doktor nimmt überhaupt keine Patienten mehr an.«
Ich rief die Gesundheitsbehörde an, und die gab mir eine Anzahl Namen durch. Als ich sie der Reihe nach anklingelte, stellte ich fest, daß Dr. Frisby am Wochenende nicht praktizierte und auch nicht am vorausgehenden Freitag. Dr. Kalteisen stand nicht im

Telefonbuch, er hatte wohl eine Geheimnummer. Dr. Shuxley konnte mir erst für 2 Tage nach Pfingsten einen Termin geben, es sei denn, ich hätte unerträgliche Schmerzen, dann würde er mich ausnahmsweise vor dem 10. April drannehmen. Dr. Daux laborierte selbst an einer Erkältung, die er anscheinend 6 Wochen lang nicht loszuwerden gedachte.
Die Telefoniererei reizte meinen Kampfgeist. Mein Wunsch, einen Arzt zu erreichen, wurde zur Besessenheit – oder auch zu einer Art Sport, wenn Sie so wollen.
»Hallo«, sagte ich mit tiefer, kehliger Stimme zu einem Arzt, »hier spricht Greta Garbo. Ich habe einen Katarrh der Luftwege ...« (Klick, wurde eingehängt.)
»Guten Tag. Ich fühle mich so schlecht, und da dachte ich, Sie könnten mich vielleicht drannehmen, wenn ich Ihnen einen Hausbesuch mache.« (Klick!)
»Hallo. Ich bin eine reiche alte Frau und möchte mein Vermögen jemandem hinterlassen, dem ich zu Dank verpflichtet bin ...« (Klick.)
»Herr Doktor, guten Tag. Tragen Sie im Moment Ihr Stethoskop um den Hals? Fein. Sie sind hiermit, wie Sie gehen und stehen, zu einer Party eingeladen.« (Klick.)
Ärzte arbeiten 60 Stunden die Woche. Daß sie jeden Mittwoch Golf spielen, ist eine Legende. Sie gehen unter in Papierkram – und hypochondrischen Patienten. Nur wenige wollen, daß ihre Söhne einmal ihren Beruf ergreifen.
Und doch bleibt es Tatsache, daß ich nur durch eine Lüge einen Arzt dazu brachte, mich zu untersuchen.

Ich erzählte ihm, mir ginge es ausgezeichnet, aber ich brauchte eine Kontrolluntersuchung fürs Sportlager.

Als ich mich mit einem Arzt über den Ärztemangel unterhielt, sagte er, dem Mangel sei möglicherweise dadurch abzuhelfen, daß man Medizinstudenten auf die Allgemeinheit losließe. Der wirkliche Engpaß aber entstehe dadurch, daß zu viele Ärzte sich spezialisierten, dadurch verringere sich die Zahl der praktischen Ärzte. Dies fand ich bestätigt, als ich vorige Woche mit einer Erkältung zu Dr. Wiesel kam.

»Sommer- oder Wintererkältung?« wollte er wissen.

»Sommererkältung!«

»Dann müssen Sie zu meinem Kollegen Dr. Stamp gehen. Dritter Stock.«

Dr. Stamps Sprechstundenhilfe holte ein Formular heraus und fragte: »Wo genau sitzt Ihre Sommererkältung? Nase, Kopf oder Brustraum?«

»Hauptsächlich in der Nase. Ich kann nicht atmen.«

»Dafür ist Dr. Alvenaz zuständig, achter Stock.«

»In welchem Nasenloch?« fragte die Sprechstundenhilfe von Dr. Alvenaz.

»Hauptsächlich im linken.«

»Schade«, sagte sie. »Dr. Flack ist verreist. Aber sein Vertreter, Dr. Riggs, ist ein erfahrener Rechtsnasenloch-Spezialist. Fünfter Stock.«

Dr. Riggs sah sich mein linken Nasenloch an und sagte:

»Müssen Sie viel niesen?«

»O ja«, sagte ich.

»Das dachte ich mir. Wir haben in diesem Gebäude einen guten Nies-Spezialisten. Er hat sich eben mit einem Fieberblasen-Spezialisten zusammengetan und praktiziert im Parterre, gleich hinter der Eingangshalle. Der wird Ihnen bestimmt helfen können.«

Dr. Hack zeigte anfangs keine große Bereitwilligkeit, sich in Dr. Flacks linkes Nasenloch einzumischen, sagte dann aber, er könne mir eine Packung Papiertaschentücher, Aspirin und Bettruhe verschreiben.

»Welche Art Bett?« fragte ich. »Doppelbett, Ausziehbett, Einzelbett, französisches Bett, Etagenbett oder Couch?«

Er rückte nervös an seiner Brille. »Das ist nicht so wichtig.«

»Und die Matratze«, fuhr ich fort. »Fest, hart, halbhart, daunenweich oder orthopädisch.«

»Ich glaube, das ...«

»Und die Bettwäsche? Baumwolle? Perkal? Satin? Spannbettuch? Geblümt, gemustert, pastell oder weiß? Wenn ich schon einmal hier bin, sollten wir auch von den Kissen reden: Daunen, Federn von Gänsen, Schwänen, verendeten Hühnern oder sonst was?«

»Wirklich, gnädige Frau«, sagte er, »ich bin nur Niesarzt. Bringen Sie mich nicht in Verlegenheit.«

Wie ausfallend darf man denn werden zu einem Arzt, dessen Hörrohr noch aus dem Lego-Baukasten stammt?

Doch ach, die Erlebnisse in Sprechzimmern sind nur kleine Fische, verglichen mit den echten Dramen, denen man im Krankenhaus ausgesetzt ist.

Nach einem Klinikaufenthalt entwickelt sich bei mir

ein Bohren, ein wüstes Kribbeln, das mir den Rücken hinauf- und wieder hinunterrutscht.
Ich könnte mir vorstellen, daß es nur noch eine Frage der Zeit ist, bis Krankenhäuser so geführt werden wie Zoos: alle Besucher werden eingesperrt, Patienten, d. h. wilde Tiere, laufen frei herum.
Dabei gehe ich von der Erfahrung aus, die ich kürzlich in einem Krankenhaus machte: Es waren mehr Leute in meinem Zimmer als Touristen während der Osterwoche in Rom.
Nur der Ordnung halber notierte ich mir diejenigen, die mich versorgten. Es waren dies:
Ein noch nicht flügger Pfleger, der immer wieder eine Spritze in eine Orange stieß und vor sich hin murmelte: »Ich glaube, jetzt hab' ich's bald raus!«
Eine weitsichtige Schwesternschülerin in rosa-weiß gestreifter Tracht, die zwei Rosenknopsen in ein Reagenzglas stellte.
Ein Geistlicher, der mich besuchte, um mit mir zu beten.
Ein Diätspezialist, der sich mit mir auf ein tiefschürfendes Gespräch darüber einließ, warum ich meine Tomaten nicht gegessen hatte.
Drei Nachbarn, die hitzig darüber diskutierten, wer juristisch dafür zu belangen sei, wenn ich aus dem Bett fiele und tot sei.
Ein junger Praktikant, der sich verlaufen hatte. Und eine Masse verschiedenartiger Spezialisten auf jeweils ihrem Gebiet: Fensterbrettabwischer, Untermbettkehrer, Leintuchglattzieher, Postablieferer, Kissenaufschüttler, Kopfendehochleierer, Wasserträger, Zei-

tungsjungen, Milch-und-Keks-Zuträger und Puls- und Temperaturkontrolleure.
Eine solche Atmosphäre verzögert nicht nur die Heilung des Patienten, sie bewirkt bei ihm sogar eine tiefgehende Persönlichkeitsumwandlung. Ich habe scheue, introvertierte Frauen gesehen, die bei ihrer Einlieferung zu verlegen waren, um das Wort ›schwanger‹ auszusprechen (obwohl es auf sie zutraf) und die nach zwei Wochen die Korridore entlangsausten wie die Waldnymphen, nur mit einem Identitätsarmband und einer Serviette bekleidet. (Sogar ich habe mich einmal hinreißen lassen, gewisse Regelwidrigkeiten mit einem Fernsehreparateur zu besprechen, den ich nie vorher gesehen hatte.)
Die Vorstellung, Hilfskräfte und Besucher einzusperren und die Patienten das Krankenhaus selber führen zu lassen, reizt meine Phantasie. Ich bin ganz begeistert bei dem Gedanken, vor einem vergitterten Käfig zu stehen, in welchem beispielsweise die Nachtschwester Mrs. Needles steckt. Ich würde warten, bis sie ruhig und gleichmäßig atmet. Dann würde ich energisch am Gitter rütteln. Wenn das sie nicht weckt, würde ich ihr mit der Taschenlampe ins Gesicht leuchten, den Arm zwischen den Gitterstäben durchschieben, sie an der Kehle packen und ihr ins Ohr brüllen: »Mrs. Needles! Mrs. Needles – brauchen Sie vielleicht heute nacht etwas zum Schlafen?« In meinen Wunschträumen sehe ich auch eine ganze Volière, in die Besucher eingesperrt werden. Ich kenne eine Menge

sonderbarster Vögel, denen ich bei der Gelegenheit gern einen Gegenbesuch abstatten würde.
Da gibt es beispielsweise den *Katastrophensänger.*

Ein weiblicher Vogel, sitzt gern an Krankenbetten und singt dir vor, daß deine Kinder – während du hilflos daliegst, von der Wohlfahrt genauer unter die Lupe genommen werden, daß der Hund weggelaufen, vermutlich schon überfahren ist, daß sie deinen Wagen, seit er neulich vors Haus geschleppt wurde, nicht mehr gesehen hat und daß dein Mann sich mit einer Person tröstet, die blendend aussieht.

Die langatmige Drossel

Ein weiblicher Vogel, der es nicht schafft, in eigener Person im Krankenhaus aufzutauchen, deshalb anruft und am Telefon zwitschert, zwitschert, zwitschert. Man kriegt ihn einfach nicht mehr aus der Leitung. Er kommt von Hölzchen auf Stöckchen: »Erst neulich sage ich zu Frank, Frank, sage ich . . .«
»Dolores«, werfe ich ein, »ich habe die Wehen im Abstand von drei Minuten, ich muß jetzt einhängen.«
»Noch einen kleinen Moment«, sagt sie, »hab' ich dir schon erzählt, was Leroy aus dem Ferienlager mitgebracht hat? Das zieht dir die Schuhe aus . . .«
»Dolores, eben ist der Arzt gekommen, er will . . .«
»Bleib mal einen Augenblick am Apparat«, sagte sie gereizt und hält die Muschel zu. Später kommt sie wieder und sagte: »Dieser Leroy macht mich noch

wahnsinnig, jetzt will er schon wieder Limo. Bestimmt kriegt er faule Zähne von all dem Zucker.«

»Kann ich dich zurückrufen, Dolores«, frage ich mit schwacher Stimme, »ich glaube, ich werde ohnmächtig . . .«

»Nein« befiehlt sie, »ich MUSS dir noch erzählen, wie es bei Bernices Garagenflohmarkt zugegangen ist.«

Die Pfusch-Amsel

Ich kann erwarten, diesen seltenen Vogel in einem sicheren Gewahrsam zu besichtigen. Sie ist das Stück Malheur, das nie etwas *richtig* macht.

Nie kommt sie mit leeren Händen zu einem ihrer vielen Krankenbesuch. Dem Zahnlosen bringt sie eine Tüte Bonbons, dem Diabetiker eine Dose Plätzchen, dem Gallenpatienten eine Pizza, dem Allergiker einen Rosenstrauß und der jungen Mutter ein Buch über Eishockey.

Die Medizin-Lerche

Woran auch immer man leidet, die Medizin-Lerche kennt jemanden, meist beim Theater, der das kurz vor einer Premiere gekriegt hat, und deswegen mußte das ganze Stück umgeschrieben werden, weil er nie wieder ins Ensemble zurückgekehrt ist. Ihre medizinischen Vorkenntnisse sind zwar gering, doch in den Krankenhausbetrieb ist sie regelrecht verliebt. Sie sitzt stundenlang am Bett, um Puls zu zählen oder Gebrauchsanweisungen auf Aspirinpackungen laut vorzulesen.

Der Trödel-Falk

Ein an Krankenbetten häufig vorkommender Vogel. Erscheint zur Zeit des ersten Frühstücks im Krankenhaus und findet nicht mehr nach Hause. Meist jemand, den man knapp zwei Wochen kennt. Hat man erst von ihm erfahren, daß man wie eine Leiche aussieht, darf man sich mit ihm über atembeklemmende Themen unterhalten, etwa, welche Farbe für das nächste Scheckbuch hübsch wäre, ob Tom Jones Plateauschuhe trägt, um größer auszusehen, und ob die Regierung den freien Verkauf von Feuerwerkskörpern unterbinden sollte.

Der flinke Stoßvogel

Eine Gattung, die in – gelinde gesagt – ungünstigen Augenblicken durch offene Türen auf einen herabstößt. Wenn man zum Beispiel auf dem Rücken liegt, ohne von einem Leintuch bedeckt zu sein, und eben versucht, das Nachthemd über die Hüften herunterzuziehen: bautz da geht die Tür auf, und herein stürzt der flinke Stoßvogel.
Wenn man gerade mit dem Puderdosenspiegel auf dem verlängerten Rücken nachkontrolliert, ob die letzte Spritze ein Loch auf der Haut zurückgelassen hat, entsteht plötzlich ein Luftzug: Der flinke Stoßvogel ist da.

Der Blaue Glücksvogel

Aus naheliegenden Gründen habe ich mir den Besuch bei meinem behandelnden Arzt als sonderbarem Vogel bis zuletzt aufgehoben, da es hierbei auf den genauen Zeitpunkt ankommt.
Meinen behandelnden Arzt würde ich genau dann aufsuchen, wenn er eben in seinem Vogelnäpfchen ein Bad nimmt, Seife und Waschlappen in der einen, mit der anderen Hand ein nasses Laken an sich drückend, um seine Blöße zu bedecken.
Dann würde ich über seinem Frühstückstablett flattern, mit entsetztem Blick auf seine Fieberkurve zeigen und atemlos hervorstoßen: »Und was ist *das*?«
Dann würde ich mich durch die Menschenmassen, die das Bett umdrängen, entfernen und ihm zum Abschied über die Schulter eine humorvolle Bemerkung zuwerfen, so was wie: »Sie brauchen vor allem Ruhe!«

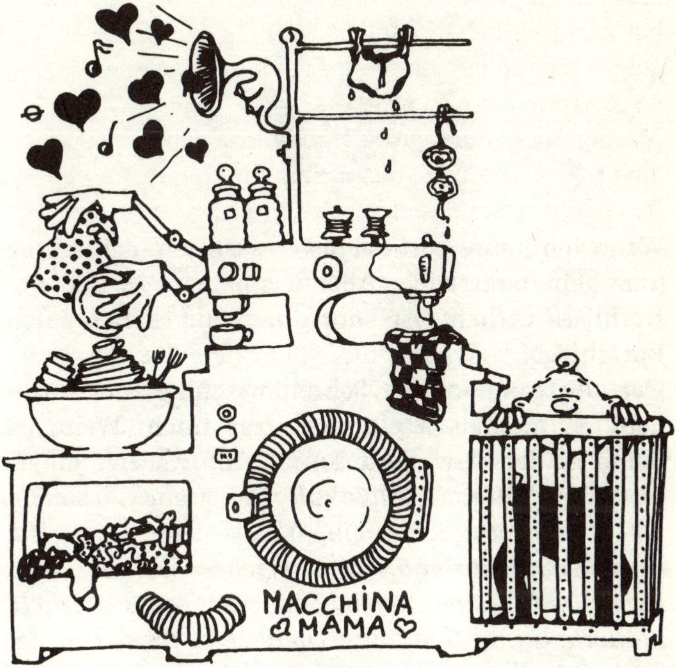

9.
Hausfrau und Roboter

Wenn ich heute zurückblicke, weiß ich, daß ich zu jung geheiratet habe. Aber wenn man 43 und unsterblich verliebt ist, hört man auf keine guten Ratschläge.

Der Übergang von der Schreibmaschine zum Kochherd ist niemals leicht. Ich frage mich: Wenn jemand in der New York Times eine Anzeige aufgäbe: *GESUCHT: Küchenkuli für grobe Arbeiten, 140 Wochenstunden, kein Alters- oder Ruhegeld, kein Krankenurlaub, kein eigenes Zimmer, nur Etagenbad, keine freien Sonntage, muß tierlieb, kinderlieb und ›hamburgerlieb‹ sein,* ob sich trotzdem 42 Millionen Frauen vorstellen kämen?

Jeden Tag fragt mein Löwe, wenn er in seine Höhle zurückkehrt, automatisch: »Und was hast du heute alles gemacht?«

Neulich war ich mal so wütend, daß ich ihm zurückgab: »Was meinst du wohl, was ich heute gemacht habe?«

Da ergriff er Bleistift und Zettel und fing an zu schreiben. Das Ergebnis trug die Überschrift:

Ermas Tageslauf

8 Uhr	Alle aus dem Haus treiben. Eine frische Kanne Kaffee aufbrühen. Ein bißchen davon übriglassen, um dem Ehemann nach dem Dinner eine Tasse davon aufzuwärmen.
8 Uhr 30	Des Ehemannes Socken so zu Paaren treiben, daß es nie zwei gleiche sind.
9 Uhr	Fusseln und Krümel unter sie verteilen. Es mag mühsam sein, sie erst zu sammeln, lohnt aber der Mühe für den Gesichtsausdruck, mit dem er sich abends zornig in den Schlips beißt.
10 Uhr	Im Schmuckkasten kramen. Alle größeren Manschettenknöpfe mit einem B darauf in die eigenen Blusen knöpfen.
10 Uhr 30	In alle Unterhosen und Hosen des Ehemannes Abnäher machen, damit er glaubt, er nähme zu.
11 Uhr	Seine Rasierklingen borgen, um damit den Saum aus den schweren Samtvorhängen im Wohnzimmer aufzutrennen.
	Dann Mittagsessen, gefolgt von einem Nickerchen.
15 Uhr	Den neuen weißen Tennispullover zu heiß waschen (zusammen mit einer roten Decke).
16 Uhr	Alle Kinder der Nachbarschaft einladen, in der Garage mit dem Werkzeug des Ehemannes zu spielen.

17 Uhr Eine Zwiebel ins heiße Bratrohr legen, damit der heimkehrende Ehemann glaubt, es gäbe jetzt bald etwas zu essen.

18 Uhr Dem Ehemann erzählen, was man für einen schweren Tag hinter sich hat.

»Na?« fragte er triumphierend, »habe ich was vergessen?«

»Ja«, sagte ich, »während du schläfst, laufe ich schnell in die Garage und schiebe den Fahrersitz näher ans Lenkrad, damit du Krämpfe in den Beinen kriegst.«

»Je mehr ich darüber nachdenke« äußerte mein Mann, »desto überzeugter bin ich, daß eines Tages die Automation die Frauen überflüssig machen wird.«

Mit dieser Zukunftsaussicht ging ich schlafen und träumte, mein Mann sei mit einer modernen Küche durchgegangen und lebe mit ihr in wilder Ehe.

»Ha, wer ist diese Person?« fragte ich und stürmte ohne anzuklopfen in sein Zimmer.

»Eine der besten«, sagte er. »Wenn ich heimkomme, empfängt mich Phyllis, der elektrische Cocktailmixer, mit einem Drink. Iris, das Bratrohr, hat warme Horsd'œuvres für mich gemacht. Evelyn, der elektrische Grill, hält ein Steak für mich bereit. Margaret, der Kaffeeautomat braut mir soeben frischen heißen Kaffee, Roberta, die Stereoanlage, spielt leise Musik; und wenn ich mit dem Essen fertig bin, schafft Bertha, der Müllzerkleinerer, alle Reste sauber und ordentlich weg.«

»Wie unfair«, schluchzte ich.

»O nein! Elsa, die Geschirrspülmaschine, reißt mir nie den Teller weg, ehe ich aufgegessen habe. Und Toni, der Kühlschrank, arbeitet Tag und Nacht, damit mir nur ja nie die Eiswürfel ausgehen.«

»Alles schön und gut«, sagte ich, »aber was ist mit deiner Wäsche?«

»Ich habe die Zwillinge Shirley und Selma noch nicht vorgestellt. Shirley wäscht meine Wäsche perfekt sauber. Niemals muß ich rosa Unterhosen anziehen oder mich in Taschentücher von verschossener Pfirsichfarbe schneuzen. Und Selma, Gott segne sie, trocknet und glättet und ist klug genug, ihre Flusensiebklappe geschlossen zu halten, wenn ich müde bin.«

»Was rasselt da?« fragte ich.

»Das ist Iris, sie erinnert mich daran, daß mein Apfel im Schlafrock fertig ist. Ist sie nicht ein Schatz?«

»Ein Schatz waren die Schriftrollen vom Toten Meer auch«, sagte ich trocken.

»Bis du eifersüchtig?« fragte er lächelnd.

»Wer? Ich? Lächerlich. Ich frage mich nur, wer dir an kalten Winterabenden die Füße wärmen und hinter dir aufräumen soll.«

»Kein Problem«, sagte er. »Das macht Caroline, meine Heizdecke und Jeanine, mein elektrischer Besen.«

»Und wer hört sich dein Gejammer an und lacht über deine Witze?«

»Dafür habe ich Sophie, das tragbare Bandgerät, und

Bunny, die Kassette mit dem leisen, warmherzigen Lachen. Im Ernst, meine Liebe, du verschwendest hier deine Zeit. Wozu brauche ich eine echte, lebendige Frau, wenn meine Mädchen es mit ihrer sagenhaften Tüchtigkeit ebenso schaffen?«

Sie verstehen, was ich meine: Keinen Moment wird man anerkannt von den Männern für all die Enttäuschungen, den Leerlauf, die Einsamkeit, die Entscheidungen, die jeder Tag einem abverlangt.
Zunächst einmal: So was wie die ›einfache tägliche Hausarbeit‹ gibt es gar nicht. Jede Pflicht trägt ihre erschwerenden Umstände bereits in sich.
Nehmen Sie zum Beispiel die Wäsche: (Ich wollte, Sie nähmen sie wirklich!)
Meine Waschmaschine steuert jetzt einen neuen Kurs. Jahrelang war sie nicht davon abzubringen, von je zwei Socken den einen zu fressen. Doch, doch. Erst wollte ich es auch nicht glauben, aber mit der Zeit gewöhnten meine Lieben sich daran. Sie trugen das eine Bein in Gips oder hielten den Hosenaufschlag mit einer Fahrradklammer zusammen oder lachten verlegen und meinten nur: »Du liebe Zeit, der eine Socken ist braun, der andere hellblau, das war schon immer so.«
Vor drei Wochen aber ging meine Waschmaschine in sich. Sie gebar ein Paar ganz kurze männliche Unterhöschen. Sie waren mir unbekannt, aber das hat nichts zu bedeuten. Ich bin in einigen Punkten etwas rückständig und finde manchmal noch Nabelbinden in der Einweichlauge, obwohl das Ba-

by schon dreizehn ist. Ich legte also das Höschen zunächst auf den Wäschestapel meines Dreizehnjährigen. Am nächsten Morgen kam er früher als sonst herunter und fragte: »Hat jemand einen Gürtel? Mein Slip fällt mir dauernd runter.«

»Mach dich nicht lächerlich«, sagte ich. »Zieh ihn aus und leg ihn deinem Bruder ins Fach.«

Am nächsten Morgen kam der Sechzehnjährige und fragte: »Hat jemand einen Gürtel?«

»Gib den Slip deinem Vater«, sagte ich kurz und bündig. Mein Mann aber sprach: »Das ist nicht meiner. Meine haben seit Jahren keine strammen Gummizüge mehr, und dieser hat einen.«

Ich dachte, der Slip müsse einem Freund meines Sohnes gehören, der kürzlich ein paar Wochen bei uns gewohnt hatte, also steckte ich ihn in einen Briefumschlag und schickte ihn nach Ohio. Binnen einer Woche hatte ich ihn wieder, mit einem Zettel daran: »Eignet sich fabelhaft als Leinwand fürs Heimkino, gehört aber sicher jemand, dem er fehlt. Uns jedenfalls nicht.«

Ich schickte den Slip meinem Vater, der ebenfalls ein paar Wochen bei uns zu Besuch gewesen war. Er rief per Ferngespräch an und wollte wissen, ob dies sein Geburtstagsgeschenk sei und ob ich es ihm bitte in eine passende Größe umtauschen könnte.

Die Unterhose wurde bei mir zur fixen Idee. Woher kam sie? Wo war sie voher gewesen? Gab es irgendwo auf der Welt eine abgehärmte Mutter, die in ihre Waschmaschine blickte und fragte: »Ist das alles?«

Ich erkundigte mich beim Milchmann, ob sie ihm bekannt vorkäme. (Seitdem steigt er nie mehr aus dem Lieferwagen und stellte nur rasch die Milchflasche ans Ende der Einfahrt.)

Durch das viele Weiterreichen wurde der Slip allmählich ein bißchen schmuddelig. Deshalb steckte ich ihn gestern wieder mit in die Waschmaschine. Nach dem Schleudergang tastete ich nach ihm – er war weg. Statt dessen fand ich ein verblichenes Frottiertuch mit kleinen schwarzen Fußspuren darauf, das mir nie gehört hat.

Ich werde tun, als hätte ich es nicht gesehen. Sonst bekomme ich wieder Kopfweh.

Ans Brett gefesselt

Das zweitliebste bei den Haushaltspflichten ist mir das Bügeln. (Das Liebste, wenn ich beim Bettenmachen so an die obere Kante stoße, daß ich ohnmächtig werde.) Kürzlich lautete eine Anzeige in einer Zeitung des Mittleren Westens: GESUCHT: Bügelhelferin(nen) für Hausfrau, die in allem zehn Jahre zurück ist. Mut und Humor unerläßlich. Anruf genügt.«

Ich glaube, mit der Frau würde ich in größter Harmonie Tür an Tür leben können. Ich bügle nur nach vorheriger Vereinbarung. Ich habe vor langer Zeit gelernt: Wenn ich meiner Tochter drei Kleider bügele und sie ihr in den Schrank hänge, zieht sie sich während des Abendessens dreimal um.

Neulich wollte mein Sohn seine Jeans für eine Schüleraufführung gebügelt haben. »Welches Bein ist dem Publikum zugekehrt?« fragte ich mit halberhobenem Bügeleisen.

»Junge, Junge«, sagte er, »eine Mrs. Breck bist du wirklich nicht.«

An Mrs. Breck hatte ich seit Jahren nicht mehr gedacht. Sie war eine Superhausfrau, die einmal neben uns gewohnt hatte. Sie hatte die dumme Gewohnheit, Dienstag immer ihr Bügelbrett aufzustellen und erst am Abend wieder wegzuräumen. (Was kann man schon von einem Frauenzimmer erwarten, das Gürtelschnallen bügelt?)

Eines Nachmittags machte ich ihr einen kurzen Besuch. Sie bügelte gerade die Laschen in den Tennisschuhen ihres Sohnes.

»Wissen Sie, was Sie sind, Mrs. Breck?« fragte ich sie. »Eine Haushaltssklavin.«

»Wieso?« grinste sie. »Ich bügle *gern.*«

»Wenn Sie weiter solche Reden führen, wird man Sie in ein Heim einweisen.«

»Was stört Sie denn am Bügeln?« fragte sie lächelnd.

»Kein Mensch bügelt«, sagte ich knapp. »Haben Sie schon mal die Heldin einer Fernsehserie bügeln sehen? Und dabei sind das normale amerikanische Durchschnittshausfrauen. Sieht man die je am Bügelbrett stehen? Nie! Sie begehen Morde, erpressen ihren Chef, lassen sich operieren, amüsieren sich. Wenn Sie nicht an dieses Bügelbrett gefesselt wären, könnten auch Sie allerlei Aufregendes erleben!«

»Was denn zum Beispiel?« lachte sie und bügelte ein Paar dicke Skisocken, die sie sauber zusammenfaltete. »Gerätetauchen lernen, unter der Trokkenhaube Vorträge über Wellensittichzucht hören, zu den Popsängern zweite Stimme singen, antiken Stacheldraht sammeln, Kettenbriefe starten, was weiß ich. Haben Sie denn keine Phantasie?«

Später las ich die Zeitungsanzeige noch einmal, wurde neugierig, wählte die angegebene Nummer und wartete. »Ja? Hallo?« tönte es, »hier spricht Mrs. Breck.«

Donnerwetter ist das schön: sich sagen können, daß man das Image eines anderen hat polieren helfen!

Die Unverstandenen

Daß Hausfrauen eine unverstandene Menschengattung sind, wurde neulich auf einer Cocktailparty wieder einmal recht deutlich. Ein Salonpsychologe analysierte Frauen, die bei jedem Großreinemachen die Möbel von der Wand rücken.

»Im Grunde«, dozierte er, »sind es Männerhasserinnen. Sie können den Gedanken nicht ertragen, der Mann könne sein Heim betreten und durchwandern, *ohne* sich an mindestens drei Stellen den Oberschenkel zu brechen. Möbelrücken ist weniger direkt als etwa einen Korb mit einer Kobra darin neben das Bett zu stellen.«

Gegen diese Theorie hatte ich Einwände. »Frauen, die ihre Möbel umstellen, haben Phantasie, sie haben Kreativität, sie haben Stil ...«

»Und meistens auch einen Bruch, vergessen Sie das nicht«, unterbrach er mich. »Wie ist es nur möglich, daß eine Frau den Verschluß ihres Armbandes nicht zukriegt, wohl aber die zwei Zentner schwere Gefriertruhe aus dem Keller in die Garage?«

Alles lachte, mir aber kam der Gedanke, daß Männer das Ausmaß der Hausfrauenlangeweile nicht kennen. Hätten wir ein Büro und Sekretärinnen, wir könnten die Woche als Original mit sechs Durchschlägen hinter uns bringen. Immer das gleiche angetrocknete Eigelb, immer die gleichen Staubflusen, immer die gleichen ungemachten Betten und Einzelsocken verschiedener Farbe in der Wäsche.

Wenn dieses ewige Einerlei einen plötzlich überwältigt, tut man die sonderbarsten Dinge. Nach einem Großputztag stellte ich einmal im Bad ohne Grund ein Apothekergefäß mit Popcorn auf die Kommode.

Ein andermal montierte ich einen frühen amerikanischen Wappenadler auf die Hundehütte. Oder ich fülle einen Cognacschwenker mit Wasser und Speisefarbe und lasse eine Zinnienblüte darin schwimmen, die nach zehn Minuten welkt und schon am gleichen Abend Milliarden von Mückenlarven ausbrütet.

Ich versuche die unmöglichsten Dinge, um das ewige Einerlei zu unterbrechen ... eine elektrische Birne auswechseln, eine Wand mit dem Aquarellpinsel anmalen, die Eßzimmermöbel ins Wohnzimmer schieben und die Wohnzimmermöbel auf den Speicher schaffen.

»Wenn ich morgen sauber mache«, sagte ich zu meinem Mann, »werde ich die Wanne aus dem Bad nehmen und an ihre Stelle Waschmaschine und Trockenschleuder stellen. Dann schneide ich das Vorderteil der Wanne auf und mach' aus ihr ein Gästesofa fürs Wohnzimmer.«

»Wenn du unbedingt was ändern willst, wasch doch die Vorhänge«, murmelte er.

»Eh du solche Ausdrücke brauchst, schick wenigstens die Kinder aus dem Zimmer«, sagte ich.

Gastgebers Leiden

Wissen Sie, was mein Mann neulich zu mir gesagt hat: »Sieh zu, daß du aus der Küche kommst, eh du jemand umbringst.«

Nun hatte ich seit eh und je das Gefühl, Kochbücher seien Phantasiegebilde und die schönsten Wortzusammenstellungen unserer Sprache: Zimmer-Service oder ›Auf Wunsch wird aufs Zimmer serviert‹.

Wenn ich Gäste habe, entfalte ich die Grazie eines Wasserbüffels, der schwere Migräne hat. Mich kostet eine spontane, improvisierte, schnelle Party ungefähr drei bis vier Wochen Vorbereitung.

Erst einmal suche ich mir genügend Gläser zusammen. Man bekommt sie gratis an der Tankstelle.

Dann muß ich dafür sorgen, daß das Haus aussieht, als hätten nie Kinder darin gelebt. Wir müssen malen, gipsen, Bilder kaufen, die Babytür am oberen Treppenabsatz entfernen (unser Jüngster ist 13) und alle eingegangenen Topfpflanzen des Hauses durch frische ersetzen.

Schließlich muß ich mich für ein Menü entscheiden.

»Was soll ich den Leuten nur zu essen geben?« frage ich meinen Mann und blättere fieberhaft in einem Stoß Kochbücher.

»Wie wär's mit Schweinefleisch, wie es Mary Lou neulich auf ihrem Grill gemacht hat?«

»Wie wär's mit Bouletten?« frage ich.

»Nein, jetzt weiß ich's: das spanische Gericht mit den ganzen Muscheln drin, das wir neulich bei den Dodsons bekamen.«

»Wie wär's mit Bouletten mit viel Pfeffer drin?«

»Oder wir machen eine Reistafel und servieren etwas in der Erde Gebackenes?«

»Wie wär's mit Bouletten aus dem Sandhaufen?«

An und für sich sind unsere Parties immer ein Erfolg, doch leider habe ich noch keine erlebt, bei der nicht etwas (genauer gesagt: jemand) in den Schutz unseres Hauses gekrochen und dort verendet wäre. Das ist der Preis, den man für das Landleben zahlen muß.

Ich stelle mir das immer so vor: Eine Gruppe Mäuse trifft sich im Kornfeld, und die eine sagt zur anderen: »Bufford, du siehst elend aus.«

»Ach was«, sagt Bufford, »das wird schon wieder, ich habe nur eine Erkältung.«

»Trotzdem rate ich dir«, sagt der Mäuseführer, »kriech mal hinüber ins Haus von den Bombecks.«

Und in der Nacht vor unserer Party schafft Bufford es tatsächlich noch bis ins Wohnzimmer. Er taumelt in unser altes Harmonium und dort verendet er.
Mein Mann kam ins Haus, sank auf die Knie und stieß entgeistert hervor: »Doch nicht schon wieder? Wo denn diesmal?«
»Im Harmonium«, sagte ich.
»Können wir den Gestank nicht irgendwie abstellen?«
»Nur wenn du das ganze Wohnzimmer frisch streichst.«
»Wir wollen doch alle recht ruhig bleiben«, sagte er und betupfte sich die Innenfläche der Handgelenke mit dem Docht einer Deodorantflasche. »Und wir müssen um jeden Preis verhindern, daß sich heute abend einer ans Harmonium setzt.«
Die Party war in vollem Gange, da setzte sich Max Marx auf den Hocker und wandte sich der Tastatur zu. Ich ergriff blitzschnell eine Spraydose Raumlüfter und folgte ihm.
»Was soll das?« fragte er gekränkt.
Ich richtete den Strahl der Spraydose auf mich selbst und flüsterte mit schwacher Stimme: »Ach, das ist nur ABENDHAUCH, um mich unwiderstehlich zu machen.«
Schreckensstarr sah ich zu, wie er die Knöpfe der Register herauszog und anfing, die Bälge zu treten. Als sie schnaufend ein- und auspumpten und die ganze Misere im Hause verteilten, wurden drei Frauen ohnmächtig, und einer der Männer klopfte seine Pfeife aus.

»Sagen Sie mal«, sagte Max und unterbrach sein Spiel. »Haben Sie einen Hund?«

»Wir haben sogar drei, aber die sind alle draußen im Garten.«

Er begann wieder zu treten, ließ dann die Hände sinken und blähte die Nasenflügel. »Kocht jemand im Haus Sauerkraut? Oder stellt eines der Kinder mit dem Chemiekasten Schwefel her.«

»Nein.«

»Trägt vielleicht jemand überalterte Turnschuhe?« fragte er beharrlich weiter.

In diesem Augenblick erhob sich seine Frau, beugte sich über seine Schulter und verkündete feierlich: »Max, deine Musik stinkt.«

»Ach so, die ist es,« sagte er und begab sich in die Küche, um sich einen stärkeren Drink zu mixen.

10.
Wir haben Masern - es muß Weihnachten sein

Neulich klagte Brucie: »Mir tut der Kopf so weh, und ich hab' eine verstopfte Nase.«

»Unsinn«, sagte ich. »Dazu ist es noch zu früh. Weihnachten ist erst in einer Woche.«

Normale Menschen merken immer genau, wenn die Feiertage bevorstehen. Freudige Erregung liegt über allem, der Duft von Tannengrün, Glockenläuten, alte, liebe Weihnachtslieder.

In unserem Haus kommt Weihnachten dann, wenn wir die Masern haben.

Drunten im Waschsalon bin ich bekannt als die Bazillentante.

»Was kriegen Sie heuer zu Weihnachten?« fragt man mich, während ich meine Wäschestücke sortiere.

»Einer war in der Nähe von Windpocken, einer hat die Mumps nur links gehabt, und einer hat bis jetzt nur gestöhnt, um sich interessant zu machen.«

Es ist nie so ernst, daß es einem echt an die Nieren geht, aber was ein richtiges Weihnachten ist, weiß ich schon lange nicht mehr. Neulich habe ich meine Freundin Donna Robust beiseite genommen und sie gebeten: »Ach, erzähl mir doch noch mal, wie ihr bei euch Weihnachten feiert.«

»Also«, begann Donna, »am Weihnachtsmorgen stehe ich als erste auf und . . .«

». . . blätterst im Branchentelefonbuch, ob du nicht eine Drogerie mit Feiertagsdienst findest . . .« sagte ich mit leuchtenden Augen.

»Nein, nein«, lachte sie. »Ich knipse alle Lichter am Christbaum an. Dann klingele ich mit dem Schlittenglöckchen und . . .«

»Ich weiß, ich weiß . . .« unterbrach ich aufgeregt, »dann ist Pillenverteilung. Dann gibst du dem einen Kind einen Löffel Hustensaft, dem anderen ein Aspirin und dem Baby ein Zäpfchen gegen Übelkeit.«

Sie schüttelte den Kopf. »Dann versammele ich sie alle um den Christbaum, und sie packen ihre Geschenke aus. Und nach dem Frühstück ziehen wir uns alle schön an . . .«

»Ach«, seufzte ich, »schon der Gedanke: alle angezogen . . .«

» . . . gehen zur Kirche, und nachmittags kommen 15–20 Leute zu uns zum großen Weihnachtsessen.«

»Einmal habe ich meinen Vater zu Weihnachten von weitem gesehen! Er hat zwei Batterien für einen Spielzeugroboter unter der Tür durchgeschoben. Wir waren alle ansteckend.«

»Na, das war ja nett«, sagte sie.

»Ach ja, und ein andermal kam der Arzt vorbei. Er trug an den Stiefeln ein bißchen Schnee mit herein, und die Kinder waren wie aus dem Häuschen.«

»Paß mal auf, dieses Jahr wird es ganz anders«, sagte Donna und tätschelte meine Hand.

»Vielleicht«, sagte ich tief aufseufzend. »Aber jetzt erzähl einmal, wie ihr euch alle anzieht und ausgeht ...«

Der große Jahresrundbrief

Der große Sammelbrief mit den Neuigkeiten eines ganzen Jahres, den man zu Weihnachten von Freunden und Verwandten bekommt, erregt in mir ein Gemisch aus Widerwillen und Neid.

Widerwillen, weil ich Leute noch nie habe ausstehen können, die so fabelhaft aufmerksam sind, daß sie ein Jahr lang alles aufschreiben können, was sie tun. Neid, weil meine Familie nie etwas tut, worüber sich anläßlich eines christlichen Feiertages berichten ließe.

Seit Jahren werde ich an die Wand gedrückt von Friedas und Freds Campingabenteuern, von Marcias und Willards hochintelligenten Kindern (ihr Dreijähriger hat einen Mal-Rekord) und von Ginnys und Jesses traulichen Weihnachtsvorbereitungen am Küchentisch.

Und doch habe ich neulich beim Abendessen gesagt: »Wißt ihr was, Kinder? Wir sind auch eine interessante Familie. Schreiben wir doch dieses Jahr mal statt der Weihnachtskarten einen großen Sammelbrief an Freunde und Verwandte.«

»Ja, aber was soll denn drinstehen?« fragte einer der Söhne.

»Das gleiche wie bei allen anderen Leuten. Wir schreiben, was im vergangenen Jahr Interessantes vorgefallen ist. Ihr Kinder könnt mir zum Beispiel gleich mal erzählen, was es bei euch in der Schule Besonderes gegeben hat.« (Schweigen) »Bescheidenheit ist jetzt ganz verkehrt. Erzählt frei von der Leber weg: Was für Preise oder Anerkennungen habt ihr im Lauf des Schuljahrs bekommen, welche Tests habt ihr bestanden?«

Nach fünf Minuten Nachdenken sagte schließlich einer der Jungen: »Ich habe den Seh-Test bestanden.«

»Na, also«, rief ich erfreut, »ich wußte doch, wir brauchen nur ein bißchen nachzudenken. Und zu welchen schönen Ausflugszielen sind wir hingefahren?«

»Damals an dem Sonntag haben wir uns verfahren und die Fabrik nicht gefunden, in der unsere Verwandten die Nummernschilder herstellen.«

»Ach, das interessiert unsere Weihnachtsrunde nicht«, sagte ich. »Wartet mal. Bin *ich* zu irgend etwas Interessantem gefahren?«

»Du warst im Frühjahr mal zu einer Waschmaschinenvorführung.«

»Na seht ihr, euch fällt schon was ein«, jubilierte ich. »Nur weiter. Ist jemand befördert worden? Hat jemand geheiratet? Sich scheiden lassen? Ins Krankenhaus gemußt? Das Pensionsalter erreicht? Ein Kind gekriegt?« (Schweigen)

»Hat jemand an einem Protestmarsch teilgenommen? Aufgehört, Nägel zu kauen? Einen Stuhl im Leseraum der Christlichen Wissenschaft abgebeizt und neu gestrichen? Sich vor zehn Uhr morgens aus dem Bett gehoben?« (Schweigen)

»Hat jemand an einer Briefmarke geleckt? Dem Hund einen Tritt gegeben? Sein Turnzeug gewaschen? Während des Unterrichts gerade in der Bank gesessen? Eine

elektrische Birne eingeschraubt? Ein- und ausgeatmet?«
Sie saßen da und ließen schweigend das vergangene Jahr vor ihrem inneren Auge vorüberziehen. Schließlich stand ich auf und holte die Schachtel mit den Weihnachtskarten.
»Was machst du denn? Ich dachte, wir verschicken einen Familienrundbrief?«
»Ach, es hat doch keinen Sinn, die armen Teufel zu vergrämen, die das ganze Jahr dasitzen und nichts erleben.«

O du fröhliche

Eben habe ich ein Abkommen mit den Kindern getroffen. Wenn sie am Weihnachtsmorgen bis 3 Uhr 30 schlafen, verspreche ich, daß mir nicht wieder, wie in den letzten Jahren, beim Abendessen der Kopf in die Soße fällt.
Der Weihnachtsmarathon ist eine langjährige Tradition unseres Hauses, schon seit die Kinder laufen lernten. Sie erscheinen zu aberwitzig früher Stunde im Elternschlafzimmer und jodeln: »Maaaami!«
»Was?«
»Es ist Weihnachten?«
»Wasislos?«
»Weihnachtsmorgen. Bist du schon wach?«
»Nein.«
»Soll ich mal Licht machen, damit du siehst, wie spät es schon ist?«
»Untersteh dich, deine Mutter zu blenden, an einem ... welcher Tag war doch noch?«

»Weihnachten.«
»Sagt es dem Papi. Der fällt glatt aus dem Bett.«
»Paaapii!«
»Ich hab' schon im Büro was gegeben.«
Minuten später springt er aus dem Bett und schreit: »Müssen die mir um Gottes willen mit einer Taschenlampe ins Gesicht leuchten und die Haare in meiner Nase zählen?«
Stehen wir erst senkrecht, geben die süßen Kleinen sich Beschäftigungen hin, die wir in unserer Verschlafenheit als besonders laut empfinden.
Das Bumbum der Pantoffeln auf dem Teppichläufer. Der ohrenzerfetzende Knacks, mit dem die Kinder die elektrischen Christbaumkerzen einschalten.
Das schrille Knistern des Seidenpapiers in eifrigen Händchen.
Das kratzende Geräusch, mit dem sie Pfefferminzstangen lecken.
Das ohrenbetäubende Scharren des Hundes, der dringend hinaus muß.
Das Aufbrüllen des Feuers im Kamin.
Das berstende Knallen der Cornflakes, die in ihren Näpfen explodieren.
Nach einer Weile, die uns wie mehrere Tage vorkommt, fragt mich mein Mann: »Du siehst aus wie das Bildnis des Dorian Gray. Wie spät ist es eigentlich?«
»3 Uhr 15 früh.«
»Wie doch die Zeit vergeht, wenn man sich amüsiert«, sagt er gähnend.
»Beherrsch dich, ja!« sage ich gereizt.

Genau das habe ich mir gewünscht . . .

Voriges Jahr hat der Nikolaus in einem New Yorker Warenhaus nicht nur die Kinder nach ihren Wünschen gefragt, sondern auch die Hausfrauen. Das Ergebnis war interessant. Die Hausfrauen äußerten sich sehr entschieden, nicht so sehr zu den Gegenständen, die sie wollten, als vielmehr zu denen, die sie bestimmt *nicht* wollten. Sie wollten keine Plackerei mit Bändchen drumherum – so wenig wic die Männer sich Leitzordner fürs Büro wünschen.

Unser Image ist durch die Fernsehreklamen so verzerrt, daß die Männer gar nicht mehr recht wissen, was bei uns ankommt und was nicht.

Neulich lag ich im Bad auf den Knien und bemühte mich, ein Bonbon von der ›Brille‹ zu kratzen. (Bitte fragen Sie nicht, wie es dorthin gekommen ist!) Ich trug Hosen, deren Reißverschluß nur mit einer Sicherheitsnadel zusammenhielt, und eine Trainingsbluse meiner Tochter. Meine Haare sahen aus wie eine im Preis herabgesetzte Zweitfrisur.

Mein Mann schaute durch die Tür herein, ein Päckchen unterm Arm, und sagte: »Ich wußte nicht recht, was ich dir zu Weihnachten schenken soll. Du hast doch schon alles.«

Sprachlos ging ich in die Hocke. Er machte das gleiche Gesicht wie damals an unserem ersten gemeinsamen Weihnachten, als er mir einen Begräbnisplatz gekauft und erläuternd gesagt hatte: »Dieser Gedanke kam mir blitzartig, als ich gestern deinen Schmorbraten aß.«

Dieselbe Miene trug er auch zur Schau, als er mir zu Weihnachten den Gutschein für eine Lungendurchleuchtung überreichte.
Und auch voriges Jahr wieder, als er mir eine Friseurschere schenkte, damit ich den Jungen im Hof die Haare schneiden und ein paar Dollar einsparen sollte. Als ich sie ausgepackt hatte, lief ich weinend aus dem Zimmer. »Was, zum Donnerwetter, hast du denn erwartet«, sagte er indigniert. »Einen Edelstein für deinen Nabel?«
»Und warum nicht?« schluchzte ich vorwurfsvoll.
»Weil ich deine Größe nicht weiß«, gab er zurück.
»Nur einmal«, sagte ich, »solltest du mich anschauen und mich nicht als Haushaltsroboter sehen mit klebrigem Gelee am Ellbogen, Haferflocken im Haar und einer Windelnadel an der Bluse. Einmal ... ach, nur ein einziges Mal ... solltest du mich als das sehen, was ich wirklich bin – als Circe!«
Ich kam mir zwar gemein vor, aber ich mußte rauskriegen, was er diesmal für mich in petto hatte. Ich ging rasch an das Fach im Schlafzimmer, in dem er das Päckchen versteckt hatte. Ich betete: Bitte keinen Gartenschlauch, keinen Käsehobel oder einen Karton Aufbügelflicken. Behutsam griff ich in die Schachtel und hob den Inhalt heraus. Es war ein großer Simili-Edelstein mit einem Zettel dran: »Paßt in jeden Nabel, du neugierige Elster!«

Mehrheitsbeschluß

Seit Jahren sage ich den Schulbehörden, daß sie zur

falschen Jahreszeit Erziehungsfragen aufs Wahlprogramm setzen. Wenn sie die Mütter während der Weihnachtsferien wählen ließen, gäbe es im ganzen Land nur eine Meinung. Mit einem Kind und einem Ball acht Tage in ein Haus eingesperrt zu sein, ist ein Zustand, der die Schulbildung unerläßlich erscheinen läßt.

Ich weiß nicht, was schlimmer ist: ein Kind, das nichts zu tun hat, oder ein Kind, das etwas zu tun hat.

Ein Kind, das nichts zu tun hat, möchte sich darüber aussprechen. Für alle Weihnachtsgeschenke im Wert von 200 Dollar benötigt man Batterien Größe 4 C, und die sind nur in einem Abholmarkt in Japan zu bekommen.

Einladen können die Kinder sich niemanden, denn dann wäre eine ganze Horde beisammen, die nichts zu tun hat. Hinaus können sie nicht, denn dann träfen sie bestimmt jemanden, der auch nichts zu tun hat, und dann wäre es doppelt langweilig.

Hausaufgaben brauchen sie nicht zu machen, auch keine Betten, brauchen die Mülleimer nicht auszuleeren und das Geschirr nicht abzutrocknen, weil ja Ferien dafür erfunden sind, einmal gar nichts zu tun.

Sie können sich nicht vor den Fernseher setzen, denn fernsehen ist etwas, was man tut, wenn man sonst nichts zu tun hat.

Das Kind, das etwas zu tun hat, nervt einen ebenso, denn zu allem, was es unternimmt, braucht es die Mutter.

»Wenn du eben mal fahren und Charlie und Tim abholen könntest und auf dem Heimweg ein bißchen

Eis und Schokoladensirup mitnehmen würdest, könnten wir ›kochen‹ spielen.«
»Wir warten doch nur darauf, daß du uns den Schlitten vom Speicher runterholst, den der Papi unter den Gartenmöbeln verstaut hat, dann lassen wir dich auch bestimmt in Ruhe!«
»Können wir drei Einkochgläser haben, die Räder vom Staubsauger, eine Schachtel Watte, zwei Stück Alu-Folie und eine Banane? Wir haben nämlich eine tolle Idee.«
Wie ich gestern zu meiner Nachbarin Maxine sagte: »Heutzutage wird die Phantasie des Kindes nicht mehr angeregt. Puppen essen und rülpsen, Spielautos fahren 100 Stundenkilometer, Flugzeuge fliegen wirklich, Raketen heben ab, auf den Puppenherden kann man kochen, ihre sonstigen Spielzeuge haben aufleuchtende Lämpchen, und durchs Fernsehen kommen sie überall in der Welt herum. Sie sind einfach gelangweilt.«
»Da hast du recht«, sagte Maxine. »Was hast du heute vor? Machst du einen schönen Mittagsschlaf?«
»Dafür bin ich schon zu groß«, sagte ich. »Kommst du mit, nach Kleingeld in den Sesselpolstern suchen?«
»Nein, das ist langweilig, das haben wir schon gestern getan. Wir könnten uns vor den Gören verstecken.«
»Ach nööö, ohne die ist ein Nachmittag langweilig.«

Selbstgebastelte Geschenke

Vor den Feiertagen tauchen plötzlich Frauen auf, von denen man nicht glauben sollte, daß es sie überhaupt gibt. Um ehrlich zu sein, diesen kongenialen Nicht-

wegschmeißerinnen bin ich mein Lebtag aus dem Weg gegangen. Aus heiterem Himmel bitten sie einen: »Ach bitte, wirf doch die gebrauchten Hühneraugenpflaster nicht weg, ja?«
Sie haben es sich zur Lebensaufgabe gemacht, aus nichts etwas zu machen? Oder ist es umgekehrt?
Neulich aß ich harmlos zu Mittag, da umringten mich plötzlich sage und schreibe drei solcher Abfallaufbereiterinnen. Mir war, als sei ich in einem fremden Land. »Brauchst du noch mehr von den Eis-am Stiel-Stäbchen?« fragte Dorothy.
»Nein, aber ich bin etwas knapp an Klaviertasten.«
»Ich hab' noch ein paar im Keller«, sagte Karen, »wenn du nicht lieber meine Tabasco-Flaschen oder die arthritischen Hühnerbeinchen aufbrauchen willst.«
»Wir räumen mal sämtliche Nippes vom Tisch, dann fangen wir an, Glasscherben von den Heckscheiben für unsere Karaffe zusammenzusetzen«, sagte sie stolz. Dann bemerkte sie mich und fragte: »Und was machen Sie zu Weihnachten?«
»Ich mache mich krank.«
»Nein, nein, ich meine, was machen Sie an Kreativem?« Ich dachte kurz nach. »Ich schlage ein Leintuch um den Christbaumfuß, damit man das Holz nicht sieht.«
(Schweigen.)
»Ich nehme einen nassen Schwamm und befeuchte damit die Briefmarken, ehe ich sie auf meine Weihnachtspostkarten klebe.«
(Niemand rührte sich.)
»Ich habe die Birne in der Kellertreppenlampe ausgewechselt.«

Endlich sprach Dorothy. »Willst du damit sagen, daß du keine Eierschalen aufgehoben hast, um Christbaumschmuck daraus zu machen? Und nicht die getrockneten Apfelreste für Duftkissen und nicht die Kartoffelschalen für Tischdekorationen?«

»Doch, das habe ich alles aufgehoben«, sagte ich.

»Und was hast du daraus gemacht?« fragte sie begierig.

»Müll.«

Die Frauen sahen mich mitleidig-ungläubig an. Aus dem Gefühl meiner Minderwertigkeit heraus wurde ich gehässig. Ich wollte sie schockieren.

»Was sagt ihr dazu, daß ich lastwagenweise alte Kleiderbügel wegwerfe?« (Sie schauderten.) »Und das ist noch nicht alles: Ich denke gar nicht daran, alte Milchpackungen und Spülmittelflaschen aufzuheben!« (Sie zogen erschreckt die Luft ein.) »Und zu Weihnachten verkleide ich nicht mein Klopapier mit etwas Rotem und klebe ihm einen Wattebart an. Was haltet ihr davon?« (Sie wandten sich schweigend ab.)

Sie werden mich erst wieder wohlwollend ansehen, wenn sie erfahren, wofür ich beim Weihnachtsbasar 15 Dollar bezahlt habe: für einen termitenzerfressenen, golden angepinselten Holzklotz, gefüllt mit Geleebonbons an alten Kleiderbügeln – mit Papierhütchen drauf.

11.
Wer bin ich?

Anläßlich meines 40. Geburtstages ging ich zur Kraftfahrzeugstelle, um meinen Führerschein erneuern zu lassen.
Der Mann hinter dem Schaltertisch fragte mich mechanisch nach Name, Adresse, Telefonnummer und schließlich Beruf. »Ich bin Hausfrau«, sagte ich.
Er hielt inne, den Bleistift über dem Formular gerückt.
»Soll das im Führerschein stehen, meine Dame?«
»Liebesgöttin würden Sie wohl kaum glauben, oder?« fragte ich trocken.
Wenn etwas allen Frauen zu schaffen macht, dann das gewisse »Wer bin ich eigentlich?« Wie können wir einem Ehemann, Kindern, einer Waschmaschine dienen, und auch noch dem Gesundheitsamt und einem Kater alles recht machen, der auf dem Fernseher hockt und uns böse anschaut, weil wir ihn haben kastrieren lassen? Und bei alledem sollen wir noch Kräfte für uns selbst übrigbehalten?
Ich habe in meinem Leben mehrere Persönlichkeitsbilder hinter mich gebracht.
Man hat mich als diese Dienstags-Abholerin mit dem Loch im Schal bezeichnet, als die Zehnuhrvoranmel-

dung im Kosmetiksalon, als die mit den Pfadfindersöckchen, aber auch als die Frau, die mal im gleichen Haus wie die Schwägerin von Jonathan Winters gearbeitet hat. Wer also bin ich wirklich?

Ich bin die Frau des Mannes, mit dem keiner tauschen will

Also das war damals eine entsetzliche Blamage. Wir gingen zu einer Einladung in unserer Nachbarschaft und mußten verlegen und beklommen feststellen, daß dort die Ehefrauen ausgetauscht wurden. Ein Paar nach dem anderen verschwand, bis schließlich nur noch mein Mann übrig war. Er spielte Spanish Eyes auf einer fünfsaitigen Ukulele, und ich aß die auf den Papptellern liegengebliebenen Brötchen auf. Als wir dann nach Hause gingen, sprachen wir kein Wort miteinander.

In der Nacht hatte ich einen Traum: Mein Mann und ich mußten plötzlich in einer Welt der Kommunen leben, aber keiner wollte uns. Wir wanderten von einer Gruppe zur anderen und bettelten um Aufnahme in ihre Wahlgemeinschaft, wurden aber aus dem einen oder anderen Grunde überall abgewiesen. In einer Kommune hätten wir es fast geschafft.

Der Anführer musterte uns eingehend und sagte: »In einer Kommune arbeitet jeder nach seiner Leistungsfähigkeit. Einige der Frauen versorgen die Kinder, andere kochen, wieder andere machen sauber, andere pflegen die Wäsche. In welcher Sparte würden Sie gern arbeiten?«

»Sind Stellen für sexuelle Ausbeutungsobjekte frei?« fragte ich.

»Ha!« knurrte mein Mann. »Für diese Bemerkung bekämst du wahrscheinlich den Nobelpreis für Humor.«

Nun wandte sich der Anführer zu meinem Mann. »Und Sie, Sir, welche Talente würden Sie in die Gruppe einbringen? Holzhacken? Feuermachen? Ernten einfahren?«

»Ich kann ›Spanish Eyes‹ auf einer fünfsaitigen Ukulele spielen«, gab er Auskunft.

»Keine unnötige Bescheidenheit«, fiel ich ihm ins Wort. »Er kann außerdem 200 Fußballübertragungen an einem einzigen Wochenende anschauen, ohne zusammenzubrechen. Er kann mit Siegellack Knöpfe an seinem Jackett befestigen und sich unsichtbar machen, wenn der Müll wegzubringen ist.«

»Wir sind eine Gemeinschaft und teilen alles miteinander«, sagte der Anführer milde.

»Hast du's gehört, Harlow?« fragte ich und gab meinem Mann einen leichten Rippenstoß. »Alles miteinander teilen! Das wird nichts für einen, der mit den Wagenschlüsseln ins Bett geht.«

»Faß dich an der eigenen Nase«, bellte er. »Zwölf Jahre waren wir verheiratet, ehe du mich aus deinem Shirley-Temple-Becher hast trinken lassen!«

»Bitte«, sagte der Kommunenführer und hob begütigend die Hand. »Ich glaube ohnehin nicht, daß eine Kommune für Sie beide der richtige Rahmen ist. Sie sind auf verträgliche Weise unverträglich.«

»Was heißt denn das?« fragte mein Mann.

»Das heißt, daß Sie zu sehr verheiratet sind, um in Frieden und Harmonie miteinander zu leben.«
Der Rest des Traumes war Alptraum. Wir sind die letzten beiden altmodisch Verheirateten in einer Welt freier Verbindungen. Wenn wir uns in einem Hotel anmelden, kichern die Liftboys über unser Gepäck. Empfangschefs werden eisig, wenn wir uns als Mr. und Mrs. eintragen und sagen: »Paare wie Sie sind in unserem Hotel unerwünscht.« Unsere Kinder werden von ihren Spielkameraden grausam verhöhnt, die sie umtanzen und dazu singen: »Dein Papi und deine Mami sind verheiratet – yeah, yeah, yeah!«
Die Stimme meines Mannes riß mich aus meinem Traum. »Das ist doch die Höhe: Was soll der Wagen, der in unserer Einfahrt parkt? Da sitzen Leute drin und starren unser Haus an.«
»Dreimal darfst zu raten«, rief ich aus. »Das sind natürlich Touristen aus der Kommune, die sich die verrückten Verheirateten anschauen wollen.«

Ich bin Emma

Meine Schwiegermutter und ich haben ein ausgezeichnetes Verhältnis zueinander. Sie ruft mich Emma, und ich rufe sie an ihrem Geburtstag, Muttertag und Weihnachten *an.* Schon bei unserer Hochzeit, als sie darauf bestand, mit einem Trauerschleier an der Antenne und eingeschalteten Scheinwerfern zu fahren, spürte ich, daß sie mit der Wahl ihres Sohnes nicht vorbehaltlos einverstanden war.
Und doch, Gott segne sie, hat sie Humor, und irgend-

wie haben wir uns zusammengerauft. Sie akzeptiert mich als das, was ich bin: ein Mißgriff. Und ich habe gelernt, mit ihr zu leben, indem ich rechtzeitig Beruhigungsmittel nehme. An einen ihrer Ticks jedoch werde ich mich wohl nie gewöhnen: an die Sache mit dem letzten Seufzer.
Das geht ungefähr so vor sich. Ich fahre den Wagen, sie sitzt neben mir. Aus heiterem Himmel höre ich sie plötzlich nach Atem ringen, leise aufstöhnen, dann sinkt sie in sich zusammen und hält sich den Kopf. Ich warte, doch sie atmet nicht aus.
Als es zum ersten Mal geschah, dachte ich mir,
a) ihre Seele habe den Wagen für immer verlassen;
b) ich hätte an der letzten Tankstelle die elektrischen Fenster zu schnell zuschnappen lassen und den Finger vom Tankwart eingeklemmt;
c) wir würden vom Trichter eines Tornados verfolgt.
Instinktiv trat ich heftig auf die Bremse und hätte sie fast durch die Windschutzscheibe besorgt. Ich wandte mich ihr zu, packte sie an beiden Schultern und schrie hysterisch: »Was ist?«
»Verdammt«, sagte sie, »mir ist eben eingefallen: Ich hab' vergessen, meine Gartentür zuzuschließen.«
Bei späteren Fahrten sollte ich lernen, daß sie wegen Mädchen in zu kurzen Shorts, vollerblüten Rosen, einem halben Kaugummi in der Tasche ihres Regenmantels und der Erkenntnis, daß morgen der Geburtstag ihrer Schwägerin sei, ebenso keuchte und stöhnend nach Luft rang. Ihre Nummer mit dem letzten Seufzer beschränkte sich auch durchaus nicht auf den Wagen.

Während sie vor dem Fernseher saß oder die Zeitung las, rang sie plötzlich hörbar nach Luft, erstarrte, hielt die Hand vor den Mund und sagte dann nur: »Wie halten die Ärmsten in Kalifornien die Hitze nur aus?«
Ich bin wirklich stolz darauf, mit meiner Schwiegermutter in Frieden leben zu können, und sie duldet auch mich. Erst neulich fuhren wir miteinander in meinem Wagen, als sie wieder den Atem anhielt, ihre Tasche umkrampfte und murmelte: »Ach du lieber Gott!«
Ich nahm an, ihr sei gerade ihr Termin beim Zahnarzt eingefallen, fuhr also ruhig weiter und prompt in einen Lastwagen hinein, der rückwärts aus einem Hof stieß. Sie schüttelte den Kopf und schnalzte bedauernd mit der Zunge. »Ich habe versucht, dich zu warnen, Emma, aber du hörst ja nicht.«

Ich bin das Frauchen meines Hundes

Mittlerweile weiß jeder, daß ich das Syndrom des leergewordenen Nestes immer schon gefürchtet habe. Als es endlich Tatsache war, stellte ich zu meiner Überraschung fest, daß es gar nicht ganz leer war. Es gab darin plötzlich einen Hund, der mir – so die Meinung meiner Familie – Gesellschaft leisten sollte. Gesellschaft brauchte ich ungefähr so dringend wie ein Playboy-Leser seine Frau, damit sie für ihn umblättert.
An und für sich war der Hund freundlich, einigermaßen gut erzogen und spielte gern. Er hatte nur eine

Macke. Er mußte 2762 mal pro Tag rein- und rausgelassen werden.
Manche Hunde haben den Grashalmkomplex. Sie können an keinem vorbei, ohne stehenzubleiben und ihm Glanz zu verleihen. Unser Köter konnte nie an einer Tür vorbei, ohne daran zu kratzen, zur Klinke hochzuspringen und zu jaulen, als sei er drauf und dran, überzuschnappen. Am Abend des ersten Tages war ich wie durch den Wolf gedreht. Ich hatte noch nicht den Frühstückstisch abgeräumt, die Betten nicht gemacht, nicht mit der Wäsche angefangen.
»Na, ich wette, du hast den ganzen Tag mit dem Hündchen gespielt«, neckte mein Mann.
»Wie kommst du darauf?« fragte ich.
»Schau doch nur, wie das kleine Mistvieh hopst!«
»Er zielt nach deiner Gurgel. Er will raus.«
»Lächerlich. Er ist ja eben erst reingekommen.«
Schließlich jaulte der Hund so, daß uns fast der Kopf zersprang, und warf sich gegen die Tür.
Automatisch erhob ich mich, öffnete ihm die Tür und ließ die Hand gleich auf der Klinke.
Draußen kläffte er noch einmal kurz: Ich öffnete die Tür, und er war wieder drin.
»Warum wollte der denn wieder rein, wenn du ihn eben erst rausgelassen hast?« fragte mein Mann.
»Warum tanzen die Elfen in der Maiennacht? Warum ist der Papst immer Katholik? Warum wohl?«
Der Hund blaffte, und ich öffnete ihm die Tür.
»Willst du damit sagen, daß das den ganzen Tag so geht?«
Ich nickte, während ich ihm die Tür öffnete und er wieder hereingesprungen kam.

»Ich hab's«, sagte mein Mann und schnippte mit
Fingern. »Wir gehen immer dann raus, wenn er r
kommt, und wenn er rauswill, gehen wir rein. Auf diese Weise verwirren wir ihn so, daß er nicht mehr weiß, ob er drin oder draußen ist.«

Als wir draußen auf der dunklen, kalten Veranda mit den Pfoten an der Tür scharrten, um reinzukommen, versuchte ich mir klarzuwerden, wann ich etwas falsch gemacht hatte.

Ich glaube, es war damals, als meine Mutter sagte: »Greif ihn dir, du wirst auch nicht jünger.«

Eine Mutter fürs Gröbste

»Was um Himmels willen hängt da über deinem Wäschepuff?« fragte Mutter. »Sieht ja aus wie ein Basketballreifen aus einem zurechtgebogenen Kleiderbügel.«

»Es *ist* ein Basketballreifen aus einem zurechtgebogenen Drahtbügel«, sagte ich.

»Sieht ja gräßlich aus.«

»Du hast gut reden,« entgegnete ich. »Du brauchst auch nicht mit bloßen Füßen durch schmutzige Unterwäsche zu waten oder überall Dinge zu finden, die in die Wäsche gehören. Wenn die Jungen erst besser werfen, ist das Gröbste geschafft.«

»Und was ist das da?« grollte sie.

»Ach, du meinst die Stange oben in der Tür, an der du dir den Kopf angestoßen hast? Das ist eine Art Übungsreck, damit die Jungen ihre Muskeln trainieren können.«

»Und was soll das Plättbrett?« beharrte sie. »Wirst du es denn nicht leid, dauernd darüber zu stolpern? Soll ich es nicht wegnehmen?«

»Weswegen?« fragte ich. »Wir ziehen ja nicht um.« Mutter weiß eben nicht mehr, was es heißt, in einem Haus mit Kindern von heute zu leben. Auch ich habe früher dagegen angekämpft. Ich war einmal so naiv zu glauben, daß Eßbares in den Kühlschrank gehört, ein Fahrrad ohne Räder etwas zum Wegwerfen ist, und wenn man acht Leute zum Dinner einlüde, müßten alle acht Gläser zusammenpassen. Ich muß verrückt gewesen sein, als ich dachte, ich könne einen antiseptisch sauberen Haushalt führen und das ohne Geld und Hilfe. Doch dann jobbte ich eines Tages in einer Cafeteria mit einer Mutter von sechs Kindern, und die sagte mir etwas Beherzigenswertes: »Ich bin neugierig, wie sich meine Kinder einmal meiner erinnern werden. Als die Mutter, die nie Schmutzränder in der Badewanne duldete, oder als die, mit der man so herrlich Popcorn im Wohnzimmer rösten konnte? Werden sie noch wissen, in wie vielen Clubs ich Vorstand war? Oder nur noch, daß ich ihnen nach der Schule frische Pfannkuchen gebacken habe? Werden sie noch daran denken, wie geschmackvoll das Blau der Polster zu den Wohnzimmersofakissen gepaßt hat, oder nur noch, daß ich ihre Zeichnungen für Mami an die Wand gehängt habe? Komisch«, sagte sie, »ich stamme aus einer kinderreichen Familie und habe keine Ahnung mehr, welche Farbe mein Schlafzimmer hatte, oder ob nasse Fußstapfen im Korridor waren oder der Abdruck dreckiger Finger rings um die Lichtschalter. Ich erin-

nere mich nur noch an viel Gelächter, viel Liebe, an den verrückten Basketballreifen, den meine Mutter aus einem Kleiderbügel zurechtgebogen und über den Wäschekorb montiert hatte, und daß sie immer *da* war, wenn wir ihr dringend etwas erzählen mußten.«
Ich brauche wohl nicht erst zu erwähnen, daß mir bei diesem Bericht die Tränen kamen. So eine Mutter wollte ich sein!
Gestern stapelte ich die Plätzchen zu Pyramiden und wartete darauf, daß die Kinder aus der Schule kamen. Da ging das Telefon. »Mami? Ich bin mit Greg heimgefahren, im Bus. Wir üben Basketball und blödeln noch ein bißchen rum.«
»Ja, aber . . . wann kommst du denn dann heim?« fragte ich seelenvoll.
»Weiß nicht. Sein Bruder fährt mich dann.«
»Weißt du, was ich heute gemacht habe?« fragte ich munter.
»Jetzt nicht, Mami. Sag es mir, wenn ich komme.«
»Aber bis dahin vergesse ich es.«
»Schreib's auf.« (Klick, eingehängt.)
Ich aß ein Plätzchen und behielt die Uhr im Auge. Die Tür öffnete sich, und ich begrüßte unsere Tochter.
»Da bist du ja. Weißt du, was ich heute im Ausverkauf ergattert habe?«
»Erzähl es mir, während ich mich umziehe«, rief sie.
»Umziehe? Gehst du denn noch mal weg?«
»Ja, in die Bibliothek. Die haben mir da ein paar Bücher reserviert, die ich heute abholen muß.«
»Hast du nicht mal Zeit für ein Glas Milch und Plätzchen und ein Gespräch mit einer Mutter, die für dich Zeit hat?«

»Nein. Ich halte Diät. Iß du die Plätzchen, aber verdirb dir nicht den Appetit aufs Abendessen.«

»Allein essen macht keinen Spaß. Kann ich dich begleiten?«

»Du würdest in die Bibliothek passen wie die Faust aufs Auge. Nachmittags sind dort nie Erwachsene.«

Ich aß noch ein Plätzchen und wartete auf das Eintreffen meines zweiten Sohnes.

»Ist Post gekommen?« fragte er.

»Ja, etwas Merkwürdiges, sieht aus wie ein Bild. Hab' ich dir erzählt, was der Fleischer heute Komisches gesagt hat?«

»Mann, das ist Jim O'Briens Autogramm, hab' ich mir bestellt. Ich muß sofort Pete anrufen. – Geh doch in die Küche, ja?«

Da saß ich nun, klein und häßlich. So werden wir Mütter natürlich nie etwas. Wenn sich kein Mensch um uns kümmert, kein Mensch nach der Schule mit uns Gemeinschaft pflegt, niemand uns das Gefühl vermittelt, ein sinnvolles Dasein zu führen. Kein Wunder, daß wir in hellen Haufen in den Schönheitssalons herumhängen. Clubs beitreten und ausgedehnte Lunchs mit kalorienreichem Nachtisch zu uns nehmen. Wen interessiert es schon? Ich riskierte einen letzten Versuch, mit meiner Mütterlichkeit Erfolg zu haben, stellte mich vor die verschlossene Badezimmertür und rief meinem Sohn zu: »Ich hab' noch was vergessen. Bist du hier drin?«

»Wer ist da?« fragte er.

»Mami.«

»Was für 'ne Mami?«

Die Kameliendame

Eine Freundin verriet mir neulich ihr Geheimnis. Wenn sie in eine unangenehme Situation gerät, nimmt sie ihre Zuflucht zur Schauspielerei. Sie tut, als sei das Ganze nur eine Rolle in einem Stück, und ›spielt‹ die Szene.

»Du spinnst«, sagte ich.

»Wir spinnen alle«, gab sie zurück. »Ich habe dich beobachtet, wie du dich aufführst, wenn dein Mann ein paar Tage wegfährt. Ich weiß zwar nicht, wer du dann bist, aber in keinem Fall du selbst.«

Sie hatte natürlich recht. Um genau zu sein, bin ich sogar mehrere Gestalten, wenn mein Mann wegfährt. Während ich noch in der Einfahrt stehe, in ein Tuch gehüllt, und die Kinder an mich drücke, um sie gegen den eisigen Wind zu schützen, bin ich die tapfere junge Mutter aus *Little Women.* Auf meinen zarten Schultern ruht die Verantwortung für die Familie. Ich spiele mir die Seele aus dem Leib. »Gottes Segen«, rufe ich ihm nach. Und sage dann zu den Kindern: »Und nun kommt alle ins Haus, wir wollen im Chor singen und Popcorn rösten.«

Am zweiten Tag allein mit den Kindern, bin ich nicht mehr ganz so wacker. Ich stelle mir vor, wie sich der Kerl in seinem Luxus-Motel amüsiert, und ziehe meine Belle-Watling-Nummer ab. Das ist die zwielichtige Person in *Vom Winde verweht.* Ich war – so rede ich mir ein – immer nur eine vorübergehende Laune von ihm, und nun ich ihm drei Kinder geboren, hat er mich verlassen und jagt nach Flitter und Flittchen in der

fernen Stadt. Bilde ich es mir nur ein, oder hat man mir am Fleischtisch im Supermarkt wirklich eine kalte Schulter gezeigt?
Aber meine Paraderolle ist doch die Kameliendame? Die spiele ich erst, wenn ich den vierten Tag allein bin. Dabei sieche ich dahin, schleppe mich nur mühsam in Bademantel und Pantoffeln durch den Vormittag, und wenn der Mechaniker sagt: »In der Pumpe Ihrer Waschmaschine war eine Trainingshose, das macht 34 Dollar«, hüstele ich nur und seufze: »Ach, das ist nun auch schon gleichgültig.« Am fünften Tag haben meine Kinder mich an die Wand gespielt und wissen es auch. Disziplin und Vernunft sind dahin. Das Darstellen einer fiktiven Gestalt hat jeden Reiz verloren. Und wenn dann mein Mann vorfährt, komme ich ihm – einen Kranz aus Plastikblumen im Haar – entgegen und zerpflücke meine Schürze in lauter kleine Fetzen.
»Und wer bist du heute?« fragt er.
»Ophelia«, sage ich kurz angebunden.
»So schlimm war es?« fragt er.
»Noch schlimmer.«

Ich bin ein Begriff

Meine Nachbarin sagte, seit ich eine Kolumne in der Zeitung schriebe, sei ich ein Begriff.
»Ach, Sie meinen so etwas Weißmacher, Zellulitis und Midlife-crisis?«
»Nein, nein« sagte sie, »so was wie Wilde Frische, Energiesparen und Reifenbewußtsein.«

»Ist das nicht übertrieben?« gab ich zu bedenken.
»Fragen Sie doch jemand, was ein Bombeck ist, er hält es bestimmt für einen ausgestorbenen Laufvogel.«
»Da irren Sie sich, meine Liebe«, meinte sie, »Sie haben eine riesige Gemeinde.«
Bescheiden, wie ich bin, wollte ich ihre Theorie testen, als ich vom Flughafen Philadelphia aus zu Hause anrief.
»Hallo, Vermittlung: Hier spricht Erma Bombeck. Ich bin ein Begriff und wollte ...«
»Ist Begriff der Vor- oder der Nachname des Fluggastes?« fragte die Vermittlung.
»Weder noch, ich habe nur Spaß gemacht. Hier spricht Erma Bombeck, und ich brauche ...«
»Steinbeck?«
»Nein Bombeck. B wie Berta.«
»Berta Begriff Bondack. Haben Sie die Telefonnummer der Dame?«
»Nein, nein, ich will keine Berta Begriff-Bondack sprechen.«
»Sie wollen also per Direktwahl anrufen. Wenn Sie die Vorwahlnummer der Stadt nicht wissen, rufen Sie die Auskunft an, 555 –«
»Vermittlung, halt! Vermittlung, hängen Sie nicht auf!« (Ich mußte neu wählen.) »Vermittlung, ich möchte ein R-Gespräch. Mein Name ist Erma Bombeck. Nein, nicht Ernie, E wie Edna und dann – r – m – a – Bombeck.«
»Bomberg? Bromfield? Brombreck. Bitte buchstabieren Sie noch einmal, Miß Beckbomb.«
»Hören Sie! Mit Brombreck sind Sie schon ganz dicht!

Damit machen wir weiter. Ich versuche, ein R-Gespräch mit zu Hause zu bekommen. Die Nummer ist . . .«

Nun sprach das Telefonfräulein. »Ich habe hier ein R-Gespräch von einer Mrs. Edna Brombecker«, hörte ich sie sagen.

Daheim war mein Sohn am Apparat. »Die will bestimmt meine Mutter sprechen, aber die ist nicht zu Hause. Die ist in Philadelphia.«

»Liebling«, schrie ich, »ich bin's, Mami. Nimm das Gespräch an.«

»Meine Mutter ist jetzt nicht zu Hause. Kann ich ihr was ausrichten?«

»Ja«, schrie ich, »Ruf Mrs. Erma Bombeck an, unter der Nummer . . .«

»Wie schreibt man den Nachnamen?« fragte er mißtrauisch. Ich hängte auf und blieb wie betäubt sitzen. Die Meinung meiner Nachbarin in allen Ehren, aber ein wirklicher Begriff bin ich noch nicht.

12.
Nun aber mal im Ernst

Die Zeit.
Sie bedrückt die Gelangweilten, sie fehlt den Geschäftigen, sie fliegt für die Jugend, und für die Alten läuft sie aus.
Über die Zeit wird gesprochen, als sei sie ein Fabrikationsartikel, ein Gebrauchsgegenstand, den einige sich leisten können und andere nicht, einige nutzen, andere verschwenden.
Wir wünschen sie uns glühend, wir verfluchen sie. Wir vertreiben sie. Wir verschwenden sie. Ist sie ein Freund? Ein Feind? Wir ahnen, daß wir sehr wenig darüber wissen. Um sie und ihre Möglichkeiten kennenzulernen, sollten wir sie vielleicht mit den Augen eines Kindes sehen.
»Als ich klein war, da hat mich der Papi immer in die Luft geworfen und wieder aufgefangen, und dann habe ich gelacht und gelacht, bis ich nicht mehr konnte, aber dann hat er den Filter vom Zentralheizungsofen auswechseln müssen und hatte keine Zeit mehr.«
»Als ich klein war, wollte die Mami mir eine Geschichte vorlesen und ich sollte immer die Seiten umblättern und tun, als ob ich lesen könnte, aber dann

mußte sie den Badezimmerboden aufwischen und hatte keine Zeit mehr.«

»Als ich klein war, wollte der Papi in die Schule kommen und zuschauen, wie ich in einem Theaterstück auftrete. Ich war der vierte der Heiligen Drei Könige für den Fall, daß einer von den dreien krank wird, aber dann hatte er einen Termin bei der Reparaturwerkstatt für eine Generalüberholung, und das hat dann doch länger gedauert, als er erst meinte, und dann war keine Zeit mehr.«

»Als ich klein war, wollten Oma und Opa mal zu Weihnachten kommen und schauen, was ich für ein Gesicht mache, wenn ich mein erstes Fahrrad kriege, aber Oma fand niemanden, der die Hunde fütterte, und Opa fand das Wetter zu schlecht, und überhaupt hatten sie keine Zeit.«

»Als ich klein war, wollte ich mal der Mami meinen Aufsatz vorlesen. Was ich werden will, wenn ich groß bin . . . aber es war gerade die Sendung Montagsfilm, und Gregory Peck war immer ihr Liebling, und da hatte sie keine Zeit.«

»Als ich größer war, wollten Vater und ich mal ein Wochenende zusammen fischen gehen, nur wir zwei, und wir wollten im Zelt schlafen und Fische braten mit den Köpfen dran, wie es immer auf den Taschenlampenreklamen abgebildet ist, aber im letzten Moment mußte er dann doch den Rasen düngen, und dann war keine Zeit mehr.«

»Als ich größer war, wollten wir immer mal von uns allen ein Weihnachtsfoto machen, aber mein Bruder hatte Balltraining und meine Schwester die Haare auf

Lockenwicklern, und Vater sah sich eine politische Sendung an, und Mutter mußte die Küche aufräumen. Es war nie Zeit.«

»Als ich erwachsen war und von zu Hause wegging, weil ich heiratete, wollte ich mich vor der Trauung noch mal mit den Eltern zusammensetzen und ihnen sagen, wie lieb ich sie habe und wie sehr ich sie vermissen würde. Aber Hank (mein Brautführer, ein ulkiger Heini) hat dauernd vor dem Haus gehupt, und danach war keine Zeit mehr.«

Drei Liebesbriefe

Für Kinder ist das Bedürfnis, sich geliebt zu wissen, ganz natürlich. Ich habe Frauen immer bewundert, die ihre Kinder streicheln durften, ohne daß die zurückzuckten. Da ich auf Papier hemmungsloser bin als in der Wirklichkeit, schrieb ich folgende drei Briefe, die meine Kinder in ihre Alben einkleben können, wenn sie wollen.

An den Ältesten

Du warst mir immer der liebste, weil du ein Wunder warst, das erste Wunder, die Genesis unserer Ehe, die Erfüllung junger Liebe, die Verheißung der Unsterblichkeit. Du hast uns durch die mageren Jahren hindurchgeholfen. In der ersten notdürftig möblierten Wohnung, unserem ersten Transportmittel (den eigenen Beinen) vor dem ersten winzigen Fernsehapparat, an dem wir 36 Monate lang abzahlten.

Du trugst ladenneue Sachen, hattest unabgenutzte

Großeltern und mehr anzuziehen als eine Barbie-Puppe. Du warst das Modell, das Original für uns unsichere Eltern, die versuchten, mit Bazillen zurechtzukommen. Du bekamst püriertes Kalbfleisch, offene Sicherheitsnadeln und mußtest nach Tisch drei Stunden schlafen. Du warst der Anfang.

An das mittlere Kind

Du warst mir immer das liebste, weil du in der Familie so etwas wie eine Niete gezogen hast und das dich nur stärker gemacht hat.
Du hast weniger geweint, hattest mehr Geduld, trugst ausgeblichene, verwaschene Sachen und hast nie in deinem Leben irgend etwas als erster getan, aber gerade das machte dich zu etwas Besonderem. Du bist das Kind, bei dem wir es billiger gaben und begriffen hatten, daß du den Hund auf die Schnauze küssen konntest, ohne krank zu werden. Du konntest auch eine Straße allein überqueren, lange ehe du groß genug warst, um zu heiraten, und du durftest manchmal mit ungewaschenen Füßen ins Bett gehen, ohne daß die Welt unterging.
Da warst das Kind unserer ehrgeizigen, vollbeschäftigten Jahre. Ohne dich hätten wir die Stellungswechsel nicht geschafft, die Häuser, die wir uns eigentlich nicht leisten konnten und den täglichen Trott, aus dem eine Ehe besteht.
Du warst die Fortsetzung.

An das jüngste Kind

Du warst mir immer das liebste, weil alles Letzte so traurig ist, du aber eine solche Freude warst. Du hast alles willig hingenommen: die milchverklecksten Lätzchen, das untere Bett, den Baseballschläger mit dem Sprung, das leere Babyalbum, zwischen dessen Seiten jemand ein Rezept für Obstkuchen gestopft hat.
An dir haben wir uns aufgerichtet. Denn du bist das Bindeglied zur Vergangenheit, die die Zukunft rechtfertigt.
Du bewahrst unser Haar vor dem Ergrauen, beschleunigst unseren Schritt, stärkst uns den Rücken, verbesserst unsere Sehkraft und schenkst uns den Humor und die Sicherheit, die Ruhm und Berufserfolge nicht schenken können.
Selbst wenn dein Haaransatz schon der Uferlinie des Erie-Sees gleichen und deine Kinder einen Kopf größer sein werden als du, wirst du für uns noch immer »der Kleine« sein.
Denn du warst der Höhepunkt.

Quando Natàlia tornò a Barcellona, preferì andare a casa di sua zia Patrícia, che viveva all'angolo tra Gran Via e carrer del Bruc. Suo fratello Lluís, sposato da diciott'anni con Sílvia Claret, abitava in un appartamento su due piani nella parte alta della città, in carrer de Calvet, vicino a Via Augusta. Non sarebbe andata comunque a casa del fratello, e non tanto per Sílvia, con cui se non altro condivideva la passione per la cucina, quanto per Lluís. In quei dodici anni di assenza Natàlia aveva dimenticato parecchie cose, eppure non riusciva a togliersi dalla testa il sorriso beffardo del fratello mentre, sfrecciando in macchina, l'accompagnava alla clinica. Natàlia rischiava la setticemia, vuoi scopare?, fa' pure, ma prima rifletti e usa la testa, le aveva detto, mentre lei si contorceva per i dolori al basso ventre.

A Natàlia l'aeroporto sembrò più grande, più luminoso e molto più animato di quanto si aspettasse. Vi si aggirava gente di ogni tipo, c'era movimento, e i pannelli luminosi indicavano di continuo nuove partenze e nuovi arrivi. Mentre aspettava che il tapis roulant le portasse la valigia e le due borse, "che misero bagaglio", Natàlia osservava distratta le persone attorno a lei. Per fortuna l'uomo che le aveva parlato dei notevoli benefici derivanti dall'acqua di colonia Puig, «la esportiamo in tutta Europa, un'acqua di colonia catalana che ha conquistato il mondo intero», si era messo all'estremità opposta. Le due suore irlandesi guardavano di sbieco e attendevano, una addossata all'altra. La donna dalle labbra rosso fuoco, come un'indossatrice degli anni Cinquanta, guardava animata le vetrate che si affacciavano sulla hall degli arrivi, "chissà se sta cercando qualcuno". Il signore che leggeva il "New Statesman" con la pipa in bocca e l'aria da professore del British Institute confrontava il proprio orologio con quello dell'aeroporto. Infine arrivarono i bagagli e, più o meno assonnati, i passeggeri simili a formiche si diressero disciplinati verso le porte dell'uscita. Natàlia Miralpeix esitò un istante: poteva prendere l'autobus dell'Iberia, che l'avrebbe lasciata a plaça d'Espanya, o un taxi. Le erano rimaste poche sterline, pochissime, "povero Jimmy, tutto il suo capitale", ma per fortuna la sterlina era sempre più forte e all'aeroporto di Heathrow le avevano fatto un cambio vantaggioso.

Alzò il braccio e fermò un taxi. Si voltò per dare un'ultima occhiata all'aeroporto. Riconobbe le linee magiche e considerate infantili di Miró e sorrise, "sono a casa". Salì in macchina, «Gran Via angolo Bruc, per favore». Nello specchietto retrovisore scorgeva gli occhi color grigio scuro del tassista. Occhi che di tanto in tanto la scrutavano furtivi, "che aspetto avrò? È così strano che una donna di quasi quarant'anni viaggi da sola? Saranno i blue jeans...". Era stato Jimmy, che girava più stracciato di lei, a farle comprare quei pantaloni al mercato di Portobello. Se c'è una cosa che hai di bello è il culo, le aveva detto, hai un culo da torero e i pantaloni più sono stretti meglio è. Il cielo era di quel grigio compatto e pesante che compariva spesso nella primavera barcellonese. Sembrava che d'un tratto le nuvole cominciassero a calare lentamente fino a toccare le fronde degli alberi. Era un cielo da mal di testa, da torpore. Ci vorrebbe un bell'acquazzone, disse il tassista mentre i suoi occhi si rivolgevano verso Natàlia. Gli vedeva soltanto la nuca bassa e rugosa, una nuca che si increspava in piccole pieghe fino all'attaccatura delle spalle e, nello specchietto, scorgeva la fascia del viso che va dalla fronte alla parte superiore del naso. Il paesaggio era punteggiato di cimiteri di macchine, sfumature varie di grigio e di marrone, motori sventrati, carrelli metallici del supermercato, foglie impolverate, cunette smottate, alberi moribondi e l'eremo di Bellvitge, inghiottito da giganteschi blocchi di case. Natàlia guardò i cipressi dell'eremo, ricoperti di polvere, e pensò ai giorni dai toni giallastri in cui il padre la portava lì. Le macchine passavano veloci, quasi rasente al taxi, "mi avevano avvisato: vedrai che girano molti più soldi". Natàlia tirò su il finestrino.

Due giorni prima avevano ucciso Puig Antich, e Natàlia si ripeteva che non era così sciocca da aspettarsi chissà quale atmosfera. Ricordò gli occhi afflitti di Jenny, la nuova amica di Jimmy. "Ero andata a dirgli addio. La sera prima gli avevo cucinato il pollo arrosto, che mi viene benissimo. Prendi il pollo, te lo fai svuotare, ci infili dentro due dadi, il Maggi o uno simile, e un limone senza estremità." L'aveva spiegato a Jenny perché a Jimmy quel piatto piaceva molto. Cucini davvero bene, Natàlia, le diceva spesso lui quando vivevano insieme a Bath. "Mi sono presa una sbronza di sangria, forse ho esagerato con il gin. E lo sapevo che mi sarebbe venuto un attacco di fegato. Non posso mangiare tutto quel riso, mi gonfia la pancia e faccio fatica a digerire. I polli inglesi, poi, sono molto più grassi dei nostri. Prima della sangria ho bevuto tre bicchieri di sherry e, dopo, quel vino rosso terribile che vendono nei pub, in bottiglie enormi. Jimmy però voleva la sangria..." Ci stiamo dicendo addio, *isn't it?*, anche se c'è Jenny... Anche se c'era Jenny, Natàlia aveva preparato il pollo arrosto con dentro un limone, e Mrs Jenkins era stata molto gentile a lasciarle il forno per cuocerlo. *My dear, I see...* le aveva detto la grassottella Mrs Jenkins con un sorriso pieno di comprensione. Gli inglesi capiscono ogni cosa e ti prestano il forno, se di mezzo c'è un addio. Quella sera Jimmy fu gentile e la baciò due o tre volte, un po' sul serio un po' per scherzo. Jenny apparecchiò la tavola e scaldò prima i piatti perché non mangiassero il pollo con il riso freddo. La serata fu *very nice, indeed,* e Natàlia ebbe modo di capire che Jimmy era davvero cambiato. Adesso aveva il lavoro dei suoi sogni nella città in cui era nato, Liverpool, e avrebbe ricordato il periodo trascorso insieme nella piccola città di Bath «come uno dei più meravigliosi della mia vita, te lo giuro», e aveva pronunciato quell'*I promise you* talmente serio e concentrato che Natàlia non poté fare a meno di ridere. Gliel'aveva detto mentre prendevano il *cream tea* con gli *scones,* i dolcetti scozzesi, nella Pump Room, il salone dal soffitto neoclassico e con gli ampi finestroni che davano sulle antiche terme romane. Mentre Jimmy spalmava burro e marmellata sopra uno *scone,* Natàlia gli diceva che Jenny era semplicemente incantevole e, non c'era bisogno di aggiungerlo, era la donna giusta per lui nella nuova tappa della sua vita. Era più che evidente. Jenny sembrava uscita da un quadro di Hogarth, le guance di un rosa tenue, il mento deciso, occhi da gattina, bruna, e un naso che arrossiva spesso. La pelle delicata e bianca, sempre sul punto di screpolarsi. Quando l'aveva conosciuta, Natàlia pensò che aveva l'indubbio merito di essere bruna e minuta, di possedere occhi vivaci e allegri e, soprattutto, un naso da topolino che diventava rosso al minimo accenno di freddo. Un film inglese lo si riconosceva subito, e non soltanto per i prati infiniti e per le case a mattoncini, ma anche dal naso delle attrici. Un naso come quello di Samantha Eggar nel *Collezionista,* il film che aveva fatto innamorare Natàlia del quartiere di Hampstead, non era facile da dimenticare. È proprio necessario che tu parta?, le chiese Jimmy mentre spalmava la crema sul dolcetto scozzese. Natàlia gli disse di sì, e glielo ripeté mentre passeggiavano lungo il fiume Avon – i cigni la fecero piangere, non avrebbe saputo dire perché –, Natàlia credeva di sì, che doveva partire, tornare a Barcellona. Se non lo faccio adesso non lo farò mai più, sono quasi dodici anni che vivo lontana da casa. Perché torni, Natàlia?, fece lui, e lei rispose, non lo so.

Natàlia tornò a casa di Jenny il giorno dopo la cena di addio. Aveva lasciato lì il piatto da portata del pollo e doveva restituirlo a Mrs Jenkins. Era stato in quel frangente che Jenny le aveva detto, ho sentito alla radio, pare che abbiano giustiziato un anarchico spagnolo, Puciantik o qualcosa del genere. Natàlia si lasciò cadere il piatto in grembo – quella mattina si era comprata una gonna lunga di velluto nero, l'ultima, si era ripromessa – e si sedette sul bracciolo di una delle poltrone davanti al caminetto di Jenny. All'inizio Jimmy le aveva detto che non sarebbe andato a vivere a casa di Jenny, però lei aveva un piccolo giardino, una tentazione, perché a volte ci capitava qualche gabbiano smarrito che arrivava dal mare. In fin dei conti, mancavano soltanto quattro settimane alla sua partenza per Liverpool e molto probabilmente sì, alla fine avrebbe sposato Jenny. Jenny aveva la stessa età di Jimmy, venticinque anni, era naturale. Natàlia rimase per un bel pezzo senza dire niente. Jenny si allarmò e spalancò quei suoi occhi da gattina. Non sapeva cosa fare, perché Natàlia non apriva bocca. *Oh my dear! Did you know him?*, chissà cosa passava per la testa di Jenny nel vedere Natàlia in quello stato.

Il fatto è che Natàlia non poteva raccontarle niente. Le poteva dire, sai, è come la storia della madeleine di Proust, questa morte, proprio adesso che sto per tornare... Perché Natàlia era partita lo stesso anno della sollevazione nelle Asturie – Emilio e lei avevano cantato fino a perdere la voce *Asturias, patria querida* e *Astúries, llibertat!* giù per la Rambla di Barcellona – e dell'arresto di Julián Grimau. Quel Grimau che avrebbero giustiziato l'anno dopo e che aveva detto che la sua morte sarebbe servita come esempio, che sarebbe stato l'ultima vittima del fascismo... E ora uccidevano Puig Antich. Sai che Puig Antich è stato arrestato vicinissimo a casa tua, nel nostro quartiere? Pensa, nel pacifico e tranquillo Eixample, le diceva in una lettera Blanca Cortades, l'unica persona di Barcellona che le aveva scritto con una certa regolarità nei suoi dodici anni di esilio volontario a Parigi e a Londra. Il soggiorno a Roma Natàlia non lo contava come esilio perché erano stati tempi felici assieme a Sergio e, in più, non aveva dovuto mai lavorare perché Sofía de Cuernavaca, la zia di Sergio, gli aveva lasciato una cospicua eredità. I giorni che Natàlia aveva trascorso con Sergio a Trastevere erano verdi, e non avrebbe mai dimenticato le passeggiate tra i vecchi palazzi del Rinascimento disseminati di panni stesi, i gatti che guizzavano tra le rovine, l'erba che si arrampicava fino a dentro le finestre del Cinquecento, l'intonaco ocra sbiadito delle case. Era stata una stagione di amore e di malinconia, ma quella era un'altra storia... Insomma, Blanca le aveva raccontato per filo e per segno l'intera vicenda di Puig Antich e dei giovani anarchici, ma secondo lei non l'avrebbero ucciso. Stando a certe voci, all'ultimo momento sarebbe arrivato l'indulto, visto che si era mobilitato chiunque, dall'abate di Montserrat fino al papa. E così, settimana dopo settimana, al venerdì si riuniva il Consiglio dei ministri, ma né Franco né il suo governo emettevano il verdetto definitivo. Lo lasceranno morire, rifletteva Blanca, non lo possono uccidere proprio adesso che, a quanto dicono, stiamo entrando nel Mercato comune. Il padre di Blanca, giornalista di fama, pensava però che, mentre le forze di sinistra erano sicure che non avrebbero ucciso Puig Antich, quelle di destra – e non la destra estremista, bensì quella civilizzata – temevano che invece ci sarebbe stata una condanna a morte. Come vedi, proseguiva Blanca, mio padre continua a credere che la sinistra di questo paese sia troppo ingenua. Qui, diceva, il clima passa di continuo dalla calma all'angoscia, però tutti si aggrappano all'indulto. Non è possibile che lo uccidano, ripeteva nell'ultima lettera.

La domenica dopo l'esecuzione, e il giorno prima di lasciare l'Inghilterra, Natàlia andò a Reading. Era una giornata bellissima. Il cielo era limpido e i prati brillavano verdi. Le coppie inglesi passeggiavano lungo il Tamigi e i cigni scivolavano signorili sull'acqua. I bambini e i cani si inseguivano a vicenda sulla riva erbosa e ruzzolavano fino a confondersi. Natàlia fotografò ogni cosa: i prati che incalzavano il fiume, le barche e i bambini, i cani e i cigni, il ponte, le case di mattoni rossi e la prigione di Reading. Accanto a una delle fabbriche più vecchie della contea si ergeva la fortezza, un carcere vittoriano piuttosto cupo, con torrette ai quattro angoli e un ingresso enorme che sembrava il portale di un castello. Alla ricerca di "quella esigua striscia d'azzurro che i prigionieri chiamano il cielo" si era aggirato in quella fortezza il condannato a morte di Oscar Wilde. "Orrendo a vedersi è l'albero della forca con le sue radici morse dalle vipere e, sia pur verde o secco, un uomo deve morire prima ch'esso rechi il suo frutto." Natàlia, che avrebbe voluto scrivere cosa provava in quel momento, cercò un angolino che accogliesse la luce di un giorno così bello e pensò a Puig Antich, che non avrebbe più recato alcun frutto. Era stato Jimmy a parlarle con tanto fervore di Oscar Wilde, lo scrittore che aveva scoperto "la vita quando iniziava a perderla". "Afferrammo la preghiera che il laccio del boia mozzò in un grido di spasimo. E tutto il dolore che lo scosse talmente da farlo erompere in quel grido spaventoso e il suo lancinante rimorso e i suoi sudori di sangue – nessuno li conobbe al pari di me, perché colui che vive più di una vita deve morire anche più d'una morte."

Quella domenica faceva caldo, Natàlia lasciò sul prato la Leika di seconda mano e si stese a riposare. Guardò la volta azzurra, sterminata, e le quaglie che si infilavano e uscivano dai salici piangenti svolazzando in cerchio. Come ogni domenica, aveva comprato il "Sunday Times". Accanto a Wilson, che accarezzava come sempre il suo cane e come sempre teneva in mano la pipa, e accanto all'ineffabile e lattiginoso Jeremy Thorpe che, a soli quindici anni, passeggiava in cappello e cilindro per Eton con i suoi, c'era la notizia della morte di Puig Antich e del polacco Heinz Chez. "*Two police killers garrotted in Spain*", i primi civili giustiziati dopo ben undici anni. Quando Natàlia era partita dalla Catalogna, Puig Antich aveva tredici anni.

Dimmi, Natàlia, le domandò Jenny quella sera – si erano riviste a casa di Henry, che era nato a Gibilterra – cos'è la garrota? E Jimmy, che sapeva sempre tutto, rispose: la garrota è formata da un cerchio di ferro, un panchetto e un palo anch'esso di ferro. Legano la vittima al panchetto, che è attaccato al palo. Gli mettono il cerchio attorno al collo, e il boia lo stringe forte facendo girare una manovella che spezza la spina dorsale del condannato. L'ho letto oggi sull'*Enciclopedia Britannica*, precisò. E il collo fa "craaac", aggiunse Henry guardando Jenny, per vedere la sua reazione. Ah, sta' zitto, è terribile!, disse lei.

Natàlia era andata a Reading perché prima di lasciare l'Inghilterra voleva dire addio allo zio di Jimmy, Mr Philip Hill. Era ancora presto quando arrivò a casa sua, c'era una nebbiolina bassa e il giorno si sarebbe svegliato più tardi. Mr Hill stava tagliando il prato del giardinetto e si sfilò cerimonioso i piccoli guanti di gomma per stringerle la mano. Era la prima volta che lo faceva. Non sarà l'ultimo addio, vero?, le disse zio Philip, un uomo grassottello e dal volto linfatico. Aveva una carnagione color pesca e gli occhi di un'acquosità trasparente. Natàlia disse, oh no, credo di no, e poi non seppe che cosa aggiungere, e dire che Mr Hill le aveva dato tanto, più di chiunque altro a questo mondo: le aveva insegnato una professione, la fotografia, le aveva fornito gli strumenti per guadagnarsi da vivere. Nessuno, neppure Sergio che l'aveva amata, né Jimmy che le aveva fatto scoprire il piacere dei sensi, né Emilio che le aveva aperto gli occhi, nessuno le aveva dato qualcosa di così prezioso come il buon zio Philip, che non conosceva quasi nulla del suo paese e del suo passato. Natàlia adesso sapeva che poteva essere davvero indipendente, e scegliere gli oggetti e le circostanze della sua vita. Altrimenti, si diceva, che dovrei farne dei miei trentasei anni? O prostituta o moglie. Ovvio che zio Philip non aveva la benché minima idea di chi fosse Puig Antich – e perché avrebbe dovuto saperlo, lui che alle spalle aveva una vita già fatta e finita e pagava le tasse per garantire una lunga esistenza a Sua Maestà Elisabetta II? –, eppure commentò in modo piuttosto vago che avrebbe trovato il paese un po' in subbuglio. Aveva forse letto il "Sunday Times"? Hanno giustiziato un anarchico, che maniera cannibale di uccidere, non trovi? A pensarci bene, ogni maniera è cannibale, ma il povero zio Philip conosceva la Spagna solo per sentito dire, non gli piacevano i paesi caldi, adoro il freddo, diceva spesso. E quanto aveva faticato Natàlia per fargli capire che Barcellona non era vicino a Torremolinos. Mr Hill si era specializzato in fotografia marina e aveva passato metà della sua esistenza sui pescherecci che solcano le acque dell'Inghilterra settentrionale e davanti alle coste della Norvegia. Quando Jimmy le aveva presentato lo zio, Natàlia aveva detto che il lavoro del fotografo doveva essere straordinario – aveva da poco visto *Blow-Up* di Antonioni – e che le sarebbe piaciuto tantissimo impararlo. Zio Philip l'aveva guardata con quegli occhi d'acqua marina e aveva fatto, be', allora mettiamoci all'opera. Mi sto impigrendo, non ho molto lavoro e ti insegnerò a costruire una fotografia, a dare valore a un'immagine, che sembra una cosa facile ma non lo è.

Il lunedì mattina si trovava ancora a Bath, e a mezzogiorno era dentro un taxi che filava verso la casa di zia Patrícia. Plaça d'Espanya, con al centro quella specie di immenso ciambellone pasquale, le parve più sporca e brutta che mai. Forse era pure il cielo grigio, che di certo non aiutava. Nella piazza c'era una baraonda di macchine e di autobus – quando lei era partita c'erano ancora i tram –, e il tassista cominciò a inveire. Ai due lati del viale che portava a Montjuïc campeggiavano enormi cartelloni pubblicitari con i ritratti di Mao, di Lenin e del Che, che recitavano in castigliano: *Sai perché hanno fatto la rivoluzione? Storia delle rivoluzioni... tutte le risposte (in fascicoli collezionabili).* Era un continuo suonare di clacson, e il baccano cresceva mentre un vigile urbano con la nuca rossa come un peperone correva da una parte all'altra. "Il fischietto sembra un cardellino roco." Il tassista, che ci era abituato, si armò di pazienza e si mise a parlare con Natàlia di quando non c'erano tutte quelle macchine, e adesso quanto ci guadagni con una corsa? Una miseria. Se almeno ci facessero uno sconto sulla benzina. Era murciano, di Albacete, e a Natàlia, che non parlava catalano da tanto, fece piacere sentire che si esprimeva nella sua stessa lingua, nella variante valenziana. Guardi, non so da quanto è via lei... Dodici anni? Cavoli! Certo che troverà cambiata ogni cosa. Una vita d'inferno la mia, sa? Quanti anni mi dà? Cinquanta, vero? Be', ne ho quarantadue, e ho un unico desiderio, che i miei figli vedano tempi migliori dei miei. Da noi al paese si prendevano perfino le patate. Loro, certo, chi vuole che fossero? Quelli che hanno vinto... Gli occhi grigi del tassista non le sembrarono più metallici, bensì del colore di un cielo nebbioso.

Aveva mandato un telegramma a zia Patrícia, "arrivo lunedì. Non ti preoccupare, rimarrò da te solo finché non avrò trovato un appartamento". Non aveva avuto il coraggio di aggiungere che era al verde, ma Patrícia era la sua madrina e le ripeteva spesso che era la sua nipote preferita, sebbene Natàlia, da piccola, avesse un pessimo carattere e la facesse sempre arrabbiare. Zia Patrícia diceva che Natàlia era un misto di sua sorella Paquita – che fine orrenda aveva fatto, lei che era stata così bella, Signore mio: l'avevano trovata avvolta nei giornali, da ricca com'era, perché aveva dilapidato la fortuna del defunto marito in gigolò, incapricciandosi di toreri e ballerini, dicevano perfino che se la facesse con il cognato, un giovane dominicano – un misto, insomma, di Paquita e di Kati, quella testa calda di Kati, che si era suicidata nel 1939, Dio la perdoni. Mentre Natàlia se ne andava in giro per il mondo, e perché non scriveva mai?, la povera Patrícia era rimasta vedova del poeta Esteve Miràngels – zia Sixta diceva sempre che a Esteve non si addiceva quel cognome, perché invece di guardare gli angeli gli piaceva guardare altre cose... – ed era morta anche Judit, che aveva avuto un colpo apoplettico nel 1958. Per qualche anno Judit era vissuta in uno stato vegetativo, finché un'emorragia se l'era definitivamente portata via. Visto che il padre di Natàlia era rimasto solo, aveva lasciato l'appartamento ed era andato a vivere da Lluís e Sílvia. Gliel'aveva detto Sílvia in una lettera. In quei dodici anni all'estero, Natàlia aveva visto Sílvia e Lluís giusto un paio di volte. La prima a Parigi, durante un viaggio lampo di Lluís in cui si era portato dietro Sílvia, e la seconda a Londra, in occasione della Settimana Santa. Natàlia e Sílvia avevano passeggiato per Londra, setacciando negozi e grandi magazzini. Sílvia aveva raccontato a Natàlia la sua vita per filo e per segno, come al solito, e si era annoiata a morte alla Tate Gallery. Lo sai che io non capisco niente di pittura, che ci posso fare? Finirono per parlare di cibo. Lluís era tornato a Londra di nascosto un weekend, per incontrare un'americana che aveva conosciuto a Barcellona, al museo Picasso. Di quel viaggio, però, né Natàlia né Sílvia sapevano nulla. Natàlia aveva perciò ricevuto notizie della famiglia da quei pochi viaggi e da alcune lettere in castigliano di Sílvia e di Patrícia. Natàlia non aveva mai scritto al padre, e Joan Miralpeix non aveva mai perdonato alla figlia di non essere tornata neppure per il funerale di Judit.

A ogni modo, e sebbene per dodici anni ci avesse pensato davvero di rado, Natàlia sentì come un vuoto allo stomaco quando il taxi la lasciò davanti al portone di zia Patrícia, in Gran Via, tra carrer del Bruc e carrer de Girona. Era tutto uguale a prima, la stessa scala di marmo, la balaustra che pendeva a sinistra, la statua modernista di bronzo che reggeva in mano un globo, la guardiola della portiera, il soffitto cromato, i maniglioni dorati e rilucenti, i vetri smerigliati, il pulisciscarpe in ferro sbalzato – quando i signori di Barcellona non si sognavano nemmeno le strade asfaltate –, il lungo e stretto tappeto color melograno un po' liso ai bordi... Ogni cosa era al suo posto, gli oggetti lucidati, il silenzio della scala, gli odori, il marmo splendente, anche se i gradini erano leggermente sbreccati. Dal gabbiotto della portiera uscì di corsa un bambino, con i capelli lunghi e delle penne da indiano attorno alla fronte. Indossava un grembiule di scuola a righine azzurre e una cintura più scura. "Sarà il figlio di Constància?", Constància aveva dieci anni quando lei se n'era andata.

La prima porta del piano nobile aveva le maniglie dorate, ben lucide, e anche lo spioncino e la targa di metallo con disegnato il Sacro Cuore di Gesù. Tutto era stato passato e ripassato con il Netol. Natàlia sorrise. Zia Patrícia, sempre così pulita. Suonò, avevano cambiato il campanello con uno che emetteva un suono ridicolo. Prima sentì una catenella che scorreva, poi un gancio che si alzava, rumore di ferraglia e qualcuno che guardava dallo spioncino, chi è?, ma Natàlia non ebbe il tempo di rispondere perché la porta era già spalancata e qualcuno la stringeva fortissimo, perché non mi hai scritto a che ora saresti arrivata?

Encarna, la domestica dei Miralpeix, si era trasferita da Patrícia dopo che l'appartamento in carrer del Bruc era rimasto vuoto e Joan Miralpeix era andato a vivere con il figlio Lluís e la nuora, Sílvia Claret. Encarna era una granadina con occhi grandi, natiche voluminose e un petto esuberante. Aveva i capelli neri e le labbra color sangue. A casa Miralpeix era lei a comandare, specialmente dopo che Judit aveva avuto il colpo apoplettico, e faceva rigare dritto tutti quanti. Appena sentì l'urlo di Patrícia cominciò a borbottare, eccola, è tornata la piccola di casa, ma continuò a lavare i piatti del pranzo come se niente fosse. Ma cosa credeva, la bambina, starsene tutto quel tempo all'estero, da sola e spersa, invece di rimanere a casa a chiudere gli occhi alla madre, che Dio l'abbia in gloria! Però non riuscì a resistere a lungo senza uscire in corridoio a impicciarsi un po', così si sciacquò le mani rovinate dalla liscivia e se le asciugò sul grembiule. Dalla fessura della porta della cucina intravide la sagoma di Natàlia di spalle. E guarda, non è cambiata per niente, pensò, alta, i capelli raccolti dietro, un po' spettinata come al solito, con dei pantaloni che le strizzavano il sedere, gli stivali di camoscio e un pullover di cachemire scollato. Si veste come una gitana, si disse, e aspettò ancora un momento prima di uscire nel corridoio tutta solenne e impettita, con l'aria offesa. Encarna, urlava Patrícia, indovina un po' chi c'è! Appena Encarna arrivò davanti a Natàlia, pensò che sì, aveva una figura giovane, ma non la faccia, segnata da alcune rughette, in particolare nel solco sotto gli occhi, la lividezza tipica dei Miralpeix, e alle commessure delle labbra. "È invecchiata." Ma eccole già abbracciate, Encarna e Natàlia, un abbraccio breve e intenso. Gli enormi seni di Encarna sballottavano come un carro sull'acciottolato. Le venivano spesso le vampate, soprattutto quando si emozionava. "L'ho cresciuta io, questa monella", Encarna si ritrasse un poco per nascondere due lacrimucce che le affioravano agli occhi.

Patrícia iniziò a fare il rapporto di quello che stava succedendo in famiglia. La nostra Encarna si sposa, chi l'avrebbe mai detto, ed Encarna irrigidiva il corpo come fosse una regina che era appena stata presentata al popolo, e io, diceva Patrícia, rimarrò da sola, per questo sono contenta che sei tornata. Ormai sono talmente abituata ai borbottii di questa donna e ai suoi musi. E guarda, adesso prende e si sposa, a cinquantadue anni! Encarna fece per andarsene, a lei che gliene importa se mi sposo, per la miseria, sono affari miei. Ma non andò via, no, Encarna rimase lì impalata a fissare l'infinito – l'infinito era una tendina lavorata all'uncinetto e con i bordi ingialliti che dava sulla veranda. Si sposa con un droghiere, continuò Patrícia, di Santa Coloma. Un vedovo senza figli, che possiede persino un appartamento, pensa un po'. Si sono conosciuti dieci anni fa, a casa di certi parenti. Encarna volle precisare, l'ho conosciuto a casa di Rosalia, mia sorella, che ha aperto un bar attaccato alla drogheria di Jaume quando si è ritrovata con il marito ebete. Caduto da un ponteggio. Le voci di Patrícia e di Encarna, che si accavallavano per ritoccare il racconto del corteggiamento, si assottigliavano e ormai non erano che un lieve brusio. Natàlia guardava in direzione della veranda, impregnata della luce grigia di quel mezzogiorno umido e nebbioso, e cercava i limoni e le buganville. «E il limone?» e avanzò di qualche passo, fermandosi davanti alle vetrate. E il limone?, ripeté, cosa è successo, zia, non è più come prima! Ah, figlia mia, certo che non è più come prima! Ho venduto il giardino! Come, ti sei venduta il giardino?, fece Natàlia. Era uscita e si ritrovava alla stessa altezza della veranda coperta. Un tempo dalla veranda si scendeva lungo una scala a chiocciola di ferro battuto e si accedeva direttamente al giardino, che si trovava al pianterreno. Al posto del giardino c'era adesso un enorme tetto a terrazza con piastrelle rosa pallido, una distesa di colore uniforme con chiazze di umidità, interrotta dal vetro dei lucernari. Tutt'attorno al terrazzo non c'era la classica cancellata di ferro nero, ma muri dall'intonaco qua e là scrostato. Natàlia girava da una parte all'altra del terrazzo passando rasente ai panni stesi, sotto lo sguardo stizzito di Encarna. Me l'hanno comprato quelli del magazzino a fianco, volevano ingrandire la parte degli uffici. Non senti le macchine da scrivere?, disse Patrícia. Un tempo il giardino era ricoperto di pietruzze di ghiaia che scricchiolavano sotto i piedi. Quando era piccola Natàlia si riempiva le tasche di sassolini e si divertiva a tirarli in testa a quelli che passavano sotto il suo balcone. I due limoni erano là, accanto ai cortili interni dei palazzi di fronte, dove un bambino le faceva la linguaccia, e gli oleandri stavano sulla parte sinistra, lavatevi le mani, se avete toccato gli oleandri, ché i fiori sono velenosi, gli diceva la madre; un giorno che Natàlia decise di morire, mandò giù un fiore intero, rosa e appiccicoso. Non morì e pensò che gli adulti dicevano tante bugie. Zia Patrícia diceva che le dava già abbastanza da fare la casa, e lasciava che in giardino crescessero rovi ed erbacce. Quanti brutti ricordi in questo giardino, aggiungeva, e non c'era modo di tirarle fuori altro. Di tanto in tanto Joan Miralpeix mandava un giardiniere – lo chiedeva a Joan Claret, che aveva amicizie tra gli assessori del Comune – ed Esteve Miràngels gliene era grato: sosteneva che il giardino lo aiutava a scrivere i suoi sonetti. Al centro avevano fatto costruire uno stagno ovale di maioliche verdi e conchiglie incastonate. Alle due estremità avevano messo un cigno di pietra. Dai becchi dei cigni fuoriusciva uno zampillo che andava a innaffiare un amorino posto nel centro, che aveva le pieghe della veste bagnate e aderenti alle cosce. Il putto non aveva la bocca, gli hanno fracassato la bocca, diceva zia Patrícia a Natàlia quando lei era piccola. Natàlia fissava l'amorino con la bocca fracassata, e perché gliel'hanno spaccata?, chiedeva, perché non potesse parlare, rispondeva Patrícia con aria triste. E neppure su quello c'era modo di tirarle fuori altro. Sul lato destro del giardino c'erano un paio di mimose che ogni anno annunciavano la primavera. Non era un giardino fitto, era arioso, occupava quasi un quarto di isolato. Spesso di notte Natàlia se ne stava alla veranda a sentire incantata il gracidio rauco delle rane. Oltre alle rane, nello stagno galleggiavano ninfee e pesci rossi. Un anno, per Ognissanti, mentre in casa si mangiavano le castagne, Lluís e Natàlia tolsero tutti i pesci dall'acqua per vedere quanto impiegavano a morire. Alcuni sbattevano ancora la coda quando Encarna li aveva scoperti, siete dei bambini cattivi, e Lluís le aveva risposto, la cattiva sarai tu, strega che non sei altro, e non ti sposerai mai. Lluís si aggrappava all'edera ramata che risaliva lungo i muri bianchi e strappava il muschio dalle rocce dei cigni. Vostra madre vi lascia fare tutto quello che volete, disse Encarna mentre si allontanava borbottando. Adesso l'edera non c'era più, ne rimanevano solo dei rametti spogli, e al posto dello stagno c'erano i lucernari circondati da catrame. Erano sopravvissuti i vasi di ortensie e di gerani, è più pratico annaffiarli, diceva Patrícia a Encarna. Guarda, disse Patrícia, e indicò un fagotto raggrinzito e scuro che incedeva pesante. L'animale preistorico, l'ultimo relitto del giardino, si trascinava impassibile. Be', sarò sincera, a me ha sempre fatto schifo, diceva Encarna, e guardava la tartaruga con disprezzo.

L'appartamento di Patrícia era rimasto uguale. Volevo cambiare la cucina, metterci delle piastrelle di gres e credenze nuove, però in eredità Esteve mi ha lasciato la miseria, disse Patrícia. E non posso aumentare l'affitto agli inquilini, ci vivono da così tanto! Per fortuna, mentre Esteve era ancora in vita, abbiamo ricavato qualcosa dalla vendita dei magazzini e mi ha fatto stipulare un vitalizio. La veranda non era cambiata; su una parete, il quadro che gli aveva regalato Francisco Ventura – gli acquerelli che il Francisco di Mundeta, riposi in pace, dipingeva uguale a Modest Urgell –, le due sedie a dondolo, una con la seduta bucata – cosa devo fare perché me la riparino? –, il tavolino rotondo, il deschetto da cucito... La sala da pranzo, in stile Chippendale, con il lampadario a goccia che scintillava, le vetrine piene di oggetti – lo sai che mi sono ripresa quasi tutto dal banco dei pegni? –, la cristalleria di Sèvres, le stoviglie di Limoges, la collezione di scatoline – mi sono tenuta quella di Judit, con i fiori d'arancio, tradizione delle spose della nostra famiglia –, il servizio di posate d'argento, i calici che tintinnavano di note musicali appena venivano toccati, l'immenso tavolo di mogano verniciato con la fruttiera d'argento, le sedie stile impero in satin, l'orologio del bisnonno, il buffet con lo specchio incorniciato... Le tende di velluto verde scuro... A Natàlia, quando le sfiorava, facevano venire la pelle d'oca... Due sedie avevano le gambe rotte, il satin era logoro, le tende si sfilacciavano, l'orologio del bisnonno era fermo, il tavolo in mogano ballava, una delle vetrinette era scheggiata, al lampadario mancavano delle gocce e al pavimento delle mattonelle. Il tempo aveva lasciato il segno del suo passaggio. Nel corridoio Natàlia vide l'applique in stile isabellino e le stampe che rappresentavano la Strage degli innocenti tratte da un numero della "Ilustración Española". Sopra un tavolo dalle gambe moderniste c'era ancora la statuetta che da piccola le faceva tanta paura: una donna anziana che lavava la testa a un adolescente. La vecchia, con le maniche rimboccate, affondava le mani nei ricci insaponati del ragazzino. Quando ci passava davanti, Natàlia si copriva gli occhi: non voleva vedere la statuina, il volto stizzito della vecchia, gli occhi fuori dalle orbite, le labbra contratte, e nemmeno voleva vedere le smorfie che il ragazzino faceva per liberarsi dalle sue grinfie. L'adolescente alzava le braccia senza vedere niente, con gli occhi pieni di sapone, e cercava alla cieca qualcosa a cui aggrapparsi. Da piccola a Natàlia sembrava che la statuetta rappresentasse il mondo degli adulti.

Patrícia Miralpeix aveva preparato per Natàlia la camera che affacciava sul cortile interno. Le aveva svuotato il cassettone rococò, era pieno di tovaglie d'altare e centrini, inamidati e impregnati di timo, e le disse, puoi rimanere quanto vuoi, mi terrai compagnia. Quando zia Patrícia chiuse la porta dietro di sé, forse ti vorrai cambiare, sarai stanca, Natàlia sorrise. Sorrideva ancora mentre si guardava nello specchio sopra il cassettone, "te ne sei andata via, da tutto questo, perché ti sentivi soffocare, e ora ti ci getti a capofitto".

Sembrava che l'avessero fatto apposta, ma né Patrícia né Natàlia parlarono della famiglia. Patrícia sapeva fin troppo bene cosa era successo a casa dei Miralpeix quando Natàlia se n'era andata dopo aver litigato con il padre, non voglio rimestare nelle ferite, si diceva. "Domani, a pranzo da Lluís e Sílvia, saprà ogni cosa." La sera, Patrícia e Natàlia cenarono insieme. Spinaci, uova sode, pane integrale e pesche sciroppate. Natàlia dovette puntellare due o tre volte il tavolo di mogano con dei cunei improvvisati, perché quel dondolio la innervosiva. Andò a dormire presto, non vuoi vedere la televisione?, le disse Patrícia, oggi danno il teatro. I rumori nel cortile continuarono per un bel po'. Voci smorzate, lo sfrigolio dell'olio versato da qualche ritardatario, lo scoppiettio della carne messa in padella, rumore di uova sbattute, conversazioni intercalate dalle urla di un bambino e, come conclusione, il baccano di una lavastoviglie. Seguì un breve intervallo di silenzio e, subito dopo, le voci lontane della televisione, qualche pianto, qualche risata, qualche strillo, il volume era basso ma ogni tanto aumentava e si udiva una conversazione tra un uomo e una donna. Poi, lo sgocciolare di un rubinetto chiuso male e il fragore di una cassetta del water che si svuotava. A mezzanotte finalmente Natàlia si addormentò.

Il giorno dopo Natàlia si svegliò con l'idea di cercarsi un lavoro, e di trovarlo il prima possibile. Sarebbe andata a far visita ad Harmonia. Doveva prendersi un appartamento, piccolo, tutto per sé. All'ora della colazione diede i regali a Patrícia e a Encarna, che, fingendo che il dono la lasciava indifferente, continuò a servire imperterrita il latte e il pane tostato con burro. Poiché soffriva di diarrea, zia Patrícia mangiò solo una mela grattugiata. Si innamorò subito della blusa bianca proveniente dall'India che le aveva portato Natàlia. Era una camicetta trasparente, con le maniche a tre quarti e i ricami attorno al collo. Aveva due spacchi sui fianchi. Dici che mi sta bene?, chiedeva mentre se la poggiava sul petto, reggendola con le mani all'altezza delle spalle. Si guardò nello specchio del buffet. Che eleganza, disse. Lo stesso fece Encarna con il foulard dai colori sgargianti e la fantasia di grandi uccelli dalle code lunghe: se lo provò prima attorno al collo ma, avendolo corto, la testa sembrava infossata, allora se lo avvolse come un turbante, e i colori mettevano ancora più in risalto i suoi capelli neri come il carbone.

Mentre facevano colazione, Natàlia fissava Patrícia, che non la finiva mai di parlare. Questa colite, diceva, non mi dà requie. E, credimi, ho provato tutti i medici della città. C'era qualcosa di nuovo nel suo aspetto, qualche sfumatura che Natàlia non riusciva a definire. Forse erano i capelli, più ricci rispetto a prima, "sembra appena uscita dal parrucchiere". Zia Patrícia si tingeva i capelli di mogano, e ogni tanto le spuntava qualche filo bianco che sembrava costretto a scomparire tra le ciocche tinte. Aveva le mani morbide, "non sembrano mani da vecchia", e le unghie con lo smalto color mogano. Patrícia notò che Natàlia le osservava le unghie, ti piacciono?, ho scelto questa tonalità perché è in pendant con i capelli. Zia Patrícia parlava e rideva di continuo. "E invece prima era così triste e sciatta." Quando andava a trovare la sua madrina, Natàlia si annoiava tantissimo perché Patrícia era un lamento continuo. Camminava come un'ombra, non esprimeva mai la sua opinione, viveva rinchiusa in un piccolo mondo fatto di lacrime e di sofferenze. E adesso se la ritrovava davanti con i capelli tinti, le unghie dipinte, e più chiacchierona che mai. Zia Patrícia era cambiata. Finita la colazione, si alzò e aprì un cassetto del buffet. Prese una tabacchiera in cuoio e tirò fuori una sigaretta. Ne vuoi una?, chiese a Natàlia, tutta contenta di vederla sorpresa. Tu cosa fumi, bionde o brune? Io fumo tabacco scuro. Dopo aver fumato, Natàlia disse a Patrícia che avrebbe telefonato a Lluís e Sílvia per andare a pranzo da loro. Vedrai che appartamento che hanno, fece la zia, un signor appartamento, aggiunse Encarna, che sparecchiava la tavola. Già che ci sono, saluto papà, disse Natàlia.

Natàlia non si accorse dell'occhiata che Patrícia aveva lanciato a Encarna.

Il giorno che vide per la prima volta la pittrice Harmonia, Natàlia cominciò a capire che non tutte le donne si compativano, come Patrícia, o si nascondevano agli altri, come Judit. Natàlia aveva vent'anni quando a Judit era venuto il colpo apoplettico, e da allora sfuggiva a quegli occhi color smeraldo che cercavano di esprimere tante cose. A ogni modo, Natàlia e Judit non avevano mai parlato troppo, sua madre era molto strana, e fino all'adolescenza avanzata Natàlia aveva mantenuto tratti di quella che viene chiamata "innocenza infantile". Judit, che non aveva una grande vocazione materna, aveva riversato tutto il suo amore in Pere, il figlio ritardato, chissà se per un segreto senso di colpa, abbandonando al loro destino gli altri due figli, Natàlia e Lluís. Quando Pere morì, ormai Natàlia non provava nemmeno più a cercare un dialogo con la madre. Judit aveva avuto il colpo apoplettico e se ne stava seduta in veranda sulla poltrona – a cui avevano praticato un foro per l'orinale – e fissava i cortili interni con quei suoi occhi morti. Per questo Natàlia si incuriosì quando la direttrice comunicò alle allieve che avrebbero fatto lezione di disegno con una pittrice piuttosto conosciuta che si chiamava Harmonia Carreras. Conosceva la sua storia per sommi capi: i franchisti avevano fucilato suo padre e lei, ragazzina, era fuggita in Francia. Aveva avuto la fortuna di imbarcarsi per il Messico, dove aveva trascorso dieci anni e aveva appreso la tecnica dei murales con un discepolo di Diego Rivera. Al ritorno in Catalogna, era diventata famosa per le sue figure cenciose e dagli occhi sgomenti. In un angolo del quadro, disegnava sempre un fiore. Le sue creazioni erano un misto di cubismo e di stile naïf del Messico indigeno. All'inizio Harmonia metteva a disagio Natàlia. Era una donna dal carattere difficile e si irrigidiva se qualcuno la contraddiceva. Era bassina e magra, snella, con un volto che pareva di pergamena. Non aveva ancora compiuto quarant'anni, eppure quando Natàlia la vide per la prima volta aveva i capelli grigi, come grigi erano gli occhi. La sua pelle bianchissima, di latte, diventava paonazza quando faceva molto freddo. Vestiva seguendo l'umore della giornata, ed era capace di arrivare un giorno con indosso un poncho peruviano e tre o quattro ciondoli del Guatemala, e di presentarsi l'indomani fasciata in un sari. Viveva da sola, anche se girava voce che avesse un amante, un ragazzo giovanissimo che faceva cinema amatoriale e aveva vinto un premio in un festival, anche grazie a lei, si diceva. Le malelingue sostenevano che era lesbica e che reprimeva gli impulsi "deviati" insegnando alle adolescenti. Era atea e non lo nascondeva. Questo, e il fatto di essere una donna che nelle riunioni gridava – chi l'avrebbe ascoltata, altrimenti? –, era ciò che meno le perdonavano i pittori affermati. «Se vuole dipingere, che lo faccia» dicevano, «e può anche andare in giro vestita come meglio crede, però che non venga a imporci la sua volontà!» Si sentivano uniti dal fatto che erano tutti uomini e dal timore per una donna che inquietava perché faceva una cosa anormale: diceva cioè che pensava. Invece, Harmonia non sgridava mai le sue alunne, parlava sempre in tono pacato. Cambiava tono di voce e atteggiamento solo quando si scontrava con difficoltà ambientali che le impedivano di imporre la propria opinione. Aveva un pregio, la fedeltà verso i suoi amici, il suo paese e la sua arte. E un difetto, voleva sempre avere ragione – anche quando sapeva di non averla. Le sue due grandi passioni erano il Messico e la Catalogna, e odiava lo "spirito dominatore e meschino" della Castiglia più profonda, che "disprezza quanto ignora", per dirlo con le sue parole, ossia con i versi di Machado. Quello spirito, spiegava, era lo stesso che aveva sottomesso i due paesi a lei più cari, li aveva fatti sprofondare in un'incertezza permanente, condannandoli alla costante ricerca delle proprie radici naufragate.

Proprio per quel suo comportamento temprato da una vita troncata dall'esilio, Harmonia esercitava una notevole influenza sull'animo volubile e disorientato di Natàlia. Era stata lei a farle conoscere i poeti catalani. Alcuni le dicevano qualcosa, almeno i nomi, perché glieli aveva menzionati suo padre. Harmonia le fece scoprire Salvador Espriu e Bartomeu Rosselló-Pòrcel, Pere Quart e Joan Salvat-Papasseit, Ausiàs March, Josep Carner e Guerau de Liost. Un giorno, al tramonto, Harmonia le disse: è morto Riba. Chi è Riba? E quando capì che Natàlia non conosceva il poeta Carles Riba, andò su tutte le furie. Perché voi nati dopo la guerra siete così ignoranti? E, quasi bofonchiando tra sé e sé, disse: questo esilio non finirà mai. Lesse le *Elegie di Bierville* per ore, finché la stanza non rimase in penombra.

Per l'esiliato che tra le arboree penombre ti scorge
d'un tratto, oh preciso, oh fantomatico! e apprende
dalla tua forza la forza che lo salva dall'incerta fortuna,
ricco di quello che ti ha dato, puro nella sua rovina.

Con quale piacere ricordava le serate trascorse insieme ad Harmonia, le conversazioni che rimanevano in sospeso, come tessere di un puzzle che si aveva assolutamente voglia di riprendere! Le poesie che le leggeva Harmonia, o che le faceva leggere, sembrava avessero un qualche legame con il mondo di suo padre o, addirittura, con i brani che Judit aveva suonato al pianoforte. Anche se, va detto, a casa Miralpeix non si parlava troppo di poesia, o di arte in generale. Quando sentiva il grido rauco delle rane nel giardino di Patrícia, Natàlia viaggiava lontano, in altre città, e ricordava i versi di Màrius Torres, il poeta che era morto di tisi a Puig d'Olena dopo la fine della guerra: "Chi potrebbe dimenticare la città che sprofonda! / Più lontana, più bella, ce n'è un'altra, forse...". Natàlia ci aveva pensato parecchio, alla città che sprofondava, ci aveva pensato mentre ne cercava un'altra più lontana e più libera. Harmonia le aveva detto che Màrius Torres era un poeta di secondo piano, ma a Natàlia non importava. Quando nacque il figlio di Sílvia e di Lluís, insistette perché gli mettessero il nome di Màrius, in ricordo del poeta che era morto senza dimenticare la città che sprofondava.

Harmonia parlò alle studentesse dell'arte romanica della Catalogna e le fece andare a visitare le chiese di Taüll. Parlò loro del gotico, del pittore Ferrer Bassa, dei modernisti, di Ramon Casas e di Isidre Nonell, di Picasso, avete visto come fissano i suoi occhi? Picasso non cerca, lui dice che trova, spiegava alle ragazze. Si entusiasmava soprattutto per il periodo blu, per le *demoiselles* di carrer Avinyó o per la donna nuda su una poltrona rossa. Ma più che elencare nomi, o fare liste di quadri, Harmonia trasmise loro la passione di guardare. Molte persone muoiono senza aver guardato mai niente attorno a sé, il loro cuore è arido. Dovete imparare a guardare, quando andate in giro per il mondo. E Natàlia lo capì quando andò via di casa: man mano che si lasciava dietro il suo passato, lei cominciava a guardare, le cose assumevano un'importanza diversa e si legavano a lei senza angoscia. Chissà, forse quel che aveva fatto in quei dodici anni, senza esserne pienamente cosciente, era stato *guardare*, e adesso tornava per riunire tutto di nuovo... Di certo Natàlia aveva scelto la fotografia perché grazie ad Harmonia, la maestra dal carattere difficile e volitivo, aveva imparato a contemplare un mondo che prima le sfuggiva.

Harmonia era sua docente da due anni quando venne a sapere che Natàlia usciva con Emilio, uno studente andaluso, e non ne fu affatto contenta, «viene da una famiglia troppo ricca, non ti fidare di lui, anche se ti dice che è un comunista», e dopo l'arresto i rapporti tra Harmonia e Natàlia si raffreddarono. Si scrissero qualche volta. Harmonia ostentava, nelle sue lettere, di condurre una "esistenza perfettamente razionale", tra arte e libri e gli sforzi per guadagnarsi il pane "dentro questa sorta di esilio interiore in cui ci hanno costretto a vivere". Natàlia sapeva che come minimo aveva cambiato due o tre amanti perché, quando le scriveva, faceva di continuo riferimento al nuovo uomo che era entrato nella sua vita con un "Joan dice" o "Narcís dice". I suoi amanti avevano sempre ragione.

Harmonia la stava aspettando – Natàlia le aveva telefonato al mattino –, resti a pranzo, le disse appena la vide, e quando Natàlia rispose che doveva andare dal fratello, Harmonia già pensava ad altro. Viveva ancora nel suo piccolo attico accanto alla Diagonal, e manteneva al piano di sopra l'atelier «per vedere ogni notte le terrazze impassibili di Barcellona». Nel suo minuscolo appartamento regnava il solito disordine. Una delle pareti era ingombra di ciondoli, maschere e vasi in stile azteco. Al centro, un calendario solare, e accanto, un manifesto di Alexandre de Riquer. Un enorme tappeto ricopriva completamente l'altra parete, e accanto alla finestra c'erano tre scaffali di libri. C'erano libri anche sul pavimento, tra pile di riviste e di giornali. Sopra un comò, sotto la finestra, il ritratto del padre di Harmonia: un uomo dai baffi bianchi che ricordava vagamente Francesc Macià. Harmonia accolse Natàlia con indosso una vestaglia lunga fino ai piedi, dalle maniche ampie e un motivo di orchidee, l'ho comprata a Encants, disse, Manuel dice che, da lontano, sembro Greta Garbo. Adesso Harmonia fumava con un bocchino di avorio che teneva nella mano destra. Per diverso tempo aveva fumato con la sinistra, finché aveva deciso che basta, non bisognava più imitare gli uomini. Chi è Manuel?, chiese Natàlia. Un poeta, rispose l'altra, un poeta vero. Seguace di Carner. Conviviamo. E, dimmi, che pensi di fare? Riparti subito? No, rimango. Harmonia la guardava distratta. "Mi sta esaminando", Natàlia fumava le Gitanes che aveva comprato a Heathrow, "pensa la stessa cosa di sempre, che sono tornata ma non combinerò niente di buono". Harmonia Carreras non era invecchiata, probabilmente perché già prima sembrava più vecchia di quel che era, ed era un po' ingrassata. La settimana prossima vado a Valencia a presentare una mia esposizione, sono felice. Dopo ti mostrerò qualche pezzo che ho di sopra. Alfaro, lo scultore, si era agitato, alcuni erano fuori tema, e intanto Natàlia si alzò per vedere da vicino i ciondoli. Ce ne sono di nuovi, disse. Certo, ragazza mia, sei stata via tutti questi anni, e nel frattempo sono andata in Messico due volte. Dipingi molto?, chiese, e Harmonia, sì, ma ora mi dedico più alla ceramica popolare. Harmonia aveva sempre fatto cinquantamila cose diverse, e quasi tutte bene. Secondo lei, la maggior parte delle donne erano delle smidollate che non avevano mai avuto interesse a coltivare una vita propria. «Se la donna è discriminata» ripeteva, «è colpa sua.» E quelli che l'ascoltavano, molte volte ragazzi giovanissimi, annuivano con entusiasmo, più che altro perché li entusiasmava qualsiasi cosa Harmonia facesse o dicesse. Non è una donna, è un uomo, dicevano spesso gli uomini.

Adesso sono fotografa, iniziò Natàlia. Ah, sì? Natàlia avvertì una lieve ironia. Da tre anni, da quando sono andata in Inghilterra. Me l'ha insegnato un professionista e ho fatto qualche lavoro, soprattutto per conto dell'Università di Reading. Natàlia lo disse tutto d'un fiato, senza punti né virgole, come quando andava alla scuola d'arte e doveva a ogni costo dimostrare ad Harmonia che pure lei pensava di testa sua. Mi devo guadagnare da vivere, spero che mi aiuterai, non voglio stare dai miei, con mio padre è finita così male, lo sai... Gli occhi grigi di Harmonia la trafiggevano, "ti disperderai in cinquantamila cose, non cambierai mai" sembrava le dicessero. Anche Harmonia faceva cinquantamila cose, ma era stata in Messico e aveva ricevuto l'educazione di prima della guerra, non aveva vissuto in piena "sonnolenza", come la chiamava Natàlia. "La tua educazione non giustifica il disordine in cui vivi" le scriveva Harmonia in una delle lettere, in risposta a una di Natàlia in cui le enunciava tutti i lavoretti che aveva svolto nel periodo che era stata all'estero, tra cui quello di amante di un pittore consacrato, ovvio: non aveva mai mangiato meglio, ma poi le era venuto un attacco di fegato perché si era trangugiata in un giorno solo mezzo chilo di foie gras.

Natàlia notò che, anche se più anziana, Harmonia rimaneva sicura di sé come prima, e non aveva perso quel tono aggressivo che l'aveva tanto intimidita. Si vedeva che Harmonia aveva vissuto in un'epoca, per quanto breve, in cui tutto lasciava supporre che le relazioni potessero essere normali. Per questo riusciva a vivere a Barcellona come voleva e con chi voleva, e aveva difese sufficienti per tollerare le critiche di Dio e di sua madre. Natàlia non aveva osato fare lo stesso e per questo se ne era andata a far "porcherie", come avrebbe detto Encarna, a Parigi e a Londra. Sono una figlia forzata del franchismo, aveva detto una volta a Jimmy, e lui le aveva risposto, be', noi della bomba atomica, e lei comprese che Jimmy non aveva capito cosa intendesse. Se adesso sei fotografa, fece Harmonia, ti raccomanderò a un paio di riviste nuove. Non ci crede, pensò Natàlia, non crede che è la mia nuova professione. Ora che ci penso, conosci l'editore Arcadi Segura? Natàlia si era ritrovata con Segura in una notte folle a Londra, a casa del romanziere messicano Emiliano Echevarría. Arcadi era appena stato alla riunione annuale della Anglo-Catalan Society e si era preso una sbronza colossale: completamente nudo e con una *barretina* in testa, si era messo a cantare *L'emigrant* mentre si aggrappava a una giamaicana che si chiamava Nailini. L'indomani Segura aveva accompagnato Natàlia alla Portrait Gallery e insieme avevano reso omaggio a Virginia Woolf. Eccome se lo conosceva, Arcadi, si erano scritti un paio di volte, lui tutte e due le volte da ubriaco. Anche se per lettera, Segura era riuscito a trasmetterle qualcosa dei tempi convulsi in cui si dibatteva il loro paese. So che Segura cerca un fotografo per le copertine di una nuova collana, va' da lui e digli che hai parlato con me. Harmonia le offrì un whisky, sai cosa è successo sabato? No? Intendi la morte di Puig Antich?, fece Natàlia. Vuoi dire l'assassinio, corresse Harmonia, sono stati giorni terribili. La notte tra venerdì e sabato non ho chiuso occhio. Qui, chiese Natàlia, non avete fatto niente? Harmonia la guardò con sarcasmo, quelli che non hanno fatto niente sono stati i tuoi amici. Potremmo tranquillamente dire che Puig Antich l'hanno ucciso i comunisti. Ci risiamo, pensò Natàlia, il capro espiatorio. Non stai un po' esagerando? Per Harmonia non esistevano le mezze tinte, tutto era o bianco o nero. Tu eri via, non puoi giudicare, continuò Harmonia, i comunisti non si sono interessati a questa morte come non l'avevano fatto con Grimau. Ovvio, Puig Antich era anarchico. E tu, tu hai fatto qualcosa?, avrebbe voluto chiedere Natàlia ad Harmonia, ma non ne ebbe il coraggio.

Quel mattino, cosa rara, Sílvia si svegliò presto. Fu lei ad aprire la porta a Felisa, la collaboratrice domestica, quando alle otto suonò con il pane e "La Vanguardia". Sílvia Claret voleva andare in palestra e, se le fosse avanzato del tempo, sarebbe passata anche dal parrucchiere. "Mi devo depilare le gambe e i baffetti." Era contenta che Natàlia fosse tornata, "che zuccona, però. Sarebbe potuta venire da noi invece di seppellirsi a casa di zia Patrícia, in quell'appartamento così cupo e vecchio. Le preparerò il filetto di maiale alle mandorle. E per primo cosa faccio?". Mentre la domestica preparava la colazione – aveva letto di recente che la dieta migliore non prevedeva di togliere i carboidrati, ma di bruciarli con i pompelmi, "si mangia un pompelmo prima di ogni pasto" – andò a svegliare Lluís, ti ricordi che devi andare a controllare il cantiere a Matadepera?, e Màrius. Fammi il favore di non lasciare il giradischi acceso; raccolse da terra due riviste di moto. In cucina la collaboratrice aveva già disposto le tazze per la colazione, le ricordo che il signorino vuole un uovo alla coque e una spremuta d'arancia. Non ci sono arance, signora. Ma non le avevo detto ieri di comprarle?, fece Sílvia, "questa donna è un'incapace e mi prende pure per i fondelli. Non so perché non l'ho ancora cacciata. Ne parlerò con Lluís". E di primo cosa faccio?, si chiese nuovamente mentre beveva tutta d'un sorso la spremuta di pompelmo, uh, com'è amaro! Poi si preparò delle fette di pane tostato con margarina mentre controllava la tabella delle calorie: ottimo, non le ho ancora superate, si disse. La confettura non le piaceva. Con il coltello spalmava la confettura di fragole sulle fette di Lluís. Mi piace che sia spalmata per bene, diceva sempre Lluís. Quando avranno finito tutti di fare colazione, Felisa, le farò la lista della spesa. Dove vado oggi, al mercato in piazza o al supermercato? Forse meglio al mercato, abbiamo degli ospiti, è tornata mia cognata dall'Inghilterra. Con la faccia insonnolita, Màrius trangugiò di fretta un boccone di pane e ingollò il caffellatte, ma non vedi che scotta? Prendi il pane non tostato, non puoi aspettare un secondo? Ti preparo io una fetta con il burro, disse Sílvia. Màrius era già fuori dalla cucina. Sono di corsa, prima di andare a scuola devo passare a farmi cambiare la ruota della moto. Dammi dei soldi, mamma. Di nuovo? E dove credi che li prendo io, i soldi? Màrius si strinse nelle spalle e si grattò un foruncolo in faccia. Sílvia andò a prendere il borsellino e porse al figlio una banconota blu. Questa è l'ultima che ti do.

Sentì che Lluís entrava in bagno, "ahi, non gli ho comprato il sapone per le pelli delicate!". Sílvia chiuse gli occhi in attesa dell'urlo e, in effetti, poco dopo dalla doccia arrivò un Sílvia! assordante. Sílvia andò nel bagno adiacente alla camera da letto. Non mi sono ricordata, Lluís, oggi vado da Sears e te lo compro. Sai che mi brucia tutta la pelle, che cavolo! Le ultime parole di Lluís si persero sotto il getto d'acqua. Cosa stavo pensando? Ah, sì! Per primo che faccio? Già che c'era, Sílvia riordinò un po' la camera da letto. Lluís aveva il vizio di lanciare a terra la biancheria man mano che si spogliava in direzione del bagno. Il sopra del pigiama, di seta, qui, i pantaloni là, e anche le mutande e la maglia intima del giorno prima. A Lluís piaceva cambiarsi ogni giorno la biancheria e due volte la camicia, al mattino e al pomeriggio. A contatto con la pelle i colletti si sporcano, diceva a Sílvia. Però le camicie di Lluís che Sílvia metteva in lavatrice erano immacolate e non c'era nemmeno bisogno di passarci con il dito la crema speciale per colletti e polsini che reclamizzavano in televisione. Dove diavolo hai messo la mia spugna?, sentì che diceva Lluís. Sílvia cercò la spugna naturale sulla mensola vicino alla finestrella. Eccola, potresti almeno allungare il braccio! Sílvia andò a lavarsi nel bagno di Màrius. Entrò mentre lui usciva – si stava ancora tirando su la cerniera – e disse al figlio di farle la cortesia di togliere i peli dalla vasca perché le faceva davvero schifo pulirla con tutti quei peli. E che colpa ne ho io, se mi hai fatto con il petto villoso?, disse Màrius, e Sílvia, ah, vattene, su, e vedi di arrivare presto a pranzo, ché oggi viene zia Natàlia. È arrivata finalmente? Sì, ieri. Ha telefonato e ha detto che sarebbe venuta. Màrius non aveva molti ricordi di Natàlia, quando lei se ne era andata aveva solo cinque anni. Non ti ricordi che ti faceva tanto ridere perché ti mordicchiava l'ombelico? Màrius guardò sua madre con indifferenza. Quando entrò in bagno Sílvia sorrise, perché sulla mensolina di vetro c'era una crema speciale per i brufoli.

Sílvia Claret aveva un bel daffare per ingrassare. Aveva ereditato il corpo dei Claret e per un nonnulla le spuntava subito la cellulite sulle natiche e sui fianchi. Mundeta, invece, era magra e slanciata come erano state la nonna e la madre. Mora come il padre – hai la faccia da gitano ricco, diceva sempre sua madre a Joan Claret –, Sílvia aveva i capelli ricci. I ricci l'avevano fatta disperare a lungo, quando era di moda avere i capelli lisci, e le aveva provate tutte: lisciarli con la piastra calda, stirarli, cospargerli di una crema districante che aveva una puzza terrificante... Niente da fare. Almeno adesso andavano di moda i capelli "afro" e dal parrucchiere non doveva più soffrire. "Mi devo assolutamente depilare i baffetti" si ripeté mentre si guardava allo specchio e tirava le labbra per esaminare la zona sotto il naso. Passò il dito: una lieve peluria. Sílvia era parecchio pelosa, e pure Màrius aveva ereditato questo dai Claret: peli dappertutto. Malgrado ciò, Sílvia era orgogliosa di assomigliare al padre e di avere i suoi stessi occhi: sottili e allungati come una cinese. A Sílvia sarebbe piaciuto essere come suo padre, che faceva sempre quello che gli pareva, che giocava bene a tennis ed era così risoluto. Joan Claret veniva dal nulla e adesso aveva i soldi, tantissimi soldi. È un uomo di potere, raccontava Sílvia alle amiche. Quello che più mi piace di te è tuo padre, le diceva Lluís. Joan Claret è un uomo di polso, lo ammiro perché non conosce il fallimento, non vuole conoscerlo, si è fatto tutto da solo, aggiungeva Lluís. Sílvia era sempre stata la cocca del padre, ti farò vivere come una regina, le diceva quando era piccola, sarai la damigella più lussuosa e avrai file di pretendenti ai tuoi piedi, vedrai. A Joan Claret Sílvia piaceva perché aveva i suoi stessi occhi da cinese e i capelli ricci, e perché era pulita e curata come sua madre, la nonna del carrer d'Aragó che era morta durante la guerra. Sin da quando era piccola, Joan Claret si industriava per trovarle gli abiti più cari e più belli, vestitini di organza e di popeline, fiocchetti di velluto, pullover di lana mohair, calze di cotone perlato e scarpine di vernice, voglio che mia figlia sia la bambola più bella di casa. Sarai una grande ballerina, le aveva detto. Grazie al suo carattere forte e alla capacità di comando, Claret aveva fondato un piccolo e prosperoso impero, e nel tempo era passato dal commercio dei brevetti al mercato immobiliare – andato in malora per colpa dell'hotel di Lloret, e pure di Joan Miralpeix –, dopodiché aveva avviato un'agenzia pubblicitaria che aveva stravolto il settore e adesso era la seconda più importante di Barcellona. Aveva anche messo su due fabbriche di biancheria a Berga, registrate a nome della moglie, e si sapeva che aveva qualche giro poco limpido in Andalusia. Sílvia si innamorò di Lluís perché era virile quanto suo padre, deciso e con un caratteraccio come lui, e in più perché abbassava le palpebre come faceva Clark Gable in *Via col vento*. La prima volta che lo vide, nel casale di Gualba, lui era ai piedi delle scale e lei scendeva, e pensò, guarda tu, io sono Vivien Leigh che scende le scale e lui è Clark Gable che mi aspetta sotto. Conobbe Lluís nel casolare dei Miralpeix un giorno che Patrícia invitò l'amica Mundeta Ventura, la moglie di Joan Claret, assieme ai quattro figli. Era l'anniversario della morte di madre Carrió – la monaca di famiglia che i Miralpeix ambivano a fare santa –, e avevano preparato un rinfresco da re, forse l'ultimo. Lluís non fece caso a Sílvia, la guardava come fosse una bambina, e anzi le disse due o tre insolenze. «Voi donne siete delle galline, non servite a niente.» Ma lo diceva in un modo, abbassando le palpebre, che lei se ne innamorò. Al momento dei saluti, Lluís le regalò un bouquet di calendule, «un fiore che non ha profumo».

Sílvia, dunque, era piuttosto grassottella, ma adesso, e non prima, quando studiava per diventare ballerina. Se mi vuoi sposare, le disse Lluís, devi lasciare il balletto: lei lo lasciò, anche se il grande Joan Magrinyà in persona le aveva detto che presto sarebbe diventata solista del corpo di ballo del Gran Teatre Liceu. Ballava *Il concerto d'Aranjuez* e aveva imparato a suonare le nacchere in poco tempo. Adesso, quando sentiva *Lo schiaccianoci* o *Il lago dei cigni* di Čajkovskij, le si inumidivano gli occhi. «Ballare era stato quasi tutta la mia vita finché non ho conosciuto Lluís.» Suo padre aveva ragione quando le diceva, non lasciare la danza, topolina. E lei l'aveva lasciata. Era più forte di lei, però: quando in casa non c'era nessuno, accendeva la radio sul terzo programma e percorreva la sala da pranzo da un'estremità all'altra ballando in punta di piedi, senza piegare le ginocchia, le gambe rigide, e accennava un *développé* all'indietro, il busto ben eretto, senza abbassare le spalle, mentre si osservava con la coda dell'occhio nello specchio all'ingresso. Sapeva ancora fare il *pas de ciseaux*, o un *double frappé*, e ancora batteva le braccia come fossero le ali di un cigno morente. Sílvia fece il suo debutto in società lo stesso anno che sposò Lluís e diede il suo addio alla danza andando a vedere *Les Sylphides* del Royal Ballet di Londra. Lluís, che era nello stesso palchetto, le accarezzò la mano. La trovò calda. Nei primi anni del matrimonio lei dimenticò il balletto, anche se ancora non vivevano nell'attico a due piani, bensì in un appartamento più piccolo del Guinardó. Aveva Màrius, per il quale stravedeva, e gli oggetti di casa, le lenzuola, le stoviglie, la batteria di pentole da cucina. Era tutto nuovo e bello e a lei piaceva scendere al mercato e dire «mio marito», o che la portiera la salutasse con un «buongiorno, signora Miralpeix». All'inizio Lluís la trattava come una regina. Aveva tutto, i vestiti e le calze, le scarpe in pelle che facevano pendant con il borsellino, e inoltre lui la viziava, come prima aveva fatto il padre. Tra le sue braccia si sentiva protetta. Andavano al cinema a braccetto, al ristorante, e la presentava agli amici, «mia moglie» diceva, e lei si sentiva una donna importante. Aiutato dal suocero Claret, Lluís smise presto di lavorare con il padre, Joan Miralpeix, e aprì uno studio per conto proprio. «Questo Lluís è un tipo sveglio» diceva spesso Joan Claret. E giocavano a tennis e vinceva l'altro. «Largo ai giovani!» A quei tempi Sílvia non si rendeva conto che i giorni passavano, tra l'essere incinta, lavorare a maglia i golfini per il figlio, andare a lezione di cucina e aspettare Lluís, che rincasava tardi. I giorni le scivolarono addosso, e anche gli anni e, se le avessero chiesto come si sentiva, sicuramente avrebbe risposto: "Bene, molto felice. Perché mai me lo chiedete?". Ma quando saliva in ascensore e si guardava allo specchio, abbozzava un passo di danza e, a metà battito d'ali, fissava gli occhi in quelli restituiti dallo specchio e si diceva: "Sei proprio una cretina". Quando andava a messa – adesso non ci andavano più perché Lluís aveva decretato: ora basta fare i retrogradi e bigotti, dobbiamo metterci al livello dell'Europa –, mentre era inginocchiata faceva scivolare le dita sopra il banco davanti, e le sue dita ballavano l'intera *Morte del Cigno*, *développé*, *ciseaux*, *frappé*.

Sílvia aveva sempre i nervi a fior di pelle e piangeva per qualsiasi sciocchezza. Secondo nonna Ramona, la Mundeta vecchia, la sua inquietudine dipendeva dal fatto che, quando sua madre l'aveva dentro la pancia era andata in giro a cercare il marito come una pazza. C'era la guerra, e Mundeta Ventura aveva temuto che Joan Claret fosse morto in un bombardamento, e tutta sola era corsa di ospedale in ospedale alla ricerca del cadavere. Sílvia era nata cinque mesi dopo quello spavento, nell'agosto del 1938, e molta gente disse, siete sicuri che sia normale?, perché Sílvia muoveva i piedi e le mani con un tic piuttosto strano. A questa bambina è rimasta la paura nel corpo, sentenziò nonna Ramona, che sapeva sempre tutto. La prima parola che Sílvia imparò a dire, ad appena diciassette mesi, fu "paura". La madre di Sílvia non voleva bambine e ne ebbe tre, e non le voleva perché diceva che le donne sono delle bietolone e che gli uomini avevano più fortuna nella vita. Sílvia aveva la lacrima facile e spesso lungo la guancia le scivolava una lacrimuccia. Quando sarai grande, le aveva detto Joan Claret, non devi essere così sentimentale, a me piacciono le donne forti, sennò come conquisterai gli uomini che ti porterà il tuo papà? Ma lei non poteva farci niente, andava al cinema e appena la scena si inteneriva le venivano gli occhi lucidi come a una sciocca. E la cosa peggiore era che si dimenticava sempre il fazzoletto, e nonna Ramona le diceva, chi me lo fa fare di ricamarti i fazzoletti? Insomma, dimenticava il fazzoletto e non sapeva come asciugarsi le lacrime e soffiarsi il naso. Doveva andare di continuo nei bagni del cinema e usare la carta igienica, e va detto che una volta non era così soffice. E neppure così colorata. "Natàlia, ah, lei sì che è forte" pensava, sebbene disapprovasse il modo in cui se n'era andata, malamente, dopo la lite con il padre e mentre la madre era ancora in vita. Dopo averle regalato le calendule, Lluís non se la filò per un paio di mesi, "e pensare che a Gualba mi ha accarezzato il seno sotto un castagno". Però una settimana prima del suo debutto in società le mandò un'orchidea e dopo la serata al Liceu le telefonò per sapere se volesse fare coppia fissa con lui. Il fidanzamento fu rapidissimo – la baciò lo stesso giorno del Liceu – e dopo poco tempo Lluís venne convocato a casa dei Claret, in carrer d'Aribau, per il consueto Mi dica, ragazzo, di cosa si occupa? Lluís lavorava con il padre, pure lui architetto, nonché fratello di Patrícia Miralpeix, sa, l'amica di sua moglie, e Joan Claret si appoggiò allo schienale della poltrona e disse, immagino che giochi a tennis, no? E fu tutto così rapido che nonna Ramona dovette correre per ultimare i meravigliosi ricami all'uncinetto che aveva cominciato per il corredo di Sílvia. Il giorno in cui esposero la biancheria della promessa sposa, venne ad ammirarla perfino gente sconosciuta. La madre di Sílvia, Mundeta Ventura, ingaggiò un esperto in vetrine, che allestì un pannello con il corredo della sposa e un altro con la biancheria per la casa. Appendeva i capi puntandoli con una tale grazia che sembrava volassero. C'erano sei servizi da tavola, con sei coperti ciascuno per i pasti quotidiani, un servizio da sei di puro lino, con trine e ricami a mano, un servizio da otto anch'esso di puro lino, uno da dodici di lino, con ricami a mano e merletti a tombolo, uno da dodici con i ricami tipici di Lagartera, tutto bianco, quattro set da tè ricamati – due di questi fatti da Sílvia –, due di organza in punto ombra – anch'essi ricamati da Sílvia a scuola, un ricordo di quegli anni –, sei strisce centrotavola e un set da otto, con ricami di Lagartera a colori. E ancora, sei completi da letto per tutti i giorni con le iniziali ricamate, due con reversina a colori e ricami festonati, due con bordura all'uncinetto colorata, due di lino con merletti a tombolo e ricamati a mano. Due dozzine di asciugamani con le cifre, una dozzina di asciugamani per gli ospiti, sei teli da bagno, due dozzine di strofinacci da cucina, sei strofinacci per la polvere. La gente rimaneva estasiata davanti al corredo da sposa allestito su un altro pannello: sei completi di nylon, sei camicie da notte, sei pigiami di batista stampata, tre coordinati di camicia e vestaglia, in seta naturale e macramè, una blusa nera in garza di cotone, un coordinato da notte in pelle d'angelo, due vestaglie invernali, calze di seta, mutande, fazzoletti da tasca, la mantiglia da sposa bianca di nonna Ramona. E lo scialle di Manila dell'altra nonna, quella che era morta. I gioielli e le posate, e la cristalleria... Fecero la lista di nozze presso Vinçon per le stoviglie di porcellana, da Bagués e Pallé e da Grifé i Escoda per l'argento. All'esposizione del corredo tutti rimanevano senza fiato, e le donne commentavano, che eleganza! Tutte sorridevano davanti alla camicia da notte scollata, bordata di roselline e, tenetevi forte, con lo strascico, sì, lo strascico. Arrivarono regali da tutte le parti, pochi dal lato Claret, molti dal lato Ventura e Miralpeix. Zia Sixta, per esempio, mandò sei coppe d'argento e Patrícia metà della posateria d'argento – aveva già portato al banco dei pegni le stoviglie di Limoges. Nei primi tempi del matrimonio a Sílvia mancava la famiglia, in particolar modo il padre, e guardava con nostalgia la bambola di porcellana che aveva portato con sé. Una bambola vestita da Maria Antonietta che, raccontava sua nonna, un amico rosso del padre – che poi era diventato falangista – aveva confiscato nella tenuta del politico Bertran i Musitu. «Nonna Ramona, però, non poteva vedere papà e non perdeva occasione per dire male di lui.»

Lluís aveva fatto la doccia, sarà in cucina, a fare colazione. Sílvia capiva che si era rasato perché il bagno rimaneva impregnato del profumo Varon Dandy. Mentre gli preparava la camicia, quale vuoi, quella beige o quella color salmone?, Sílvia chiese a Lluís, glielo dirai, a Natàlia? Cosa?, fece lui, di tuo padre. Certo che glielo dirò, se me lo chiede! Le sembrerà strano che non ci sia tuo padre, disse Sílvia. Dammi i pantaloni beige, metterò la camicia cachi. Non volevi quella salmone? No, fece Lluís. Lluís finì di vestirsi e si passò i palmi delle mani sulle stempiature, "sto diventando calvo". Oggi non andare al club, gli disse Sílvia, altrimenti arrivi tardi. Natàlia ha telefonato e ha detto che viene a pranzo. Certo che non perde tempo, quella. Be', siamo la sua famiglia, no? Sílvia finì di rassettare la camera, disfece il letto, aprì la finestra per arieggiare la stanza, chiuse i cassetti, raccolse i panni sporchi e mise le pantofole nella scarpiera. Mentre si chinava vide un buco nella moquette, "così fissato con la pulizia e non è capace di centrare il posacenere".

Dettò la lista della spesa al telefono, il filetto di maiale, Felisa, compralo al mercato, sarà più economico. Finì di vestirsi, "oggi non andrò né in palestra né dalla massaggiatrice. Non avrei tempo di fare niente. Ma per primo cosa faccio?".

Lluís Miralpeix prese la macchina dal garage, "devo farla controllare, il freno è duro". Appena si sedette nella sua Simca 1000 Lluís vide che la pancia gli disegnava delle pieghine, "non gioco a tennis da un bel po'. Domani faccio un salto". Mise in moto la macchina. Qualcosa lo rendeva inquieto ma non sapeva bene cosa. Il lavoro aumentava ogni giorno, lo chalet a due piani aveva riscosso un notevole successo, soprattutto nel Vallès, perché era un'area parecchio umida. Lluís faceva rialzare le case di tre metri e il locale inferiore, lasciato con i mattoni a vista, fungeva da cantina. Al pianterreno, a cui si accedeva tramite una scala, c'erano la cucina, la sala da pranzo con camino, i servizi e la zona notte. Al piano di sopra disponeva il salotto, sotto un bel soffitto con lucernario. "Ogni spazio ha una sua atmosfera. Con pochi soldi i clienti possono permettersi una cantina e uno studio." La gente comprava terreni perché il denaro valeva sempre meno, e quell'architetto che aveva idee interessanti e li trattava come signori piaceva. Una casa con la cantina per il vino, il sogno di tutta una vita! I piccoli proprietari andavano in visibilio. Bisognava ammettere che Lluís Miralpeix ci sapeva fare con questi nuovi ricchi, e riusciva subito a togliergli dalla testa la fissa dello chalet – non si diceva più villetta– in stile svizzero. Già il legno è carissimo, dove dovrei andare a prendere l'ardesia?, diceva loro. Di tanto in tanto si presentava una donna carica di braccialetti e orecchini che si era incaponita con lo "chalet da cartolina". Tetti a spiovente, pareti di legno, mansarde... Di sicuro, pensava Lluís, erano andati in Svizzera a comprare la cioccolata e, di sfuggita, a lasciare qualche soldo in banca. La Svizzera era il paese dei sogni di questi commercianti grassi che approdavano nello studio di Lluís Miralpeix, chissà, forse avrebbero voluto che a Barcellona facesse molto freddo per riempire i loro appartamenti di parquet di legno e folti tappeti di pelliccia. Lluís, che amava la sua professione, doveva armarsi di santa pazienza quando la slavina del cattivo gusto si abbatteva sul suo santuario. Il "santuario", o *sancta sanctorum*, era lo studio dove aveva assunto più di venti persone tra architetti, geometri, progettisti, segretarie e dattilografe. C'erano anche un paio di studenti di architettura, «ben selezionati affinché non si mettessero in politica», più che altro perché dopo non portavano a termine gli incarichi. Gli architetti disegnavano le piante che poi lui firmava, perché in realtà a Lluís piaceva piuttosto andarsene in giro per la Catalogna alla ricerca di idee. Conosciamo troppo poco la nostra tradizione architettonica, i porticati e la distribuzione degli spazi nelle antiche case coloniche sono quasi perfetti, affermava. Viaggiava appena poteva, e a Parigi era rimasto senza parole davanti all'austerità e all'armonia di linee della sede dell'Unesco. Gropius era per lui un maestro e gli sarebbe piaciuto trovare il legame segreto tra l'arte e la tecnica. Era un sostenitore delle superfici chiare e dell'uso libero e aperto delle finestre e dei rialzi su palafitte. Per un po' ritenne che per salvare Barcellona dal disastro architettonico si sarebbe dovuto mettere un freno all'infatuazione per Gaudí e imporre un piano razionalistico. Poi, però, finiva sempre per concludere che viveva in un paese di ritardati mentali e che, in architettura, erano all'età della pietra. «Preferiscono guadagnare soldi in fretta e non si rendono conto che, alla lunga, ne guadagni di più se hai gusto. Non saremo mai europei» ripeteva.

Dai gesuiti Lluís era stato un bravo alunno e ci aveva messo non poco a «togliermi di dosso il polverume d'irrazionalità con cui mi hanno contagiato i preti». Per lui era un enigma che il padre, che era stato un miscredente e neanche adesso era troppo devoto, l'avesse mandato dai gesuiti una volta finita la guerra. Per un breve periodo, mentre stava ancora dai gesuiti, Lluís aveva pensato di farsi prete e conduceva un'esistenza mistica, da eremita. Sua madre, quando lo seppe, si mise a ridere. «Per il mio piccolo Lluís la vita è come una scala: vorrebbe sempre trovarsi sul gradino più alto.» Odiava la madre perché non si congratulava con lui se a scuola prendeva dei bei voti, perché non lo incoraggiava mai e non lo trovava intelligente, o brillante. Judit, sua madre, aveva amato soltanto Pere e forse un pochino Natàlia. Ma lui aveva lottato e ottenuto con il sudore delle sue mani, con il cervello e con la fatica quello che non aveva ottenuto il padre: un nome e il rispetto dei colleghi. Aveva trionfato, chi poteva negarlo? Se lo era riproposto, giorno dopo giorno, e viveva con l'urgenza di dimostrarlo, di dirlo, soprattutto a sua madre. Si sedeva davanti a Judit, nella veranda, e cercava un interlocutore qualsiasi per descrivere i successi della sua carriera. Parlava con l'altra persona, ma tutto quel che diceva era rivolto a quella donna paralitica, con la testa intorpidita, gli occhi inespressivi e il sorriso infantile. Era a lei che raccontava come aveva costruito la sua prima casa, come l'aveva eretta dal nulla, grazie solo alle sue mani e al suo cervello, come aveva disegnato le piante e aveva progettato tutti gli ambienti. Come gli avevano fatto i complimenti e gli avevano chiesto il progetto per pubblicarlo su una rivista d'architettura, una rivista diretta da un gruppo dell'Opus Dei, sai, adesso sono loro i vincitori. Lluís elencava le partite che aveva vinto a tennis, l'ho stracciato quello, diceva, annunciava quanto guadagnava ogni mese, Sílvia è la più elegante di tutte, parlava delle macchine che aveva intenzione di comprarsi. La donna dagli occhi color smeraldo, però, restava con lo sguardo impassibile, le mani immobili e il sorriso da ebete.

Lluís se ne dimenticò presto. Avevano seppellito Judit e a lui mancava poco per raggiungere il gradino più alto. Era un uomo pragmatico e cancellò dalla sua memoria ciò che lo disturbava. Nella vita bisogna avere due o tre cose ben chiare. È quanto basta, diceva. Riteneva che la ragione fosse l'arma migliore per difendersi e non faticò a convincersi che Dio non esisteva. La religione, aggiungeva, è per i cretini, per le donne, per i deboli e per i falliti. «Siamo nella seconda metà del ventesimo secolo, siamo andati sulla Luna e presto andremo su Marte. Questo paese è un paese di beghine.» Lo mandavano fuori dai gangheri quelli che lui chiamava "idealisti", e diceva che, di destra o di sinistra, erano una piaga che andava eliminata. «È finita l'epoca degli ismi, l'epoca della politica. Sono finite le bigotterie della religione, le ideologie. Adesso è il momento della tecnica e del progresso scientifico.» A Lluís piacevano le macchine – seguiva sempre il Grand Prix e la Formula 1 – e il suo sogno era una Jensen-Healey, una sportiva inglese a doppia cilindrata. «Appena me la compro, do la Simca a Sílvia, adesso che ha preso la patente.» E quando Lluís correva in macchina, non era più Lluís Miralpeix, architetto. Era un bambino. Che delizia, quel vuoto dentro la testa, e il vento che gli accarezzava le orecchie, e il sibilo delle altre macchine che rimanevano indietro mentre lui avanzava e avanzava e lo inghiottiva il buio. Le altre macchine diventavano dei puntini neri nello specchietto retrovisore, piccoli fari che lampeggiavano e scomparivano mentre lui sprofondava nella notte, padrone di ogni cosa. Quella fuga dal mondo era un'ebbrezza unica. E non gli importava più della vita o della morte, non gli importava perché non esistevano, e non esistevano nemmeno i sensi, lui non era più un corpo, era un sospiro, un soffio di vento, un'anima che dominava ogni cosa, e il tachimetro saliva sopra i cento, centoventi, forse centottanta, schiacciare sull'acceleratore, scivolare come una canoa sull'acqua tiepida del mare... faceva lo slalom tra chi non si metteva da parte, ma lui, alla fine, li batteva. Dopo, stanco, appoggiava il gomito sul finestrino abbassato e lasciava che le macchine lo superassero di nuovo. Le osservava con condiscendenza: non correva soltanto perché non lo voleva. Frequentava i bar di Sarrià, ma gli piacevano più le macchine delle donne. Ne aveva due o tre contemporaneamente, così non faccio stupidaggini, si diceva. Se qualcuna delle amanti diventava gelosa delle altre, la lasciava. "Non voglio problemi, io."

Un'altra delle passioni di Lluís era il cinema. Tutte le volte che poteva, andava a Perpignan o a Céret, ed era capace di divorarsi in un unico giorno fino a sei film. Gli piacevano quelli americani, quelli violenti che erano contro la violenza, e alcuni italiani. Non sopportava i francesi, sono lenti, vuoti, diceva. A volte si riuniva con il gruppo di amici, con Albert Mateu e Quim Renau, e guardavano film pornografici. Uno svizzero, cugino di un suo cliente, li importava a un ottimo prezzo. Li vedevano la domenica pomeriggio, o in estate, a Pineda de Mar. Si ritrovavano le coppie – la moglie di Quim Renau e quella di Mateu erano amiche di Sílvia – e si facevano grandi risate. «Troppi di questi film stancano» dicevano. «Sono tutti uguali.» Dai gesuiti Lluís aveva appreso la lezione che per trionfare bisognava avere cura del corpo, e dello spirito. Cercava di andare il più possibile al Club del Tennis. Ma faceva sempre meno sport: si stancava troppo, aveva il grasso attorno al cuore, invecchiava.

Sílvia disse alla parrucchiera di non farle la permanente, andava di fretta. Solo la messa in piega. Le disse anche di scaldarle la cera per i baffetti e per le sopracciglia. No, le gambe no, oggi non ho tempo, aggiunse. Ricordò alla parrucchiera che doveva depilarle prima di tutto le sopracciglia, lo sa, ho la pelle così delicata, poi mi rimane rossa come un peperone. Si mise sotto il casco con la testa piena di bigodini e la retina rosa. Era la cosa che più le piaceva, quando andava dal parrucchiere. Avvolta nel calduccio, finiva spesso per appisolarsi. Era un sonno dolcissimo, come quando era piccola e le scendeva la bavetta. Aprì "Garbo" e lo sfogliò in fretta. Parlavano di Maria Schneider, l'attrice di *Ultimo tango a Parigi*, quella che aveva le occhiaie, la carnagione terrigna, i capelli bagnati e grandi seni, "un po' cascanti". Maria Schneider aveva perso la testa per una sua amica e aveva piantato il regista di un film, a Roma, nel bel mezzo delle riprese. Sílvia pensava, non so perché non dicono chiaro e tondo che è lesbica, questa ragazza è sporca, ma non sporca perché non si lava, è sporca in un altro modo, non saprei come definirlo... Sílvia continuò a sfogliare la rivista. Un certo Ronald D. Nadler, un professore americano, aveva scoperto che il gorilla maschio non è aggressivo. "Il maschio non è feroce come viene dipinto" diceva il titolo del reportage e, poco sotto, "la femmina insegue il maschio per fare l'amore." Il dottor Ronald D. Nadler affermava che il gorilla, "che per molto tempo è stato descritto come un animale feroce, posseduto da un insaziabile appetito sessuale, pare essere, in base agli ultimi studi, tutto il contrario". Il professore americano compariva in una foto: criniera da leone, baffi in stile Groucho Marx, naso aquilino e labbra sensuali – di quelle che sembrano aver divorato una fetta di soppressata dopo l'altra. "Che personaggio" pensò Sílvia. Aveva la camicia un po' aperta e Sílvia vide che gli spuntavano dei peli color pannocchia...

"... al contrario, è la femmina che svolge un ruolo aggressivo durante l'accoppiamento, impegnandosi a perseguitare attivamente il maschio al fine di avviare un approccio sessuale. Per quanto riguarda chi prende l'iniziativa nell'atto sessuale, salta subito agli occhi che rare volte è il maschio ad abbordare la femmina. Quasi invariabilmente è la femmina a fare i primi passi, scagliandosi ripetutamente addosso al maschio, spintonandolo con frequenza contro un muro, o addirittura colpendolo con i pugni pur di metterlo alle strette. E mentre si impegna a braccare il maschio, la femmina emette un suono acuto e delicato, simile a quello che produce un piccione compiaciuto. Dal canto suo, il gorilla maschio non solo si mostra passivo nella fase di corteggiamento della femmina" concludeva il professor Nadler, "ma anche quando gli si offre la possibilità di un quotidiano accesso alla femmina, risponde positivamente alle richieste amorose di questa solo una o due volte al mese, giacché sembra essere allettato più da una banana che da una femmina."

... senza accorgersene, Sílvia aveva lasciato cadere la rivista. Una bruma aveva dissolto le lettere e le palpebre le si chiudevano di continuo. La testa le oscillava dentro il casco asciugacapelli. Sognò che arrivava il professor Nadler colpendosi forte il petto e che Maria Schneider, pigolando come una tortora e con le mammelle al vento, si lanciava sopra un gorilla e faceva l'amore con lui come se montasse a cavallo. Il professor Nadler prendeva appunti su un taccuino mentre lei, Sílvia, mangiava una banana con gusto. Il pisolino durò pochissimo perché in uno dei suoi dondolii la fronte le sbatté contro il casco. Le era scesa perfino un pochino di bava. L'apprendista le restituì la rivista. Sílvia chiamò l'addetta alla manicure, me le faccia color madreperla. Mentre le toglievano le pellicine, Sílvia pensò, "ho trovato, so cosa farò per primo: melone e prosciutto. Devo andare dal fruttivendolo Tívoli, vediamo se ce l'hanno". Le aveva dato l'idea la storia del gorilla che mangiava banane.

Avresti potuto avvisarci, saremmo venuti a prenderti all'aeroporto, e Sílvia dava due baci a Natàlia, uno per guancia. È invecchiata, pensò, e spettinata come al solito. Gli uomini non sono ancora arrivati, vieni, ti mostro l'appartamento. Al piano di sopra c'erano la sala da pranzo-living, la cucina con l'angolo colazione, la hall e i servizi. Nella sala da pranzo, un camino nero sospeso in ferro battuto divideva i due ambienti. Il soggiorno era leggermente rialzato, il pavimento era di legno e sparsi dappertutto c'erano grandi cubi di schiuma foderati di velluto in diverse tonalità di marrone. La sala da pranzo, rivestita di moquette, aveva al centro un tavolo di pino scuro con due lunghe panche. Alle pareti, scaffali su misura con libri d'arte e una collezione di piccole civette in ceramica. Tutte idee di Lluís, sai che ha un ottimo gusto, Sílvia era contenta e le fece vedere ogni dettaglio, il pianoforte di Judit, con sopra un vaso allungato di vetro, povera mamma, sospirò Sílvia, che fine!, le riproduzioni di Vasarely, Mondrian, Hoyland, Nicholson, linee fredde, colori metallici, grandi pannelli bianchi, toni spenti. La biblioteca era attigua alla sala da pranzo, gli scaffali erano in noce, come l'enorme tavolo, le poltrone in pelle e di colore nero. Era lo studio di papà, fece Sílvia, e ora l'ha ereditato Lluís. Su una parete, un Utrillo e un Madrazo. Gli scaffali erano stipati di libri d'arte, di architettura e di tutta l'*Enciclopedia Espasa*. Nel complesso il locale aveva un'atmosfera piuttosto seria, in contrasto con la sala da pranzo e il living room. Le stanze da letto erano al piano inferiore. Passarono rapidamente per la camera del padre, e Sílvia notò che Natàlia non chiedeva niente, sostarono in quella di Lluís e di Sílvia, pareti bianche e un gigantesco Paul Klee sopra il letto. Pochi mobili, armadi a muro e il copriletto di un blu elettrico. Accanto alla camera da letto c'era il loro bagno, con piastrelle verde bottiglia, lavandini che parevano fonti battesimali e uno specchio che occupava mezza parete. Dopodiché andarono nella stanza di Màrius, sempre così disordinata, esclamò Sílvia, una scrivania in legno di pino, un giradischi, copertine di dischi dappertutto, tre scaffali in legno bianco pieni di libri, non lo sai? ora si è fissato con la poesia, Natàlia raccolse da terra un libro un po' spiegazzato, *Nove nuovissimi poeti spagnoli* e, quasi sotto il letto, un disco dei Blood, Sweat and Tears. Alle pareti, un manifesto del Che, un altro di un trial tenutosi in Giappone e l'*Ofelia* di Everett Millais: una ragazza livida, color della morte, circondata di fiori, le mani distese, le labbra socchiuse, scendeva lungo il fiume tra felci e tronchi morti. A Lluís fa ammattire, questo quadro. Lo trova kitsch. Però Màrius dice che è bellissimo. Natàlia recitò:

Sur l'onde calme et noire où dorment les étoiles
La Blanche Ophélia flotte comme un grand lys...[1]

Come?, fece Sílvia. Niente, niente... Màrius legge un sacco di poesia e ha già discusso non so quante volte con Lluís perché suo padre vuole che decida che facoltà fare. L'altro giorno è stata una tragedia, Màrius è sbottato, e chi ti ha det-

[1] "Sull'onda calma e nera dove dormon le stelle / Come un gran giglio ondeggia Ofelia bianca e sola." (*Le note sono a cura della traduttrice.*)

to che voglio andare all'università? Sai una cosa? Ho paura che Màrius si droghi, non immagini con che gente gira! Sílvia continuò a far vedere a Natàlia l'appartamento, la camera degli ospiti, il bagno di Màrius, con le piastrelle lilla... Vieni, fece di colpo, ti mostrerò una cosa, e tornarono nello studio. Sílvia prese dal cassetto della scrivania in noce una cartellina con screziature viola scuro. La aprì e le porse un paio di fogli bianchi, *mon chou, je ne t'oublie pas*... Lluís pensa che non lo sappia, ma io gli controllo tutto. E non gli hai detto niente?, chiese Natàlia. E perché? Preferisco che le cose rimangano uguali. Adesso c'è pace, in casa.

Sílvia portò Natàlia in cucina, voleva dare un'occhiata al filetto di maiale. Guarda, disse, mi sono comprata uno di questi forni alti e separati dai fornelli, non sai come sono comodi, Sílvia non la finiva di chiacchierare, mi devi insegnare a preparare dei dolci inglesi, eh? Sílvia aprì il forno, da fuori anche se c'è la lampadina accesa non vedo bene, controllò con la forchetta se il filetto era cotto, no, manca ancora qualche minuto, ecco, in tuo onore ho preparato il filetto di maiale alle mandorle, lo metti in teglia intero con un pizzico di sale e una spolverata di pepe, fai dei taglietti sottili e lo lasci arrostire lentamente finché non è cotto dentro. A quel punto aggiungi le mandorle tritate macerate nel latte. Devi fare in modo che entrino nei taglietti, e che finisca di cuocere a poco a poco. Non immagini che fatica trovare un melone, continuò Sílvia, non è stagione e sono dovuta andare fin dal fruttivendolo Tívoli. Il melone però va mangiato all'inizio, altrimenti è indigesto, e insieme al prosciutto, ho comprato quello di Parma, è una delizia. Un piatto raffinato, non trovi? chiese Sílvia. Ma non ti credere, aggiunse, qui adesso siamo moderni. Siamo cambiati parecchio. Non troverai nessunissima differenza con l'Inghilterra, vedrai. Sílvia si sedette sulla sedia pieghevole in legno di pino, davanti a Natàlia. E adesso parla tu, cosa hai fatto in questi anni? Ma arrivò Lluís e, sebbene si fossero visti giusto un paio di volte in quei dodici anni, si scambiarono un saluto piuttosto freddo.

Erano seduti a tavola, e Natàlia notò che c'erano quattro coperti. Papà sarà a Gualba, pensò. Prima presero un aperitivo, Lluís whisky e loro due un vermut bianco, uno dolce e l'altro secco. Sílvia mise dei piattini sul tavolo, così spizzicate mentre il maiale finisce di cuocere. C'erano olive farcite, tocchetti di groviera e gamberetti salati. Quella che parlava di più era Sílvia, raccontava tutte le diete che aveva fatto per dimagrire un po'. Ogni tanto calava un silenzio un po' prolungato e non sapevano più di cosa parlare, la salvezza era Màrius, i suoi studi, la moto. Non trovi che la moto sia molto erotica?, fece Sílvia. Se fossi giovane, credo che andrei in moto. Tu?, commentò Lluís con un sorriso, ma se muori di paura a scendere in ascensore! Sílvia guardò Natàlia, non lo ascoltare, lo dice solo per darmi un dispiacere. Lluís era di malumore e, con una mano in tasca, appoggiato allo schienale della sedia di vimini e legno nero, beveva il Four Roses a piccoli sorsi. Dopo un po' chiese a Natàlia, ti fermi?, e lei, prima di rispondere, pensò che era buffo, tutti le facevano la stessa domanda. Non ebbe il tempo di dire niente perché proprio in quel momento arrivò Màrius. Un puro Claret, si disse Natàlia. Sembrava uno di quegli adolescenti dei quadri veneziani, un Bellini, i capelli arruffati e scuri come un tizzone, le labbra color fragola, sensuali, le sopracciglia folte, gli occhi neri, le guance rosa, l'atteggiamento deciso e un po' ombroso. Aveva un volto ancora indefinito ma bello, con le borse scure sotto gli occhi tipiche dei Miralpeix e lo sguardo sfuggente di Judit. Aveva qualcosa di inquietante, forse lo sguardo, che era proprio come quello di Judit, tra l'infantile e il guardingo. Anche i suoi occhi sembravano non soffermarsi mai sugli oggetti concreti attorno a lui, ma spingersi più lontano. Natàlia pensò che gli occhi di Màrius erano maligni e innocenti allo stesso tempo. Visto che era seduta, Màrius diede un bacio sulla fronte a Natàlia e, senza quasi guardarla, si sedette dall'altro lato del tavolo, davanti a lei. E cos'è ora quest'accoglienza così fredda? disse Sílvia, è la tua madrina. Lascialo stare, Sílvia, fece Natàlia, come vuoi che mi accolga? Come vuoi che si ricordi di me? Màrius fissava il piatto e muoveva le gambe da una parte all'altra. Appoggiò al palmo della mano la guancia destra, dove gli era uscito un brufolo enorme e pieno di pus. Se l'era schiacciato al mattino, però gli era rimasto il segno. Parlarono per un bel po' di zia Patrícia, risero delle sue coliti e degli spioncini alla porta. Ha paura che le entrino a rubare. O forse che qualcuno la rapisca, fece Lluís. Sílvia commentò che, dopo la morte di Esteve, Patrícia era molto cambiata, non c'erano dubbi. Dice che ha scoperto com'è la vita vera e che si sente ingannata. Da quando ha assaggiato i cuba libre e il vino di Jumilla non tocca più il liquore alle erbe di Montserrat. Va dal parrucchiere ogni settimana e si tinge i capelli, l'avrai sicuramente notato. Fuma addirittura, e si pittura le unghie! Dopo pranzo lei ed Encarna vanno per grandi magazzini, a Can Jorba o al Corte Inglés, rovistano dappertutto e poi non comprano nemmeno uno spillo. Una volta me le sono trovate al caffè Moka, stavano mangiando tutte e due un gelato più alto di loro. Taci, taci, va persino al cinema di sera. Spende e spande come se non ci fosse un domani. Lluís commentò che era questo il punto debole della vicenda. Gli affitti che riscuote dagli appartamenti sono bassissimi. Le ho detto di venderli, così ci ricavano degli uffici. Ma lei è testarda e dice che le basta, vedremo che succede quando intacca le poche rendite che le rimangono. Con il vitalizio di Esteve non riuscirà a entrare nemmeno nelle case di riposo pubbliche. Patrícia è proprio una sciocca, concluse Lluís. A proposito, fece Natàlia, papà è a Gualba, no? Màrius sollevò lo sguardo e fece un movimento quasi impercettibile. Sílvia lanciò un'occhiata a Lluís. Questi rispose che era a Gualba. Meglio, aggiunse Natàlia, così rimando il nostro incontro. Non ho nessuna voglia di vederlo. Cosa fa? È invecchiato molto da quando non lavora? No, tagliò corto Lluís, ma Natàlia non lo ascoltava già più, si era rivolta a Màrius e gli parlava dei Rolling Stones. In Inghilterra non sono più così popolari. I giovani non riescono a dimenticare Jimmy Hendrix, e al confronto Zappa fa ridere. No, non è vero, disse Màrius, ho sentito *Goats Head Soup* ed è meraviglioso. Quelli suonano solo perché si abboffano di droghe, fece Sílvia. E allora? Se li aiuta a creare... E poi, tu che ne sai? Màrius si rivolgeva alla madre. Lo dico perché mi informo, ragazzino: l'anno scorso hanno arrestato uno di quel gruppo, come si chiamava? Keith Richards, disse Màrius, lui, sì, continuò Sílvia, perché aveva delle droghe a casa. Mamma, che banalità... Mentre Sílvia e Màrius discutevano, Lluís si ricordò di cosa l'aveva messo di malumore quella mattina: era Natàlia, certo, Natàlia, che era tornata all'improvviso, avrà voglia di rimestare, questa qui. Andarono nel living a bere il caffè, Sílvia lo servì su un vassoio ovale. Si sedettero sui dadi, attorno a un tavolino basso di vetro. Sopra il tavolino c'era un oggetto enorme, cos'è quest'aggeggio?, chiese Natàlia, è un accendisigaro, rispose Sílvia, un oggetto di design, aggiunse Lluís. Sílvia si era seduta sul pavimento, appoggiata a un enorme cuscino foderato in similseta. Indossava dei pantaloni in tessuto pelle di pesca color arancio acceso e una camicetta nera. Al collo si era messa vari ciondoli, uno era un piccolo corno d'avorio – per scherzo alle amiche della palestra diceva che era per le corna che le faceva il marito. Natàlia chiese a Sílvia come stessero i suoi, Sílvia sospirò mentre si accendeva una sigaretta, sono successe tante cose!, disse, la nonna è morta, come saprai, e Gèlia è annegata l'estate scorsa a Calella. È stato un colpo fatale per i miei, mamma è invecchiata di botto... Sai che non vivono più in carrer d'Aribau? Si sono comprati un appartamento a Pedralbes. A mio padre gli affari vanno alla grande... E Nasi, chissà dove sta. Forse in Brasile, forse in Cile. Non dà sue notizie da tempo. Nonna è morta con questo dispiacere nel cuore. Sílvia si animò, ah! e

Mundeta si sposa, finalmente, disse Lluís, è parecchio cambiata, continuò Sílvia, se n'è andata via di casa durante i disordini all'università ed è diventata una specie di hippy. Adesso lavora in una scuola. Con chi si sposa?, chiese Natàlia, con un avvocato che sta in politica. Il padre, disse Lluís, è uno dei fondatori della democrazia cristiana catalana, e il promesso sposo di Mundeta è stato in prigione un paio di volte. Sono molto catalanisti, aggiunse Sílvia. Natàlia sorrise, Mundeta sposata con uno di Unió Democràtica? Non mi avevate scritto in una lettera che era diventata trockista? A me sembrano tutti uguali, fece Sílvia, be', non è esattamente la stessa cosa, fece Natàlia. Lluís, con in mano un cognac Torres invecchiato di dieci anni, riteneva che sia gli uni sia gli altri fossero politici della vecchia scuola. Adesso la gente pensa unicamente a vivere bene, vuole le comodità. Tu che vieni dall'Inghilterra lo dovresti sapere: quel che conta è la politica del "benessere". Non avranno seguito, né gli uni né gli altri. Però!, fece Natàlia, vedo che non sei affatto cambiato: né con gli uni né con gli altri. Lluís finì il cognac in un sorso, certo, a me interessa salutare in modo schietto, dando del tu, e poi che ciascuno torni ai suoi affari. Basta con questa storia che si può salutare solo in due modi, con il pugno alzato o con il braccio teso. Puig Antich, quel rapinatore... Màrius lo interruppe, non era un rapinatore, papà, bene, chiamalo come vuoi, quell'anarchico, allora, è andato a pestare i piedi a chi comanda, era un illuso... Màrius si rivolse a Natàlia, papà è di centro, come vedi. Non mi dire che sei a favore della pena di morte!, fece Natàlia al fratello, senti!, rispose lui, io sono un uomo europeo, non un vecchio tradizionalista patriottico e bigotto, capito? E se qualcuno ti stupra per strada?, chiese Sílvia, cosa dovresti fare? Lluís rise, che idee ti vengono in mente. A ogni modo, continuò, questi quattro esaltati che scendono in strada rovineranno ogni cosa e non riusciremo mai a entrare nel Mercato comune. A te, fece Màrius, la morte di Puig Antich ti lascia indifferente. Bene, basta politica per oggi, disse Sílvia, facciamo la pace. E a Natàlia, domani che impegni hai? Potremmo uscire insieme... Pensavo di andare a vedere un editore. Cerco lavoro. Lluís non fece commenti. Ma che fortuna, Natàlia, potrai lavorare, tu! Lluís sorrise e disse a Natàlia, a questa sempliciotta è venuta voglia di sgobbare, quando potrebbe starsene a casa nel *dolce far niente*, e intanto stiracchiava le braccia e apriva la bocca in un grande sbadiglio. Mi perdonerete, ma ho bisogno di fare un sonnellino. Se non dormo quei dieci minuti dopo pranzo, non capisco più niente. Guardò Natàlia, abbiamo tutto il tempo del mondo per parlare.

Sílvia disse a Màrius, a tua zia piace che tu abbia una predilezione per la poesia, che ti ci dedichi. Màrius diventò rosso come un melograno fino alla punta delle orecchie, non è che mi ci dedico, si copriva il brufolo in faccia, spesso il fine settimana andiamo a casa di Roser Roura, a Begur, e leggiamo poesia. Roser Roura è una madre di famiglia con quattro figli, divorziata, aggiunse con malizia Sílvia. Roser Roura è una donna eccezionale, replicò Màrius, stizzito. Scrivi poesia?, domandò Natàlia, finora ho scritto soltanto un *Manifiesto* assieme a tre amici. In castigliano?, fece Natàlia, sì, in castigliano, e leggiamo Verlaine, Rimbaud, Baudelaire... Di cosa parla il vostro *Manifiesto*? Di letteratura, del fatto che le formule poetiche usate finora sono ormai superate. Bisogna farla finita con la poesia sociale e la poesia politica. La poesia è un'altra cosa. Roser Roura dice... Natàlia seguiva le labbra color fragola di Màrius e le tornò in mente la poesia dell'altro Màrius: "Ora che il braccio potente delle furie demolisce / la città di ideali che volevamo costruire...". Erano labbra di una carnagione giovane. Si è innamorato di questa Roser Roura, pensò Natàlia, forse fanno pure l'amore. Màrius aveva la faccia appoggiata sulla mano e copriva bene il punto dove aveva il foruncolo. Natàlia quasi non la sentì, quando Sílvia le domandò, ci trovi cambiati, non è vero?

Parte seconda

PROFUMO D'AUTUNNO

Non ci entrammo. Facevamo la muta e non
provavamo interesse per quei brandelli
di pelle vecchia. Annusavamo la paura
che era il profumo di quell'autunno...

GABRIEL FERRATER, *In memoriam*

Zia Patrícia non era mai stata bella. Aveva la pelle rinsecchita, del colore della terra riarsa. Sembri fatta di terra arida, le diceva sempre Esteve. Spalle un po' curve, occhi che, visti da vicino, erano due verrine penetranti e che, da lontano, scomparivano tra sopracciglia troppo folte. Sotto gli occhi, due borse livide e rughe scure. Certo che, con quelle occhiaie di chi ha vissuto troppo, voi Miralpeix avete l'aria da malavitosi, diceva Esteve. Ogni mattina lei si premurava di stendere un velo di cipria rosa per nascondere quelle borse scure, ma non c'era niente da fare: nell'arco della giornata eccole che spuntavano di nuovo. Voi appassite prima del tempo, insisteva Esteve. Il naso non era proprio a forma di gancio, ma tendeva a esserlo, e le guance erano tirate, quasi dovessero agganciarsi sotto le orecchie. Di bello Patrícia aveva le mani, «me le invidiano tutti», affusolate, lunghe, bianche di un bianco nient'affatto carnoso, e così diverse dalla pelle terrigna del volto. Hai delle mani meravigliose, le diceva Esteve nei periodi in cui non voleva farla penare troppo, «le mani sono spesso estremità articolate con valore funzionale: servono per afferrare oggetti, per grattarsi, per allacciare, per indicare o per accarezzare. Se noti le mani di una persona è perché sono belle. E per questo tutti ti guardano le mani». Esteve Miràngels dedicò a

Patrícia un sonetto *noucentista* dal sapore classico che iniziava così: "La mia vita e il mio corpo / le tue mani hanno cercato / come un veliero che ancorato...". E, nei periodi in cui ebbe soldi, le regalò due o tre anelli, uno con un brillante grande come un cece.

Le mani di Patrícia erano malinconiche, a volte un po' assenti, «mani da frigida» diceva Lluís, modeste. Erano mani un po' sprecate, «se toccassero tutta la liscivia che tocco io, altro che rughe» diceva Encarna. Erano mani che coccolavano i figli degli altri, mani da donna sterile, che accarezzavano i fiori nelle notti di primavera e lambivano con le dita le foglie dei platani che cadevano in autunno, mani che cercavano un punto nell'orizzonte, che pettinavano i capelli precocemente incanutiti di Judit, che li lisciavano con tenerezza, che le chiusero le palpebre quando esalò l'ultimo respiro, mani che seguivano con le dita i misteri del dolore, che facevano il segno della croce, spruzzate di acqua benedetta, che si stringevano l'una all'altra nelle notti tetre dei bombardamenti, mani che distribuivano caramelle ai bambini poveri, che slacciavano con pazienza i gancetti del bustino quando Patrícia era veramente grassa e che si riempivano di crema dopo il bagno adesso che era veramente magra. Mani che vibrarono di malinconia e di sentimento, che impugnarono il martello per ridurre in mille pezzi la bocca dell'amorino dello stagno, in una notte soffocante in cui le pareva di impazzire... Il suo fu un sentimento tenue che morì nel vento, simile al suono di un corno da caccia, e le sue mani si aprirono come una vergine sul punto di essere dischiusa e si chiusero come un'agonizzante che ha accettato la morte. Almeno, il putto non sorrideva più: non aveva la bocca. Adesso Patrícia aveva le unghie lunghe e curate, con lo smalto mogano abbinato ai riccioli dei suoi capelli, ed erano abili nel comporre solitari e leste nello stappare bottiglie di vino. Il putto era scomparso, e anche il giardino che le dava tanta tristezza. Di notte, quelle mani sfioravano le lettere ricamate delle lenzuola, e al mattino cercavano di allontanare i corpuscoli di polvere che si intrufolavano tra le stecche delle persiane, corpuscoli di polvere che penetravano nella sua stanza sotto forma di raggi di sole. Le mani di Patrícia, diceva Sílvia, non sembrano sue, sembrano le mani di un'artista.

Adesso Patrícia dice che beve per dimenticare le pene. Sa che non è peccato: Gesù trasformò l'acqua in vino durante le nozze di Cana, Gesù parlava spesso della vite e dei vignaioli, Gesù fece sì che il vino dell'Ultima Cena divenisse il suo sangue. Patrícia l'aveva letto nel Vangelo: "Nessuno cuce una toppa di panno grezzo su un vestito vecchio; altrimenti il rattoppo nuovo squarcia il vecchio e si forma uno strappo peggiore. E nessuno versa vino nuovo in otri vecchi, altrimenti il vino spaccherà gli otri e si perdono vino e otri, ma vino nuovo in otri nuovi, e tutte e due le cose si conservano", Gesù Cristo versava vino sulle ferite e non consentiva di digiunare. Colui che vive con Gesù Cristo non deve essere triste. Prima lei era davvero tristissima, ma adesso, vedi, non lo è più, perché le pene si mescolano al vino. Vuole intimorire i dolori, i dolori sono come dei corvi che la pungolano, corvi che le volteggiano attorno giorno e notte. Prima beveva soltanto il liquore Aromes dell'abbazia di Montserrat, mentre adesso le piace il vino, il caldo vino di Jumilla che le accende le guance e le riempie la gola. Quando beve, i corvi volano via per non fare ritorno. Tuttavia Patrícia beve per stare allegra e l'allegria non affiora, e al suo posto si impone un'immensa tristezza, grande quanto l'oscurità piena di corvi in agguato. E lei non vuole piangere. Non saprebbe spiegare perché, vengono a farle visita i suoi morti, i morti della sua vita, si siedono accanto a lei e chiacchierano con lei, arriva Paquita, che ride con la faccia paffutella, arriva Judit, con quegli occhi che ci sono e non ci sono, arriva Kati, che la osserva beffarda, con le sopracciglia depilate e i suoi coordinati fatti a maglia, arriva Mundeta Jover, con i lunghi capelli sciolti come fossero due ali di un uccellaccio e le mani come raggi di luna, arriva Esteve, che non la degna nemmeno di uno sguardo... E tutti chiacchierano contemporaneamente, sente il brusio delle loro voci che vanno e vengono, quasi fosse lei a entrare e a uscire dalla stanza, a volte le voci sembrano un'eco e a volte le parlano all'orecchio. Kati: Patrícia, tu sei ancora viva ma sei già morta e sepolta, Mundeta: vieni con me, Patrícia, non ha più senso soffrire, Esteve: dimmi, Patrícia, tu che parli il catalano orientale, *ressò* fa rima con *cançó*?[2]

... poeta, Poeta con maiuscola, così si faceva chiamare Esteve e più morivano di fame più Esteve sedeva a tavola tra quadri autentici di Ramon Casas e di Isidre Nonell, con le tovaglie ricamate a mano e con merletti a tombolo, le posate d'argento – sempre che non fossero al banco dei pegni – e le stoviglie di Limoges. Patrícia gli chiedeva, cosa vuoi per cena?, e lui rispondeva, il Poeta vuole fagiano, *huîtres vertes de Marennes, dessert assorti* e Bordeaux del 1891, e Patrícia diceva alla domestica, una frittata di un uovo. Prima che si stufasse e decidesse di cercarsi un altro impiego, la domestica serviva a tavola con guanti e cuffietta, divisa nera con colletto e polsini di pizzo bianco e grembiule immacolato anch'esso di merletto. Molte sere Patrícia non cenava – tutto sommato, non le dispiaceva, almeno perdeva qualche chilo – e la domestica, per non licenziarsi, si mangiava una frittata di due uova. Esteve le diceva, tu, *pubilla*, mia ereditiera, sei una contadina, ma io, che ho parenti tra conti e marchesi, io non posso vivere in una simile miseria... Vivevano come morti di fame perché il padre di lei, l'erede dei Casamitjana, una delle migliori famiglie di Gualba, aveva

[2] *Ressò*, ossia "risonanza", "eco", termina con una vocale aperta, mentre *cançó*, ossia "canzone", "lirica", termina con una vocale chiusa. Insieme formerebbero una rima cosiddetta falsa.

diseredato tutti e tre i figli, «mai sventura fu peggiore per una casata di tale nome, quale uccello del malaugurio posò su di essi le sue grinfie» mormoravano le vecchie della zona, «una figlia, donnaccia, l'altra sposata a un accattone che si dà arie da signore, e il figlio, l'erede, smarrito in giro per il mondo, incurante del patrimonio».

Ed era vero: i Casamitjana erano tra i più ricchi di Gualba, e le loro terre si estendevano fino ai piedi del Montseny. Il bisnonno di Patrícia era stato insignito della croce di Isabella II perché aveva combattuto contro i carlisti. Morì davanti alla casa colonica – rimaneva ancora il ricordo della macchia di sangue, un grumo scuro e rugoso circondato da un'aureola dorata che il vecchio Casamitjana aveva commissionato a un artigiano di Barcellona in ricordo dell'eroe di famiglia. Per molto tempo la medaglia della croce fu esposta nella vetrinetta della sala del pianoforte, sopra un cuscinetto di velluto scarlatto. I Casamitjana, però, potevano vantare altri due eroi, che si erano distinti durante le guerre contro i francesi: raccontavano di essere parenti di monsignor Joan Salarich, "illustre poeta e coraggioso patrizio, fucilato dagli agguerriti eserciti di Napoleone", e di una santa, madre Carrió. Be', santa non lo era ancora, ma dicevano che il papa l'avrebbe consacrata presto. Madre Carrió era una religiosa ed eroina della guerra contro i francesi. La vulgata diceva che durante l'assedio di Saragozza "madre Carrió si distinse per la sua abnegazione e il suo eroismo; si prese indefessa cura dei numerosi feriti e assieme ad altre religiose si avventurò nei luoghi più perigliosi per adempiere alla propria missione caritatevole. Durante uno degli assalti venne dato alle fiamme l'ospedale e, dopo strabilianti sforzi, incoraggiate dalla madre superiora – che era madre Carrió –, le monache riuscirono a mettere in salvo dei malati (le cronache non riportavano il particolare che alcune di quelle indifese creature furono selvaggiamente stuprate e altre scomparvero nel nulla). Alle tragedie della guerra si sommarono quelle della fame, e perirono taluni dei malati soccorsi, come pure nove monache. Delle ventuno sorelle ne sopravvissero unicamente tre". In circostanze così drammatiche, madre Carrió e le due monache rimaste attraversarono il fuoco nemico fino a raggiungere il punto da cui il generale Lannes (quel generale che era stato apprendista tintore e che aveva spalleggiato Napoleone durante il 18 Brumaio) cingeva d'assedio Saragozza e, non si sa bene in quale maniera, riuscirono a far penetrare i beni di prima necessità. Madre Carrió acquisì un tale ascendente sul condottiero che da allora poté spesso salvare i patrioti illustri caduti in mano ai nemici.

Visto un simile lignaggio, era naturale che il vecchio Miralpeix dei Casamitjana guardasse con diffidenza al nuovo arrivato, quella sorta di rampollo scialacquatore che, con atteggiamenti da nobile decaduto, magnificava grandezze mai viste da nessuno. Il vecchio Miralpeix lo definì con poco: «È un pelandrone». «Di cosa vive?» chiedeva a Patrícia, «non vedi che vuole sposarti per i soldi?» Il padre la minacciò che, se avesse sposato Esteve, non avrebbe ricevuto nemmeno un centesimo, nulla, nemmeno il corredo, né il servizio di cristallo con i calici che tintinnavano come note musicali se li toccavi con un dito, nulla di nulla. Ma Patrícia lo sposò, lo sposò e ricevette le sottovesti della nonna, le mantelline di trine della madre, la camiciona per la prima notte di nozze che era già stata della bisnonna, della nonna e della madre, le vestaglie di seta, il chimono giapponese ricamato in filo d'argento, i servizi da tavola damascati, i completi di lino, un set di fazzoletti da tasca, la biancheria di seta, gli scialli di Manila delle zie, la vestaglia di tulle con una frangia di marabù color violetto, insomma... tutto quel che doveva avere l'ereditiera di un'ottima famiglia come era quella dei Casamitjana. Patrícia pretese pure un copriletto di satin stampato con enormi fiori azzurri che aveva visto su una rivista di Parigi. Patrícia si sposò innamorata, questo nessuno lo poteva negare, e lui parlava talmente raffinato, con quelle "o" così aperte, e quella sua tipica espressione, "*poc que te crec*",[3] che, pronunciata in fretta, le ricordava il ritmo di un treno in marcia... E poi, Esteve scriveva versi e le dava baci sui lobi delle orecchie. Quei baci le provocavano una sensazione di calore che dalle gambe risaliva su fino a...

... tutte le disgrazie arrivarono, avrebbe detto Patrícia, quando Esteve si incaponì a voler vivere a Barcellona. Un bel giorno Joan, il fratello di Patrícia, scomparve senza lasciare tracce e lei divenne la *pubilla*, l'ereditiera dei Casamitjana. «Organizzavamo certi banchetti, a casa... lasciavamo aperti i cancelli del giardino e il casolare si riempiva di gente. I mendicanti dei dintorni venivano a mangiare capponi e tacchini, e il vino scorreva a fiumi. Una volta si presentò da noi un forestiero perché credeva che casa nostra fosse una locanda. Noi, la famiglia, eravamo potenti, non badavamo a spese. Ogni occasione era buona per una festa allegra...» Quando lo raccontava, nessuno capiva se Patrícia ci credesse veramente. Ma Patrícia, che amava i campi appena mietuti e inondati dal sole e i boschi umidi e scuri degli alberi secolari, e il viale di cipressi che conduceva al casolare, e i pioppi neri che lambivano il torrentello di Gualba, non era stata educata né per la campagna né per la città. In campagna illanguidiva. In città, veniva presa per una contadina. Sapeva giusto cucinare, suonare la *Marcia turca* e lavorare al tombolo. Era brutta e grassa, talmente grassa che aveva bisogno di due sedie per sedersi. Nella sala del pianoforte attaccarono insieme due sedie isabelline e non le tolsero mai. Un bel giorno a Gualba giunse Horaci Mir in compagnia di un uomo alto e grasso, dal volto sanguigno e la chioma bruna. Sembrava un personaggio uscito dal circolo Pickwick: vestiva come un lord, interamente di bianco, con un panciotto che

[3] "Ti credo poco."

gli si apriva in basso per via della pancia spropositata. Aveva in testa un berretto di paglia, e in mano il bastone. Era un poeta, amico di Horaci Mir, che era anche lui poeta e si era fidanzato con una delle ragazze più povere di Gualba ma amica intima di Patrícia. Originario dell'Empordà da parte di madre, il poeta si chiamava Esteve Miràngels, veniva da una famiglia rovinata dalla fillossera e viveva strangolato dai debiti di gioco. Esteve chiese a Horaci, chi è la ragazza più ricca di Gualba? E Horaci lo chiese alla sua fidanzata: chi è la ragazza più ricca di Gualba? La fidanzata di Horaci disse, Patrícia Miralpeix dei Casamitjana, che ha un fratello testa calda e il padre l'ha diseredato.

... si sposarono, dunque, in pompa magna. Metà provincia partecipò alla cerimonia, dicono, e l'altra metà morì di invidia. Esteve dedicò un lungo poema in endecasillabi alla sposa e la sposa si profuse in lacrime. Quella notte lei indossò la camiciona appartenuta alla nonna e alla bisnonna, e pure alla madre. L'avevano fatta allargare lungo le cuciture perché lei non ci entrava: le antenate erano più smilze. Era la camicia da notte della casa avita. Patrícia si spogliò in un'altra stanza e si presentò con lo sguardo basso e la bianca camiciona lunga fino ai piedi. Sotto era nuda, e sul basso ventre, quasi all'altezza del pube, c'era un buchino, un foro talmente piccolo che a malapena ci passava un rametto di ciliegio. Esteve prima rimase perplesso, dopo si imbestialì e infine scoppiò a ridere. Rideva, con risate forti e sonore. Quelle risate la perseguitarono a lungo. E intanto, Esteve le strappava la camiciona, la prendeva per le spalle e la gettava sul letto. Lei serrava le gambe e si aggrappava alle lenzuola ricamate con le sue mani bianchissime e bellissime. Ma lui le era già sopra, con il gomito le premeva la gola e con il ginocchio, conficcato nel pube, cercava di aprirle le gambe. La pressione durò un attimo, che a lei sembrò un'eternità, e alla fine Patrícia cedette, la gamba di lui scivolò tra le sue, e Patrícia sentì una cosa dura contro la coscia. La bocca di Esteve la mordeva dappertutto e le diceva, *pubilla*, mia ereditiera, sarai mia, mentre lei chiudeva gli occhi e forse pregava. Rotolarono tra le lenzuola stropicciate, le lenzuola di lino della nonna e della bisnonna, e un lembo del copriletto in satin stampato con i fiori azzurri prese a scivolare. Patrícia aveva il viso stravolto e si lasciava fare. Il letto, altissimo, oscillava, sembrava che da un momento all'altro le molle sarebbero saltate e tutti e due sarebbero ruzzolati a terra. Il copriletto di satin stampato con i fiori azzurri le si attorcigliò tra le gambe mentre sentiva come un liquido tiepido che le si incollava al basso ventre. Il padre di Patrícia era molto taccagno ed era stato generoso soltanto con le domestiche – disseminò figli in giro per Gualba e per Sant Celoni, e le antiche amanti portavano orecchini con una perla coltivata a ricordo di effimere intimità. Come sempre avviene, suocero e genero non andavano per niente d'accordo. Discutevano su tutto e le cose si complicarono quando, con la caduta di Primo de Rivera, cominciarono a scontrarsi sulla politica. Esteve era catalanista e il padre di Patrícia non lo era ma, al di là questo, il secondo sosteneva che il lavoro era la principale fonte di ricchezza e che non gli piacevano i fannulloni – una chiara allusione a Esteve, che bighellonava per il casolare senza alzare un dito. Soltanto su una cosa i due si trovavano d'accordo, ovvero contro la legge della Repubblica che, favorendo i contadini, prevedeva le espropriazioni delle terre: a sentir loro, era il parto di quattro decerebrati. Il padre di Patrícia era membro dell'Institut Agrícola Català de Sant Isidre, e inviò dei soldi a Madrid per sostenere la campagna contro quella nuova legge. Esteve e Patrícia avevano vissuto per lunghi periodi nella casa che la madre di lui gli aveva lasciato in eredità, su Gran Via, tra Bruc e Girona. Due anni prima che scoppiasse la guerra, vi si stabilirono definitivamente perché il vecchio Miralpeix, vedendo che non arrivavano nipoti, decise di diseredare la figlia. Lasciò il patrimonio, case e terreni, all'ospedale di Sant Pau e alle monache Hermanitas de los Pobres. Quando vide che la morte si avvicinava, il capofamiglia dei Casamitjana ebbe un moto di pentimento e modificò in parte le sue ultime volontà: intestava la casa di Gualba ai due figli maggiori, Patrícia e Joan, e alla piccola, Paquita, lasciava dei boschi presso il Turó de l'Home. Il vecchio Miralpeix aveva una latrina tutta per sé, di cui teneva sempre addosso la chiave, e alla sua morte – dicono che fece una morte orribile: per tre giorni e per tre notti rimase immerso nella sua stessa merda e nessuno, né le domestiche né i parenti, vollero pulirlo – Esteve attaccò alla porta del gabinetto un cartello che recitava: "Casa di un babbione". Privato di boschi e campi, il casolare di Gualba andò a poco a poco in rovina, franarono i confini dell'orto, si scrostarono le pitture dai muri, le piante seccarono e i cipressi avvizzirono. Rimase soltanto un anziano fittavolo che curava il bestiame. In vecchiaia, Esteve Miràngels vendette la parte di Patrícia al cognato, Joan Miralpeix, che la comprò perché non voleva che una sua sorella morisse di fame.

Esteve aveva man mano prosciugato le poche rendite che gli rimanevano. Le vigne ereditate da parte di padre, i campi di grano "traboccanti di spighe dorate", come diceva in uno dei suoi versi, la casa di Begur... Una volta finita la guerra, andava ogni giorno all'Ateneu e sedeva vicino allo stagno, tra i gatti e le tartarughe, e intavolava conversazioni con le ultime vestigia di un mondo che svaniva. Scriveva poesie – in cui esitava ancora tra le vocali aperte e quelle chiuse – che qualche musicista scapestrato e morto di fame trasformava in sardane. Nella casa in Gran Via, Esteve aveva fatto di tutto perché il tempo non passasse: amava i suoi quadri d'autore, le edizioni da bibliofilo che teneva in una vetrinetta, nella biblioteca, le brocche di Sèvres e le tende di velluto. Patrícia e lui quasi non mangiavano, però avevano una cameriera che apriva la porta con la cuffietta e il grembiule merlettato. Quando le dovevano diversi mesi, Patrícia impegnava una parte delle posate d'argento. Di tanto in tanto Judit mandava loro filetti di manzo e verdure, e lo faceva pure Mundeta Ventura, che non aveva dimenticato i sacchi di patate che Patrícia le aveva mandato da Gualba durante la guerra.

Esteve non volle mai lavorare «perché a me non mi ha mai comandato nessuno», e ben presto Patrícia arrivò a conoscere tutti i funzionari del banco dei pegni. Impegnò i servizi di posate e la cristalleria, quella con i calici che tintinnavano come note musicali se picchiettati con un dito, pignorò gli anelli che le aveva regalato Esteve e la collana di rubini della madre. Cadevano le gocce di cristallo dal lampadario della sala da pranzo, l'orologio del bisnonno si rompeva, la cassapanca nuziale era rosicchiata dai tarli, le tende di velluto si sfilacciavano, il tavolo in mogano traballava, le stoviglie si sbeccavano, le statuette moderniste erano tutte scheggiate e molte notti Patrícia si era dovuta alzare perché aveva sentito un fruscio leggero: erano i topolini che rosicchiavano il satin delle sedie stile impero. Fece non poca fatica per convincere Esteve, pieno di acciacchi e moribondo, a lasciarle pignorare il Casas e il Nonell. I dipinti non sarebbero mai più tornati nella casa di Gran Via ed Esteve Miràngels, poeta *noucentista*, morì con la tristezza nel cuore. Durante la guerra Esteve si salvò la pelle grazie a Kati, che era diventata più rossa di una rapa fin da quando era scoppiato il casino, perché il fittavolo di Gualba aveva cercato di farlo fuori. Dicono che nel marzo del 1936, forse per festeggiare la morte del vecchio Miralpeix, Esteve diede una festa nella casa colonica. Mentì agli amici e disse che sua moglie aveva ereditato tutto, le terre e i boschi, e li invitò a un banchetto fastoso. Per dimostrare quanto fosse ricco, obbligò il fittavolo a indossare guanti e livrea, gli ordinò di servire il cibo in vassoi d'argento e dopo, ubriaco fradicio, fece indossare all'uomo una camiciona da nozze sbrindellata con un piccolo foro al centro. Gli amici ridevano fino alle lacrime. Il fittavolo non dimenticò e nel 1937, assieme al comitato delle milizie di Sant Celoni, incarcerò Esteve Miràngels. Kati, amica di Patrícia, fece valere le sue conoscenze presso l'assessorato alla Giustizia della Generalitat e la vicenda finì in burla. Malgrado ciò, quando nel 1938 Patrícia e il marito andarono a rifugiarsi a Gualba per paura dei bombardamenti, e alloggiarono da una zia perché la casa colonica era stata confiscata, il fittavolo costrinse Esteve a vestirsi da domestico e a servirlo a tavola tra gli sghignazzi degli altri miliziani. Nemmeno Esteve dimenticò. Nel 1939, quando i franchisti entrarono a Barcellona, quel sangue nobile di Esteve denunciò il fittavolo. E il fittavolo si spense di tifo nel 1943 nel campo di concentramento di León, dove era stato deportato.

Esteve morì prima di Judit. Ebbe un'agonia lenta, e nel delirio strillava, toglietemela di torno! Ricordava quando Patrícia era grassissima e aveva bisogno di due sedie isabelline per potersi sedere. Esteve si faceva tutto addosso, è sempre stato uno sporcaccione, tuo marito, commentava Sixta, una parente di Mundeta Jover che viveva vicino a Patrícia. Lei lo lavava ogni giorno ed Esteve piagnucolava, guarda come devi vedermi, *pubilla,* sei una santa, Patrícia, non mi merito quello che fai. Su, tu non lo faresti per me?, chiedeva Patrícia, intenerita, mentre lisciava le lenzuola con le sue mani d'angelo. No!!!, urlava l'agonizzante. Tornò Sixta e le disse, quando vedi che gli si affila il naso, è giunta la sua ora, e Mundeta, sai che gli dovrai chiudere tutti gli orifizi? Si sedevano, Mundeta, Sixta e due vicine, e cominciavano a bisbigliare tra di loro. Ogni tanto il malato ansimava, forza, forza, mormoravano le donne, è il rantolo della morte, si alzavano e si avvicinavano, silenzio, facevano, tendevano l'orecchio e lo ascoltavano boccheggiare, però lui tornava a respirare con una certa normalità, no, ancora no, sentenziavano le vicine, si risiedevano e riprendevano a parlottare. A Patrícia venne l'angoscia che Esteve potesse morire di notte, mentre lei era da sola – non avevano più una domestica –, e lo fece portare alla clinica dell'Aliança. Lì lo lavarono, lo pettinarono, «me l'hanno pulito come uno specchio, profumato e tutto», e gli infilarono sonde nel corpo, perfino nell'ano, ah, *pubilla*, mi violentano!, gridava il poeta in punto di morte. Fedele ai suoi principi agnostici, Esteve agli inizi rifiutava i sacramenti, ma Patrícia – e la paura del nulla – lo convinsero e si comunicò. Fu padre Dalla, cappellano e poeta patriottico, a dargli l'estrema unzione. Su tre riviste a diffusione provinciale uscì un forbito necrologio, scritto dal suo amico, il poeta ditirambico Horaci Mir. Sembra che stia dormendo, commentò Sixta con un sospiro. Te l'hanno messo in ordine come si deve, bello, fece Mundeta, sta' tranquilla che non ha sofferto, aggiunse la figlia di Mundeta, la moglie di Joan Claret. Patrícia andò al funerale vestita a lutto da capo a piedi e si avvolse nel velo nero della madre, della nonna e della bisnonna. Dignitosa, pregò per l'anima del defunto, e la moglie di Horaci Mir commentò, com'è pallida! Sì, rispose Sixta, ma hai notato che non ha versato neppure una lacrima?, e le due la scrutarono di sottecchi. Quando gli uomini andarono al cimitero, Patrícia si ritirò, disse che voleva stare sola. Entrò a casa, chiuse la porta e tirò gancio e catenella. Il rumore dei chiavistelli la fece trasalire. In sala da pranzo regnavano silenzio e penombra. Di tanto in tanto, un tenue chiarore illuminava gli oggetti. L'orologio del bisnonno taceva. Lo dovrò portare a riparare, si disse. Passò il dito sulle tende di velluto, sulla fruttiera d'argento, sulle sedie in stile impero, con il satin rosicchiato dai topi. Aprì la vetrinetta e prese un calice di cristallo, uno di quelli che emettevano la nota musicale. Andò in cucina con il calice e stappò una bottiglia di champagne francese, che Esteve teneva da parte per gli ospiti d'onore. La svuotò piano, bevendola a piccoli sorsi.

Patrícia urlò a Encarna, non vuoi un po' di vino dolce? Encarna si sposava l'indomani e Patrícia le disse, dai, festeggiamo. Non pensa, signora, che dovremmo dire alla bimba del padre? Taci, taci. Lluís mi ha promesso che glielo dirà, perché vai a cercarti rogne? Encarna si tolse il grembiule e lo appese dietro la porta della cucina. Ogni sera, prima di andare a dormire, beveva un goccio di ratafià con la signora Miràngels. Che dispiacere, disse, ora rimarrà da sola. Anche Encarna, però, aveva una vita sua, accidenti, e Jaume era un bell'uomo e possedeva un appartamento tutto suo. Verrò a trovarla spesso, signora. Macché, mi dimenticherai. Encarna si guardò le mani: nel pomeriggio ci aveva spalmato la crema di continuo ed erano ancora ruvide e screpolate per via della liscivia e della polvere per lavare i piatti. Non beva troppo, signora, le farà male. Encarna glielo diceva ogni sera, ma come ogni sera Patrícia aveva già ingurgitato due bicchieri di Jumilla e andava per il terzo. Encarna si servì un goccio di ratafià. Lo sai, Encarna, ho il fegato come una roccia e lo stomaco di una ragazzina, Encarna inclinò la testa ma non rispose, che le poteva dire? *Hermano, bebe, que la vida es breve,*[4] declamava Patrícia... Encarna pen-

[4] "Bevi, fratello, ché la vita è breve."

sò che forse avrebbe dovuto chiedere alla parrucchiera di farle le mani, "uff, domani non ho tempo". Doveva ancora sbrigare due o tre commissioni. Doveva andare da Pronovias a ritirare il vestito, alle undici, le avevano assicurato che sarebbe stato pronto, e lei si sposava alle sei del pomeriggio. Le commesse di Pronovias erano delle imbecilli: ma non lo vedevano il suo sedere e il suo davanzale? E giù a darle taglie da silfide. E noi donne che ci sposiamo da grandi, eh? Queste qui della moda credono che siamo tutte magre come un chiodo... Le avevano dovuto allargare il vestito, disfare le cuciture e ricucirlo. Le avevano detto che non si sarebbe notato, staremo a vedere. La sorella, Rosalia, ti ha dato di volta il cervello!, alla tua età ti fai fare un vestito del genere, neanche avessi vent'anni! Avresti dovuto prenderti un completo pantalone nero, di sartoria, e non queste pacchianate che ti stanno pure male. Sembrerai travestita, ti rideranno dietro tutti. Ma Encarna voleva un abito romantico e si era innamorata di uno di mussolina, stretto in vita e bello largo sotto, con le maniche a sbuffo e il décolleté di pizzo di seta. Era simile all'abito indossato da Romy Schneider nella *Principessa Sissi*, le avevano detto da Pronovias. In testa avrebbe messo il velo a mantiglia di pizzo, abbinato al décolleté, che le aveva regalato la signora Miralpeix. Una vita a sgobbare come un ciuco, bofonchiava, e a mettere da parte i soldi, e adesso non posso nemmeno sposarmi come mi pare e piace, e Patrícia, che aveva appena svuotato tutto d'un sorso il terzo bicchiere, le diceva di sì, che faceva benissimo e che chiunque aveva il diritto di sposarsi come voleva, anche se a volte era meglio rimanere zitella, che ne ho ricavato io dal matrimonio? Non dica queste cose, ribatteva Encarna, il signore era molto raffinato e molto colto. Sì, molto raffinato, però morivano di fame. Encarna pensava, ci siamo, adesso attacca col piagnisteo. Io indossavo calze di seta, sai, continuava Patrícia, ma piene di smagliature. Voglio che tu sia la più signora di tutte, e mi comprava calze di tulle e mutande di seta che mi si bucavano subito, e non me ne ricomprava altre. I miei rammendi erano la barzelletta del quartiere. Esteve la portava al Liceu a vedere *Madame Butterfly* e il *Lohengrin*, e all'intervallo scompariva, mentre i binocoli si rivolgevano verso il loro palchetto... Patrícia scoppiava a ridere, una risatina bassa, trattenuta, sai che Esteve ha rubato l'amichetta al signor Claret, il padre di Sílvia? Ma cosa dice!, faceva Encarna, che conosceva la storia a menadito. Sì, si chiamava Dorita e faceva il suo numero tutta avvolta nelle piume di pavone. Se le toglieva una dopo l'altra e rimaneva nuda sul palco. Mamma mia!, esclamava Encarna. Encarna la lasciava parlare, "adesso arriva il dramma". Domani si sentirà male, signora Miràngels. Ma Patrícia continuava, Mundeta, la vecchia, che Dio la perdoni, scoprì tutto perché un giorno, durante la guerra, una donna bassa e volgare si presentò a casa dei Claret. Parlava come una popolana e disse, so che il mio Juanitu vive qui, non mi raccontate fandonie, ché voglio vederlo. Mundeta rimase di sasso, e Patrícia giù a ridere, mentre trangugiava il quarto Jumilla. Era pressappoco il maggio del 1938, la Mundeta vecchia era scesa da Siurana e Joan era già a San Sebastián. Fu un colpo di fortuna che ci fosse la signora Ventura, Encarna, perché Mundeta Ventura, la figlia, era incinta e le sarebbe preso un bel colpo se avesse visto quella donnaccia. La Mundeta giovane per poco non aveva perso la bambina, Sílvia, sai, quando aveva creduto che il marito fosse rimasto sotto quel famoso bombardamento del Coliseum. Ed Encarna, signora, guardi che domani non riuscirà a reggersi in piedi... Lascia, lascia, Encarna, ti voglio assolutamente spiegare come Esteve conobbe quella bagascia di Dorita, dunque, come ti dicevo, la Mundeta vecchia pensò, e ora che faccio con questa donnaccia alla porta che urla in questo modo e con mia figlia che sta per arrivare da un momento all'altro? E così la Mundeta vecchia decise che era una faccenda da uomini, prese Dorita e andò a cercare Esteve, che stava all'Ateneu. Fu così, Encarna, che Esteve conobbe Dorita, "la danzatrice di rumba più calda della Repubblica Dominicana", quella farabutta ballava le rumbe alla Bodega Bohèmia, ma era nata alla Barceloneta. Mundeta, che ci vedeva lungo, mi disse poi, chissà se per consolarmi, che Dorita non arrivava nemmeno alle suole delle scarpe di Raquel Meller. Lei sì che era divina quando cantava *El Relicario* all'Arnau. Ed Encarna, si riferisce alla canzone di Sarita nell'*Último Couplé*, no? Sì, sì, fece Patrícia, quella di *El día de San Eugenio*, ed Encarna si esaltò, il vino dolce le solleticava lo stomaco e prese a ragliare, «*yendo hassia al Pardo le conossí!!!*», ed Encarna e Patrícia, insieme, «*era torero de más tronío, el más castisso de too Madriiiit, iba en calesa, pidiendo guerra, y yo al notarlu m'estremesiiiii*». Encarna dimenava le mammelle come fossero i batacchi di due campane, su e giù, di qua e di là, e Patrícia, le guance rosse e le palpebre abbassate, tremava tutta, «*bajó del cotxa y muy garbosu vino hassia miiiiii*». Le voci delle due donne si levavano su per il cortile. Tra il rumore dei rubinetti aperti, il tintinnio delle forchette che sbattevano le uova, il fischio di una pentola a pressione e lo scoppiettio dell'olio che friggeva, si levavano due voci rauche, «*pisa morena, pisa con garbo, que un relicario, que un relicario, te voy a hacer*».[5] Gocciolavano le tubature e si sentiva odore di pesce fritto e di broccoli bolliti. Sai, Encarna, Dorita era una popolana, una baldracca che pensava di conquistare il mondo solo perché dimenava il culo mentre ballava la rumba, secondo te si può conquistare il mondo dimenando il culo?, ed Encarna, be', dipende da come lo si fa, è un'arte, dimenare il culo, signora, non creda. Come si fa, così?, chiedeva Patrícia mentre inclinava il

[5] "Andavo al Pardo quando lo vidiiii!!!"; "Era il torero più elegante, era il più puro in tutta Madriiiid, stava in calesse, voleva guerra, quando lo vidi io m'impauriiii"; "Scese dal carro e tanto ossequioso, si fece avanti verso di meee"; "Sali mia mora, sali con garbo, che un reliquiario, che un reliquario, io ti farò".

corpo a sinistra, zitta, zitta, signora Miralpeix, ah, se avessi avuto io una piuma luccicante di pavone e un vestitino di paillettes, se mi fossi avvolta in piume di mohair, ah, avrei fatto faville. E Patrícia si rimetteva seduta, no, non era una tipa raffinata, quella donnaccia, ma Esteve se ne innamorò e le dedicò un libro di poesie. Siccome non le piaceva il nome Dorita, lo cambiò in Teresa, sai, "in ricordo di Teresa, *La Ben Plantada*",[6] recitava la dedica. Il libro se lo pubblicò da solo presso un tipografo che frequentava l'Ateneu e che non poteva stampare libri in catalano perché tutti gli scrittori catalani, quelli bravi, erano fuggiti a gambe levate... Sai cosa non è mai andato giù a Esteve? Lascia che te lo dica, Encarna: non aver avuto successo, diceva, mi hanno dato del poeta mediocre, a me, che sono un genio... Encarna fece per alzarsi, su, signora, domani avrà la pancia in subbuglio, aspetta, aspetta, e Patrícia la faceva sedere, allora, come ti dicevo, il libro che Esteve dedicò a Dorita si chiamava *Sonetti a Teresa*, e per di più, sai?, gli dovetti dire che *ressó* non rimava con *remor*, si confondeva tra le vocali chiuse e le vocali aperte, ma che ne puoi sapere tu che sei andalusa! E Patrícia giù a sghignazzare, aspetta, aspetta, Encarna, finisco la storia, e così quella bagascia, la vedette del *polissoir*, come la chiamavano, ricevette in dono un libro di sonetti. Era una porca.

Encarna tappò la bottiglia di vino, signora, adesso basta, dobbiamo andare a dormire.

Ecco perché si sposava Encarna, "sono stufa di sorbirmi i piagnistei di questa vecchia ubriacona. Ed è già tanto se ho tollerato le stranezze del padre di Natàlia".

[6] Riferimento all'opera di Eugeni d'Ors, *La Ben Plantada*, il cui titolo si può tradurre "La bella donna".

Patrícia si svegliò a mezzanotte con un mal di testa terribile e un attacco di colite. Tenendosi la mano sul ventre provò a correre verso il gabinetto, ma non arrivò in tempo e si sporcò. "Mi toccherà lasciare un vaso da notte sotto il letto." Senza fare rumore, perché non voleva che Encarna la vedesse, andò a prendere lo strofinaccio in cucina e lavò il pavimento della stanza. Fuori scendeva una pioggerellina fine, tenace, e il cielo era una massa grigia e compatta. Dopo aver lavato il pavimento decise di cambiarsi. Aprì il guardaroba con l'anta a specchio e cercò la pila delle camicie da notte vecchie e rammendate cinquantamila volte. In un'altra pila teneva le camicie da notte di tulle e seta di quando si era sposata, che aveva indossato solo un paio di volte. Mise il camicione sporco a mollo nel bidet con un po' di detersivo in polvere, "domani mi alzo prima di Encarna e lo sciacquo". Si guardò un attimo nello specchio del bagno, "che brutta cera". Non si sentiva affatto bene, le bruciava lo stomaco, la lingua aveva la consistenza di un gomitolo di lana ed era come se un martello le battesse in testa. Sentì il bisogno di andare di nuovo di corpo e stavolta sì che fece in tempo. Si tirò su la camicia da notte e si sedette sul water, il liquido scendeva a fiotti. La puzza si propagò nel bagno, ma almeno non sentiva più il ventre così teso, si era rilassato, floscio. "Sembra che ho la pancia vuota." Si pulì con cura, tirò lo sciacquone e si lavò le mani con il suo sapone speciale, che profumava d'isola tropicale e che conservava avvolto nella carta velo nel comodino, lontano dalle grinfie di Encarna. La lingua le si era intorpidita, come se avesse la bocca piena di segatura. Con passi pesanti si diresse verso la sua camera. Si poggiò le mani sui reni perché le facevano male, "mi sento spossata. Non berrò più, promesso". L'immaginetta di madre Carrió che teneva accanto al letto la guardò arrabbiatissima e le disse, non ci credo. Be', se non ci credeva, peggio per lei, e la girò al rovescio. Sentì la porta che dava all'esterno, un colpo secco e il catenaccio che scendeva, "Natàlia che torna". Poi, il clic di uno sportellino che si apriva per richiudersi subito dopo, "si ricorda del gas, brava ragazza".

Patrícia lo sapeva già, "quando bevo, penso troppo e mi fa male il cervello". Mentre il vino le scende per la gola sente un calore delizioso, come se avesse in bocca tutte le ghiottonerie del mondo. Il corpo le si risveglia e avverte il sangue fluirle da tutte le parti. "Vedo sfarfallii dappertutto", e l'allegria le ottunde la testa, "cala una nebbia densa e sono talmente felice che mi viene voglia di piangere." Patrícia lo sa che racconta sempre la stessa storia a Encarna, le amichette di Esteve, le calze di tulle piene di smagliature, le sottovesti rattoppate, "che mi importa, possono pure saperlo. E che mi diano della fessa" si diceva, mentre inghiottiva le lacrime tra un sorso di vino e l'altro. Ma era adesso, di notte, quando i raggi di luce filtravano tra le stecche delle persiane, quando le ombre dei lampioni parevano condannare la sua stanza, "è la morte che si fa vicina", e sentiva i motori intermittenti delle macchine e degli autobus che circolavano lungo la Gran Via, era di notte che in lei la tristezza prendeva il sopravvento. Perché le tornava in mente il suo segreto. Quel che non aveva mai raccontato a nessuno. Patrícia pensava a Gonçal.

Anche Gonçal Rodés era un poeta, come Esteve. Aveva gli occhi color miele e un sorriso che si allargava all'intero volto. Le guance magre, appena incavate, e un ciuffo di capelli biondi che gli ricadeva sulla fronte. Di tanto in tanto, sembrava che gli occhi di Gonçal morissero di stupore mentre ascoltava angosciato le furfanterie di Esteve. Gonçal era squisito con Patrícia, e tutt'e due avevano trascorso ore languide in veranda, avvolti dalle ombre della notte, in attesa di Esteve. Parlavano: Gonçal veniva dalla Cerdanya ed era innamorato delle sue montagne del Cadí, non hanno mai lo stesso colore, raccontava a Patrícia, nei tramonti d'estate sono come il rame in fiamme, di notte sono come il piumaggio di un falco, al mattino sono cerulee, a mezzodì color dell'erba. Anche in inverno cambiano, sono di un bianco vivido e poi scure, cenere di stelle... Patrícia chiudeva gli occhi e pensava ai suoi campi appena mietuti e ai boschi tenebrosi che scendevano lungo il Turó de l'Home, ai lecci e alle querce attorno al casolare di Gualba, e alle notti di temporale dal cielo nerissimo e splendente. A volte Gonçal le leggeva una poesia e lei la trovava bella, anche se molte non le capiva perché erano complicate. Sono poesie simboliste, le diceva Gonçal, e lei, innamorata cotta, annuiva. Gonçal non gridava mai, come invece faceva Esteve, e diceva «mi scusi», «mi consenta», Gonçal era un uomo diverso, delicato come una nuvola. Patrícia pensava, non è un uomo come mio padre, non è un uomo come Esteve. Chiedeva sempre se poteva aspettare Esteve nell'anticamera, ma Patrícia lo faceva passare nel terrazzo coperto e, mentre lei lavorava all'uncinetto, lui le parlava. Scendevano in giardino, sentivano lo scricchiolio del ghiaietto sotto i loro piedi. Gonçal accarezzava l'edera color rame, coglieva un limone e lo annusava. Poi se lo passava sul volto. «Profumo di autunno» diceva, «questo è il profumo di Barcellona.» A volte entravano nella saletta del pianoforte e Patrícia azionava il giradischi. Ascoltavano Mozart, e

Gonçal sembrava assentarsi. Lei non faceva rumore e rispettava il suo silenzio. Patrícia si accorgeva che Esteve sapeva essere gentile soltanto con Gonçal, lo invitava a pranzo e faceva tirar fuori la cristalleria e le posate d'argento. "Lo vorrà impressionare." Esteve guardava Gonçal come si guarda un bambino e, le sere in cui i due uscivano insieme, Esteve dava sempre un bacio a Patrícia.

Vuole che l'aiuti, signora Miràngels? Gonçal glielo chiedeva ogni volta che la trovava china in giardino, intenta a tagliare i fiori di un paio di roseti da cui tutto l'anno germogliavano roselline rosse come il sangue. A Gonçal piaceva passeggiare per il giardino dei Miràngels, girava e rigirava osservando i cortili dell'Eixample con quei suoi occhi di stupore. Un tempo dovevano essere tutti quanti dei giardini come il suo, Patrícia. Vede? A ogni angolo doveva esserci un ingresso dalla strada e, in mezzo, alberi su alberi. Giardini per tutti. Le case non erano tanto alte, solo due piani – in seguito le hanno ampliate a quattro – e niente fabbriche o magazzini. Ma poi hanno rovinato ogni cosa e il suo giardino, Patrícia, è come un fiore nel deserto. Questa città non ama la vita, diceva Gonçal. Era in quei momenti che, in modo confuso, Patrícia pensava che le cose erano uscite di carreggiata. E chi le aveva fatte uscire di carreggiata, se non la cattiveria degli uomini? Altre volte Gonçal Rodés respirava a fondo, non sente la brezza del mare?, e anche Patrícia respirava a fondo, eppure non coglieva la brezza del mare, bensì un odore di menta. Eccola, continuava Gonçal, osservi il movimento delle foglie, e Patrícia guardava le foglie dei limoni, non vede come si cullano nel buio? Patrícia si accorgeva di come le foglie dei limoni si cullavano nel buio e nella quiete. Una sera Gonçal la baciò e dopo rimasero a guardare le loro ombre nell'acqua. Patrícia aveva ancora le labbra umide quando lui le disse, non vede come sorride l'amorino? E Patrícia guardò l'amorino: era vero, l'amorino aveva la bocca socchiusa.

Certe notti Gonçal ed Esteve giocavano a scacchi e lei sedeva accanto a loro: ricamava tovaglie e lavorava all'uncinetto per le figlie degli altri. Di tanto in tanto sbadigliava. Esteve e Gonçal discutevano spesso di politica e di arte. È così difficile trasformare un'immagine in parole, sosteneva Gonçal, e Patrícia notava che mentre lo diceva le orecchie gli diventavano rosse come melograni. Più difficile è governare le idee, caro Gonçal, ribatteva Esteve. Hai un'idea che ti perseguita, ti ossessiona, vorresti trasporla in un sonetto, darle coerenza... E forza, aggiungeva Gonçal. Certo, forza, e alla fine ti viene una schifezza. Quali idee?, domandava Gonçal. Non so... o, meglio, sì che lo so: ci sono due idee di base, e noi uomini vi giriamo attorno come animali legati a una noria. Mi riferisco al sesso e alla morte. Ne hai dimenticata una, diceva Gonçal. Quale? Hai dimenticato il potere. Esteve rifletteva, il potere, hai ragione, il potere domina il sesso e teme la morte. Ma il potere lo desidera solo una parte limitata dell'umanità, e questi uomini pensano di poter soggiogare la morte. È così, diceva Esteve, aspirano all'immortalità... Patrícia li osservava e a malapena percepiva il brusio delle loro chiacchiere, serenità, si diceva, serenità, ecco cosa trasmette Gonçal a Esteve. Lei non chiedeva altro, se non che si rinnovassero quelle veglie al calar del sole, quando il giardino e l'amorino che sorrideva a labbra socchiuse per il loro segreto venivano inghiottiti dalla notte e l'orologio del bisnonno ticchettava al ritmo del suo cuore.

Ma da un giorno all'altro scoppiò la guerra, e Gonçal annunciò che sarebbe partito volontario. Esteve per poco non piangeva, è così giovane!, diceva, perché deve andare al fronte? Esteve divenne un fascio di nervi e si calmò un poco solo quando conobbe Dorita, tre anni più tardi. Gonçal fece ritorno dopo cinque anni – era stato imprigionato – e, quando lo seppe, Esteve si rallegrò a tal punto che pizzicò il sedere a Patrícia. Uh, le disse, come ti sei sfinata! Perché in effetti, tra la guerra e il resto, Patrícia era diventata magrissima.

Esteve andò a prendere Gonçal all'Ateneu e lo portò a pranzo a casa loro. Ma Gonçal non era più quello di prima. I suoi occhi di stupore erano cambiati. Il mento si era affilato e le guance erano più incavate. Non aveva più la ciocca di capelli che gli ricadeva sulla fronte, lo avevano rasato a zero e i adesso capelli gli crescevano a spazzola. Non contemplava più il giardino di Patrícia, né lo stagno né l'amorino che aveva sorriso vedendoli baciarsi, né ascoltava la brezza del mare mentre le foglie dei limoni tremolavano. Esteve e lui discutevano per qualsiasi sciocchezza, soprattutto per come erano andate le cose durante la guerra, e più di una volta Gonçal se ne andò da casa Miràngels sbattendo la porta. Dopo tornava, e facevano la pace, e concludevano la serata giocando a scacchi. Tutta questa faccenda della guerra non è stata che una colossale cretinata, diceva Esteve. Taci, diceva Gonçal, tu non sei stato al fronte, tu non hai visto la morte da vicino. Perché sei partito per il fronte?, faceva Esteve, ti avremmo potuto nascondere qui. Ti ricordo che sono partito volontario... Non era la nostra guerra, Gonçal, diceva Esteve. Dovevi lasciare che si accoppassero tra di loro. Come puoi dire una cosa del genere? Gonçal quasi lo sgridava e Patrícia, senza accorgersene, prendeva a lavorare all'uncinetto più in fretta. Le polemiche ricominciavano e si protraevano per ore. Non sono più le serate di una volta, pensava Patrícia. Il mondo è sottosopra. Un bel giorno Gonçal scomparve e non diede sue notizie per più di un anno. Esteve sentiva la sua mancanza e fu allora che scrisse i famosi sonetti a Dorita-Teresa, la sua Ben Plantada. Si era inacidito, e faceva penare Patrícia per un nonnulla.

Una domenica pomeriggio Esteve si presentò a casa fuori di sé dalla gioia, sai una cosa? Gonçal è tornato. E le stampò un bel bacio sulle labbra, talmente forte che quasi le fece male. Le disse, perché non vai al cinema con Sixta? Capisco che le domeniche sono giornate uggiose per te. Non sei obbligata a stare con noi mentre giochiamo a scacchi. Gonçal può fermarsi a cena, vi vedrete dopo, eh? Tu, la donna più dolce del mondo... vero che lo capisci che non mi va di uscire? Come fa la maggioranza delle coppie barcellonesi, con quelle facce da mentecatti... Patrícia indossò l'abito color cenere, la paglietta con la fascia nera di velluto e il collo di volpe argentata. Poiché sarebbe venuto Gonçal, si mise le calze di tulle che le avevano portato da Andorra. Sollevò la gamba, bianca come una goccia di latte e piena di venuzze simili a torrentelli, e tese la calza. Mentre la faceva scorrere verso l'alto sentì un lieve solletico: un buchino, minuscolo, che diventava una smagliatura e scendeva veloce verso il piede. Le uniche calze di tulle che ho, pensò afflitta. Ma non se le tolse. "Proporrò a Sixta di andare all'Orxateria Valenciana a bere una cioccolata calda." Anche per Sixta le domeniche pomeriggio erano di una noia mortale, soprattutto all'imbrunire, perché non usciva mai con suo marito da quando questi aveva preso a riunirsi con gli amici, i militari che avevano vinto la guerra. Esteve strinse Patrícia da dietro. La prese per la vita, dammi un bacio, mogliettina mia. Nella camera, davanti allo specchio dell'armadio, Patrícia osservò la propria figura. Era dimagrita molto, vero, ma assomigliava sempre più a una bellezza barcellonese. "Sono brutta ma gradevole." Davanti allo specchio Esteve la baciò su ogni guancia e con la coda dell'occhio anche lui si guardò, "sono ancora un bell'uomo". L'accompagnò fino alla porta e le gridò mentre la salutava con la mano: «Martedì andiamo a mangiare al Set Portes!».

"Forse non sono una donna come le altre", Patrícia camminava a braccetto con Sixta. Le aveva detto, lo sai che hai una smagliatura nella calza? E lei aveva risposto, e allora?, ho una smagliatura ma le calze sono di tulle. Sei strana, aveva commentato Sixta. Prima si sedettero per un po' all'Orxateria Valenciana. Criticarono i vestiti delle donne, guarda quella, si è messa il cappotto al rovescio, sarà per non far vedere quant'è logoro, e guarda quelle scarpe *topo-*

lino, sembrano carrarmati, con quella zeppa... La moda di adesso è di pessimo gusto, disse Sixta, è talmente difficile trovare dei capi eleganti. Colpa della guerra, disse Patrícia. «Il mondo si è capovolto» sentenziò Sixta, «mio marito non è più quello di prima.» Neppure il mio, aggiunse Patrícia. Fortuna che almeno qui stiamo tranquille, concluse Sixta. Arrivarono al cinema Coliseum, prima del film proiettavano un documentario sulla Germania. Comparivano i *Superuomini*, degli adolescenti dai tratti classici e armoniosi, biondi come dei Parsifal alti un metro e ottanta o più, con gli occhi azzurri, che facevano sport in riva a un fiume. Avevano la pelle tesa e soda, allungavano i corpi sul prato e il sole vi disegnava ombre. Una pelle pulita e brillante. Nella scena successiva c'erano i *Subumani*, dei prigionieri russi, cenciosi e scalzi, che a passo lento si dirigevano verso un campo di concentramento. Erano bassi, sciatti, brutti, con barbe lunghe di giorni, camminavano curvi, la fronte pareva toccare terra. Che pena, commentò Patrícia. Sono cattivi, hanno lo sguardo torvo, disse Sixta. "Lo stesso sguardo di Gonçal" pensò Patrícia.

Ai primi titoli di testa Patrícia cominciò a sentirsi male. Non so cos'ho, disse, mi fa male la pancia. Vuoi che andiamo via?, chiese Sixta. Resistette per un po', ma alla fine non ce la faceva più, mi devono venire le mie cose, fece. Le venne un conato e si alzò di corsa per raggiungere il bagno del cinema – costrinse tutta la fila ad alzarsi, un vecchio borbottò – e vomitò un po' di bile. Andiamo a casa, si impose Sixta. Aveva il viso stravolto e le venivano altri conati, ma niente, usciva soltanto bile. Hai mangiato qualcosa che ti ha fatto male? No, disse, mi capita tutte le volte che devono venirmi le mie cose. Questi sono nervi, puntualizzò Sixta. Quando finalmente uscirono dal cinema, Patrícia si appoggiò al braccio dell'amica. "A casa c'è Gonçal, ed Esteve mi rimprovererà" si disse, senza saper bene perché le affiorasse quel pensiero. Camminavano sempre più veloci – non trovarono un taxi –, attraversava le strade impaziente, un po' perché non si sentiva bene e un po' perché a casa c'era Gonçal. "Un anno intero senza vederlo", Sixta la seguiva e non la smetteva di darle consigli su erbe medicinali: un bell'infuso di camomilla e verbena, vedrai come ti sentirai meglio. Faticò non poco a convincere Sixta, lascia stare, non c'è bisogno che sali, mi infilerò subito a letto. Sixta insisteva, gli uomini non capiscono queste cose, ma Patrícia si intestardì e disse no e no, e alla fine Sixta se ne andò tutta offesa. Salì le scale trafelata, il cuore le batteva forte e aveva la vista offuscata. Sentiva le guance avvampare e sudava. Aprì la porta – che impresa infilare la chiave nella serratura! – e corse verso la veranda, vedrò Gonçal, si diceva raggiante. La pancia non le dava più problemi, la nausea era sparita.

Si stupì che in veranda non ci fosse nessuno, e nemmeno in sala da pranzo, e non si accorse che gli scacchi erano disposti in ordine sulla scacchiera. Guardò in giardino e vide che l'amorino continuava a sorridere. Non osava alzare la voce per chiamarli – aveva il terrore che Esteve la rimproverasse –, e li cercò nella saletta del pianoforte, nella sala dove tenevano il Casas e il Nonell, percorse il corridoio, buio e silenzioso, andò nell'anticamera, e aprì, piena di inquietudine, la porta della stanza da letto. Sotto il copriletto di satin stampato con gli enormi fiori azzurri Gonçal ed Esteve respiravano sereni, come le foglie di limone che si cullavano nella brezza.

Parte terza

CORNI DA CACCIA

I ricordi sono corni da caccia
il cui clamore smuore nel vento.

GUILLAUME APOLLINAIRE, *Corni da caccia*

Quel mercoledì, al mattino, Natàlia andò a trovare Arcadi Segura. Gli aveva già telefonato Harmonia e lui la stava aspettando. Mentre entrava nella casa editrice, le passò accanto un giovane sui venticinque anni. Chi è quel ragazzo che è appena uscito dal tuo ufficio?, domandò ad Arcadi. Non ti sfugge niente, eh! Sei una pantera! Hai appena lasciato Jimmy e sei già alla ricerca! Ti piacciono i ragazzini, eh? Sta' zitto, non dire scemenze, fece Natàlia, chi è? Si chiama Jordi Soteras, un giovane scrittore, alle prime armi. Ha pubblicato qualche romanzo? No, giusto un libro di racconti, piuttosto deboluccio, tra l'altro, e oggi mi ha lasciato il suo primo romanzo per una scheda di valutazione. Ne aveva già scritto un altro, ma l'aveva dato alla concorrenza. Glielʼhanno bloccato quelli della censura. Troppo sesso, pare. Non ci posso credere!, disse Natàlia, vedo che continuiamo ad avere le stesse ossessioni. Be', che pensavi? Tu l'hai letto? Quale? Quello censurato. L'ho sfogliato, rispose Arcadi. Di che parla? Perché ti interessa tanto?, domandò l'editore. Non lo so... quel ragazzo mi ricorda qualcuno... Mi sembra difficile, è nato in Messico e ha fatto l'università qui, filosofia. Il padre è un esiliato. Natàlia sorrise ad Arcadi, quindi non mi rivelerai di cosa parla il romanzo sospeso dalla censura? Quanto sei pesante! Parla delle solite cose, della fuga. La fuga?, fece Natàlia. Sì, adesso va di moda, in letteratura. I nostri ragazzi fuggono... Succede pure in Inghilterra, i giovani inglesi fuggono a Katmandu, o in India... Uh, vai troppo lontano, disse Arcadi. I nostri romanzieri scappano in Europa. A volte lo fanno da casa, con le brochure delle agenzie di viaggio, altre volte, al massimo fanno qualche giretto in Italia, a Londra, ad Amsterdam. C'è chi è andato a Venezia per un paio di settimane. Quindi non fuggono, precisò Natàlia. No, loro scrivono della fuga. Natàlia si mise a ridere, quindi io me ne sono andata senza sapere che dopo ci avrebbero fatto della letteratura! Tu appartieni a un'altra epoca, non farti illusioni. Arcadi Segura chiuse la porta dell'ufficio, che era rimasta accostata. È come con quelli della mia generazione, sai, dei miei amici, di quelli che avevano tredici o quindici anni alla fine della guerra. Che ne è stato di loro? Alcuni sono scappati definitivamente, suicidandosi, e altri sono scappati facendo un sacco di soldi, che è un modo come un altro per dimenticare. Poi ci sono quelli che fuggono nell'alcol, e sai che io sono tra questi. La mia generazione non è fuggita, intendo dire che non se n'è andata, e ancor meno ne ha fatto un mito. Forse perché pensava che il cambiamento sarebbe stato minimo, e come vedi, aspettiamo, aspettiamo, e uno di noi è già diventato nonno! Per questo ho amici che si sono suicidati adesso, a cinquant'anni... Che cosa aspettavate?, domandò Natàlia. Cosa aspettavamo? Tu non hai aspettato e sperato in qualcosa, in tutti questi anni? Arcadi le offrì da fumare, noi aspettavamo il momento in cui non avremmo più dovuto chiedere perdono. Ti sembra poco? La fuga di questi ragazzini è solo apparenza. Non fuggono, in realtà. Stanno solo cercando. Credono, ingenuamente, che, andando altrove troveranno quello che non hanno trovato qui.

L'aveva creduto anche Natàlia, e Parigi le era sembrata luminosa e gentile in quei primi giorni dell'estate 1962, quando era giunta nella stazione di Austerlitz, una stazione sporca, piena di polvere e spazzatura, la prima stazione di una città ostile in cui però non aveva mai provato vergogna di nulla. Arcadi Segura le commissionò una serie di fotografie per una collana tascabile e le promise che avrebbe telefonato al caporedattore di una nuova rivista che sarebbe uscita nel giro di qualche settimana. Poi la invitò a pranzo. Andarono in un ristorante tipico, vero che ti piacciono gli zampetti di maiale? Al ristorante c'era poca gente e i tavoli erano immersi nella penombra. Natàlia si sentiva contenta, tovaglie a quadretti rossi!, non ti fanno venire appetito? Segura sorrise, eh, di nuovo il tuo edonismo! E Natàlia, all'estero ho imparato ad apprezzare il piacere, sai, ho educato i miei sensi... Come vanno le cose qui?, chiese ad Arcadi. Più o meno come le hai lasciate. Ho visto grandi manifesti che pubblicizzavano fascicoli sulla rivoluzione... Se è per questo, troverai pure libri marxisti nelle edicole, le spiegò Arcadi, ma che importa se tutto rimane uguale? Te ne sei andata quando hanno ucciso Grimau, vero? Un po' prima, rispose Natàlia, nel luglio del 1962. E ora hanno ucciso Puig Antich, aggiunse, Harmonia sostiene che non accade niente per colpa dei comunisti. Arcadi rise, non starla a sentire, lo sai com'è fatta Harmonia, ha lottato con le unghie e con i denti e ne va fiera... Nessuno di noi ha il coraggio di confessare la propria impotenza. Sono trascorsi parecchi anni e diventiamo vecchi. Non è cambiato nulla.

Sílvia le aveva chiesto, ci trovi cambiati, non è vero?, e Arcadi Segura le aveva detto che non era cambiato nulla. Secondo Natàlia, qualcosa era cambiato, ma non aveva ancora avuto il tempo per capire cosa. Che cos'era? Il linguaggio, i giornali, il cinema, le abitudini? Aveva lasciato il paese immerso in una calma piatta, era tornata da soli tre giorni e le sembrava che vi regnasse la stessa calma piatta. All'interno erano successe molte cose, e anche all'esterno, e lei era un'altra, ovvio. Non provava più paura. Aveva imparato molto quando, mentre cercavano riparo sugli Champs-Élysées da una carica della polizia antisommossa, nel maggio del 1968, Sergio le aveva spiegato come bisognava lottare per rendere il mondo un luogo un po' migliore. Quante cose le aveva fatto scoprire Sergio! Anche il suo corpo, in quella notte gelida dell'inverno parigino, quando nella sua *chambre de bonne* le aveva baciato per la prima volta il sesso. Una corrente elettrica le aveva percorso la spina dorsale, avrebbe voluto spalancarsi tutta perché Sergio potesse entrare dentro di lei. In quel momento aveva capito che non soltanto non era peccato, ma era addirittura l'inizio di un nuovo senso.

Lluís le aveva detto, tu sei una sradicata, non ti adatterai mai, e lei pensò che forse lo era, sì, eppure il suo paese le era mancato. Non come possono mancarti le persone, che ti lasciano un vuoto dentro, ma tutto il contrario. Le era mancato negli attimi di maggiore felicità, aveva provato nostalgia di un odore, di un colore, di una strada, della fiumana di gente che scendeva lungo la Rambla, a piccole onde, delle ombre che avvolgevano Santa Maria del Mar, delle albe fredde, delle foglie di platano che cadevano in autunno. Le erano mancati specialmente i colori, le tornavano alla mente durante le giornate gialle trascorse assieme a Sergio... Le erano mancate le frange rosse e arancioni dei giorni che promettevano vento, il grigio dei giorni di pioggia, il miele del cielo che d'un tratto annunciava la primavera. Natàlia aveva finito per confessare ad Arcadi che se ne era andata perché aveva paura. Ma non paura del padre, né della sua autorità – in fondo, le mancava un solo anno per emanciparsi. Il punto era che Emilio Sandoval le aveva insegnato a grattare via con l'unghia tutta la sporcizia del suo paese, e l'aveva istigata a continuare a grattare... E adesso tornava, diceva a tutti quanti che era diventata fotografa, «e non ci crede nessuno». La prima cosa che notò di diverso fu il rumore. Barcellona era diventata rumorosa, ma non del rumore delle altre città, rumore di macchine e di cittadini. No, era qualcosa di diverso. Ovvio che le macchine, frenando, stridevano, come ovunque, e i tubi di scappamento scoppiettavano, e le moto rombavano su e giù, ma non era questo il genere di rumore che lei avvertiva come qualcosa di nuovo. Le sembrava piuttosto che la città urlasse, «urla per non sentirsi». Da molte strade erano stati rimossi i sampietrini, c'erano buche da tutte le parti, ponteggi e reti pendevano da cantieri abbandonati a metà, i muri divisori parevano messi per decorazione, gli angoli tra via e via si erano uniformati, Barcellona era un immenso cadavere sventrato, "*lavora ma in sicurezza*", quando lei se ne era andata gli operai ancora non indossavano i caschi di protezione... Che altro trovava di diverso? Sì, c'erano le strade asfaltate, i tram erano spariti. Le palme nelle piazze erano tutte gibbose e la polvere si ficcava ovunque. Al posto dei giardinetti c'erano panchine, e i bar dove lei sedeva per ore e ore fino a consumare il velluto dei pantaloni erano scomparsi. L'Oro del Reno, per esempio, era adesso una banca dalla facciata gelida... L'Oro del Reno, tavoli lunghi, divani in pelle verdastra, specchi dorati: Natàlia pensò a Emilio. Dodici anni prima si incontravano in quel bar, lui usciva dalla facoltà di Lettere e la raggiungeva in cinque minuti. Ordinavano un unico caffè per l'intero pomeriggio. Parlavano.

Emilio le si avvicinò fuori dal cinema, ci conosciamo, per caso?, lei abboccò all'amo, mi sembra di no... Studi all'università? Non studio. Faccio ceramica, studio inglese e francese, lavoro al mattino. Emilio la guardò in un modo in cui Natàlia non si era mai sentita guardata, come se i suoi occhi le si conficcassero nel petto. Confusa, spostava il peso da un piede all'altro. Ti ho già visto da qualche parte... Mi piace il teatro e conosco qualcuno del TEU[7] di Giurisprudenza. Ma certo, disse lui schioccando le dita, dovevo immaginarmelo che facevi teatro. Oh, solo per hobby, non credere... Stava per cominciare il film, e Blanca era arrivata. Chi è quel tipo? Non lo so, dice che mi conosce... All'uscita Natàlia lo cercò con lo sguardo, però la gente spingeva per uscire. Non importa, pensò.

Aveva già addosso la tunica da romana e i capelli raccolti all'indietro. Vado sempre in giro spettinata, si disse. Qualcuno le accarezzò la schiena, eccoti qui! Erano gli occhi ridenti di Emilio, ma sei ovunque, tesoro, pensavi di sfuggirmi? Emilio, che casualità, era il truccatore della rappresentazione, il regista del TEU di Giurisprudenza era un suo amico e gli aveva chiesto di truccare le ragazze, e, logico, lui per un amico avrebbe fatto qualsiasi cosa, anche se era oberato di

[7] Teatro Español Universitario, organizzazioni di sinistra dell'epoca che facevano teatro a livello amatoriale.

lavoro, mi chiamo Emilio Sandoval, disse mentre continuava a chiacchierare, e qui siamo tutti rossi, sai? Natàlia pensò, ha il nome da eroe di uno sceneggiato radiofonico. Emilio, a cui piaceva molto il teatro, aveva detto al suo amico, bene, nessun problema, lascerò perdere i cinquantamila impegni urgenti che ho e ti truccherò le ragazze, ed eccolo lì a truccarla. Natàlia non aveva detto una parola mentre lui parlava e apriva una valigetta di paglia cinese da cui tirava fuori un mucchio di tubetti, me li ha lasciati un amico che è attore professionista, sai, uno di Madrid che sta qui con Tamayo, io ho vissuto molto tempo a Madrid, ti truccherò da vecchia perché fai la vecchia, vero? Natàlia, che dicevano si muovesse bene sul palcoscenico – ma aveva una voce orribile –, interpretava la serva anziana e petulante nell'*Aulularia* di Plauto. Emilio si sporcò le dita con una pasta grigia e cominciò a spalmargliela sul viso, prima sulla fronte, lasciando ditate ai due lati con i pollici, che fai dopo?, e poi dalla parte superiore del naso verso il basso, fino agli angoli delle labbra, dove metteva in rilievo le alette del naso, passò il regista, su, non metterci troppo, stiamo per andare in scena!, poi dalla parte superiore del labbro, sottolineandole la bocca, fino alla punta del mento, hai una fossetta meravigliosa, usciamo insieme?, si era impiastricciato di crema marrone e le truccava il collo, hai un collo bellissimo... collo da cigno, e con la punta delle dita andava dalla parte esterna delle sopracciglia alle palpebre, chiudi gli occhi, attenta, rischio di sporcarti le pupille, e le truccava le palpebre, ora le sue dita ripassavano la fronte fino alle orecchie, passò di nuovo il regista, oh, vacci piano con tutte quelle rughe!

Emilio e Natàlia uscirono insieme un sacco di volte. Lui andava a prenderla all'Institut Français e, mano nella mano, passeggiavano per il Barri Gòtic. Questo quartiere è una delle cose più belle che avete a Barcellona e, guarda, non c'è mai nessuno, diceva lui. Si fermavano spesso in un'osteria di carrer dels Banys Nous. Gli anziani intenti a giocare a carte si mescolavano agli studenti che bevevano vino e spiluccavano olive su dei barili che facevano da tavoli. A Natàlia piaceva l'odore di quell'osteria, odore di sardine fritte e vino conservato nelle botti. Ti piace il vinello, eh?, le diceva Emilio, e lei si sentiva le guance accese. In genere ordinavano piccoli assaggi – sardine, chorizo, olive di Siviglia – e vino rosso con seltz. Emilio le diceva che il vino spruzzato con il seltz era una «bevanda popolare». Era quasi sempre lei a pagare. Emilio parlava, le raccontava quel che era successo in Spagna da quando avevano vinto i franchisti, di come tanti uomini erano scomparsi dai villaggi andalusi solo perché avevano i calli sulle mani, «tutto questo cambierà», concludeva Emilio, e Natàlia poteva dire ben poco, se non che suo padre era stato un rosso e adesso era cattolico, un po', e piuttosto autoritario, il fatto è che c'è molta paura, continuava lui. Emilio la portò due o tre volte a casa di certi suoi amici che facevano teatro popolare nei quartieri operai. Era una coppia piena di figli e di chimere. La moglie, snella, era continuamente in ansia che il marito sprofondasse nella depressione. «In questo paese» diceva lui «non c'è posto per noi geni.» Certi pomeriggi, se la coppia non era in casa, Emilio e Natàlia si divertivano sul letto. Lui si metteva sopra di lei e le sbottonava la camicetta, le cercava il capezzolo e lo premeva come fosse un campanello. Dopodiché una mano scendeva – con le dita dell'altra le carezzava il collo e Natàlia, senza sapere perché, immaginava che la stesse ancora truccando – e si infilava dentro la gonna. Sentiva un clic!, e si ritrovava slacciata la bretellina del reggicalze destro, un altro clic!, la giarrettella sinistra. Com'è erotico il reggicalze, faceva lui mentre la mano proseguiva l'esplorazione tra le cosce, verso le natiche, e altri due bottoncini automatici sganciavano il reggicalze dai collant. La mano di Emilio si avventurava dentro le mutande e le accarezzava il pube, devo risvegliarti il clitoride, bambina, e lei sentiva che le orecchie le andavano a fuoco, il cuore le batteva all'impazzata. Ma non si spogliavano mai completamente e il gioco si interrompeva sempre, o perché sentivano il rumore delle chiavi nella toppa o perché lei si contraeva e serrava forte le gambe. Hai troppa paura, bambina.

Emilio portò Natàlia diverse volte anche all'università, e le indicava i suoi amici: questo è un falangista di sinistra, quello è un *xino*, un cinese. Cosa vuol dire che è cinese?, faceva lei. Cinese vuol dire comunista. Assieme a Emilio, Natàlia assistette a parecchio teatro nei quartieri operai. La gente applaudiva con entusiasmo. Questo è il popolo, non vedi com'è ricco? Lei diceva di sì, però sentiva l'odore del legno impregnato di sudore, odore dei poveri, pensava. Emilio correva tra un impegno e l'altro, sono presissimo, diceva, con tutte queste riunioni. Un giorno disse a Natàlia che era comunista. Quando Emilio disse «sono comunista», Natàlia si chiese se non si fosse spinta troppo in là, hai paura, bambina? Non è che avesse paura, però l'idea di uscire con un comunista le faceva un effetto strano, sentiva come un malessere allo stomaco. Dato che era andaluso, Emilio lo diceva in castigliano, *soy un comunista, un rojo, ¿sabes?* – un rosso, capisci? I rossi erano cattivi, diceva zia Patrícia, uccidevano i preti e bruciavano le chiese. I rossi sbagliavano su tutto, sosteneva suo padre, che non voleva nemmeno sentirne parlare. Se fossi andata all'università, diceva a Emilio, forse adesso capirei meglio le cose. Forse, diceva Emilio. Lei si rendeva conto che Emilio era molto diverso dai suoi amici, eppure la intrigava. In un modo animale, chi lo sa, ma la attraeva, e ogni volta la vampata che sentiva alle orecchie era più forte, e ogni volta più forte era il bisogno che lui ricominciasse, che giocasse con lei sul letto della coppia di amici. Arrivò perfino a guidargli la mano verso la sua vulva, diventerai una viziosa, le aveva detto un giorno Emilio. Ma lei cercava le sue dita, e le desiderava dentro di sé, e seguiva la sua lingua che disegnava cerchi nella sua bocca. Natàlia cominciò ad assentarsi a lezione e anche nell'ufficio dove lavorava qualche ora al giorno. Ogni sera torni sempre più tardi, si può sapere dove vai?, ruggiva Joan Miralpeix, ma Natàlia non lo ascoltava, si chiudeva in camera e si guardava allo specchio. Sorrideva, se sapesse che esco con un comunista! Mio padre è un vigliacco, raccontava Natàlia a Emilio, gli interessa solo fare soldi. Ha paura della politica. E da quando mamma è un'ameba, lui è diventato un tiranno.

Un giorno Emilio le disse, mi hanno lasciato una casa a Llavaneres, ci potremmo passare il fine settimana. E cosa racconto ai miei? Continui ad avere paura!, fece lui. Natàlia disse al padre che andava a Calella, a casa di Blanca, ci fosse una maledetta domenica che rimani a prenderti cura di tua madre! Sei un'egoista, gridò Joan Miralpeix. E Lluís e Sílvia vengono mai a occuparsi di lei? Loro sono sposati, hanno Màrius. Ma dai! Allora mi dovrò sposare per poter uscire la domenica.

La casa di Llavaneres era una villetta su due piani, circondata dai pini e a metà strada tra la spiaggia e il paesino. Era primavera, e in quella notte chiara la luna allungava la sua luce fino al sentiero per la spiaggia. Odore di foglie tenere e scricchiolio di aghi di pino calpestati. Si sedettero un po' fuori. Tendendo l'orecchio, potevano sentire il mormorio delle onde. Emilio la strinse forte, bambina, tra poco finirà tutto, nelle Asturie stanno scioperando più di sessantamila operai, e le contestazioni si sono estese a León e a Bilbao, la parola d'ordine della protesta si propaga in tutta la penisola. Riusciremo a fermare l'università. Emilio era stato in prigione, a Madrid. Non hai paura? Sei molto implicato... Perché dovrei avere paura? Emilio si alzò per prendere la bottiglia di vino. Riempì due bicchieri. Sai, io non ho paura della prigione, né delle botte, mi sembra che potrei sopportarle. Emilio mandò giù il bicchiere in un sorso, quel che mi fa paura è invecchiare. Rimase a riflettere per un po', mi piace vivere, mangiare, bere, fare l'amore... Emilio morse l'orecchio di Natàlia e lei lo scostò, sii serio... A me fa molta paura la morte, disse

Natàlia. Vorrei non morire mai. Io, invece, non voglio invecchiare. Sennò, farò come Paul Lafargue. Chi era Paul Lafargue? Emilio sorrise, non sai proprio niente, bambina. Lafargue era il genero di Marx, e amava talmente la vita che decise di togliersela appena cominciò a sentire i primi acciacchi. Era un uomo coraggioso, fece Natàlia. Lo era anche la moglie, Laura, la figlia di Marx. Quando compì settant'anni si iniettò in vena dell'acido cianidrico. E quando è successo tutto questo? Non era ancora scoppiata la Prima guerra mondiale, Lafargue lasciò una lettera che diceva più o meno così: "Sano di corpo e di spirito, mi uccido prima che l'impietosa vecchiaia mi tolga a uno a uno i piaceri e le gioie dell'esistenza e mi spogli delle forze fisiche e intellettuali...". Lafargue terminava il suo messaggio inneggiando al comunismo e al socialismo internazionale. Era un'altra epoca, commentò Natàlia. Emilio sorrise, non vedo perché il desiderio del piacere e il desiderio di cambiare il mondo debbano appartenere a un'altra epoca! Natàlia non seppe cosa dire.

Emilio aveva comprato olive in salamoia, salame, patate fritte e del pane. Per un po' mangiarono in silenzio. La luna si era nascosta dietro una nuvola. Emilio era vicinissimo a Natàlia, ne sentiva il respiro. Sei molto implicato, vero? Emilio si strinse nelle spalle, "essere implicato" è un'espressione piccolo-borghese, bambina. Io non sono implicato, semmai sono "loro" che mi implicano. E Natàlia, giusto per dire qualcosa, credi che un giorno tutto questo cambierà? Emilio storse il naso, be', tu che ne pensi? Se non ci credessi, allora... Il suo alito sapeva di vino. Baciami, le disse. Lei gli si avvicinò e lo baciò sulle labbra, mi piaci per come baci male, commentò Emilio, lei si scostò, le labbra impregnate del sale delle patate fritte. Emilio la prese per il polso, vieni..., e la baciò con la lingua, Natàlia sentì che aveva una lingua molto umida, lingua da pesce di fiume, pensò. Emilio le sbottonò i pantaloni e le abbassò la cerniera. Oggi ci togliamo tutto.

In quei giorni Natàlia sognò molte volte che era l'eroina di una scena tragicissima – lo vedeva come fosse un film, a colori – e poi che lei stessa era l'amante dell'eroe. L'eroe era bello e coraggioso e lottava contro una masnada di cattivi asserragliati in un angolo. I cattivi erano brutti e deformi, avevano il volto diabolico, rosso fiamma, i denti gialli come il limone, artigli da corvo. Seguiva una sequenza di scene nitidissime e lei diventava l'amante, una donna meravigliosa tutta avvolta nelle brume. I cattivi braccavano l'eroe, che scappava attraverso le fogne della città – Natàlia sentiva lo sgocciolare dell'acqua sporca che scivolava giù dalle volte della cloaca ma, nella realtà, era una conduttura del cortile che perdeva – e correva, correva verso un tunnel buio, scuro come una zaffata di tenebra. Per diverso tempo si sentiva solo lo sgocciolio dell'acqua e lo sguazzare dei passi dell'eroe. Finalmente l'eroe trovava l'amante, sempre avvolta dalla nebbia, e la stringeva tra le braccia. L'eroe-Natàlia e l'amante-Natàlia sprofondavano nel buio. Ogni volta il sogno diventava sempre più cupo, l'eroe e l'amante svanivano nelle tenebre, tenebre che non avevano fine, e allora non si udiva più nulla, né lo sgocciolio dell'acqua né il tramestio dei loro passi, nulla di nulla, soltanto il buio, che era come le fauci della notte... Di colpo un faro illuminava un angolo del soffitto da cui calava un ragno immenso. Voleva abbracciare l'amante-Natàlia, che era rimasta sola. Il ragno gigantesco allungava delle enormi zampe pelose in tutta la camera. Le zampe cercavano di afferrare l'amante-Natàlia, illuminata dal faro, e lei non riusciva a divincolarsi dalla presa. Molte volte Natàlia si era svegliata agitando le braccia nel vuoto. E allora qualcuno accendeva la luce. Bambina mia, stai impazzendo?, diceva Encarna.

Era molto difficile fare l'amore a Barcellona. Emilio viveva in una residenza universitaria, come pure la maggior parte dei suoi amici. Se avessimo la macchina..., diceva lui. Ma non l'avevano, e spesso si aggiravano per Barcellona senza sapere dove andare. Natàlia non voleva andare in un albergo a ore, il suo non era un amore da albergo a ore, hai troppi preconcetti, le diceva Emilio, cosa cambia? È uguale se ci amiamo in un bosco o in una stanza con il bidet di fianco al letto. Qualche notte si erano intrufolati in un vicoletto dalle parti di Santa Maria del Mar, entravano in un portone ed Emilio le tirava su la gonna. Era un amore furtivo, consumato alla svelta, occhiate guardinghe, l'orecchio attento a ogni rumore. I due corpi si stringevano e le mani cercavano la carne, mani clandestine e morte di paura. L'amico che faceva teatro aveva detto a Natàlia, sei troppo ingenua, tu, Emilio non ti merita. Certo che le erano arrivate delle voci, tu sei quella che adesso esce con Emilio?, e la guardavano come un animale strano, Emilio cambia donna in continuazione, vedrai. All'università è il cinese con la fama peggiore... In queste cose, Emilio non ha nessuna morale, aggiungeva la moglie dell'amico che faceva teatro nei quartieri operai. Emilio viene da una famiglia ricchissima, possiedono mezza Almería. Se sua nonna non si arrabbia con lui, diventerà l'erede di tutto... Anche il regista del TEU aveva voluto "avvisarla", non ti fidare, di Emilio, gli mandano soldi da casa, un mucchio di soldi, è un *señorito,* ora fa politica perché è un gioco divertente. Natàlia pensava che non fosse altro che invidia, Emilio, continuava la moglie dell'amico che faceva teatro, è troppo grande per studiare ancora. Ha incominciato tre corsi di laurea e li ha lasciati tutti a metà. Era invidia, sì, perché Emilio era bello e ricco, era comunista e gli piaceva vivere. E in più l'accarezzava ogni volta con più foga quando facevano l'amore di corsa, sul letto della coppia di amici. La guardava con occhi lucidi, ho bisogno di te, Natàlia.

Un venerdì era voluta andare all'università con Emilio. È pericoloso, le aveva detto lui, tira una brutta aria, ieri hanno iniziato ad arrestare degli studenti. Perché non posso venire?, chiese Natàlia, non sono anch'io d'accordo con lo sciopero nelle Asturie? Non dici sempre che ho paura? Natàlia si era alzata al mattino, dopo una notte di incubi in cui il ragno l'aveva abbracciata più forte che mai, e aveva deciso che sarebbe andata alla manifestazione della facoltà di Economia. Emilio notò in lei un moto d'orgoglio che non le aveva mai visto. Prima cosa, disse, non sei una studentessa universitaria... Senti un po', ho ventiquattro anni. E poi, mi riguarda o no quel che sta succedendo nelle Asturie?, ripeté Natàlia. Seconda cosa, tu non hai mai fatto politica. Dovrò pur cominciare, no? Paul Lafargue non si faceva accompagnare da Laura? Emilio sorrise, hai vinto tu, ragazzina. Io che pensavo che fossi così docile... Verso le cinque e mezzo scesero al bar dell'università. C'era un caos di bicchieri e bottiglie di birra e di coca-cola, il fumo delle sigarette offuscava l'aria e le chiacchiere. Emilio incontrò un amico, la manifestazione è alle sei, nel patio di Economia, e gli mostrò il volantino che avevano appena lanciato. Guarda, l'amico gli indicò un uomo vestito di grigio addossato alla parete, proprio accanto ai bagni, la madama?, chiese Emilio.

Sì, sono dappertutto. Oggi ci andranno pesanti, fece l'amico. Emilio si rivolse a Natàlia, perché non mi aspetti nell'osteria di Banys Nous? Non sono una bambina. Natàlia si guardava attorno come se vedesse un film. Il nervosismo era palpabile, ogni tanto qualcuno correva per il corridoio che conduceva al bar, i camerieri servivano con espressione preoccupata, il fumo si addensava sempre più, tutti bevevano senza tregua, sguardi sghembi tenevano d'occhio uomini adulti che passeggiavano con aria spavalda. Salirono nel cortile di Economia, dove un centinaio di studenti rimaneva compatto, immobile o in movimento. Nei portici al primo piano, alcuni uomini appoggiati alla balaustra seguivano attentamente la scena. In un angolo del cortile si riunì un gruppetto di studenti, i volantini volteggiarono per un attimo sopra le loro teste, alcune mani si alzarono a prenderli, altre si abbassarono a recuperarli da terra, qualcuno iniziò a cantare *Asturias, patria querida*... Dall'alto, seguivano la scena impassibili. L'amico di Emilio disse, hanno il dono di essere irritanti. Qualcuno srotolò uno striscione su cui era scritto "Asturie". Gli studenti si raccolsero attorno allo striscione e si mossero in corteo fino al giardino. Era aperta soltanto la porticina e alcuni studenti forzarono il portone per permettere a tutti di passare. Lasciarono lo striscione appeso alla cancellata che si affacciava su plaça de la Universitat. Davanti a sé Natàlia vide un vero e proprio esercito di poliziotti in divisa grigia; agli angoli c'erano delle jeep in attesa. Sembravano carri armati pronti a entrare in battaglia. Nella piazza aleggiava uno strano silenzio, denso, interrotto unicamente dalle urla e dai canti degli studenti. Chi si ritrovava a passeggiare da quelle parti si fermava, sembravano personaggi di un film muto. Dicono che in plaça de Castella ci sono i cavalli, fece l'amico di Emilio, che si chiamava Joan. Gli studenti tornarono nel cortile e un gruppo avanzò verso l'atrio. Natàlia stringeva la mano di Emilio. I manifestanti in testa al corteo presero a insultare la polizia. Uno stuolo disciplinato di grigi avanzò lentamente fino alla soglia del grande portone che dava sulla strada. Dalla scala del primo piano scendeva un uomo vestito di scuro seguito da alcuni bidelli, è Linés, figlio di puttana!, gridò Emilio. Natàlia chiese, chi è Linés?, la spia del rettore. Linés fece un cenno ai poliziotti che aspettavano sulla soglia e un muro di grigi si addentrò nel vestibolo. Natàlia non riusciva più a vederlo come un film perché si trovava nel mezzo, per un attimo perse la mano di Emilio, iniziò a cercarla tra le urla e i colpi di manganello, la ritrovò, una mano sudata che la spingeva verso un angolo dell'atrio, lontano dai grigi, corri, corri, urlava Emilio, ma lei non riusciva a correre, la spingevano da un lato all'altro, come le onde del mare, vortici di persone disperate la facevano mulinare, e attorno a sé vedeva solo ciocche scarmigliate, visi stravolti, occhi di terrore, mani che si aggrappavano dove potevano, corpi che uscivano fulminei e tornavano nel mucchio, tra le urla e le imprecazioni, e i pianti delle ragazze. Accanto a lei svenne una studentessa, Natàlia fece per andarle incontro ma fu di nuovo risucchiata dalle onde, da quella marea, come se fosse una barca naufragata e gli altri fossero animali incatenati a una noria che girava. I manganelli non si fermavano, alcuni cercarono di arrivare alla porticina del patio di Lettere però rimasero bloccati, da lì non si poteva uscire. Si erano accalcati e si affannavano per raggiungere l'uscita, ma dall'altra parte si era già schierata una fila di poliziotti e li faceva sballottare come fossero un'enorme trottola umana. I poliziotti menavano colpi con furia, ancora e ancora, sempre nello stesso punto, davanti a sé. Avevano gli occhi fuori dalle orbite, il volto grigio, forse riflesso dell'uniforme, le pupille iniettate di sangue, i denti serrati, lo sguardo vuoto, e colpivano alla cieca, come animali inferociti, o cani liberati dopo essere stati tenuti a lungo legati. La gente pigiata girava e volteggiava, finché non finiva nuovamente in prima fila, sotto il tiro dei manganelli. E quelli che picchiavano non sapevano cosa colpivano, sembrava che si accanissero su esseri immateriali che gli avevano ordinato di annientare, di ridurre al nulla. Gli studenti cadevano a terra e i manganelli continuavano a pestare su fagotti inerti. Si sentì un rumore di vetri infranti, un ragazzo con la mano insanguinata era riuscito a buttar giù una porta e un capannello di studenti cercò di fuggire da lì. Un giovane zoppicava con la faccia ricoperta di sangue... Finalmente Emilio riuscì ad afferrare Natàlia con uno strattone e, insieme a Joan e a un'altra ragazza, sgattaiolarono dalla porta a vetri. Si fecero strada a gomitate fino al giardino che separava i cortili della facoltà, Joan gridò, venite!, si infilarono di corsa nella chiesa, in penombra. Alcune suore che stavano pregando li guardarono sorprese. Si sedettero nella prima fila, tutti e quattro, e attesero a lungo. Quando sembrò che la battaglia si fosse allontanata dal cortile di Lettere, uscirono.

Nella chiesa erano rimasti per un'oretta. Fuori si era ormai fatta notte. Dentro l'università era calato il silenzio, un silenzio che rimaneva in agguato, e Natàlia ebbe l'impressione di essere riemersa da una battaglia. Si sentivano urla lontane. Uscirono dalla porta di Lettere, la polizia stava ancora arrestando degli studenti, ma non prestò attenzione a loro quattro. Le jeep erano zeppe di ragazzi fermati, che guardavano dalle tenebre. Camminarono fino alla Rambla de Canaletes. Hanno camion-idranti e cavalli, quei figli di puttana, disse Joan. Domani ci sarà uno sciopero generale, fece Emilio, la mandibola serrata, domani non ci sarà nessuno sciopero generale, vedrai, ribatté Joan. A Canaletes l'atmosfera era calma, ma sembrava che ci fossero appostate migliaia di sentinelle. Una ventina di studenti si era radunata attorno alla fontana, hanno arrestato un sacco di gente, si era avvicinato un ragazzo che li guardava con diffidenza, è stato terribile, disse a bassa voce la ragazza assieme a loro. Natàlia la osservò per la prima volta, fino ad allora la ragazza non aveva aperto bocca. Era magrissima, doveva avere sì e no diciott'anni, con occhi molto grandi e sbarrati che le riempivano tutta la faccia. Uno studente cominciò a cantare *Asturias, patria querida...*, all'inizio fu un mormorio dolce, triste, quasi una preghiera. Gli studenti si erano radunati, a poco a poco il canto prese forza, tra le voci delle ragazze, poche, e le grida rauche dei ragazzi. Il canto si innalzava mentre gli studenti cominciarono a scendere lungo la Rambla. La gente li guardava, inquieta e al contempo ammirata. Qualcuno accennò un applauso. E cantavano sempre più forte, sempre più sicuri, *Asturias, patria querida*, cantavano tutti e anche Natàlia, *Asturias, patria querida*, la Rambla si riempì del loro canto, sempre più alto, sempre più forte, un canto allegro, Natàlia urlò come non aveva mai fatto, urlava *Asturias* come se quell'*Asturias* fosse lei, o Emilio, o gli studenti malmenati, le Asturie non erano più solo le Asturie, per questo urlava tanto, come se si togliesse di dosso tutti i silenzi di casa sua, urlava per cancellare ogni cosa, senza vergogna, e non erano più canti, quelli degli studenti, né solo urla, erano ruggiti, *Asturias, patria querida, Asturias, patria querida* mugghiavano, come il mare in tempesta. Natàlia non gridava contro quella massa grigia che li aveva bastonati, né contro le jeep, né contro i camion-idranti, non gridava contro i cani sguinzagliati che manganellavano senza sapere perché, Natàlia gridava contro il suo passato, contro le sfuriate di suo padre, contro quello che lei era stata. E non aveva paura. D'un tratto qualcuno strillò, la polizia!, e si dispersero. Emilio strinse la mano di Natàlia e la tirò con forza verso una stradina. Li seguivano Joan e la ragazza magra. Corsero per un lungo tratto nella viuzza finché si fermarono accanto a un portone scuro. Ansimavano. Emilio si appoggiò al muro con gli occhi chiusi. La città sprofondava nelle ombre della sera e il sole deponeva frange arancioni sopra i terrazzi.

Successe talmente in fretta che ebbe l'impressione fossero sempre stati lì. Arrivavano dall'altro lato della strada, forse avevano imboccato una traversa dalla Rambla. Il biondo aveva una faccia ordinaria, portava gli occhiali e una giacca di cheviot. L'altro era bruno, con un volto da cane triste, una pappagorgia enorme che gli accentuava ancora di più le guance flosce, ed enormi occhi incavati che osservavano tutto come se provasse una pena infinita. Non procedevano dritti, si aggiravano con le mani in tasca. Che fate qui?, chiese il biondo. Facciamo una passeggiata, non si può? Su, vi conosciamo, favorite i documenti. Quello con la faccia ordinaria gli girò attorno e si mise dietro di loro. Bene, bene, Joan Oranich ed Emilio Sandoval, che bella coppia. Quello con la giacca di cheviot svuotò il borsellino di Natàlia e dell'altra ragazza. Il tipo dagli occhi tristi non diceva niente, ha la faccia da brava persona, pensò Natàlia. Sapete cosa hanno fatto i vostri compagni dell'università?, diceva il biondo, si sono nascosti dietro gli alberi e hanno approfittato del buio per lanciare pietre contro la polizia! La ragazza magra sorrise. Il tizio dagli occhi tristi si avventò su di lei e la scagliò a terra. Non ridere, troia che non sei altro, il poliziotto la colpiva con furia. Natàlia sentì che le si bagnavano le mutande e un liquido caldo le scendeva tra le cosce. "Me la sto facendo addosso." Gli altri non si mossero, anche se Joan abbozzò un movimento in avanti, tu, sta' fermo, urlò il biondo mentre gli puntava addosso la pistola. A terra, la ragazza si lamentava. Arrivarono altri poliziotti in borghese – due erano giovanissimi – e, dopo avergli preso i documenti, gli ordinarono di camminare davanti a loro. Con gli occhi stravolti, la ragazza procedeva lentamente mentre le lacrime le scendevano lungo le guance e con la mano si teneva l'addome. Emilio aveva la faccia bianca come il cielo umido e Joan serrava le labbra con lo sguardo perso nel vuoto. Non abbiamo mosso un dito, pensava Natàlia, abbiamo lasciato che pestassero la ragazza magra. Sbucarono in una strada più grande, un incrocio, e si avvicinarono degli uomini in divisa grigia. Portateli con gli altri e sorvegliateli, disse il tipo con la faccia da cane triste. Dai bar attorno e dai portoni erano uscite delle persone, che guardavano incuriosite. Natàlia sentì avvampare sulle guance la vergogna. Aveva paura che qualcuno la riconoscesse. Li fecero montare su una jeep, Emilio si sedette al suo fianco e le accarezzò la mano. Tu non sai niente, le disse. Le jeep erano in plaça de Castella e partirono subito verso il centro. Ormai si era fatto buio e le luci della città sfarfallavano man mano che avanzavano. Fuori la vita era uguale a sempre, tu non sai niente, le ripeté Emilio. La jeep si fermò davanti al commissariato e li fecero scendere. La ragazza magra, che ancora piangeva, fu portata in un'altra stanza. Le luci del commissariato saturavano i volti di un colore oliva. Le pareti erano giallo limone, imbrattate dalla sporcizia di anni. Era tutto stinto. Fecero entrare Natàlia in una stanzetta accanto alla porta d'ingresso, piena di schedari e con due tavoli tutti segnati che puzzavano di sudore. In mezzo al locale passavano i tubi del riscaldamento. Su una delle pareti, piena di crepe, c'era un riquadro zeppo di fotografie, con la scritta in castigliano, "rete di anarchici pericolosi". Un grande ritratto di Franco, color verde chiaro, presiedeva il locale. Un uomo dai capelli unti e lo sguardo smorto scriveva a macchina senza far caso a loro. Entrarono un paio di poliziotti giovani, «voi donne siete più carine con la gonna, con i pantaloni addosso sembrate dei maschiacci» dissero in castigliano, quello che batteva a macchina e aveva i capelli unti gli gridò, «questa lasciatela stare, è bruttissima». Trascorse parecchio tempo, Natàlia sentiva nel corpo il ticchettio della macchina da scrivere, finché apparve un uomo corpulento, con il volto rosso ed enormi borse sotto gli occhi. Fumava un avana e Natàlia gli guardò il collo, che collo corto, pensò. «Certo che sei proprio una cretina a fartela con Sandoval!» le disse in castigliano. L'uomo col sigaro e il collo corto disse al poliziotto dai capelli unti di prenderle le generalità. «Avviseremo la tua famiglia», e l'uomo col sigaro se ne andò. Seguirono le impronte digitali e le fotografie.

Una volta scesa in cella, fu accolta da un poliziotto anziano con una pancia enorme, «sei giovanissima, tu». Entrò in una cella vuota, in quella di fianco c'erano diverse studentesse che guardavano attraverso le sbarre. Adesso che vedeva la parete grigia, scrostata e umida, il pavimento bagnato, la panca di pietra e la finestrella affacciata sul nulla, da cui filtrava una luce smorta, Natàlia mise a fuoco quanto era successo. "Mi hanno fermato e io non c'entro niente con questo casino." Aveva paura, ma non era la stessa paura di quando le si erano bagnate le mutandine, "perché non abbiamo fatto niente? Perché abbiamo lasciato che picchiassero quella ragazza?", bensì una paura più profonda, una paura gelida che le si attanagliava al corpo e al pensiero. "Cosa ci faccio io qua?" Fuori, sentiva lo sgocciolio di un rubinetto o forse di una tubatura che non funzionava bene, e, dentro, i passi lenti del poliziotto grosso. Di tanto in tanto il rumore di catenaccio e un grido dall'alto, porta! Il passo lento e stanco del poliziotto grosso si affrettava, al suo seguiva un passo sicuro e deciso e, dopo, un altro tipo di passo, passo di paura gelata, pensava. Trascorse del tempo, un tempo che languiva, inframezzato dai passi della polizia e dei nuovi prigionieri. Natàlia cercava di trovare un senso a quanto stava vivendo, ma il gelo della panca di pietra le risaliva lungo la schiena, si sentiva le mani intorpidite e il corpo rigido. Provò a camminare ma sbatteva subito contro le sbarre o la finestrella, provò a contare i passi della guardia, a vedere se indovinava il numero di sbarre della porta, a immaginare di avere il corpo imbambolato e il cervello vuoto come la madre, o di essere morta. Sembrava, però, che il tempo si fosse fermato. Ricordò quel che le aveva detto Emilio, «noi manifesteremo perché torturano i minatori, e un poliziotto ha picchiato una ragazza con la cintura». Ecco, lei era stata rinchiusa perché non voleva che torturassero i minatori o che frustassero le ragazze con la cintura. Sei una cretina, si disse, che importa se tu stai fuori o dentro. Chiuse gli occhi, vide un tribunale: lei era il giudice e processava tutti i poliziotti che aveva incontrato in quella serata così breve. In una fila, in piedi, c'erano il biondo, il tipo con la faccia da cane triste, quello con i capelli unti, i tre poliziotti giovani, l'autista e il tizio col sigaro. C'era anche il poliziotto con la pancia grossa, ma Natàlia lo cacciò via dal sogno. La sentenza era inappellabile: li avrebbe impiccati con il fil di ferro e strozzati pian piano. Tutti imploravano pietà. Forse avrebbe perdonato quello con i capelli unti, quello che aveva detto che lei era bruttissima, e i tre poliziotti giovani. Ma il biondo, il tizio con la faccia da cane triste e quello con il sigaro, no. Il poliziotto con la faccia da cane triste diventava sempre più paonazzo, lei esercitava una lenta pressione sul fil di ferro mentre osservava come il collo gli si lacerava. Si svegliò perché aveva sbattuto forte la testa e si era fatta male. Adesso c'era un silenzio profondo, si udivano solo rumori lontani, qualche passo al piano di sopra o l'ansimare del poliziotto grosso. Dovevano essere passate un paio d'ore da quando era entrata nella cella e non poteva, non voleva, rimanere ancora un istante da sola. Colpì le sbarre, Devo andare in bagno!, gridò in castigliano, si avvicinò un poliziotto dal passo sicuro, un uomo giovane con dei baffetti rifiniti, ehi!, urlò al poliziotto vecchio e grosso, la marchesa vuole pisciare! Orinò senza toccare la superficie del water, piena di merda e lerciume. Le fece schifo rimettersi le mutande bagnate e se le tolse. Mentre stava rientrando in cella, il poliziotto grosso le disse, perché non dormi un po'? E dove?, fece lei. Il poliziotto grosso ci pensò su, aspetta! Tornò qualche minuto dopo con due stuoie di plastica. Loro possono sopportare di più, sono uomini.

Cercò di dormire ma sentiva il corpo inaridito. Il silenzio andava e veniva, interrotto solo da raffiche di rumori. Lo sgocciolare della tubatura che perdeva, qualcuno che andava in bagno, i passi delle guardie di sopra... ma presto cominciò a sentire, porta!, con sempre maggiore frequenza, urlavano dei nomi, si aprivano le porte di ferro e degli sconosciuti salivano le scale. Quel "porta!, porta!" le martellava le orecchie e, ogni volta che lo sentiva, si aggrappava alle sbarre per vedere se chiamavano Emilio. Trascorse un intervallo lungo, lunghissimo, e iniziarono a scendere alcuni di quelli che erano stati chiamati. Uno di loro aveva la faccia coperta di sangue, e un altro i capelli raggrumati a ciocche. Dopo, Natàlia vide che portavano giù un uomo sorretto da due grigi. Sentì, in un sussurro, gli hanno strappato la barba, animali! E di nuovo il silenzio. Non vide Emilio fino all'alba, prima lo scorse tra le ombre, quando saliva e, dopo un momento, che lungo quel momento, lo vide che scendeva. Passando davanti alla sua porta le strizzò l'occhio. "Non gli hanno fatto niente, non l'hanno toccato!", invece portarono giù un altro che non si reggeva in piedi e sanguinava copiosamente dal naso. Puntellati dai poliziotti, Emilio e l'altro sparirono in fondo al corridoio, che faceva angolo. Natàlia non riusciva a vedere niente, sentiva solo il fruscio di alcuni passi che si trascinavano. D'un tratto si impose una voce possente, che gridò in castigliano, compagni, non parlate, meglio morti! Era Emilio? La voce si perse nel rumore dei colpi dati alle sbarre. Sentì il mugghio di stivali al piano superiore e, dopo, corpi che scendevano le scale, volete tornare di sopra, imbecilli? Passarono alcuni minuti, e qualcuno prese a fischiare nel buio. È Emilio, si disse, Emilio che fischiava *Le temps des cerises*, Il tempo delle ciliegie. Natàlia chiuse gli occhi.

... Moi qui ne crains pas les peines cruelles,
Je ne vivrai point sans souffrir un jour.
Quand vous en serez au temps des cerises,
Vous aurez aussi des chagrins d'amours...[8]

[8] "... Io che non temo le pene crudeli, / Non vivrò senza soffrire un sol giorno. / Quando sarete nel tempo delle ciliegie, / Anche voi piangerete del male d'amore..."

Si addormentò ed era già mattino inoltrato quando il poliziotto vecchio e grosso aprì la porta della cella. Ti hanno portato un pacco. Encarna, la buona Encarna, che le mandava un thermos con il caffè, una scatola di biscotti Maria e una confezione di Madame X, se le vengono le sue cose, aveva detto ai poliziotti, con le lacrime agli occhi. Bevve il caffè in un sorso e il liquido caldo la riportò in vita. Lasciò i biscotti sulla panca, non aveva le forze per mangiarli. Arriva compagnia, a parlare non era il poliziotto grosso bensì quello con i baffetti rifiniti. Hanno ripulito un bar, aggiunse. Scesero quattro donne, due di loro piangevano. Nella cella di Natàlia chiusero una di quelle che piangevano, alta e con i capelli color pannocchia, e un'altra, che la consolava. Quella che consolava la donna dai capelli color pannocchia era bassa, bruna, con grandi mammelle e un grosso neo sulla guancia sinistra. E ora chi ci penserà a mio figlio?, lo devo portare a scuola, fece la bruna. La donna con i capelli pannocchia si soffiò il naso due o tre volte mentre piagnucolava, fortuna che hanno chiuso la tenutaria nell'altra cella, diceva, sennò le cavavo gli occhi, a quella bastarda! Natàlia notò che a quella coi capelli pannocchia il naso era diventato tutto rosso a furia di soffiarselo. Tanto per fare qualcosa, offrì loro dei biscotti. La bruna disse, no grazie, ma quella che piangeva accettò e li sgranocchiò a lungo. Fecero entrare un'altra donna, anche lei mora, che portava degli orecchini lunghi, di bigiotteria, e una crocchia nera arrotolata sulla nuca. Indossava una vestaglia di nylon rosa e aveva in mano uno spazzolino da denti. È un errore, mio marito si arrabbierà moltissimo, disse in castigliano, sospirando. La donna dai capelli pannocchia smise di soffiarsi il naso, nel mio caso sì che è stato un errore! Io sono la donna delle pulizie del bar, lei lo può confermare! La bruna annuì, è vero, io batto, ma lei pulisce e basta. Guardate le mie mani, vi pare che posso fare la vita con queste mani? La donna mostrava delle mani tutte screpolate e paonazze. Passo le mattine al bar, a lavare i pavimenti, sempre con liscivia e strofinaccio, chi mi dovrebbe volere?, e si soffiò ancora il naso. Su, su, faceva la donna bruna. Quella con gli orecchini di bigiotteria sospirò di nuovo, mamma mia! Guardò Natàlia, e tu, che ci fai qui? Sono una studentessa, mentì. Il mondo è una merda, sentenziò la donna con i lunghi orecchini. Era profumatissima, un profumo dozzinale, e quando si muoveva gli orecchini di bigiotteria tintinnavano. Natàlia sentì, Natàlia Miralpeix, con l'accento sulla i. Si alzò e andò alle sbarre. Buona fortuna, le augurò la donna con gli orecchini lunghi.

L'agente si appoggiò allo schienale di legno della poltrona e la guardò dall'alto in basso, non ti prendo la dichiarazione e che sia l'ultima volta che ti vedo qui, disse in castigliano. Al suo fianco, un poliziotto emaciato e dalla pelle olivastra puliva una pistola. Estraeva i pezzi con grande cura e li poggiava sul tavolo. Natàlia sentì di nuovo la puzza di legno sudato. Entrò il poliziotto della notte precedente, l'uomo che fumava l'avana. Bene, devi ringraziare il signor Claret se ti rimettiamo per strada. Ah!, anche l'altra è fuori. Comprenderai che il mio collega era nervoso, l'avete preso a sassate! La ragazza sta bene, l'ha visitata il medico, perciò qui non è mai successo niente, intesi?, il poliziotto con il sigaro la guardò fissamente e ripeté, intesi? Natàlia disse di sì. Il suo unico pensiero era uscire. Attraversò un lungo corridoio, tra pareti color limone e panche rovinate. Avrebbe ricordato per molto tempo il commissariato dalle pareti color limone e l'odore di sudore di tavoli e panche. In un ufficio scorse la donna dagli orecchini tintinnanti. Sono una borseggiatrice, e quindi?, la sentì dire.

Mandarono Emilio in prigione. Ogni giorno, per un mese, Natàlia lasciò un pacco alla finestrella del padiglione numero quattro, quello dei prigionieri politici. Imparò presto a confezionarli, avvolti nella carta da pacchi, e con un cartoncino legato a uno spago che riportava il nome del prigioniero e il padiglione in cui si trovava. Encarna brontolava in continuazione, ma senza che Natàlia glielo ricordasse, preparava tortille di patate e cipolla, spesse e succose. Natàlia non poteva farci niente, si sentiva superiore alle gitane che si sfogavano urlando e mettendosi a litigare. Tu chi hai dentro? Il mio ragazzo, rispondeva, ma sta lì per la politica. La ragazza magra che era stata picchiata dal poliziotto con la faccia da cane triste era riuscita a vedere Joan Oranich, l'amico di Emilio. Camminava con le stampelle per via delle percosse e Natàlia pensò, ha gli occhi più grandi di prima. La ragazza dagli occhi grandi e che camminava con le stampelle aveva potuto vedere Joan Oranich perché avevano finto di essere promessi sposi. Perché non ci provi pure tu? Di' che sei la fidanzata di Emilio. Natàlia chiamò l'ufficio del direttore, lei non ha legami con il prigioniero. Vedremo cosa si può fare. Emilio può firmare un foglio dichiarando che sei la sua fidanzata e che tra poco vi sposerete, le consigliò l'avvocato. In questo modo ti daranno il permesso per vederlo. Dopo qualche giorno il direttore le disse, mi dispiace, Sandoval dice che non ha mai avuto una fidanzata. L'avvocato la convocò nel suo ufficio, mi ha dato questa lettera per te. Uscì in strada con la busta in mano. Non era una vera lettera, piuttosto un fogliettino stropicciato. Ci mise un bel po' prima di decidersi a leggerlo. Aveva paura. Emilio aveva scritto a matita, "le cose, da qui dentro, si osservano in modo differente... è un altro mondo, non puoi capire. È meglio se non ci vediamo più...".

Una notte prima dell'arresto, Emilio e Natàlia erano andati a bere anisetta in carrer Arc del Teatre, e poi erano entrati in un bar unto e desolato. L'orchestra strimpellava un lento e dei paralumi rossi gettavano degli squarci di luce nella penombra. I tavoli, piccoli e sudici, erano ammucchiati sotto una volta affinché la gente potesse ballare. Una puttana grassa come un elefante e tutta vestita di bianco si avvinghiava a un uomo scheletrico che indossava una camicia lilla. La baldracca grassa dimenava i grossi fianchi con parsimonia, quasi seguisse un rituale. In un angolo, accanto a una luce, due prostitute mute parlavano con gesti smodati. Si contendevano un vecchio nero con la faccia da schiavo dell'Oklahoma e borse grandi e profonde sotto gli occhi. Parevano sul punto di cavarsi gli occhi a vicenda, mentre il nero, che aveva un berretto di feltro grigio, le guardava impassibile. Uscirono dal bar perché il sudore appiccicoso dei corpi e l'unto dei tavolini e delle sedie davano la nausea a Natàlia. Nel vederla così pallida, Emilio le disse, non ti abituerai mai alla miseria, eh? In un angolo, una vecchia bagascia con le mammelle flosce urlava ai passanti una sorta di litania. Ragliava con una voce rauca e, di tanto in tanto, emetteva un urlo che gelava le vene. Un vecchio dal passo malfermo frugava nell'immondizia e un ubriaco singhiozzava mentre si raccontava qualche storia. Natàlia non era mai stata nel Barri Xino di notte prima di conoscere Emilio, e ora si stringeva a lui come l'amante-Natàlia cercava rifugio tra le braccia dell'eroe-Natàlia. Credi che finirà mai, tutto questo? Emilio non rispose. Sai, continuò Natàlia, quando mi spieghi la storia del nostro passato recente, di tutto quello che è successo per colpa di chi ha vinto la guerra, faccio fatica a seguirti. Però capisco cosa vuoi dire quando vedo tutto questo, e Natàlia contemplava ciò che aveva intorno a sé, quando vedo che la gente è sfortunata. Credi che finirà mai, tutto questo?, ripeté. Emilio non rispose. Le fischiò una canzone all'orecchio. Cosa fischi?, gli chiese. Una canzone. È di un poeta della Comune francese. Si chiamava J.B. Clément. Questo poeta voleva che arrivasse il tempo delle ciliegie:

Quand vous en serez au temps des cerises,
Si vous n'aimez pas les chagrins d'amours,
Evitez les belles.
Moi qui ne crains pas les peines cruelles,

Je ne vivrai point sans souffrir un jour.
Quand vous en serez au temps des cerises,
Vous aurez aussi des chagrins d'amour.[9]

Scrisse la canzone all'epoca della Comune, quando il popolo lottava contro un feroce regime oppressivo. Sapeva che a quella lotta sarebbe seguita una repressione terribile – uccisero settantamila operai e chi sopravvisse fu costretto a costruire il Sacro Cuore di Parigi – e cantava al tempo delle ciliegie, la primavera della felicità. Il poeta non ignorava, continuò Emilio, che il tempo delle ciliegie avrebbe portato anche pene d'amore, eppure lo desiderava lo stesso. Anch'io voglio che arrivi, il nostro tempo delle ciliegie. Ed Emilio guardò Natàlia in un modo che lei non avrebbe mai più dimenticato.

[9] "Quando sarete nel tempo delle ciliegie, / Se avete paura di pianger d'amore, / Schivate le belle. / Io che non temo le pene crudeli, / Non vivrò senza soffrire un sol giorno. / Quando sarete nel tempo delle ciliegie, / Anche voi piangerete del male d'amore."

Incontrò l'amico di Emilio che studiava medicina in uno dei corridoi dell'Hospital Clínic. Era bruno, con le spalle quadrate e lo sguardo da bambino. L'amico di Emilio si ricordava di lei perché un giorno si erano trovati per caso nell'osteria in carrer dels Banys Nous. Questa cosa che mi chiedi è molto difficile, molto, le disse. Non conosci nessun ginecologo? Chi te lo farebbe per scelta ideologica ha paura. E per certi versi, aggiunse, gli do ragione: si gioca la carriera, rischia di non poter più esercitare. Quando Natàlia notò che il ciclo tardava, non diede troppa importanza alla cosa, "sarà per la paura che ho avuto al commissariato e perché Emilio è in carcere e tutto il casino". Suo padre, quando rientrò a casa a mezzogiorno, non le disse nulla. Si ritrovarono assieme a pranzo – Judit mangiava prima, la imboccava un'infermiera. Per un po' padre e figlia consumarono il pasto in silenzio, si sentiva solo il tintinnio dei cucchiai nel piatto. Encarna serviva e, sbirciando l'espressione del signor Miralpeix, sospirava. In cucina l'altra domestica lavava i piatti di Judit. Si guardarono di sottecchi un paio di volte, Natàlia e suo padre. Da tempo non si dicevano più di quanto non fosse strettamente necessario. Joan Miralpeix era chiuso per natura e il suo carattere introverso si era accentuato da quando Judit aveva avuto il colpo apoplettico.

Natàlia si sentiva a disagio, a casa, ma si limitava a far scorrere i giorni. "Non abbiamo niente da dirci." Natàlia giudicava il padre con freddezza, e prima era stata convinta di odiarlo. «Gli interessano solo i soldi e la rispettabilità, è un vigliacco» diceva a Emilio. Il padre finì di mangiare il dessert, una pera sciroppata, e chiese il caffè, forte come al solito. Encarna glielo servì nel salotto dove c'erano le vetrinette piene dei feticci di Judit e il signor Miralpeix aprì "La Vanguardia". Natàlia si alzò e andò a prendere un'aspirina nell'armadietto dei medicinali, faticò a trovare il tubetto tra tutti gli intrugli di Judit. Si sentiva male, dopo la notte passata in commissariato. L'ultima litigata feroce con il padre era avvenuta l'estate precedente, quando lei gli aveva comunicato che avrebbe girato l'Andalusia per tre mesi e che non sarebbe rimasta a casa a prendersi cura di Judit, e da allora i loro rapporti erano freddi e di circostanza. Ogni mattina Natàlia entrava nella stanza di Judit e le dava un bacio. «Non ho intenzione di seppellirmi viva per occuparmi di un pezzo di carne che respira!» aveva gridato quel giorno. La pelle del viso di suo padre si era infiammata, era passata dal rosa al rosso vivo, egoista!, aveva gridato Joan Miralpeix alla figlia, non vuoi bene a tua madre? Non è questo il punto, aveva detto Natàlia, doveva forse avvizzire per dimostrare alla famiglia che le voleva bene? Il padre l'aveva fissata, le borse sotto gli occhi ancora più accentuate, e si era morso il labbro inferiore con i denti di sopra. Le aveva dato un ceffone. Non hai principi, aveva gridato Joan Miralpeix. Quando Natàlia tornò dall'Andalusia non si rivolgevano già più la parola. Però lei gli aveva dimostrato di possedere una vita propria. Sei come Kati, le diceva Patrícia in tono piagnucoloso, farai la sua stessa fine. Kati era un'amica di gioventù sua e di Judit, che praticava l'amore libero, si innamorava facilmente ed era snob, si circondava giorno e notte di gente di teatro e pittori – brutta gente, diceva Patrícia – e che, durante la guerra, «era diventata più rossa di una rapa». Si era legata a uno delle brigate internazionali – uno «straniero», diceva Patrícia – che era morto al fronte. Lei si suicidò – bevve un sorso di acido muriatico che le bruciò lo stomaco – lo stesso giorno che i franchisti entravano a Barcellona e lo stesso giorno che persone come Patrícia, Sixta e il marito di Sixta avevano gridato, «arrivano i nostri, arrivano i nostri!».

Fai sempre quello che vuoi, le diceva Encarna. Lei però non sapeva cosa volesse, sapeva soltanto che non voleva niente di quello che vedeva attorno a sé. "Un padre pieno di soldi e che si vanta della sua 'spiritualità', capace di andare a lavarsi la coscienza tra i monaci di Montserrat. Una madre mezzo morta che non c'è mai stata davvero." Natàlia cominciò a seguire corsi e corsetti e a svolgere lavori di poco conto, «qualsiasi cosa pur di uscire di casa». Tanto non ti mancherà mai un tetto sulla testa, faceva Encarna. Tutte le sue amiche si sposavano ed erano raggianti di felicità: appartamento nuovo, marito giovane e presto un bambino con il moccio. Tu non ti sposi perché stai antipatica agli uomini, ripeteva Encarna. Forse ha ragione, pensava, forse non mi sposo perché non so come andare a genio a un uomo... Provò un sacco di impieghi insignificanti, lavorò in un laboratorio di ceramica – questo fu l'ultimo –, per tre anni frequentò alla Fira de Barcelona, studiò lingue, imparò a suonare la chitarra, andò a lezione di design industriale, di tappezzeria, lavorò in un negozio di *pret-à-porter*, imparò a cucire pullover a macchina, prese lezioni di cucina, fu assunta in un ufficio dove per qualche ora a settimana archiviava articoli di stampa... Voleva fare tutto, conoscere tutto, «e non fai niente per bene» le aveva detto Harmonia più di una volta. Non aveva bisogno di tanti soldi, ma il padre gliene passava con il contagocce, «non mi piace la vita che fai, non hai una direzione, uno scopo» diceva Joan Miralpeix. «Mio padre è l'equilibrio e la salute mentale» diceva Natàlia a Emilio. Suo padre, ovviamente, sapeva cosa voleva. Aveva dietro di sé un passato da rosso, che lei intuiva da qualche allusione e da conversazioni occasionali. Ma non ne rimaneva niente: solo qualche libro in catalano di prima della guerra che custodiva nella biblioteca. Un monaco di Montserrat l'aveva ricondotto alla Chiesa, perché, in questioni religiose, lui era stato un uomo piuttosto freddo. Teneva i Vangeli sul comodino e aveva iscritto i suoi figli a scuole religiose, la femmina al Jesús Maria e il maschio dai gesuiti. Dove li avrebbe potuti mandare, sennò? Gli rimaneva una fiamma catalanista e si commuoveva nell'ascoltare al giradischi la sardana *Santa Espina*. Qualche volta Natàlia aveva sentito il padre parlare di Companys e Macià,[10] «ma si sono sbagliati, tutti quanti» sosteneva. Quando tutto finì, Joan Miralpeix disse che bisognava vivere, «io voglio essere lasciato in pace». Natàlia raccontava a Emilio come aveva fatto soldi il padre: sai, ha costruito le case nei quartieri della Verneda e di Trinitat con la tromba delle scale talmente angusta che quando muore un inquilino devono portare giù il cadavere in braccio perché la bara non ci passa... Non sei un po' dura con tuo padre?, chiedeva Emilio, e lei si infastidiva, non vorrai che mi profonda in complimenti perché ha fatto soldi? Be', rispondeva Emilio, ci vuole comunque una certa bravura...

Il padre di Natàlia aveva iniziato gli studi di architettura piuttosto tardi, sui venticinque anni, e si era laureato prima che scoppiasse la guerra. Una volta finita, fu tra i primi a progettare interi quartieri per operai, «io, se devo costruire case orribili, preferisco non farle» commentava suo figlio Lluís, «nemmeno se sono per gli operai». Joan Miralpeix replicava, «però li tiro fuori dalle baracche...», e Lluís sorrideva, non fare l'ingenuo, gli diceva. A Lluís non piaceva affatto

[10] Lluís Companys e Francesc Macià, due presidenti del governo della Generalitat negli anni Trenta.

lo stile del padre: spazi ridotti, facciate dai colori sgargianti, balconi stretti, cortili minuscoli, stile funzionale, piastrelle scadenti, formica in cucina, carta da parati alle pareti, tubature che si guastavano subito... «È quello che chiede il mercato, che vuoi farci?» rispondeva il signor Miralpeix. Il padre di Natàlia si unì in società con Joan Claret, il padre di Sílvia, verso il 1960, e insieme avviarono l'immobiliare che avrebbe costruito grandi alberghi in tutta la Costa Brava. Nell'arco di un anno ampliarono gli affari e aprirono una succursale a Lloret de Mar, «dove è accaduta la disgrazia dell'hotel» diceva Natàlia.

Joan Miralpeix finì di leggere "La Vanguardia", sbadigliò e si alzò per uscire dalla stanza. Era l'ora del riposino pomeridiano. Ho bisogno di soldi, fece Natàlia. Joan Miralpeix ebbe finalmente l'occasione di sfogarsi: guardate che cinismo!, sembrava si rivolgesse a un pubblico che seguiva la scena. Ci risiamo, disse Encarna in cucina mentre asciugava i piatti. Si fa arrestare dalla polizia, continuava il padre di Natàlia, passa la notte in commissariato, non mi dà nessuna spiegazione e ha pure la faccia di bronzo di chiedermi soldi! Tu mi hai domandato cosa è successo? Sei per caso venuto a prendermi in commissariato? Ho chiamato Claret perché ti facesse uscire, spero che almeno lo ringrazierai... Io quel farabutto non devo ringraziarlo proprio di niente! Il padre di Natàlia si morse il labbro inferiore con i denti di sopra, lo faceva sempre quando perdeva le staffe. Oh, ecco la puritana!, abbandona la madre nelle mani di un'infermiera, esce tutte le sere a fare i comodi suoi e adesso arriva qui a dar lezioni di morale! Claret ti ha fatto un grande favore, altrimenti adesso saresti in prigione, tu non conosci quella gente... Per un attimo Joan Miralpeix raddolcì la voce. Da quando la signora ha avuto il colpo apoplettico, in questa casa non c'è più pace, disse Encarna all'altra domestica. Certo che li conosco, fece Natàlia, li ho conosciuti ieri. E tu non hai nemmeno voluto sapere cosa mi è successo al commissariato, e cosa ho visto all'università. All'università?, domandò il padre di Natàlia, e cosa ci facevi tu all'università? Ma non capisci che non ti riguarda? Gli studenti fanno sempre casino. E perché non dovrebbe riguardarmi? Non lo sai che ci sono gli scioperi nelle Asturie? Non li leggi i giornali? Certo che li leggo! Ma questo sciopero finirà e non sarà cambiato niente! Se avessi vissuto come me... Non cominciare, papà! Sono stufa delle tue esperienze. A dirla tutta, proseguiva Encarna, neppure prima, quando la signora stava bene, c'era pace... non lo so, sembra che in questa casa siano entrati i demoni... Be', Miralpeix si impappinò, al momento non vedrai una sola peseta in più da me. Quando avrai venticinque anni farai quello che ti pare, ma adesso no! Joan Miralpeix concludeva sempre con le stesse parole. Uh, demoni?, faceva l'altra domestica, non dica queste cose, signorina Encarna... Il padre di Natàlia sbadigliò di nuovo e andò a riposare.

Natàlia, furiosa, lanciò il tovagliolo sul tavolo. Fu allora che sentì una fitta ai reni e le venne da vomitare. Rigettò tutto il pranzo. Encarna sentì i conati e accorse in bagno, che hai, bambina mia? Ma Natàlia le fece segno con la mano di allontanarsi. Ah, allora arrangiati!, Encarna chiuse la porta e se ne andò offesissima. Natàlia si lavò i denti per togliersi il saporaccio dalla bocca e andò a sdraiarsi a letto. "È questa maledetta nottata che mi hanno fatto passare quei figli di puttana." All'improvviso le venne voglia di piangere, e giù a piangere, piangeva per tutto, per il poliziotto dalla faccia di cane triste che le era parso una brava persona, per Emilio che era ancora in commissariato, per la donna delle pulizie che avevano scambiato per una prostituta, piangeva, soprattutto, per sé stessa. "E ora che faccio?" Si soffiò il naso. Encarna, che stava dietro la porta, la sentì piagnucolare. Entrò e si sedette accanto a lei, su, su. Natàlia strillò, vattene, vattene, ma d'un tratto abbracciò Encarna tra i singhiozzi, no, non te ne andare, Encarna, Encarna!, non capisco che mi succede, e la donna le diceva, su, su, ora riposa un pochino e vedrai che dopo ti sentirai meglio, eh?, e intanto la cullava.

Era ormai buio quando Natàlia si svegliò. In casa non si sentivano rumori. Entrò nella stanza della madre, Judit dormiva nella penombra. Dietro la vetrinetta c'era la Madonna Addolorata che la guardava con il suo volto di cera patetico, la bocca spalancata, gli occhi lacrimosi e le mani aperte. Due lumini dalla luce rossa brillavano a ogni lato.

Il test confermò cosa fossero le nausee e l'acidità in gola. Non le venivano le mestruazioni da due mesi, e all'inizio l'aveva attribuito al nervosismo. Al terzo mese decise finalmente di andare da un ginecologo. È il più progressista di Barcellona, vedrai che ambulatorio, le disse Blanca. Lo studio del ginecologo si trovava nel quartiere della Bonanova, in una strada in salita fiancheggiata sui due lati da ville. L'unico palazzo a più piani in tutta la strada era quello del ginecologo, con una portineria a vetri, ficus e piante umide, di un verde lucente, e la facciata ricoperta da rampicanti. Venne ad aprire un portiere con un camice da lavoro a quadretti bianchi e blu. C'era della musica di sottofondo, moquette blu cobalto sul pavimento, un divano di velluto color ocra, paralumi in vetro smaltato e ascensori leggeri e silenziosi. L'ambulatorio era al secondo piano e comunicava con l'appartamento del ginecologo. Le fece entrare un'infermiera magrissima, dai lunghi capelli dorati e le labbra rosa chiaro, quasi bianche. Indossava un camice verde mela e collant chiari. Le fece passare nella sala d'attesa, con pavimento in parquet, poltrone in pelle, una lampada giapponese e riproduzioni di Picasso e Miró. Nella sala c'erano due donne dall'aria nervosa, all'apparenza madre e figlia. Natàlia osservò quella che sembrava la madre: uno scollo esagerato lasciava intravedere la linea che separava due seni enormi. Chc caldo, fece Blanca. Non capisco perché non accendono l'aria condizionata, commentò la donna più grande. Portava dei braccialetti d'oro pieni di monete ai polsi e un borsellino di pelle di coccodrillo abbinato alle scarpe. La figlia aveva le spalle curve e i capelli biondi tinti e cotonatissimi. La madre non le rivolse la parola per tutto il tempo e si sventolava con un vecchio numero di "Elle". L'infermiera le chiamò e Natàlia e Blanca, mentre fingevano di sfogliare una copia di "Triunfo", le squadrarono. Natàlia notò che la figlia aveva il sedere più flaccido della madre.

Finalmente arrivò il loro turno. Durante l'attesa Natàlia era stata nervosissima. Calmati, le aveva detto Blanca, vedrai che questo medico non è un tipo prevenuto. Lei, però, non era mai stata da un ginecologo. L'aveva esaminata solo la levatrice di Judit, ormai undici anni prima, quando le erano venute le mestruazioni per la prima volta. Il ginecologo sembrava più giovane di quanto doveva essere, era magro, con i muscoli scolpiti – si notava che faceva sport – e la pelle abbronzata, anche se l'estate era appena iniziata. Le fece accomodare ed esaminò le analisi, ebbene, cosa volete che vi dica?, Natàlia e Blanca tacevano, il test è positivo. Chi è Natàlia Miralpeix? Lei, fece Blanca. Il ginecologo chiamò l'infermiera magrissima, portami una scheda, per cortesia. Natàlia notò che il ginecologo aveva gli occhi celesti, "con la pelle così abbronzata il camice bianco gli sta molto bene". Età? Quando ha avuto le prime mestruazioni? Ha subito qualche operazione, appendicite? Ha mai contratto malattie infettive? La sua famiglia...? Natàlia stava perdendo la pazienza, ma il ginecologo andava avanti, hai avuto rapporti sempre con lo stesso uomo? Quanto tempo fa? Facevate qualcosa? Natàlia non capiva, guardò Blanca. Facevate qualcosa in quel senso, o no? Non facevamo niente... L'infermiera prendeva appunti. Il ginecologo disse alla ragazza magrissima, grazie mille, puoi andare. Noi siamo venute, iniziò Blanca, per capire se si poteva intervenire... Calma, calma, ogni cosa al suo momento. Il ginecologo respirò piano, bene, bene, non vi passa mai per la testa che potete rimanere incinte, nessuno ci pensa mai, prima... Cosa bisognava fare, allora?, chiese Blanca. Informarvi, chiedere, venire da me o da qualsiasi altro medico, e invece fate sempre le cose di testa vostra! Natàlia volle sapere che metodi c'erano, il ginecologo rispose, il coito interrotto, l'ogino, i lavaggi..., il medico si accorse della sua delusione, sì, lo so che questi metodi non servono a niente, e io non li raccomando mai. Però stanno cominciando ad arrivare i primi diaframmi dall'America e dall'Inghilterra, aggiunse, e io li posso procurare. Ho un'amica, disse Blanca, che è rimasta incinta anche con il diaframma. Il ginecologo le lanciò uno sguardo di indifferenza, sono sicuro, fece, che la tua amica non aveva la benché minima idea di come metterselo. Sentitemi, continuò, questo paese non funzionerà mai. Sapete cosa manca? Manca la maturità. La gente si ostina a essere stupida, soprattutto le donne. Poco fa è entrata una signora, piena di soldi, con la figlia. Bene: ho dovuto visitare la ragazza da dietro per fingere che fosse vergine. Ha scopato a destra e a manca come una disperata, ma adesso si è ravveduta e si sposa con un industriale che ha vent'anni più di lei. Alla madre verrebbe un colpo se sapesse che la sua "bambina" non è vergine. E immagino che anche l'industriale se la prenderà non poco quando se ne accorgerà. Come mi dovrei comportare con dei clienti del genere? Be', disse Natàlia, io però sono venuta... Il ginecologo si alzò in piedi e suonò il campanello, entrò una ragazza mora e altissima, con i capelli corti, che indossava lo stesso camice verde mela della ragazza bionda e magrissima. Prepara la signorina, le disse il ginecologo. La mora abbassò le palpebre e sorrise a Natàlia, venga, venga, e passarono nella stanza di fianco. Si spogli, disse la ragazza mora. Natàlia si ritrovò dietro un paravento color erba, intonato alla divisa delle infermiere. C'era uno specchio enorme e senza cornice, e adesso che devo fare? Chiamò Blanca. Mi devo togliere tutto? Blanca sorrise, ma no, solo le mutande. Non mi avevi avvisato, disse Natàlia, se l'avessi saputo mi sarei messa la gonna. Natàlia si sfilò i pantaloni e le mutande e si guardò allo specchio. Si trovò ridicola, con la vulva all'aria e il cespuglio di peli castani tra le cosce. Si disse che non sarebbe mai e poi mai uscita dal paravento mezzo nuda, soprattutto dalla vita in giù. Ehi, urlò a Blanca, io mi vergogno... Blanca andò dalla ragazza bruna, dice che si vergogna. La ragazza bruna, che sorrideva sempre, portò un lenzuolino di cotone rosa, se lo può avvolgere attorno alla vita. Alla fine Natàlia uscì da dietro il paravento color erba fasciata nel lenzuolino rosa. Le arrivava a metà polpaccio e le lasciava allo scoperto i calzini. Devo mettermi le scarpe?, la ragazza mora disse di no. Passò dall'altra parte della stanza. Contro una parete c'era un armadio con vetrinetta pieno di strumenti metallici. Un piccolo lavandino in un angolo, accanto a un grande finestrone, e al centro, una tavola stretta e lunga, con due staffe di acciaio che uscivano da un tubo metallico. Le staffe erano montate al contrario, verso l'alto, ai due lati dell'asse, che era rivestita con un lenzuolo celeste. Salga qui, la ragazza bruna fece salire Natàlia su uno sgabellino sotto la tavola. Si sedette tutta indietro, ma no, venga bene in punta, disse la ragazza bruna, e tirò via il lenzuolino rosa, coprendo il basso ventre di Natàlia con uno dei lembi celesti. Metta una gamba qui e l'altra lì, e si sdrai. Mi devo togliere i calzini? chiese Natàlia. Non ce n'era bisogno. Natàlia si sdraiò e fissò il soffitto. Non sapeva cosa fare con le mani. Aveva le gambe spalancate e i piedi in aria, con i calzini bianchi. Entrò il ginecologo e sollevò il lenzuolo celeste. Cominciò a premerle il basso ventre, ti fa male qui?, Natàlia disse di no, e qui?, nemmeno, e qui?, Natàlia fece, ahi! Allora il medico si infilò un ditale di gomma che gli aveva dato la ragazza mora, ci spalmò sopra una crema e iniziò a rigirarlo dentro Natàlia. Intanto fissava la parete, senza rivolgerle nemmeno un'occhiata. Sì, l'utero è ingrossato, disse. Si tolse il ditale di gomma e chiese qualcosa alla ragazza bruna, che prese dall'armadio con la vetrinetta delle pinze d'acciaio grandissime che terminavano con una sorta di dado. Introdusse le pinze nella vagina di Natàlia e fece girare il dado, "adesso mi squarcia". Il medico esaminò in silenzio. Chiamò la ragazza mora e le fece, ecco, lo vedi? E lei disse, sì. Rimasero per un bel po' a guardare dentro Natàlia. Hai un prolasso uterino, fece il ginecologo. Ed è una brutta cosa?, chiese Natàlia, ma il medico non dovette udirla perché continuava la sua perlustrazione. Guarda qui, disse il medico alla ragazza bruna. E lei, oh! Trichomonas, vero? E lui, sembrerebbe di sì. Il ginecologo andò all'armadio a vetrinetta e prese un rettangolo che pareva di vetro. Lo infilò nell'orifizio di Natàlia e poi si mise a controllare al microscopio. Chiamò la ragazza mora, guarda come si muovono. Poi si avvicinò a Natàlia e le chiese, non hai notato del prurito? Sì..., hai la tricomoniasi. E cosa significa?, chiese. Che quel ragazzo ti ha attaccato dei funghi. Tornò accanto al lettino e le premette di nuovo il basso ventre. Ti fa male qui? Sì, un po'... Il ginecologo le disse, ti prescriverò degli ovuli per i funghi. Dopo si lavò le mani. Alla fine domandò alla ragazza mora, indovina un po' di quanti mesi è? Dunque..., la ragazza esitava. E dai, possibile che non fai attenzione mentre spiego? Sì, sì, fece la ragazza bruna, mi pare che abbia tre mesi di ritardo, no? Il medico disse, esatto, sei una brava alunna, prese la scheda e tornò nello studio. Natàlia era sempre lì con le gambe spalancate a guardare il soffitto, senza sapere che fare con le mani, ah, scusa, le disse la ragazza bruna, mi ero dimenticata di te.

No, mi rincresce, disse il ginecologo, io non posso fare niente. Ma saprà qualche metodo, conoscerà qualcuno che... Guarda, i due che conoscevo sono finiti in prigione. Il medico fissò Natàlia, la cosa migliore che puoi fare è tenerti il bambino. No, in questo momento non posso proprio, disse Natàlia a voce bassa. Be', vedi tu, il ginecologo infilò la scheda in una busta bianca. Su un lato la ragazza magrissima aveva scritto "Natàlia Miralpeix". Il medico si accorse che le due giovani si scambiavano uno sguardo, non vi preoccupate, è strettamente riservato, le mie infermiere sono assolutamente discrete. Prescrisse degli ovuli per i funghi a Natàlia e, cortese, le accompagnò alla porta dell'ambulatorio. Natàlia sentì il profumo dell'acqua di colonia del medico, "la stessa di Lluís". All'uscita le attendeva la ragazza magrissima, sono settecento pesete, disse.

La cosa migliore che puoi fare, disse l'amico che studiava medicina, è andare da una puttana. Loro ne sanno più di chiunque altro. Natàlia era stanca, era stata in tre posti, il dottor Martínez è in viaggio, le avevano detto in uno, in un altro la portiera non l'aveva nemmeno fatta salire e il terzo studio non esisteva, era così stanca che quella mattina aveva deciso di tenere il bambino. Ma una nausea fortissima e una acidità terribile la spinsero ad affrontare la faccenda una volta per tutte. Voleva solo togliersi quel retrogusto di capelli che aveva in gola. La sera si incontrò con il medico amico di Emilio in un bar di carrer d'Urgell, mi hanno detto che è qui. Entrarono, c'era un tavolo, luci rosse soffuse, musica in sottofondo. La cameriera, con i capelli tinti color ambra, ciglia lunghe truccate di rimmel e guance rosse, diede loro l'indirizzo. La donna, che doveva essere sulla trentina, in un primo tempo li esaminò con diffidenza. Ma l'amico di Emilio le fece il nome di una studentessa di medicina che aveva aiutato un paio di mesi prima. Voi signorine perbene avete bisogno di noi, o sbaglio? E dopo, chi si è visto si è visto. Natàlia si era seduta, il volto giallognolo per le nausee e quell'acidità così forte in bocca, è che non ce la faccio più, disse. "Se non avessi ricevuto il messaggio di Emilio, se lui non fosse in prigione..." Che bel regalino stai facendo a Emilio, le avevano detto. La ragazza con i capelli color ambra cotonati e pieni di lacca si rivolse a un'altra cameriera che chiacchierava animatamente con un cliente, che faccio, glielo do l'indirizzo di Casilda? L'altra, che aveva la faccia da maschio e gli occhi cerchiati di ombretto verde scuro, le rispose, fa' tu, e si strinse nelle spalle.

Trovò la casa facilmente. Non troppo lontano da carrer d'Aragó, nel punto esatto che le aveva indicato la puttana dai capelli color ambra. Sotto c'era una targhetta dalle lettere consumate: "Casilda Cabrils, levatrice". Casilda era una donna grossa, con le mammelle cadenti e le ascelle sudate. Malgrado il caldo, indossava una vestaglia bianca a maniche lunghe. Mi manda Angeleta... Casilda, che aveva socchiuso la porta, l'aprì del tutto per far entrare Blanca e Natàlia. Non c'era nessun altro. Avanti, fece. Si ritrovarono in una stanza in penombra, con le persiane chiuse. Sulle pareti, la carta da parati si sollevava a tratti. C'era un armadio con vetrinetta uguale a quello dello studio del ginecologo, ma più piccolo e di colore grigio. Un asciugamano bianco copriva metà di un lettino foderato di pelle a righine. La levatrice vi fece sdraiare Natàlia e le mise una sonda, è per dilatare, torni domani. Il giorno dopo la attendeva un uomo alto e magro imbacuccato come una mummia: un copricapo gli nascondeva la testa e la fronte, e un fazzoletto copriva il volto fino agli occhi. Aveva uno sguardo immateriale, come se osservasse da una fessura, come se il suo corpo fosse una parete. "Occhi da corvo." L'uomo dagli occhi di corvo rovistava da tempo dentro Natàlia con una sorta di cucchiaio lungo e infilato al contrario. Rovistava e a Natàlia faceva male il cuore, che c'è?, domandò lui, niente, niente, è solo nervosa, rispose la levatrice. Blanca aspettava fuori, non l'avevano fatta entrare. Un sudore gelido le saliva dal fondo della spina dorsale e l'avvolgeva tutta, e poi sentì un calore intenso e il cuore sul punto di esploderle, dalle un po' di coramina, disse l'uomo dagli occhi di corvo che non smetteva di rovistare dentro Natàlia. Nel suo corpo non rimaneva più nulla, era diventata una scatola che rimbombava vuota. Alla fine, il corvo le infilò dentro con i suoi artigli un batuffolo di cotone, e un altro, e un altro, tantissimi batuffoli di cotone intrisi di sangue che cadevano a terra uno dopo l'altro. Quando ebbe finito, Casilda la accompagnò alla porta. Le diede una confezione di sulfamidici. Sono quattromila pesete, disse.

A casa Natàlia sentì che le montava la febbre e che infinite ombre le danzavano attorno. Ecco il ragno, il ragno che agitava le zampe mentre scendeva dal soffitto della stanza illuminata dal faro, sempre più grande, la cingeva, la stringeva forte, le zampe del ragno erano pelose, viscide, e ogni zampa si trasformava in migliaia di zampe pelose che cercavano il corpo di Natàlia e si accanivano su di lei, la febbre saliva e le sembrava di lacerarsi dall'interno, di dilaniarsi, tra le cosce avvertiva un corpo solido, caldo, tanti corpi solidi che le scivolavano giù per le gambe mentre il ragno non le dava respiro, la baciava, ogni zampa la baciava e le accarezzava la fronte e le guance, il collo e il seno, le gambe e il basso ventre, mentre era tutta attorcigliata a migliaia e migliaia di zampe pelose da cui non sapeva come liberarsi. Alla fine il ragno la lasciò andare e lei cadde in un pozzo nero e profondo, nero e profondo, un pozzo eterno, senza fine, sempre più giù, ancora più giù, e Natàlia cercava disperatamente le zampe del ragno per aggrapparvisi, dove sono le zampe del ragno?, e le vedeva in cima al pozzo, ne spuntavano alcune, pelose, solo la punta delle zampe, Natàlia allungava le braccia, ce la posso fare, posso arrivarci!, ma cadeva sempre più in fondo al pozzo, nell'oscurità... Si svegliò zuppa. Aveva sporcato le lenzuola. Le prese e le mise a mollo con la candeggina. Sentiva che la febbre saliva sempre di più. Chiamò Sílvia, vieni, vieni, sto malissimo, farfugliò.

Sílvia arrivò. Cosa ti è successo?, il volto candido, che hai fatto? Appena la vide, Natàlia si pentì. Mi prometti che non dirai niente a Lluís? E Sílvia, ma cosa...? Me lo giuri?, ripeté Natàlia. Te lo giuro. Sennò, disse Natàlia, se gliene parli, significa che non mi vuoi aiutare. Certo che sì, che ti voglio aiutare!, gridò quasi Sílvia. Ho abortito e non mi sento bene. Mi fa malissimo la pancia e perdo dei grumi enormi di sangue. Oh, fece Sílvia, tappandosi la bocca. Natàlia le diede il numero del ginecologo e Sílvia lo chiamò. «Dice di andare nel suo ambulatorio, se te la senti.» Per fortuna era giovedì ed Encarna non c'era. L'infermiera si trovava nella stanza di Judit, con la donna della manicure che sistemava le mani e i piedi della signora Miralpeix. Natàlia si vestì e si mise qualche goccia di acqua di colonia sulle mani e sul collo. Non dirai niente a nessuno, vero?, ripeté Natàlia. Quando arrivarono, la ragazza mora le stava aspettando e le fece passare in una stanza che dava sull'appartamento, con un lettino di pino bianco e un divano. Fece sdraiare Natàlia. Sílvia era agitata e non riusciva a stare ferma. Esco un attimo, disse. Il ginecologo non tardò ad arrivare. Si mise subito a premere sul ventre di Natàlia e lei sentì una fitta fortissima, come se la bucassero con un cacciavite. Il medico continuava a premere mentre i coaguli di sangue le colavano lungo le gambe, questo animale ne ha lasciato dentro metà, fece. E a Sílvia, che era rientrata, lei è un famigliare? Sílvia, con gli occhi umidi, disse di sì. Dobbiamo operarla, continuò il medico, la faccio ricoverare nella mia clinica. Ovviamente dirò che è stato un aborto spontaneo. Natàlia si raccomandò con Sílvia: ricordati, non avvisare nessuno a casa. Ma Sílvia aveva tanta paura e aveva già avvertito Lluís.

Parte quarta

PACE

E la pace, malata d'inerzia,
vorrebbe guarire con una rivoluzione
disperata.

WILLIAM SHAKESPEARE, *Antonio e Cleopatra*

Joan Miralpeix iniziò a salire le scale, si sentiva stanco. Tutte le volte che qualcosa andava per il verso sbagliato, Joan Miralpeix si metteva a dormire. L'aveva fatto fin da bambino. Schiacciava un pisolino e si sentiva meglio. Anche quando Natàlia se ne era andata di casa, aveva dormito a lungo. Natàlia non aveva ancora venticinque anni, era minorenne, ma chi era lui per inseguirla e costringerla a tornare indietro? Appena Encarna gli disse, la bambina se ne è andata, si è portata via tutte le sue cose, si sentì come svuotato. Cosa avrebbe dovuto fare? Lluís gli telefonò, non ti preoccupare, tornerà presto. Dove vuoi che vada? Una ragazza da sola, senza soldi, senza aiuto... Ma Natàlia non accennava a tornare, e nemmeno scriveva... Si sarebbe addormentato e il mal di testa gli sarebbe passato. Era al primo pianerottolo e già ansimava. Joan Miralpeix sapeva di non essersi comportato bene con lei il giorno in cui Natàlia era rientrata dal commissariato, "non ho voluto dirle niente, troppi ricordi". Quella mattina Encarna gli aveva aperto la porta, nervosissima, ha telefonato la polizia, dicono che hanno arrestato la bambina... Lui pensò subito, "c'entra la politica". Ma si era imposto di non rivivere più quel periodo, lo teneva custodito nella parte più profonda e recondita del suo animo. E adesso arrivava Natàlia, che non sapeva mai cosa voleva, egoista, che non si occupava di Judit, a fargli risentire l'odore del passato... Lluís gli diceva, non credere, Natàlia non se ne è andata per la storia del commissariato, e neppure perché non sei andato a trovarla in clinica. Allora, domandò al figlio, se ne è andata per quello che è successo nell'albergo di Lloret? Lluís sorrise, sei un ingenuo.

Joan Claret, che aveva tante conoscenze a Madrid, era riuscito a insabbiare la faccenda. Ti sei fatto incastrare come un allocco, gli aveva detto Lluís. Lluís gli faceva paura, aveva lo sguardo gelido. Con lui Joan Miralpeix non aveva mai litigato. Si temevano, si osservavano, si tenevano sotto controllo, si annusavano come due cani, ma non discutevano mai. Con Natàlia era diverso: forse perché gli assomigliava? Perché cercava quello a cui lui aveva rinunciato? Natàlia aveva lo sguardo profondo di Judit e il carattere del vecchio Miralpeix.

Il padre di Natàlia saliva le scale stanco, si fermò al secondo pianerottolo, avrebbe dovuto parlarle. Era quanto gli aveva detto don Jesús Maria Farriols quando lui si era recato nell'abbazia di Montserrat a chiedergli un consiglio: «Lei è accecato dall'orgoglio, le fa male». E invece no, lui non era orgoglioso, voleva soltanto riposare...

In quell'epoca imbastardita si era premurato di sopprimere nel suo corpo tutto ciò che era stato un tempo. Joan e Judit cercarono di mutare volto, mani, piedi, braccia... E Joan non sostituì la sua lingua solo perché non sapeva più farlo. Dal fronte mandava cartoline in catalano: "Judit, mia cara, quanto mi manchi...". Ma tutto cominciò a capovolgersi quando, durante la reclusione nel campo di concentramento di Betanzos, fu obbligato a scrivere in una lingua che non era la sua, il castigliano: "Cara Judit, ho ricevuto notizie di quanto è successo a Esteban a Gualba, maledetti rossi! Fortuna che le loro nefandezze hanno i giorni contati...". Bisognava lasciarsi alle spalle, lontano, tutto ciò che aveva arrecato loro tante disgrazie. Bisognava sovvertire il modo di pensare, bisognava cominciare a parlare in un'altra maniera, vestirsi come stabilivano loro, tapparsi in casa, dormire, farci sopra una lunga dormita, bisognava non uscire più in strada visto che la strada era loro – l'unica vendetta possibile: fare soldi –, bisognava salutare come volevano loro, andare in chiesa, "ma certo che Dio esiste". Bisognava fare la comunione e non ridere apertamente – e nemmeno piangere apertamente –, bruciare i libri che non erano di loro gradimento, bisognava accettare che la tua lingua non serviva a niente, bisognava andare a comprare nei grandi magazzini Alemanes, tenere la casa pulita e non ascoltare quei "sai quanti ne hanno fucilati al Camp de la Bota?", bisognava andare al cinema e alzare il braccio... Joan Miralpeix era tornato sfibrato da quella guerra così sporca. "È morto Lluís, che aspirava a diventare professore universitario, e hanno fucilato Antoni, che ha creduto nella Repubblica fino all'ultimo respiro. Gli altri che fine avranno fatto?" Joan Miralpeix seppe ben presto che gli amici dell'Enciclopèdic Popular,[11] Francesc ed Emili, e pure Xavier, erano riusciti a passare il confine. Su di lui pendevano meno capi d'accusa e preferì rimanere: gli costò tre anni in un campo di concentramento che non avrebbe mai dimenticato. E gli altri? Finché visse nella paura più oscura provò invidia della loro sorte. In seguito venne a sapere che Xavier era evaso dal campo di Argèles-sur-Mer ed era fuggito in Messico, dove aveva fatto fortuna, mentre Emili era rimasto in Francia ed era saltato in aria durante un bombardamento tedesco, sopra il ponte d'Orléans, dicevano. Francesc era morto in un campo di sterminio; chi lo ricordava nei suoi ultimi giorni ne rivedeva ancora gli occhi allucinati in un volto cadaverico. A quanto pareva, i nazisti l'avevano ucciso perché aveva perso il sen-

[11] Il circolo progressista dell'Ateneu Enciclopèdic Popular, fondato nel 1902 da un gruppo di intellettuali repubblicani e operaisti.

no. Lui, Joan Miralpeix, era stato il più furbo, si era salvato la pelle. Ma lui voleva soltanto dormire, come quando era piccolo e suo padre gli tirava le orecchie fino a fargliele diventare violacee perché l'aveva scovato a ciondolare in soffitta, con la testa tra le nuvole. Non mi piacciono gli svaniti, diceva il vecchio Miralpeix.

Gli amici della sua comitiva e Joan Miralpeix... Quando uscivano dall'Enciclopèdic andavano a prendere l'aperitivo e non la smettevano più di conversare. Qualche volta – come il giorno che erano andati a sentire un concerto di Pau Casals – restavano fino a notte fonda a discutere di arte, di letteratura, di politica. Discutevano di un mondo che sognavano differente. Ah, potessimo riempire Barcellona di linee pure, potessimo riconciliare l'arte con la tecnica, diceva Joan Miralpeix, che aveva contatti con gli architetti del GATEPAC.[12] Francesc era in continuo disaccordo con Emili. In letteratura, avevano gusti diversi. Emili parteggiava per le avanguardie, per i sentimenti in subbuglio, per la distruzione dell'io. Francesc preferiva la letteratura come testimonianza, Dos Passos e Hemingway. «Bisogna riportare la letteratura alla vita quotidiana, guardate lo stile di Hemingway» diceva Francesc, «scrive come se si rivolgesse a sua madre.» Emili scoppiava a ridere, ecco perché dicono che scrive così male! E allora?, ribatteva Francesc, non capisci che scrive così perché il popolo possa capirlo meglio? Emili lo interrompeva, sei un idealista, tu, il popolo vuole fronzoli, lo stile di Hemingway è troppo spoglio. Avete letto *Punto contro punto*?, si intrometteva Joan Miralpeix, sapete cosa mi ha colpito di più? Ecco, questo tentativo di armonizzare il piacere fisico e quello spirituale... Non è possibi-

[12] Movimento razionalista del GATEPAC, il gruppo di artisti e tecnici riuniti durante la Seconda Repubblica Spagnola per il progresso dell'architettura. Al suo interno, il gruppo catalano fu il più attivo e organico.

le, affermava deciso Francesc. Perché no?, faceva Emili, non avete notato che è la grande ossessione degli inglesi della generazione di adesso? Non hai letto D.H. Lawrence? Amare il corpo e lo spirito, fonderli assieme, che meraviglia!, diceva Emili chiudendo gli occhi. Mark Rampion, in *Punto contro punto*, diceva Joan Miralpeix, parla della barbarie dell'anima e dell'intelletto... Sostiene che il cristianesimo ci ha reso barbari nello spirito... E non lo trovi cinico?, diceva Francesc. E ricominciavano a discutere. Tu sogni un'umanità che non esiste, diceva Emili, in questo assomigli a Joan... Joan Miralpeix non ascoltava. Eh, questa è per te, che hai sempre la testa tra le nuvole! Si avvicinava Xavier, su, andiamo, smettetela con le vostre stupidaggini. Sapete cosa mi hanno detto? Che madame Rita, quella che chiede quindici pesete, ha nuovi acquisti. E mi hanno detto, reggetevi forte, che c'è una francesina che ha il buchino più fine di una calza di seta! Tutti ridevano meno Joan Miralpeix, che si mordeva il labbro inferiore con i denti di sopra. Vero, a te queste cose non ti toccano!, tu hai Judit...

Un tempo saliva le scale di corsa. A volte, giusto per mettersi alla prova, saltava i gradini a due a due. E adesso, guarda, come un pagliaccio, pensava. Un pagliaccio che si afferrava alla ringhiera per non cadere, che ansimava. Si sentiva soffocare, doveva fare respiri profondi, inspirare l'aria e lasciarla uscire a poco a poco. Ecco, ora si sentiva meglio. Un martello gli batteva sulle tempie, e c'era quella lastra pesante che gli opprimeva il cuore... Lui, Joan Miralpeix, che era stato così un bell'uomo, robusto, sembri di razza celtica, gli aveva detto una volta Emili. E forse era vero, Joan Miralpeix aveva una nonna galiziana – un'infinità di tempo prima! – che era andata a finire nella casa colonica di Gualba. Il padre dell'erede dei Casamitjana aveva sposato una galiziana. Per questo, dicevano, zio Pepe era così diverso dagli altri, «tu hai sangue galiziano» gli aveva detto il vecchio Miralpeix con disprezzo. Joan Miralpeix era alto, biondo e aveva gli occhi azzurri, gli occhi azzurri sono da bugiardo, diceva Judit quando era in vena di smancerie. Aveva sempre avuto sotto gli occhi delle borse profonde e scure, e adesso che erano dei solchi neri parevano due pozzi in mezzo a tante rughe. Voi Miralpeix siete nati con le occhiaie, gli avevano detto a Gualba. Sembrate sempre stanchi. Da quando la signora Judit è rimasta paralizzata, il signore è diventato un rudere, diceva Encarna. Un rudere, sì... aveva ragione, ma sia fuori sia dentro. La fronte si era stempiata e, quando beveva o si eccitava, la pelle gli diventava lucida come quella di un coniglio appena scuoiato. Si vestiva con eleganza, il signor Miralpeix, questo non lo poteva negare nessuno. Un po' antiquato, commentava Sílvia, perché il signor Miralpeix indossava ancora panciotto, guanti e cappello. Gli piacevano gli abiti dai colori scuri e le giacche ampie ma strette in vita, le fodere raffinate, come sapeva bene Ribatallada, il sarto da cui si serviva da una vita. Quanto alla classe nel vestire, Joan Miralpeix era identico a suo zio Joan Antoni, il fratello della madre, lo zio che gli aveva insegnato ad amare il suo paese e che, già da adulto, gli aveva trasmesso l'entusiasmo per Marcel Proust... Zio Joan Antoni si presentò un giorno nella soffitta umida e decrepita di rue Montgolfier e gli disse, su, smettila di fare lo stupido, non vedi che qui dentro ti congeli e muori di fame? E lo invitò a cenare alla Coupole. Quella cena – *bellevue de foie gras, filet à la Godard, légumes à la toulousaine, dindonneau à la broche, biscuit glacé, fromages, champagne frappé* – lo riportò in vita. Mentre mangiava il tacchino lo zio gli disse, tu torni con me a Barcellona. Ti capisco, sei un cittadino del mondo e non vuoi ingrigirti in un casolare. Non ti piacerebbe studiare qualcosa? E Joan Miralpeix disse che voleva diventare architetto. L'indomani andò a passeggiare lungo la Senna, cadeva una pioggerella fine, pioggerella di Parigi. Le banchine erano umide e camminò fino alla punta dell'Île Saint-Louis. Le acque della Senna scorrevano disegnando piccoli mulinelli. Joan Miralpeix guardò il cielo di Parigi, un cielo vasto, che moriva all'orizzonte. Un cielo grigio. Gli si avvicinò una donna vecchia e magra, le gambe rigide come bastoni e i denti sporgenti, ingialliti dalla nicotina. La vecchia, tra zaffate di alcol, raccontò a Joan Miralpeix che scriveva poesie, ma non poesia per fare letteratura, bensì per essere letta nell'*intimité*. Gli mostrò una delle sue opere, l'ho dedicata al fumo della sigaretta, disse, non trova che il fumo della sigaretta risvegli l'immaginazione? Miralpeix sorrise, ecco cosa era Parigi... Chiese alla vecchia quanto volesse per quella poesia e la donna gli disse, *ce que vous voudrez*... Le diede cinque centesimi, è sufficiente? La donna disse di sì e aggiunse che a lei non piacevano i soldi, le facevano comodo solo *pour vivre*. Nel frattempo lungo il fiume scivolava un battello, tutto pieno di luci. Si sentiva una musica di violini. Per un attimo furono rischiarati dalle lanterne. La gente cenava a bordo; sui tavolini rotondi scintillavano le candele. La vecchia se ne andò strascicando i piedi. Sotto la pioggerella di Parigi, Joan Miralpeix si congedò dalla città che gli aveva fatto scoprire l'arte. "In fondo, non stato è altro che un sogno."

Non vide mai più il vecchio Miralpeix. Dopo circa un anno dal suo ritorno da Parigi, Joan Miralpeix conobbe una ragazza bruna, pallida, con gli occhi verde smeraldo, i capelli ricci, il collo di cigno e la pelle diafana. Era figlia di un ebreo francese che si era stabilito a Barcellona dopo la guerra del Quattordici. La ragazza, orfana di madre, si chiamava Judit. Judit Fléchier studiava per diventare concertista – gli intenditori sostenevano che suonava il pianoforte come un angelo –, ma aveva dovuto rinunciare alle sue aspirazioni perché era stata costretta a letto dai quindici ai diciassette anni. I medici dissero che avrebbe sempre sofferto di circolazione sanguigna, per questo aveva la pelle bianchissima, bastava sfiorarla delicatamente perché le spuntassero macchie color cremisi. Il padre, che era giunto a Barcellona in cerca della fortuna che non aveva trovato nel suo paese, devastato dalla guerra, morì di tifo e lasciò Judit con una rendita piuttosto misera. A diciott'anni Judit viveva in maniera del tutto indipendente, insegnava pianoforte presso due o tre case agiate. Una delle sue alunne era Engràcia, grassoccia e sorridente, figlia di Joan Antoni Farré, noto avvocato di Barcellona, e cugina di Joan Miralpeix. La prima volta che Miralpeix vide Judit pensò, "è un Modigliani", perché

Judit aveva il collo lungo, gli occhi grandi e lo sguardo esangue. Erano occhi inquietanti, che osservavano sempre oltre le cose, quasi cercassero un appiglio nell'irrealtà. E il volto tra l'indifeso e il patetico, le guance color prugna, di un giallastro che risaltava appena sul pallore dell'incarnato. "È pallida come la morte." Judit portava i capelli tagliati, raccolti sulla nuca a forma di anelli, e l'acconciatura metteva ancor più in risalto il suo collo da cigno, un collo di seta, pensò Joan; i seni erano piccoli come mandarini.

La prima volta che la vide, dunque, Joan Miralpeix rimase come imbambolato davanti a lei ed Engràcia gli disse, che fai, sciocco? Questa signorina si chiama Judit Fléchier ed è la nuova insegnante di piano. Joan Miralpeix si rivolse alla nuova insegnante di piano dicendole, molto piacere, e non sapeva cosa fare, se andare via o rimanere. Engràcia attaccò le prime note del *Notturno* di Chopin e le mani di Judit, che mani pallidissime, Signore, correggevano le dita tiepide e grassocce di Engràcia. Giusto per dire qualcosa Joan fece, be'... io... vado, e Judit lo osservò per un istante con una sorta di malinconia che non era in realtà che un lieve strabismo. Appena richiuse la porta dietro di sé, sentì che Engràcia bisbigliava qualcosa e Judit rideva con una risata da uccellino.

Quando arrivava al secondo pianerottolo, ansimava di nuovo e doveva a fermarsi. Tutto perché la proprietaria, che era una spilorcia, si ostinava a non mettere un ascensore. Ma Joan Miralpeix non voleva lasciare l'appartamento di carrer del Bruc, forse perché ogni tanto vedeva un'impercettibile scintilla negli occhi di Judit, soprattutto quando sedeva in veranda, davanti ai cortili interni. I cortili interni dell'Eixample erano ancora come un'isola. Se fossero andati via da lì e Judit avesse visto solo balconi, invece che cortili, dalla terrazza di un qualsiasi appartamento della Bonanova, che avrebbero fatto i suoi occhi color smeraldo? Poggiava la mano inguantata sulla ringhiera, adesso respirava meglio perché il cuore si era riposato un momento. Sentì che la prima porta del piano nobile era aperta, sarà Encarna che pulisce con il Netol le maniglie e lo spioncino dorato.

Joan era ogni giorno più innamorato di Judit, "è come un Modigliani, ama la vita e vuole trattenerla negli occhi". Si incontravano spesso sulle scale del palazzo di suo zio, in carrer de Llúria angolo Diputació, lei lo salutava con quella cantilena francese nella voce. Judit, però, non sorrideva mai. Saliva le scale e Joan la seguiva con lo sguardo finché non era che un'ombra e un fruscio di passi sul pianerottolo al piano di sopra. Quando passava accanto a Joan, Judit lo impregnava del suo profumo di malvarosa. Finalmente un giorno Joan si decise e attese che Engràcia terminasse la lezione. Vuoi dei cioccolatini?, gli disse la cugina, è il compleanno di Judit. Gliene offrirono uno, all'esterno cioccolato e liquore all'interno. Il liquore era dolcissimo, gli inondò la bocca e scivolò giù per la gola, addolcendogli il fiato. Fu preso dalla voglia di baciare le due fossette sulle guance di Judit così da imprimergli uno stampo di zucchero. Quanti anni compie?, domandò. Non si fanno queste domande, screanzato, ed Engràcia, faccia di luna e guance di pane soffice, si stizzì, era forse innamorata di Joan Miralpeix? Ma gli occhi di Joan si perdevano in quelli di Judit e lei rideva come un uccellino mentre leccava un marron glacé, glielo posso pure dire, ne compio venti, sono vecchia, non trova?

Uscì dietro di lei, la seguì per qualche minuto. Quando arrivò nei pressi dell'incrocio tra carrer de Claris e carrer de Casp – lei lo guardava di soppiatto e rallentava il passo di proposito – la raggiunse. Mi permette di accompagnarla?, andarono fino alla Rambla e Joan Miralpeix le regalò un mazzo di rose. Voglio farle un regalo di compleanno... di che colore le piacciono? Judit non esitò, le voglio rosse, fece. Joan Miralpeix le comprò un bouquet di boccioli vermigli. Lei li annusò chiudendo gli occhi, sono contenta, fece. Joan si sarebbe presto accorto che Judit, quando era contenta, lo diceva. E anche se era triste. Si trovavano nelle vicinanze del café Núria ed entrarono. Joan salutò tre signore che sedevano a un tavolo vicino. Sono amiche di mia sorella Patrícia, fece, la ragazza che ride tanto si chiama Kati. Kati indossava un maglioncino lavorato ai ferri e una gonna plissettata, e aveva le sopracciglia disegnate. Kati sorrise a Judit mentre diceva qualcosa a una donna molto elegante seduta al suo fianco, la più grande, fece Joan Miralpeix, si chiama Mundeta, non è un nome buffo? Judit bevve sciroppo di ribes e lui ordinò uno xères secco. Judit guardava fuori e osservava i passanti. I suoi occhi color smeraldo seguivano ogni cosa, ma lei non sorrideva mai. Parlarono poco, anche se rimasero lì a lungo. Lei seguiva con il dito le venature nere e grigie del marmo. Quando si alzarono per uscire Judit disse, oh, si sono schiusi i boccioli! E rise come un uccellino.

Un giorno Joan Miralpeix riuscì a farsi prestare la Hispano dallo zio. Incrociò Judit che scendeva da casa dei Farré e la fermò all'ultimo pianerottolo, vado a fare pratica con la macchina di mio zio, perché non mi accompagna? Judit tentennò, è brutto tempo, prestò farà buio... alla fine si decise e disse di sì senza sorridere. Prima andarono a Garraf e passeggiarono davanti ai villini che sembravano palazzi. Il paesino aveva un aspetto desolato, per la giornata grigia e per la sporcizia della polvere della cava, che si depositava su case e giardini. Risero molto nel vedere le villette che imitavano delle case signorili e accatastavano le statue in un giardino minuscolo. In uno spazio di appena due metri per due scovavano un putto o un'afrodite in posa languida, uno stagno con una fontanella e una panchina di pietra, il tutto di dimensioni ridottissime e assiepato tra il pergolato di buganville e i vasi di gerani e di ortensie. Le statue dovevano essere state bianche, ma adesso erano ricoperte dalla polvere che proveniva dalla cava, quel giorno il vento soffiava forte. Sembra il paesino dei sette nani e di Biancaneve, disse Judit. Impiccherei gli architetti che fanno questi lavori raffazzonati, fece Joan Miralpeix. In architettura quel che conta è la poesia dello spazio, aggiunse. Poi andarono a Sitges e camminarono per le stradine strette osservando gli ampi portali e i balconi in stile pompier delle case signorili. Regnava il silenzio. Judit e Joan andarono sul lungomare. Tutto era di un colore imprecisato, le onde si confondevano con le nuvole, che si scurivano in prossimità dell'orizzonte. Un gatto nero li seguiva con indifferenza e Judit trovò che era di malaugurio. Era una serata grigiastra e umida, una serata coperta, di mare grosso. Misero i piedi in acqua e Judit si bagnò le braccia, si tolsero le scarpe e corsero a lungo mentre le onde si gonfiavano alte e si impregnavano di schiuma. Judit, che non sorrideva mai, di tanto in tanto si abbandonava a quella sua risata da uccellino che si perdeva nel muggito del mare, come nell'eco di una conchiglia marina. Si sedettero sulla sabbia umida e lei trovò una stella, le manca un braccio, disse, e si intristì. Poi si mise a cercare delle conchigliette, mentre Joan si perdeva nei suoi pensieri. Cercami delle conchiglie, voglio farmi una collanina, e Joan Miralpeix, al quale non piaceva né il mare né la sabbia – perché gli si infilava nelle scarpe –, passò più di un'ora a cercare conchigliette per la ragazza che rideva come un uccellino. Ne trovarono del colore delle stelle, e una che sembrava neve sciolta. Sai, disse Judit, io conoscerò ogni cosa, viaggerò fino alla fine del mondo. All'improvviso venne giù uno scroscio, i goccioloni di pioggia incidevano piccoli fori nella sabbia. Soffiava un forte vento da levante e la sabbia si sollevava come fosse un lenzuolo dispiegato, le onde erano alte, onde di mareggiata. Cominciarono a correre per mettersi al riparo, l'acqua batteva sui seni di Judit, che affioravano, piccoli come mandarini, sotto la blusa. Si rifugiarono nel museo di Cau Ferrat e Joan raccontò a Judit tutto quello che sapeva su Santiago Rusiñol. Alla fine il maltempo si attenuò, le nuvole nere si sfilacciarono e lasciarono il posto a strisce bianche e cenerine. Entrarono in un albergo adiacente al Cau Ferrat, atrio di tappeti, scale eleganti, di marmo, che salivano tra due file di colonne. Erano zuppi, e Judit disse, perché non prendiamo una stanza e ci asciughiamo? Chiesero una camera e degli asciugamani. L'albergo affacciava sul mare e dal balcone si vedeva il temporale. Le nuvole adesso erano nere, come se stesse per arrivare la notte, e solo all'orizzonte si profilava una sottilissima linea celeste. Non pioveva, ma i balconi sgocciolavano. Judit entrò in bagno senza chiudere la porta e Joan vedeva l'ombra e la sentiva cantare con un filo di voce. Lui si asciugò nella stanza e, quando ormai aveva i capelli asciutti, si sedette sul bordo del letto senza sapere che fare.

Judit uscì dal bagno nuda. Il suo corpo era bianco come un fiocco di neve. Judit spense la piccola abat-jour verde sul comodino, e Joan cominciò a sudare in tutto il corpo. Voleva addormentarsi. Si domandò cosa doveva fare, perché si trovava lì. Voleva andarsene. Judit aprì la finestra e nella camera entrò una folata di vento. Sembrava che quell'aria violenta cercasse di portarsi via le tende di organza che si agitavano come le ali di un gabbiano. Ci sono i fantasmi?, chiese Judit, e rise come un uccellino. Andarsene, ecco cosa doveva fare, eppure rimaneva inchiodato come uno spaventapasseri. Sentì il tocco della pelle di lei, un profumo, essenza di malvarosa. La sua pelle era gelida come un fiocco di neve e un attimo dopo ardeva come brace. Baciami, disse Judit. Scorgeva soltanto la sua ombra e, tra il fragore lontano delle onde, sentiva il battito del suo cuore. Quale cuore batteva più forte? Adesso avrebbe dovuto dirglielo, avrebbe dovuto dirle che non ci era mai riuscito. Che quando andava con le donne di strada, o ridevano di lui o diventavano materne. Non lo so, Judit, non so se sarò in grado. E Judit, che bruciava come un tizzone, gli cercava le labbra, la lingua, tutto. Judit non era più Judit, non era più la ragazza di neve con la pelle diafana, la ragazza dallo sguardo esangue. Lui le accarezzò la spalla e dopo fece scivolare il dito sul suo corpo. Perché si fermava? Abbandonò le mani sul letto, sai, Judit, non so se ci riesco...

Seguì un lungo silenzio. Veniamone a capo, disse Judit.

Impiegarono molte ore, lui a volte la spingeva via perché desiderava fuggire. Lei tornava da lui. Gli baciava le labbra, la bocca, le lingue congiunte, l'orecchio, l'incavo dietro l'orecchio, la lingua nell'orecchio, la lingua tra le labbra, la lingua sui denti, che piacere, il profumo di malvarosa che mi addormenta i sensi. Desiderava ancora fuggire, ma lei lo pressava, lo stringeva, gli mordicchiava la nuca, lo accarezzava con i suoi seni, e la carezza gli attraversava la spina dorsale, chiudeva gli occhi e sentiva come lei gli accarezzava il sesso. Prima gli diede un bacio talmente leggero che a lui parve di sentire un venticello, poi avvertì una carezza umida, ed era la punta della sua lingua. Ci provarono quattro volte, lui aveva il sesso eretto e lei lo prendeva e lo guidava, non ci riesco, non ci riesco, gridava lui, e il grido si perdeva tra lacrime e baci. Lei riprendeva, ancora e ancora.

Lui voleva liberarsi, aveva paura. Ma Judit, gli occhi ardenti, gli diceva, riproviamo. Alla fine il suo sesso la penetrò, si era indurito a furia di baci e di carezze, penetrò dentro di lei, lui gridò e lei rise come un uccellino. Dopo vennero gli ansimi e la dolce stanchezza. Si presero, l'uno nell'altra, quasi dormivano. Lo vedi? Lui disse, ti amo. E lei rispose, ti posso dire un segreto? Non mi piacciono le rose, che si aprono troppo presto, mi piacciono i garofani rossi.

Quella sera si amarono molte volte, e lo fecero con una tale foga da rimanere senza fiato, e la notte si fecero portare in camera due bicchieri di vino dolce con lo zucchero e un tuorlo d'uovo.

La notte di Natale, Judit metteva le pentole piene di brodo nella veranda. Non ci stavano nel frigorifero, erano troppo grandi, e Judit le copriva con degli strofinacci da cucina invece dei coperchi, per mantenere la temperatura. Il brodo che preparava Judit era grasso e, una volta freddo, formava una patina sui conchiglioni di pasta. In occasione delle feste si riuniva un bel gruppo, a casa dei Miralpeix. C'erano loro cinque – Pere, il fratellino, non era ancora morto –, Patrícia ed Esteve – a Santo Stefano andavano tutti a casa dei Miràngels –, zio Joan Antoni, povero, così invecchiato, zia Engràcia, che era ormai rimbambita, ed Engràcia la piccola. Quest'ultima aveva quarant'anni ed era ancora zitella, «non si sposa perché le puzzano le ascelle» diceva sua madre. Ogni Natale Judit suonava il pianoforte, Natàlia le voltava gli spartiti, Esteve leggeva una poesia, Engràcia cantava "In Aragona c'era una dama / più bella di un sole d'oro...", mentre sua madre sonnecchiava accanto al braciere e Patrícia, alticcia per lo champagne, cantava couplet. Sedevano tutti attorno alla tavola e applaudivano i *fiambres*, i rifreddi preparati da Judit e da Patrícia, il tacchino farcito di tartufi e la coda di rospo in salsa verde che sapeva di aragosta. Judit aveva nascosto un regalo per ciascuno sopra la tavola apparecchiata con la tovaglia di Lagartera e la cristalleria. Finito di mangiare, avevano tutti le guance accese e un sopore dolcissimo nella testa. La sera di Natale Joan Miralpeix leggeva a Lluís e Natàlia qualche racconto in catalano, dalle *Pagine vissute* di Josep Maria Folch i Torres, mentre Pere giocava con il suo cavallino di cartapesta. Così si abituano al catalano, diceva, e Natàlia o Lluís chiedevano, papà, che vuol dire *paó*? Nel frattempo Encarna riattizzava la carbonella nel braciere con la paletta dorata perché non si spegnesse. Durante le feste Joan Miralpeix spiegava tante cose ai figli, era più allegro. Noi siamo un piccolo paese, diceva, lo dovete amare, anche se vi sembrerà difficilissimo farlo. Encarna, che allora aveva soltanto venticinque anni, aveva preparato il braciere; dopo aver acceso dei bastoncini di legno, li copriva con la carbonella o con nocciolini di olive. Non ti grattare le mani, diceva Judit a Natàlia, che le aveva piene di geloni. Faceva molto freddo, quei Natali, per fortuna avevano il braciere. Joan Miralpeix finiva di leggere la storia e spegneva la luce, dovevano addormentarsi prima che i grandi uscissero per andare alla messa di mezzanotte. Judit preparava da sola i *fiambres* di Natale, perché quelli che si trovavano nei negozi non erano ugualmente buoni. Erano tempi difficili e soltanto i ricchi come loro portavano in tavola *fiambres*, anche se preparati in casa. Qualche giorno prima di Natale Patrícia e Judit si chiudevano nella cucina dei Miralpeix e si mettevano al lavoro senza lasciar entrare nessuno, tranne le domestiche. Quando li avevano finiti, chiamavano la famiglia perché li ammirassero, e li disponevano sul tavolo come fossero pezzi da museo. Uno era di filetto ripieno di orecchio di porco, petto di gallina, carne macinata di maiale e vitello mischiata con tartufi, un altro era collo di anatra farcito di carne macinata, uovo sodo e tartufo, e ancora, carne fredda ripiena di prosciutto cotto e lardo, arrostita qualche giorno prima. Li disponevano in vassoi d'argento, coperti con centrini inamidati. La famiglia esclamava, oh, che meraviglia! In cucina Encarna finiva di spiumare il tacchino che avevano ucciso in macelleria, perché a lei dispiaceva ammazzare gli animali.

Nel quartiere tutti dicevano che Judit era una donna eccentrica, però gli uomini si voltavano sempre a guardarla. Non era bella, ma aveva una grazia speciale che la rendeva diversa dalle donne che si incontrava di solito nell'Eixample. Per la verità, erano tutti e due affascinanti, i signori Miralpeix. Lei con il cappotto di astrakan, i colli di volpe argentata, il *mouton doré*, la paglietta dalle tese sollevate, le calze di seta finissima con le cuciture scure, i guanti... Lui con cappello e guanti, il panciotto e il vestito fatto su misura. Quando uscivano insieme a passeggio, la gente li seguiva con lo sguardo. Judit non era una donna altezzosa, però non aveva amiche. Sopportava Patrícia con pazienza e salutava le vicine mantenendo le distanze: «È orgogliosa» dicevano. Perché non sorrideva mai. Judit aveva avuto solo un'amica, Kati. L'aveva conosciuta nel 1931 e la prima volta che la vide disse a Joan che era una ragazza strana. Kati era molto più selvatica di Judit, rideva per qualsiasi cosa, le piaceva che tutti notassero la sua presenza. Kati è una persona indiscreta, diceva spesso Patrícia Miralpeix. Forse sì, aveva ragione la cognata di Judit. Kati ficcava sempre il naso dappertutto, sapeva tutto, controllava tutto. Judit diceva a Joan Miralpeix, mi piace Kati perché le piace la vita. E Joan era contento che Judit e Kati fossero amiche, seppure così diverse! Judit era riservata, le piaceva la calma, passeggiare da sola e lasciare che le ore si spegnessero lentamente. Kati no, Kati non era mai tranquilla, era un terremoto. Forse, rifletteva Joan, era proprio la vitalità di Kati ad affascinare tanto Judit. Kati era coraggiosa, guidava la macchina, sciava, andava in moto, adorava la velocità. Kati si vestiva come voleva. Judit preferiva i colori scuri o il bianco, color della neve, e gli abiti raffinati. Kati indossava i pantaloni e fumava come un carrettiere. Patrícia aveva detto a Judit che Kati non portava il corsetto perché secondo lei una donna doveva sentirsi libera. Quando cominciò ad andare di moda una righina sottilissima, quasi senza peli, Kati si depilò interamente le sopracciglia, e dopo le dovette portare disegnate. Le dà un'aria esasperata, commentava Mundeta Ventura. Kati assomigliava un po' a Coco Chanel, le stesse labbra sottili e volitive, serrate di proposito, lo stesso sguardo, di sfida e tristezza insieme, gli occhi scurissimi che parevano stanchi. Kati ammirava Chanel, me ne sono innamorata, diceva ridendo davanti a Joan Miralpeix. Un giorno Miralpeix le vide passeggiare insieme, Kati e Judit, nel giardino di Patrícia; Kati colse da terra una rosa e la porse a Judit. Le loro mani rimasero per un attimo allacciate. Quando si lasciarono, continuarono a guardarsi per qualche secondo. Kati camminava in fretta, ancheggiando, le spalle dritte e lo sguardo fisso davanti a sé. Judit si fermava di continuo e Kati la chiamava da lontano. Joan le seguì a lungo con lo sguardo. Kati, diceva Judit, vorrebbe conquistare Barcellona come Chanel aveva conquistato Parigi con due vestiti, quando la Belle Époque iniziava a declinare. Barcellona però non è Parigi, replicava Joan Miralpeix. Chanel e Kati, continuava Judit, si somigliano molto: una era finita in un orfanotrofio e l'altra in un collegio per signorine, sì, ma erano entrambe orfane. Quando Kati compì quindici anni, i parenti litigarono per averla a casa con sé: a quanto pareva era ricca, ricchissima, visto che il padre le aveva lasciato mezza Valldoreix e una parte di Sant Cugat. Kati decise che la vita era sua, soltanto sua, e che doveva godersela. Solo Judit la difendeva. Gioca con gli uomini come se fossero burattini, diceva Joan Miralpeix. E non lo sono?, faceva Kati con gli occhi cupi. Kati è troppo frivola, diceva Joan a Judit. Scandalizzava le prozie di Terrassa, pretendono che io vada in giro ingessata come una damigella, però non mi vogliono bene, diceva Kati ai Miralpeix. Kati è indipendente perché non ha bisogno del denaro di nessun uomo, faceva Judit, e si rattristava con i suoi occhi color smeraldo. Kati ripeteva spesso che il denaro era libertà, pensi che abbia ragione?, chiedeva Judit a Joan. Forse lo dice, rispondeva lui, perché non ha trovato nessuno che la ami come io amo te... E Judit rideva con la sua risata da uccellino, su, non fare lo scemo! Una volta Judit riferì a Joan che Kati le aveva confessato che non voleva morire brutta. Per questo si mette tutte quelle creme e si veste in quel modo, aggiungeva Judit, vuole che tutti ci accorgiamo della sua esistenza. Kati vuole dominare il mondo con i suoi atteggiamenti da maschio, diceva Sixta, che non la poteva vedere.

Ma arrivò la guerra, quella guerra così sporca, come diceva Joan Miralpeix, che scombussolò le menti e snaturò gli animi. Kati iniziò la sua guerra come un'avventura condivisa, l'avventura di tanti che volevano costruire un mondo diverso. Si trasformò radicalmente, regalò tutte le sue case alle colonie per bambini, si iscrisse al gruppo socialista dell'Aliança de la Dona Jove e vi coinvolse pure Judit, non vedi che le cose cambieranno?, le diceva con entusiasmo. Kati aveva sempre letto molto, e in quel periodo divorò tutta la letteratura sovietica che le capitava per le mani, sai?, diceva a Judit, credo di aver trovato la mia strada. Judit, di notte, spiegava a Joan com'era cambiata Kati. Glielo raccontava nelle lettere, perché Joan era stato uno dei primi a partire per il fronte. Ti manca Joan, vero?, faceva Kati, e i suoi occhi diventavano ancora più scuri. Judit raccontava a Joan, con Kati stiamo organizzando una campagna per raccogliere soldi a favore del Komsomol, uno di questi giorni mi ritroverai al fronte. Non venire..., rispondeva Joan, non tollereresti tanta morte e tanta miseria... Sai, scriveva Judit, gli amici di Kati, quelli di un tempo, dicono che Kati non fa più ridere, che è diventata troppo lugubre. Sono delusi... E sai perché?, rispondeva Joan, perché adesso sì che Kati inizia a essere davvero indipendente. Hai ragione, diceva Judit, stiamo imparando tante cose con questa guerra! Neanche io sono come prima, vedo arrivare i bambini dai Paesi Baschi e da Madrid, sembrano pulcini, con i bombardamenti e la morte negli occhi. Sono sicura, scriveva Judit a Joan, che se vinciamo la guerra la nostra vita sarà molto diversa. Io lavorerò, Kati dice che... E Joan sorrideva perché Judit riempiva le sue lettere di "Kati dice che...". Un giorno Joan ricevette una lettera dalla moglie, ti devo assolutamente raccontare, Kati si è innamorata e stavolta fa sul serio. Lui era un volontario delle Brigate internazionali, un irlandese biondo come un angelo, con gli occhi sognanti e le labbra carnose. A detta di Kati, aveva gli zigomi rosati, la mandibola delicata, la pelle di seta, il mento aristocratico. Si chiamava Patrick O' Brian e, quando i suoi compagni delle Brigate Internazionali se ne andarono, cambiò nome pur di restare a combattere. Fu uno degli ultimi a morire nella battaglia dell'Ebro e Kati, che amava tanto la vita, si suicidò lo stesso giorno che i franchisti scesero dal Tibidabo. Spaventata, Judit si rintanò in casa, io non sono come lei, disse a Joan quando lui fece ritorno dal campo di concentramento.

Per questo Judit, che era stata educata dal padre, un ebreo francese che non credeva troppo in Yahweh, tollerò quel che venne dopo, lei non era coraggiosa come Kati. Si convertì al cattolicesimo e si sposò in chiesa. I Miralpeix battezzarono i propri figli: diversamente, non sarebbero stati ammessi in una scuola religiosa. Lei non era come Kati, certo, e perciò andava a messa con Joan e i bambini, e tornava docile a casa quando non la facevano entrare in chiesa perché non indossava le calze. Joan Miralpeix andava a Montserrat a chiedere consiglio ai monaci, non sapeva come comportarsi. Judit non lo accompagnava. Judit e Joan si trincerarono l'uno nell'altra. Judit provava nostalgia di Kati e decise che voleva dei feticci, oggetti di ogni tipo che avrebbe venerato come piccole divinità. Andò a Gualba e tornò con la Madonna Addolorata, la Vergine dal volto patetico e color della cera, la mise accanto al letto con un lumino a ogni lato. Riempiremo la casa di feticci!, disse a Joan. E Judit, che non sorrideva mai, riempì la casa di putti di porcellana, di santini, di immaginette, di fiori artificiali, di oggetti antichi e strani, come un campanello a forma di civetta, pettinini d'argento, uno scrignetto blu realizzato da Adolf Fargnoli dove conservava i fiori d'arancio di tutte le spose della famiglia, ventagli di carta... A casa voglio feticci, e Joan diceva, Judit vuole feticci. Glieli comprava Joan, le comprò un corno da caccia e un ventaglio di piume di pavone, un pugnale che sembrava medievale e una lucerna romana, monete di rame e piatti del Rinascimento, spille di bigiotteria scadente e uno specchio rococò. Dopo la guerra, Judit sparse quegli oggetti per tutta la casa. Disse, adesso avremo tante sale, avremo la sala dei ventagli, la sala delle bambole, la sala delle scatoline... Nel salotto, che era l'ambiente più ampio, dispose tre paraventi foderati di seta dai motivi giapponesi, e in ciascun vano allestì delle vetrinette con i suoi feticci. Così potevano dire di avere tante sale. I feticci più importanti furono le bambole. Per moltissimo tempo Judit comprò bambole su bambole, bambole di tutte le dimensioni, nude o vestite, di caucciù, di celluloide, di porcellana. Finì per nasconderle nella propria stanza, bambole giapponesi, cinesi, hawaiane, bambole vestite di seta, di tulle, di organza, di popeline, bambole con i boccoli, con le trecce, con i cappellini di paglia. Judit bucava gli occhi e spezzava le mani alle bambole. E più le faceva soffrire, più le amava. Ce n'era una che aveva gli occhi cavi, una bambola piuttosto grande che Judit stava accarezzando quando ebbe il colpo apoplettico. La teneva spesso in grembo e tutte e due, la bambola e Judit, guardavano senza guardare i cortili su cui affacciava la veranda. C'erano anche bambole che avevano un corpo splendido, un corpo da regina, con delle gambette rachitiche. Judit confezionava crinoline e rivestiva i loro corpicini di satin. Guarda, le bambole che sembrano dei bambini piccoli non hanno il pisellino, e rideva con la sua risata da uccello.

Fu un'epoca triste, gelida. Un tempo immobile, senza riposo, e Judit cercava la felicità nelle piccole cose. Per questo Joan e Judit si rallegravano all'arrivo del Natale. Joan, poi, sorrideva quando vedeva Judit che tornava stanca dai suoi giri nei negozi, indecisa sui piatti che avrebbe cucinato. Andava alla Boqueria e nelle migliori macellerie di Barcellona, chiedeva le ultime prelibatezze nelle latterie Leonesas e ordinava cialde e torroni da Can Prats i Fatjó. Arrivava il Natale e Judit preparava i pentoloni di brodo e i *fiambres*, e apparecchiava la tavola aiutata da Encarna e da Maria, la domestica che si ammalò e morì di vecchiaia nell'ospedale di Sant Josep. Preparavano la tavola quasi fosse un rituale. Stendevano con cura la tovaglia coi ricami di Lagartera, come un lenzuolo, e Judit ci passava sopra le mani per lisciarla. Mettevano il servizio d'argento, posate per il pesce, per la carne, per i dessert e il caffè, i calici di cristallo, i piatti di porcellana con un cervo disegnato sul fondo, le fruttiere d'argento, rametti di corbezzolo e di vischio, e dei garofani rossi di ceramica presi dalla collezione di feticci di Judit.

Judit tornava dalla messa di mezzanotte assieme a Joan e contemplava ogni cosa: la tavola apparecchiata, il brodo che si raffreddava nella veranda, i *fiambres* ben legati con lo spago dentro le casseruole in cucina, il tacchino mezzo cotto, il braciere che si stava appena spegnendo... Andava nella stanza dove dormiva Natàlia e le dava un bacio, in quella di Pere e un bacio, poverino, diceva, perché Pere era ritardato, in quella di Lluís, e un altro bacio. Poi entrava nel salotto dei paraventi e osservava i feticci. Che pace, diceva.

Il vecchio Miralpeix aveva i capelli e i baffi bianchi. Sedeva a capotavola e benediceva il cibo, due zie vecchie e zitelle chinavano il capo mentre masticavano il padrenostro. Joan Miralpeix aveva la testa tra le nuvole, come sempre, e suo padre gli dava un ceffone. La famiglia pregava sottovoce. Dio e Padre onnipotente, benedici questa tavola e tutti noi, amen. La domestica serviva la *escudella* e tutti mangiavano in silenzio. Il vecchio Miralpeix era taciturno e le due zie, dall'età indefinita e dallo sguardo confuso, sospiravano mentre sorbivano la minestra. Quello che faceva più rumore era il vecchio Miralpeix, ogni cucchiaiata era un vero e proprio concerto. La domenica la tovaglia era immacolata, e uccidevano un pollo che la massara metteva ad arrostire. Il vecchio Miralpeix manteneva le due zie, decrepite e rancide, e loro insegnavano a Patrícia e a Paquita a comportarsi da signorine. Qualche domenica arrivava al casolare di Gualba uno zio che era prete nella curia di Barcellona, un sacerdote dalle mani tremolanti e lo sguardo candido. Di tanto in tanto ci andava anche zio Pepe, il fratello minore del vecchio Miralpeix, che era un tipo ridanciano, amante del bere e della buona tavola. Adesso mi piacerebbe innaffiare il gargarozzo con due sorsetti di ratafià, e scoppiava a ridere, però il vecchio Miralpeix lo fulminava con lo sguardo e lo riconduceva alla greve compostezza della famiglia. Quello zio si faceva vedere poco, al casolare, e gli altri dicevano che era un depravato che avrebbe fatto una brutta fine, come tutte le canaglie. E difatti fece una brutta fine: di lì a pochi anni, Joan Miralpeix andò a trovarlo con lo zio Joan Antoni, zio da parte di madre, all'ospedale delle malattie infettive. Era in fin di vita, il volto e le mani ricoperti dalle ulcere della sifilide che aveva contratto chissà dove in giro per il mondo. Nonno Miralpeix era un conservatore carlista di lunga data, come pure il bisnonno, e morì all'età di novantasette anni. Il vecchio Miralpeix non poté comandare a casa sua fino ai sessantasette anni suonati. Sua moglie era morta nel dare alla luce Paquita, nel paese tutti dicevano che era stata una vittima del marito, e quando la gente dice che una donna è una vittima vuole dire, in realtà, che è una santa o una stupida. Ogni domenica nel casolare dei Casamitjana si presentava il parroco, e allora le due zie tiravano fuori una tovaglia inamidata e, le mani unite, le gambe incrociate, sedevano accanto al fuoco. Assieme all'erede dei Casamitjana, il vecchio Miralpeix, il parroco beveva un goccio di vino e faceva i conti della canonica. In prossimità della Settimana Santa i sacerdoti portavano di casa in casa un Sacro Cuore con un cero davanti. La prima casa che riceveva il Sacro Cuore, dopo la canonica, era la casa dei Casamitjana.

Sei sempre con la testa tra le nuvole, tu, gli diceva il padre, e gliele dava di santa ragione. Una notte che sentì dei rumori al piano di sopra, e dei cigolii, e uno sbuffare lungo e prolungato, come se qualcuno desse fiato alle trombe, ma non dalla bocca, decise di indagare. Tese l'orecchio e seguì i rumori fino a trovarsi davanti alla porta della camera del padre. Sì, ne era certo, il cigolio veniva da lì, come pure un gemito sommesso, e pensò, guardo o non guardo? che faccio?, sentiva un vuoto allo stomaco, ma ormai era già chino sul buco della serratura, e siccome gli piaceva curiosare, rimase a guardare a lungo, e ciò che vide era una scena talmente bizzarra che all'inizio non capì. Perché suo padre aveva legato Remei alla testiera del letto e sembrava che le grattasse la schiena mentre la montava? Era il letto a cigolare, forse aveva le molle rotte. Il Sacro Cuore sulla testiera, un Sacro Cuore in ferro battuto, si muoveva avanti e indietro, finché prese a oscillare a piccoli intervalli, come se venisse scosso. Il dondolio dipendeva da suo padre, da quanto grattava forte la schiena, o dal gemito di Remei. Perché erano tutti e due nudi e lui le diceva, buona, buona, muletta mia? E perché Remei emetteva un grido che non si capiva se era un pianto o una risata ed era come la faraona quando il gallo le gironzolava attorno? Il giorno dopo chiese a Cinta, che ci faceva Remei nella stanza di papà, legata? Perché sembrava che papà le stesse grattando la schiena? Cinta disse, che fantasia che hai!, però Cinta lo riferì a Remei e Remei lo raccontò al vecchio Miralpeix, sì, di sicuro suo padre lo sapeva, perché sennò Joan Miralpeix non si spiegava le botte che ricevette quella notte sotto la volta stellata del cielo. Lo fece roteare come il batacchio di una campana e dopo, inferocito, lo scagliò a terra. Suo padre si ritrovò con la mano dolorante, e lui con gli occhi asciutti e la lingua gonfia, da tanto aveva serrato i denti. Le labbra gli diventarono livide, senza più una goccia di sangue. Ma non pianse, non versò nemmeno una lacrima. Andò alla cascata del Gorg Negre a pensare alle sue cose, sì, a stare tra le nuvole, e vi rimase fino a notte fonda, guardò le stelle e provò a contarle, però perdeva il conto e ricominciava daccapo. Ce n'era una che brillava, Venere, chissà? Si disse, mamma è lì... La stella si apriva e si chiudeva come un occhio con la palpebra d'argento. Dopo si sporse sul gorgo, come fosse un inganno, pareva un pozzo oscuro, "mi tufferò nel Gorg Negre e arriverò fino a Maiorca". Glielo aveva detto zio Pepe: da questo buco arrivi a Maiorca. Sentiva il salto dell'acqua che scendeva dal Montseny, senza fermarsi mai, e il rumore della cascata che gorgogliava sembrava il pianto della madre, "perché non sei qui?", mescolato al gemito di Remei e ai guaiti di dolore di Raimondo Berengario, perché, secondo zio Pepe, Testa di Stoppa era stato assassinato proprio lì dal fratello perché voleva diventare conte. A quei tempi uccidevano per prendere il potere, diceva zio Pepe, brutta cosa, il potere... Oggi non uccidono più per prendere il potere?, chiedeva a suo zio. Oggi, rispondeva lui, non c'è più bisogno di uccidere, esistono altri metodi. Il corpo di Raimondo Berengario era scivolato giù lungo la cascata e il Gorg Negre l'aveva inghiottito nei suoi vortici fatti di tenebre e di angoscia.

Trascorsero dieci anni senza particolari avvenimenti, le uniche sue compagnie erano le voci del Gorg Negre e la stella dalla palpebra d'argento, finché Joan Miralpeix divenne adulto fuggì dalla casa del padre. Prima di andare a Parigi, vagò a Barcellona per tre mesi. Joan Miralpeix non credeva nell'amore, per lui le donne erano come animali. Per questo legò al letto Elvira, la prostituta della casa di tolleranza di madame Rita. Quando entrò nella sala e se la vide davanti, disse, voglio questa, voleva Elvira perché aveva una massa di capelli neri come le acque del gorgo. Elvira, però, non sentiva ragioni, non lo lasciava fare, no, no, e lui, ovvio, non ci riusciva. Ed Elvira, ma cosa ti sei messo in testa? Venne madame Rita, che aveva sentito le urla della donna, che sta succedendo qui? Messa al corrente, madame Rita si limitò a dire, chi paga comanda, su, provate ancora. Elvira, che veniva da un paesino, aprì l'armadio laccato d'imitazione giapponese, uno di quelli a tre ante, prese il *porró* di vino e bevve a collo, a piccoli sorsi, perché era nervosa. Magari così ce l'avrebbe fatta a tollerare quel signore così stravagante, che la legava e le grattava la schiena mentre le diceva, mula, muletta mia, ma insomma!, mi stia a sentire, io sarò pure una rapa, che ci posso fare, però mula proprio no, cosa si è messo in testa? Ma il signore non la stava a sentire, sembrava fosse più semplice che bere un bicchiere d'acqua... E Joan Miralpeix non riusciva, non c'era modo. Provò le puttane a buon mercato, quelle del bar Ca'l Sacristià, che si facevano pagare solo tre pesete. Ne scelse una piuttosto anziana, la faccia impiastrata di belletto, il trucco incrostato nei solchi delle rughe, la scelse perché aveva gli stessi occhi di Remei, occhi da animale stordito, e la puttana disse, mi fai così perché sono vecchia e povera, sennò non ti azzarderesti, un tempo io ero la regina del bordello, avevo le tettine come due melette, e Joan la slegò subito perché non sopportava di veder piagnucolare quella sgualdrina, peggio di una puttana c'è soltanto una puttana vecchia... Nemmeno quel giorno ci riuscì.

... non ci riuscì perché, secondo Joan, lui si sarebbe innamorato soltanto di una donna simile alla stella dalla palpebra d'argento scintillante, che sarebbe stata alata, come sua madre, un'ombra di amore. Le altre donne, tutte, erano mule. Quando conobbe Judit la vide solo come un'anima, come un soffio di spirito. L'amore era una cosa e il sesso un'altra, il sesso erano scene sporche e tristi, piene di cigolii e di gemiti. Joan, quando conobbe Judit, non si capacitava, da dove era uscita una ragazza come quella, con la pelle di neve e gli occhi di Modigliani? La fissò e pensò subito: devo dirle che la amo, e non si rese conto che formulava un pensiero del genere perché stava leggendo *Il rosso e il nero* e Julien Sorel aveva pensato la stessa identica cosa appena aveva visto madame Renal. Fu però lei, Judit, ad amarlo come un tizzone ardente e non come un'ala spiegata. Lei era sesso e insieme pensiero, lei era l'unico soffio di vita che gli rimase dopo la guerra... Per questo, adesso, Joan Miralpeix non poteva accettare gli occhi morti di Judit, gli occhi color smeraldo che guardavano i cortili dell'Eixample senza vederli.

Dopo il colpo apoplettico della moglie, Joan cominciò ad andare spesso a Montserrat, dove si intratteneva con padre Jesús Maria Farriols. Nel monastero trovò la pace che non aveva conosciuto fuori. Di notte passeggiava nel giardino, tra le ombre e le brume della montagna, ricordava il Gorg

Negre, fosco e umido, e le voci che sprofondavano nei vortici, gli ululati del conte assassinato, le parole della madre, la stella dalla palpebra d'argento, il gemito da animale impaurito di Remei. Il gorgoglio dell'acqua gli rammentava le urla di tutti i morti... E adesso, nel silenzio del monastero, le montagne che si levavano come spettri gli restituivano i pianti di chi era morto con un tormento nel cuore, dei morti della guerra, morti di freddo e di paura... La bruma doveva scendere adesso sopra il Gorg Negre come circondava le vette di Montserrat, fantasmi che si sfrangiavano e non trovavano riposo. Nemmeno lui trovava riposo. Voleva dormire, solo questo, dormire e dimenticare i soldi che aveva fatto, e soprattutto dimenticare la storia dell'albergo di Lloret. Lei vuole bene a qualcuno?, gli aveva chiesto padre Jesús Maria Farriols e lui non lo sapeva, se amava qualcuno, forse voleva soltanto che tornasse la vita negli occhi color smeraldo. Dopo la faccenda di Lloret, Joan Miralpeix si rinchiuse ancora di più in sé stesso. L'unica cosa che faceva con piacere era sedersi accanto a Judit, la sera, e accarezzarle la mano morta. Il fatto è, diceva padre Jesús Maria, che lei non ha Dio nel cuore. E forse era così. Il benedettino continuava, lei vive accartocciato in sé stesso, non sa come uscirne. Joan Miralpeix guardava il monaco e vedeva un'aquila, nera e lucente, un'aquila che lo avvolgeva nelle sue ali e lo faceva dormire. Padre Jesús Maria intrecciava le dita flaccide e sul suo viso giallastro si disegnava una smorfia. Una smorfia di aquila, un uccello signorile e altezzoso che allargava le penne fatte di lampi e riflessi. L'aquila nera serrava le labbra livide, all'apparenza fredde, il fatto è, pensava Joan Miralpeix quando si liberava dalle ali che lo avviluppavano, che queste labbra non hanno mai baciato una donna... Nelle tenebre della sera le cime erano piene di spiriti alati, simili all'immagine che si era fatto di Judit. Ma non trovava riposo dentro il monastero, forse perché amava quella vita che era durata così poco e che era incominciata un pomeriggio umido e grigio a Sitges. Legge il Vangelo?, gli domandava il monaco. Certo che lo leggeva, aveva cominciato a leggerlo quando tutti avevano perso la testa per gli affari e il denaro, quando terminò la guerra e sopraggiunse un'epoca in cui tutto quello che lui toccava si corrompeva, tutto tranne il corpo di Judit, un corpo di neve che avvampava come brace... Prima della guerra, suo zio Joan Antoni gli aveva regalato alcuni libri che aveva comprato a Parigi durante quel suo soggiorno così breve. L'autore di quei libri si chiamava Marcel Proust, e grazie a lui Joan Miralpeix aveva imparato ad amare le cose non per quello che erano, bensì per quello che significavano, ma poi le cose avevano cessato di avere un significato, e Joan Miralpeix desiderava soltanto dormire. Per questo fece tanti soldi, perché fare soldi era un modo di dormire. Ma un bel giorno Natàlia crebbe e gli diede del vigliacco, e Lluís gli disse, sei un ingenuo. Soltanto Gesù, nel Vangelo, gli diceva: Io non ti odio...

Era arrivato al suo piano. Encarna non lustrava le dorature, lo stava aspettando, corra, corra, la signora sta morendo.

Parte quinta

SONNELLINI DEGLI ANGELI CUSTODI

Nasce con giudizio la nuova gioventù
e, delusi nel loro istinto drammatico,
mille angeli custodi fanno sonnellini.

JOSEP CARNER, *Notte rurale*

A Sílvia, la cosa che più piaceva al mondo era mangiare dolci. Se le capitava di passare davanti a una pasticceria dopo aver iniziato una dieta dimagrante, doveva fare uno sforzo immane per non entrare. Il profumino di zucchero bruciato, la fragranza del latte dolce e della pasta sfoglia, i bignè traboccanti di panna, i marron glacé, i tronchetti arrotolati spolverati di zucchero a velo, le ciambelle ripiene, le torte Sarah Bernhardt, i pasticcini di cocco e crema, i quadrotti di pan di spagna bagnati nel liquore, i cantucci di Cardedeu che profumavano di cumino... Quel venerdì mattina Sílvia aveva mangiato soltanto uno yogurt. Era disperata, si era misurata il giro vita, cinque centimetri! Era ingrassata cinque centimetri! Lluís non aveva sentito perché era assorto nella lettura di un catalogo di macchine sportive che gli avevano mandato quelli dell'Automobil Club. Solo uno yogurt, e moriva di fame. Ecco perché, prima di andare in palestra, si lasciò sedurre dal profumino dei dolci. Ordinò una cioccolata calda con panna e una *ensaimada*, senza ripieno alla marmellata, però – anche se lei adorava le *ensaimadas* ripiene di marmellata – perché le pareva che, per intingerla nella cioccolata, bastava una *ensaimada* normale.

Nello spogliatoio incontrò la sua amica Merche, che si stava spogliando. Ieri, diceva Merche, siamo andati a cena da

Scala, e i bambini?, domandò Sílvia. Ho trovato una baby-sitter che è un tesoro, prende cinquanta pesete l'ora e me li mette anche a letto. Ramon, continuava Merche, aveva proprio voglia di divertirsi un po', avresti dovuto vederlo. Che risate. Abbiamo bevuto tantissimo champagne, intanto arrivò Dolors, ah, voi e le vostre follie, il fatto è che a Ramon, spiegò Merche, piace uscire una volta a settimana, in genere il giovedì, soprattutto da quando passiamo fuori il weekend, a Lluís, mentì Sílvia, piace uscire in qualsiasi giorno della settimana, non ha preferenze, io, quando vado a cena fuori, fece Merche, mangio come un bue e dopo mi viene una pancia, non me ne parlare, disse Sílvia, sapete che Lluís mi rinfaccia che sono ingrassata troppo?, ma no, che dici? Dolors passava la mano attorno ai fianchi di Sílvia e le pizzicava i rotolini, forse qui hai un po' più di ciccia del dovuto, e questo culo, allora!, strillò Sílvia mentre si voltava per osservarsi di spalle nello specchio dello spogliatoio, vogliamo parlare di questo culo? E il mio allora?, ribatté Merche, anche se, va detto, a Ramon piace avere qualcosa da palpare, si sa, aggiunse Dolors, loro vogliono sostanza, e noi qui ad ammazzarci per essere più secche, e risero tutte, Teresa le sentì, di cosa sghignazzate? Oh, niente, degli uomini. Ah, sospirò Teresa, non mi parlate di uomini, e perché? che è successo?, ultimamente mio marito non mi dà pace, vorrebbe farlo tutti i momenti, e le altre in coro, che animale!, gli è presa la mania, continuava Teresa, che dobbiamo avere un altro figlio, ah, questo no, fece Dolors, io non mi lascio fregare di nuovo, e cosa fai per non rimanere incinta?, chiese Sílvia, prendo la pillola, la pillola fa ingrassare, disse Merche, a me fa venire la pancia, e fanno male al fegato, aggiunse Teresa. E Sílvia, a me hanno detto che vengono i bozzi sul seno, che stupidaggini!, esclamò Dolors, il problema è che siete piene di pregiudizi, la pillola non fa male, concluse. Io avevo usato il diaframma, disse Teresa, però era disgustoso, disse Sílvia, dover calcolare quando l'avresti fatto e ungerti con quella crema, ahi, sì, disse Teresa, una porcheria, e se non ti ricordavi, poi?, a me una volta si è mosso e sono rimasta incinta di mio figlio. Be', a me, visto che Lluís non mi permette di lavorare, disse Sílvia, non dispiacerebbe avere un altro figlio, però non riusciamo, e Màrius è un tale bambinone... Si avvicinò Carme, volete questa nuova crema che è appena uscita? mi hanno detto che elimina il grasso in poco tempo, ahi, tesoro mio, io ho provato di tutto, disse Dolors, non faccio che spendere e spandere. Io ho dormito tutta l'estate con quelle guaine aderenti di gomma per vedere se dimagrivo, sudavo, sudavo, e niente, grassa come un porcellino. E come facevi con tuo marito?, chiese Teresa. Oh, cara, ne approfittavo mentre eravamo a Pineda, lui molte notti non tornava a dormire. E cosa dovrei dire io?, faceva Teresa, mio marito non vuole che mi metta niente, né creme, né bigodini in testa, che pesantezza, ragazze. Approfitta delle ore mattutine, scemotta, le consigliò Dolors. Non volete la crema?, insistette Carme, su di me ha funzionato piuttosto bene, mi strofino cosce e pancia con la spugna, dopo la doccia, e alla fine mi spalmo la crema su tutto il corpo, con le mani belle aperte, su e giù, su e giù, il palmo deve essere ben asciutto, altrimenti è come non fare niente. Secondo te sono ingrassata molto?, chiese Sílvia a Carme, lei la guardò con occhio clinico, be', che vuoi che ti dica, tu sei sempre stata un po' pienotta, no? Sílvia fece una smorfia, sapessi che figura avevo quando ballavo, ero un fuscello. Tesoro, gli anni passano... Sílvia e Merche entrarono nella sauna perché quel giorno non avevano lezione di ginnastica, ricordatevi che domani c'è la riunione Tupperware a casa di Sílvia, fece Merche alle altre. Sílvia ci era rimasta male, non trovi che Carme sia un po' invidiosa? Perché lo dici?, domandò Merche. Per quello che mi ha appena detto. Cosa?, be', ha detto che sono sempre stata un po' pienotta. Non starla a sentire, disse Merche, sai che ce l'ha con tutti, il marito le mette le corna di continuo, è una poveretta... Erano entrate nella sauna avvolte in un grande asciugamano bianco che copriva quasi tutto il corpo. Rovesciarono la clessidra e, dopo essersi spogliate, si sdraiarono sulle panche di legno. Ho ancora il seno giovane, io, pensò Sílvia vedendo le mammelle cadenti di Merche, che aveva avuto quattro figli. Guarda la mia pancia, disse Merche, è piena di smagliature, ha ceduto alla terza gravidanza e, anche se Ramon mi dice che ho un corpo da modella, io gli dico, vedi di non raccontarmi cavolate, gli specchi esistono, e perché non vai da una massaggiatrice?, fece Sílvia, ti rassoda la pelle, cara mia, questa la salva solo un'operazione, Merche si passava la mano sudata sul ventre flaccido e pieno di smagliature. Lungo la pancia scivolavano goccioline che scendevano fino a dividersi sulle natiche, da lì le gocce di sudore non erano più gocce ma sottilissimi rivoli che si fermavano solo all'altezza del polpaccio o della caviglia. Ma chi lo va a dire a Ramon, continuava Merche, dobbiamo finire di pagare il mutuo per la casa di Pineda, a me la massaggiatrice, fece Sílvia, mi ha tolto un bel po' di cellulite, non è malaccio, prima portavo la quarantasei e ora porto la quarantadue, ah, che fortuna, si lamentava Merche, io non riesco proprio a scendere dalla quarantasei, ma è solo per via della pancia, le disse Sílvia, e guardò il ventre grinzoso dell'amica, che adesso si era seduta, l'addome le disegnava una serie di pieghe minute, sembra una fisarmonica, pensò Sílvia. Avevano i capelli avvolti in un asciugamano a mo' di turbante, ma ne fuoriuscivano alcune ciocche che per il sudore si incollavano alla pelle del viso. Il corpo adesso era protetto da un velo liquido che creava una sorta di pellicola umida, il legno della panca bruciava e l'aria ingolfava il cuore, rimasero per un po' in silenzio e sfogliarono alcune riviste che si erano tutte accartocciate per via di quel calore secco, rivoltarono la clessidra tre volte ma alla fine non ne potevano più, soffocavano, e andarono a fare la doccia fredda, erano fradicie di sudore ed era una delizia rigirarsi sotto i getti di acqua gelida che uscivano da vari punti della doccia, Sílvia si sentiva felice dopo quella sudata, felice per quel fiotto freddo sulla pelle umida. Rientrarono nella sauna, si asciugarono con degli ampi asciugamani e si sdraiarono sulle panche. Sai, fece Sílvia, sono andata con Lluís a Perpignan a vedere *Ultimo tango a Parigi*, in castigliano... Gli occhi di Merche brillarono, ah, davvero?, racconta, racconta, è molto spinto, vero? Cosa vuoi che ti dica, Sílvia si strinse nelle spalle, a me è parso una gran porcheria. I due si incontrano in un appartamento vuoto, di quelli vecchissimi che sanno di chiuso, e lui, Marlon Brando, non vuole che si sappia il suo nome, né che la ragazza dica il suo, niente di niente. Sì, disse Merche, ma cosa fanno? Dunque, rispose Sílvia, di tutto e in ogni modo possibile. In piedi, sul pavimento, davanti e dietro, lei si tocca una volta che lui non le fa caso, accipicchia, disse Merche, che roba forte, aspetta, aspetta, continuò Sílvia, lei gli dice che è Cappuccetto Rosso, *io sono Cappuccetto Rosso*, dice, *e tu sei il lupo. Che braccia forti che hai.* E Marlon risponde: *per meglio strizzarti quando ti chiavo*, e allora la ragazza continua, *e che unghie lunghe che hai. Per meglio graffiarti il culo*, fa Marlon Brando, *Che petto peloso che hai, per farci un allevamento di piattole*, e la ragazza lo tocca dappertutto, *che lingua lunga che hai. Per meglio, indovina un po'*, che porcata, disse Merche, e tutto questo lo fanno dentro l'appartamento? Certo! E che altro?, domandò ancora Merche, allora, lui le dice: *le schiave si marcavano sul sedere, mentre io ti voglio libera*, e lei, *libera, io non sono affatto libera...* Ed è vero, lei non è libera perché appena può va nell'appartamento. La ragazza ha dei seni enormi e cadenti, be', guarda il mio, Merche se lo guardava, sembrano due melanzane, sì, però lei è una ragazza giovane, e ha le labbra grosse, e delle borse sotto gli occhi scuri, come se si drogasse... E si conoscono nell'appartamento?, domandò Merche, macché!, no, si conoscono, o si vedono per la prima volta, in un gabinetto. In un gabinetto?, Merche quasi strillava, che film zozzo! È che tutti e due sembrano dei barboni, due sudicioni, sì, però lui è Marlon Brando, eh?, ricordò Merche, non è il solito, è... come te lo posso dire?, è come invecchiato, come finito. Ormai avrà cinquant'anni, no? Sì, però negli altri film faceva l'attore, recitava, in questo no, in questo sembra che rappresenti sé stesso, come se quello del film fosse lui stesso... Lui stesso?, fece Merche. Sì, e anche se è un film sporcaccione, lui mi ha fatto pena... Ma che maialate fanno?, indagò ancora Merche. Tante. Per esempio?, insistette Merche, la scena del burro è oscena come dicono? Sì... Lui cosa fa? Allora, lui sta mangiando pane e burro, a colazione, arriva lei e dice che lui non la ama – anche se alla fine si vede che invece sì, è lui che la ama e non lei, e lei ha paura di lui e lo uccide – allora, come ti dicevo, lei arriva e lui si arrabbia e la butta a terra, perché la ragazza si è intestardita a voler sapere come si chiama, e questa cosa a lui lo manda fuori di testa, è evidente, e la butta a terra e la sevizia, la tratta come un animale, come una schiava, come le aveva detto all'inizio, gli occhi di Merche erano lucidi, e lui si mette sopra e le entra dentro da dietro, da dietro?, fece Merche, sì, da dietro, ma visto che non ci riesce se lo spalma di burro come fosse un canapè... e lei, la ragazza, piange e urla, non se lo aspettava, ma lui è diventato un animale e non gli importa, e la penetra, ah, che dolore!, disse Merche, eccome, continuò Sílvia, e la ragazza, che aveva incominciato un po' per gioco, scoppia in lacrime...

... Sílvia era andata a Perpignan, "la città del peccato", come pubblicizzavano le riviste, una domenica nuvolosa. La sera prima si erano fermati nel casinò di Boulou per *flâner* un po', aveva detto Lluís, giocarono a baccarà e persero seimila pesete, «io non sono di quelli che si tirano indietro alla prima sconfitta» fece il marito di Sílvia, e andò avanti finché ci rimise la metà dei soldi che avevano portato con sé, «però ci siamo divertiti». Per Sílvia Perpignan era una città piccola e tranquilla, forse avrebbe detto che le pareva quasi bianca, con un parco di pioppi neri, un parco malinconico e che induceva ai sogni, e un castello che sembrava di cartone. A Perpignan Sílvia comprò un profumo e dei formaggi, e Lluís "Lui", "PlayBoy" e "L'Express". Sílvia indossava dei pantaloni che le tiravano, color corallo, le tiravano perché erano di una taglia più piccola, e una camicetta argentata da cui ogni tanto si intravedeva l'ombelico. Lluís la lasciò in albergo e andò a comprare "L'Indépendant" per vedere che film davano. Sílvia pensò, mi faccio la doccia, e quando abbassò la cerniera dei pantaloni corallo espirò facendo uscire lentamente l'aria dai polmoni. Dopo la doccia si mise il latte al cetriolo sul viso e l'altra crema, la Desert Flower, con la lanolina, su tutto il corpo. Si guardò allo specchio, il punto vita si era assottigliato, l'ultima dieta era migliore delle altre, però adesso il seno le cadeva come le foglie in autunno. Prese delle fialette e se le passò su ciascun seno con molta cura, senza toccare il capezzolo, "ce l'ho ancora rosa", la prima fialetta era oleosa e la seconda serviva a mantenere sodo il petto ed era più leggera. Si accarezzò i seni disegnando dei cerchi, prima in avanti e poi indietro, "morirei se avessi il seno di Merche", i suoi seni erano ancora turgidi, lo notava mentre descriveva dei cerchi con i palmi delle mani, e sentiva la freschezza tiepida del liquido che le colava dalle dita fino a penetrare in ogni seno, "non capisco perché Lluís non mi permette di girare senza reggiseno" pensò, sospirando davanti allo specchio. Si avvicinò per guardarsi le labbra da vicino, ci passò sopra la lingua e fece delle smorfie per esaminarle, "mi dovrò comprare un burrocacao, ho le labbra secche". Lluís tornò con "L'Indépendant", sei ancora al bagno? Muoviti, su, devo andare io. Che film danno? Alle dieci e mezzo vediamo *Tango*, alle due, *Traitement de choc*, mi hanno detto che Delon compare come mamma l'ha fatto, alle quattro *La masseuse perverse*, alle sette, *Caresses intimes*, e alle nove *Anomalies sexuelles*, per la miseria, che programmazione!, commentò Lluís. Sílvia uscì dal bagno, scalza e in accappatoio rosa, che vuol dire *masseuse*?, non trovi che diano troppi film erotici?, mi piacerebbe vederne uno normale... Dai, fece Lluís mentre entrava in bagno, adesso non metterti a fare la puritana...

... Natàlia e Sílvia si trovarono al Samoa il giorno dopo il pranzo dal fratello. Sílvia disse, posso prendere solo un tè al limone, adesso faccio sul serio, te lo giuro; come sempre, Sílvia non fece altro che chiacchierare, esaminare la gente che passeggiava e quella seduta dentro il bar, su una sorta di pedana rialzata. Si erano accomodate fuori, accanto alla porta di vetro, e Sílvia non poteva fare a meno di commentare tutto quel che le accadeva intorno, in uno degli angoli più movimentati di Passeig de Gràcia. D'un tratto Sílvia assunse un'espressione seria e chiese a Natàlia perché fosse tornata, non lo so, rispose lei, e Sílvia, quasi senza aspettare una risposta, qui, lo vedi, le cose sono sempre uguali. Màrius è diventato grande, e io divento vecchia, e poi gli anni passano... Diventiamo vecchie, vorrai dire, rettificò Natàlia. Sì, disse Sílvia, ma io invecchierò in un modo diverso dal tuo, invecchierò senza rendermene conto, senza aver vissuto. Solo ieri ero una ragazzina. E per che cosa ho smesso di essere una ragazzina? Sai, Natàlia, a te lo posso dire perché siamo in confidenza, a volte ho l'impressione che Lluís si sia convertito in mio padre, non so se mi spiego... voglio dire, non vedo più Lluís come mio marito, lo vedo come mio padre, capisci cosa intendo?, ho l'impressione che stia lì con il dito puntato, pronto a rimproverarmi per qualche marachella, soprattutto quando facciamo l'amore... Sílvia cambiò argomento, Natàlia pensò, non è cambiata, salta di palo in frasca. Tu sei forte, tu sì che hai fatto quello che hai voluto, disse Sílvia, sei sicura?, domandò Natàlia, non giudicare dalle apparenze... Il punto è che Lluís non mi ha mai amato e adesso è tardi per cambiare. Ascolta, Natàlia, perché te ne sei andata? Jimmy le aveva chiesto perché tornava e lei non sapeva rispondere né a una domanda né all'altra. Non lo sai? Ah sì, certo, per l'aborto. Sílvia fece una faccia pensierosa. Che paura che ho avuto... Per questo hai chiamato Lluís, no? Cosa volevi facessi?, disse Sílvia, avevi bisogno di soldi per la clinica, e io non ne ho. Certe cose noi donne non possiamo farle da sole, senza gli uomini. Specialmente se di mezzo ci sono i soldi. Sì, continuò Natàlia, ma tu l'hai detto a Lluís, e sapevi che lui l'avrebbe detto a papà. Che ne sapevo io!, Sílvia si giustificava, come potevo prevedere che tuo padre non avrebbe voluto saperne niente di te e che avesse intenzione di denunciarti alla polizia? Però non l'ha fatto, disse Natàlia, perché c'è stato l'incidente di Lloret. Natàlia sorrise, l'uomo "puro" che si voleva vendicare di me denunciandomi e poi ha lasciato che cinque uomini morissero carbonizzati in un albergo! Sai?, mi ha fatto sorridere quando l'ho letto su un giornale, mentre ero in clinica. Provavo un tale schifo per mio padre che non ci ho pensato due volte a scappare da lui. A essere sincera, provo ancora schifo, per questo non sono andata a trovarlo a Gualba. Lluís, fece Sílvia, dice che te ne sei andata per non doverti occupare di tua madre, è la verità? C'è una parte di verità, rispose Natàlia, non volevo rinchiudermi in quell'appartamento per una donna che non era più viva... E non ti faceva pena, tua madre? Guarda, Natàlia iniziava a irritarsi, ho passato dodici anni a cercare di imparare tutto di nuovo, compresi la compassione, l'amore, il piacere, mi consideravo una bambina quando sono andata via e volevo scrollarmi di dosso tutti i preconcetti e i principi che mi avevano inculcato da piccola, perciò adesso non ricominciare tu. E Sílvia, scusami, non ti volevo offendere, ma perché hai abortito? Tu che dici? Secondo te ero in condizione di avere un figlio? Be', vuoi sapere una cosa?, fece Sílvia, io non so cosa darei adesso per avere un altro figlio. Màrius ormai è cresciuto, non mi racconta niente e non mi dà mai un bacio! Natàlia tornò alla conversazione precedente, perché non mi hai aiutato da sola quando ho abortito? Avevo paura, te l'ho detto. Maledetta paura, pensò Natàlia, la paura di quei tempi gelidi e opachi, la paura era come un vento immobile... Sílvia già parlava d'altro, il Passeig de Gràcia era diventato color cenere e una folata di vento agitava i rami dei platani ancora spogli. Sílvia succhiava lo spicchio di limone, a forma di mezzaluna, e si asciugava le labbra umide con un kleenex. Quest'anno dicono che la primavera arriverà più tardi. È il momento in cui Barcellona è più triste, non trovi?, chiese Sílvia a Natàlia, mordicchiando la buccia del limone. Di sicuro tu che hai viaggiato tanto penserai che dico solo stupidaggini, vero? Io sono stata soltanto a Parigi e a Londra. Sai qual è il posto che conosco meglio? Perpignan. Ci andiamo spesso, non molto tempo fa sono andata a vedere *Ultimo tango a Parigi*... L'hai visto? Natàlia disse di no. Senza sapere né come né perché, a Sílvia balenò in mente un'idea, come una nuvola vagante, sai che sono rimasta di stucco quando ho visto quel che Marlon Brando faceva alla ragazza, e che è una porcheria, lo dicono tutti: ma se Lluís lo fa da quando ci siamo sposati! A Lluís piace farlo solo da dietro, e io pensavo che fosse così per molte coppie. Però quando l'ho visto nel film, dall'esterno, ho sentito una tale ripugnanza... Gli occhi di Sílvia brillavano, per questo non rimango incinta. Dici che dovrei farmi un amante?

Visto che zia Patrícia aveva la cacarella, per colpa del Jumilla, non poté andare al matrimonio di Encarna. Lluís e Sílvia avevano già preso un impegno, una cena in onore del presidente del Club del Tennis, e non potevano mancare, per mantenere i contatti di Lluís. Da parte Miralpeix, quindi, parteciparono alle nozze di Encarna solo Natàlia e Màrius.

Encarna era corsa di qua e di là come una pazza tutto il sabato mattina perché le commesse di Pronovias non avevano pronto il vestito. Aveva anche deciso di tornare dal parrucchiere per farsi fare le mani, a furia di lavare piatti e usare la liscivia aveva le unghie tutte rovinate, e pretese che le mettessero lo smalto verde, come Liza Minnelli in *Cabaret*. Non è un po' troppo?, le aveva domandato la ragazza che faceva la manicure, ed Encarna si era indignata, come si permette? Pensò che, da donna sposata, non ci avrebbe mai più rimesso piede. Rispose che voleva le unghie verdi come Liza Minnelli in *Cabaret*, e punto. Dopo tornò a casa e vi trovò il vestito, avvolto nella carta velina e puntato con gli spilli. Le avevano allargato le cuciture di un bel po', e sul davanti avevano cucito una fascia di merletto a tombolo che le aveva regalato Patrícia. Encarna si comprò uno di quei bustini che si legavano al reggicalze con i gancetti. Gli altri, quelli con l'elastico, si arrotolavano verso l'alto e rimanevano arricciati, facendole un brutto rigonfiamento all'altezza del sedere. Una volta a casa, Encarna preparò una camomilla per la signora Miràngels, povera, il mal di pancia non le dava tregua. La notte precedente aveva bevuto parecchio. Ahi, che sciagurata che sono, Encarna, ero così felice di venire al tuo matrimonio! Encarna la consolò un pochino, ma alla fine la lasciò sola perché aveva un mucchio di cose da sbrigare. Riempì la vasca da bagno della signora di acqua calda, sotto il beccuccio mise un tappo di sali verdi, dopodiché versò un goccio di Moana rosa. La schiuma si gonfiava lentamente, come una nuvola di cotone. Encarna era contenta, come nei film, pensò. Infilò nella schiuma un piede, un piede bianco e pieno di calli, ma lo ritirò subito. Per poco non si ustionava. Lo reimmerse piano piano, toccò con le unghie la schiuma e poi affondò le dita. No, l'acqua era ancora bollente, ed Encarna aprì il rubinetto dell'acqua fredda, spostando il liquido da una parte all'altra con le mani. Alla fine entrò nella vasca e si sdraiò. Spuntavano solo la testa e i piedi. Sollevò una gamba, grassottella e corta, si accorse che non si era depilata, amen, adesso non c'era tempo. Aveva ancora un sacco di cose da fare. Encarna si sentiva felice dentro l'acqua, alzava una gamba e poi l'altra, entrambe piene di varici e con il polpaccio carnoso e il ginocchio bitorzoluto. Poi si toccò i seni, aveva i capezzoli quasi neri, con attorno piccoli brufoletti. Mi amerà Jaume quando mi vedrà nuda? Encarna si ricordò di quando era giovane e aveva seni piccoli e duri come mele acerbe, con il capezzolo rosato, quasi bianco... Pedro, che poi era partito per la Germania e del quale non aveva più saputo niente, le strizzava i seni come se svitasse lampadine. Jaume la desiderava ardentemente da dieci anni e lei non si decideva. Primo, perché non voleva lasciare la signora Judit, le faceva tanta pena, e dopo per il signore, che aveva perso la ragione e faceva quelle cose così strane... Ma Jaume era un bravo ragazzo, cinquant'anni, vedovo di prime nozze, senza figli. Rosalia le diceva, sei una stupida, non la vuoi una famiglia tua? Encarna non sapeva che fare. Da una parte desiderava una casa tutta per sé, sennò sarebbe finita all'ospizio, dall'altra, si era occupata degli altri per una vita intera, e si era rassegnata... Alla fine decise di scrivere alla rubrica di Elena Francis, ascoltava il suo programma radiofonico tutte le sere, mentre stirava sotto una lampadina da venticinque perché la signora Miràngels non poteva permettersi di più. Rifletté a lungo sulla lettera. Cominciava così, "Gentile signora Francis", ma dopo? Bisognava andare subito al dunque? No, si sarebbe potuta offendere... "complimenti vivissimi per la sua rubrica, così piacevole", Encarna ci rifletté su e finì per dirsi che quel "piacevole" non la convinceva fino in fondo. Si decise per "meravigliosa". La lettera proseguiva, "sono fidanzata da dieci anni", però, certo, avrebbe dovuto dirle la sua età... "ho cinquant'anni anni e sono fidanzata da dieci anni...", forse la signora Francis avrebbe riso di lei, no, non gliel'avrebbe mandata, però, a pensarci bene, soltanto lei poteva aiutarla... "soltanto lei mi può aiutare", Encarna rimuginò ancora, le diceva dove lavorava? "sono una domestica", no, no, Encarna pensò che non cambiava poi tanto se lei era domestica o no, e inoltre così l'avrebbero pure riconosciuta tutti... "ho un buon posto di lavoro che mi dà uno stipendio dignitoso", la verità era che da quando il signor Miralpeix era uscito di testa nessuno le aveva aumentato lo stipendio, e chi lo chiedeva, alla povera signora Patrícia... "guadagno un buono stipendio, mi comporto con grande correttezza e adempio ai miei obblighi..." Adesso doveva presentare Jaume, "il mio fidanzato ha cinquant'anni, è un ragazzo perbene, serio... Prima pensavo che mi amasse però adesso, ogni volta che ci incontriamo, mi tiene il muso e lo noto nervoso. Ci vediamo al bar di mia sorella Rosalia e io, sarò sincera, sono stanca di lavorare tutta la settimana...". Mandò la lettera e per quindici giorni niente, la signora Francis si era dimenticata di lei. Si era già messa l'anima in pace, è solo un modo per abbindolare la gente, si diceva, quando una sera ascoltò la sua lettera dopo la risposta che Elena Francis dava a "Timida da Madrid". La lettera diceva: "Gentile signora Francis, prima di tutto complimenti vivissimi per la sua meravigliosa rubrica. Ho cinquant'anni e sono fidanzata da dieci. Soltanto lei mi può aiutare, ho un buon posto di lavoro che mi dà uno stipendio dignitoso...". Encarna gonfiò il petto mentre piegava gli asciugamani, si sentiva felice e le faceva un effetto strano che alla radio parlassero di lei. Ascoltò la risposta: "Gentile amica, quando si ha cinquant'anni, dieci anni di fidanzamento pesano molto per un uomo. E spesso, cara amica, una donna non se ne accorge. Un lungo fidanzamento è molto duro da sopportare per un uomo. Su, non faccia la bambina. Sia comprensiva con lui e provveda a sposarsi come Dio comanda, e IL PRIMA POSSIBILE. La saluto con affetto...". E attaccava la musichetta del programma. Encarna sentì l'ultima parte come se fosse stata pronunciata a lettere maiuscole, e quelle parole, "il prima possibile", le risuonavano ancora in testa mentre si spegnevano le ultime note della sigla del programma "Elena Francis". A Encarna si strinse il petto, ecco, si sarebbe dovuta sposare con Jaume...

Quando Natàlia e Màrius arrivarono in chiesa, Encarna si era già sposata. Erano le sei e dieci, evidentemente il prete era stato molto puntuale. La cerimonia era durata appena dieci minuti. Natàlia e Màrius dovettero aspettare un bel po' prima che Encarna potesse accoglierli: doveva mettersi in posa per le fotografie con Jaume e con ciascuno dei parenti. Encarna e Jaume con Rosalia, il marito e i figlioletti, Encarna e Jaume con il figlioccio di Encarna, Encarna e Jaume con la figlioccia di Jaume, Encarna e Jaume con un anziano zio di Jaume, Encarna e Jaume con una nipote di Encarna e il marito della nipote di Encarna, Encarna e Jaume con una coppia di vecchi amici, Encarna e Jaume con il fratello minore di Jaume e la moglie, Encarna e Jaume con due cugine di Encarna, Encarna e Jaume con una vicina di Rosalia alla quale Encarna voleva bene come a una madre... Gli ultimi furono Encarna e Jaume con Natàlia e Màrius. Jaume sembrava frastornato ed Encarna era tutta rigida nel vestito da sposa in stile Sissi, Màrius non sapeva che espressione assumere e voltò la faccia perché non si vedesse il brufolo. Quando aveva saputo che Sílvia e Lluís non sarebbero andati al suo matrimonio, Encarna si era offesa moltissimo, «ho cresciuto io il signorino Lluís come fosse mio figlio ed ecco come mi ripaga...» aveva detto al mattino a Patrícia, che l'abbracciava con le lacrime agli occhi perché neppure lei poteva andare per colpa della diarrea, ti auguro tutta la felicità del mondo, e Patrícia l'abbracciava forte. Encarna si era dovuta soffiare il naso per non mettersi a piangere come un vitello.

Il banchetto di nozze si teneva nel bar di Rosalia. Encarna e Jaume sedevano a capotavola con grande solennità. Jaume era un uomo smunto, con la fronte lucida e i capelli corti, indossava un vestito grigio e un po' pacchiano che gli andava largo. Era parecchio timido, con gli occhi slavati e le labbra unte, che luccicavano soprattutto quando sorrideva. Encarna era tutta tronfia nel suo abito di mussolina con le maniche a sbuffo e il décolleté di pizzo. Che spudorata, alla sua età!, Natàlia sentì commentare vicino a lei. Encarna aveva almeno tre strati di trucco color ebano con un rosso bello acceso sugli zigomi. Sotto gli occhi e sulle palpebre aveva applicato un ombretto bianco che terminava in una tonalità azzurrina e che dava l'effetto di un livido, sulle ciglia aveva applicato per due volte il rimmel, ma alcune ciglia si erano incollate e sembravano una tendina compatta. Si era inoltre dipinta le labbra di un rosso scuro, a forma di cuore. Sembra un pagliaccio, commentò la stessa voce. Rosalia e il marito servirono la prima parte della cena, e la nipote la seconda. Dicono che ha dilapidato quasi tutti i suoi risparmi per quest'abito, Natàlia si voltò per vedere chi parlava, e scorse una donna grassa con la faccia da uomo che chiacchierava con un'altra bassetta e dal viso scialbo. Non le sta bene, disse quella dalla faccia scialba, ha esagerato, aggiunse quella che aveva la faccia da uomo. Distribuirono *pa amb tomàquet* e carne, un quarto di pollo ciascuno, patate fritte, pomodori con olive e fiumi di sangria. Invitavano a bere i clienti che entravano ma alla fine, poiché entrava sempre più gente, abbassarono la saracinesca. Erano tutti andalusi, tranne Jaume e suo zio, che venivano da Murcia ma parlavano catalano, una coppia aragonese e Natàlia e Màrius.

Rosalia era una donna bassa e grossa, con la faccia da luna piena e il naso all'insù, occhi da roditore piccoli e vivaci. Era ancora più pettoruta di Encarna, e aveva una scollatura luccicante. Ripeteva sempre che parlava per luoghi comuni, e le piaceva avere l'ultima parola. Rosalia aveva disposto gli invitati lungo la tavolata imbandita. Suo marito era basso e scheletrico, gli tremavano le mani e biascicava discorsi confusi perché gli si era schiacciata una parte del cervello in seguito alla caduta da un ponteggio. Sedeva in un angolo con il mozzicone di sigaretta che gli pendeva dalle labbra socchiuse, al marito di Rosalia puzza il fiato, disse la ragazza con la faccia scialba. Quando c'era più baccano, il marito di Rosalia si metteva al centro, faceva qualche passo di flamenco, batteva le mani, gridava olé!, e tornava a sedersi senza aprire più bocca. Rosalia, ben presto brilla, lo chiamava, vieni, vieni, maritino mio! Sì, ora lo chiami, smancerosa, infame, diceva la donna grassa e con la faccia d'uomo, ma poi lo tratti come un cretino! Il marito di Rosalia correva accanto alla moglie come un uccellino appena nato.

Dato che non ci stavano tutti gli invitati, portarono un altro tavolo, lungo come il primo. I due tavoli erano coperti con delle tovaglie bianche di terital rifinite con un bordino nero in maglia perlata. Le brocche di sangria passavano di persona in persona e, man mano che la gente si infervorava, Encarna storceva il naso e corrugava la fronte. Le si era slacciato uno dei gancetti sulla coscia e le si conficcava nella carne. Jaume le diceva qualcosa all'orecchio e lei rispondeva di no. Jaume sudava, aveva i capelli zuppi, appiccicati alla nuca. In mezzo a tutto quel trambusto, aveva gli occhi da cane sperduto. Da qualcuno partì un evviva gli sposi!, e un ragazzotto che era ubriaco fradicio sbraitava senza sosta, bacio bacio bacio! Ancora, evviva gli sposi!, e tutti giù a ridere. Qualcuno dal capotavola rispondeva, e viva le coppie! Un'aragonese, tracagnotta, con gli occhi imbellettati di ombretto azzurro, iniziò a cantare delle *jotas* mentre dimenava le carni. Un ragazzo fece alzare Jaume, lo tirava per la punta della cravatta mentre gliela tagliava con un paio di forbici da cucina. Non esagerare che poi mi diventa impotente!, strillò Rosalia. Stanotte ha da lavorare!, aggiunse la donna con la faccia da uomo. Mentre gli tagliavano la cravatta qualcuno fotografava la scena. Màrius si copriva il brufolo sulla guancia e non diceva niente. Hai visto, commentava la ragazza dalla faccia scialba, Encarna ha le unghie dipinte come la tipa di *Cabaret*. Natàlia si avvicinò a Màrius, ti stai annoiando? No, fece lui, questo è un documento umano. Natàlia sorrise, osserva ancora la vita come se fosse un "documento umano", pensò. Un uomo basso e brutto accompagnava con la chitarra la donna che cantava *jotas*. Màrius chiuse gli occhi. A che pensi?, domandò Natàlia. A niente... Forse pensa a Rimbaud, o all'*Ofelia* di Everett Millais. Non gli piace l'odore dei poveri. Natàlia si ricordò di quando andava con Emilio nei quartieri operai per vedere le opere popolari dell'amico che faceva teatro, lo stesso odore di miseria, la puzza fetida di aria calda, l'umidità che trasudava dalle pareti, le zaffate di vino scadente, il tanfo di aglio... L'odore dei poveri, sempre lo stesso, rifletteva Natàlia, non mi ci abituerò mai, aveva detto una volta a Emilio. Non ci si era mai abituata, era vero, all'estero aveva conosciuto unicamente persone sradicate come lei, gente smarrita che fuggiva da città sprofondate, gente che non si conformava, che non si addentrava nell'odore dei poveri, che li annusava da dietro vetri disinfettati e formulava teorie per salvare i figli dei poveri da quell'odore, odore vecchio di secoli. Una bambina strabica sui dodici anni, con ogni probabilità la figlia dell'aragonese e dell'uomo che prendeva a pugni la chitarra, ballava in mezzo alla sala. Fotografarono pure quella scena. La bambina aveva due seni piccoli come due olive e dimenava il sedere come se avesse trent'anni. È fantastico, pensò Natàlia, sono tornata da meno di una settimana e ho già quasi dimenticato gli anni che sono stata via. Sembra che non sia cambiato niente. Guarda come la guarda, che spudorato!, la ragazza con la faccia scialba si riferiva all'aragonese e a uomo massiccio, i capelli rossi e il volto segnato dal vaiolo, che non lasciava in pace la donna. Fumava un avana e di tanto in tanto se lo infilava dietro l'orecchio e sorrideva con una faccia da ebete. L'aragonese si dileguò ma non tardò molto a tornare. Entrò travestita con il pigiama del marito, un cappello da ballerino di flamenco, un mantello da torero e una calza in faccia. L'aragonese era l'anima della festa, si infilava dappertutto, il marito non prendeva più a pugni la chitarra e adesso batteva le mani. Fotografarono la scena dell'aragonese con la calza in faccia e il marito che batteva le mani. Batteva le mani anche un uomo dalla pelle lattiginosa e il naso aquilino che se ne stava appiccicato a Rosalia. Rosalia fumava con un bocchino di finto avorio e faceva smorfie con le labbra e la lingua. Guarda, disse la donna con la faccia da uomo, crede di essere come le tizie di *Un, dos, tres*... Cos'è questa cosa di *Un, dos, tres*?, chiese Natàlia, un concorso che danno in televisione, rispose Màrius. La sorella di Encarna si alzò di colpo e salì su una sedia. Si tirò su la gonna, che pescivendola, fece la ragazza con la faccia scialba, Rosalia, con la gonna sollevata, scuoteva le cosce grasse e dimenava il sedere come una barca in alto mare nel pieno di una tempesta. Fotografarono la scena di Rosalia che scuoteva il sedere. Un uomo con il basco, la pelle rossa come un pomodoro, i baffi grigi e le labbra piegate all'ingiù, urlava, mostra l'altra gamba! Encarna era impallidita, le girava la testa, e quel gancetto conficcato nella coscia le faceva un male cane! Il ragazzotto sbronzo seguitava a sbraitare, evviva gli sposi!, e l'eco rispondeva, bacio bacio bacio! Un altro, con delle lunghe basette bionde e ricce, suonava la chitarra, e la moglie, circondata da marmocchi, lo fissava con aria da cane smarrito. Sembrava una bambina. Il marito cantava *serranas*. Da un'altra parte, un uomo con gli occhi piccoli e distanziati e il naso schiacciato si sgolava cantando una *soleá* dopo l'altra.

Rosalia si avvicinò a Natàlia, questo qui che canta *soleares*, be', un giorno sua moglie gli ha detto, vado in tintoria a far inamidare il copriletto. E a quanto pare la donna se l'è filata, perché non l'ha più vista, né lei né il copriletto. L'ha piantato da solo con due bambini, una quindicina di anni fa. L'uomo con gli occhi distanziati intonava canzoni contro le donne. Adesso era la aragonese a dimenare il sedere e l'uomo con la faccia butterata le strizzava l'occhio. Il marito dell'aragonese ogni tanto lanciava un urlo, come un ululato da animale braccato, anche se pareva di gioia, almeno a giudicare dalla sua faccia, dopodiché tornava ad accovacciarsi in un angolo, accanto al marito di Rosalia, che adesso perdeva un filo di bava. In parecchi battevano le mani, anche la moglie dell'uomo che cantava *serranas* e che era circondata da marmocchi. Lei, però, le batteva con aria triste. I due sposi non partecipavano alla festa, ma poiché adesso tutti strillavano di continuo, bacio bacio bacio!, Jaume afferrò bruscamente Encarna e la strinse forte a sé. L'aragonese mostrava agli altri una banana e tutti ridevano. Ma ecco che il bacio di Jaume durò talmente tanto che gli altri smisero di sghignazzare e rimasero a osservare in silenzio. Scattarono una fotografia della scena degli sposi che si baciavano e un'altra con tutti che li fissavano. L'uomo con la faccia butterata dal vaiolo, la aragonese, suo marito, l'uomo dagli occhi distanziati, la ragazza con l'aria triste, la donna con la faccia da uomo, l'uomo con le labbra piegate all'ingiù, il tipo che aveva la pelle lattiginosa, il marito di Rosalia, la bambina con i seni simili a due olive, la ragazza con la faccia scialba, il ragazzotto ciucco, l'uomo che cantava *serranas*, i bambini, Rosalia, la nipote di Rosalia, tutti contemplavano solenni e rispettosi gli sposi che si baciavano. Anche Natàlia e Màrius guardavano gli sposi che si baciavano e allo stesso tempo guardavano quelli che guardavano gli sposi che si baciavano.

Alla fine tutti applaudirono e ripresero gli schiamazzi e i canti. Rosalia chiamò la nipote e tutt'e due si ritirarono nel cucinino del bar. Ne uscirono dopo un po' con un regalo per gli sposi: una salsiccia cruda con un uovo a ogni estremità. La cagnara aumentò a dismisura, gli applausi si mescolavano agli uuuuuuuhhhhh!, al battere delle mani e dei piedi, pianti di bambini, la chitarra presa a pugni dai suonatori, il tintinnio dei bicchieri e delle brocche di sangria e i vocalizzi dell'uomo delle *serranas* e di quello delle *soleares*. Rosalia si era poggiata una tazza di caffè sul décolleté, guardate, guardate, non cade, e scrollava le mammelle. Quando vide il piatto con la salsiccia e le uova, Jaume abbozzò un sorriso ed Encarna finse di vergognarsi. L'ultima fotografia scattata ritraeva i due sposi che si baciavano di nuovo mentre l'amante dell'aragonese gli faceva piroettare davanti la salsiccia.

All'inizio tutto quel che c'era nel nuovo appartamento di Lluís e Sílvia era motivo di gioia. Alcuni arredatori che lavoravano per Lluís Miralpeix avevano disegnato i mobili del living room, discutendo non poco su come fosse meglio riempire gli spazi. Ogni singolo oggetto fu pensato con cura, e Sílvia dovette mettercela tutta perché le consentissero di tenere la collezione di civette che aveva incominciato nella casa del Guinardó! Lluís addobbò le pareti con quadri cubisti, linee geometriche e colori freddi, e lasciò in uno stile classico soltanto lo studio. Gli accendisigaro, le luci, i tavoli, gli scaffali, era tutto di design raffinato. Lluís fu uno dei primi a usare i toni chiari e la cosiddetta arte povera nell'appartamento a due piani di carrer de Calvet, prima che in numerosi appartamenti della borghesia liberale barcellonese i cubi di schiuma sostituissero i divani e gli scaffali su misura prendessero il posto delle librerie in legno di pino. Poi gli oggetti cominciarono a rovinarsi e Sílvia andava da Vinçon a ordinarne di nuovi. Gli accendisigaro in vetro si sbreccavano e Sílvia ne comprava altri, le tende giapponesi di importazione si sfrangiavano e Sílvia se ne sbarazzava per trovarne di uguali. Lluís voleva la casa tirata a lucido, una casa sempre pronta per essere fotografata su una rivista di arredamento, come diceva lui. E, soddisfatto, mostrava le nuove librerie in tubi metallici che avrebbero rimpiazzato i pesanti ripiani in noce del padre. Tuttavia Lluís non si soffermava su alcuni dettagli: piccole scheggiature sui vetri, bordi che non combaciavano, fessurine nelle parti inferiori delle pareti, tubature che non funzionavano, intignature sul velluto dei dadi, tappetini malconci, copriletti deformati. Sílvia si preoccupava di nascondere buchi e crepe, bordi rovinati e vetri incrinati; non li aggiustava, però faceva in modo che Lluís non li vedesse. Sílvia aveva mollato la presa, le importavano solo due cose: la cucina e il suo corpo. Le bastava mantenere la casa, roccaforte di un amore ormai scemato, in un'apparenza dignitosa. Il mio unico desiderio, diceva, è che in casa regni la pace. Lluís aveva molto lavoro e il bricolage non era il suo forte. Sílvia lo sapeva bene.

Tuttavia ogni sabato, finito di pranzare, Sílvia rassettava la casa più del solito, si assicurava che i vetri fossero puliti, i dadi del soggiorno risultassero disposti in ordine, che non ci fosse nemmeno un granello di polvere sugli scaffali su misura e i portariviste non fossero stracolmi, lavava tutti i portacenere e inamidava il centrino sopra il pianoforte di Judit. Il sabato era il giorno in cui venivano a trovarla le amiche di scuola, le stesse con cui frequentava la palestra, Teresa, Dolors e Merche. A Sílvia piaceva che le amiche ammirassero il buon gusto del suo appartamento, hai degli oggetti talmente moderni!, diceva Teresa, e originali, aggiungeva Dolors mentre passava il dito su tutti i tessuti dell'appartamento. Era una mania di Dolors, quella: riconoscere qualsiasi tipo di tessuto dal tatto. No, non mi dire, urlava prima che un'altra glielo dicesse, questa è canapa, vero?, ah, allora è lino!, affermava con aria trionfale. E quest'altro, continuava, è satin. Merche entrava in cucina e sentiva il profumo di cibo, Sílvia, tesoro!, ci stai preparando un dolce? Tutte e quattro si stipavano davanti al forno alto, ci divertiremo un mondo!, strillava Teresa, contentissima. Quel sabato, lo stesso giorno in cui si sposava Encarna, sarebbero venute le amiche con i mariti. Lluís andava molto d'accordo con Tomàs Renau e, soprattutto, con Ramon, il marito di Merche. Il Barça giocava contro il Bilbao e si erano dati appuntamento a casa dei Miralpeix per poi andare insieme a vedere la partita. Nel frattempo le donne avrebbero fatto una riunione Tupperware. Merche, fortunata lei, era riuscita a ottenere dal marito la possibilità di presentare in giro per le case i Tupperware, i famosi contenitori che non si vendevano nei negozi. Merche aveva detto a Sílvia, possiamo farlo a casa tua, è così comoda! Tu prepari la merenda, e se le altre comprano, la Tupperware ti fa un regalo. Sílvia le aveva risposto di sì, ma quando ne aveva parlato con Lluís, lui aveva commentato, che idiozia, voi donne non sapete proprio cosa inventarvi per distrarvi. A ogni modo, visto che c'era la partita e sarebbero venuti Ramon e gli altri, finì per dire, fa' come ti pare.

Per primi arrivarono Dolors e il marito, Albert Mateu, un dirigente del colosso Roca. Sílvia mostrò a Dolors un capo di lingerie che aveva comprato a poco prezzo durante i saldi, Dolors lo toccò, palpò la stoffa con la mano, l'accarezzò con le dita e alla fine disse, chic!, e non mi è costata niente, fece Sílvia tutta orgogliosa. Poi Sílvia portò Dolors in cucina, le fece annusare i dolcetti alla crema che cuocevano in forno, adoro il profumo di zucchero bruciato, disse Dolors; nel frattempo Lluís chiacchierava con Mateu, gli mostrava l'ultimo catalogo di auto sportive, che mi dici della Jensen-Healey, eh? Mateu non ci pensò su, motore potente, sospensione ottima, cilindrata ragionevole, un acquisto eccellente, ragazzo mio!, e gli diede un colpetto sulla spalla, mio padre, continuò, aveva una Jensen 541, con carrozzeria in fibra di vetro. A quei tempi era un lusso. Quello che Mateu non diceva, ma Lluís non lo dimenticava mai, era che suo padre era uno chauffeur e che la Jensen 541 apparteneva, in realtà, a un noto industriale della città. Mateu era talmente orgoglioso di essere arrivato così in alto, dirigente della Roca, una Seat 431, casa a Pineda de Mar, chi avrebbe potuto dire che era figlio di un autista? È che le macchine inglesi sono molto eleganti, diceva Lluís, quelle della Jensen sono state le prime a toccare i centottanta all'ora. Un portento. Dolors raccontava a Sílvia, sai cosa mi regalerà Albert per il mio compleanno? No... Una crociera, ti rendi conto?, una crociera nelle isole greche, non è un sogno? Fantastico, disse Sílvia, visiterai la Grecia. Suonarono alla porta, erano Merche e Ramon con Teresa, che veniva da sola. Tomàs è a Malaga, sapete? pare che lo faranno direttore della Caixa.

Gli uomini si erano spaparanzati sulle poltrone in pelle dello studio, bevevano caffè e Torres invecchiato di dieci anni. Fumavano sigari avana. Parlavano della crisi energetica, della mossa che gli arabi stavano assestando al mondo del capitale. Come faremo, senza petrolio?, non mi vengano a chiedere di tirare la cinghia! Non vi preoccupate, diceva Mateu, abbiamo abbastanza riserve. Abbiamo il petrolio venezuelano, fece Lluís, sì, ribatteva Mateu, ma è nazionalizzato. Vorreste dirmi che non è tutta una manovra dei russi?, di sicuro si sono messi d'accordo con gli arabi per infastidire gli americani, commentò Ramon. Tutto è possibile... Merche aveva scartato i Tupperware e li disponeva sopra il tavolino di vetro, nel living room. Bevevano tè al limone, eccetto Dolors, che lo volle con il latte scremato. Preferite tè o caffè, chiese Sílvia agli uomini, caffè, disse Lluís, e un bicchierino!, protestarono gli altri. Perché, un sigaro no?, disse Lluís e tirò fuori da un cassetto della scrivania in noce una scatola di Montecristo. Mentre serviva il tè Sílvia bisbigliò, appena escono porto i dolcetti. Risero tutte, felici di quella complicità. Di cosa ridete?, chiese Ramon dallo studio, visto che la porta era rimasta aperta. Niente, cose da donne... Merche aveva preso i Tupperware da una valigetta in pelle con venature lilla, che carina questa valigetta, ammirò Sílvia, comprata in Italia, fece Merche, non è un'imitazione, eh?, vera pelle. Da Loewe, disse Teresa, ne ho vista una uguale. Sì, però non sono autentiche, le ho viste anch'io in vetrina.

Guardate, fece Merche, ci sono di diverse misure..., è che Rexach è sempre in fuorigioco, diceva Mateu, è uno scansafatiche, commentò Ramon, no, non è uno scansafatiche, è solo che ha paura, eppure ha delle buone gambe, fece Lluís, mi piacciono di più quelle di Cholo, intendi Hugo Sotil?, chiese Ramon, sì, sapete cosa mi hanno raccontato?, disse Lluís, be', a quanto pare viveva in un appartamento di Pedralbes, di quelli che costano una fortuna, e mangiava con la famiglia sul pavimento, non capisco, disse Ramon, potrebbe vivere come un pascià..., vedete, mostrò Merche, il formato grande può andar bene per l'insalata, o per le verdure, o per quasi un chilo di carne, be', disse Dolors, a me sembrano dei normali portavivande, come quelli che vendono al supermercato, sì, ma il punto è che questi conservano il cibo molto meglio, meglio di qualsiasi contenitore che trovi al supermercato. Una settimana, quindici giorni, quanto vuoi. Dovete solo fare attenzione a chiudere bene il bordo del coperchio e, alla fine, sollevarne un lembo per far uscire l'aria, vedete?, così, bisogna premere il centro del coperchio. Senz'aria all'interno il cibo dura di più. Se la conservi per più di quindici giorni, la carne va a male, insistette Dolors, uh, dai, sei di coccio, fece Merche, mi stai ascoltando o no? Teresa si era seduta su uno sgabello foderato in pelle, con le braccia incrociate sul petto e le gambe piegate all'interno. Dolors era sdraiata a terra, sulla moquette, e fumava una sigaretta dopo l'altra. Sílvia si era già premurata di metterle accanto il posacenere di ceramica più grande della casa. Dolors indossava una gonnellina che le arrivava a metà gamba, in pelle d'antilope, e degli stivali in pendant con il colore cenerino della gonna. Si era truccata gli occhi con una sottilissima linea nera e un ombretto verde chiaro. Merche, la più stravagante, aveva ciglia finte che alzava e abbassava in una candida combinazione di astuzia e ingenuità. Dolors era molto orgogliosa del marito, è un genio, affermava, si è fatto tutto da solo. Tutte e quattro si erano adoperate affinché i loro mariti diventassero amici, per poter così mantenere l'amicizia nata in collegio dalle suore. Lluís aveva progettato le villette dei Mateu e dei Renau a Pineda e Tomàs gli aveva agevolato il credito dalla banca.

Albert Mateu indossava un golfino beige e pantaloni più scuri in velluto, Lluís un pullover a rombi come quelli degli anni Cinquanta, i vestiti dei mariti li compravano le mogli, e così ne approfittavano per fare merenda assieme. Teresa, che sedeva più vicino agli uomini, ascoltava le conversazioni di entrambi i gruppi e rideva alle battute di Ramon. E Merche, ce ne sono anche di più piccoli, vanno bene per il formaggio grattugiato. Dolors sussurrò a Sílvia che era meglio tenerseli davanti, gli uomini, invece che chissà dove in giro per il mondo, e tutte e due risero mentre lanciavano un'occhiata a Teresa, che ascoltava le spiegazioni di Merche su come conservare la maionese senza che si raggrumasse, e se mettete la carne nel congelatore vi può durare anche più di quindici giorni, continuava Merche guardando Dolors, che ridacchiava, vorresti dire che è meglio averli davanti, invece che a spasso?, Sílvia strizzò l'occhio a Teresa, e Dolors, che sporcacciona!, io, con mio marito via, sono felicissima, disse Teresa, che aveva sentito tutto, beata te, commentò Sílvia. Insomma, mi ascoltate o no, urlò Merche, che iniziava a irritarsi. Uh, tesoro, scusa, dissero tutte e tre e ripresero a osservare i contenitori, questi rotondi sono per il brodo. Teresa disse, è che state sempre a lamentarvi. Teresa aveva la pelle bianca come il cotone, un po' flaccida, e le mani diafane come un paralume, quello che conta è avere un uomo al proprio fianco, faceva, con gli occhi lucidi, voi li vedete molto, i vostri mariti? Merche cominciava ad avere le vene del collo rigide, ragazze, mi fate diventare isterica, dicevo, il Tupperware è meglio della carta argentata, più pratico, alla lunga più economico, e si possono conservare anche i liquidi, macché, stava dicendo Sílvia, passano tutto il giorno fuori casa. E noi che dobbiamo scorrazzare i bambini da una parte all'altra, fece Teresa. Ascolta, chiese Sílvia a Dolors, tu ti ricordi come si fanno gli involtini di cavolo? Perché lo vuoi sapere? È tornata mia cognata e glieli vorrei preparare un giorno, è tornata quell'insolente?, disse Teresa, non è un'insolente, la difese Sílvia, è solo diversa. Merche disse a Teresa, ho le strilla dei bambini che mi perforano le orecchie, passo tutto il santo giorno a pulire moccio e pipì, ma non hai una baby-sitter?, indagò Teresa, sì, certo, però la madre sono io... Se fossi in te, io li porterei all'asilo. Ramon non vuole. Dice che i bambini devono stare con la madre, lo penso pure io, fece Teresa. Be', a me piacerebbe lavorare, disse Sílvia a Dolors, fa' come me, Merche l'aveva sentita, io mi diverto un mondo a presentare i Tupperware, fai merenda gratis e hai una vita di relazioni. Merche si rivolse a tutte, e adesso fatemi il piacere di dirmi cosa prendete, sennò io rimango senza commissione e Sílvia senza regalo. Dolors ne scelse un paio di ogni misura – pensava di regalarli alla madre, che era sempre più moderna – e Teresa quattro piccoli, che spilorcia, disse Merche a bassa voce. Be', mio marito non vuole che io lavori, non sente ragioni. Il mio nemmeno, fece Teresa, non è che mi dica di no, però fa resistenza passiva. E Merche, vi posso dire una cosa?, l'ultima volta che sono rimasta incinta avevo appena visto alla televisione Bogart in *Casablanca*. Quando fa "alla tua salute, bambina"... non trovate che il mio Ramon somigli a Humphrey Bogart? Soprattutto quando piega le labbra verso sinistra. Si vive anche di sogni, disse Sílvia. E tutte scoppiarono a ridere.

All'ora della partita gli uomini uscirono. Dalla porta, Mateu si rivolse a Teresa, ti trovo sempre più carina, come si vede che non c'è il marito, bisbigliò Dolors a Sílvia. Sílvia richiuse lentamente la porta, aspettò un attimo e, appena sentì il ronzio dell'ascensore che scendeva, lanciò un urlo, siamo sole! Evviva!, strillarono le altre. Fuori i pasticcini, ordinò Dolors. Sílvia andò in cucina e li dispose in fila su un vassoio ovale. Oh, che cattivona, fece Merche con un ghigno, hai lasciato gli uomini senza dolce. Su, non fare l'ipocrita, disse Teresa. E Dolors, prendo lo xères secco?, anche il cognac, aggiunse Sílvia, oggi dobbiamo ubriacarci, disse Merche con un urletto elettrico, sììì!, si unì Teresa battendo le mani. Tutte e quattro cominciarono a mangiare attorno al tavolino di vetro. Vado matta per queste prelibatezze, disse Sílvia, le labbra impiastricciate di crema. Avevano messo da parte i Tupperware, la valigetta semiaperta e le carte per terra. Sedute in ginocchio, ingurgitavano i pasticcini uno dopo l'altro, adoro la crema, fece Dolors con la bocca piena. Le bottiglie, sul pavimento, si svuotavano. Teresa era già al quarto bicchiere di xères, ingorda, ingorda, disse Teresa a Sílvia, e tu allora?, ubriacona, ubriacona. È buono questo xères, disse Merche, di' *sherry*, come gli inglesi, rettificò Dolors, è più fine. E Teresa, a bocca spalancata, se dico *sherry* vuol dire che questo è un *party*, no? Più o meno, masticò Sílvia, siamo europei, come dice Lluís, non è vero?, e Merche scoppiò a ridere. Viva l'Europa!, e Sílvia mosse le braccia come se ballasse la morte del cigno. Siete delle snob!, sentenziò Dolors, gli occhi scintillanti, ah, mi gira tutto, esclamò Merche, sei proprio una schiappa, disse Dolors. La bottiglia di xères era già a metà, Teresa, Merche e Dolors preferivano lo xères, Sílvia il cognac. Guardate, faccio i gargarismi, urlò Sílvia, e non ti brucia la gola?, chiese Teresa, mi piace il cognac, Sílvia biascicava, un liquore per l'uomo vero, lo dice pure la televisione, ricordò Dolors. Il liquido nelle bottiglie scendeva sempre più in fretta, le quattro donne avevano le guance accese come la brace, ah, che vampate!, strillò Sílvia, e si sfilò il golfino a collo alto, buona idea, fece Dolors, e si slacciò camicetta e gonna. Rimase in mutande e reggiseno. L'ultima a togliersi i vestiti fu Teresa. Che bellissimo completino che hai, commentò Dolors vedendo le mutandine e il reggiseno in pizzo nero di Sílvia, ti piace? Adoro indossare lingerie elegante. Io no, disse Teresa, tanto è uguale, per quel che mi serve. Perché non facciamo un gioco?, propose Merche. Oh sì, sì, applaudì Teresa. Che ne dite del gioco dei mimi?, propose Merche. Dai, dai, dissero Dolors e Sílvia insieme. Chi mima? Sílvia, fece Dolors. Perché io? Perché sei la padrona di casa... E chi vi ha cucinato i pasticcini, eh? Sei proprio un'insolente, Dolors. Su, non litigate, intervenne Teresa, facciamo la conta e vediamo chi esce. Ambarabaciccicoccò... Tocca a Merche, non vale!, sì, sì, abbiamo fatto la conta, forza! Alla fine Merche uscì dalla stanza. Ci mise un po', ci sta pensando bene... Ehi, non ruminarci troppo, che poi sembri una vacca, urlò Dolors. Mentre lei pensava, le altre bisbigliavano e si sbellicavano dalle risate. Merche tornò e le amiche le si fecero attorno, Merche si inginocchiò a terra, sollevò gli occhi al cielo e unì le mani come in preghiera, un anacoreta!, disse Sílvia, e Merche fece segno di no, un santo, e Merche scosse la testa, una santa?, e Merche fece di sì, quale santa?, e Merche sollevò le spalle e disegnò un cerchio sopra la testa, molto santa, e Merche scrollò la mano, bene, disse Dolors, è una santa, molto santa, una santa che prega, santa Maria Goretti!, la interruppe Teresa però Merche faceva segno di no con la testa, se non è santa Maria Goretti allora è santa Gemma Galgani, e Merche fece ancora di no con la testa, ah, la so, la so, urlò Sílvia battendo le mani, sant'Eulalia, e Merche disse sì, ma come! sant'Eulalia!, commentò Teresa, di cosa ti lamenti?, replicò Merche, era facile... Ora tocca a te, Sílvia, perché hai indovinato. Ce l'ho già pronta, non c'è bisogno che vada di là, sennò intanto mi parlate dietro. Oh, ragazza mia, quanto sei diffidente!, fece Dolors. Sílvia si curvò tutta, come se avesse la gobba. Il gobbo di Notre Dame!, disse Dolors, Sílvia negò con il capo, è una persona con la gobba, no? potrebbe anche essere un cammello..., e Sílvia faceva di no. Allora, una persona con la gobba, chi può essere? Tutte e tre riflettevano, ah! non mi viene in mente nessuno, chi può essere?, diceva Teresa, e Sílvia scoppiava a ridere. Sílvia fingeva di avere i baffi indicando il labbro superiore e mimando tanti peli che spuntavano. Una persona gobba che ha i baffi? Sílvia si parò davanti a Teresa e le diede un paio di ceffoni, ahi, mi hai fatto male! Sílvia alzava gli occhi al cielo e accentuava dei movimenti delle mani, e adesso che fai? Sembra che stia recitando il rosario, disse Merche. Teresa e Dolors insieme, madre Rosario? Sílvia fece di sì con la testa. Avevano finito le due bottiglie, di xères e di cognac, a tutte luccicavano gli occhi, sempre più spalancati. E adesso, propose Dolors, potremmo mimare la volta che volevano bruciare le mani a Sílvia, ve lo ricordate? Merche e Teresa dissero di sì, certo, ma Sílvia strillò, non mi toccate! Tutte e tre le si erano già avvinghiate addosso, Sílvia quasi piangeva, lasciatemi, lasciatemi, però Dolors non ascoltava, la stritolava, Teresa mormorò, potremmo finirla qui, no?... Ma, Dolors fece, in un castigliano imperioso, *io sono madre Asunción e tu la superiora*, andò nella camera da letto di Sílvia e tornò con il copriletto tirato sulla testa, *Sílvia Claret, sei ogni giorno più sporca. Di' a tua madre che se domani non ti lava la divisa, ti bruceremo le mani*, e Sílvia, *no, per favore, no, non lo farò più*, *bene*, diceva Dolors, *allora recita tre Ave Maria alla Santissima Vergine.* Merche impersonava la madre di Sílvia, *di' a madre Asunción che io lavo la divisa quando mi pare e piace*, e Sílvia tornava da Dolors, *mia madre dice che mi laverà la divisa quando le pare e piace, ah sì?* gli occhi di Dolors si fecero lucidi, spalancò una bocca enorme, contratta in una smorfia, *ah, sì, è così? allora ti bruceremo le mani!*, e intanto, in cucina, Merche aveva aperto il forno e fingeva di attizzare il carbone. Teresa e Dolors trascinarono Sílvia, *no, no, mamma, non mi lasciare!*, strillava Sílvia, però le due suore ruggivano più forte, la madre superiora la picchiava sulla bocca, *taci, taci, svergognata!*, e Sílvia, scarmigliata, sudava, piangeva e implorava in catalano, *mamma, papà, venite, non mi lasciate*, *parla in cristiano,* diceva madre Asunción, *cattiva, bambina cattiva!* A Sílvia si erano rotte le spalline del reggiseno e le era uscito un seno, *svergognata, impudica!* Merche, dalla cucina, gridava, *fate venire il diavolo, fatelo venire!* La madre superiora si tappava gli occhi, *Ave Maria Purissima! Nuda! Questo è un peccato mortale! Andrai all'inferno!*, ruggiva madre Asunción, il living room rimbombava per tutto quel chiasso e, man mano che trascinavano Sílvia, i dadi foderati di velluto schizzavano da una parte all'altra. La madre superiora fece cadere con il piede un posacenere di ceramica, rompendolo, e Sílvia si aggrappò alle tende che separavano il soggiorno dalla sala da pranzo strappandone l'orlo. Alla fine entrarono in cucina. Merche, che impersonava ora madre Sagrario, le aspettava con il fuoco acceso e, nel momento in cui stavano per infilarle le mani nel forno, Dolors si trasformò in madre Socorro, *ma cosa fate alla mia bambina? La lasci, la lasci, madre, non è colpa sua se ha una madre così cattiva. E la nonna, allora?*, disse la superiora, *che la fa andare in giro smanicata? Però lei è un angioletto, vero?*, madre Socorro pettinava con le dita i capelli di Sílvia, la teneva come fosse un neonato, *vieni, vieni, angelo mio*, madre Socorro baciava le labbra di Sílvia e la consolava, le toglieva il reggiseno strappato e le carezzava il seno, e noi?, diceva madre Sagrario, *e se arriva il demonio travestito da uomo, noi cosa faremo?* Merche adesso era il demonio, con le corna e la coda e una smorfia terrificante, da canaglia, sputava a destra e a manca mentre costringeva Teresa a ballare, e intanto parlava, *ballarono e il demonio travestito da uomo le accarezzò la spalla nuda*, e il demonio nel frattempo slacciava la camicetta alla ragazza impudica, *e l'artiglio del diavolo le rimarrà impresso nei secoli dei secoli, amen. Gli uomini, pecorella mia, vanno dominati senza che se ne accorgano*, diceva madre Socorro, Merche baciava il seno a Teresa, *vattene, vattene, diavolo, non mi far peccare!, voglio conservare la mia purezza*, Teresa incrociava le mani sul petto, però il demonio, con tanto di corna e di coda, le si era avventato addosso e la graffiava mentre emetteva ululati spaventosi. La baciava e la mordicchiava su tutto il corpo. In un angolo, Dolors accarezzava Sílvia. D'un tratto Merche si alzò e disse, *bambine, bambine, cosa fate? State peccando!*, e separava con furia Dolors e Sílvia, che lanciavano grida di sorpresa. *Riuniamoci in preghiera per espiare: Vergine Santa, Vergine Pura*, e tutte e quattro, scarmigliate e nude, si inginocchiarono accanto al tavolino in vetro, tra gli avanzi dei pasticcini e le bottiglie a terra. *E per ogni peccato che abbiamo commesso, conficcheremo una spina nel Sacro Cuore di Gesù*. Sílvia si alzò e andò al tavolino da cucito. Prese un cuscinetto a forma di cuore, rosso sangue. Ognuna vi conficcò uno spillo.

Ci misero un bel po' a rendersi conto di cosa era successo. Si erano sdraiate sui dadi foderati di velluto, perse tra le brume dell'alcol. La prima a tirarsi su fu Merche, barcollante. Si vestì e andò in bagno. Vi rimase un quarto d'ora e non si sentiva un rumore. Alla fine, in sala da pranzo arrivò lo scroscio della cassetta del water che si svuotava e il fiotto di un rubinetto. Se ne andò senza salutare. Intanto si erano alzate Teresa e Dolors, che si reggevano l'una all'altra. Si chiusero nel bagno di servizio, si aiutarono ad allacciarsi il reggiseno e si vestirono. Si lavarono la faccia e uscirono. Rivolsero un flebile saluto a Sílvia e se ne andarono, reggendosi alla parete dell'anticamera. Rimasta sola nella casa vuota, Sílvia si ricordò che doveva cambiarsi per la cena al Club del Tennis. Andò in bagno e aprì la doccia. Lasciò che l'acqua, bella calda, le scivolasse addosso, il fumo del vapore saliva e quasi la scottava. Si strofinò il corpo con la spugna, le sembrò troppo soffice e prese la pietra pomice. Si insaponò dappertutto e poi si strofinò con la pietra pomice. Si sfregò con una tale forza che il corpo le rimase di un rosso acceso. Così, pulita per bene, si disse.

Natàlia e Màrius lasciarono la festa che non era ancora finita. Il marito di Rosalia riabbassò la saracinesca dietro di loro, e continuarono a sentire il baccano dentro il bar ancora per un pezzo. Fuori aveva piovuto, le strade erano bagnate, i balconi sgocciolavano e i tronchi degli alberi erano scuri per la pioggia recente. Natàlia e Màrius camminarono per un tratto fino alla fermata dell'autobus, Màrius con le mani in tasca e le spalle un po' curve. Natàlia indossava un completo di velluto, giacca e pantaloni, e incrociava le braccia sotto il petto, la borsa a tracolla oscillava avanti e indietro, allo stesso ritmo del suo passo. Come ti è sembrato il matrimonio di Encarna?, chiese Natàlia, ma Màrius non rispose, solo un abbozzo di sorriso sul suo viso bruno e le labbra color fragola. Camminarono ancora un bel po' senza dirsi niente, e Natàlia ricordò i lunghi silenzi di Jimmy durante le loro passeggiate lungo l'Avon, all'alba, mentre le scarpe si impregnavano di rugiada e i volti del gelo dei primi chiarori. L'autobus non tardò ad arrivare e, durante il tragitto, Màrius non rivolse la parola a Natàlia, si limitava a sorridere se lei diceva qualcosa. Perché non mi porti da qualche parte?, disse lei alla fine. Dove vuoi andare? Non lo so... portami a sentire della musica. Màrius non rispose, ma quando scesero dall'autobus Natàlia lo seguì. Andiamo di qui, fece lui, e Natàlia dietro. Scesero le scale della metro e Màrius niente, schivo, entrarono nell'ultimo vagone, che era quasi vuoto a quell'ora tarda di sabato notte, e uscirono a plaça de l'Àngel. Si addentrarono in carrer de la Princesa, bagnato e buio, e poi carrer de Montcada, il museo Picasso non è da queste parti?, Màrius disse di sì, carrer de Montcada era stretto, cupo tra i palazzi signorili che custodivano il silenzio di secoli. La patina della storia e la vita di ogni giorno avevano ricoperto i palazzi di una umidità verdastra. Un gatto nero sgusciò via in uno dei portoni. Girarono attorno a Santa Maria, si sentiva solo il rumore delle gocce che cadevano dai balconi e qualche passo lontano che risuonava nel silenzio della strada. Passarono davanti a uno spiazzo, una sorta di slargo dove parcheggiavano le macchine, «nel fossato dei gelsi non vengon sepolti i traditori...» disse Natàlia. Che dici?, fece Màrius, niente, recitavo un verso che mi leggeva tuo nonno. Sai chi è Pitarra?, Màrius rispose di no. Natàlia pensò che il quartiere di Santa Maria non era cambiato, lampioni di luce smorta, muri umidi, odore di chiuso, silenzio e il ticchettio attutito di passi, l'ombra della chiesa che si rifletteva come un fantasma in agguato, balconi serrati con qualche geranio avvizzito, panni stesi in carrer de Sombrerers. Di tanto in tanto, una parete diroccata lasciava intravedere pitture scrostate o la sagoma di una scala disegnata sul muro divisorio. È un quartiere decrepito e teatrale, sembra che le case siano quinte pronte per essere spostate in un altro scenario, pensò Natàlia. Passarono davanti alla chiesa ed entrarono in una strada che si immetteva in carrer de Montcada, perché stiamo facendo questo giro?, domandò Natàlia, perché è un rituale, rispose Màrius, in questo quartiere sento un vuoto allo stomaco, come se fossi vissuto qui in un'altra epoca. Natàlia rise, chi lo sa, forse in una delle tue reincarnazioni... Màrius la guardò con gli occhi di Judit, non ridere, sono sicuro che io tanti anni fa ho vissuto in questa zona della città. Mio padre, disse Natàlia, mi raccontava che i genitori di sua madre, ossia i tuoi trisnonni, avevano vissuto tutta la vita in questo quartiere... Vedi?, fece Màrius trionfante. A metà della via c'era un ingresso con una grandissima insegna che, con caratteri modernisti, annunciava la presenza di antichi magazzini tessili. Siamo nel cuore della Barcellona dei nostri antenati, spiegò Natàlia, quelli che pensavano di fare una grande Barcellona, una città importante! Risero. Il vestibolo degli antichi magazzini era adesso una sala enorme, invasa dalle correnti d'aria e con le pareti scrostate, separata da un'altra sala da spesse tende di velluto. Il soffitto era di legno intarsiato, come anche gli stucchi e le modanature a ogni angolo. Un paravento divideva l'ampio vestibolo in due parti, una delle quali era piena di specchi modernisti con cornici decorate e dorate. Le piastrelle del pavimento riproducevano un disegno a forma di ghirlande floreali, ormai scolorito dal tempo e dai passi di tutti gli avventori. Dall'altra parte delle tende di velluto, color rosso Inghilterra, i tavoloni degli ex magazzini di filati erano adesso il bancone di un bar. Si sentivano le note di una chitarra, e Natàlia e Màrius entrarono. Accanto ai banconi, un tramezzo in radica indicava il vecchio ufficio del magazzino. Ora veniva utilizzato come deposito per le bottiglie vuote. Natàlia disse a Màrius, i nostri nonni dovevano possedere un magazzino simile... La sala era piena di tavolini da bar circondati da poltrone di seconda mano, di pelle sintetica e plastica rigata. C'era parecchia gente, quasi tutti ragazzi e ragazze molto giovani che saturavano il locale di nebbie di fumo e ascoltavano in silenzio mentre il ragazzo sul palco attaccava alla chitarra i primi accordi. I ragazzi e le ragazze, "e qualche vecchia come me", erano vestiti di colori sgargianti, gonne lunghe, stivali in pelle scamosciata, fazzoletti vistosi, blue jeans senza orlo e con il sedere liso, panciotti di antichi abiti da uomo... I trisnipoti del signor Esteve, pensò Natàlia, e non sapranno nemmeno chi era Rusiñol... Natàlia contemplava la scena esattamente come aveva contemplato la gioventù inglese che sbocciava: dall'esterno. Aveva spesso provato la sensazione di essere arrivata tardi a tutto, e le accadde di nuovo entrando in quella sala. Sergio, quando le aveva proposto di partire insieme per il Sudamerica e di unirsi alla guerriglia e lei si era rifiutata, le aveva detto: osservi tutto come se fosse uno spettacolo. Era per questo che si era appassionata alla fotografia? A volte Natàlia si considerava nient'altro che una civetta della storia, tutto ti passa davanti e tu ti limiti a guardare, le aveva detto Sergio. Lei ambiva solo ad afferrare al volo l'immagine precisa, a fermare il tempo che trascorreva ineluttabile. Forse è questa la ragione per cui voglio scattare fotografie, si diceva, perché è un modo di violare il tempo e non permettere che sia lui a violare te. Sempre spettatrice, in quella sala piena di ragazzi e ragazze appariscenti provava la stessa sensazione di distacco che aveva avvertito davanti alla prigione Model di Barcellona, quando si mescolava alle gitane che portavano pacchi ai prigionieri. Sul palco c'era un ragazzo pallido e gracile d'aspetto, i capelli neri e lucidi come le piume di un corvo. Suonava bene la chitarra, accarezzandola, come se fosse una donna e lui stesse facendo l'amore con lei. Natàlia e Màrius si sedettero in un angolo buio, a un tavolino con un paralume rosso di tessuto plissettato su una base di legno; Natàlia pensò che il ragazzo che suonava la chitarra sembrava irreale, con quelle mani esangui e belle, l'incarnato talmente pallido che gli si vedevano le vene azzurrine sotto il collo. È un grande musicista, disse Màrius, si chiama Toti Soler. Natàlia ordinò al cameriere, che si era avvicinato, una vodka con succo d'arancia, e Màrius un bicchiere di vino. Màrius chiuse gli occhi e seguiva la musica con il capo mentre tamburellava sulla gamba. Natàlia guardò le labbra color fragola di Màrius e i capelli arruffati e lucidi come giaietto. È bello..., pensò. Màrius si accorse che Natàlia lo guardava e appoggiò la guancia destra sul palmo della mano, proprio dove aveva il foruncolo con il pus che si era schiacciato e gli aveva lasciato una brutta macchia. Natàlia gli offrì una sigaretta, vuoi?, e Màrius disse di no.

Si avvicinò un ragazzo biondo con i capelli tagliati a caschetto, da paggio, dei blue jeans scoloriti con la candeggina e un cappotto da pastore turco foderato di pelle di capra. Con lui c'era una ragazza giovanissima, con occhi grandi e capelli ricci. La ragazza portava degli orecchini molto lunghi, fatti di fil di ferro e palline colorate. Hai il fumo?, chiesero, e Màrius disse di no. Si sedettero vicino a Màrius e a Natàlia. La ragazza con gli orecchini lunghi era molto giovane, poteva avere diciassette anni, Natàlia notò che portava le sopracciglia non depilate. Il ragazzo biondo che sembrava un paggio chiacchierava con Màrius a bassa voce. Prima bisbigliarono alcune frasi isolate, poi si infervorarono. Il ragazzo che suonava la chitarra apriva la bocca e mostrava i denti. Quando suona sembra un vampiro, disse la ragazza con gli orecchini lunghi a Natàlia, ma è un genio.

Il ragazzo che portava i capelli a paggetto disse a Màrius, perché non vieni a casa?, Màrius guardò Natàlia, chi è?, mia zia. Credevo fosse Roser Roura, disse il ragazzo coi capelli da paggio, oh, no, fece Màrius, sono molto diverse. Mia zia è vecchia. Più vecchia di Roser Roura? No, intendo dire che è vecchia perché sembra decadente, si è lamentata che le ho fatto fare un giro attorno a Santa Maria del Mar prima di venire qui. E pensare che a te questo quartiere ti fa dare di matto, fece il ragazzo coi capelli da paggio. Mio padre, spiegò Màrius, dice che mia zia è scappata di casa tanti anni fa perché è un'idealista, dice che in realtà ha fallito in tutto, che non sa cosa vuole. È una cosa buona, no?, tua zia non mi sembra come le nostre madri... Sì, disse Màrius, però se conoscessi Roser Roura diresti che mia zia è ordinaria. Roser Roura è diversa, è giovane, anche se ha quarant'anni. Ha deciso di vivere, capisce il nostro linguaggio e le piace. Mia zia vive in un'altra galassia, be', a me non sembra, rifletté il ragazzo coi capelli da paggio mentre fissava Natàlia, è vestita come noi, ha un aspetto gradevole, sembra generosa... Roser Roura fa l'amore in modo meraviglioso, ha la schiena morbida come la seta, quando è a letto si curva come un quarto di luna, mi si offre tutta...

Quando contemplo il tuo corpo disteso
come un fiume che non cessa mai di passare...

recitò il ragazzo dai capelli a paggetto. Lo dice già Aleixandre: amore o distruzione. E Novalis, aggiunse Màrius, "toccare il cielo, porre un dito sopra un corpo umano...". È una donna coraggiosa, Roser Roura, disse Màrius. Ti sei innamorato?, domandò il ragazzo coi capelli da paggio, non lo so, rispose Màrius, però non mi stancherei mai di scopare con lei. Un giorno ha deciso che si era stufata del marito, e adesso vive e non si chiede perché. Mia zia, invece, giudica ogni cosa... Si voltarono a osservarla. Natàlia parlava con la ragazza dagli orecchini lunghi, che si chiamava Lola. Lola le aveva già raccontato metà della sua vita, era una ragazza loquace e allegra. Guardarono i ragazzi, è sfortunato, Màrius, commentò Lola, credo che non abbia mai fatto sesso con nessuna donna. È come un fratello maggiore, sai?, il fratello buono.

Il ragazzo dai capelli a paggetto li portò a casa sua, in carrer dels Flassaders. Era un appartamento grande, con cornici e modanature sul soffitto bianco, senza mobili. In una stanza in cui si intrufolava l'aria della strada c'erano una stufa a butano e uno stuoino sul pavimento. In un angolo, un saccone con sopra una coperta marocchina. Alle pareti erano appesi con quattro puntine da disegno dei poster di Jimi Hendrix e di Janis Joplin, sono i miei morti, disse il ragazzo coi capelli da paggio, guardandoli con malinconia. Sono convinta che li hanno uccisi, disse Lola a Natàlia, avevano troppa vita dentro, e i decadenti non riuscivano a sopportarlo. Màrius si sdraiò sul saccone e mise un disco di Zappa, poco tempo fa, disse il ragazzo coi capelli da paggio, Zappa ha fatto la cacca sul palco, tutti sorrisero, zitti, continuò, non ho ancora finito: a quanto pare, aveva sfidato il pubblico per vedere se c'era qualcuno capace di fare una cosa più pazza di lui. Un tizio si è alzato e ha detto che lui era capace di cagare sul palco. Anch'io, ha detto Zappa. E allora perché non lo fai?, ha chiesto l'altro. Io farò la cacca sul palco e dopo me la mangerò... E si è mangiato la cacca. Non ci credo, disse Lola. Be', se non ci credi, peggio per te, ribatté il ragazzo coi capelli da paggio, che si chiamava Antoni. Se l'ha fatto davvero, complimenti, il pubblico dev'essere rimasto a bocca aperta, commentò Lola. Però se cinquantamila persone si mettono a cagare sul palco, finisce che il gesto non ha più senso, disse Màrius dal saccone. Lola si rivolse a Natàlia, tu vivi con Màrius? No, sono appena tornata dall'Inghilterra e sto da una prozia di Màrius. Lola guardò davanti a sé, Inghilterra, disse, il paese della musica e della libertà... Mi piacerebbe tanto andarci! E perché non ci vai? Non posso, disse la ragazza, mio padre non mi darà mai il permesso per farmi il passaporto. Natàlia scrutò da vicino Lola e si rese conto che era più bambina di quanto le fosse sembrato nel bar, e che aveva un volto pallidissimo con occhi grandi e infossati. Il pallore rendeva i suoi occhi più profondi, come se soffrisse di qualche malattia. Era un viso dai lineamenti appena abbozzati, poco raffinati, come se Lola non fosse consapevole di poter diventare una donna molto bella. Antoni poggiò una bottiglia di cognac al centro e distribuì bicchieri di carta. Mi dispiace, disse, ho solo cognac sfuso. Lola disse a Natàlia, vero che è un decadente? E il fumo?, chiese Antoni. Màrius lanciò un'occhiata veloce a Natàlia e disse, dopo, in caso... Zappa suonava la chitarra come un ululato di morte. Nella stanza la musica si gonfiava e sgonfiava, l'aria penetrava attraverso le imposte sgangherate e tutti, tranne Màrius, si avvicinarono alla stufa. C'era poca luce e la fiamma rossastra del butano illuminava i volti sprofondati nella penombra. L'odore del gas, un odore denso e pesante, aveva invaso il locale. Lola raccontava a Natàlia, per mio padre la famiglia è sacra, sai? Hanno le loro menate, lo capisco. Mia madre fa le pulizie e mio padre lavora in fabbrica, alla Maquinista.

Il giorno che a scuola hanno preso dei provvedimenti disciplinari nei miei confronti mio padre piangeva, e così abbiamo saputo che pure a lui era accaduto tanti anni prima, in fabbrica. Aveva una tale paura che ha smesso di fare politica, e mia madre non ne sapeva niente... Màrius disse, la stai già facendo lunga, Lola, quindi smettila con le tue storie. Sta' zitto, replicò lei. Antoni, che continuava a versarsi cognac, domandò, volete i Rolling o i Blood, Sweat and Tears? I Rolling, fece Màrius. E Lola, e mia madre mi ha fatto il braccio viola a furia di stringermelo, perché non sopportava che mio padre piangesse... Credevo che venissi da una famiglia benestante, disse Natàlia. Oh, no, qui di buona famiglia c'è solo Màrius. Il padre di Antoni lavora al porto, Lola cambiò argomento, oh, come mi piacciono i Rolling, non sono super? Lola seguiva il ritmo con la testa e il corpo, i miei sono brave persone... però non mi lasciavano uscire quando volevo e non ho avuto altra scelta che scappare di casa. Sono stata via quattro mesi. E la polizia non ti ha cercato?, chiese Natàlia. Una settimana, rispose Lola, poi hanno lasciato perdere. Ormai ci sono sempre più ragazze che se ne vanno di casa. Mio padre mi ha detto: ti metto in un riformatorio. E sai che farò?, disse d'un tratto Lola. Chiederò ad Antoni di sposarmi, così sarò libera. Ora batteva le mani mentre i Rolling suonavano le ultime note della chitarra elettrica. Avevano messo la musica a un volume così alto che Natàlia riusciva a malapena a sentire Lola. Sentiva la testa pesante come il piombo, frastornata per il cognac e la sangria che aveva bevuto al matrimonio di Encarna. La musica si fermò e si sentì la sirena di una nave che usciva dal porto. Lola continuava, sai qual è la cosa che più mi piacerebbe al mondo? Natàlia disse che non lo sapeva. Avere un figlio. Ne vorrei sette... Natàlia contemplò il volto di Màrius, immerso nella penombra, e le sembrò triste. Le labbra color fragola erano serrate, e lo sguardo lontano, dove vagherà?, si chiese. Vuoi che andiamo?, domandò Natàlia a Màrius.

Come vuoi... Oh, che peccato, strillò Lola. Non volete una canna?, disse Antoni. Màrius rispose di no, non voleva. Rimasero ancora per un bel po', non si dicevano niente, bevevano cognac e ascoltavano i gemiti dei Blood, Sweat and Tears. Di colpo Natàlia divenne di buonumore e disse a Lola, è buffo, tu vuoi avere figli e noi facevamo di tutto per non averne... Lola guardò Natàlia, oh, è che voi siete la generazione della pillola... Secondo me, non c'è niente di più meraviglioso di avere un figlio, prendersene cura e amarlo tantissimo. Io non aspiro ad altro, voglio essere madre. Antoni e io abbiamo già deciso che avremo un figlio, sai? Adesso sono tornata dai miei, perché erano talmente tristi che mi dispiaceva lasciarli soli. Ma non immagini quanto ero felice quando vivevo con Antoni! Lui faceva i turni al porto e io mi alzavo all'una, andavo a fare la spesa, cucinavo, lui tornava e pranzavamo insieme. Poi, fino a sera, ascoltavamo la musica abbracciati. Eravamo come un'isola... Natàlia si ricordò di Jimmy, di quando tornava arrabbiato dall'università, i nostri studenti hanno tutto, diceva, e non gli importa niente di niente. Secondo Jimmy, i giovani formavano una società all'interno dell'altra società, quella grande, il pesce grande ingoia il pesce piccolo, e il pesce piccolo nemmeno se ne accorge... Màrius si drizzò di scatto e disse che se ne andava, dai, perché?, chiese Lola, perché non ho voglia di stare a sentire tutte queste cavolate. A Lola scintillavano gli occhi, cosa ho detto?, domandò desolata. Antoni fece a Lola, lascialo perdere, non ha voglia di stare con gli altri... Mentre scendevano le scale Natàlia sentì Antoni chiedere a Lola, rimani? Lola disse di sì.

Si lasciarono alle spalle carrer dels Flassaders e fecero di nuovo il giro attorno a Santa Maria del Mar, Natàlia pensò che anche i giovani amavano le strade di Barcellona, le antiche viuzze dove lei si rifugiava con Emilio, quando si cercavano con una disperazione furtiva... Iniziava ad albeggiare, nel cielo comparivano filacci grigi e bianchi, mentre dal lato del mare si allungava una frangia arancione. I balconi non sgocciolavano più e la città si svegliava lentamente. Màrius camminava in fretta, Natàlia faceva fatica a stargli dietro. Alla fine si sedettero su una panchina di pla del Palau. Persone con pacchi avvolti in carta da giornale aspettavano l'autobus. Le ultime ombre della notte venivano ghermite dai primi chiarori dell'alba. I lampioni accesi facevano una luce smorta. Passavano camion carichi di cassette di frutta e di verdura. Màrius aveva le guance accese e fissava l'infinito con gli occhi lucidi. È come mamma, pensò Natàlia. D'un tratto Màrius scoppiò a piangere. Che hai? Perché piangi?, gli chiese. Màrius voltò la faccia, lasciami stare, disse, mentre una lacrima gli scivolava lungo la guancia. Natàlia non sapeva cosa fare. Se vuoi, me ne vado... Màrius non rispose. Natàlia si alzò e fece per andarsene. No, non te ne andare, rimani... disse Màrius. Restarono a lungo in silenzio. Alla fine, Màrius si alzò e si incamminò in direzione della Rambla. Sono tornata con l'intenzione di capire, si diceva Natàlia, però non è che ci sto capendo troppo... Le ombre si ritiravano alle spalle di Montjuïc, l'aria era limpida. I rumori delle prime luci dell'alba sono diversi da quelli del crepuscolo, rifletté Natàlia, sono più puri. Màrius aveva gli occhi luminosi, "come gli occhi color smeraldo". Quando attraversarono via Laietana, Màrius disse, una volta che avevo mescolato l'olio con il tabacco, l'olio?, fece Natàlia, sì, l'olio che esce dalla resina dell'hashish, be', una volta che ero fumato credevo che la via Laietana fosse un tunnel, o meglio, un tubo lunghissimo, un tubo che non finiva mai, io scivolavo e mi raggomitolavo per non cadere, e vedevo che eravamo negli anni Quaranta, e siccome ero raggomitolato vedevo le caviglie delle donne, caviglie con calze chiare, caviglie rosate... Perché non hai voluto fumare a casa di Antoni?, chiese Natàlia. Perché non sapevo cosa avresti pensato... Senti un po', che idea ti sei fatto di me? Non lo so, mi disorienti. Hai la stessa età di mia madre... Mia madre si lamenta in continuazione, parla come i romanzi della radio. Mio padre è un cinico. Màrius tacque un istante. Presto me ne andrò, riprese, farò come te, me ne andrò lontano, non mi piace questa città. È come se sprofondasse lentamente... Natàlia disse, anch'io credevo che questa città sprofondasse, ma mentre ero via ho capito che la città ce la portiamo dentro. Màrius non disse nulla. D'un tratto le chiese, con una voce più normale, chi era Julian Grimau? Perché me lo chiedi? Perché a scuola hanno distribuito volantini per la vicenda di Puig Antich e parlavano di un tipo che si chiamava Grimau. Natàlia pensò, quante cose, in questi anni! Grimau era un dirigente comunista ucciso dal governo l'anno dopo che me ne sono andata, in primavera. Tu quando te ne sei andata, l'anno della nevicata a Barcellona?, chiese Màrius. Sì, l'anno della nevicata a Barcellona. E l'anno delle alluvioni, aggiunse. Vuoi sapere una cosa?, fece Màrius, a me questo paese fa schifo. Anche a me faceva schifo, disse Natàlia, e sono tornata. Io non sarei tornato... Il fatto è che un bel giorno ho capito, spiegò Natàlia, che non mi faceva schifo questo paese, mi faceva schifo chi mi stava attorno, e provavo schifo anche per me stessa. E sai perché? Perché, in fin dei conti, avevo paura che arrivasse il tempo delle ciliegie. E per desiderare il tempo delle ciliegie bisogna aver fede che un giorno arriverà. Cos'è il tempo delle ciliegie? Natàlia glielo spiegò. Chiacchierarono a lungo, mentre i rumori della città acquistavano consistenza e le brume della notte si dileguavano. Màrius ora parlava senza più freni, come se si conoscessero da sempre. Ho provato un terribile schifo, disse Màrius, quando hanno ucciso Puig Antich. Lo stesso schifo che ho provato per quello che è successo a nonno. Natàlia si fermò, perché, che cosa è successo a nonno? Non ti hanno detto niente i miei genitori? No... Nonno è al manicomio, papà ce l'ha rinchiuso l'anno scorso.

Natàlia e Màrius camminarono ancora fino a raggiungere la Rambla. A quell'ora, la Rambla aveva un colore lattiginoso, e la gente vi passeggiava quasi sognante. Uomini e donne sonnecchiavano sulle sedie in fila, e uno spazzino raccoglieva l'immondizia della notte. Si sedettero su una sedia, umida per la rugiada e per il freddo dell'alba, e rimasero lì una mezz'ora in silenzio. E così papà è in manicomio..., ma i pensieri di Natàlia erano avvolti nella nebbia, e la pioggia non arrivava a scacciarla...

... Màrius ce l'ha in testa da quando ha conosciuto i poeti del *Manifiesto*, e sa che una cosa non c'entra niente con l'altra, eppure non ignora che se lo venissero a sapere riderebbero tutti di lui, soprattutto Lola... Màrius voleva fare l'amore, era stanco di toccarsi ogni notte, sdraiato a pancia in giù, sfregandosi contro le lenzuola, lo faceva con lo stesso compiacimento di quando era piccolo e si toglieva le caccole dal naso e sua madre gli diceva, ah, che maialino, non hai il fazzoletto?, sua madre gli dava uno scapaccione, e poi gli baciava la nuca, proprio nel punto in cui l'aveva picchiato. Sílvia Claret faceva sempre così: prima lo schiaffeggiava e dopo baciava più volte dove l'aveva picchiato, perché non gli rimanessero segni... Quando entrò a far parte del gruppo del *Manifiesto*, per primo conobbe Hidalgo, alto, magro, dallo sguardo ironico e gli occhi inquisitori, glaciali, che aveva sempre una risposta plausibile a tutto, così acuto, così colto, che sapeva a memoria i versi di Rimbaud... Hidalgo avrebbe riso di lui, non mi dire che sei ancora vergine, ragazzino. Già sapeva cosa avrebbe fatto Hidalgo: avrebbe finito per leggergli o recitargli Baudelaire, e gli avrebbe parlato di Artaud e della distruzione dell'io, tu non sei tu, tu non hai individualità, avrebbe detto... Ma Hidalgo se ne sarebbe andato con Roser Roura, e i due avrebbero riso mentre scomparivano lungo la spiaggia...

... provava un'immensa vergogna, come una pesante lastra che lo accompagnava giorno e notte, sempre in solitario, un malessere che lo lacerava, che non gli dava mai pace e non lasciava riposare, nemmeno quando ascoltava Jimi Hendrix, amico mio, perché sei morto? Il nero che trionfa tra i bianchi e i neri non ci credono, come può un nero trionfare tra i bianchi se tu non sei bianco, se tu sei nero? Quanto lo capiva, Jimi Hendrix, che non era felice da nessuna parte, né con i neri né con i bianchi... Neppure lui era felice, né con gli amici del bar a Santa Maria del Mar, il vecchio magazzino tessile, né con quelli del *Manifiesto*, né a casa, né a scuola. Per questo gli piaceva tanto andare in moto, fare trial e perdersi per i boschi oscuri, sottomettere la montagna tra salti e corse, mentre i rami degli alberi si scostano per farti passare, era stato tre giorni tra i dirupi del Gorg Negre, vicino al casolare del nonno, e aveva visto come correvano i campioni del mondo, le moto ronzavano, uno scoppio secco all'inizio e poi vroom, il suono protratto di un motore che borbotta incessante, lui avrebbe voluto una Suzuki 65 cavalli, e spaventare i rami e calpestare gli aghi di pino, mentre l'aria ti svuota il cervello, scendi giù dalla collina, guadi un torrente che ti sbarra il passaggio, risali il pendio, giri senza sosta nella boscaglia e volteggi tra i campi. Un cavaliere dei nostri tempi... Quando andava in moto credeva di sì, che era felice, e che sarebbe stato capace di amare, gli alberi l'abbracciavano brandendo i loro rami e gli dicevano, continua, continua, quasi fosse sul punto di volare. Volare...

Natàlia e Màrius si congedarono all'altezza della fontana di Canaletes. Si fissarono un attimo e Natàlia baciò Màrius come da tempo non baciava nessuno. Màrius la contemplò a lungo, mentre lei si perdeva in direzione di Portal de l'Àngel. Màrius sentì pigolare gli uccelli sui platani, appollaiati sui rami che mostravano i primi germogli. Arriva la primavera, pensò. E si mise a correre lungo carrer de Pelai in direzione della Gran Via. Finì in una pozzanghera e saltò gli arcobaleni che la benzina disegna dopo la pioggia. Felice.

Verso plaça d'Urquinaona uno spazzino gridò a Natàlia in castigliano, ragazzina, che ci fai a quest'ora sola soletta per strada? Natàlia sorrise, c'era ancora qualcuno che le dava della ragazzina. Entrò in casa senza fare rumore, non voleva svegliare Patrícia. Andò in bagno e, dopo essere andata di corpo, si guardò allo specchio. Mosse le labbra perché si sentiva la bocca secca, delle ombre nere le circondavano gli occhi, aveva il viso bianchiccio, come di una malata. Si spogliò davanti allo specchio e cominciò ad accarezzarsi il sesso. Presto la lingua le inumidì le labbra e la pelle attorno alla bocca, gli occhi le brillarono. Il piacere durò per un istante brevissimo. Raccolse i vestiti che aveva buttato a terra e andò a dormire. Chiuse il gas, come le aveva raccomandato Patrícia il primo giorno. Da una cucina che si affacciava sul cortile interno arrivavano i primi rumori. La luce argentata del mattino tingeva la stanza di una sfumatura grigiastra. "Lunedì vedo Lluís, voglio sapere cosa è successo a papà." Mentre chiudeva gli occhi e si addormentava, vide una serie di immagini bianche che avanzavano verso di lei a zigzag. Poi comparve il ragno, che la avvolse con le sue mille zampe pelose nel regno del sonno.

Parte sesta

SOLTANTO SOGNI

Non trovi alcun riposo
di ombre, di casa tua.
Soltanto sogni, nel fondo
dei miei occhi.

SALVADOR ESPRIU, *Prima storia di Esther*

... ogni mattino guardava le calze di seta. Erano calze chiare, quasi trasparenti, che sulla sua pelle assumevano un tono mandarino. Si svegliava, apriva gli occhi alle prime luci dell'alba e non cercava il Vangelo, come aveva fatto prima. Né cercava la radio, come aveva fatto dopo. Cercava le calze. Le calze erano sullo schienale della poltrona, le punte rivolte verso il basso, una accanto all'altra, arrese, in una posa languida, quasi non avessero più forze. Prima voleva quelle calze che arrivavano fino alla vita e aderiscono ai piedi, aderiscono alle caviglie, aderiscono alle gambe, aderiscono alle ginocchia, aderiscono alle cosce, aderiscono alle anche, aderiscono alle natiche, aderiscono al basso ventre. Ma poi pensò che magari era sporco indossare calze che non respiravano da nessuna parte. Calze senza uscita, chiuse, rivolte all'interno. E comprò un paio di calze, due calze distinte. Le avrebbe tenute su con il reggicalze, niente giarrettiere, che stringono sulle cosce. Per una settimana tergiversò sul colore delle calze. Color mela? Color fiore d'arancio? Color cielo piovoso? Color notte? Color nube plumbea? Color favilla di stelle? Tirava fuori ogni calza dal sacchetto di plastica, metteva da parte il cartoncino con molta cura, infilava la mano e apriva le dita, a forma di ventaglio, di palma sollevata da un uragano, di stella di mare, perché la seta rimanesse ben tesa. Esaminava a lungo l'effetto di ognuna. Soppesava i pro e i contro. Color mela, eccessivo. Color fiore d'arancio, colore di cardinale. Color cielo piovoso, un po' mesto. Color notte, colore dei morti. Colore nube plumbea, un po' livido. Colore favilla di stelle, artificiale. Color ambra, colore pretenzioso. Le accarezzava con entrambe le mani, per sentirle. Prima si toglieva i guanti e chiedeva alla commessa della merceria di mostrargli il color grigio perla. Non voleva una cosa esagerata, voleva delle calze discrete. Calze di seta sottile. Alla fine si decise per il color mandarino, tra il rosato e l'arancione, primizia di mandarino.

Le provò quella notte stessa. Si svestì lentamente. Prima i pantaloni, quindi la camicia, la canottiera. Si mise davanti all'armadio di mogano, l'armadio delle bambole di Judit, che Dio la perdoni. Si piazzò di fronte allo specchio, dunque, ma prima spense i lumini e scostò l'immagine della Madonna Addolorata, che lo fissava con le sue guance di cera, il volto patetico, gli occhi lamentosi, le mani aperte e il cuore trafitto dai dardi. Iniziò a lisciare le calze, sottilissime, come petali di gemme, ad accarezzarle lentamente, faceva scivolare le dita sulla seta, giù verso le punte. Erano calze da principessa. Gli occhi appena sanguinosi della Madonna Addolorata lo fissavano ancora. La girò di spalle, lo sguardo rivolto verso un angolo della parete. Ma la Vergine non lo lasciava in pace e alla fine, stizzito, la nascose dietro uno dei paraventi nel salotto dei feticci. Sta' buonina qui, le disse, su, fa' la nanna. Nella sala, il manto di giaietto con ricami dorati era un fantasma. Ma almeno lui non vedeva più gli occhi della Vergine.

Prese le calze dall'estremità superiore e le arrotolò fino alla caviglia. Le due mani nel buco, premendo verso l'esterno, rotolino dopo rotolino. Prima una gamba e poi l'altra. Allungava il piede in aria, la punta tirata, come Odile nel *Lago dei cigni* o un'adolescente di Degas. Le dita belle strette, rivolte verso il basso, la pianta inarcata. Che collo del piede elegante, sembrava un arco gotico, da quanto era perfetto. Cominciò a tirare su le calze, prima l'una e poi l'altra, piano, a contatto con la pelle, fino a metà coscia. Non indossava il reggicalze, non aveva avuto il coraggio di comprarlo. Per potersi osservare allo specchio dovette tenerle su con una mano a ogni lato. Aveva la gobba, però le calze erano uno spettacolo magnifico. Poi se le sfilò e le lasciò sullo schienale della poltrona della camera. E adesso ogni notte le accarezza prima di andare a letto. Le accarezza al buio. C'è soltanto la luce pallida del lampione davanti a casa, la luce che si infila tra le stecche delle persiane, tra listello e listello, a disegnare una linea di zebra. Mentre accarezza le calze, vicine alla guancia, immagina che la luce del lampione siano raggi di luna. Ed è allora che sente di non essere solo, e che Judit, la sua Judit, è accanto a lui...

Il lunedì mattina Natàlia telefonò nello studio di Lluís. Ti devo vedere, disse. Subito?, sì, è urgente. Lluís le diede appuntamento in un bar di plaça Núñez de Arce, come no!, era arrivata Natàlia e cominciavano le seccature. Qualcuno avrà fatto la spia, Patrícia? no, lei no, glielo aveva promesso, giurato, che avrebbe lasciato la faccenda del padre nelle mani di Lluís Miralpeix, sono questioni di famiglia, gli aveva detto, io che c'entro? Encarna? no, neppure lei, aveva abbastanza pensieri con il matrimonio, e in più era discreta. Il suo motto era chi ascolta, guarda e tace, così vive in pace, glielo aveva sentito dire fin da quando era piccolo. Forse Sílvia? Sílvia era una linguacciuta e pur di mettergli i bastoni tra le ruote... Non potevano aspettare, per la miseria? Era una questione che riguardava lui. In fin dei conti, si trattava di suo padre, ed era lui che doveva parlare con Natàlia. Avrebbe dovuto scriverle al riguardo. Ma queste cose sono difficili da spiegare in una lettera. Il medico era stato chiaro, tuo padre è affetto da nevrosi cronica, soffre di una depressione irreversibile, demenza senile, per dirla in parole crude, e può diventare violento. Lui si era assicurato che fosse ben assistito, era nel padiglione a pagamento, quello dei pensionanti, con un'infermiera solo per lui. Natàlia risolveva tutto con le "idee": se ne andava nei momenti difficili – non bisognava dimenticarlo, aveva lasciato la grana della madre in mani altrui – e tornava per dargli lezioni di purezza. Lluís finì di disegnare una tavola che dovevano portare in copisteria e lasciò il *sancta sanctorum* per andare a incontrare Natàlia.

Che hai fatto a papà?, sbottò Natàlia appena si sedettero. Lui ordinò un bitter, lei un vermut bianco secco. Che vuoi che gli abbia fatto? Cosa ti hanno detto? Mi hanno detto che l'hai rinchiuso in manicomio, fece Natàlia. Ci fu un silenzio, breve, il cameriere stava servendo le bevande. Quando se ne fu andato, Lluís domandò, chi te l'ha detto? Non ti deve interessare, voglio solo sapere se è vero. Nostro padre non è in manicomio, rispose Lluís mentre versava l'acqua di seltz nel bitter. E allora dov'è?, Natàlia si spazientiva. In apparenza, Lluís manteneva la calma. Papà è in una clinica. Ah, certo, ironizzò Natàlia, adesso i manicomi li chiamano cliniche psichiatriche. Senti, ragazzina, papà era invecchiato e... Natàlia lo interruppe, vuoi farmi il piacere di dirmi dove posso trovare papà? E come mai tutta questa urgenza di saperlo? Ti sei mai presa la briga di scrivergli in questi dodici anni? Dimmi dov'è papà, non mi voglio arrabbiare. Papà è al manicomio di...

... e così papà era al manicomio, al manicomio, al manico, al mani, al ma... Il dizionario dice che il manicomio è un ospedale per i matti, per chi ha idee fisse, ossessioni. La scienza moderna ha fatto passi da gigante, a un punto tale che gli psichiatri e gli antipsichiatri si ingarbugliano, sulla psiche umana. Dove sono finite le teorie del buon vecchio Freud, che aveva scoperto le aree più recondite dell'inconscio? La follia è forse una malattia sociale? una lesione del cervello? una questione genetica?, Natàlia aveva letto alcuni articoli al riguardo in Inghilterra, aveva analizzato l'argomento nella stessa maniera con cui si interessava alla natura umana: da spettatrice. Di colpo, nella sua testa teorie e antiteorie si confusero in un groviglio, acquisirono un'importanza diversa. Adesso la questione era un'altra: dentro quel groviglio c'era suo padre. La parola manicomio, oggigiorno, non significa più niente. Sono finiti i manicomi dell'Ottocento, degli anni di Sade. Ora i matti non sono più incatenati alle sbarre del letto, né vengono messi in vasche da bagno o dentro gabbie. Però suo padre era al manicomio, rinchiuso, non in grado di poter decidere del proprio corpo e della propria intelligenza. La saggezza popolare, così sapiente e crudele, collezionava espressioni e frasi fatte che valevano per qualsiasi età e classe, ma tu da dove sei uscito, da Sant Boi?[13] Sembra che vivi a Sant Boi, tu... Quello là è matto. Pazzo, alienato, anormale, demente, squilibrato, fuori di testa, tonto, folle – se ci si dedica alla letteratura –, matto da legare, picchiatello, svitato, mentecatto, gli manca un venerdì, non ci sta tutto con la testa, ha perso la tramontana, dà i numeri, farnetica, delira, *más loco que una cabra, majareta, he is crazy, isn't he?, il est fou, lunático, chiflado, mochales, he is mad*... roba da matti.

Mi stai ascoltando?, disse Lluís a Natàlia, ma il cervello di lei si era perso chissà dove. Lluís le aveva confermato che il padre era in manicomio e Natàlia non riusciva a pensare ad altro che ai sinonimi di matto. Perché non me l'hai scritto?, disse. So che avresti voluto conoscere i particolari, sapere cosa fosse successo ma, vedi, bisognava agire in fretta. La convivenza era sempre più difficoltosa. Nostro padre, continuò Lluís, era invecchiato. Non era più presente a sé dalla morte di mamma. In un primo momento l'ha pianta moltissimo, per tre mesi è andato ogni giorno al ci-

[13] Sant Boi de Llobregat, nei pressi di Barcellona, dove si trovava un famosissimo manicomio.

mitero. Gli era presa la mania di lasciarci un garofano rosso, un unico garofano. A volte litigava con i fiorai perché gliene proponevano di altri colori, però no, lui lo voleva rosso. Abbiamo pensato che gli facesse bene, che avesse bisogno di lasciarsi andare, di perdere il controllo. Abbiamo pregato Encarna di avere pazienza. Ma passavano i giorni e cominciava ad avere strane ossessioni. Ha smesso di lavorare, anche se, a dirla tutta, ormai lavorava ben poco, soprattutto dopo la vicenda dell'albergo di Lloret. Avevano arrestato sia lui sia Joan Claret, ma Claret è un uomo importante e li hanno rimessi in libertà dopo tre giorni. Come architetto, papà non contava più niente. Aveva tirato su l'albergo in fretta e furia, voleva che fosse pronto per la stagione turistica. Aveva usato materiali scadenti e non si era accorto che nel sotterraneo avevano lasciato materiale infiammabile, pitture, pellicole e un bidone di combustibile. Era colpa di Claret, ovvio, nonché del responsabile del cantiere. Ma papà non si era preoccupato che ci fosse un sistema di ventilazione nel sotterraneo. Come se non bastasse, la porta che conduceva al sotterraneo era stata montata al contrario. A chi verrebbe in mente una cosa del genere? Ma lasciamo stare. Il punto è che l'albergo è andato a fuoco e sono morte cinque persone che ci lavoravano, carbonizzate. Una di loro – questo l'abbiamo saputo dopo – era un omosessuale, e i colleghi lo costringevano a dormire da solo, in un locale che dava sulla cantina, puoi immaginare in quali condizioni l'hanno trovato. Di tutto questo, ovviamente, non era responsabile solo papà. E infatti l'hanno rilasciato subito. La vicenda l'ha devastato, però. Erano morte cinque persone e lui si sentiva colpevole. Lo sai, l'hanno ucciso i sentimenti. Non è riuscito a superare la cosa, come Claret, che invece ha continuato a costruire hotel a Lloret e a Tossa, come se non fosse successo niente... Claret sì che è un uomo furbo, non affonda mai con la nave. Se almeno, mi diceva papà, lo potessi spiegare a tua madre. Per papà era un conforto sedersi in veranda, accanto a mamma, e carezzarle la mano. Quando lei è morta, è crollato. Ci siamo accorti subito che aveva delle strane manie. Si chiudeva in camera e lo sentivamo parlare da solo. Non ci voleva aprire. Se si decideva a uscire, ci rivolgeva una specie di sorrisetto ambiguo e misterioso, senza quasi guardarci...

Una volta, proseguì Lluís, l'hanno mandato via dal Cafè de l'Òpera perché aveva dato un bacio a una ragazzina di quattordici anni. Pensa che vergogna. Non voleva che Encarna gli pulisse la camera. Lei ci telefonava ogni giorno, molto agitata. Era arrivata ad avere paura di papà. Ora lo capisco: non è piacevole avere un matto in casa. Noi le dicevamo di portare pazienza, che quelle erano soltanto le stramberie di un vecchio. Un giorno papà è uscito dalla sua stanza e si è chiuso in bagno per un bel po'. Encarna ne ha approfittato per entrare: sul letto, dal lato dove dormiva mamma, c'era una bambola. Una bambola?, chiese Natàlia. Sì, una bambola di porcellana che non aveva occhi né mani. Era una bambola piuttosto grande, che mamma aveva conservato fino alla fine, la teneva spesso in grembo e l'accarezzava quando stava in veranda. Papà aveva vestito la bambola con un completo di seta, ed Encarna ci ha detto che era di mamma. Papà aveva adagiato la bambola al suo posto, sopra alcuni cuscini. Parlava con la bambola?, domandò Natàlia. È quello che abbiamo supposto. Conservava tutte le bambole di mamma, sai, e come lei, le teneva nell'armadio di mogano. Sembrava che la cosa sarebbe finita lì e abbiamo aumentato lo stipendio a Encarna. È un vecchio, le dicevamo, è rimbambito, abbia pazienza. Dopo un mese, però, ha cominciato ad avere altri grilli e pretendeva che Encarna gli portasse la cena in camera, per due persone. Usciva e tornava carico di pacchi. Aveva le mani bucate – lo psichiatra ci ha detto che uno dei sintomi della depressione acuta è proprio quello di spendere tanto. Un giorno Encarna ci ha telefonato allarmata: papà aveva speso un sacco di soldi in biancheria intima da donna, calze di seta, cappellini di paglia, fazzoletti italiani, guanti di pelle, reggiseni... Ammucchiava tutto quanto nelle vetrine dei feticci di mamma, nel salotto dei paraventi. Li classificava per marche: reggiseni Warners', Belcor, calze Christian Dior, Panty... Era diventato scontroso e non ci rivolgeva la parola. Un giorno, Encarna si è presentata da noi: ha detto che lei non reggeva più le stranezze di papà, che quelli non erano i capricci di un vecchio, che papà era diventato matto... abbiamo liberato l'appartamento in carrer del Bruc, abbiamo mandato Encarna a casa di zia Patrícia e ci siamo presi papà con noi. La situazione è peggiorata. Non gli piaceva il cibo, diceva che volevamo avvelenarlo. Metteva la televisione a tutto volume e sosteneva che il presentatore strillava perché sapeva che lui era un po' sordo. Aveva preso in antipatia Felisa, la domestica. Diceva che lo seguiva, che gli aveva rubato uno dei suoi cappelli di Prats. Era sporco, trasandato. Però non usciva mai senza il cappello. O i guanti e il bastone. Portava sempre un fazzoletto a forma di triangolo nel taschino della giacca e la catena dell'orologio attaccata al panciotto. Sílvia ha cercato di fargli indossare dei maglioni ma lui si incaponiva, no, no, sarebbe morto con il panciotto. Era ridicolo. Di notte gridava Judit!, Judit, garofano rosso!, e rideva in un modo che faceva gelare il sangue nelle vene, come un uccello o un rapace d'alta montagna... Chissà come si sentiva solo, disse Natàlia. Forse sì, ammise Lluís, ciò non toglie che la convivenza era difficilissima, sai, a casa non c'era più calma e io, quando rientro, ho bisogno di stare in pace, tranquillo. Scappava. Vestito come un barbone se ne andava a parlare con il portiere e ci toccava spiegargli che papà non ci stava tanto con la testa. Diceva che lo spiavamo, che lo seguivamo. Che i vicini lo insultavano attraverso le pareti. Noi facevamo quello che potevamo, fino alla mattina che...

... mi accarezzavo il sesso perché volevo. Era mio, mio. Era mio e di Judit, era il sesso che Judit aveva baciato. Si drizzava ancora, io ero giovane, il mio sesso me lo diceva, guarda, garofano rosso, sei ancora giovane, chi ti bacerà? Verrà Judit, garofanino, e lei sarà la rugiada... Judit, bacialo, è per te... Non ridere, garofanino, ti abbraccerò dentro di me, senza farti male, vero che non ti facevo male?, spargerai i tuoi petali come la luna sul mio corpo, garofanino bello, accarezzerai il sesso e forse ci rimarrai e sarai brina. Sarai un raggio di luna e io sarò la terra, verrai a baciarmi, così, lentamente, e dopo io sarò il mare e tu la sabbia, le mie mani saranno le onde che ti accarezzeranno, sarò un'onda dolce, ti bacerò i piedi, un'onda dietro l'altra, allora sarò il mare stanco e arriverà la tempesta, tu sarai il vento burrascoso che gonfierà di rabbia il mare, come calmare la tempesta?, non senti il rumore dell'onda che si infrange?, e il mio sesso sarà un ciottolo che bacerà il vento... tu sarai l'ape e io il garofano, mi pungerai, mi succhierai, cosa rimarrà di me? E tu sarai il Gorg Negre e io mi inabisserò in te, non ci sarò più, inghiottito dai tuoi vortici, sarò dentro il tuo ventre, dentro di te. Mi addormenterò...

... ho trovato papà che si masturbava con vicino la bambola. Vedere un vecchio in quello stato! Anche se è tuo padre. E c'era pure un'altra questione: papà aveva dei soldi in banca, un mucchio di soldi, sebbene lui e Claret avessero dovuto versare forti indennizzi e saldare fatture all'avvocato per la faccenda dell'albergo di Lloret. Io ne avevo bisogno, volevo ingrandire lo studio, Claret mi aveva fatto un prestito, sì, però vedere come papà buttava via il denaro in assurdità mentre il resto marciva in banca mi faceva uscire dai gangheri. Inoltre, papà non voleva vendere la casa di Gualba, che era in rovina, malgrado ci offrissero una fortuna per costruirci un complesso residenziale... Voleva tenersi i soldi per sé, per i suoi vizi. Appena ci siamo accorti che era così malato, abbiamo cercato una casa di cura e non abbiamo avuto scelta, lo abbiamo fatto interdire... Be', avresti potuto cominciare da qui, Natàlia aveva gli occhi che sprizzavano scintille, tu quel che volevi erano i soldi di papà. Eccola, replicò Lluís, tu riduci tutto a schemi. Non era questo il punto... Credi che io non abbia dei principi? Ci ho perso anch'io, in tutta questa storia, e non mi riferisco a quello che avrei fatto se papà mi avesse dato i soldi quando ne avevo bisogno, no. Ci ho perso anche nel vedere mamma ridotta come un'ameba e papà rinchiuso in sé stesso. Mi facevo in quattro pur di essere notato, pur di dimostrargli quanto fossi bravo, quanto andassi bene negli studi. Mamma e papà si erano costruiti un mondo dove non c'era spazio per nessun altro. È forse colpa mia, adesso? Siete soltanto voi i buoni? Mi piacerebbe sapere che cosa intendi con quel "voi", disse Natàlia, vedo che non sei cambiato troppo: alzi ancora barriere tra le persone, le classifichi. Sei il Lluís di sempre: attacchi per difenderti, eppure non riesco ancora a capire da cosa ti difendi. La mia vita non è un sogno, Natàlia. Adesso Lluís parlava a voce più bassa e incerta. Ho sempre dovuto pagare quello che tu hai ottenuto facilmente. Prima di sposare Sílvia dovevo pagare la mia razione d'amore con una puttana. Sílvia non voleva che la toccassi, non toccherai nemmeno un filo del mio vestito, mi diceva scherzando, ma in parte corrispondeva al vero. Se voglio un amico, me lo devo pagare. Ramon mi segue ed è amico mio perché ha bisogno di me, Sílvia è mia moglie perché ha bisogno di me, sa che senza di me non andrebbe da nessuna parte... E Màrius?, chiese Natàlia. Màrius è un prodotto di Sílvia, ha una sensibilità esasperata. So che mi disprezza. Io, alla sua età, non conoscevo le cose che conosce lui, non avevo viaggiato. Fa un sacco di cose, ha tutto e nemmeno se ne rende conto. Eppure, ti dirò, lui è l'unica persona al mondo a cui voglio bene. Però devo pagare anche il suo affetto: l'anno scorso gli ho comprato una moto che mi è costata circa duecentomila pesete. Era il regalo per aver terminato il liceo con ottimi voti. Bene, sto ancora aspettando che mi ringrazi. Credo che se ne voglia andare di casa, azzardò Natàlia.

Ottimo, sa dov'è la porta. Vedremo come si guadagnerà da vivere. Cosa credi?, che io non mi ammazzi per guadagnare soldi senza abbassarmi a fare i lavori raffazzonati che faceva papà? Mi piacerebbe che lo vedesse mamma, lei che non trovava mai niente di buono in quello che facevo io. Io porto a casa un sacco di soldi, sai?... E vuoi sapere cosa trovo? solo musi lunghi.

... Joan Miralpeix si trovava al Cafè de l'Òpera. Quando Judit era ancora in vita, ci trascorrevano spesso le serate. Judit lo trattava come un bambino, non lasciava che andasse in giro in disordine. Ora che non lavora più, si impigrisce. Encarna ha sempre il broncio e non gli lascia fare niente. Non tocchi questo, ché lo rovina..., guardi che se non mi sta a sentire chiamo subito il signorino Lluís e le faranno quell'iniezione, ha capito? Encarna è una strega, non gli lascia tenere le bambole in fila sopra la cassettiera di mogano, e sono così carine! Le mette nell'armadio non appena lui si volta. Encarna è cattiva, eccome, lui lo sa che gli sposta gli oggetti nelle vetrine del salotto dei paraventi, trova sempre le scatoline e i corni da caccia cambiati di posto. Ma in casa comanda Encarna, questa è la verità. Qualche giorno fa lui aveva comprato le prime fragole, piccole e carnose, alla Boquería. Sono tenere, le fragole, si squagliano in bocca e ti lasciano le labbra rosa... E lei, santo cielo, signore! Perché spende tanto? Vuole farmi il favore di dirmelo? Non vede che sono carissime, le fragole? Telefono subito al signorino Lluís... Ma lui voleva le fragole, voleva le fragole, voleva le fragole! La bambola con gli occhi bucati gli aveva detto che voleva una fragola e lui gliel'ha data, e dopo le ha dipinto le guance con la fragola. Abbracciato alla bambola, Joan si ricordò di Judit e scoppiò a piangere. Entrò la strega, che sta facendo, signore? Su, è grande ormai! Io voglio Judit, mi ha detto che sarebbe venuta e non è ancora venuta. Non faccia il bambino, si ricorda che Judit è morta? Bugiarda! Judit verrà... Accanto al signor Miralpeix si è seduta una ragazzina con i blue jeans, deve avere sui quattordici anni. La ragazzina lecca un gelato all'arancia. È un po' grassottella, sulla fronte le cade un ricciolo scuro. Ha i capelli ricci. Si è seduta sulla sedia a gambe aperte. La ragazzina con i blue jeans si infila il gelato in bocca, lo lecca, ha le labbra umide. La ragazzina ha le labbra come la fragola bagnata di rugiada, è golosa, lecca il gelato e ride. Dice, cavoli! La chiama un'altra ragazzina. Désirée! E così la ragazzina con i blue jeans, i capelli ricci e le labbra di fragola bagnata di rugiada si chiama Désirée... Joan Miralpeix pensa, quanto mi piacerebbe passare la lingua sul gelato all'arancia e sulle labbra di fragola bagnata di rugiada. Il cameriere si avvicina, oggi cosa prende? Uno xères e olive sivigliane con il nocciolo; perché a lui piacciono le olive con il nocciolo, gli piace che i denti sbattano contro qualcosa di duro, così sente di avere ancora i denti, di essere ancora giovane... La ragazzina con i blue jeans sfoglia una rivista d'arte mentre continua a leccare il gelato, le labbra sempre più umide, scintillanti di fragola... arriva un'altra ragazzina e Désirée e la sua amica gridano, ciao, Mabi! Le tre si accorgono che il vecchio le sta guardando e bisbigliano tra di loro. Ridono. A Mabi si è slacciato il bottone di madreperla in alto della camicetta e Désirée continua a leccare il gelato all'arancia. Mabi e l'altra sono andate in bagno e lo strano vecchio, con cappello e bastone, si è avvicinato a Désirée e le ha dato un bacio sulle labbra, labbra di fragola bagnata di rugiada, le ha detto. Quando hanno cacciato dal bar lo strano vecchio, Mabi ha chiesto a Désirée, e tu che cosa hai provato quando ti ha baciato? Non lo so, ha fatto Désirée, forse un po' di schifo.

Prima c'è lo stanzone dei poveri. Rischiarate da una lampadina da venticinque, tre file di uomini siedono su panche che emanano sudore e tristezza. Guardano nel vuoto, non dicono nulla. Di tanto in tanto, un nitrito da cavallo, una risata sguaiata. Qualcuno agita le braccia come se reggesse una bandiera ondeggiante. Un uomo dagli occhi desolati, le spalle curve, chiede al portiere, non vengono nemmeno oggi? Attraversando l'ingresso lugubre e scuro si arriva in un giardino di ghiaia circondato da pioppi. Sul giardino si affaccia il padiglione dei pensionanti, quelli che pagano.

Qui tutti i malati vivono insieme. Natàlia era andata a trovare l'amico di Emilio, lo studente di medicina, che l'aveva riconosciuta anche dopo tanti anni. L'amico medico si era specializzato in diabetologia, ma conosceva uno psichiatra del suo stesso anno di laurea. Ed era questo che ora mostrava il manicomio a Natàlia. Era un complesso enorme, delimitato da mura grigie e scrostate e composto da più padiglioni, con un parco centrale. Prima di incontrare suo padre, voleva sapere dove viveva. Qui gli oligofrenici stanno insieme agli schizofrenici, diceva lo psichiatra, con quelli che hanno una paralisi cerebrale, di frequente causata dalla sifilide, con gli alcolisti e i ritardati... Noi non abbiamo grandi margini di intervento. Facciamo psicoterapia con il malato che ci viene assegnato, poi però rimane tutto nelle loro mani, nelle mani dei religiosi e degli infermieri. Sono loro ad avere il controllo della vita e la morte di tutta questa gente. A volte vedo fino a duecento malati a settimana, dipende. Ovvio che tuo padre è un caso a parte, perché è di quelli che pagano. Non ho tanti contatti con il suo medico, né ho interesse ad averli. È un comportamentista. Secondo lui, si sistema tutto con le pastiglie o con l'elettrochoc. Se, come mi riferisci, tuo padre soffre di psicosi depressiva, non credo che le pastiglie servano a molto. Lo stordiscono e basta. Passarono due malati che trascinavano una carretta piena di mattoni. Stanno lavorando?, si interessò Natàlia. Sì, chi non ha mezzi. I preti che gestiscono il manicomio hanno una propria fornace, ci guadagnano milioni. I malati si lamentano perché li pagano pochissimo. Noi medici abbiamo protestato, dovrebbero ricevere una paga doppia, ma per ora è rimasto lettera morta. Realizzano anche televisori e apparecchi radio per conto di una scuola radiofonica. Il lavoro dei malati viene chiamato "terapia occupazionale".

Passarono accanto a un'edicola, possono leggere quello che vogliono?, chiese Natàlia. Le letture sono controllate. In biblioteca ci vanno i più colti, come tuo padre. Ci sono perlopiù libri religiosi. In edicola trovi soltanto riviste. Non ci sono giornali. Pensa che alcuni malati sono qui da più di vent'anni e ignorano quasi tutto del mondo esterno. Alcuni di loro potrebbero benissimo vivere fuori, ma o non hanno famiglia o le famiglie non vogliono farsene carico. È il caso di tuo padre, no? A ogni modo, fece Natàlia, ora ci sono io e me lo porterò a casa. Fai bene, disse lo psichiatra, tuo padre sarà più felice fuori che qui dentro. Alcuni di quelli che sono qui da tanto tempo, proseguì il medico, sono talmente assuefatti che non si adatteranno mai al mondo esterno. Ma non scappano?, chiese Natàlia. Ne conosco uno, rispose lo psichiatra, che è fuggito dieci volte, e ha solo ventinove anni. Quando torna lo puniscono con l'iniezione di una dose di trementina nella gamba. Fa malissimo. Qui trovi di tutto, faceva lo psichiatra. È come la prigione, un mondo a parte, fanno il mercato nero con qualsiasi cosa. Entrarono nel bar. Sulla soglia, un ragazzo giovanissimo, vestito con una tuta da lavoro, chiese loro dei soldi. Un vecchio li implorò di pagargli un caffè. Qui circola poco denaro, spiegò lo psichiatra, non possono comprare tutto il caffè e il tabacco che vorrebbero. Si sedettero vicino alla porta. Accanto a loro c'era un oligofrenico con gli occhi stralunati e la bava alla bocca. Si strusciava una chiave sulla faccia, più e più volte. Ripeteva il gesto instancabilmente. In un angolo, un omaccione fingeva di radere un cliente immaginario, e tre uomini lo contemplavano a bocca spalancata. Dentro il parco ho visto un campo da tennis, ci giocano gli ospiti? Non è per loro, rispose lo psichiatra, è per la gente di fuori, del paese. Una volta all'anno, per la sagra di San Joan, fanno venire le donne del manicomio qui di fianco e festeggiano tutti insieme. I sorveglianti corrono da una parte all'altra per separarli, tutti si palpeggiano a vicenda, cercano i malati nella boscaglia che dà sul muro divisorio, li inseguono con le torce... Si vorrebbe che i malati mentali non avessero sesso, che fossero neutri, quando tante malattie hanno origine proprio dal sesso! Si avvicinò un uomo giovane e bruno, alto e con le spalle robuste. Aveva attorno al collo una sciarpa di lanetta. Questo, fece lo psichiatra sottovoce, è quello che è scappato dieci volte. L'uomo moro salutò lo psichiatra. Il medico lo seguì con lo sguardo, è uno dei malati più intelligenti che abbia mai conosciuto: è un poeta e dice che sta scrivendo un romanzo. Somiglia a Miguel Hernández, fece Natàlia. Vero. Ha svolto ogni sorta di lavoro ed è capace di citarti Kant, Schopenhauer e Nietzsche. È appassionato di esistenzialismo e adora Machado. Tuttavia, secondo le regole della "normalità", non si adatterà mai al mondo esterno. Dorme in uno stanzone comune, in mezzo ai ritardati. Il padre era un operaio, morto in un incidente sul lavoro.

Gli aveva insegnato a leggere e a scrivere. Il ragazzo non ha mai superato la morte del padre, ha passato qui metà della sua esistenza. È quello che la psichiatria tradizionale definirebbe "un malato incurabile". Bene, si scusò il medico, è l'ora delle visite. Guardò Natàlia, vorrei soltanto che tenessi presente una cosa, specialmente perché tuo padre è qui dentro: la realtà del malato è ricchissima e bisogna fare uno sforzo per capirla. Credimi, continuò, la loro realtà ha sempre un senso.

Lo psichiatra accompagnò Natàlia fino al padiglione degli ospiti paganti. Ti lascio, immagino che vorrai stare da sola con lui. Mentre si addentrava per il corridoio dalle pareti bianche e pulite in direzione della camera di suo padre, Natàlia sentiva il corpo vuoto. Erano passati dodici anni, aveva vissuto abbastanza per sapere che ogni cosa aveva delle sfumature. Come avrebbe trovato il padre? Com'era adesso l'uomo che l'aveva quasi sbattuta fuori di casa, pronto a denunciarla alla polizia per aver abortito, mentre lui era responsabile di cinque morti? Natàlia, oggi, si sentiva in grado di amarlo. Suo padre probabilmente non era più suo padre, bensì un povero anziano che tutti prendevano per pazzo, interdetto e solo. L'infermiera le indicò la stanza, è quella, disse. Natàlia aprì la porta e sbirciò dentro una camera luminosa con una finestra che quasi sfiorava un pioppo. Si udiva il cinguettio degli uccellini vicini al davanzale. Alla finestra c'erano le sbarre. Seduto su una sedia, Natàlia vide un vecchio dallo sguardo infantile che sorrideva.

Natàlia, figlia mia, il vecchio si alzò e l'abbracciò. L'aveva riconosciuta. La bambina, la bambina era qui. Scarmigliata come sempre. Quando quel mattino l'infermiera gli aveva detto, hai visite, l'aveva pensato subito: è la piccola di casa, è tornata. Ed eccola davanti a lui: alta, con il volto energico del vecchio Miralpeix e gli occhi di Judit, che sempre guardavano lontano. Si sedettero tenendosi le mani, non dissero niente. Natàlia trovò il padre più paffuto, completamente calvo, la testa rosa, lucida come quella di un bambino appena nato. Le borse sotto gli occhi non erano più così profonde o nere come un tempo, forse perché era ingrassato. Suo padre sorrideva e guardava Natàlia. Ti porterò via di qui, disse Natàlia. Joan Miralpeix cominciò a chiacchierare come un bambino, io non ho fatto niente di male, Natàlia, te lo giuro. Loro dicono che facevo cose brutte, ma io seguivo solo il peccato di Adamo e di Eva. Ora sono guarito, e insisteva: te lo giuro. Se è una punizione, ho espiato. Ti porterò via di qui, ripeté Natàlia. Ma il vecchio non l'ascoltava, la vita è come un circolo, torniamo al punto di partenza. Ora dormo con Judit, sai, e i pioppi ci accarezzano entrambi... Natàlia stringeva le mani del padre, verrai a vivere con me. Lui non la sentiva. Papà mi dice di non stare sempre con la testa tra le nuvole e mi picchia, mi fa malissimo, però adesso ho Judit che mi difende, sai? Siamo così contenti, Judit e io, di tornare a vivere insieme! Natàlia se ne andò via in lacrime.

... al risveglio, non aveva il coraggio di aprire gli occhi. Appena sentiva i primi rumori, la campana delle sette, il signore della camera accanto che si alzava per fare pipì, lo sbattere di una finestra, il cinguettio degli uccelli, il vento che faceva cigolare una porta, serrava forte le palpebre. Sebbene riconoscesse quei rumori, che gli annunciavano la monotonia di un nuovo giorno, non apriva ancora gli occhi. Lo faceva solo dopo che le sue mani, madide di sudore per una notte di incubi, avevano palpato le lenzuola tiepide, le pieghe ruvide della coperta, sgualcita per via delle sue convulsioni. Allora, piano piano, socchiudeva le palpebre e veniva pervaso da una luce tenue, tra il giallo e il bianco. Le palpebre sembravano le ali di una farfalla, rosate, soffici, a metà tra le tenebre della notte e il nuovo giorno. Apriva gli occhi lentamente, voltava di poco la testa verso la parete sinistra. Controllava in silenzio il comodino: la fotografia era ancora lì. Dopo essersene sincerati, i suoi occhi si spalancavano, al centro della trama di piccole rughe. La faccia gli si trasformava. Sorrideva. Era un sorriso pieno, ristorato. Vedere Judit là, in quel ritratto ingiallito, tutta vestita di tulle, bianca come la neve e con i capelli ricci, un garofano rosso in mano e lo sguardo lontano, sentire il profumo di malvarosa, voleva dire che era ancora vivo.

La notte, prima che spegnessero le luci, inclinava la fotografia. La puliva con la manica del pigiama e vi soffiava sopra perché non vi rimanesse del pulviscolo. Contemplava a lungo il ritratto, un insieme di momenti intensi e isolati di tutte le cose prive di senso che gli avevano fatto fare durante il giorno. Alla fine la rimetteva al suo posto, sul comodino che separava il letto dalla parete sinistra. Il ritratto gli diceva: sei ancora vivo. Aveva paura di morire di notte, quando il silenzio era cupo e profondo come il Gorg Negre. Il silenzio era un nemico, dio delle tenebre. Temeva di chiudere gli occhi e di addormentarsi, adesso che poteva dormire. Ma lui non sarebbe mai morto, perché aveva Judit.

Moià, ottobre 1976
(rivisto a Barcellona nel 1990)

Indice

Certificato PEFC
Questo prodotto è realizzato con materia prima da foreste gestite in maniera sostenibile e da fonti controllate

PEFC
PEFC/18-32-03
www.pefc.it

Mondadori Libri S.p.A.

Questo volume è stato stampato
su carta HOLMEN
con fibra vergine proveniente da foreste sostenibili holmen.com/paper
presso ELCOGRAF S.p.A.
Stabilimento - Cles (TN)

Stampato in Italia - Printed in Italy